D0889526

Au commencement du septième jour

DU MÊME AUTEUR

Voyage sur la ligne d'horizon, *roman, Gallimard, 1988, et Folio, n° 3178*

Liverpool marée haute, *roman, Gallimard, 1991*

Furies, *roman, Gallimard, 1995*

Mille six cents ventres, *roman, Fayard, 1998, prix Goncourt des lycéens, et Folio, n° 3339*

Les Indiens, *roman, Stock, 2001, et Folio, n° 3877*

Les Invisibles, 12 récits sur l'art contemporain, *essai, Éditions du Regard, 2002*

Notes pour une poétique du roman, *essai, Inventaire/Invention, 2002*

11 septembre mon amour, *roman, Stock, 2003, et Livre de Poche, n° 30389*

La Fin des paysages, *roman, Stock, 2006, et Folio, n° 4660*

Cruels, 13, *nouvelles, Stock, 2008*

Esprit chien, *roman, Stock, 2010*

Délit de fiction, *essai, Gallimard, « Folio Essais inédit », 2011, n° 558*

Mother, *roman, Stock, 2012, et Folio, n° 5801*

L'Autoroute, *roman, Stock, 2014*

Luc Lang

Au commencement du septième jour

roman

Stock

Illustration de bande: © Lucas Harari,
d'après une photographie de Francesca Mantovani

ISBN 978-2-234-08185-7

Pour Anna P.

Livre 1

*La chair n'est qu'un mémento,
mais elle dit la vérité*

Cormac MacCarthy

... c'est elle qui raccroche ? Qui lui raccroche au... Il appuie fébrilement sur la touche rappel, mais c'est un numéro privé. Il essaye d'appeler son portable. Qui est éteint, il tombe de suite sur la messagerie. C'est mort, elle ne répondra plus. Pas ce soir, nom de Dieu, pas ce soir... Elsa vient de glisser la tête par la porte de sa chambre, sa longue chevelure bouclée submerge son visage : Vous vous êtes disputés ?... Mais non, ma puce, t'inquiète pas. Lorsqu'il songe maintenant à l'effondrement intérieur qu'il a soudain éprouvé, il se demande s'il avait alors l'intuition d'une dérobade aussi définitive. L'image qui s'impose à présent est plus minérale, plus narrative, celle d'un à-pic, il la tient encore par la main, elle se débat, suspendue dans le vide, il ne lâchera pas, mais l'épuisement gagne, leurs mains se dénouent, elle va disparaître dans l'abîme, il demeurera seul, musculairement coupable de n'avoir pu la hisser, coupable et vaincu. Quand elle rentre du Havre, chaque vendredi, après sa semaine de travail, elle est nerveusement à bout de forces. C'était plus sage de célébrer demain leurs dix ans de vie commune. Il la reprend chaque fois : de mariage. Mais elle éprouve une espèce de réticence à prononcer ce mot. Il la cloue au mur avec son regard : on est mariés, non ? C'est pourtant bien comme ça que… Ce vendredi soir, il a malgré tout acheté un saumon d'Écosse chez le traiteur, du riz pilaf et des petits légumes, mis au frais un graves blanc. Cela fait quatre vendredis qu'elle plante la famille après le travail en moins de sept semaines. Elle rentre donc le samedi en fin de matinée, lui-même a des dossiers à boucler, doit s'occuper d'Elsa et d'Anton, lui aussi il… Il est 19 h 34, elle sort à l'instant de l'entreprise Delta quelque chose, un gros marché, 250.000 euros, peut-être plus, sans parler de la maintenance, elle configure leur parc Internet-téléphonie, elle dirige une équipe d'ingénieurs et de concepteurs-développeurs, elle est responsable de la région Basse-Normandie et de la zone industrielle du Havre, elle occupe ce poste depuis dix-huit mois, une carrière en ascension géométrique, en sept ans de société Orange elle a doublé son revenu avec un intéressement aux marchés conquis, lui-même est impressionné par sa réussite, elle va bientôt gagner plus que lui qui pourtant… Si ça continue, ma chérie, pour moi c'est la reconversion: homme d'intérieur et père de famille. Ils en rient ensemble. Sinon que ses absences toute la semaine… Elle essaye de rentrer le mercredi en début d'après-midi pour voir les enfants, elle y parvient une fois sur deux, repart le jeudi matin à 6 h, trois heures de route. Jusqu'à présent le vendredi soir elle arrivait à la maison autour de 21 h 30 au plus tard. Mais là, on dirait qu'elle s'installe au Havre, lorsqu'elle est avec eux il la sent là-bas, elle n'est plus si attentive, si centrée sur leur vie de famille, elle est distraite, dans ses bras il pense tenir une ombre. Enfin, ce soir, elle devait rentrer, elle se devait de… Ça flotte entre eux, ça devient lâche, moins immédiat, le regard s'effrite, se dilue dans une zone invisible à l'autre, sont comme démagnétisés, ils dérivent, chacun emporté dans l'irrépressible courant de sa vie professionnelle, sans plus de force pour se baigner ensemble dans la même rivière, deviennent béants l'un face à l'autre.

Ils ne parlent plus de faire ce troisième enfant. Ce soir, tout de même, elle se devait… Il a gravi l'escalier, se tient sur le palier de leurs chambres On mange dans cinq minutes ! D'accord, répond Anton qui joue avec ses figurines de chevaliers autour du château fort. Et maman ? demande Elsa qui lève la tête de son livre de pliages Elle rentre demain matin, elle est retenue… C'est dommage, glisse-t-elle, les yeux de nouveau happés par les images de son album. Il ne répond rien, il redescend, gagne la cuisine, enfourne le riz dans le micro-ondes, sort le saumon du frigo, la table est mise, il enlève le couvert de Camille, range les chandeliers, ce soir quand Elsa et Anton seraient couchés, il avait justement l'intention de lui évoquer ce troisième enfant Tu as 36 ans, ma chérie, moi 37, il est temps qu'on y songe. Et puis ce projet pourrait à nouveau les aimanter, combler le fossé. Il envisage qu'elle a peut-être un amant chez qui, ses vendredis soir, elle… Il traverse leur vaste chambre donnant sur le jardin, s'installe devant l'ordinateur de Camille, entre sur sa messagerie, parcourt ses mails, 457 non lus qu'elle doit ouvrir et consulter sur son smartphone, un nombre important de pubs, des échanges entre amis, collaborateurs, rien qui puisse éveiller le soupçon. Il va dans le dossier images, la regarde sur l'écran, une nappe est dépliée sous un cèdre, sa peau métis vibre dans le soleil, elle s'élance vers Anton qui trébuche. Dans cette photo-ci, elle tient leur fils alors âgé de 3 ans dans les bras, elle est grande, elle le regarde, ses yeux verts. Aigue-marine, elle dit. Elle est vive, malicieuse, elle manie les mots comme un maître de sabre Tu scannes tes doléances dans un fichier, on validera ensemble. Clac ! elle a raccroché.

À table, ses enfants sont dans une bulle de verre, leurs lèvres bougent mais aucun son n'en sort, puis leurs paroles fondent sur lui telle une vague, cinglante

Papa ?... papa ! trois fois que tu me poses la même question. Non, j'ai pas de devoirs, juste une poésie à réviser.

Et toi, Elsa ?

Des additions, des soustractions, et puis le solfège. C'est toi qui m'emmènes au cours de piano ? Papa ?

Pardon, ma fille, oui, sans doute.

Son assiette est presque intacte, il a goûté le saumon, il mâche, il avale, il prend une bouchée de légumes et de riz, il mastique, repousse l'assiette et pose ses avant-bras sur la table, les enfants ont tout mangé, non, ils n'ont plus faim

Tu te souviens, papa, tu nous as promis un cinéma demain après-midi ?

C'est vrai, les crapules. Allez, au lit ! Il est tard.

Il ne débarrasse pas, laisse la cuisine en l'état et s'installe à nouveau devant l'ordinateur de Camille, ouvre les mails non lus et ceux qu'elle a envoyés ces dernières semaines, les parcourt un à un, plus attentivement. Il la juge bien familière avec l'un de ses ingénieurs mais enfin, rien qui... Il lui envoie un texto sur son portable, lui souhaite bonne nuit. N'arrive pas trop tard demain matin, on t'attend, c'est la fête... Il a acheté chez Boucheron une bague simple, élégante : émeraude rehaussée de deux diamants, une monture ancienne, serpentine. Non, il ne se fiche pas d'elle, décidément. Demeure pensif. Il s'assied devant son écran, essaye de boucler deux dossiers pour des clients pressés, une plateforme numérique de contrôle temps pour une entreprise de nettoyage, une autre pour un important cabinet d'avocats. Il s'endort à côté du clavier, les coudes sur le bureau. Il ouvre une porte, se cogne à son père qui rase sa barbe poivre et sel, qui lui sourit, il a les jambes en sang, écrasées, rompues, il rampe parmi les rochers sous un ciel blanc. Sa mère lui téléphone mais il ne peut saisir le combiné. Ça sonne, lui vrille les tympans, non, ça sonne encore, son portable, sur le verre dépoli du bureau... Quelle heure est-il ?

Quoi ? 4 h du matin ? C'est un appel privé. Allô ?... oui ?
Une voix grave, autoritaire, qui se présente, la gendarmerie
de Saint-Eustache-la-Forêt... Pardon ?... Saint-Eustache-la-
Forêt, en Normandie, sincèrement désolé de vous déranger
en pleine nuit, Camille Texier, c'est bien votre femme ?...
aux urgences de Bolbec... un accident de voiture, on souhaitait vous prévenir au plus vite. Non, il est réveillé, c'est
bien la gendarmerie. C'est grave ? On lui donne le numéro
des urgences. Il appelle. Elle est en réanimation. Elle va être
transférée au CHU de Rouen, il doit venir de suite... De
suite ? Et les enfants ? Il les emmène ? Oui ? Non ? Il téléphone à la dame qui les garde les soirs de la semaine. Lui
aussi rentre tard, ses responsabilités au sein de la société
Nuxilog, souvent il arrive à la maison juste pour les entrevoir, déjà couchés, à moitié endormis. La dame est une
Camerounaise volubile et riante, les enfants l'adorent, qu'ils
ont trouvée grâce à une annonce chez la pharmacienne, elle
habite à dix minutes en autobus, dans une cité de Montreuil,
ses enfants travaillent, l'un à Marseille, l'autre en Espagne,
dans le BTP, elle est veuve, son mari a été tué sur un chantier de La Défense, un effondrement d'échafaudage, un
accident rare. Pourquoi pense-t-il à ça ? Il essaye de nouveau, elle décroche enfin. Il se confond en excuses, il
explique la situation. Qu'il ne s'inquiète pas, elle sera là dès
8 h, avant même que les enfants se réveillent, elle a les clés. Il
monte dans leurs chambres, s'approche, leurs joues sont
veloutées, d'un incarnat presque rosé malgré leur peau
brune. Leur respiration est égale, imperceptible, ils exhalent
une odeur de pâtisserie, ils dorment les poings fermés.
Anton a le bassin hors du lit, les jambes tombées à la dérive
sur l'épais tapis, son corps frêle noyé dans un pyjama jaune
parsemé de girafons. Il le saisit, le recouche, remet sa
couette en place, s'attarde, penché sur son visage lisse, puis
sort, à reculons. « Elsa, Anton, suis parti en urgence tôt ce

15

matin. Je vous raconterai. Daba s'occupera de vous, elle arrive à 8 h. Des baisers, mes tigrichons. » Il pose la feuille griffonnée de ces quelques mots, d'une écriture volontairement ronde et lisible, sur la table de la cuisine, debout, en évidence contre la bouteille d'eau, enfile sa veste, palpe ses poches : portefeuille, clés de voiture, portable, il décroche dans le hall un imperméable de la patère, puis se retrouve dehors, une main ferme et invisible qui l'aurait poussé, la porte brutalement refermée dans son dos, sans pouvoir rebrousser chemin, seul dans l'arène. La nuit est lumineuse, l'air est humide et doux, ça embaume les fleurs, l'herbe mouillée, l'Audi est garée dans l'allée du garage, le pare-brise est floqué d'une fine condensation. Il accroche sa manche aux épines d'un grand rosier, tire nerveusement, une fleur vermeille éclate et s'éparpille en flocons de velours, un froissement d'ailes dans le silence intact, il tend la main et ramasse au vol plusieurs pétales qui palpitent dans sa paume, il referme les doigts sur leur consistance douceâtre puis les glisse dans sa poche, il relève la tête, le chat blanc de la voisine l'observe, posé sur l'arête du mur mitoyen couvert de lierre. C'est comme un départ en vacances, une promesse de bonheur, quand l'aube va décolorer la nuit, vers l'est, sur l'horizon. Mais il est seul, il respire mal, il s'ébroue, fait encore quelques pas, ouvre la portière, s'installe au volant, met le contact, pianote sur le GPS : Saint-Mandé/Bolbec hôpital, il déclenche l'ouverture électrique du portail, aucune lumière ne luit à l'étage sur la façade, il embraye, démarre, glisse sans bruit dans la banlieue déserte, pénètre sur le périphérique intérieur à la hauteur de la porte de Vincennes, se dirige vers la porte de Saint-Cloud, l'autoroute de Normandie, Rouen, Le Havre, le ruban d'asphalte se déroule, presque vide, il voudrait écraser l'accélérateur, avoir une escorte de motards, rouler à 250, il se contient. Camille, Camille... qu'est-ce que tu fabriques ? Il roule à présent sur l'autoroute, laisse le premier péage dans son rétroviseur. Enclenche machinalement un CD, c'est Pat Metheny dans un long solo : *A Quiet Night*, ses accords de guitare emplissent l'habitacle, il voit la nuit qui s'ouvre et se dilate, il avance dans la plaine semi-désertique, hérissée de pitons rocheux d'un rouge mat, repère des troupeaux épars près de ranchs écartés, il sent la poussière sur les lèvres et la langue, avec cette mélancolie naissante d'avoir à traverser la bouleversante beauté des paysages sans pouvoir s'y mêler, reclus et interdit au seuil d'inatteignables couleurs parfaitement accordées. Colorado, Nouveau-Mexique, qu'ils ont parcourus dix ans plus tôt, un voyage de noces immobile dans un espace sans fond, ils n'avançaient pas, ils dévissaient dans un présent lisse et vacant, une éternité géologique, ils roulaient dans leur propre désert, ce qui troublait tant Camille, recluse dans un abandon défait, lui-même déporté vers une intime solitude nue. Mais le pincement des cordes, c'est dans l'instant celui de ses nerfs, il arrête la musique, il met la radio, c'est un journal d'informations : les massacres de la population syrienne par l'armée d'Hafez el-Assad, la dette grecque, la France qui perd son triple A. Il éteint la radio, il observe les glissières de sécurité, l'effet de saute du ruban métallique à chaque raccord, l'image d'un film mal monté qui tressaute dans son défilement. Il n'entend pas le moteur, juste la torsion de l'air. Il avance, il pense qu'il avance, il voit un curseur sur une ligne, il est la vitesse, le mobile, il ne dépasse pas le 160, il craint les contrôles radars, la surface grise et blanche qu'illuminent ses phares se déploie en courbes lentes, au rythme ondoyant de la vallée de la Seine. Que pouvait-elle fabriquer à Saint-Eustache-la-Forêt ? Il n'a pas eu le temps de localiser précisément la région de l'accident, quant à Bolbec, ce lui semble un endroit perdu au fin fond de... Mais pourquoi a-t-elle raccroché ? Ça ne lui ressemble pas. Il se dira plus tard que ce ne sont pas leurs mains dans l'à-pic, ce sont leurs voix qui se sont dénouées. Il mesure que ces dernières semaines, elle était toujours nerveuse, irascible. Elle prétend devoir tenir encore trois ans. Ensuite elle demande un poste de direction sur Paris dédié à l'international. Cette mission au Havre, c'est le dernier détour. Si elle tient son agence, ses marchés, sa clientèle, c'est la consécration. Elle lui répète les mêmes arguments depuis neuf mois, c'est son plan de carrière, sa feuille de route. Elle y tient. Lui aussi. Ils veulent acheter un hôtel particulier doté d'un grand parc, à Vincennes. Jusqu'à présent, aucune erreur de trajectoire. C'est une ascension professionnelle irréfutable. Lui qui sort d'un village perdu des Pyrénées, un père paysan, enfin, éleveur, fabricant de fromage labellisé, une mère infirmière à domicile. Son frère et sa sœur ont raté leur carrière. Et leur vie, probablement. Lui, le cadet, c'est un peu le modèle de la famille, après une école d'ingénieur informaticien à Bordeaux. Tout est en place, à sa place. Lui, de surcroît, le seul à avoir des enfants. Grâce à lui, sa mère est grand-mère, grâce à lui… un parcours sans faute. Saint-Eustache-la-Forêt, ce n'est pas la route pour rentrer sur Paris. Habituellement, elle séjourne à l'hôtel Accor du Havre. Parfois chez son amie Myriam, à Tancarville. Il laisse Rouen sur la droite, il est 5 h 20, l'horizon se brouille dans les lueurs mauve orangé de l'aube, il n'éprouve aucune fatigue, juste les nerfs qui brûlent. Zut ! un flash, il a accéléré trop fort, la vitesse est limitée à 110 dans les environs de Rouen, le radar était signalé sur l'écran du GPS, il n'a pas prêté attention, c'est deux ou trois points sur son permis qui vont sauter. Il faut se contenir, se surveiller, avec une berline qui frôle les 260… Par chance, les vitres fumées dissimulent son visage, il demandera à sa mère d'endosser le retrait de points, elle va râler mais elle ne conduit plus guère. Lui, la voiture, c'est son outil de travail

18

pour rencontrer ses clients en région parisienne. Trois ans à tenir... Ce n'est pas le moment de faire un enfant, darling, c'est ça qu'elle aurait répondu ce soir. Dans moins de quatre ans, elle en a 40, Elsa et Anton seront grands, il y aura trop de différence d'âge, ce n'est plus une fratrie. Il sait de quoi il parle : neuf ans de différence avec son frère Jean, six avec sa sœur Pauline, avaient-ils vraiment une enfance en partage ? Sinon qu'avec la mort soudaine de leur père... Il aimerait qu'il soit avec lui, maintenant, dans la voiture, pour l'apaiser, le réconforter. Il imagine ce que pourrait être sa présence, tendre sa main et toucher son bras, le père lui répondrait de sa voix grave et sereine. La veille, ils avaient fêté son anniversaire, ses 7 ans, avec sa mère et sa sœur à la ferme. Le grand frère et leur père sont à l'estive avec le troupeau. Il dévore les restes d'une tarte aux mirabelles, sa mère s'est approchée, elle pose sa main sur son épaule, une espèce de sidération et de tendresse à la fois, elle venait de raccrocher le téléphone, Pauline est dans sa chambre, il pourrait palper le silence soudain, le malaxer entre ses mains d'enfant, ses mâchoires produisent un insupportable vacarme, il s'est arrêté de mâcher, il ne respire plus, elle se penche vers lui comme si elle prenait son nourrisson dans le berceau d'osier, ses yeux fuient, elle... Il faut être courageux, mon petit Thomas, il faut être un homme à présent. Ton père, il est tombé... Mais Jean ?... Jean n'a rien pu faire, c'est lui qui téléphone du centre de secours. Il s'est levé, elle le serre dans ses bras, la tête de l'enfant contre sa poitrine suffoquée, cette mère habituellement peu expansive, plutôt distante, il sent bientôt le liquide chaud des larmes de Valence s'imprégner dans ses cheveux, couler sur son crâne. Il fond en larmes à son tour, il s'unit à sa mère dans un chagrin qu'il n'éprouve aucunement, il s'y abandonne pour se mélanger à elle. Son père est tombé, quatre mots sans grande réalité, ce n'est qu'au fil des semaines qu'il va pleurer son père, pour lui-même, exposé qu'il se devine à la dureté du monde sans que son père puisse maintenant s'interposer ni l'envelopper dans son ombre verticale. Pourquoi la scène l'absorbe-t-elle avec cette acuité ? Oui, il voudrait son père dans la voiture qui l'emporte vers l'hôpital de Bolbec, parce qu'il parle peu, parce que sa présence est minérale à la façon d'un rocher en muraille qui l'abrite et le considère, avec cet étonnant regard qui s'appesantit, le fait exister, lui, fragile et désiré et fortifié tout à la fois. Ce sont du moins les confus éclats d'enfance qui émaillent le souvenir de sa personne disparue. La pancarte lui saute aux yeux, Bolbec est annoncé, c'est la prochaine sortie à 2000 m. Il continue sa course, dépasse deux semi-remorques, ralentit au dernier moment, s'engage sur la bretelle 18, s'arrête au péage, le GPS lui indique la D149 à gauche, au prochain carrefour. Le jour s'est levé, d'un bleu laiteux indéfinissable. L'ordinateur de bord affiche une distance parcourue de 200 km à la vitesse moyenne de 128 km/h, la température extérieure est de 16 degrés. Il emprunte le pont qui chevauche l'A29, la départementale coupe en ligne sinueuse dans le bocage normand, à deux reprises le voilà coincé au pas derrière un tracteur qu'il ne peut doubler, il tambourine le volant de ses doigts maigres, il pense que Camille avait finalement décidé de rentrer à la maison, mais pourquoi a-t-elle quitté l'autoroute pour avoir un accident à Saint-Eustache-la-Forêt ? Il roule dans Bolbec, la rue Jacques-Fauquet, encore deux autres rues, à droite, à gauche, il aperçoit une longue bâtisse du XIXᵉ siècle en crépi blanc, avec de lourdes boiseries de charpente, puis deux autres bâtiments plus récents en brique, quasi des cubes coiffés d'un toit d'ardoise. Un parc arboré cerne l'ensemble. L'allée en graviers crisse sous les pneus, il gare près de l'entrée des urgences. Se précipite vers les vitres coulissantes. Une femme blonde devant lui au guichet des enregistrements, les pieds nus, gonflés et marbrés de taches jaunes rosâtres grises dans de vieilles pantoufles à carreaux, la main dans un volumineux pansement rougi, qui frissonne, se plaint d'attendre depuis une heure déjà, je souffre, je souffre, geint-elle. Il la domine d'une tête, essaye de capter l'attention de la secrétaire qui… Calmez-vous, madame Coquelin, calmez-vous, un médecin arrive de suite… Oui, mais c'est urgent… La salle d'attente est pleine, regardez, vous n'êtes pas la seule !… Il s'agite sur le côté, voudrait attraper le regard de la secrétaire, quitte à saisir entre ses mains cet épais visage joufflu pour l'obliger à l'entendre : Mon épouse est chez vous, on m'a téléphoné, un accident de voiture, Camille Texier… Camille Texier ? Ah oui, attendez, j'appelle l'interne. À quatre reprises, il revient au guichet, harcèle la gardienne des lieux qui sait tout et ne livre rien, à part promettre un délai immédiat dont l'échéance vacille, il voit la flamme d'une allumette dans le creux de sa main sous un porche venteux qui hésite à mordre dans le bois, trop d'air, manque d'air… cela fait 20 minutes et…

Monsieur Texier ?

Oui, pardon.

Bonjour, je suis le docteur Dumont, votre femme est effectivement passée dans mon service, nous avons dû la diriger sur le CHU de Rouen avec une équipe du SAMU.

Mais, je… je vous téléphone, vous me dites de venir immédiatement, j'habite Paris, j'accours aussi vite que… vous ne me prévenez pas de son transfert ! Qu'est-ce que je fous ici ? dans votre…

Désolé, monsieur Texier, on n'avait pas votre numéro, l'urgence c'était votre femme, nous n'avons pas ici de service de réanimation chirurgicale ni de chirurgie traumatologique.

Et son état ? Comment va-t-elle ?

Nous avons compris que nous ne pouvions pas intervenir ici, nous l'avons de suite évacuée. On vous dira mieux sur place ce qu'il en est exactement.

Il peste, ses mains tremblent quand il pianote sur le GPS le CHU de Rouen. S'affichent 62 km de distance, 58 minutes de trajet. Il serait déjà auprès d'elle depuis plus d'une heure, on se joue de lui, un mélange de négligence et de désinvolture. Il est de nouveau sur l'autoroute, dans l'autre sens, il est 7 h passées, le flux des voitures augmente, une espèce de brume grise, de chaleur sans doute, recouvre la campagne d'une grisaille bleutée. Le portable sonne, c'est le numéro de la maison qui s'inscrit

Papa ?

Oui, Anton, ça va ?

T'es où, papa ?

Sur la route, mon chat, sur la route. Daba sera avec vous vers 8 h, ne t'inquiète pas, retourne te coucher, il est trop tôt pour être debout.

Tout va bien, papa ?

Oui, mon garçon, je t'expliquerai en rentrant... je vous téléphone dans la matinée, rassure ta sœur si elle se réveille. T'embrasse, à tout à l'heure.

Rouen centre apparaît sur la pancarte, 12 km, il va retrouver Camille, elle va tout lui expliquer, ça va aller, ça va. Il sort de l'autoroute, s'engage route du Havre, rue du Contrat-Social, des façades de brique et de pierre, des maisons anciennes à colombages, il contourne l'imposante abbaye Saint-Ouen de Rouen, il traverse la Seine, c'est là, des buttes de pelouse lisse sans arbres ni parterres fleuris, des bâtiments géométriques, des barres de six étages des années 70, bruts, râpeux, de verre, d'aluminium et de béton sale. Il demande les urgences, longe des parkings, se gare loin, où il trouve une place, il marche vite, de grandes enjambées, le buste penché vers l'avant comme s'il luttait contre le vent, puis se met à courir vers les portes vitrées, une douzaine de personnes attendent, le regard vague, plus ou moins affaissées sur des chaises en plastique orange alignées le long d'un mur vert pâle. Trois secrétaires sont au guichet, deux d'entre elles s'affairent avec des malades dont un homme, les coudes sur le comptoir, qui parle fort, il saigne à la tête, ça perle au travers de la compresse, Thomas s'approche de celle qui tape les dossiers d'admission sur son clavier, elle porte des lunettes bas sur le nez, l'épaisse chevelure rousse dissimule son visage S'il vous plaît ? S'il vous plaît ? Elle lève la tête, des yeux bleus, un fin visage piqué de taches de rousseur, elle désigne ses collègues avec l'index tendu Pardon, ma femme est chez vous, je cherche le service, juste… Deux secondes. Elle a déplié la main, des doigts longs et fins, sa paume blanche ouverte vers lui au-dessus du comptoir, comme pour le stopper dans son élan, elle reprend sa frappe sur le clavier, il attend, ne bouge pas Oui ? Vous dites ? Mme Texier ? Ses doigts courent sur les touches, son regard glisse sur l'écran: Camille Texier ?… elle est arrivée à 6 h, en… réa chir, bâtiment C, 2ᵉ étage, vous prenez le couloir au fond à droite, puis la galerie couverte, c'est l'autre bloc, derrière nous, le service du professeur Magnien. Il veut courir, il marche, des pas démesurés qui le déhanchent, il croise un homme jeune, en pyjama rayé, en appui sur ses béquilles, immobile, le regard fixe, les cheveux blonds, raides, emmêlés, il tourne dans la galerie vitrée qui enjambe une pelouse mal entretenue, dépasse une femme voûtée qui titube, à petits pas, les mains crispées sur un déambulateur, les avant-bras piqués de cathéters, elle sent une odeur surette de peau moite. Ses semelles couinent sur le linoléum, il se trouve peu discret, le bruit de ses pas est assourdissant, il ne s'arrête pas devant l'ascenseur mais emprunte l'escalier, gravit les marches quatre à quatre, repère l'entrée du service, le poste des infirmières à gauche, elles boivent un café, sursautent parce qu'il entre trop vite, brusque

Excusez-moi, Camille Texier ? C'est bien votre service ?

Une légère agitation de la plus âgée

Vous êtes ?

Son mari, elle…

Elle se trouve au bloc opératoire pour un hématome temporal qu'on essaye de résorber.

C'est grave ?

Le chirurgien vous expliquera, il faut patienter, prenez une chaise dans le couloir, on vous appelle aussitôt qu'il arrive.

Attendre, attendre. Il découvre le long couloir recouvert de plaques d'aluminium à mi-hauteur, barré 50 m plus loin par des portes battantes percées de hublots. Les revêtements d'aluminium sont striés de rayures, de griffures profondes, de traces de caoutchouc écrasé. Des reproductions délavées de tableaux célèbres sont accrochées à intervalles réguliers le long des murs d'un gris pâle, presque verdâtre. Règne une lumière blanche, mate, de néons vibrionnants. Les coudes sur les genoux, il regarde ses bottines, il observe le piqué sur le contour de la semelle, la luisance du cuir souple, la lanière croisée sur le cou-de-pied, la double boucle carrée, ce sont ses chaussures préférées, des… elle les lui a offertes l'année dernière, non, l'année d'avant, ils déambulaient boulevard Saint-Germain, il s'était arrêté devant la vitrine, elle lui avait pris le bras Viens, tu vas les essayer… Mais… Chut. Et puis un baiser en poussant la porte d'entrée de la boutique. Elle travaillait à Guyancourt à l'époque. Déjà chef de projet, elle dirigeait une équipe d'ingénieurs pour développer des services innovants dans la téléphonie et la TV mobile. Elle rentrait tard, souvent, mais ils avaient encore le loisir de se retrouver. Ils avaient acquis la maison de Saint-Mandé cinq ans auparavant, il se souvient de leur euphorie qui dura une année pleine, le temps de leur installation. Le choix des rideaux, des tissus, des carrelages, l'ameublement du salon, des chambres d'Elsa et d'Anton, les plantations du jardin, la sélection des rosiers, l'achat du petit érable du Japon qui ornait la terrasse dans une faïence noire. Les vendredis soir offraient de longues plages où se remémorer les anecdotes de la semaine, et lorsque les enfants étaient couchés, ils discutaient, ils élaboraient ensemble de nouvelles plates-formes numériques, leur façon à eux d'être dans le même mouvement, la même compétence, la même attention. Ils s'étaient rencontrés dans cette grande école à Bordeaux qui forme des ingénieurs informaticiens. Ils étaient de la même promotion, il l'avait de suite remarquée, dès leur immersion en piscine, cette salle informatique où ils furent enfermés de 8 h à 23 h trois semaines durant, sept jours sur sept, une soixantaine d'étudiants devant leur écran, au coude à coude, acquérant les bases de l'Unix System, conduisant dans l'épuisement nerveux et la fébrilité électrique de cette épreuve leurs premiers pas dans la programmation. Thomas venait d'obtenir un diplôme général de maths appliquées à l'université de Bayonne, Camille était plus jeune, intégrant l'école après une année préparatoire dans la prestigieuse université de Berkeley, à trois pas de la Silicon Valley. Elle éprouvait une espèce de mépris et d'agacement pour ce jeune homme mal dégrossi, à l'allure empruntée, presque rurale. Lui était intimidé par sa beauté et son assurance, cette aisance en toute situation comme si le monde lui appartenait. Elle accepta de lui adresser la parole durant les deux dernières années de leur expertise, notamment lorsqu'ils se croisèrent dans les activités associatives et les réseaux sociaux très influents de l'école : le club de poker, les tournois de volley, et plus encore quand ils furent ensemble dans la même équipe, parmi les finalistes de la coupe de France de robotique, la célèbre Eurobot, où ils purent mesurer la réactivité, l'inventivité de chacun dans la création de leur robot aéronautique classé troisième. Ils se rapprochèrent durant les mois qui précédèrent l'obtention du diplôme, leur école célébrait sa quinzième année d'existence. Il y avait eu un grand raout d'honneur. Se succédaient à la tribune, sur un fond vidéo publicitaire HD de 8 m sur 5, tout le staff du conseil d'administration de l'école, les représentants des plus importants partenaires : Cisco, Sun, Microsoft, HP, Oracle, le ministre de l'Industrie, les anciens élèves aujourd'hui directeurs chez Orange, Total, Thales, BNP Paribas, ou encore patrons de jeunes start-up aux courbes de croissance verticales. Le champagne coulait à flots, mais aussi de grands crus de la région, les tables dégorgeaient de nourritures fines et variées, Thomas découvrit à cette occasion le goût iodé du caviar, la souplesse croquante de la chair du homard. Un DJ en vogue, Black Fire, les fit danser jusqu'à l'aube, Thomas bougeait mal, timide et contraint dans un costume trop serré qu'il avait acheté pour l'occasion. Elle lui apprit quelques pas de danse dans les éclats de lumières tourbillonnantes et multicolores, la maladresse de ses gestes avait fini par l'attendrir, elle trouvait plaisant de l'équarrir, de le façonner, elle devenait dresseuse de chevaux, elle, dans sa robe de couturier, ses bas fins et soyeux, ses ondulations de liane. Ils étaient en cela peu différents des autres élèves d'Epitech, mais ils se découvraient néanmoins une espèce de foi commune, presque féroce, en l'univers high-tech de l'entreprise managériale et conquérante, une croyance en l'expansion infinie des marchés informatiques, engagés ensemble dans une irrésistible mutation qui précipiterait bientôt les générations précédentes dans l'obsolescence définitive, vivant avec ivresse l'invention d'un monde global, ils en seraient les principes actifs, cette société nouvelle serait la leur, ils incarnaient déjà l'émergence d'un nouveau pouvoir technique et intellectuel, fondus tous deux dans une alliance, une fusion de mutants érotisée par la certitude de leur fulgurante réussite sociale et financière. Il a toujours le regard posé sur ses chaussures, les coudes sur les genoux, dans ce couloir surchauffé du service de réanimation, les yeux blancs, l'esprit engourdi dans cette posture d'attente recroquevillée, son corps abandonné dans un insidieux assoupissement à la faveur de quoi elle lui apparaît vêtue d'une robe jaune au plissé souple et virevoltant sur la piste ondulée d'un désert de sable où l'air tremble. Son visage est fuyant, ses traits se dérobent, elle tourne sur elle-même, il s'inquiète de savoir si elle sourit ou si... Il entend son nom à deux reprises, il lève la tête, découvre des jambes de pantalon bleu turquoise, des pieds nus chaussés de Crocs de la même couleur

Excusez-moi, je m'étais assoupi.

Je vous en prie. Docteur Bernard, vous voulez bien me suivre dans mon bureau ?

Vous n'êtes pas le professeur Magnien ?

C'est moi qui suis de garde ce matin.

Ils se dirigent vers la double-porte battante, franchissent le seuil, le docteur ouvre une porte sur la gauche, 5 m plus loin, ils entrent dans un bureau inondé de soleil. Thomas regarde sa montre : 9 h 40, il attend depuis deux heures ? Il s'est endormi. Comment il a pu ? Le chirurgien est aimable, trop prévenant, comme porté vers la compassion. Il a une quarantaine d'années, des cheveux noirs bouclés, de petites lunettes sans montures, juste des branches rouges clipsées dans les verres correcteurs. Il est torse nu sous sa blouse entrouverte

Nous sommes parvenus à réduire de 70 % l'hématome temporal, sans pouvoir encore évaluer le traumatisme cérébral. Nous l'opérons de nouveau ce soir. L'enfoncement des côtes a endommagé la plèvre sur le flanc gauche, elle est sous respirateur artificiel, mais nous craignons une déchirure. En outre, il faut poser des broches sur la colonne, il existe une fracture sérieuse de la dernière vertèbre cervicale.

Comment se sent-elle ?

Elle n'a pas repris connaissance, elle est dans un coma de stade 3. Cela ne vous dit rien et ne désigne d'ailleurs pas grand-chose. En jargon médical, le GCS qui est une échelle de mesure de la profondeur du coma est évalué à 5, conséquence du trauma crânien. C'est très sérieux, je ne vous cache pas.

Quand va-t-elle se...

On n'en sait rien. Des troubles végétatifs sont apparus, c'est un diagnostic réservé pour l'instant. L'hématome temporal était considérable, il nous fallait de toute urgence réduire la pression crânienne avant d'engager d'autres interventions.

Diagnostic réservé, ça veut dire quoi ?

Monsieur Texier, on ignore encore si on peut la sauver.

Mais, il y avait des airbags partout dans la voiture et...

Les airbags vous protègent de lésions externes, mais le choc a été si violent, à haute vitesse probablement, qu'ils ne protègent aucunement des lésions internes, les organes viennent se cogner contre la structure osseuse, le cerveau dans la boîte crânienne, par exemple, voyez ? La pression est trop forte, trop violente. Et puis, il y a cet enfoncement thoracique et cette fracture cervicale... je redoute l'hématome médullaire.

C'est-à-dire ?

Une possible paralysie à partir de C3, C4, à la base du cou.

Thomas éprouve des douleurs dans la poitrine et le dos

Elle... elle est où la voiture, je comprends pas.

Ça, faut voir avec la gendarmerie, ce n'est pas de notre ressort. Le rapport des pompiers parle de désincarcération, il a fallu tronçonner l'habitacle vraisemblablement.

Je peux la voir ?

Votre femme ?

Oui, ma femme, Camille...

Ses yeux se noient, il déglutit péniblement

Vous pouvez l'apercevoir à travers la vitre de la cabine de contrôle, mais avec les branchements...

J'aimerais, docteur.

Allons-y, je vous en prie.

Ils sont de nouveau dans le couloir, c'est une porte sur la droite à 20 m, il met un pied devant l'autre, il avance, ses semelles couinent encore sur le linoléum, il s'arrête, il ôte ses chaussures, les range contre la plinthe, le chirurgien lui dit que c'est inutile, il ne répond rien. Ils pénètrent dans une sorte de cabine de régie insonorisée dont la vaste ouverture vitrée donne sur la salle de réanimation. Des lumières clignotent sur les pupitres, des chiffres et des courbes défilent sur les écrans, c'est une sourde rumeur informatique, scandée de bips réguliers. C'est le deuxième lit à gauche. Il ne distingue rien, devine une forme sous un drap, reconnaît quelques mèches crépues de ses cheveux sur le lit... Un masque respiratoire et des tubes qui couvrent son visage, il devine des fragments de peau violette et rouge, il sait simplement que c'est elle

Il faut rentrer chez vous, monsieur Texier, vous n'y pouvez rien pour le moment, reposez-vous, ne restez pas seul, je vous fais une ordonnance pour des calmants, si vous le souhaitez?

Non, c'est pas moi le... demain, je peux?

Oui, vous passez, bien sûr. De toute façon, on vous tient informé aussitôt que son état évolue.

Ils se serrent la main, Thomas se dirige vers la double porte Monsieur Texier! vos chaussures... Il revient sur ses pas, les ramasse, repart, nu-pieds, ses bottines à la main. Il salue les infirmières d'un hochement de tête et sort du service, descend l'escalier sur la gauche, s'engage de nouveau dans la galerie vitrée, on l'observe quand on le croise, c'est sur le seuil du service des urgences qu'il se découvre en chaussettes. Aucune chaise n'est disponible, il s'assoit par terre, remet lentement ses souliers, se redresse, pousse la double porte, se dirige vers le guichet des urgences. Il attend son tour, se penche vers la même secrétaire médicale qui le reconnaît

Vous avez trouvé le service ?

Oui, je voulais voir le rapport.

Quel rapport ?

Celui de la gendarmerie quand ils l'ont…

Ce n'est pas la gendarmerie, c'est le SAMU de Bolbec qui a transporté votre femme.

Ah, et la gendarmerie ?

On n'a eu aucun contact avec eux.

Mais, les pompiers, ils ont bien écrit où ils l'ont ramassée ?

Deux secondes, ça devrait figurer… je récupère le récépissé de l'historique de son acheminement. Oui, ils l'ont prise en charge sur les lieux de l'accident, la D 17, au lieu-dit la Haie-Bance, le Grand-Trait.

Vous avez un stylo, que je note ?

Attendez, je vous écris ça sur un papier… tenez.

Merci. Merci.

Il sort dans le soleil de mai, des infirmières discutent, elles rient, elles allument des cigarettes, il s'éloigne vers le parking, serrant le col de sa veste, toujours courbé vers l'avant comme s'il affrontait la pensée d'un vent contraire qui pourrait le creuser, l'éroder en poussière de sable volatil. Il longe les pelouses trouées par endroits de plaques d'herbes jaunies, un homme, la trentaine, en jogging gris et flasque, assis dans un fauteuil roulant, le regard vague, semble écouter une jeune femme volubile, un enfant près d'eux sautille d'un pied sur l'autre dans une invisible marelle. Thomas qui les dépasse entend : La lumière est au bout du tunnel, merde ! tu peux pas faire ça, Max. Il se faufile entre l'Audi et une camionnette, ouvre la portière, se laisse tomber sur le siège, il a reçu un appel sur le smartphone, il écoute sa messagerie, c'est Daba qui lui confirme être avec les enfants, tout va bien, dit-elle, qu'il ne s'inquiète de rien. Il met le contact, pianote sur le GPS : D 17, la Haie-Bance, il reprend le même itinéraire en direction de l'A 29, la route pavée surplombe la Seine, il aperçoit trois pêcheurs sur la berge en contrebas dans la vive lumière de printemps, il croise un couple d'amoureux qui s'embrassent, appuyés contre la rambarde du vieux pont, il remonte la rue du Contrat-Social, la route du Havre, la bretelle de l'autoroute, il roule une trentaine de minutes, c'est la sortie n°19, juste après celle de Bolbec centre, s'arrête au péage, c'est une configuration assez identique, un carrefour à l'anglaise, à gauche, un pont qui enjambe l'autoroute, il se retrouve sur la D 487, longe les vieux quartiers ouest de Bolbec, dépasse Gruchet-le-Valasse, puis s'engage sur la D 17, une petite route bosselée de rustines qui serpente dans les bocages cloisonnés de haies vives, des noisetiers, des mûriers, il remarque des vaches dans les prés d'un vert tendre, quelques fermes isolées, des bosquets d'arbres, de grands chênes, un étang, un paysage d'abondance, il traverse deux hameaux, parvient à cette intersection où il tombe en arrêt devant la pancarte Saint-Eustache-la-Forêt sur la droite, son cœur cogne, rapide, il hésite, stationne deux minutes, la voiture serrée sur le bas-côté, moteur allumé, ses doigts tapotent sur le volant, le GPS indique tout droit la D 17 vers la Haie-Bance. La voix électronique répète : tout droit, la Haie-Bance. Il embraye, continue sa route, 10 minutes plus tard le GPS lui annonce le lieu de l'accident à 3 km. L'étroite départementale coupe la route de Lillebonne, se nomme maintenant le Grand-Trait, est-ce pour son tracé, droit comme la trajectoire d'une balle de fusil ? Ce sont à présent des cultures industrielles, une trame géométrique sur un sol plan à perte de vue, avec ici et là de vastes bâtiments neufs qui abritent des activités agro-alimentaires. L'asphalte est couturé de raccords, parsemé de flaques de terre plus ou moins sèches répandues par les pneus des tracteurs qui vont et viennent, Thomas en repère deux qui labourent sur sa gauche la terre lourde presque noire, il dépasse le chemin des Prés que bordent trois fermes anciennes, pierre et ardoise, bien entretenues. Vous êtes arrivés, répète le GPS, la Haie-Bance c'est donc ici, au croisement de la D 17 et d'une route vicinale envahie de mauvaises herbes. Se dessine la longue toiture d'une autre ferme, une centaine de mètres plus loin sur la gauche encore, abritée du regard par une haie vive, la départementale est toujours aussi rectiligne, il gare l'Audi sur le bas-côté boueux, juste à l'entrée de la route vicinale, il coupe le moteur, pose ses coudes sur le volant, parcourt du regard l'étendue déserte. Il entend des pépiements d'oiseaux, il voit un chien au pelage ras, jaune paille avec des plaques roses de peau nue qui suintent sur l'échine, il claudique lentement le long de la route. Il sort de la voiture, le chien passe à sa hauteur sans varier son allure ni sa trajectoire, Thomas avance, un pied devant l'autre, il éprouve l'effort musculaire de la marche, la dureté du bitume qui résonne dans ses talons, il imagine la nuit laiteuse baignant les terres alentour, à 3 h du matin… Il pensait trouver l'Austin accidentée rangée là sur le côté, se demandant ce qu'elle a bien pu heurter puisqu'il n'y a ni poteau ni arbre ni borne, rien, un plan vide, le dessus de sa main, il erre sur la route sans avoir encore croisé aucun véhicule, scrute le sol, cherche des traces de freinage, rien, aucune anomalie, il se retourne, considère la route vicinale, c'est peut-être à ce croisement qu'un tracteur a surgi, une voiture… mais pour surgir, il faut être dissimulé au regard par des arbres, une maison, une haie, ça n'a donc pas pu surgir, la place est nette, on voit à des kilomètres à la ronde, plus encore la nuit avec le faisceau des phares… sur le rapport, ils se sont trompés d'endroit. Il continue de marcher, il approche de la ferme, il traverse la chaussée, longe le fossé, la haie vive, haute de presque 3 m. C'est là, juste là, le bas-côté est comme labouré, les herbes hachées sur 20-30 m, la haie déchiquetée à sa base, des feuilles et des branches sont arrachées, une plaie blanche dans la végétation sur des mètres et des mètres, et puis une tache rouge… Il descend dans le fossé humide, c'est à moitié dissimulé dans la terre et les hautes herbes froissées, oui, c'est le rétroviseur gauche de l'Austin, ce rouge caractéristique du drapeau anglais peint sur le toit de la voiture, un rouge vif, intense, il sursaute devant son propre visage traversé de hideuses coupures dans le miroir brisé, plus loin il remarque un morceau courbe de plastique noir et souple, la joue d'aile probablement, ça sent l'essence, il voit luire des taches grasses et multicolores, presque fluorescentes sur les herbes mouillées qu'on aurait peignées avec une machine folle et désorientée. C'est bien dans cette parfaite ligne droite, sans obstacles, qu'elle est venue s'échouer, à quelle vitesse dans le contrebas de la route ? Il s'extrait du fossé, se dirige vers la ferme, le rétroviseur pend dans sa main, l'annulaire engagé dans le trou de la fixation, 50 m plus loin, le chemin à gauche conduit dans une cour, la ferme est à angle droit avec la route, un berger allemand et un épagneul breton bondissent d'une grange ouverte où se trouvent garés un tracteur et une batteuse-lieuse, ils sont saisis au vol, le corps et les membres disloqués par le collier et la lourde chaîne fixée à un montant de bois qui gémit sous leur poussée. Incohérents, éparpillés, ils aboient, la gorge écrasée par le lien, ils grognent, bavent, suffoquent, montrent les crocs, Thomas trébuche, il s'engage lentement vers le perron de l'habitation, il frappe à la porte de l'index replié. Il insiste, il cogne du poing sur l'épais battant, les bêtes griffent la terre sèche de leurs pattes fébriles, leurs hurlements vrillent les tympans, Thomas tourne la poignée pour entrer, il pousse avec son genou, la porte est verrouillée, il appelle, mêle sa voix aux chiens de garde qui pourraient réveiller les morts, les fermiers doivent savoir, c'est sans doute eux qui ont appelé la gendarmerie, ils ont vu... du moins après l'accident. Il s'éloigne à reculons, quitte la cour, repart vers l'Audi, mais étrangement, il ne distingue pas Camille, elle ne s'incarne pas, il ne la pressent pas sur cette route, elle conduit dans la nuit, elle sort du grand trait d'asphalte, non, il ne la voit pas, il n'aperçoit rien. Les chiens se sont tus, il entend des cliquetis de chaînes qui raclent le sol. Le portable vibre et sonne dans sa poche, il décroche machinalement

Allô, Thomas ?

Oui.

C'est Léo, j'ai besoin de toi, un problème sur le logiciel temps pour le personnel infirmier de la clinique d'Eaubonne... allô ? Thomas ? Je te dérange ?

Peux pas te répondre, Léo, sur la route.

Je te rappelle plus tard ? dans la soirée ?

Non, lundi, excuse-moi.

Il raccroche. Il ne bouge plus, il est debout au milieu de la chaussée, il voit le fossé à sa droite, la traînée d'herbes et de feuilles broyées, le téléphone sonne à nouveau, cette fois ce sont les enfants ou Daba. Il décroche, ne dit rien, ne parvient pas à dire : oui, Elsa ? Non, pas un mot. Allô ? Allô ? insiste sa fille...

Oui, Elsa, je suis là.

Je rentre du cours de piano et maman n'est pas là, il est plus de 11 h.

Elle rentre pas aujourd'hui.

Elle est encore au travail ?

C'est ça, oui.

Et toi, on t'attend pour le cinéma cet après-midi ?

Non, ma chérie, c'est Daba qui vous emmène. Je sais pas quand je rentre. Désolé, Elsa, désolé, mon tigri...

Il faut écourter, rien ne s'énonce correctement, ça s'articule mal, ça se tord dans la gorge

Daba ?

Te la passe, bisous, papa.

Il n'embrasse pas sa fille, il ne répond rien. Daba lui parle, il se redresse, lui expose la situation, lui demande si elle peut rester avec les enfants tout le week-end, il rentrera peut-être ce soir ou demain midi, cela dépend... de quoi cela dépend d'ailleurs ? Il veut être à l'hôpital pour... Il n'a pas demandé au docteur Bernard à quelle heure elle est opérée ce soir... Allô ?... Oui, Daba, merci, je vous rappelle dans la soirée... Il a fait quelques pas, se tient devant la plaie blanche au-dessus du fossé, 1 m 50 de profondeur, juste un drainage des eaux de pluie, il remarque un essuie-glace au pied de la haie qu'il avait pris pour une branche, il se hâte vers sa voiture, fait demi-tour, en direction de Saint-Eustache-la-Forêt. Un quart d'heure plus tard, il arrive dans un bourg de fermes fortifiées et de maisons anciennes à colombages, avec des toits en ardoise, des silex gris incrustés dans les façades et les bandeaux de brique, il débouche sur la place arborée, face à l'église romane, trapue, il accoste un couple de retraités, elle tire un cabas à roulettes qui déborde de légumes, il tient un petit chien blanc en laisse, leur demande où se trouve la gendarmerie. C'est tout droit à la sortie du village, une construction récente, un cube gris et beige, une camionnette stationne sur le parking, il gare l'auto puis pénètre dans le bâtiment. Un sas de portes vitrées, un long plateau de bois teinté, une odeur de renfermé, de poussière humide et de sueur. Un homme jeune, en bras de chemise bleue de rigueur, tape lentement sur un clavier devant un vieil ordinateur, se lève, le salue, s'enquiert du motif... Thomas explique : cette nuit un appel de chez vous, un accident sur la D 17, sa femme conduisait la voiture. Le gendarme lui demande de patienter, il disparaît par la porte du fond, réapparaît une minute plus tard : le brigadier est là... C'est un homme d'une cinquantaine d'années, les cheveux gris, en tenue, impeccable. C'est vous le mari ? Désolé, monsieur, oui une jeune dame sur la D 17, ils ont été appelés à 3 h du matin, des fermiers qui habitent en bordure, 3 h 16 exactement, un renvoi d'appel en urgence à son domicile. Oui, Thomas en revient, il n'a pas vu la voiture. C'est la casse du village de La Remuée, sont venus l'emporter vers 7 h ce matin. Thomas explique qu'il ne comprend pas. Qu'est-ce que vous ne... ah, l'accident ? en effet, une ligne droite, pas d'obstacles... non, pas de tiers impliqué, aucun autre véhicule, elle, seule... Pourquoi elle est sortie de... ?... On sait déjà qu'elle allait à très grande vitesse... on n'a pas commandité d'expertise parce qu'elle était seule, il n'y a pas d'autre victime, mais elle roulait à plus de 100 km/h, c'est certain, l'auto a chaviré dans le fossé, des haies ont été arrachées sur 20 m et quand elle est remontée de l'autre côté du talus, au lieu de s'immobiliser là, avec l'élan inouï, dame, elle a fini en tonneaux, plusieurs, 50 m plus loin sur la chaussée, une trajectoire impossible, impossible... le véhicule est détruit. Il a pensé qu'elle s'était endormie mais, en fait, le portable était ouvert, elle devait téléphoner, une inattention, probable... une minute, s'il vous plaît. Il contourne un bureau, ouvre un tiroir, en sort un sac plastique transparent, puis se baisse, ramasse un ordinateur portable dans sa housse Tenez, tout est là. On allait vous poster un avis de mise en dépôt. Thomas reconnaît le foulard, les lunettes de soleil, le sac à main. Il fouille, trouve le téléphone, son portefeuille, ses clés, son nécessaire de maquillage, son bric-à-brac, dans la housse grise son ordinateur blanc. Oui, tout est là, il identifie chaque objet, pourrait en écrire l'historique Asseyez-vous, monsieur... Il doit être livide pour que le brigadier s'empresse de la sorte, contournant le comptoir, offrant une chaise

Excusez ma question, votre femme buvait?

Non, comme tout le monde, mais pas au volant, vous…?

Nous n'avons pas pratiqué de test, l'urgence était pas là, les pompiers sont arrivés de suite, il fallait la désincarcérer, l'emmener à l'hôpital, on n'y a pas pensé, de toute façon, c'était impossible, enfin, inutile, il fallait la sauver. Vous êtes déjà passé à l'hôpital de Bolbec?

Elle est dans le coma, à Rouen.

Rouen?

Ils pouvaient pas l'opérer à Bolbec.

Je comprends, ils n'ont pas tous les services ici et… vous avez des enfants?

Thomas a le regard figé sur le sac à main ouvert sur ses genoux. Le brigadier fait signe à son subalterne d'aller chercher un verre d'eau. Vous saviez où elle se rendait? Thomas fait non de la tête, il tient le verre entre ses doigts, il ne bouge plus… Buvez une gorgée. Il boit. Il sent l'eau froide qui le traverse, il ne dit rien. Une minute. Deux. Le brigadier soulève son képi, s'éponge le front avec un grand mouchoir à carreaux

Et l'auto?

L'auto?

L'Austin, elle est où?

Je vous ai dit, à la casse de La Remuée, c'est à une dizaine de kilomètres. Vous souhaitez que je vous y…

Non, merci, ça ira.

Vous continuez sur cette route. Vous allez rejoindre celle de Lillebonne, la D 81, ce sera sur la droite, un peu moins de 3 km, c'est à l'entrée du village, vous ne pouvez pas la manquer.

Thomas se lève, signe le bon de dépôt Merci, merci… Il emporte l'ordinateur, le sac plastique qui contient les affaires de Camille, dehors il est aveuglé par le soleil de midi, il remonte en voiture, pose les sacs sur le siège passager, démarre, le brigadier le regarde partir, droit, les épaules en arrière sur le seuil de la gendarmerie.

Il ne pouvait pas la manquer, une grande casse et un garage attenant, 100 m avant le village de La Remuée, il imagine que ce nom désigne une femme : la remuée. Il gare devant l'entrée, les graviers crissent sous ses pneus. Sur la gauche, une large grille rouillée, une palissade en plaques de ciment sale, couverte de graffiti et d'affiches, ensuite un grillage qui délimite la casse des prés alentour où paissent des vaches et quelques moutons. Il entre dans le hangar, un mécanicien s'affaire sur un tracteur, un homme en maillot de corps et en bleu de chauffe sort d'un exigu bureau sombre comme une grotte, une maigre couronne de cheveux gris cercle son crâne, ses avant-bras sont tatoués, tachés de cambouis, il a la cinquantaine, une cigarette à rouler entre les lèvres, il se dirige vers lui d'un pas traînant, lui tend la main, le poignet plus exactement, s'excuse, les mains sales, en plein travail, Thomas se présente Je sais, coupe le garagiste, la gendarmerie vient de téléphoner. Elle est à l'entrée... Ils ressortent, puis s'engagent sur le chemin pierreux, noirci d'auréoles d'huile Je l'ai pas encore déchargée du plateau... Ils font quelques pas. Ça lui saute aux yeux, entre deux entassements d'épaves, la camionnette et l'Austin rouge sur le plateau Patientez deux minutes, je vais la décharger plus loin. L'arrière qu'il découvre d'abord est à peu près intact. Les feux, la plaque d'immatriculation, le pare-chocs, Cooper S, à droite, sous la vitre arrière, elle voulait le modèle le plus rapide, un caprice, je serai plus vite à la maison, mon chéri... Non, Camille, pour ça il te faudrait un hélicoptère, 90 sur route, 130 sur autoroute, je te rappelle... Mais si, darling, j'en rêve... Ils avaient ri chez le concessionnaire, il avait murmuré D'accord, c'est ton cadeau d'anniversaire, mais pour les cinq ans à venir... Le concessionnaire de Vincennes se frottait les mains Un bel achat, vous la prêterez à votre mari ?... Certainement pas ! Ils avaient ri de plus belle. Il n'y a plus de toit, il est entré dans l'habitacle, la voiture est une galette rouge de métal compacté. Le garagiste démarre la camionnette, avance puis stoppe 100 m plus loin dans un espace vide à côté d'une carcasse d'autobus. Il grimpe sur le plateau, manœuvre le treuil électrique, la voiture est soulevée à 2 m de hauteur puis déposée sur le sol, le mécanicien saute du plateau, défait les câbles et les crochets grippés dans les montants du toit. La portière du conducteur a été partiellement découpée à la scie circulaire ou au chalumeau. Les roues sont pliées, deux pneus sont éclatés, la calandre a disparu, la jupe et le pare-chocs avant sont sous le moteur qui a percé le capot, les ailes sont déchirées comme par un ouvre-boîte, on ne reconnaît plus le modèle. Thomas tourne autour du véhicule, il scrute les chocs, il détaille les impacts, il perçoit les frottements, la voiture n'est qu'une plaie vive, des herbes, des branches, de la terre encore humide bavent dans les interstices des portes et du capot jusque sur le toit abrasé où demeurent des fragments de drapeau anglais. Il retient sa respiration, s'approche de l'habitacle, les dossiers des sièges avant sont rompus, vrillés, la ceinture de sécurité pend, tranchée au cutter, la banquette arrière sortie de ses rails est voilée, la mousse saille, de la pulpe synthétique jaune par le cuir éventré, les airbags sont tous déclenchés, des ballons beiges crevés, maculés de boue, de sang, le volant est sous le tableau de bord, les manomètres compteur compte-tours ont explosé, il ne comprend pas où le corps peut se loger dans cette compression de métal, de cuir, de plastique, saupoudrés de miettes de verre, où le corps de Camille peut bien tenir dans cet agglomérat de matériaux. Thomas recule, s'assoit, se laisse tomber sur le sol caillouteux, le dos contre une pile de vieux pneus. Le garagiste se gratte le coude, il tire sur sa cigarette, il hoche la tête, il essaye de dire quelque chose, le regard fixé sur la voiture Vous... vous voulez voir s'il reste des affaires ? Peut-être dans le coffre ? Devant le mutisme de Thomas, il s'empresse Attendez, je regarde... Il se penche dans l'habitacle, en ressort un ballon décoré des figures de Spiderman, un siège enfant coincé dans la malle arrière, étrangement intact, un étui de plastique blanc avec quatre paires de boules multicolores pour la plage, deux épuisettes, une rouge, une verte, et un paquet cadeau qui intrigue Thomas, il éventre le sac, un bruit de papier kraft qu'on déchire, découvre une lampe Art déco signée, en pâte de verre violette et orangée avec un certificat d'authenticité, vraisemblablement achetée chez un antiquaire. La coupole est brisée en trois morceaux, Thomas avale sa salive, s'essuie les yeux sur la manche de sa veste, le garagiste hoche encore la tête, tire sur sa cigarette, expire par le nez, sort une boîte chromée de sa poche, y roule une cigarette, la tend à Thomas qui la fiche entre ses lèvres, la flamme du briquet jaillit sous son nez, il aspire la fumée, ça grésille, il s'étouffe, il tousse et tousse. Oui, tout est là, tous les objets sont là... Je vous attends au garage, prenez votre temps, souffle le mécanicien, se hâtant vers la grille de la casse. Thomas se réveille

Monsieur, s'il vous plaît ! vous... vous avez des tournevis, des pinces ?

Oui, bien sûr.

Je voudrais récupérer l'ordinateur de bord, le boîtier électronique, vous savez où il se trouve dans la voiture ?

À peu près... comme à l'habitude, entre le moteur et l'habitacle. Attendez.

Il ouvre la cabine de la camionnette à plateau, farfouille sous le siège, sort des tournevis plats, des cruciformes, une pince multiprises Si ça suffit pas, j'irai au garage. Ah, j'oubliais... Il sort une lourde pince coupe-boulons rouge, longue d'un mètre Le capot est bloqué, faut que je cisaille les gonds.

Je peux...

Non laissez, vous allez vous salir.

Les attaches sont trop épaisses, il découpe la tôle autour des gonds, ils parviennent, en tirant de chaque côté, à dégrafer le capot de ses ancrages. Le moteur est remonté de 30 bons centimètres vers le pare-brise, coinçant le boîtier électronique contre la paroi externe de l'habitacle, à la hauteur du tableau de bord. L'homme retourne au garage chercher d'autres outils, Thomas s'est remis à marcher autour du véhicule. Cette lampe des années 30 dans un paquet cadeau, aucune date à fêter qui soit imminente, à part leur anniversaire de mariage, mais c'est inconcevable qu'elle achète un objet qui s'accorde si mal avec leur mobilier, particulièrement les lampes qu'ils aiment contemporaines, géométriques, équipées d'halogènes… Le mécanicien revient avec une scie circulaire et un long câble électrique qu'il branche sur une prise extérieure vissée sur un poteau d'éclairage. Il enfile des lunettes de soudeur, des gants de protection, s'accroupit dans l'habitacle, la tête et le torse sous le volant, arrache le tapis de sol autour des pédales, puis commence à tailler dans la tôle qui sépare du moteur. C'est un geyser d'étincelles jaunes et bleues avec un bruit strident, aigu, qui ronge jusqu'à la pulpe des dents, ça dégage une odeur de bobinage chaud et de colle brûlée, vaguement écœurante. Le disque de coupe engendre deux lèvres d'un rouge incandescent qui vire au noir mat. Un passage est aménagé qui permet d'accéder par l'arrière au boîtier électronique et à ses vis de fixation. Le démontage est malaisé, tout est tordu, faussé, inaccessible, le mécanicien, recroquevillé, transpire sous l'effort, s'essouffle, le front ruisselant dans cette fournaise de mai. Après une bonne demi-heure de travail, il extirpe le boîtier, ayant pris soin de ne pas couper les fils d'alimentation Attention, c'est un courant de 12 volts, et là vous avez la prise diagnostic pour connaître les données. Thomas s'étonne, une prise qu'il ne connaît pas. Le garagiste confirme: c'est une connexion conçue par le constructeur, différente selon les marques, il lui faut un concessionnaire Austin pour accéder aux données. Ballon, siège enfant, boules, épuisettes, lampe brisée, ordinateur de bord, ils rangent les affaires dans le coffre de l'Audi, Thomas sort son portefeuille, le garagiste refuse net toute rétribution. En revanche, Thomas doit lui remettre la carte grise et signer un avis de cession du véhicule pour la déclaration de destruction en préfecture. Thomas fouille dans le sac de Camille, trouve la carte grise, la barre d'un double trait et signe les différents papiers de cession, glisse finalement un billet au garagiste qui hésite puis qui remercie Non, c'est moi, sans votre aide. L'homme se racle la gorge, roule une autre cigarette Je comprends votre... nous non plus on s'explique pas... elle s'est peut-être endormie, ça arrive mais... Oui, beaucoup de mais... Thomas salue, fait deux pas à reculons, puis rejoint sa voiture, démarre, roule de nouveau vers Saint-Eustache-la-Forêt. Il se gare sur la place de l'église, il est 14 h 20, les étals du marché ont disparu, deux employés municipaux finissent de balayer les trottoirs, des cageots et des cartons s'entassent près de l'arrêt d'autocar Vous l'avez pas trouvée? Thomas sursaute, se retourne, aperçoit d'abord le chien blanc aux pattes grêles et au ventre rebondi Quoi? pardon?... La gendarmerie? Il reconnaît le vieux monsieur Si, si, je l'ai trouvée. Il salue puis s'engouffre dans l'unique café restaurant, s'installe au comptoir, commande un sandwich au jambon et un œuf dur, il mastique, il déglutit les nourritures, muré dans un silence abruti, il éprouve une contraction diffuse qui enserre les côtes et le plexus, il comprend que c'est la terreur sourde de devoir affronter le regard des enfants, de devoir leur expliquer ce que... ce que leur mère...

*

C'est une sorte de fauteuil paillé ancien, large, élégant, avec des accoudoirs, d'une assise trop basse pour le petit bureau, il est mal installé, les bras levés, les épaules crispées, l'ordinateur de Camille est ouvert, cela fait presque trois heures que Thomas fouille les dossiers, la messagerie, les documents, c'est son PC de travail, les dossiers sont techniques, il en comprend la teneur, les grandes lignes, elle lui en parle suffisamment à la maison, mais les échanges avec sa hiérarchie ou avec sa clientèle ne lui sont d'aucun secours. Il est à l'hôtel de l'Abbaye à Rouen, il a choisi cet établissement luxueux parce qu'il disposait d'une connexion Internet dans sa chambre, d'ailleurs vaste et confortable dont les trois fenêtres donnent sur le parc de l'abbatiale Saint-Ouen située non loin de l'hôpital. Il est resté une partie de la soirée dans le couloir du service de réanimation chirurgicale, c'est le professeur Magnien qui cette fois intervient, ce qui le rassure parce que ce nom est celui du service et qu'il imagine que le professeur est plus compétent que le docteur Bernard. Il n'a pu le rencontrer, il est reparti deux heures vingt plus tard alors que le chirurgien était encore au bloc opératoire auprès de Camille, il a cédé devant l'insistance de l'infirmière de garde, il est rentré à l'hôtel, il a trop bu, la bouteille de bourbon est presque vide, il n'a pas dîné, il est engourdi, il sait que les enfants sont couchés, Daba veille, il a promis d'être de retour demain dimanche pour le déjeuner, aujourd'hui il ne pouvait se trouver ailleurs que dans le triangle la Haie-Bance, Saint-Eustache-la-Forêt, Rouen. Il est retourné sur les lieux de l'accident, n'a pas eu plus de chance pour rencontrer les fermiers qui ont téléphoné à la gendarmerie, et quand le brigadier l'a vu de nouveau se présenter à son bureau, il s'est empressé de l'accueillir, de lui répéter la même histoire, de lui lire par le menu la déposition des agriculteurs qui se limitait à trois phrases : « Un bruit de branches cassées et de ferraille nous a réveillés, les chiens aboyaient sans plus s'arrêter, on est sortis, ça sentait l'essence et le caoutchouc brûlé, on a découvert la voiture sur le toit, on vous a téléphoné de suite. Après, on s'est approchés de l'auto, on ne voyait rien, le toit était aplati, même avec la lampe torche on ne perçait pas la nuit à l'intérieur, la voiture paraissait pleine, tout était mélangé, juste une chevelure noire qu'on croyait deviner mais on n'était pas certains de pas se tromper. Cette auto semblait tomber du ciel, une météorite. » Après l'intervention chirurgicale de ce soir, il pense s'en retourner demain à Saint-Mandé avec des nouvelles rassurantes pour lesquelles il a déjà trouvé le chemin des mots : Oui, Elsa, oui, Anton, votre maman a eu un grave accident de voiture, elle a beaucoup de chance, nous avons beaucoup de chance, ça va, ça va bien, on ira la voir bientôt dans sa chambre d'hôpital, on visitera Rouen, c'est une belle ville du Moyen Âge, on mangera au restaurant, on se promènera dans les vieux quartiers, on ira peut-être jusqu'à la mer se tremper les pieds, courir sur la plage… Sur la messagerie de Camille, il a trouvé l'échange de mails avec la société Delta Energy, il a exploré le profil et l'infrastructure financière de l'entreprise sur le Net, c'est une société américaine de dimension internationale, avec des agences dans toute l'Europe et au Moyen-Orient. Il découvre à cette occasion que la compagnie Orange est en concurrence sur ce contrat avec un autre opérateur français et surtout un opérateur italien, très agressif, écrit-elle aux responsables du siège, à Paris. Il existe bien un rendez-vous avec de hauts responsables, hier vendredi à 17 h 30. L'un des ingénieurs de son équipe devait l'accompagner, un certain Hubert Demestre, celui avec lequel les échanges de mails lui paraissent d'une trop grande familiarité pour de simples liens professionnels. Il faudra qu'il le contacte, que cet Hubert lui raconte leur fin d'après-midi, comment Camille était disposée, quel était son état d'esprit quand ils se sont quittés après le rendez-vous dont les enjeux financiers semblent importants. Elle n'a jamais parlé de cet homme qui est un ami si l'on en croit le ton des mails. Elle évoque pourtant régulièrement certains de ses collaborateurs, cet Hubert n'a jamais franchi ses lèvres. Thomas a téléphoné à l'hôtel Accor du Havre, elle n'avait pas réservé de chambre pour vendredi soir, elle ne comptait donc pas dormir sur place. Il suppose que c'est au sortir de cette réunion, vers 19 h, qu'elle a renoncé à rentrer à la maison, trop épuisée, lui avait-elle dit, pour faire la route. L'historique des consultations Internet ne fournit aucun élément notable. Il se connecte sur Google Maps et tente de reconstituer son itinéraire. Il sursaute, saisit le sac à main à ses pieds, cherche dans le portefeuille de Camille un reçu de carte visa et une note de frais pour un repas dans un restaurant hier au soir, vendredi 18 mai, il épluche la liasse des reçus et des notes de frais de la semaine, non, il ne trouve rien… Peut-être était-elle invitée ? Il se reprend : la société Delta Energy est implantée au nord-est du Havre, si elle dîne dans les environs plutôt qu'au Havre pour rentrer directement sur Paris, pourquoi abandonner l'A 29 pour couper vers le sud, est-ce pour ensuite rattraper l'A 13 à la hauteur de la route des Estuaires ? Aucun intérêt de se retarder en empruntant des départementales écartées, en pleine campagne, à 3 h du matin, pour après-coup rejoindre un axe similaire vers la capitale ? Il doit appeler demain ou lundi la Société d'exploitation des autoroutes de Normandie, voir si l'A 29 était coupée cette nuit-là en raison de travaux, l'obligeant à opérer ce détour qui était alors une déviation conseillée. Il a téléphoné trop tard ce samedi, c'était un disque qui répétait les heures d'ouverture des bureaux, et quand il consulte sur le Net l'état du trafic en temps réel sur cette portion d'autoroute, aucuns travaux ne sont signalés. Quand bien même cette hypothèse se révélerait exacte, le passage de Camille par ces départementales perdues lui apparaît beaucoup trop tardif. Et si elle dîne malgré tout au Havre, l'accident aurait dû se produire vers minuit au plus tard. Il fouille à nouveau dans le sac à main, trouve sa carte d'abonnement autoroutier, repart sur le site informatique des autoroutes de Normandie, il pense entrer sur son compte avec le numéro de la carte, il va demander un relevé intermédiaire pour avoir les données horaires et géographiques de ses entrées et sorties d'autoroute. Il tombe en arrêt devant la demande du code d'accès, peste, tape le prénom des enfants et leur date de naissance, le sien, rien ne s'ouvre, il clique sur code d'accès oublié, retourne sur la messagerie de Camille, définit un nouveau code, le confirme, retourne sur le site, le compte s'ouvre, il demande un relevé, le tableau apparaît, complet. Hier, donc, elle part du centre du Havre, s'engage sur l'A 29 à 17 h 03, quitte l'autoroute à la hauteur d'Épretot, la sortie 6 à 17 h 22, au plus près de l'implantation de Delta Energy, c'est son dernier passage sur l'autoroute, elle ne l'emprunte pas après le rendez-vous, c'est incompréhensible. Et puis ce cadeau, si on est amateur, cette lampe signée, achetée chez un antiquaire, c'est pour qui ? Il a le sentiment de… il la découvre sur le trottoir d'en face, dans la rue du Faubourg-Saint-Honoré, elle se dirige vers le Palais-Royal, il sort à l'instant de l'immeuble d'un client, un cabinet d'avocats financiers, elle avance à grands pas, une allure d'athlète où se lisent le mouvement des muscles, l'élasticité des attaches, les plis articulaires, elle fut championne de France junior du 4 × 100 m et du 4 × 400, elle a souffert d'une déchirure des jumeaux à la jambe droite alors qu'elle était sélectionnée pour les Jeux olympiques d'Atlanta, puis elle a renoncé à ses ambitions sportives quand elle est partie pour Berkeley. Sa musculature est fine, mais sa démarche est puissante, une force singulière du ventre et des cuisses. C'est une chaude après-midi de septembre, elle porte une robe orange vif, légère, ample et plissée, avec une veste noire droite et stricte, elle est chaussée de ballerines, il l'appelle, spontanément il l'appelle : Camille. Camille ! Puis une fois encore. Il hurle pour dominer la rumeur du trafic dans cette rue toujours encombrée comme s'il l'appelait au secours. Elle a un léger frémissement de tête en sa direction, il ne distingue pas l'expression de ses traits derrière les lunettes de soleil vert amande, il agite la main, le bras leve, Camille ! Elle continue d'avancer, juste ce furtif déportement vague de la tête, elle poursuit son chemin. Il prend son portable, l'appelle, ça doit sonner dans son sac, mais elle traverse la rue des Pyramides, s'éloigne vers la place du Théâtre-Français. Il ne laisse aucun message, il raccroche, se dirige vers sa voiture garée rue de la Sourdière, il fixe le bitume, son pas est hésitant, il a vu Camille quand elle ne le connaît plus, il a connu celle qui lui est devenue étrangère, ou l'inverse, il ne trouve plus ses clés de voiture, il est envahi d'une espèce de malaise. Lorsque le soir il l'interroge de manière anodine sur sa journée de travail, il ne parvient pas à deviner si elle l'a vu et entendu, elle ne le questionne pas sur son appel téléphonique qu'elle a nécessairement remarqué, elle ne lui précise pas avoir travaillé dans ce quartier de Paris… Elle était ce soir-là, comme le plus souvent à l'époque, souriante, aimante, mais aussi, découvre-t-il à cette occasion, proprement insondable lorsqu'elle a décidé de se taire. Cette scène revient en boucle, parfaitement dessinée alors qu'il ajuste les trois morceaux de verre mauve orangé qui recomposent ensemble la coupole de la lampe. Il songe à ces dernières semaines où elle ne rentre que le samedi, multipliant ses absences les vendredis soir. Quant à son téléphone portable, il est éteint jusqu'à 2 h 30 du matin s'il en croit les cinq appels répétés de la messagerie après que Myriam, son amie de Tancarville, a laissé un message à 20 h 03. Le texto que lui-même a envoyé afin de lui souhaiter bonne nuit et lui rappeler leur fête anniversaire a sans doute été lu à ce moment-là. Et puis elle a reçu deux appels, chaque fois un numéro privé, l'un à 2 h 59, l'autre à 3 h 08, ce doit être la même personne, elle n'y a pas répondu, mais son téléphone est ouvert à 3 h 12 sur la messagerie qu'elle doit écouter au moment de l'accident, suppose le brigadier, juste après avoir effacé le message de Myriam et le premier appel privé. Le second appel privé, celui de 3 h 08 est encore dans la boîte, Thomas l'a entendu plusieurs fois, c'est une voix d'homme, grave, sans accent, pondérée, qui regrette de l'avoir laissée prendre la route si tard, elle aurait dû dormir chez lui et partir le lendemain matin. Si elle a des questions techniques à lui poser sur le dossier, qu'elle n'hésite pas à le joindre dimanche (pourquoi pas samedi ?). Il l'embrasse avec insistance Je t'embrasse, Camille, envoie-moi un sms quand tu arrives chez toi, je suis inquiet. Je t'embrasse. Oui, il l'embrasse deux fois… Les fermiers appellent le numéro d'urgence de la gendarmerie à 3 h 16, le temps qu'ils réalisent quel peut être ce fracas qui les réveille en sursaut au milieu de la nuit, qu'ils sortent de chez eux, qu'ils découvrent de quoi il retourne, qu'ils téléphonent aux gendarmes, elle devait en effet écouter le dernier appel sur sa messagerie quand… C'est qui, c'est quoi ce numéro privé ? cette intimité à 3 h du matin ? Cet Hubert ? La bouteille de Jack Daniel's est vide, Thomas se lève, chancelant, les yeux lui font mal, il s'acharne à tout reconstituer comme si Camille n'allait pas bientôt se réveiller, comme si… Il éteint le PC, frissonne, chavire en travers du lit, tout habillé, s'endort à moitié ivre.

Il sursaute, les cloches de l'abbatiale cognent contre ses tempes douloureuses, il regarde sa montre, 8 h 05, il a un message sur son iPhone, un appel du service du professeur Magnien, à 7 h 03, il n'a rien entendu. Une voix féminine qui lui annonce que l'intervention s'est bien passée, que le diagnostic général n'est plus aussi réservé. Il peut rappeler le service. Thomas téléphone à la réception qu'on lui monte le petit-déjeuner et un nécessaire pour se raser. Il est sous la douche, il entend des pas dans la chambre, un bruit de vaisselle, une porte qui se ferme, de nouveau le seul bruit de l'eau qu'il laisse ruisseler longtemps sur sa tête. Il sort de la salle de bains dans un peignoir blanc, s'installe devant son plateau, dévore les croissants, tartine les petits pains briochés, mesure qu'il n'a rien mangé depuis son sandwich d'hier midi, avale deux grandes tasses de café noir, se rase, s'habille, ses vêtements sentent le tabac froid de la veille et une odeur diffuse de sueur aigre. Il n'a pas de change, il est de nouveau celui qui courait hier en tous sens. Il parvient à joindre la permanence de la Société d'exploitation des autoroutes de Normandie, on lui confirme qu'il n'existe aucuns travaux en cours sur l'A 29 dans le sens Le Havre-Rouen. Son hypothèse ne tient pas, Camille ne s'est engagée sur aucune déviation. C'est une autre raison qui lui fait emprunter ces départementales dérobées à 3 h du matin. Il range les affaires, enfile sa veste, sort de la chambre, dévale l'escalier décoré d'un tapis crème à ramages bruns, puis règle sa note à la réception dans un silence ouaté de bienséance provinciale. L'Audi est garée de l'autre côté de l'abbatiale, il foule la pelouse du parc encore désert, se laisse envelopper dans la lumière tiède et cristalline du soleil printanier, traverse lentement le parvis, surprend des chants liturgiques qui filtrent d'entre les lourds battants entrouverts du portail sculpté, son pas hésite, il écoute, s'approche puis pénètre dans l'église à l'instant d'un Gloria retentissant qu'entonnent peut-être deux cents personnes. Camille avait promis qu'elle lui ferait un jour visiter les quartiers du haut Moyen Âge, les ruelles tortueuses, les imposants monuments de cette ville où elle vécut enfant. Il découvre la splendeur gothique élancée de la nef, les vitraux des hautes fenêtres latérales, les rosaces aériennes, il avance doucement vers la dernière travée sur sa droite, une trentaine de mètres à parcourir sur le dallage à découvert, se glisse au côté d'un couple de personnes âgées, une petite femme dont il remarque les reflets mauves dans sa chevelure blanche, bouclée, laquée, qui lui jette un regard sans interrompre son chant, qui lui sourit, lui tend son livre de prières ouvert à la bonne page, son index fripé tremble imperceptiblement, elle lui désigne la ligne exacte du Gloria, il prend le missel en hochant la tête, elle se tourne alors vers son mari pour suivre, blottie contre son épaule, le fil interrompu du texte. Thomas observe le col usé de sa gabardine, la veste en velours lustré de son compagnon. Il chantonne, un son de gorge rauque qu'il doit seul entendre dans son crâne. Les mots sont en latin, cinq ou six lignes encore, le Gloria s'achève, un silence s'installe, l'assemblée paraît médusée d'avoir su donner tant de présence à la furtive monumentalité du chant qui emplissait la nef. Quelques bruits de chaises, une toux ici et là, un silence arc-bouté, une apnée. Soudaine, la voix du prêtre fuse dans les haut-parleurs, celui dont il aperçoit l'indistincte silhouette devant la table du maître-autel, en robe blanche, sacerdotale, la voix qui enjoint les fidèles à la muette prière du recueillement. Autour de Thomas courent alors des murmures indéchiffrables, un bruissement d'insectes, il ne connaît pas même le Notre Père, et pour chasser, en la circonstance, le soupçon qu'il n'aurait pas tout tenté pour elle, il conjure Dieu, en ses propres mots, de sauver Camille. Il prétend le faire en son nom et en celui d'Elsa et d'Anton, en leurs trois noms donc, il Le supplie d'intercéder, qu'elle soit arrachée à ce coma, rendue indemne, sauve. Puis à l'instant de proposer contrat à Dieu de Le célébrer encore en ce lieu saint mais aussi en d'autres si le miracle opère, une espèce de sourire déchire son visage grave, il rend le livre de prières à son aimable voisine Merci, madame, bon dimanche, et s'échappe de la travée et sort sans se retourner, précipité dans cette lumière de mai qui réchauffe les pierres du vaste parvis. L'Audi est garée 300 m plus loin. Il presse le pas. Range les affaires dans le coffre, démarre et prend la direction de l'hôpital. Il n'hésite plus, trouve une place près de l'entrée des urgences, puis rejoint le service du professeur Magnien. L'infirmière s'étonne de sa nervosité, non, ce n'est pas elle qui lui a téléphoné, l'horaire des visites c'est à partir de 11 h, quel est le motif de... Il explique, demande s'il peut voir le professeur... Non, il travaille pas aujourd'hui, il passera tout à l'heure visiter... ah, c'est votre femme ? en ce cas, patientez, j'appelle le docteur Bernard, il est de garde aujourd'hui. Il fait les cent pas dans le couloir Merci, il préfère marcher. Le médecin arrive, ils se reconnaissent, Thomas le suit dans son bureau. Bien sûr, il est parfaitement informé, ils se sont croisés au petit matin, avec le professeur, se sont longuement entretenus à propos de votre épouse, les deux interventions se sont bien déroulées...

Deux ?

Je vous l'avais dit, non ? Les côtes brisées sur le flanc gauche ne menacent plus la paroi de la plèvre, l'une d'elles, flottante, a dû être ôtée, l'inflammation des tissus persiste encore mais c'est une question de jours. Enfin des broches ont été posées sur les cervicales entre C3 et C4 pour alléger autant que faire se peut la compression médullaire, votre femme s'engage dans un coma de stade 2, le GCS est évalué à 7, on a cru percevoir de vagues réactions aux stimuli, mais c'est insuffisant pour confirmer véritablement une sortie du diagnostic réservé.

C'est tout, docteur ?

J'entends votre question, monsieur Texier, mais... comprenez qu'avec un tel choc, c'était tout à fait impossible et d'ailleurs peu souhaitable que le fœtus survive.

Le fœtus ?

Vous… ? désolé, je suis désolé, elle… elle souhaitait sans doute vous faire la surprise…

Depuis combien de temps ?

Disons huit ou neuf semaines, plus tout à fait un embryon, à peine un fœtus de quelques jours.

Ah ?

Je suis désolé, monsieur Texier.

Je peux attendre ?

Attendre ?

Oui, qu'elle se réveille.

Ce serait raisonnable de rentrer chez vous, retrouver vos enfants, vous reposer. On vous appelle dès que les choses bougent.

Thomas demeure assis sur le capot de la voiture, le regard flottant sur l'incessant défilé de visiteurs et de malades qui déambulent, qui fument une cigarette, qui se chauffent au soleil. Ils discutent entre eux, avec leur famille, ils ont béquilles, déambulateur, fauteuil roulant, d'autres promènent leur poche de perfusion pendue à un mât dont les roulettes vibrent et tressautent sur le relief granuleux du bitume, semant un vacarme confus de plastique et de métal. Un enfant s'approche, il a une chevelure châtain qui ruisselle en de longues boucles sur son visage, de grands yeux noirs. Il lui tend son ballon doré, d'un air sérieux, presque grave Tu joues ? Thomas est frappé par la neutralité lisse et impénétrable de l'expression, à rebours d'une concentration du regard qui luit d'un feu qui le suffoque. Il hésite, ne parvient pas à deviner s'il s'agit d'un garçon ou d'une fille

Comment t'appelles-tu ?

Frédéric.

Ah, Frédéric ou Frédérique ?

Frédérik, poursuit l'enfant, impassible

Quel âge as-tu ?

6 ans.

Tu es bien grand alors.

Grande, je suis grande, il faut dire. Tiens, lance !

Elle laisse le ballon choir à ses pieds puis s'éloigne à reculons. Une femme surgit d'entre des voitures Frédérique ! Frédérique ! Mais, enfin, je te cherche depuis dix minutes, quelle peur tu me... Je joue avec le monsieur qui ne sait pas quoi faire... Son visage demeure grave, pénétré, la mère découvre Thomas, le ballon dans les mains Allez, viens ! Thomas s'accroupit, lance le ballon à l'enfant qui court, l'attrape, le serre contre sa poitrine, son menton, puis ses lèvres Pas la bouche, Frédérique, c'est sale ! Elle la saisit par le bras et l'entraîne vers une autre allée d'un pas pressé. L'enfant s'éloigne, mais elle tourne la tête sans quitter Thomas du regard, qui se sent visité, réveillé dans sa dérive alors qu'il s'abandonnait au courant d'un temps mort qui s'écoule en lui, puissant, depuis presque une heure sur le parking de l'hôpital. L'enfant qui disparaît lui a tendu la main pour le hisser sur la rive J'ignore si c'est un garçon ou une fille, s'entend-il murmurer. Il regarde sa montre, il ouvre la portière, courbe le dos, fléchit les jambes, rentre la tête et les épaules, se glisse dans l'habitacle, les yeux noyés, s'essuie le visage sur la manche de sa veste, c'est une compassion éruptive qui s'abat sur sa personne alors qu'il manœuvre vers la sortie et s'engage sur la rocade en direction de Paris.

Thomas file sur l'autoroute, il a demandé aux enfants de l'attendre pour le déjeuner, il sera là vers 13 h

Et maman, elle rentre aussi ?

Non, mon garçon, pas aujourd'hui.

Son amie a téléphoné, elle la cherche partout.

Qui ça ?

Je sais plus le nom. C'est son travail qui l'empêche ?

Écoute, Anton, suis sur l'autoroute, je peux pas te parler, on se voit tout à l'heure, je vous expliquerai.

Les mots qu'il a préparés ne vont pas sonner très juste, il se demande s'il ne faudrait pas dire... peut-être devrait-il attendre le réveil de Camille, il ne sait si... Il garde cette sourde appréhension de les revoir, il songe que les premières secondes vont être une épreuve, ils savent déchiffrer sur son visage, Elsa et Anton souvent les percent à jour sans qu'aucun masque puisse véritablement les tromper. En fait, ils ne lisent pas les pensées de leurs parents, c'est plutôt qu'ils les incarnent, c'est comme une sorte d'homéostasie. Mais il éprouve aussi une hâte fébrile à les étreindre tous deux, chacune et chacun portés ensemble entre ses bras alors que ce ne sera pas lui qui va les tenir, mais eux qui vont le soutenir, le préserver de l'effondrement. La vision de Jean s'impose soudain, le frère aîné serait un réconfort, tant il est un repère, une présence protectrice depuis l'enfance, depuis la mort accidentelle du père. Enfin, cela dépend de son état: tantôt c'est un rocher qui étaye, un saint Christophe qui le porte et l'élève, tantôt c'est un marais qui l'enlise dans une angoisse oppressante. Jean est imprévisible, mais la maison familiale qu'il habite toujours sur les contreforts des Pyrénées serait un refuge où Camille pourrait se reconstituer, reprendre des forces. Elle aime cet endroit perdu, au-dessus du village, les montagnes dans son dos et la vallée qui s'étend devant, rayée de vignes. Les enfants se font une joie d'y séjourner, d'accompagner leur oncle à l'estive, suivre les moutons. C'est Camille qui le déconcerte parfois, elle semble vouer à Jean une sorte d'intangible affection, lui trouvant chaque fois des excuses quand il dévisse, qu'il devient sombre et taciturne, emporté dans une épaisse rumination, diffusant alors une anxiété que Thomas perçoit comme une menace prémonitoire qu'il ne parvient pas à dissoudre. Camille en contracte une étrange irritabilité à son égard, Thomas se demande alors de quoi il est coupable. Ce serait néanmoins une bonne idée de poursuivre là-bas sa convalescence. Oui, un bel été consacré à sa guérison. Il a dépassé Évreux, il aperçoit en surplomb la centrale électrique, un bâtiment de verre long et bleuté, sur sa gauche, dans la courbe de l'autoroute. Dans moins d'une heure, il est à la maison.

*

Les nourritures de Daba sont exquises. La pulpe des graines de courge possède une consistance de crabe émietté et un goût si singulier qu'on ne soupçonne pas quel peut être le genre, animal ou végétal, de cet aliment. Elle a cuisiné cette pulpe avec des gambas dans une sauce relevée accompagnée d'une confiture d'oignons et de tomates. Ainsi qu'un poisson au four avec du riz deux fois cassé. Elle décline leur invitation malgré leur insistance. Mais elle remarque une lueur de panique dans les yeux de Thomas, elle a donc rajouté un couvert et servi tout le monde avant de s'asseoir finalement à leur table. La cuisine s'est emplie de parfums et d'épices, Thomas en découvre la puissance apéritive, comme s'il réchappait d'une longue convalescence. Quand il est sorti de la voiture juste garée dans l'allée du jardin, les enfants ont couru, lui sautant au cou dans un même élan, une coordination parfaite, ensemble blottis dans ses bras sans qu'aucun regard ne s'échange. Thomas se laisse prendre dans l'effusion de leur gaieté, dans leur récit embrouillé de la veille, ce samedi tout entier en la compagnie de Daba. Il s'absente cinq minutes, le temps de se changer, d'enfiler des vêtements propres, de noyer son visage dans l'eau fraîche, il s'est cogné violemment à la table du salon sans savoir où accrocher sa veste qu'il a jetée sur le sofa, ses gestes sont mal ajustés, la chambre est trop grande, d'un luxe de vitrine d'exposition. Cette lourde console où trône un ample vase blanc avec l'épais tapis aux motifs géométriques jaunes rouges bleus lui paraissent un décor de sitcom, vite fait mal pensé, il ne reconnaît plus tout à fait cette pièce. Il ne s'attarde pas, rejoint Elsa et Anton à la cuisine, Daba remplit les assiettes, les parfums le saisissent Merci pour ces nourritures, Daba... Attendez, monsieur Texier, vous n'avez pas goûté, sourit-elle. Il s'assoit, commence à manger, taraudé par son habituelle gourmandise, les goûts sont enivrants, les consistances délicates, soyeuses. Mais les ondes gustatives sont sans force, sans persistance ni métamorphose, elles sont courtes et sèches, elles claquent et s'éteignent comme les couleurs avortées d'un feu d'artifice sous une pluie d'orage. Les aliments deviennent des pierres, trois bouchées, quatre, il pose sa fourchette, s'essuie la bouche, félicite Daba, met les coudes sur la table, observe les enfants qui dévorent, une mastication concupiscente, il songe à ces contes où penser aux nourritures les fait apparaître devant soi. Daba aussi les regarde et son sourire ne s'éteint plus. Mais Elsa et Anton sont eux-mêmes rattrapés par un vide pesant qui les cerne, comme s'ils se découvraient à table, stupéfiés d'être ainsi précipités par quelle machination dans un tel isolement. C'est le mutisme persistant de leur père, sans doute, qui désertifie l'endroit. Il y a de pauvres sourires, des interjections sur l'excellence des plats, des exclamations de joie obligée, mais le silence porte en lui la force exponentielle de la gravitation, il ne peut durer sans s'épaissir, il devient minéral, il fixe l'air dont les molécules s'emboîtent et coagulent en un ciment qui scelle lèvres, langue et palais. C'est ainsi que le silence dépossède Thomas des mots utiles et sédimente sa bouche sur une pensée interdite C'était bien le film ? vous me racontez ? Les poitrines se soulèvent, l'apnée s'achève, Thomas entend leur soupir, les enfants parlent en même temps, s'interrompent, reprennent le fil, se critiquent, se chamaillent Chut, dans l'ordre, Elsa d'abord, la plus jeune. C'est quoi le titre ?... *La... La montagne aux...*

La Colline aux coquelicots, lâche Anton qui s'impatiente. Des larmes inondent les yeux d'Elsa C'était à moi de dire! Thomas se dresse à demi pour gifler Anton Monsieur Texier, je vous en prie, s'il vous plaît... Elle a la main sur la poitrine Vas-y, Elsa, murmure-t-elle, raconte, on t'écoute, poussin, vas-y. Elsa entame, bégayante, l'histoire d'Umi, la jeune fille. Anton râle, elle ne sait pas raconter, elle donne trop de détails, de circonstances, elle se disperse, évoque l'après avant l'avant, on perd le fil, elle recommence, s'épuise, s'égare dans la description d'un visage, d'un insecte, d'une vague qui s'enroule, Anton reprend, c'est lui qui guide la trame, Thomas regarde la route, la plaie béante dans la haie vive, le rétroviseur rouge qui pend à son index, il voit le mécanicien sortir le ballon, la lampe, les boules et les épuisettes du coffre de l'Austin, il entend que la jeune Umi a un père disparu en mer. Elle hisse deux drapeaux sur la colline, face à la baie, un signal qu'elle adresse à l'horizon. Son père était marin?... Tu n'écoutes pas, ça fait trois fois, papa, que... Anton se tait, il boude, Elsa veut poursuivre l'histoire quand arrive Shun sur sa bicyclette, qui... Thomas les prie de l'excuser pour sa distraction, sa fatigue, trop de... avec soudain une expiration qui le méduse. Pourquoi se taire ensemble à propos de la seule chose dont il devrait parler. N'ont-ils pas pressenti un danger, une menace pour observer un tel mutisme à l'endroit de leur mère? Pourquoi sont-ils si volubiles, excités, irrités l'un et l'autre pour un oui pour un non, les larmes au bord des yeux, se coupant sans cesse la parole pour décrire ce foutu film? Font-ils autre chose qu'obéir à leur père en saturant le déjeuner de ricanements imbéciles, de remarques déplacées, d'interjections bruyantes, c'est eux qui s'échinent à remplir le vide oppressant que Thomas creuse souterrainement depuis son arrivée à la maison, c'est eux qui s'échinent à remplir comme ils peuvent d'une vitalité chaotique, joyeuse et ronchonne ce faux dimanche en famille avec l'inhabituelle absence de leur mère. Thomas est saisi d'une vive compassion à leur égard, ils font si bonne figure, mimant le jeu et l'insouciance sur le versant d'un glacier neigeux et aveugle dont ils savent qu'il va les engloutir. Héros virevoltants et lucides d'une tragédie annoncée, si Thomas persiste à se taire, ils seront happés dans la faille bleutée sans la moindre protestation. Et lorsque Thomas s'excuse encore de tant de distraction et de fatigue, ils savent qu'il est admis, cette fois, d'évoquer ce qui brûle la langue et l'esprit, c'est Elsa la première qui prononce Et maman, elle rentre quand? Elsa, Anton, il... il faut être courageux. Votre mère, votre maman est à l'hôpital. Un accident de voiture, c'est grave... Un voile furtif de rage violente ombre le visage d'Anton aussitôt débordé par la peur et la peine. Tous deux se lèvent de table, se blottissent en larmes, spontanément, dans les bras enveloppants de Daba, Thomas se sent stupide et coupable, sinon de l'accident de Camille, du moins d'être ainsi devenu le messager du malheur, ce qui est la même chose, il devient l'accident de Camille, celui par qui ce qui arrive n'a pu être empêché, il est son absence, dépossédé du chagrin des enfants dont il ne peut être, en l'instant, le refuge, de ses bras que ni Elsa ni Anton n'ont rejoints. Comme s'il était trop tard, qu'il était emporté dans l'absence de leur mère. Anton soudain relève la tête, fixe son père

Pourquoi tu nous dis rien? Pourquoi tu fais comme si tout... tu t'en fiches alors!

Faut pas dire ça, Anton, tu sais bien que ton père aime ta maman autant que toi, qu'il voulait vous ménager contre le chagrin.

C'est pire!

Tu as raison, Anton, suis désolé, vraiment.

Il aurait dû réveiller les enfants après l'appel téléphonique de la gendarmerie, les emmener avec lui sur les routes, qu'ils vivent tous trois la découverte de l'accident, leur impuissance à sauver Camille, qu'ils vivent ensemble toute l'histoire afin de préserver Thomas de l'immédiat soupçon qui mélange l'annonce et son messager. Le voici seul face à Elsa et Anton à devoir les apprivoiser dans le malheur qu'il incarne, il juge l'épreuve impossible, c'est comme un piège qui se referme sur lui, qui les sépare et les disperse. Il se hâte donc de raconter. Minutieusement, il déplie le récit depuis l'appel de la gendarmerie au milieu de la nuit, il faut qu'ils sachent de quoi fut fait le temps volé de la veille, cette journée de bonheur inattendu avec Daba, qui n'était que l'autre face de la même monnaie Le passé ne se jette pas aux vautours, souffle Daba, que ce samedi ait été heureux malgré l'accident de votre mère ne veut pas dire que vous ne le méritez plus aujourd'hui. Thomas ne dit rien, les enfants hochent la tête en silence

Daba ? tu viens avec nous dans les Pyrénées ?

Je pense pas, les enfants…

Daba, on aura peut-être besoin de vous pour s'occuper de Camille… La maison est grande, si vous acceptez…

Alors, on verra, monsieur Texier.

Quand est-ce qu'on part ?

Fin juin, les tigrichons, après l'école.

Avec maman ?

J'espère bien, oui. Elle doit se reposer.

Le téléphone sonne, un 06 qui s'affiche. Il décroche. C'est Myriam, celle que Camille nomme l'amie d'enfance. Elle prie Thomas de l'excuser, peut-être le dérange-t-elle, mais le portable de Camille est fermé, elle a essayé tout le week-end. Il a remarqué hier au soir, lorsqu'il était à l'hôtel, ses appels répétés, trois ou quatre, mais elle n'est pas dans son répertoire, il ignorait que ce fût elle. Elle est à Paris, elles devaient se voir samedi avec Camille, déjeuner ensemble, elles… Thomas est surpris, Camille ne lui en a pas soufflé mot, et puis c'était bien leur anniversaire de mariage, un week-end réservé en somme. Il connaît mal cette jeune femme brune, élancée, vivant seule, mère de trois enfants. Il l'a croisée quelquefois, elle est venue dîner, elle est enjouée, souriante, elle est chercheuse dans un centre d'études océanographiques basé sur l'estuaire de la Seine, mais il la trouve un peu lointaine, trop centrée sur son travail : la mutation des écosystèmes, les abysses, la flore marine, les poissons... C'est une personne intéressante, mais il pressent que toutes deux tiennent à préserver ce lien particulier qui remonte à leurs 15 ans. Il craint de faire intrusion, tout en éprouvant une espèce de jalousie confuse. L'inquiétude de Myriam est palpable dans le combiné. Lui-même a la gorge nouée, il raconte l'accident, lui demande si elle a une quelconque idée du motif de ce détour par la campagne à une heure pareille Pour rejoindre la route des Estuaires ?... Non, elle n'en a aucune. Elle se souvient juste de son insistance pour se voir hier à Paris, comme si Camille avait des choses importantes à lui dire On devait se rappeler en fin de matinée, quand j'arrivais à Saint-Lazare. Myriam l'appelle de l'aéroport, elle décolle dans vingt minutes pour l'océan Indien, une mission de trois semaines en Indonésie. Elle pourra le joindre pour prendre des nouvelles ? Bien sûr, évidemment. Elle voudrait être à son chevet, elle... Thomas entend la voix blanche, étranglée Appelle quand tu veux, Myriam, tu déranges pas.

Daba est partie. Les enfants restent dans leurs chambres. Dehors, la lumière est trop vive, l'air trop chaud. Thomas est sorti dans le jardin avec un sécateur, il coupe les roses fanées, il n'a pas mis de gants, se pique les doigts sur les épines.

*

Dans la vidéo apparaît d'abord le nom du produit : NUXITEMPO, à la manière d'un titre de film. Puis le nom de l'entreprise qui le fabrique : NUXILOG. Accompagné d'une musique épique, de celle qui célèbre le sauvetage d'un enfant dans les vagues immenses du Pacifique. On découvre ensuite l'objet dans la main, paume ouverte pour donner l'idée d'échelle : c'est un format de clé USB avec une attache porte-clés. C'est un porte-clés, en somme. Puis la voix qui dit : Dans cinq ans, 50 % du personnel sera nomade. Gagnez en traçabilité où que vous soyez !

Trois exemples sont abordés :

A) L'ingénieur commercial qui visite un client. On le découvre qui entre dans sa voiture, il consulte, dossier ouvert, sa feuille de route. La trentaine, costume bien coupé, chemise blanche, cravate bleu marine.

B) L'infirmière qui visite une malade. On la découvre, sourire radieux, serrant la main à sa patiente tandis qu'elle pénètre dans l'appartement. La trentaine, tailleur bien coupé, sacoche médicale en cuir noir dans l'autre main.

C) Le gardien qui sort et rentre les poubelles. On le découvre, la cinquantaine, vareuse verte bien coupée, avec un logo professionnel sur la poitrine, qui tire une poubelle-container à roulettes dans l'allée goudronnée de la cité.

Puis on revient à l'objet, le NUXITEMPO, un lecteur scanner miniature qui lit, enregistre et horodate des codes barres, jusqu'à 10.000 avant chaque transfert dans le PC ou le smartphone. Avec une connectique commode : câble, bluetooth ou USB pour décharger les données. Les codes barres sont générés automatiquement par le logiciel, on les édite sous forme d'étiquettes autocollantes, on les installe partout : sur une feuille de route, sur le badge clientèle de la malade à domicile, sur la porte du local poubelles. Quand on part voir le client, quand on arrive chez le client, quand on le quitte, quand on est de retour à l'entreprise ou bien chez soi, c'est quatre codes barres à scanner, quelques secondes perdues tout au plus. L'arrivée chez la malade, le départ de chez la malade. La sortie de la première poubelle du bloc A, la sortie de la dernière poubelle du bloc A, l'entrée dans le bloc B, etc. On voit l'ingénieur scanner sa feuille de route, l'infirmière le badge de la malade, le gardien le montant intérieur de la porte du local. Chaque employé signe et horodate tous ses faits et gestes dans des séquences temps parfaitement tracées. Il n'y a pas de tricherie possible puisqu'il s'agit de l'horloge interne du lecteur de code, et qu'il n'existe qu'un bouton pour déclencher le scanner. C'est Gérard Drincourt, le patron de Nuxilog, qui parle. On le découvre en extérieur, plein soleil, en jean et pullover, il marche vers nous dans l'herbe rase, la ligne des montagnes dans son dos, il dit d'une voix grave, fluide, chaleureuse : Cet outil de traçabilité tient son originalité dans la saisie de l'information en temps réel, un geste naturel et sans contrainte pour l'employé, un outil simple générant des alertes automatiques en cas de dépassement des temps prévus, même pour les tâches les plus courtes ! Et qui offre à l'usager de pouvoir signer l'historique de ses mouvements, de quantifier ses actions réalisées, de traquer et d'éliminer ses moindres pertes de temps. C'est l'outil absolu de la traçabilité en temps réel où que nous soyons, quoi que nous fassions ! Avec une optimisation du temps horaire de seulement 4 %, c'est déjà un retour sur investissement dès le premier mois. La cible du produit ? Toutes les entreprises employant du personnel en extérieur : chantier naval, BTP, société de gardiennage, d'entretien et de réparation, représentant commercial, personnel médical, architecte, avocat, c'est l'outil universel. Musique triomphante de Carl Orff, horizon toujours dégagé, juste un arbre majestueux sur la gauche, ciel bleu azur avec le mot NUXITEMPO par NUXILOG qui réapparaît en 3D comme un soleil levant

Parfait, Thomas, nickel!

C'est pas moi, Gérard, c'est l'agence de com.

C'est toi qui as tout pensé, Thomas, depuis la conception de l'objet magique, le talisman. Bravo!

La pluie gifle la baie vitrée du bureau, les rafales de vent sifflent dans les montants d'aluminium, une péniche lourdement chargée passe sur la Seine sombre dans une brume grise et collante, un scarabée qui fend les flots épais. Sur la rive d'en face, de rares silhouettes déambulent le long du quai, l'avenue en revanche est saturée de véhicules, une longue frise ininterrompue qui hoquette et ondule, une chenille agitée d'étirements et de soubresauts, ça se déchire et se recompose sans fin pour s'engloutir dans un tunnel de la voie sur berge

La soirée de lancement, c'est mardi. Combien de nos clients ont confirmé?... Thomas?

Oui, pardon, cent trente-six, je crois, ça fait une petite centaine d'entreprises, pour les plus importantes, ils viennent à deux ou trois.

On est prêts?

Oui, c'est la plus belle salle du Carlton. C'est Hélène qui s'occupe du buffet. L'un des meilleurs traiteurs de Paris, champagne, du très bon, no limit.

Ce coup-ci, on devient leader.

Sans doute, c'est un excellent produit.

On a bien travaillé, Thomas!

C'était simple. Suffisait de penser à la traçabilité des lettres et des colis...

Je sais tout ça, mais nous l'avons adapté aux métiers en situation de mobilité. C'est ça le coup de génie! Chacun s'auto-contrôle et se valorise à proportion. C'est un vrai bond ergonomique dans la collecte d'informations sur les rendements et les rythmes professionnels, cinq ans d'avance sur la concurrence, on tient le marché, Thomas !

Il voit des auréoles d'humidité avec une frange blanchâtre comme chargée de sel sur ses chaussures cuir, il a trop marché sous la pluie après avoir quitté un gros client BTP sur Paris, il n'a pas pris sa voiture et pour éviter une correspondance de métro, il a préféré aller à pied vingt bonnes minutes, l'orage l'a surpris

Je pars demain pour l'Allemagne, on se voit la semaine prochaine... tiens mardi, avant la soirée de lancement, on déjeune ?... à propos, Camille, comment ça... elle s'est réveillée ?

Non, elle remonte, un coma de stade 1, on espère, aujourd'hui, demain... c'est imprévisible.

Bien, bien, courage, Thomas. À mardi.

Thomas gagne l'étage de son bureau vitré sur l'arrière de l'immeuble, aucune vue sur la Seine qui le fasse rêvasser, une rue étroite, les toits en tuile ou en zinc, de vieux immeubles d'habitation. Avec ici et là une trouée de jardin arborant une maison particulière. Il s'enferme, s'assoit, consulte sa montre, prend son portable, compose un numéro, il a le pied droit qui tressaute, il entend le cliquetis de ses clés dans sa poche

Allô ? M. Demestre ?... Hubert Demestre ?

Oui.

Thomas Texier, je vous dérange pas ?

Non, dites-moi.

Thomas Texier, le mari de Camille.

J'avais compris.

Vous travaillez avec elle ?

En effet.

C'était difficile de vous trouver... Vous êtes le dernier à l'avoir vue...

Comment ça, le dernier ?

Avant son accident.

J'ignorais, mais qu'est-ce que je... elle va bien ?

Pas vraiment, non. J'aimerais vous rencontrer.

Quand ?

Le plus vite possible. Demain ?

C'est-à-dire, je travaille sur Rouen demain, et...

Je suis sur Paris, je peux monter à mi-chemin... Évreux ?

Pourquoi pas. Évreux, 17 h 30, le café des Arts, à côté de l'office de tourisme, place du Général-de-Gaulle, l'hôtel de ville, c'est simple à trouver.

Parfait, à demain.

Thomas grimace, une crampe à l'arrière de la cuisse, il tombe du fauteuil sur la moquette grise qui sent la poussière, il enlève sa chaussure, allonge sa jambe en complète extension, tirant avec la main les orteils vers son tibia. Vingt secondes encore, la douleur se dissout, une corde d'acier qui redevient chair tendre et souple. Il se relève, dépoussière le pantalon du plat de la main, se rassoit, appelle sa secrétaire

Rachel, vous annulez mes rendez-vous demain après-midi...

Mais, vous voyez M. Perraudin à 16 h 30 !

Ah, zut ! c'est vrai... tant pis, reportez.

Vous êtes sûr ?

Oui... sinon, d'autres... ?

Les deux autres rendez-vous, c'est facile à déplacer.

Parfait, Rachel, merci.

Il raccroche. Il voit Camille, elle tient le volant d'une main, le portable collé à l'oreille, elle écoute cette voix chaude et lointaine qui s'inquiète et qui l'embrasse et puis elle sort de la route.

Il salue ses enfants en dénouant sa cravate, s'accroupit, ils approchent, chacun d'un côté, il les saisit par la taille, ce soir c'est Elsa à gauche, Anton à droite, il les soulève en faisant un bruit d'ascenseur puis une voix nasale informatique qui annonce : dernier étage ! Ils blottissent leurs visages dans son cou Bonsoir, mes tigrichons, bonsoir. Oui, la journée d'école s'est bien passée, oui, ils ont dîné, il est tard... Daba enfile son manteau, elle doit rentrer Votre dîner vous attend, il n'y a plus qu'à réchauffer... Merci, Daba, à demain, alors. Il accroche sa veste dans l'entrée, les enfants le suivent dans la cuisine, il met le four en marche, ils s'assoient à table, ils échangent quelques phrases sur la journée, les enfants attendent, Thomas le sait, chaque soir, ils attendent. Pas de nouvelles de l'hôpital aujourd'hui, état stationnaire sans doute, lui-même n'a pas eu la force de téléphoner, coma de stade 1 consolidé, après plusieurs rechutes en stade 2, depuis quatre jours ça se maintient, c'est comme un bulletin météorologique qui signe pour chacun la courbe de l'angoisse et de la peur. Ce soir, c'est une inquiétude sourde, sans alerte ni pensées noires, juste un air stagnant. C'est vrai, demain, jour pour jour, cela fera deux semaines, c'est long. Il faut se tenir par la main. Continuer la même existence. La meilleure façon de l'attendre, de la respecter, de... Tu l'as déjà dit, papa, on a compris... Thomas contre l'à-pic vérifie sans cesse sa corde de rappel. Il répète. Il émet des sons, il vague, il louvoie sur la paroi, il tâche d'être celui qui sait les passages dérobés dans la montagne qui les protégeront des failles et de l'avalanche. Les enfants ne sont pas dupes, ils font semblant, ils s'appliquent. Ranger leurs chambres, lire, faire leurs devoirs, s'amuser, ils sont studieux, méticuleux, affairés, comme si l'exemplarité de leur conduite était déterminante pour le rétablissement de leur mère Allez, au lit, demain école ! Bonne nuit. Bonne nuit, avec l'accent tonique sur le *ne* de bonne. Le plat est trop chaud, tomate et viande lui brûlent la langue. Il attend. Il souffle sur l'assiette. Il regarde par la fenêtre la nuit qui monte dans le jardin. Deux roses blanches retiennent encore la lumière du jour qui palpite dans le repli tissulaire des pétales. Un pouls luminescent dans ses dernières vibrations. Il mâche deux bouchées, met le reste dans le plat, débarrasse la table, se verse un verre de bourbon puis gagne sa chambre où il s'installe devant l'ordinateur, allume une cigarette, un dossier client, des commandes spécifiques à régler. Se jure d'être couché avant minuit.

La matinée de vendredi se traverse sans accrocs, lisse, la compétence du métier, seule, qui opère. Thomas travaille sans génie, froid, absent. Il résout néanmoins le bug d'une nouvelle application pour un logiciel qui cause des tracas à un sous-traitant automobile, la gestion et la traçabilité des stocks défaillent trop souvent pour ses commerciaux en déplacement quand ils activent certaines fonctions sur leurs iPhone. Rachel entre dans son bureau, invariablement vêtue d'un tailleur noir, d'un chemisier blanc, chaussée de talons aiguilles

J'ai pu déplacer à la semaine prochaine deux des rendez-vous. En revanche, Perraudin n'était pas content, comme on pouvait le supposer. C'est en stand-by. Il n'a pas souhaité proposer d'autre date.

Il vient à la soirée de lancement ?

Oui, du moins c'est confirmé depuis la semaine dernière.

Parfait. Je lui présenterai des excuses avec un verre de bon champagne, on trouvera un autre rendez-vous. Merci Rachel.

Il demande un sandwich poulet et une bière pour 13 h 30. Il quitte le bureau à 15 h, descend au 2ᵉ sous-sol récupérer sa voiture, il compose : café des Arts, hôtel de ville, Évreux sur le clavier du GPS, et quand il émerge du parking, le nez de la voiture pointé vers le ciel, un drap de pluie et de brume grise claque et s'abat violemment sur le pare-brise, il sursaute, ne voit plus rien, juste des couleurs aqueuses glissant sur les yeux, en nappe. Essuie-glace, ventilo, il rejoint le périphérique déjà très encombré, le GPS lui annonce 2 h 10 de trajet au regard du trafic. Il rallie difficilement la porte de Saint-Cloud, se traîne dans un bouchon jusqu'à l'entrée de l'autoroute A 13 en direction de Rouen, il voit cette chenille qu'il observait hier du bureau de son patron, il est à présent l'un des anneaux de reptation, ils sont des centaines de conducteurs, seuls, soudés ensemble dans le même organisme mécanique. Il faudrait comptabiliser sur une vie le nombre d'années de solitude et de soliloque accumulées dans cet habitacle qu'on devrait transformer en espace de loisirs. C'est facile à calculer avec l'ordinateur de bord, sachant que les 56.380 km déjà parcourus avec cette voiture depuis son achat deux ans auparavant, l'ont été à la vitesse moyenne de 46 km/h, soit 1225,65 heures, soit 51 jours d'isolement à l'exception des vacances où la voiture est partagée... Bref, ces calculs l'occupent en attendant. Gérard Drincourt lui fait confiance depuis la création du Nuxitempo. Il était nerveux, facilement irritable lorsque Thomas travaillait en équipe avec deux autres concepteurs-programmeurs, Dom et Léo, sur ce projet. Il est vrai que beaucoup d'argent y avait été investi. Ils ont expérimenté les prototypes du logiciel et du scanner de poche sur leurs propres postes de travail durant trois mois, ils ont affiné les fonctions, redessiné les configurations d'usage. C'est calé. Drincourt peut être cassant, mais il reconnaît le travail bien fait. Thomas avait jusqu'à maintenant un intéressement sous forme de prime, hier le patron lui a proposé d'acheter des parts de la société. Il faut, de toutes les façons, recapitaliser l'entreprise pour s'étendre d'urgence à l'international, c'est une opportunité d'acheter maintenant, avec 150.000 euros, il possède 5 % de l'entreprise, c'est déjà le jackpot. Il attend le réveil de Camille pour décider avec elle. La pluie s'est arrêtée de tomber depuis qu'il a dépassé Garches, Saint-Cloud, Versailles, le trafic est plus clairsemé, le flux s'accélère, chaque voiture emporte sa traîne de vapeur d'eau, Thomas roule vite malgré la chaussée mouillée, il entend la voix de Hubert Demestre, un timbre chaud, prégnant, il prononce les mots du bout des lèvres comme s'il se tenait loin derrière. Il s'imagine quelqu'un de son âge ou guère plus vieux. Le GPS lui fait quitter l'autoroute à Bonnières-sur-Seine, il s'engage sur la N 13, une trouée de ciel bleu s'ouvre dans sa direction, la campagne trempée par l'orage scintille comme un miroir, c'est une illumination blanche, les prés herbeux, les haies dans la plaine, le bitume de la nationale font un tapis diamantin de pacotille qui aveuglent sa trajectoire. Il est 16 h 50 quand il dépasse le dernier village de Fauville avant Évreux. Il laisse une base militaire sur sa droite, s'engage dans l'avenue Churchill, continue par la Roosevelt, contourne le presbytère de la cathédrale, emprunte l'allée des Soupirs et débouche sur la place de l'hôtel de ville, une bâtisse en pierre du XVIIIe finissant, nouvellement restaurée, semble-t-il. Il repère un parking derrière la mairie, se gare, il a une demi-heure d'avance, le temps de faire quelques pas, de reconnaître les lieux, de respirer l'air frais aux effluves de goudron tiède qu'exhale la chaussée détrempée. C'est une vaste place ornée de parterres fleuris, avec des gradins en bois, des barrières en aluminium mat, de larges trottoirs surélevés en pierre de granit, il aperçoit l'office de tourisme que jouxte en effet le café des Arts, le seul qui offre une vue panoramique sur l'endroit. Il s'approche des tables en terrasse équipées de parasols jaunes, tous repliés. Les chaises sont encore ruisselantes de pluie, il choisit de s'installer à l'intérieur, sur une banquette de moleskine verte, le long d'un mur en palissandre couvert d'affiches des années 50 où sont dessinés les monuments d'Évreux. Trois silhouettes au comptoir, dos courbes, avec des têtes sanguines, quasi d'écorchés, à l'épiderme râpeux, qui oscillent lentement à l'extrémité d'un cou noueux, ils émettent des sons graves qui bourdonnent dans la salle déserte. Thomas ôte veste et imperméable, sa cravate est dans sa poche, il a déplié une carte routière de Normandie, le barman en tablier, le torchon sur l'épaule, s'approche Bonjour, un whisky s'il vous plaît, un double sans glace. Je peux allumer une cigarette ?... Dehors, oui, vous pouvez... Il ressort, il rumine, il tire trois bouffées en arpentant la terrasse, l'écrase sous son talon, la jette dans une poubelle puis regagne sa banquette. Il prend un stabilo vert fluo et trace le parcours de Camille depuis Le Havre jusqu'à la Haie-Bance, en passant par Épretot où se trouve Delta Energy. Il a emporté le téléphone de Camille, il réécoute le message de Hubert, celui de 3 h 08 le 19 mai, il attend. Il est 17 h 25, il reçoit un mail d'un ami qui travaille sur les logiciels équipant les boîtiers électroniques des voitures, il lui promet une prise de raccordement de chez Austin, avec un adaptateur USB qui lui permette de transférer les données. Logiquement, ces boîtiers ne sont lisibles que sur les valises de diagnostic des constructeurs, c'est impossible d'y accéder autrement, sinon grâce à cet adaptateur qui permet d'entrer et d'ouvrir les données sur un PC équipé d'un logiciel ad hoc qu'il doit lui envoyer avec un driver la semaine prochaine. À suivre... Monsieur Texier ? Excusez-moi pour le retard, un accident sur l'A 13, j'ai perdu beaucoup de temps. C'est un homme de haute taille, pas loin de la cinquantaine, le cheveu très court, gris blanc, un visage osseux, dessiné, des yeux bleus, un regard perçant. Thomas se dresse, poignée de main Je vous en prie, rien de grave, je suis à l'abri... Heureusement, car il pleut dru. Thomas tourne la tête vers la terrasse, le ciel est noir, la pluie rebondit en cloques sur les tables, le vent fait claquer le tissu des parasols, la salle baigne dans une pénombre triste et sale. Le barman s'approche

Bonjour, monsieur Demestre, vous nous apportez la pluie ?

On dirait bien… Un café serré, s'il vous plaît, et un verre d'eau.

Et moi, un autre double… c'est possible d'avoir un peu de lumière ?

J'ai essayé de joindre Camille à plusieurs reprises, par mail ou par téléphone…

Vous avez un numéro protégé ?

Oui.

C'est vous alors ces appels sur son portable ?

Certains d'entre eux, sans aucun doute. Les mails également… mon nom n'est pas dans l'en-tête, c'est hds.86, une boîte gmail.

Je sais. Vous demandiez des nouvelles de sa santé et des instructions à propos d'un dossier Delta…

C'est ça.

Vous n'avez pas d'adresse professionnelle chez Orange ?

Je travaille avec eux comme consultant externe, sur des missions d'expertise.

C'était pas simple de trouver votre téléphone… j'ai dû joindre des collaborateurs de Camille à l'antenne du Havre.

Elle n'a jamais répondu à mes messages. Comment va-t-elle ? Nous savons en interne qu'elle a eu un accident de voiture, des côtes et un bras cassé, une immobilisation de quelques semaines, mais…

En fait, elle… Camille est dans le coma.

Quoi ? Comment ça dans le coma ? On nous a rien…

J'ai rien dit de précis à la direction des ressources humaines à Guyancourt, ils n'ont fait que transmettre son arrêt de travail, j'ai évoqué des blessures sans gravité.

Et le coma est survenu après ?

Non, c'est le choc de l'accident qui a…

Mon Dieu mais, c'est très grave alors !

Oui…

La voix de Thomas est trouble, il parle à l'extrémité de l'expiration, il ne respire pas, il n'emplit pas ses poumons, c'est une apnée et il décèle plus qu'une anxiété sur les traits de Hubert, son visage s'est figé, pâle. Lui aussi respire difficilement. Le barman se penche, il pose le café et le double whisky sur la table Je vous en prie. Il glisse la note sous la soucoupe verte par-dessus la première

Ça va la lumière ?

Oui, merci.

Pourquoi n'avez-vous rien…

Je ne souhaitais pas affoler sa hiérarchie, qu'elle lui trouve trop vite un remplaçant, je… je pensais qu'elle allait se réveiller dans les prochains jours.

Ils parlent dans un murmure, un recueillement ou une conspiration. Un long silence. C'est Thomas qui relance : L'accident est survenu dans la nuit du 18 au 19 mai, à 3 h et quelques, non loin de Saint Eustache-la-Forêt… Thomas pense qu'il vient de dégoupiller une grenade, que le souffle va tous deux les anéantir. Il guette la réaction sur le visage de Hubert, rien ne vient, il s'énerve C'est dans la nuit du vendredi, après votre rendez-vous chez Delta pour un gros contrat. Si j'ai bien compris, vous étiez ensemble… Thomas vide son verre, allume une cigarette, tend le paquet à Hubert qui refuse poliment

C'est donc ce soir-là… je me souviens parfaitement, j'avais un mauvais pressentiment, j'aurais pas dû la laisser…

Rentrer sur Paris ?

Oui, rentrer sur Paris.

Vous avez dîné ensemble ?

Oui.

Mais vous étiez où, nom de Dieu, pour qu'elle ait un accident à plus de 3 h du matin ?

Chez moi, des détails à régler sur le dossier.

Chez vous à cette heure ? Vous travaillez la nuit ?

C'est quoi votre question ?

C'est quoi ? Devinez ! Vous... vous avez une liaison avec ma femme ?

L'homme se redresse, s'appuie sur le dossier de la chaise

Attendez, vous n'y êtes pas, vous faites fausse route...

C'est pas une réponse ! Elle m'a jamais parlé de vous. Dans vos échanges mails, votre intimité crève les yeux. Et vous l'appelez deux fois sur son téléphone à 3 h du mat ? Vous voulez écouter votre message ? Vous voulez ?

Thomas lui tend le téléphone de Camille, sa main tremble

Écoutez donc votre voix d'amoureux transi !

Cessez avec ce ton, ou je m'en vais.

Répondez-moi, nom de...

Je vais le faire, mais dites-moi d'abord, son coma, ses blessures, expliquez-moi...

Désolé, cher monsieur, c'est interdit de fumer, si j'ai un inspecteur qui déboule, je suis gros Jean comme devant.

Pardon, c'est machinal, désolé.

Vous apporte un cendrier, finissez-la, mais soyez discret.

C'est très aimable à vous, merci.

C'est une luisance humide de l'épiderme, une lividité des joues et du front, le cerne des yeux creusés, c'est le visage de Hubert qui devient son miroir. Sa colère tombe, il se trompe d'ennemi

On... on sait pas. On est sorti de l'état critique, ce qu'ils appellent le stade 3 du coma, on espère qu'elle se réveille bientôt, de suite. En ce cas, ils téléphonent... on l'a opérée du thorax et de la colonne vertébrale, sans parler de l'héma-tome temporal.

Elle est où ?

Au CHU de Rouen, en réa, chirurgie traumatique, pro-fesseur Magnien. Alors, votre explication ?

Je connais Camille depuis ses 15 ans, c'est la famille, comme une jeune sœur et vos soupçons sont très déplacés comme vous pouvez le comprendre. En revanche, si elle vous a jamais parlé de moi, je vais pas le faire à sa place, ce serait indélicat, elle vous dira, elle, ça lui appartient.

C'est si confidentiel ?

J'en sais rien. À ses yeux peut-être, sa vie d'avant...

D'avant quoi ?

De vous connaître.

Et comment vous devenez collaborateurs ?

Quand Camille récupère la direction de l'agence du Havre, j'intervenais déjà pour sa société, pas seulement au Havre. Elle a voulu qu'on travaille ensemble chaque fois que c'était possible, une confiance ancienne, évidemment. Croyez-moi, il n'y a rien que vous puissiez lui reprocher.

Soit. Et cet accident, il vous semble pas bizarre ?

Comment ça ?

Elle n'avait pas d'ennemis, je veux dire professionnels ?

Qu'est-ce qui vous fait... ?

Cet accident. Je suis allé sur place, le Grand Trait, la Haie-Bance, vous habitez où, monsieur Demestre ?

À Gruchet-le-Valasse.

Tout près de Bolbec ? Alors, voyez sur la carte, c'est ici. Pourquoi elle reprend pas l'autoroute de Rouen pour Paris ? Directement ? Pourquoi elle descend, là, vers le Grand Trait, la Haie-Bance, ce trou perdu, comme si elle souhaitait rattraper la route des Estuaires et l'A 13, rallonger son trajet alors que vous me dites qu'elle était épuisée, qu'elle voulait rentrer... c'est incompréhensible, non ? Vous voyez où c'est, la Haie-Bance ?

Bien sûr. C'est au sud de la route de Lillebonne. C'est en effet étrange cet itinéraire...

Et puis l'accident sur une parfaite ligne droite, une visibilité totale, plus encore la nuit avec les phares pour repérer les autres voitures, elle sort de la route à une vitesse folle, elle chavire dans un fossé de drainage, ressort sur l'autre versant, le long d'une haie vive qu'elle broie sur 20-30 m, puis retombe probablement dans le fossé pour ressortir du côté de la chaussée et finir en plusieurs tonneaux sur le toit. La voiture, c'est une... une...

Des ennemis ?

J'ai lu dans ses mails que c'était difficile votre dernier contrat, des enjeux financiers, une concurrence rude avec un opérateur italien ? Ça arrive parfois ces...

C'est vrai, je vous le cache pas. Il y avait eu de la part du concurrent des tentatives d'approche, d'abord pour corrompre, ensuite pour intimider, c'était un gros contrat pour la configuration, mais couraient derrière une maintenance difficile, onéreuse, sur six années, un tunelling sécurisé sur Europe, Afrique, Asie, et devenir le partenaire de ce groupe, c'était garantir d'autres contrats avec de nouveaux partenaires aussi importants dans le domaine sensible de la télécommunication de surveillance. Delta Energy, c'était un sésame sur les marchés internationaux. Les Italiens les avaient approchés comme s'ils étaient des clients potentiels, un nom de société bidon, deux rencontres dont un déjeuner, ils avaient abattu leurs cartes, ils proposaient à Camille de l'acheter pour qu'elle renonce à ce contrat. Quand ils ont vu qu'elle ne marcherait pas, ils ont commencé par envoyer des photos de votre domicile, puis des photos de vos enfants à la sortie de l'école...

Elsa ? Anton ?

Oui. Camille a pris peur, elle voulait en parler au siège, appeler la police... Et puis, il y a six semaines, cet opérateur avait été racheté par un consortium anglais, tout s'était arrêté, ils n'étaient plus dans la course. Ils restaient en concurrence avec un autre opérateur français, mais qui était arrivé trop tard sur l'appel d'offres, ses propositions étaient bâclées, bref le contrat était quasi signé avec des clauses d'indemnisation très intéressantes pour Orange en cas d'annulation du projet, des clauses de garantie consignées dans un contrat autonome verrouillé par les banques. Depuis son accident, c'était en panne, le siège voulait reprendre la main sur ce marché, conclure vite

Ils n'attendront pas le rétablissement de Camille, ce serait trop risqué.

Je sais, ils m'ont contacté plusieurs fois pour prendre des nouvelles, ils souhaitaient parler à Camille, j'ai répondu qu'elle n'était pas en état.

De fait, au moment de l'accident, elle n'était plus menacée.

On est jamais certain. J'attends la boîte noire. Les données du boîtier électronique de la voiture, peut-être une défaillance technique, un bug sur l'accélération, le freinage, j'en sais rien… j'ai même pensé à un virus injecté volontairement à l'occasion d'une mise à jour par satellite.

En effet, mais ces mises à jour satellitaires ne portent habituellement pas sur les fonctions vitales de la voiture, à moins que ça n'ait changé, les constructeurs font ce qu'ils veulent.

La pluie s'est arrêtée, le ciel reste bas, tout est mat, une espèce de suspens, une flaque de mercure, inerte

Comment la trouviez-vous ces derniers temps ?

Normale, rien de particulier. Camille a des responsabilités, de l'ambition, du stress, de la tension nerveuse, l'ordinaire des jours.

Mais ce vendredi soir après le rendez-vous avec les dirigeants de chez Delta ?

Elle était peut-être un peu préoccupée. Elle venait de vous téléphoner, je crois, ça s'était pas bien passé… Elle a pas souhaité dîner dehors, j'avais de quoi à la maison, mes enfants étaient chez leur mère. On a travaillé, je lui ai proposé de rester dormir, il y a quatre chambres, mais elle a brusquement décidé de rentrer sur Paris. J'ai essayé de l'en dissuader, vu l'heure, mais c'est devenu une idée fixe, elle voulait partir… Non, elle n'avait pas bu, enfin comme à l'habitude, un verre de vin, pas même deux. Et elle était partie, 2 h 30 un peu dépassé. Elle portait une veste de lin grise, elle était en robe, une belle étoffe orange, elle a précisé que vous l'aviez rapportée de Malaisie, son PC, son sac à main. Elle avait tout posé dans la voiture, Hubert lui avait répété qu'il serait décidément plus sage de rentrer le lendemain, elle avait les traits tirés, à peine a-t-elle dit au revoir, elle semblait absente, d'une humeur taciturne. Enfin, rien non plus qui soit marquant. C'est la route empruntée que je comprends pas.

Elle vous avait dit qu'elle était enceinte ?

Mon Dieu, oui, ce même soir d'ailleurs, vous m'y faites penser.

Sans commentaire ?

Elle a juste ajouté que c'était pas le moment, que vous en étiez d'accord, qu'elle n'avait pas le temps de s'en occuper, qu'elle allait devoir avorter à Bruxelles, probablement l'un de ces prochains jours… En effet, marmonne Thomas qui voit le sol carrelé s'ouvrir sous ses pieds, il est dans l'exact surplomb d'une cheminée de granit, au cœur des Pyrénées, il envisage froidement qu'il pourrait chuter, il plaque son dos contre la banquette de moleskine, s'essuie le front avec un mouchoir en papier. Leurs étreintes devenaient trop rares, il pourrait sans doute retrouver la date où, par accident, ils avaient… Leur amour semble intact, c'est certain, mais une sorte de gêne s'est insinuée, jusqu'à ne plus oser s'entreprendre ni admettre que du désir les porte à s'étreindre. Leur relation est devenue un fait acquis dépourvu de mystère, au point que désirer l'autre puisse ces derniers temps apparaître quasi comme un enfantillage, une régression. C'est après la naissance d'Elsa qu'ils se sont imperceptiblement détournés du corps de l'autre, et depuis deux ans peut-être leurs enlacements relèvent de l'observation quasi posologique d'une thérapie…

À quoi vous pensez ?

À rien. C'est simplement un brouillard de plus en plus épais autour de Camille depuis cet accident. Je supposais que vous alliez éclairer ma lanterne.

On est dans la même incompréhension, si tant est qu'il y ait quelque chose à… J'irai la voir à l'hôpital… le plus souvent possible. On se donne des nouvelles ?

Bien sûr. Merci d'avoir accepté cette rencontre.

Il s'agit de Camille… Je dois rentrer, mes enfants…

Hubert Demestre s'est levé, il tient une serviette en cuir noir dans sa main gauche, il n'a pas quitté son imperméable beige tout froissé, il s'éloigne vers la sortie, adressant un salut au barman. Il louvoie entre les tables, pousse la porte vitrée et disparaît sur la droite vers le beffroi. Thomas laisse un billet sur la table, allume une cigarette puis sort d'un pas incertain. Il relève son col, rentre la tête, se protège des bourrasques de vent humide, trotte vers une boulangerie, de l'autre côté de la place, ses jambes sont lourdes, mettre un pied devant l'autre réclame un effort, il jette la cigarette dans le caniveau, entre, salue la boulangère, une forte femme, en tablier blanc, une chevelure bouclée, des joues roses, un éclatant sourire, qui va lui proposer la lune, il choisit un sablé pour éponger l'alcool, s'en retourne vers la voiture garée derrière l'hôtel de ville. Il téléphone à la maison, c'est Daba qui répond, il sera rentré vers 19 h 30-20h, les enfants peuvent l'attendre pour le dîner. Il démarre, contourne la place, s'engage dans l'allée des Soupirs, retrouve l'avenue Roosevelt, il enclenche un CD, Enrico Rava, en quintet, avec un son de trompette à la fois festif et mélancolique, une atmosphère de cirque sur une place de village où la joie scintille sur une toile de tristesse infinie, un autre musicien de jazz que Jean, son frère, lui a fait entendre l'an passé, une musique qui l'exacerbe. Il coupe, il éteint, c'est… Il n'y a plus de ciel, juste un plafond gris

78

moyen, immatériel, une lumière du jour spectrale, qui tue les couleurs, qui écrase le peu de relief alentour, il traverse à rebours la plate campagne détrempée, remarque deux poulains aux jambes grêles, des brindilles d'os désarticulées, qui galopent en cercles sinueux, graciles, désordonnés, sous le regard placide d'une jument baie qui mâche une poignée de fleurs jaunes à la lisière d'un vieux noyer.

*

Thomas est attablé avec les enfants. Il ne parvient pas à manger, arrêté dès la deuxième bouchée. Il allume une cigarette. Anton lui fait remarquer qu'il ne tient pas sa parole, qu'il avait promis d'arrêter, il a tenu un an et le voilà qui recommence, il enfume la cuisine et... Thomas ne répond pas. Ça sonne à la porte, Elsa se précipite, renverse sa chaise Oh, pardon... laisse, papa, j'y vais. Il écoute : Mamie ? C'est toi !... Bonjour ma petite Elsa, ton père ne t'a pas prévenue ? Dieu, il a complètement oublié la mère de Camille qui arrive de Bordeaux. Elle téléphone tous les trois jours pour avoir des nouvelles, Thomas n'a rien à lui dire, c'est toujours pareil, Camille ne se réveille pas. Claire Granier s'est invitée chez eux pour le week-end, elle n'en peut plus d'attendre, seule, loin, alors elle se rapproche. Il se lève, va l'accueillir, avec Anton qui le précède dans le hall. Elle enlève son imperméable qu'il accroche à la patère, elle se penche, elle embrasse les enfants Alors, Thomas, tu m'as pas annoncée, on dirait... tu fumes ?... Tu vois, mamie, je viens de lui dire que c'était mal. Elle entre dans le vaste salon en tirant sa petite valise, les roulettes résonnent sur le parquet, grondant plus sourdement sur les tapis, le roulement du bagage orchestre sa trajectoire, Claire file directement vers la chambre d'amis du rez-de-chaussée dont la fenêtre donne sur la rue. Elle y dépose sa valise qu'elle ouvre, en sort des cadeaux pour les enfants, jette sa veste sur le lit, chausse des ballerines, revient dans le salon Tenez, les chéris, c'est pour vous… Oh, mamie!… Tu as dîné?… Oui, dans le train, merci. Je veux bien une infusion, quelque chose de chaud. Elsa a fiévreusement déchiré le papier fleuri de l'emballage, Anton décolle les morceaux de scotch du papier kraft avec une attention méticuleuse… Tu verras, ma chérie, c'est une très belle et très sombre histoire de la mythologie grecque bien mise en images. Thomas aperçoit le titre sur la couverture: Électre. Le nom lui évoque vaguement quelque chose. Anton se balance d'un pied sur l'autre, les yeux écarquillés, ouvrant lentement un luxueux album à la couverture noire qui contient les planches techniques des vaisseaux de la guerre des étoiles. Ils posent un baiser sur la joue de leur grand-mère, ils s'assoient dans le fond du sofa blanc, s'abandonnent à leur lecture Et le dessert, les crapules, le dîner n'est pas terminé… On a plus faim, s'il te plaît, papa, murmure Anton.

Thomas repart vers la cuisine, il met une casserole d'eau à chauffer, la venue de la mère de Camille, soudaine dans son propre oubli, lui pèse. Elle surgit, nimbée d'une incontestable autorité, il va devoir tout répéter, il va trébucher dans l'affliction, l'évitement est impossible, il va devoir manifester simultanément sa compétence à conduire les choses vers la guérison de Camille. Il observe les minuscules bulles d'air qui remontent par grappes du fond de la casserole vers la surface de l'eau frémissante, il n'entend plus parler dans le salon, il écoute le souffle du brûleur à gaz sous le récipient inox. Claire, c'est le contraire de sa propre mère Valence, qui lui est toujours apparue excessivement soumise à son mari Aurèle, ce père qu'il a trop peu connu. Soumise aussi à son frère Jean, sur le mode cette fois quasi palpable d'une espèce de terreur et de culpabilité qu'il ne s'explique pas. Quant à sa sœur Pauline, Valence a toujours paru mendier chez elle un assentiment, une pathétique connivence. Tant de soumission chez sa mère, et cette quête éperdue de reconnaissance. Tandis que Claire, seule, divorcée, juge d'instruction au tribunal de Bordeaux... Elle le rejoint dans la cuisine Alors, mon pauvre Thomas ? je te demande pas comment tu vas... Non, me demande pas, il songe, debout devant la cuisinière et lui tournant le dos Verveine ou menthe ?... T'as pas de la camomille, par hasard ? Le sommeil, en ce moment, est une denrée plutôt rare, voilà que je fais des rimes, comme c'est bizarre... Non, désolé, les tisanes ici... Claire est dans un pantalon noir de coton léger, une coupe corsaire, avec un angle découpé sur le côté qui achève la couture au-dessus des chevilles, un chemisier rouge d'une étoffe soyeuse et ample, très échancré. Elle se tient droite, c'est une belle femme, mince, d'une bonne cinquantaine d'années, qui en paraît dix de moins Alors, verveine. Il débarrasse la table, donne un coup d'éponge sur le marbre veiné de gris, sort une tasse de porcelaine, découpe dans un citron deux fines rondelles Tu n'en prends pas ?... Je préfère boire froid. Thomas repart au salon, les enfants sont absorbés, dilués dans la surface des pages, il saisit la bouteille de scotch sous un guéridon et s'en retourne à la cuisine

Je préfère même avec un glaçon.

Écoute, Thomas, nous vivons la même angoisse, mais ce n'est pas une raison pour...

Pour boire ?

Oui, boire, fumer, et les enfants ?

Je bois pas, Claire, c'est juste un décontractant.

Et Camille ?

Tu sais bien, toujours pareil.

C'est la même conversation qu'au téléphone, mais en présence cette fois, un corps-à-corps autour de cette idée fixe chez Claire de vouloir transférer Camille au service de traumatologie chirurgicale de l'hôpital Necker à Paris, le meilleur d'après elle, sous la direction du professeur Wainsten, l'ami d'un de ses proches, Serge Chouraqui, chirurgien à Bordeaux, elle en a encore parlé avec lui jeudi dernier. Thomas ose Et tu lui as évoqué les risques du transfert ? Elle balaye d'un revers de main abondamment baguée comme elle chasserait un papillon C'est un risque extrêmement faible avec une unité de SAMU pour se retrouver là où elle devrait être ! Thomas soupire, avale une gorgée, allume une cigarette, Claire sort un cigarillo d'un étui cartonné blanc orné d'un lettrage or Toi aussi, tu fumes ?... Elle hausse les épaules, puis lui demande, abrupte, si, dans son intime conviction, il est certain de la guérison de Camille. Il répond qu'il en est sûr, spontanément, elle reprend en écho qu'elle aussi en est très sûre, concédant malgré tout qu'il est parfaitement idiot de penser que leur conviction puisse aider à sa guérison

On n'en sait rien, Claire, je préfère penser que ça l'aide. Je monte demain à Rouen.

Justement, j'allais t'en parler.

Tu restes avec les enfants ?

Non, je t'accompagne, je veux voir ma fille. Et le professeur Magnien.

S'il est là.

Qui s'occupe d'eux ?

Daba, la nounou.

C'est Camille qui l'a trouvée ?

Je sais plus, une annonce à la pharmacie, elle, moi, nous...

Daba ? C'est un drôle de prénom.

Quand il observe Claire aux côtés de Camille ou lorsqu'il pense à l'une en présence de l'autre, Claire et sa pâleur, sa peau diaphane, ses cheveux châtains, et Camille d'une peau métisse caramel avec ses cheveux crépus... les traits du visage sont très peu semblables, c'est surtout les yeux, ce vert aigue-marine qui signe la filiation. Sinon, demeure ce trouble dont Thomas ne peut se défaire.

Le samedi matin, Claire s'est montrée vingt minutes à peine, le temps d'embrasser les enfants, de se disposer sur un plateau du thé fumé, des toasts beurrés et un pot de confiture, puis elle s'est retirée dans sa chambre jusqu'à midi, travaillant sur de lourds dossiers à son ordinateur, pestant contre les réductions de personnel au tribunal de Bordeaux et la façon dont l'École nationale de la magistrature, qui le jouxte, forme de plus en plus vite des juges qui en sortent plus démunis et moins compétents. Des griefs récurrents depuis plusieurs années. «Sarkozy casse l'appareil judiciaire, le met à sa botte...», elle soliloque autant qu'elle maugrée, cela dure quelques secondes, Thomas l'écoute poliment sans y prêter grande attention. Cette fois il accuse réception

Tu dois être tendue, je présume, pour les résultats du second tour.

C'est pas gagné, non.

Et pour dimanche, t'as fait une procuration ?

Non, j'ai un train en début d'après-midi, je sors de la gare, mon bureau de vote est à dix minutes, j'ai largement le temps. Et toi, tu vas voter, j'espère.

Pour qui ? Ça m'intéresse pas, Claire, sont tous pareils.

Ma question est stupide, toi, du moment que tu gagnes de l'argent, business, business.

Elle hoche la tête, disparaît avec son plateau, refermant la porte d'un coup de talon. Elsa, en revanche, a su capter l'attention de sa grand-mère quelques instants en lui lançant dans la cuisine Mais Électre, mamie, pourquoi elle arrive pas à oublier ?... C'est une très bonne question, ma chérie, tu vois, quand on est juge, comme ta grand-mère, on essaye de rien oublier, c'est très difficile, surtout quand les souvenirs sont cachés, enfouis, mais Électre, étrangement, sans effort, elle se souvient de tout. On en reparle plus tard, si tu veux bien.

Daba arrive à 13 h, ponctuelle, souriante. Claire la salue de loin, sans poser de question ni se présenter. Thomas est prêt à partir, Claire est chaussée habillée depuis dix bonnes minutes, elle tourne et vire dans la maison, les enfants jouent aux cartes dans le sofa, observent son agitation, Daba repasse du linge dans la buanderie. Thomas les embrasse

À tout à l'heure, mes gros chats, soyez sage. Daba vous emmène au Jardin des Plantes ?

On va voir les tigres et les tigrichons.

Vous les saluez pour moi ?

Et toi, tu embrasses maman pour nous ?

Du hall, Claire leur adresse un bref salut de la main, les voilà partis. Boulevard de la Guyane, le périphérique intérieur qu'ils empruntent à la porte de Vincennes, le chemin habituel, ce qu'il devient à force d'allers et retours inutiles où Thomas pense à la fois perdre et gagner du temps, des piles de jetons sur une table de casino, accumulant des pertes, puisqu'elle ne se réveille pas, accumulant des gains puisque, durant ces trajets longs et absurdes, c'est le temps qui se traverse, comme si Thomas se portait plus vite vers son chevet et l'échéance de leurs retrouvailles. Confondant la somme des kilomètres parcourus avec l'hypothétique chronologie de sa guérison. Il a saisi la confusion, mais ce n'est pas une méprise, juste une façon de conférer du mouvement, une agitation motrice et automobile à l'insupportable attente de son retour à la vie. Qui reprendrait son cours ? Camille, encore… Tu vois, mon pauvre Thomas, si elle était à Paris, comme ce serait simple de lui rendre visite… Oui, il murmure, ce serait sans doute invivable. Mais elle n'a pas entendu, le regard vaguant sur les prés alentour, d'un vert tendre en ce printemps pluvieux que les vaches abondamment maculent de leurs paisibles taches blanches et noires Au fait, son père est prévenu ? Claire tortille entre ses doigts les lanières de cuir rouge de son sac à main. Cinq minutes passent, elle finit par répliquer qu'elle n'est pas certaine que l'accident de sa fille intéresse son père

Quand Camille l'a rencontré, c'était heureux, non ? Ils sont d'ailleurs restés en contact.

Je crois, oui, de loin en loin.

Claire poursuit sur le même ton, elle précise que Camille était âgée de 2 ans, 4 mois et 2 jours quand le père s'était enfui, son grand Black si élégant, posé, circonspect, qui faisait une thèse sur la géographie négrière. Leur rencontre et la naissance de Camille avaient été pour lui, sans aucun doute, un avatar, avant que Malcolm ne fonde une vraie famille avec une femme et des enfants tout à fait noirs, dans sa Californie natale. Son passage en France avait été un compromis, une compromission avec la race blanche, dans un moment d'abandon au charme de Paris. Il s'était bel et bien carapaté, sa mission et son combat se jouaient là-bas, au plus loin, sur la côte Ouest, il n'aurait pas voulu que Claire le suive avec Camille. Quel sentiment pouvait-il éprouver pour sa fille, toute pantelante d'innocence, tellement disposée et sans le moindre ressentiment à partir quérir l'amour de son père. Il résidait à Los Angeles, Camille avait profité de son séjour à Berkeley pour le joindre, ils s'étaient donné rendez-vous à Obispo, à mi-chemin des deux villes, puis s'étaient ensuite retrouvés sur cette côte, Big Sur, grandiose et sauvage, dit-on, les quelques fois où ils s'étaient vus. Thomas pense à leur voyage de noces aux États-Unis, elle ne lui avait presque rien dit de ce père américain, il songe à ses mutismes dans la traversée des paysages. Claire admet que leur rencontre était nécessaire, qu'elle avait dissipé cette espèce de vertige qui devait saisir Camille quand elle se voyait avec sa mère sur des photographies ou dans un reflet au miroir, une sorte de sidération d'une telle dissemblance entre elles deux

Vous avez les mêmes yeux.

C'est peu, non ? Moi-même parfois, j'ai le sentiment d'un mirage. C'est une fatalité dans cette famille, les pères disparus.

Tu veux dire ?

Le mien est mort, j'avais 7 ans, et Camille à ma suite, d'une autre manière.

Toi ? J'ignorais.

Je n'ai jamais su si c'était un suicide ou un assassinat.

Pardon ?

Ma mère était un serpent. J'ai été élevée par mon grand-père, côté paternel. Camille ne t'en a jamais rien dit ?

Rouen, 20 km, on arrive, Claire.

J'ai vu, je connais tellement cette ville. C'est au tribunal de Rouen que j'ai commencé ma carrière.

Thomas ne se donne plus la peine de téléphoner la veille pour prévenir de son arrivée, les infirmières lui répondent chaque fois sur un ton absent, presque désinvolte, qui exprime probablement toute l'incongruité de son préavis. Lui, le veilleur intermittent de la pauvre endormie, il peut venir quand ça lui chante se recueillir au chevet de sa Blanche-Neige si mal nommée, c'est inutile de frapper les tambours. Il marche dans les couloirs, le long de la galerie vitrée, il voit ses chaussures, il ne voit rien, juste le regard qui glisse sur le linoléum luisant. Claire, en revanche, observe et commente, la pelouse est trouée de plaques de terre durcie, avec des papiers gras, des mégots, des canettes qui traînent, les murs qui auraient besoin d'être repeints, des caoutchoucs de porte battante déchirés, le service hospitalier en province, c'est comme la justice, aucune... comme si elle cueillait là de nouveaux arguments pour le transfert de sa fille sur la capitale. Thomas poursuit sa traversée, d'un pas égal, mutique. Il met le pied sur la marche On ne prend pas l'ascenseur ?... C'est au 2ᵉ, ça va aussi vite... Bon, allons-y. Ils arrivent sur le palier Dix secondes, Thomas, je reprends mon souffle. Il pousse la double-porte, Claire le suit, il toque à celle du bureau des infirmières

Bonjour, monsieur Texier.

Claire Granier, la mère de Camille. Le professeur Magnien est ici ?

Pas aujourd'hui.

Et le docteur Bernard ?

Il est au bloc, on ne sait pas quand il sort.

Zut ! Et Camille, comment ça… ?

Rien de nouveau, les signes cliniques sont stables, corrects, le niveau 1 est maintenant consolidé, plus aucun trouble végétatif, elle réagit encore faiblement aux sollicitations externes, mais elle réagit.

L'infirmière les accompagne jusqu'à la salle de réanimation, ils entrent dans le sas, enfilent la blouse d'un vert de jade, les chaussons, le bonnet, pénètrent dans une pièce baignant dans une semi-pénombre jaune, ils distinguent un lit aux quatre coins, celui de Camille est à gauche, quasi devant la vitre fumée de la salle de contrôle, ils entendent le bruit des inhalateurs, les bips des appareils de mesure cardiaque, vasculaire, respiratoire, ils sont dans un mausolée de science-fiction où trois corps sont en veille électrique, le lit au fond à droite est vide. L'infirmière les précède, se penche Madame Texier, vous avez de la visite, vous êtes chanceuse aujourd'hui, votre mari et votre maman. Elle se redresse Je vous laisse, parlez-lui normalement, à tout à l'heure. Camille est bien là, ses longs bras abandonnés sur le drap blanc, couverts d'hématomes et piqués de cathéters à trois entrées, scotchés sur la peau, avec deux tubes reliés à deux seringues sous pression. La tête repose en extension vers l'arrière grâce à une sorte de cale en mousse enveloppée d'une housse en coton placée sous la nuque, sans doute pour favoriser le travail de la grosse canule respiratoire enfoncée dans sa bouche et coincée par l'adhésif dermatologique transparent qui court sur son menton et sa joue gauche, déformant ses traits inexpressifs, étirant ses lèvres desséchées et fendues dont la coloration rose est devenue pâle, presque incolore. Le cheveu crépu a très peu repoussé à l'endroit de la longue cicatrice blanchâtre qui part du front, monte sur le crâne et redescend sur l'oreille gauche. Les paupières sont toujours gonflées, l'hématome facial s'est faiblement résorbé, le drainage lymphatique est très lent et les tissus restent gorgés d'eau. La géographie du visage a muté, Camille s'est retirée, prêtant son corps à des bouleversements dont elle est étrangère. Claire et Thomas échangent des regards de noyés de chaque côté du lit, c'est eux, enveloppés de leur tissu vert jetable, qui semblent les plus irréels, les plus fantomatiques, ils sont précipités dans une altérité galactique, visiteurs incongrus, intrus improbables d'un pays neptunéen qui ne recèle aucune pensée de leur possible existence, ils ne sont plus d'aucune référence. Ils prennent leur élan, des confins de leur humanité, ils s'élancent pour que leur course éperdue puisse s'achever en des mots nets, d'une voix claire et distincte

Bonjour, Camille, bonjour, ma chérie, j'arrive de Bordeaux, je suis là avec Thomas...

Bonjour, mon amour... tu m'entends ? Ta mère m'accompagne.

On est venus pour ton réveil, ma chérie, on s'est dit qu'à nous deux, on allait te convaincre, il faut te réveiller, ma petite fille ! On sait, l'accident a été rude, tu t'es reposée, c'est bien, mais il faut te réveiller à présent, tu comprends, ma chérie ? C'est l'heure.

Claire pose sa main sur le bras de Camille, ses doigts passent sous l'aisselle, son pouce sur le gras du bras qu'elle caresse doucement. Thomas lui parle en contrepoint, un timbre plus grave, il tient sa main, il lui raconte, comme il en a pris l'habitude, ses dernières journées de travail, ses soirées avec les enfants qui d'ailleurs l'embrassent, évidemment, qui sont impatients, tu t'en doutes, de te voir à la maison Ta mère a raison, Camille, c'est l'heure de se réveiller... Des égarés qui se penchent sur une gisante et qui ne parlent qu'à eux-mêmes, mais ils croient percevoir des tressaillements aux tempes, aux arcades sourcilières et sur les lèvres, et dans les doigts, puis d'imperceptibles mouvements de la nuque, comme si Camille voulait éclore d'une chair de pierre, mais peut-être tous deux, Claire et Thomas, ont ensemble rêvé d'un granit tiède et frémissant. Affleure à présent dans la voix de Claire une pointe d'autorité, parce que la fille doit écouter sa mère, elle lui doit respect et obéissance, et que... Thomas l'entrevoit qui disparaît, plus d'ossature, plus de densité musculaire, juste l'inconsistance molle d'un tissu que la gravitation entraîne au sol, l'ondulation d'une vague, Claire n'est plus de l'autre côté du lit, Thomas avait le regard posé sur la chevelure abîmée de Camille, il a pressenti dans l'angle de son champ visuel comme une étoffe, un rideau qui flottait puis qui tombait. Il a tourné la tête, non, elle n'est plus là. Il contourne le lit, la trouve répandue sur le dallage, les yeux blancs, les narines pincées, la poitrine convulsive. Il la saisit aux aisselles, redresse son buste, la tire, la glisse sur le linoléum, jusqu'à la première porte. Il l'ouvre, la maintient ouverte avec son pied, emporte Claire dans le sas, mais s'y trouve arrêté, à l'autre extrémité, par la première porte qui vient de se refermer sur les jambes de l'évanouie, lesquelles bloquent la manœuvre, et les bras de Thomas sont trop courts, il ne peut à la fois maintenir la porte ouverte et ramener les jambes de Claire pour la tirer tout entière dans le sas. Il transpire sous son bonnet, sous sa combinaison de carnaval, il abandonne Claire étendue aux trois quarts dans le sas, il pousse l'autre porte, il court dans le couloir vers le bureau des infirmières, il glisse dans ces foutus chaussons, il dérape, s'affale de tout son long, se redresse, s'assoit par terre, le souffle coupé par une douleur au genou gauche, lequel a dû absorber tout l'impact de la chute. Une infirmière sort du bureau, l'aperçoit à terre, assis en boule, qui se tord et se frictionne, elle se hâte Qu'est-ce qui vous arrive, M. Texier ?… Pas moi, pas moi, c'est Mme Granier, évanouie dans le sas ! aidez-moi. Il arrache ses chausses, se relève péniblement, ils repartent tous deux Il faut que vous teniez la porte ouverte pendant que je la tire dans le couloir… Non, laissez, vous, tenez la porte… Oui, c'est ça, repoussez, pliez ses jambes pour… Allez-y, tirez… Ils débouchent dans le couloir, trois corps emmêlés, verts et blancs, juste la chevelure aile de corbeau de la jeune infirmière, une tache noire dans le fouillis des membres et des tissus. Ils assoient Claire, le dos contre le mur, l'infirmière lui balance deux claques qui claquent, sèches. La tête part sur les côtés Qu'est-ce qui vous prend ? Claire Granier ouvre les yeux, hoquette, soupire, trouve son regard, découvre l'infirmière et Thomas penchés sur elle, des larmes inondent son visage lisse, sans expression, comme si la pluie ruisselait, la météorologie pluvieuse d'un ciel invisible, physiologique, juste. S'il vous plaît ? Elle tend ses mains vers l'infirmière qui l'aide à se relever Doucement, madame, doucement, on n'est pas pressées… J'ai pas dit au revoir à ma fille… Vous êtes sûre, ça va aller ? Elle marche lentement vers la porte de la salle de réa, Thomas et l'infirmière échangent un regard, il chausse à nouveau ses enveloppes, rejoint Claire, ils se retrouvent de chaque côté du lit de Camille, ils y posent les mains, les avant-bras, s'accoudent quelques minutes, la saluent, l'embrassent, soufflent sur son visage des mots aimants, lui rappellent que c'est l'heure de se réveiller puis s'en vont à reculons, en débandade, sans savoir exactement ce qu'ils sont venus visiter.

*

Ils sont dans une brasserie qui jouxte le parc de Bercy, assis en terrasse, il fait grand soleil, il aperçoit la TGB sur l'autre rive qui scintille de toutes ses surfaces de verre. Gérard tranche dans son entrecôte bleue, Thomas dans son carpaccio de saumon. C'est aujourd'hui la soirée de lancement de la nouvelle gamme de logiciels au Carlton. Tout est en place. Une centaine d'entreprises seront présentes, la communication est excellente, Drincourt compte au minimum sur une retombée immédiate d'une soixantaine de contrats

Au fait Thomas, Perraudin a annulé sa venue... Je l'ai rappelé, il m'a dit que tu l'avais planté sur un rendez-vous important, vendredi après-midi ? il était pas content.

Je l'ai prévenu la veille, le jeudi et...

Je veux pas savoir comment tu organises ton job, mais on ne plante pas Perraudin ! Tu connais comme moi son entreprise. Entre Paris et la banlieue, c'est 480 employés qui entretiennent le mobilier urbain, les vespasiennes, Vélib, les panneaux publicitaires, quatre cent quatre-vingts !

Je sais, Gérard, je sais...

Laisse-moi finir ! Ils travaillent tous en extérieur, la traçabilité des faits et gestes du personnel en situation mobile, c'est particulièrement SON problème, Nuxitempo, c'est fait pour lui, nom de Dieu ! On plante pas Perraudin.

J'étais à Évreux...

Pour Nuxilog ?

Un rendez-vous d'affaires, très important.

Tu te fous de ma gueule ? J'ai consulté l'agenda de Rachel, c'est consigné nulle part, page blanche tout l'après-midi de vendredi.

En fait c'était pour Camille et...

Je m'en fous, Thomas, en la circonstance, je m'en fous ! C'est notre société qui passe avant, particulièrement les jours ouvrés et le samedi. Le dimanche ou la nuit après 23 h, on peut comprendre que tu ajournes, mais là… Perraudin, ça fait deux ans qu'on travaille ensemble, ça n'a pas été facile de l'attirer chez nous… et là qu'il vient discuter avec toi pour un éventuel contrat… Si lui s'équipe avec ce logiciel, je connais une bonne douzaine de grosses entreprises qui suivent, c'est trop gros, merde ! Ce soir, je comptais lui faire une offre irrésistible, lui jouer le grand jeu… C'est carton jaune, Thomas.

Il repère un vol de trois hérons cendrés qui planent au-dessus du parc en cercles concentriques, il voit les buses, les aigles royaux, les gypaètes barbus qui flottent en majesté au-dessus des contreforts des Pyrénées, il a les yeux dans les jumelles de son père, il contemple le vol immobile d'un aigle qui plonge le long du versant abrupt où grimpe un chevreau égaré, une paroi rocheuse ponctuée de paliers herbeux. Le chevreau au pelage brun taché de blanc, a les deux pattes antérieures posées sur une haute marche, il poursuit avec la sûreté d'un cabri, et le rapace qui fond sur lui, ailes repliées, qui se cabre soudain dans le silence de l'air vibrant de chaleur, qui pose ses serres ouvertes sur la tête du jeune animal puis qui repart toutes ailes dehors dans le ciel de la vallée. Le chevreau bousculé, vacille, il perd ses appuis à l'instant de se hisser, un lent ralenti dans l'inversion des forces, brassant l'air de ses sabots, il bascule dans le vide, rebondit plusieurs fois sur le versant pour s'écraser 80 m plus bas, rejoint par un couple d'aigles qui s'avancent près du corps disloqué parmi les roches et les herbes fleuries. Enfant, Thomas voulait être le bras et la main gantée de cuir sur lesquels se poseraient les grands rapaces. Sur les façades des immeubles passent des nuages ventrus d'un blanc cotonneux dans le reflet vitré d'un ciel d'azur. Le carpaccio est fade, sans goût n'eussent été le citron et l'huile d'olive. Il n'a plus faim, allume une cigarette, vide son verre de vin, le bitume du trottoir sent la poussière

Nuxitempo, c'est le fleuron de nos logiciels de développement. Et c'est ton concept! C'est toi l'homme-clé des ventes sur ce produit... Si tu peux pas assurer, tu le dis cash, pour l'augmentation de capital, je trouverai d'autres actionnaires. À toi de jouer, Thomas.... Je vais te raconter une anecdote. Tu vois, Zaïd, c'est un informaticien génial, non? Son seul défaut, c'est d'avoir une famille indigène qui croupit sur l'île de La Réunion. Tu sais l'intelligence qu'il a déployée sur Nuxipen? Il entrait dans la phase d'expérience du prototype, ça urgeait pour la commercialisation, et voilà que son père décède. C'était dix jours d'absence en perspective. Je lui ai mis le marché en main: Zaïd, vous ne pouvez pas vous absenter en ce moment, c'est l'avenir de la boîte qui est en jeu, on a besoin de vous, si vous allez aux funérailles, c'est plus la peine de revenir ici, vous pouvez aller à la pêche sur votre île. Il a hésité une demi-journée, tu connais la suite, il est resté, tu sais aujourd'hui le succès de ce logiciel? 30% de notre chiffre d'affaires. Je l'ai grassement rétribué en primes et intéressements divers. Je lui proposerai jamais d'entrer dans l'actionnariat de la société, il a trop peu de réseau, il est trop enfermé dans la recherche pure... Tout ça pour t'expliquer, il a choisi, et son choix était le bon. C'est pas le moment de fléchir, tu dois être là à 200% pour ce logiciel, je te le pardonnerai pas. Si on évaluait en temps réel tes dernières semaines avec ton Nuxitempo, question absences, imprévus et perte de productivité, on doit être largement dans le rouge, non?

Gérard a une espèce de sourire tordu, le regard lourd, le visage réjoui, il enfourne sa dernière bouchée d'entrecôte à la sauce vigneronne

Après le déjeuner, tu me fais le plaisir de décrocher ton putain de téléphone, tu appelles Perraudin... non, il n'y a pas de mais, tu appelles Perraudin, tu lui présentes tes plus plates excuses... au besoin, si tu le sens bien, tu lui expliques ta situation... Camille, etc. etc. Tu réussiras peut-être à l'attendrir, comme l'entrecôte, là, même si lui, à part le business... c'est toi qui es à la manœuvre. Déplie le tapis rouge, je le veux ce soir au Carlton !

Et ton voyage en Allemagne ?

Positif, excellent. Je te raconterai.

Et l'heureux événement, c'est pour bientôt ?

Si tout va bien, Deborah accouche dans deux semaines, au jour près, chez elle, l'horloge est bien réglée. Cinq enfants, j'arrête là la descendance. Garçon, l'addition !

Des pigeons s'approchent, se dandinent, à l'affût des miettes, un mouvement de jouets mécaniques, Thomas roule de la mie de pain entre ses doigts, lance les boulettes d'une détente du pouce, l'index replié à la manière d'un joueur de billes. Les pigeons se précipitent, s'aidant de leurs ailes, à l'exception d'un vieux boiteux au plumage fripé. Thomas le vise, les billes de pain roulent à la portée de son bec, il n'en saisit qu'une, les autres sont raflées par la meute vive, indifférente Allez, go, je file, un rendez-vous à La Défense, tu me tiens au courant ? À ce soir. Thomas se lève, renfile sa veste de belle coupe, un lin bleu, une marque italienne, s'éloigne d'un pas pressé, s'arrête au tabac acheter une cartouche de Philip Morris, puis se dirige vers le building qui abrite leur société. Au 7e étage, il sort de l'ascenseur, croise Léo et une secrétaire du service commercial, ils échangent trois mots sur le beau temps et la soirée, Thomas aperçoit Zaïd sur le plateau paysager, dans un costume luisant gris anthracite, avec une cravate d'arabesques bleues et fuchsia, qui parle au téléphone, qui lui fait un grand salut de la main, il prend un autre café au distributeur, il entre dans son bureau au bout du couloir, balance sa veste sur un fauteuil, desserre le nœud de sa cravate, déboutonne le col de sa chemise, s'assoit, consulte sa boîte mail, prend son téléphone Allô, Rachel ? c'est urgent, vous m'appelez Perraudin ?... oui, c'est personnel.

*

Les enfants sont couchés, ils étaient ce soir étrangement inquiets, soupçonneux, ils faisaient des projets de sortie et de vacances avec leur mère qui serait guérie, ont-ils répété plusieurs fois durant le dîner. Thomas est dans sa chambre, à son bureau, dans un silence de campagne profonde, la porte-fenêtre est ouverte sur le jardin où bruissent les feuilles du cerisier. Il pense veiller la nuit sur le sommeil des innocents. Juste éclairé par l'écran de l'ordinateur. Anselme, un fidèle ami de promotion, travaille sur les programmes informatiques de chez Renault, mais il a ses entrées chez BMW et leur filiale Austin, grâce à d'anciens collaborateurs qui ont accepté de lui livrer des données déclassées, non confidentielles. Il a pu retrouver quel type de logiciel fait tourner les boîtiers électroniques sur le modèle de Cooper S fabriqué en 2010. Il lui a fallu une petite semaine pour se procurer la connectique d'alimentation et de transfert, envoyer un driver gravé sur CD afin que Thomas puisse importer et lire les données. Thomas a dû cependant effectuer certaines mises à jour et construire un programme adapté. Il pénètre ce soir dans les entrailles de la voiture, parcourt le bilan des différents check-up informatiques depuis l'achat du véhicule, et consulte l'historique des fonctions activées sur les douze dernières heures. Il observe les diagrammes de montée en régime moteur qui signalent les accélérations successives, les paliers choisis de la boîte séquentielle, la fréquence et les intensités de freinage, le niveau de gonflage des pneus (l'avant gauche est d'ailleurs sous-gonflé d'un demi-kilo), l'état du parallélisme, la fréquence de déclenchement de l'anti-patinage des roues motrices, du correcteur d'assiette et de la trajectoire de la voiture, sur des durées chaque fois géo-localisées par les capteurs GPS. Ce n'est plus une simple reconstitution du trajet du véhicule en un temps donné, c'est Thomas qui est aux commandes tel que Camille conduisait son Austin les toutes dernières heures avant l'accident. Devant ces pages et ces pages de données, il choisit donc de n'étudier que l'ultime séquence, à partir du moment où elle quitte le domicile de Hubert pour rentrer sur Paris. Il commence par considérer les données les plus simples, le trajet routier de Camille depuis que le moteur tourne en quittant Gruchet-le-Valasse. Il est surpris de constater qu'elle s'est d'abord dirigée vers l'autoroute Le Havre-Rouen, empruntant normalement la D 910, et, ce à une vitesse moyenne de 60 km/h. Elle avait donc l'intention de s'en retourner sur Paris par l'itinéraire le plus direct. Mais à 500 m de l'entrée de l'A 29, elle fait brusquement demi-tour et repart vers Gruchet-le-Valasse, il est 2 h 46, sa vitesse moyenne est plus élevée, 80 km/h, y compris dans cette petite ville qu'elle traverse beaucoup trop vite en direction de Saint-Antoine-la-Forêt, au sud, s'engageant alors sur la route des Côtières. Les montées en régime sont plus franches, les intensités de freinage également, le correcteur d'assiette et de trajectoire se déclenche à trois reprises, l'anti-patinage une seule fois. Sur cette portion départementale, entre Gruchet-le-Valasse et la route de Lillebonne qu'elle coupe sans même ralentir, sa vitesse moyenne est de 100 km/h, avec des pointes à 120 et des montées sur les paliers intermédiaires jusqu'à la coupure automatique du régime moteur. Pourquoi roule-t-elle soudain si vite ? Certes, ce sont de longues lignes droites sur la carte, mais… sur le Grand Trait, les choses s'affolent, l'anti-patinage s'enclenche trois fois, le correcteur d'assiette et de trajectoire presque toutes les cinq secondes, elle atteint sur cette voie communale le 135 km/h, mais, surtout, Thomas repère l'exécution de fonctions contradictoires, à la fois des montées en régime maximal simultanément à des intensités de freinage extrêmes, comme si Camille faisait les deux en même temps, à la seconde près, les deux diagrammes de l'accélération et du freinage étant presque exactement superposables, elle perd logiquement le contrôle de la voiture à la vitesse de 135 km/h, le pied sur le frein... Comme si un bug informatique était survenu dans le jumelage des fonctions vitales, laissant l'Austin véritablement s'envoler sur le Grand Trait avant la sortie de route où le relevé des données se met en stand-by, tandis que le capteur GPS déclenche une balise de détresse. Ayant lui-même parcouru cette portion du Grand Trait à deux reprises, Thomas transpire, il voit les haies vives en gerbes explosées sur les extrémités du champ visuel, il voit la route qui se verticalise, il ne sait plus comment tenir ses roues sur une ligne aussi étroite qui s'émiette et se dissout, ses mains poissent sur le clavier, le paysage se mélange, asphalte, terre, feuillages et bâtiments, le fossé s'ouvre à sa gauche, il plonge, il ressort contre les haies, il retombe au fond du fossé de drainage, repart sur la route en tonneaux successifs, dans un fracas de matériaux disloqués, les données sur l'écran lui tirent une sorte de plainte, il jette furtivement un regard derrière lui, non, il est seul, les enfants dorment. Il téléphone à Anselme, il l'interrompt dans un dîner, un brouhaha de restaurant qui sature l'écouteur Non, Thomas, tu me déranges pas, dis-moi... non ? t'es sûr de ce que tu avances ? j'ai jamais entendu parler d'un bug de ce type... tu veux qu'on se voie ? quand ? maintenant ?... écoute, on est neuf à table, un de plus un de moins, je m'éclipse au dessert et j'arrive, suis chez toi autour de 23 h 30, ça va ? Thomas revient sur l'écran, parcourt plus attentivement l'historique des check-up, trois depuis l'achat de la voiture, qui correspondent à l'entretien courant : vidange, graissage, etc. Aucune anomalie des capteurs ni des micro-calculateurs n'apparaît dans le bilan des contrôles, rien ne laisse augurer une telle défaillance. Une heure encore avant l'arrivée d'Anselme, Thomas navigue sur Internet à la recherche de blogs et de retours d'expérience qui évoqueraient des incidents informatiques sur les Austin et autres marques automobiles. Il sait combien les constructeurs ont l'œil sur la Toile, combien ils payent cher des équipes pour contrôler, nettoyer ou faire disparaître blogs et forums où s'échangeraient des informations capables de ruiner la réputation de leurs modèles. Les menaces de procès pleuvent. Sans surprise, il ne trouve pas grand-chose, quelques échanges, certes, sur des bugs dangereux, notamment dans un tunnel l'extinction automatique et inopinée des phares, ou encore sur une autoroute allemande des fonctions de freinage, d'amortissement et de direction soudain en stand-by à 180 km/h, sur un périphérique parisien un régulateur de vitesse qui s'enraye, sur un passage à niveau une voiture bloquée par une panne d'alimentation en carburant due à la mauvaise mise à jour d'un satellite déficient. Mais c'est une information allusive, dispersée, sporadique, il faut savoir lire entre les lignes, être informaticien, or rien ne l'alerte sur son cas qui pourrait faire jurisprudence. 23 h 45, ça sonne à la porte, Anselme, en costume de soirée, le cheveu hirsute, la barbe de deux jours, chaussures exagérément pointues Ça va, j'arrive pas trop tard ?... Tu sais, les nuits, en ce moment... merci d'être venu si vite. Ils entendent le taxi qui repart, Anselme entre, met sa cravate dans sa poche, sa veste sur le sofa Tu bois quelque chose ?... Une bière, tu as ? Thomas passe dans la cuisine, décapsule deux Leffe, les pose sur un plateau avec des verres puis invite Anselme à s'asseoir et à consulter son PC qu'il a installé sur la table basse du salon. Son ami vérifie la procédure de transfert, l'affichage des diagrammes, l'historique des données sur la dernière demi-heure de conduite

Ta lecture est bonne, aucun doute... attends, je fais une simple évaluation GPS pour voir si... et je calcule la... regarde ! si on fait simplement un relevé de la distance parcourue dans les cinq dernières minutes, et qu'on calcule la vitesse moyenne, vois ! on arrive à 106 km/h, c'est énorme, non ? elle roulait à une vitesse de dingue sur cette...

Oui, mais elle arrête pas de freiner, les courbes et les fréquences se superposent à celles de l'accélération. Il se passe quoi ?

Je sais pas. Franchement, je sais pas. Plusieurs explications. Ça peut être un bug dans l'enregistrement des fonctions, elle roule vite, des cahots trop violents sur une route abîmée, les capteurs s'affolent pour x raisons, et la fonction freinage s'affiche alors qu'elle n'est pas exécutée. En ce cas, elle roule juste trop vite, et ne freine aucunement. Ou alors le temps de réponse de la décélération, habituellement inférieur à 20 micro-secondes, est trop lent, quasi nul, comme si le régulateur de vitesse restait verrouillé, elle tente de freiner, elle freine, ça s'affiche mais ce n'est pas effectif...

Mais enfin, le freinage est prioritaire sur toutes les autres fonctions.

Oui, mais si ça bug, le freinage peut être évalué comme une simple fonction ordinaire, genre éclairage, essuie-glace, chauffage, et être alors refusée comme contradictoire avec l'accélération activée, que sais-je ? Ou encore un crash sur le CAN, le câble réseau qui achemine toutes les données des micro-calculateurs disséminés un peu partout, il ne hiérarchise plus les signaux, il les transmet bêtement sur une même fréquence temps...

Ça peut être un sabotage ?

Tu vas loin, Thomas, ce serait quoi le mobile ?

Réponds-moi, on peut saboter le système ?

Un hacker peut entrer dans le réseau d'autant plus facilement que les mises à jour des systèmes embarqués se font maintenant le plus souvent par satellite. C'est facile de forcer les codes d'accès, d'y foutre un virus et de planter les systèmes. De là à pouvoir reparamétrer les fonctions d'accélération et de freinage sans les rendre contradictoires dans le logiciel de gestion, les coupler en somme, les fusionner en donnant une prévalence à l'accélération, c'est très très compliqué, suis pas certain que ce soit réalisable... Camille aurait des ennemis aussi puissants ?

J'ai des soupçons, j'envisage toutes les possibilités.

Entends-moi, Thomas, il y a des indices très nets de bug, c'est certain, mais franchement, je...

Tu sais que l'assureur de la voiture me demande de récupérer l'ordinateur de bord ?

Ça m'étonne pas. Tu mesures combien ça va leur coûter avec les dommages corporels, et l'invalidité... même provisoire. L'évaluation se faisant aujourd'hui au prorata de l'importance sociale et professionnelle de la victime. Ils veulent vérifier s'il n'y a pas d'erreur de conduite... vitesse trop élevée notamment. Pour éviter de te verser des indemnités.

Et si je leur communique les données avec les anomalies ?

C'était pas à toi d'ouvrir le boîtier. L'assureur seul est habilité en missionnant un expert. Au besoin pour se retourner ensuite contre le constructeur qui lui-même... ça finit généralement par une expertise contradictoire des deux parties et par un accord financier à l'amiable. Si tu incrimines Austin à partir de tes propres relevés, ils vont te demander comment tu as obtenu le code source pour explorer les données, et bien sûr botter aisément en touche pour vice de procédure, tu deviens juge et partie dans cette affaire. Ils peuvent même t'attaquer pour espionnage industriel et pourquoi pas manipulation de données d'un véhicule accidenté afin d'extorquer des fonds. Je t'avais pourtant dit de pas ouvrir toi-même le boîtier, d'exiger de ton assurance qu'elle mandate un expert... Même vis-à-vis de ton assurance, t'es en faute, eux aussi peuvent invoquer une manipulation des données pour innocenter la conductrice.

C'était trop tard, Anselme, j'avais déjà sorti le boîtier de l'auto.

Mais, tu l'avais pas ouvert! maintenant c'est plié, ton ouverture est tracée...

Admettons. Je confiais le boîtier à l'assureur? Il constatait une vitesse excessive. Il en serait resté là, à un relevé GPS et à un calcul de la vitesse moyenne, comme tu l'as fait à l'instant. Incriminant la conduite de Camille. Crois-tu qu'il aurait repéré, et quand bien même reconnu la parité des diagrammes freinage/accélération? Qu'il se serait risqué à engager une procédure contre le constructeur? Ils se tiennent par la main, je n'aurais rien su du pataquès, Camille était seule responsable, point barre.

Ça dépend de la compétence de l'expert, de l'honnêteté de l'assureur.

Oui, c'est juste très aléatoire. Anselme, on reprend à zéro... Avec ces diagrammes et ces bilans, est-ce qu'on a la preuve d'un dysfonctionnement pouvant entraîner l'accident?

Pas tout à fait. Je t'ai dit: on a la preuve d'un bug manifeste, mais est-ce qu'il touche au relevé des données dans l'ordinateur de bord ou aux fonctions telles qu'elles ont été effectivement activées pendant ces cinq minutes de conduite?

Si c'est un sabotage, on a les traces d'une mise en échec du système?

Décidément, tu y tiens… il faudrait que j'analyse toutes les config et tous les paramétrages un à un… que je vérifie les capteurs, c'est très compliqué sur un véhicule détruit… Au fait, tu m'as pas dit qu'elle écoutait sa messagerie au moment de l'accident, c'est bizarre, non ? Si elle était en panique à bord d'une voiture folle, qu'est-ce qu'elle faisait avec son portable à l'oreille ?

Elle voulait peut-être appeler au secours.

En écoutant sa messagerie ?

Pour enclencher le rappel automatique du correspondant avec le 5, j'en sais rien…

À ce propos, tu sais que l'assurance peut également te demander d'expertiser le portable de Camille ?

Tu es en train de me dire que c'est mort et…

Non, reste le témoignage de Camille. Et d'ici là, essaye de retrouver le véhicule, de le faire mettre sous scellés avant qu'il ne disparaisse en cube d'acier compressé, qu'on puisse expertiser le CAN, les capteurs, tout le réseau.

Alors que j'ai signé le lendemain de l'accident la cession du véhicule à la casse du coin, ça fait presque trois semaines.

Dans ce cas, il te reste le seul témoignage de Camille. Écoute, je vais jeter un œil dans les systèmes, mais je te promets rien… de rien.

Thomas est reparti en cuisine chercher deux bières. Il attrape la bouteille de whisky au passage, rapporte le tout Pas d'alcool pour moi… tu devrais lever le pied avec le whisky, on bosse demain, ça sert à rien de… pense aux enfants… tu dois être en forme et… je sais, Thomas, c'est difficile… et Camille, comment… Ils discutent dix minutes encore, de tout et de rien. Thomas parle, il pousse les mots hors de sa bouche, il articule… Anselme regarde sa montre 1 h 20, vieux frère, tu me fais une copie dans une USB de l'ensemble des données et tu m'appelles un taxi ?

Tu veux dormir ici ?

Merci, je préfère rentrer. Demain, lourde journée.

*

Thomas est essoufflé, fatigué de virevolter avec Anton et Elsa dans les bras, il les a posés au sol, ils se tiennent par la main, ils dansent une espèce de carmagnole sur la terrasse, dans le soleil de juin. Daba les regarde, l'épaule appuyée sur le chambranle de la porte-fenêtre, un mouchoir dans la main, elle se tamponne les yeux, un sourire en émail de lumière sur son visage réjoui. Ils inventent à mesure les paroles de la chanson, et ce qui revient en leitmotiv, sous forme de nom, d'adjectif et de verbe, c'est le mot *réveil*, Camille est réveillée. Un appel de l'hôpital, tôt ce matin, la voix grave du professeur Magnien, aimable, Thomas peut rejouer l'entretien téléphonique à la virgule près : Votre femme s'est réveillée à 5 h 04 précisément... non, s'il vous plaît, patientez jusqu'à dimanche... l'épuisement, la perception vaguante... D'accord, nous passerons demain... Pour une première fois, évitez de venir avec vos enfants, ce serait trop éprouvant pour elle, et pour eux... Vingt-huit jours d'assoupissement, il pense à la Belle au bois dormant, il téléphone à Anselme, à Myriam, à Dom, à deux autres amis proches, puis à Claire qui s'est immédiatement tue dans le combiné, Thomas songe qu'elle pleure dans un complet silence, elle a murmuré un merci, qu'elle le rappellerait dans la journée puis a coupé la communication. Il a envoyé un long mail à Hubert Demestre qui ne répondait pas au téléphone. Daba a déjeuné avec eux, puis ils sont partis au Jardin des Plantes, à la galerie de l'Évolution, au musée de la Minéralogie, ont dîné dans une pizzeria, derrière la Grande Mosquée, puis ont fini au cinéma multiplex de la Bibliothèque François-Mitterrand, fatigués de leurs incessants bavardages, emplis d'images toutes mélangées. C'est une sortie de prison, une famille réunie où Camille a circulé tel un fluide et un liant, une absence prolixe, volubile, au bord de l'incarnation. Elsa, Anton, la quasi-présence de Camille, Thomas se sent conforté dans cette géométrie quadrangulaire qu'il habite depuis la mort de son père, lui avec sa mère, sa sœur et son frère, il l'éprouve comme le chiffre originaire de sa géographie intime, il avait oublié qu'une telle journée fût possible, ils sont bien quatre.

Le dimanche matin, il se lève sans effort avant que le réveil ne sonne. Il ouvre la porte-fenêtre de sa chambre, marche nu-pieds sur le gazon mouillé, observe la croissance des fuchsias et des rosiers, le tracé de la vigne vierge sur le mur, il faudra corriger la trajectoire de plusieurs pousses, l'orienter vers les trouées sur le ciment nu. Il arrache deux ou trois mauvaises herbes, la rosée s'immisce entre les orteils, le soleil joue dans le velours des pétales crémeux, il prend le sécateur, coupe des fleurs fanées, remarque des taches d'oïdium, un feutrage blanc ici et là sur le feuillage des hortensias, sur celui du fusain également qu'il faudra pulvériser de soufre liquide, repère des grappes de pucerons d'un vert pâle qui recouvrent uniment les boutons d'un rosier églantine, il aimerait ce matin s'occuper du jardin comme le faisait sa mère qu'il accompagnait, enfant, lorsqu'elle inspectait ses plantations fleuries sur le devant de la maison. Son père demeurait indifférent à ces floraisons exubérantes qui ornaient la façade jusqu'à la grille d'entrée, il empruntait toujours le chemin des étables, des granges à fourrages et des dépendances, Aurèle entrait dans la maison par la cuisine, à l'arrière. Thomas soupçonnait un vague mépris dans son attitude, il l'avait entendu maugréer un jour à l'adresse de Valence qui lui demandait de l'aide pour retourner un carré de terre dure et argileuse Mon métier, c'est l'élevage, pas le jardinage. Il avait pourtant des ruches, ses abeilles venaient butiner les massifs. Thomas rentre se préparer un plateau avec du thé, de la baguette grillée, du beurre et de la confiture, il n'est pas 8 h, il s'installe sur la terrasse, branche ses écouteurs et sélectionne spontanément sur l'iPod *Love Songs Reflexions* dont il aime la coloration et les lignes mélodiques quand il n'est pas lui-même trop sombre et qu'elles se teintent alors d'une espèce de mélancolie douce. Il a une heure devant lui, c'est inutile d'être à Rouen avant 11 h, infirmières et docteur doivent s'affairer au chevet de Camille qui les voit, qui les écoute et les comprend. Daba arrive à 9 h, il partira aussitôt, les enfants sont prévenus, ils peuvent dormir tranquilles, jusqu'à l'extrémité de leur fatigue, a dit Elsa qui vient d'apprendre le mot dont elle use à chaque occasion. Thomas-Camille, quel regard vont-ils… sa voix est-elle audible, ses mots sont-ils sonores, vibrants ou abandonnés au murmure ? Il monte le son de l'iPod sur le cinquième morceau, *Dark Song*, observe une araignée entre les branches de l'azalée qui emmaillote une mouche dans sa toile scintillante, il boit à petites gorgées, il oublie la baguette grillée qui refroidit dans l'assiette, le beurre figé sous la confiture… Une main se pose sur sa nuque, il tressaille, reconnaît les pieds menus d'Elsa qui s'est approchée sans bruit, il ôte ses écouteurs, met le lecteur sur pause, la prend dans ses bras, la berce, elle a le regard flou, une moue d'ange endormie, elle lui marmonne, difficilement compréhensible

Tu m'emmènes ?

Où ça ?

La voir.

C'est trop tôt, la puce, dans quelques jours, promis ! Écoute, écoute, c'est un musicien qui porte notre nom, ou l'inverse…

C'est notre oncle ? c'est tonton Jean ?

Mais, non, la puce, écoute.

Il lui met un écouteur à l'oreille, enclenche le quartet C'est beau, hein ? Mais elle s'appesantit dans ses bras, se rendort, il se lève, il la tient blottie, la monte dans sa chambre, la recouche, la serre dans sa couette jaune envahie de coccinelles. Il passe voir Anton qui dort, le poing droit fermé sur l'oreiller devant son visage qui repose dans un parfait profil, il pense aux grands médaillons de plâtre vernissé, bleu vert jaune et blanc, qu'il a admirés il ne sait plus où ni quand, des portraits en buste, des madones avec des pommes, des citrons, beaucoup d'anges et d'enfants. Il s'éloigne lentement, à reculons, puis regagne le jardin, rapporte le plateau à la cuisine, se retire dans sa chambre, se rase, prend une douche, enfile un pantalon noir, une chemise blanche, une veste de lin grise, il est 9 h 05, ça sonne à la porte, c'est Daba qui rentre du marché, son sac à provisions débordant de légumes, de salades, de bouquets d'herbes. Il peut partir. Il téléphonera Non, c'est inutile de l'attendre pour le déjeuner.

Le trafic est presque inexistant, périphérique et autoroute s'ouvrent devant lui, aisance et fluidité, un itinéraire tout entier dédié à la visite qu'il rend à l'éveillée. Les vaches sont au pré, les arbres en fleurs flamboient dans le soleil, le paysage déploie reliefs et couleurs en un décor renaissant, c'est l'été qui triomphe dans l'emphase accomplie des feuillages mûrs, les forces unies d'un réveil universel, Camille en est l'allégorie incarnée, à 100 km de là, dans son lit d'hôpital, tous les signes se répondent, se conjuguent en un même mouvement de célébration, Keith Jarrett au piano, Charlie Haden à la contrebasse en déplient la syntaxe dans l'habitacle ouaté de l'Audi. Le plan arrêté d'un bonheur exactement contemporain. Il rentre dans Rouen, il est chez lui, parcourant un trajet qui traverse son corps, le dessine comme son ossature. Il se gare, s'extrait de la voiture, un jeune homme, il a rendez-vous. Les infirmières sont souriantes, leurs prunelles brillent, du moins les voit-il ainsi, il les emporte dans son élan, son allant, il est irrésistible en ses pas qui le conduisent vers la salle de réanimation. On lui tend l'accoutrement habituel vert jade qu'il revêt comme Armstrong à l'instant de marcher sur la Lune, il se trouve beau, il est désigné, la vie le regarde, ce sera par les yeux de Camille dans quelques secondes. Il est dans le sas, il inspire, la main sur la poignée, une infirmière surgit dans son dos Non, non, pardon, elle n'est plus en réa, excusez-moi, chambre 204, dans le couloir, là-bas, à gauche... Il sourit D'accord ! Il ôte sa combinaison, le calot, les chaussons, il repart, confirmé d'être celui qui... Il a vaguement entendu dans le bureau des infirmières Doucement, c'est une sortie de coma, n'allez pas croire que... il s'en fout, doucement, oui, il ouvre la nouvelle porte de la nouvelle chambre qui baigne dans la lumière du jour, il s'avance, le linoléum est tapissé d'œufs, il est aérien, ne brisera aucune coquille, il approche du lit centré contre le mur, fenêtre à gauche, salle d'eau à droite, le corps de Camille qui respire sous les draps, sa tête qui repose sur les oreillers d'un tissu ivoire, plus d'intubation respiratoire, un visage nu, dégagé, des lèvres sèches, le côté du crâne et les joues encore enflés, peu importe, son visage, seul, ses yeux aux paupières gonflées à demi ouvertes, il entre dans son champ visuel... Camille, il murmure. Ses yeux qui scintillent une seconde, l'attention qui s'éveille au surgissement de Thomas qui se penche, qui dépose un baiser sur son front, ses joues, ses lèvres, Thomas qui chuchote le prénom de Camille. Son regard paraît tourné vers le tréfonds d'elle-même, à moins qu'il ne porte vers l'infini, Camille le traverse, il ne décèle aucune reconnaissance, son regard ne fait pas miroir, il ne s'y reconnaît pas Camille ? c'est Thomas, tu me vois ? je suis là... Il agite la main devant ses yeux fixes, ses lèvres collent, elle tente d'articuler, elle émet des sons soufflés, chuintants,

il ne distingue aucun mot dans ces modulations expira-
toires, il entend le balbutiement articulé d'un essoufflement.
Elle ferme les yeux, les rouvre, la sueur perle à ses tempes,
sa tête soudain roule sur la gauche, un frelon qui viendrait
voler tout près d'elle… Il contourne le lit, se rassoit de façon
à croiser son regard Tu es à l'hôpital, tu te réveilles, un
coma de vingt-huit jours, Camille. Elle secoue la tête, elle
est en nage, le reste du corps inerte, le docteur Bernard est
derrière lui avec une infirmière, il n'a pas prêté attention, il
sursaute… Parlez doucement, monsieur Texier, il lui faut du
calme. L'infirmière lui fait une piqûre dans l'avant-bras, lui
tamponne le visage avec une serviette humide

Quand bien même elle voudrait parler, la trachéotomie
l'empêche d'émettre des sons.

Mais, il n'y a plus d'intubation ?

Si, à la gorge, voyez ? C'est plus confortable et…

Il entend à présent le respirateur artificiel, le bourdonnement électrique, les bips informatiques, les courses des
diagrammes sonorisés. Il se gratte la nuque

Elle… elle ne voit pas, là ?

Ce n'est pas certain, mais continuez de lui parler, pre-
nez-lui la main, il faut la solliciter sans cesse. Vous repassez
dans mon bureau avant de partir, d'accord ?

Thomas patiente, il veut être seul avec elle, il lui caresse
l'avant-bras, joue avec ses doigts qu'il entremêle aux siens,
les porte à ses lèvres, lui embrasse l'intérieur du poignet. La
densité des tissus, l'odeur de sa peau, il ne reconnaît rien. Il
la flaire, il cherche, mains, avant-bras, cou, il accroche des
relents de désinfectant, de peau chaude, un peu blette, il se
redresse, parle à voix haute, paisiblement, que cela ressemble
à une caresse, il parle d'Elsa, d'Anton, de Claire, de Daba,
enfin, il donne des nouvelles. Il les répète, avec d'autres
mots et dans un ordre différent, un soliloque plat, d'une
banalité ordinaire, des expressions habituelles, des clichés

sur la famille, la vie au quotidien, sinon qu'il s'adresse à un visage dont la lumière froide du regard réveille les traits et souligne l'incongruité volumétrique du crâne. Les yeux ouverts rendent en effet plus gênante cette cicatrice rose tremblée qui court au-dessus de la tempe gauche jusque loin derrière l'oreille, avec ce duvet grisâtre de cheveux ternes qui tardent à pousser sur cette moitié boursouflée de la tête, conférant au volume du crâne la dissymétrie d'une hernie proéminente. C'est une géographie éparse, discordante, le visage flotte à l'avant de son ossature, comme détaché, une image d'hologramme déréglé, Thomas déglutit, il n'achève plus ses phrases, sa propre voix s'éteint en un murmure abscons. Il se lève, regarde par la baie vitrée les pelouses jaunes rongées de plaques terreuses, le ballet des voitures et des gens sur le parking, des infirmiers qui rient et poussent un brancard vide en courant, il n'entend aucun son, il croit reconnaître la petite fille qui voulait jouer au ballon pour le distraire, elle ne bouge pas, le dos contre un luminaire, absorbée dans une conversation animée avec sa poupée en chiffon qui a des cheveux de laine. Il aperçoit une ambulance au gyrophare bleu qui surgit dans l'allée, qui disparaît sur la gauche du bâtiment vers l'entrée des urgences. Aucun arbre, aucun oiseau dans ce vaste dégagement ouvert sur la ville, il distingue des toits d'ardoise hachés de barres d'immeubles et de tours au-delà des plantations de troènes cendreux. Il se tourne, se penche vers elle, lui saisit les mains, y pose ses lèvres, essaie d'animer l'éclat froid de ses yeux, lui caresse le front, puis se retire lentement, à reculons, ne voit plus que son dos, sa nuque, son visage est tourné vers la fenêtre, son regard héliotrope aspiré par le ciel azur dans la vitre vide.

Il a refermé la porte, s'appuie contre le mur du couloir, se laisse glisser, s'assoit sur les talons, les bras croisés sur les genoux, l'un des cadres sur le mur, une reproduction délavée de la cathédrale de Rouen, est accroché de travers, une ligne de poussière s'incruste le long des plinthes, il remarque trois fourmis qui avancent à la lisière du mur et du linoléum, elles viennent d'où ? Ses beaux yeux aigue-marine s'ouvrent sur le vide d'une dépossession qui méduse... Ça va, monsieur Texier ? Ça va ?... Il sursaute, se redresse, le dos collé au mur, la tête tourne, il cligne des yeux Je dois voir le docteur Bernard ?... Il vous attend, vous venez avec moi ? 50 m de couloir, les semelles qui couinent sur le lino luisant, ces mêmes reproductions pâlies de tableaux célèbres tous les cinq-six mètres, disposées là depuis la construction du bâtiment. Elle toque à la porte du bureau, ouvre, s'efface Vous voulez un verre d'eau ? Un café ?... Non, merci... Entrez, entrez. Le docteur se lève, trop empressé encore, contourne le bureau, s'approche Re-bonjour, monsieur Texier, lui serre la main

Pardonnez-moi tout à l'heure, je vous ai peut-être paru un peu brusque, mais vous parliez fort et cela peut causer du stress... il faut que votre femme se sente environnée de présence paisible et confiante, je souhaitais vous voir avant que vous n'entriez dans sa chambre, malheureusement je vous ai manqué.

Je comprends, mais j'ai simplement l'impression qu'elle n'est pas réveillée, elle ne réagit pas, rien, rien, ni les yeux, ni la voix, juste cette agitation de la tête et ces suées, c'est terrible à voir, elle...

Monsieur Texier, un réveil après trente...

Vingt-huit jours, docteur.

Oui, vingt-huit, pardonnez-moi, votre femme est dans un entre-monde dont on sait peu de choses.

Le professeur Magnien, pourquoi il m'appelle pour m'annoncer qu'elle est réveillée ? C'est ins...

D'un point de vue clinique, elle l'est.

Je m'en fous du point de vue, je pensais, on pensait avec les enfants pouvoir lui parler, qu'elle nous réponde, qu'on se regarde, simplement! Avec qui vous me confrontez, là? On dirait une zombie, c'est une façon de…

S'il vous plaît, monsieur Texier, je voulais décidément vous voir avant votre entrée dans la chambre. Laissez-moi vous expliquer. Après un réveil de ce type, il faut le plus vite possible mettre le patient en contact avec son univers le plus familier, avec ceux qui lui sont les plus chers et les plus proches, à l'exception de vos enfants qu'il faut pour l'instant ménager. Afin justement que le réveil des sens et de la mémoire puisse avoir lieu. C'est pourquoi nous vous avons appelé sans tarder. La prochaine fois, vous apportez des photographies, des musiques, tout ce qui la ramène à sa vie la plus intime, qu'elle soit sollicitée, qu'elle retrouve les chemins tracés en elle.

Mais je suis là, moi, je… je devrais la réveiller, non?

Je vous ai bien dit: les chemins tracés en elle. C'est elle-même qu'il lui faut retrouver. Votre présence est indispensable mais pas suffisante. Je me répète, on sait pas grand-chose, monsieur Texier, je veux dire de sa perception du monde, de sa perception de soi. On guette le moindre geste, le moindre frémissement des doigts, qui nous réponde. Le contact n'est pas établi, d'elle à vous et d'elle à elle moins encore.

Elle dit rien.

Entendez-moi, elle n'est pas en état de former des mots ni des pensées.

Vous êtes en train de me dire qu'on est précipités dans l'ère qui précède Néandertal!

Non, votre femme est tout simplement trop faible, resca-pée d'un trauma crânien très grave, et puis la trachéotomie interdit à la voix de porter, aux cordes vocales de résonner, il faut pour cela fermer le clapet de l'intubation, être sûr donc qu'elle ait bien auparavant recouvré ses réflexes respiratoires.

Alors, qu'est-ce qu'on fait ? Qu'est-ce que je fais ?

Venir le plus souvent possible, la confronter sans cesse à ses souvenirs visuels, auditifs, tactiles, travailler et patienter, être patient.

Thomas pense à des mises à jour, à des compressions de fichiers informatiques, à des restaurations de disque dur, à l'échelle du vivant et d'un désastre neurologique dont il soupçonne métaphoriquement le schéma. Il voit la chevelure bouclée du docteur, les branches rouges de ses lunettes clipsées sur les verres, le sang qui pulse dans une artère du cou, ses mains maigres et nerveuses posées sur des papiers qui tripotent un stylo, il n'ose aborder le diagnostic du thorax et de la colonne vertébrale, il s'extrait, le corps gourd, il entend : Nous restons à votre disposition à tout moment, nous essaierons de… Ils se serrent la main, Thomas sort, il retourne auprès de Camille, elle n'a pas bougé, il observe ses épaules, sa nuque, son visage tourné vers la fenêtre, les yeux à demi ouverts, le regard fixe et désert, il parle, se demande si elle entend dans sa voix qu'il fait semblant de parler, il voudrait lui confier sa colère, son impuissance, la supplier d'émettre un signe, il lui prend la main, la palpe, presse ses doigts, guette une crispation du pouce, de l'index, la peau est fraîche, il imagine la vie souterraine qui se compose et se recompose en constellations d'humeurs, de cellules, de neurones, mais rien de tout cela ne parle, c'est la vie qui s'en fout, occupée de son seul invisible mouvement, la vie aussi mystérieuse qu'une métaphysique, qu'une intention divine, qu'un arbitrage des dieux. Il demeure, malaxe ses mains, ses avant-bras d'une lumière vernissée couleur caramel, qui le charme toujours, il caresse de la viande, une heure passe, il ne sait plus quoi dire, il se tait. Un nuage se pose, cotonneux, dense et pur, il en suit la trajectoire, la sortie lente du cadre vitré, le ciel est de nouveau d'azur immaculé. C'est maintenant, il se lève du bord du lit, il l'embrasse sur la tempe et la joue Au revoir, ma chérie, à très vite. Il marche à reculons, referme la porte, part sur la gauche, se trouve bientôt au fond du couloir, un cul-de-sac, il repart dans l'autre sens, il avance, ses semelles qui couinent toujours, il passe devant la 204, il marche, il dépasse le bureau des infirmières, poursuit droit devant, pousse la porte à doubles-battants, descend l'escalier, traverse la passerelle vitrée, le hall, il est dehors, des gens parlent, des voitures roulent, du bruit partout, il hésite, ne se souvient plus où il a garé l'Audi... C'est par là. Ce matin, ses pas foulaient un chemin de gloire, c'était quand ? Il est sur l'autoroute en direction de Paris, il fait demi-tour à la prochaine sortie, il roule en sens inverse, vers Le Havre, l'autoroute mène à la mer, le bitume meurt sur le sable, il prend de la vitesse, il s'élance à la surface des flots, dans un geyser d'écume, se fige, flotte, s'enfonce doucement, des bulles d'air, des bouillonnements d'eau, la voiture s'engloutit, elle dandine, elle coule avec pompe et lenteur dans l'obscurité aqueuse qui l'oublie sur un haut-fond jonché de déchets industriels et de navires perdus. La pensée des enfants qui l'attendent à la maison nourrit le rêve de tels engloutissements. L'envie de fuir encore. Il va leur dire quoi ? Toute honte bue... Il roule vers Paris un dimanche ensoleillé, il est de retour quatre semaines plus tard, à la même place, il est celui par qui le désastre s'énonce, en ses propres mots, celui par lequel Camille se dérobe indéfiniment, il est le messager du malheur, il va devoir affronter l'attente éperdue d'Elsa et d'Anton, il est le malheur... Zut ! un flash, il est distrait, il ne voit rien, il roule à 180, il lève le pied, repère une aire de stationnement qui s'annonce, le bois de Complains à 500 m, il s'engage, se gare, un couple déjeune à une table en béton fichée sur la pelouse dans une mare de soleil, il se dirige vers les toilettes, se fixe dans le miroir des lavabos, observe les rides, le grain de la peau, la couleur de l'iris, il se passe la tête sous le robinet, l'eau ruisselle dans ses cheveux, il s'égoutte, tend ses mains sous le séchoir électrique, la peau tremble et se froisse comme un tissu usé, il revient vers la voiture, prend son portable, téléphone à son frère, ça sonne indéfiniment dans la maison vide, il essaye le portable qui passe de suite sur messagerie, ça capte mal dans la montagne, Jean est sans doute à la bergerie à préparer l'estive. Il laisse un long message, il lui explique le réveil de Camille Je suis découragé, Jean, j'ai envie d'emmener les enfants... je peux pas... je peux pas indéfiniment porter seul cette... comme si je les empêchais de la voir, je leur cachais... je voulais ton avis, je suis sur... appelle-moi, s'il te plaît. Il remonte en voiture, s'essuie les yeux sur la manche de sa veste, met le contact, démarre, programme le régulateur de vitesse sur 140 km/h puis laisse filer l'Audi qui bondit en silence. C'est à la hauteur de la centrale électrique, de la cathédrale de verre qui resplendit dans le soleil, en contrebas de la longue courbe, que le téléphone sonne, c'est Jean qui s'affiche. Il met les écouteurs, il décroche, il entend sa voix grave, chaude

Jean ! Je te rappelle ?

Non, ça va, t'es où ?

Sur l'autoroute, je rentre de Rouen.

C'est si grave que tu le dis ?

Si tu la voyais, on dirait que la vie s'est... dissoute en elle, il reste rien, elle a muté dans un autre règne, même pas animal, non... Elle est morte, Jean, pour nous, pour elle... morte. J'ai pas osé demander pour sa colonne vertébrale, je suis à la maison dans trois quarts d'heure, les enfants, je sais plus...

Tu veux que je leur parle ?

Non, ça va leur sembler bizarre, leur oncle, dans le Sud, qui...

Il faut que vous traversiez ensemble, vous n'avez pas le choix, il faut qu'ils la voient, peut-être tu es trop pessimiste, peut-être qu'en entendant les enfants, elle va… en médecine, on a des miracles, le réveil d'un coma, ça existe. Tu dois pas les désespérer, il faut les laisser se battre pour elle, il sera toujours temps d'admettre plus tard que vous avez lutté pour rien, sans être dévorés par les remords et les regrets de n'avoir pas tout tenté. Mais il faut pas laisser Elsa et Anton à l'écart, tu vas te sentir coupable.

C'est déjà fait.

Tu peux pas tout porter, Thomas. Battez-vous ensemble pour la ressusciter ! Les enfants comprendront alors que tu n'as pas été ce que tu penses être.

C'est-à-dire ?

Le messager du malheur, c'est bien ça ?

Tu as raison, grand frère, tu…

Et puis, tu les amènes ici dès la fin de l'école, on montera là-haut pour l'estive.

*

Attention, la viande, ça flambe ! Ah, zut ! Il se précipite, ôte la grille encombrée de côtelettes, de saucisses, d'épis de maïs qui roulent sur le gazon, il se brûle les doigts en les… il peste, saisit le sac, verse des morceaux de charbon de bois pour éteindre les flammes, ça se calme, il remet la grille en place un cran plus haut

Si j'avais pas repéré l'incendie, on mangeait du carbone.

Merci, Pascal, t'as l'œil.

Ils sont assis sur des transats, au soleil

Tu penses sincèrement que c'est trop tôt ?

Tu sais, une sortie de coma après vingt-huit jours…

Mais, ça fait deux semaines ! Par moments, elle me regarde comme si elle comprenait, enfin, comme si elle

115

voyait quelqu'un. Te dire que c'est moi qu'elle voit, j'en sais rien. Et puis elle bouge l'index de la main gauche quand je lui parle, quand je lui pose des questions, parfois ça tombe juste, ce repliement de l'index, parfois ça correspond à rien.

Patience, Thomas, on ignore encore à peu près tout des chocs cérébraux. Je ne suis qu'un généraliste, mais je sais qu'il se passe des choses étonnantes dans l'évolution des malades après un TC. Crois-moi, garde espoir. Pour elle aussi, c'est important que tu espères.

Anne, l'épouse de Pascal, discute avec Myriam, c'est une collaboratrice de Camille. Issues de la même école de Bordeaux, elles sont devenues amies quand elles se sont retrouvées chez Orange. Anne explique qu'un certain William Ferrand occupe à présent son poste à l'agence du Havre, Thomas entend la fin de la phrase, il s'immisce

Et le contrat Delta, c'est signé ?

Tu sais ça, toi ?

Tu sais bien, Camille me parle souvent de…

Oui, elle me dit s'appuyer sur toi pour des dossiers lourds. J'ai beau lui invoquer la clause de confidentialité, le caractère sensible de certaines négo… Elle répond qu'elle a confiance, tu crois qu'elle a raison ? À t'entendre parler des transactions avec Delta Energy, j'en suis moins sûre.

Thomas est à genoux, penché sur le gazon, il ramasse des fourmis entre l'index et le pouce, les jette dans une toile qui s'étire entre les branches de l'azalée, il observe comment l'araignée roule et empaquette ses victimes dans une espèce de gaze pour les suspendre en autant de momies dans la trame de sa géométrie filaire… En l'occurrence c'est signé, pour répondre à ta question… Bien, il marmonne, lançant cette fois un gendarme ramassé sur la bouteille de whisky alors qu'il traversait l'étiquette. Plus loin sur la pelouse, Anselme joue au ballon avec son fils dont il a la garde ce week-end, avec les jumeaux d'Anne et Pascal, avec Elsa et

Anton, une sorte de balle au prisonnier, Thomas les entend rire, Anton tire de toutes ses forces Attention aux rosiers, les champions ! Daba dresse le couvert à l'autre extrémité de la terrasse, la conversation dérive sur la défaite de Sarkozy, la formation du gouvernement Hollande Ils ne feront rien de plus, lance Pascal. Sont pieds et poings liés... Attendons de voir, intervient Myriam... Au fait, j'ai entendu dire par Camille que c'était tendu chez Orange... Pas seulement là, ma chérie... Oui, mais à Reims, ils ont... Anselme a quitté les enfants, il est en nage, souriant Hou ! sont en forme les marmots ! Vous parlez de quoi ? Thomas se lève, va surveiller la cuisson, la viande est à point, il crie : C'est prêt tout le monde, on mange ! Les enfants, essoufflés, les joues en feu, s'installent bruyamment au bout de la table, Thomas les sert : merguez, chipolatas et maïs grillés. Daba apporte les plateaux de frites. Anton débouche la bouteille de Coca, il est trop brusque, ça déborde de mousse sur ses mains, ça rit, ça pouffe, Anton pose brutalement la bouteille sur la table, que ça déborde un peu plus, que les rires enflent, Thomas s'énerve, réprimande sèchement, Myriam approche C'est rien, je vais chercher une éponge... Vous vous calmez, vous mangez proprement, c'est capté ?... Viens t'asseoir, Thomas, viens, ils vont se débrouiller. Anselme lui passe le bras autour des épaules Dis-moi, maître de maison, tu nous places, c'est toi qui présides ?... Excusez-moi... d'accord, je m'assois ici, Pascal, Anne, toi, et Myriam là, ça va comme ça ?... Au fait, Dom ne vient pas ?... Non, le mariage d'une nièce en province... Laisse les grillades, j'y vais. Anselme prend le plat vide sur la table, la longue fourchette, se dirige vers le barbecue Quand t'as fini, tu rabats le couvercle ! Ils sont installés, saucisse de Toulouse, côtelettes d'agneau aux herbes qui exhalent des senteurs apéritives, maïs grillé, Daba tend à Pascal un saladier de mesclun, elle a poliment refusé de se mettre à table avec eux. Ils se servent, Thomas

remplit les verres de vin Le sel s'il te plaît? Attention le saladier!… Le poivre, il est où? Pascal tu peux?… Les enfants,
le ketchup, please! T'as vu, Anton, chuchote Elsa très fort,
ils en prennent aussi! Mmm, excellente, la viande… Suis
arrivé trop tard tout à l'heure… Franchement à la bourre,
oui… J'ai entendu que vous parliez de votre boîte… À
chaussures?… Très drôle, ça! vous parliez d'Orange? chez
nous aussi, c'est chaud en ce moment… Anselme, je te sens
une envie folle de raconter… Si ça vous emmerde?… Non,
vas-y, vas-y, je te chambre… Avant-hier, je déjeune avec
Antoine, un collègue d'un autre service, je le vois: la glotte
coincée, il pouvait rien avaler, dit juste oui, non, je questionne, il répond: Viré, suis viré… Merde! bref, un mois de
préavis, normal. Il a 40 ans, trois enfants… Stop, Anselme,
on va pleurer!… Tu me laisses finir? merci. Donc il est
là, blanc comme un linge, il me dit: Hier, mardi, j'arrive,
plus de fauteuil… Comment ça, plus de fauteuil?… Ils ont
enlevé le fauteuil et le bureau, je peux venir mais j'ai nulle
part où m'asseoir, peux juste poser mon cul sur la moquette
et faire la manche devant les collaborateurs avec qui je bosse
depuis dix ans… il était au bord de s'effondrer… C'est le cas
de le dire, si tu lui enlèves son… Arrête, putain… C'est un
cas isolé, non?… Je crois que ça devient l'ordinaire ce raffi-
nement… Enfin, on sait pas quelles conneries il a… Écoute,
c'est un type compétent… et puis c'est pas la question, il
est pas viré, il est humilié, cadavéri… De suite, les grands
mots… Il reste du maïs?… Oui, je crois, ça mijote… Bouge
pas, j'y vais… Eh, les bouteilles sont vides… Si t'ouvrais
les yeux, elles sont là, à tes pieds… Pardon!… Faut finir
les côtelettes, qui? Attends, tu les as fait cramer celles-là…
Je sais, je laisse tout brûler… Mais c'est une blague, mon
Thomas… Une ombre balaye la terrasse, un nuage au-
dessus de Saint-Mandé Vous avez vu ce film, *L'Exercice
de l'État*? c'est secouant, non? Daba pose le plateau de

fromage, débarrasse les plats et les bouteilles vides Qui en veut ?... ah, toi, ton verre est toujours vide, j'arrive pas à suivre... Moi, si, verse !... Et toi, Thomas, ta boîte, tu t'en sors bien, non ?... Moi, je suis pas bien concentré. Depuis la mise sur le marché de mon nouveau logiciel, on a gagné en clientèle de quoi doubler le chiffre d'affaires. Il faut recapitaliser, le patron m'a proposé d'y mettre mes billes, j'ai hésité, l'état de Camille... et ces derniers jours, c'est comme s'il regrettait sa proposition. Il prépare l'entrée de Perraudin dans le capital. Du lourd. De très gros débouchés. Ça sent le roussi. Drincourt me cherche des poux, je vais me retrouver sur la touche... Mais, ton Perraudin, on peut pas le couler, lui balancer un virus informatique, lui endommager gravement sa société, qu'il retourne à ses moutons ?... C'est une idée... Tu sais, j'ai deux potes hackers qui pourraient... Au fait, Anne, tu connais un certain Hubert ?... Qui ?... Hubert Demestre, il bosse pour vous. Oui, mais c'est pas un hacker, pourquoi tu... ? Tu le connais ?... Vaguement, c'est un consultant externe, Camille travaille beaucoup avec lui... Myriam fait fausse route avec une gorgée de vin, elle s'étouffe, se frappe la poitrine du plat de la main, Pascal tapote sous la nuque, elle sort de table, disparaît dans la maison... Tu le connais pas plus que ça ?... Non, juste des échanges techniques, mais depuis l'arrivée du remplaçant de Camille qui veut tout changer, imprimer sa marque... Myriam revient, elle est livide, les traits figés Ça va, Myriam ?... Oui, très bien... J'ai entendu dire qu'il y avait de la tarte aux pommes... Oh oui, de la tarte ! de la tarte ! scandent les enfants. Tu aurais du café ? Bien sûr, Nespresso vert, bleu, or, argent ?... Attends, le vert c'est du moka... l'or du Blue Mountain, les autres... j'ai oublié. Bon, tous en cuisine, allez choisir vos couleurs ! Les enfants ont quitté la place, se sont enfuis dans les chambres, emportant leurs tartes sur une assiette à dessert, Thomas laisse faire, seuls

Myriam et lui demeurent au soleil, les coudes sur la table, le regard posé sur les décombres du déjeuner. Thomas triture un bouchon de liège, il remarque la pâleur de Myriam, s'en inquiète, elle ne répond rien, semble chercher ses mots... Je croyais que tu savais, que Camille t'avait... Thomas retient sa respiration, il pense à ses absences du vendredi soir, à sa...

Me regarde pas comme ça, Thomas, c'est rien d'extraordinaire, juste : Hubert, Hubert Demestre, c'était mon mari... le père de mes enfants. Quand tu en parlais avec Anne, je me sentais mal à l'aise.

Mais pourquoi Camille ne m'en a jamais... elle a une liaison avec ton ex ?

Mais non, voyons, on se connaît depuis le lycée.

Cette fameuse vie d'avant dont m'a parlé Hubert et dont on ne doit rien dire.

Vous vous êtes vus ?

Oui.

C'est pas contre toi, Thomas, c'est Camille et ses silences.

D'accord, d'accord, mais juste une chose alors, s'il te plaît. Dans sa voiture, j'ai découvert un... une lampe en pâte de verre Art déco, signée, une pièce d'antiquaire avec certificat, paquet cadeau, etc. Ça pouvait pas être pour la maison, t'as vu l'intérieur, le style... j'ai beau chercher, ça m'obsède, t'aurais une idée ?

Des larmes montent et débordent qui tracent sur les joues de Myriam deux verticales scintillantes, elle attrape une serviette, y cache son visage, inspire, suffoque, s'essuie les yeux

Je suis désolée, Thomas... c'était mon anniversaire le samedi de l'accident, c'était pour moi, j'en suis sûre, j'adore ces lampes années 10-20.

Mais, tu décollais pour Djakarta, le dimanche ! Tu m'as téléphoné de l'aéroport...

Et alors, elle me l'aurait offerte le samedi puis l'aurait gardée jusqu'à mon retour.

Oui, t'as raison. C'est ça... tu... tu savais qu'elle était enceinte ?

Non, c'est Hubert qui me l'a dit...

Ohé, les deux bavards, vous nous lâchez ? Not coffee ?

Non, merci, je dors plus si...

Moi, j'ai des palpitations, je vais faire une tisane.

Dis, Thomas, qu'est-ce qui se passe ? Elle pleure ?

C'est rien, juste un coup de blues, on parlait de Camille.

On... on continue dans les transats ?

Ils descendent les trois marches, font quelques pas sur la pelouse qui s'ombre lentement. Thomas fait un détour par le salon, Myriam est prostrée devant des photos, elle fait mine de les regarder, se mouche, s'essuie les yeux, il s'approche, la prend dans ses bras, la serre contre lui Je suis désolé, Myriam, j'avais pas pensé... Ça va aller, je vais me calmer.

Il prend un plateau, des verres à cognac, une fine Napoléon, puis regagne le jardin. Pascal seul accepte de déguster avec lui Et cet été, vous partez où ? Les destinations s'égrènent, Thomas boit son cognac plus qu'il ne le goûte

Et toi, avec les enfants ?

Chez mon frère dans les Pyrénées... Si Camille est encore à l'hôpital, je ferai des allers retours. Sa mère veut qu'on la rapatrie sur un hôpital parisien, je pense qu'elle a raison, ces allers retours c'est usant... je veux juste aller la voir une fois à Rouen avec les enfants, qu'ils voient Camille là-bas, qu'ils se rendent compte.

Tu penses pas qu'il faut attendre un peu ?

Depuis le temps qu'ils attendent.

Myriam a traversé la terrasse, descendu les marches, elle s'assoit dans le transat libre, une tasse fumante dans la main, la soucoupe dans l'autre

C'est vrai que c'est mystérieux pour eux, l'absence de leur mère.

Non, merci, tisane et cognac… j'ai assez bu comme ça.

On fait un rami ?

Dis, Anselme, t'as pu regarder les données du boîtier ?

Oui, j'ai tout épluché sans rien repérer… juste une configuration vérolée. Un fichier qui comporte des anomalies sur la fonction d'accélération, par rapport à l'enclenchement de l'assistance de direction. En fait, si le capteur ne saisit pas le signal du démarrage, l'assistance ne se déclenche pas, la direction reste de bois. Mais tu t'en aperçois de suite quand tu roules, le volant devient très lourd, tu te gares, tu coupes le contact, tu reboot, et ça repart normalement, rien de menaçant qui viendrait soudain…

T'es sûr ?

Certain, pas de quoi imaginer un sabotage du système, si c'est à ça que tu fais allusion. Reste le gros bug qu'on a détecté ensemble, mais avec le diagnostic incertain dont on a déjà parlé.

J'ai fourni le boîtier à l'assurance, pas de réaction pour l'instant, on va voir.

Et la voiture ?

Trop tard, j'ai téléphoné à la casse, elle était déjà partie à la destruction.

De quoi parlez-vous ?

Anselme explique, Thomas se sert un autre verre. Le soleil descend sur l'horizon, l'ombre de la maison s'étend sur le jardin, le chat de la voisine marche sur l'arête du mur, un délié anatomique, sans leur prêter attention. Une moto vrombit dans la rue, on entend les voix assourdies des enfants qui crient et chahutent par les fenêtres ouvertes de leurs chambres. On distingue la voisine et son fils, là où le mur s'interrompt, dans une trouée du grillage, ils taillent les rosiers, des cliquetis de sécateur… Thomas s'assoupit, une main sur le gazon, l'autre sur la cuisse tenant son verre ventru dans sa paume ouverte.

Laisse tout brûler! un bout de phrase, à voix forte et distincte, c'est Thomas qui crie, qui sursaute dans la chaise longue, qui se réveille, le regard brouillé, il découvre le jardin. Il est seul parmi les transats inoccupés. Il aperçoit Daba sur la terrasse qui joue avec Anton et Elsa, elle lance les dés, ils chuchotent, ils le regardent avec un grand sourire T'es réveillé, papa? Il se lève péniblement, la tête lourde, rejoint la terrasse Sont où les amis?... Ils sont partis, il y a une heure environ... Ah, bon? comme ça?... Vous dormiez, monsieur Thomas, ils voulaient pas vous réveiller, ils vous embrassent, ils ont laissé un mot. En effet, ils ont tous signé, après l'avoir remercié pour ce beau dimanche. Ils prendront des nouvelles de Camille, ils pensent bien à lui, lui souhaite plein de courage Vous jouez à quoi? Au jeu de l'oie... Tu joues la prochaine avec nous, papa? Thomas opine vaguement, il entre par le salon, se dirige vers la cuisine, il n'entend que ses pas, c'est un silence de maison déserte, avec les derniers rayons du soleil rasant qui percent par les fenêtres sur rue, Thomas traverse des barres lumineuses de poussière en suspension, il guette sa propre dissolution en cendres volatiles, repère un couple sur le trottoir, l'homme pousse un landau, un enfant les suit, son corps monte et descend, il doit glisser sur un skate ou une patinette.

*

C'est en garant l'Audi sur le parking de l'hôpital qu'il pense à ce troisième enfant qu'ils n'ont pas eu. Et qu'ils n'auront plus. Le bilan clinique est à présent arrêté. L'hématome médullaire situé en fait plus bas, à la hauteur de D1, la première dorsale, a pour conséquence sans doute définitive une paralysie à partir de cette vertèbre: bras, épaules, poitrine,

123

cou en réchappent, le reste du corps s'enfouit dans une lente et irréversible minéralisation. Thomas est entré dans la représentation d'un monde qui se fige et se rétrécit, il voit Camille dans un fauteuil roulant qui circule entre les meubles du rez-de-chaussée, naviguant entre des récifs. Ils ne se promènent plus côte à côte, cette façon qu'il avait de se redresser quand elle chaussait des talons et qu'elle le dépassait de plusieurs centimètres s'il n'y prenait garde. De fait, il ne la voit pas encore, il essaye juste d'imaginer qu'elle le regarde, qu'elle le reconnaît, s'adresse à lui et répond à ses questions. Parfois, quand il répète son nom, une simple phrase : T'as vu, Camille, ce soleil, aujourd'hui ? L'été s'installe… ses beaux yeux aigue-marine le considèrent, le fixent, il croit alors être lui-même, un battement des cils, puis ça retombe, il est une forme en mouvement, il émet des sons, réfléchit la lumière, suscite une attention réflexe, rien au-delà. On lui a ôté cette grosse canule blanche qui pénètre dans la trachée, le réflexe respiratoire est consolidé, elle peut donc faire vibrer ses cordes vocales, elle articule rarement, ce sont des sons rauques, il entend deux syllabes : TOM et OUR, il pense que « Thomas » est trop ardu à prononcer, il la conforte Oui, ma chérie, c'est bien Thomas qui te parle, je suis là, il est avec elle, murée dans son corps et murée dans son crâne, il se tient devant un mur, elle serait tapie derrière, il espère que l'apparition des enfants dans son champ visuel va la… Elsa et Anton sont dans la voiture, c'est la première fois qu'ils rendent visite à leur mère, Thomas les a prévenus, cette partie presque chauve du crâne, cette longue cicatrice rosâtre, la déformation aqueuse de la voûte crânienne, le visage à peu près indemne qui semble se décoller, cette figure qui flotte à l'avant de la tête comme détachée, ils ont écouté poliment leur père, mais sans véritablement estimer qu'il s'agissait de l'image de leur mère qu'ils connaissent mieux que quiconque depuis toujours. Ils ont revêtu ce qu'ils pensent être leurs plus beaux habits, Elsa s'est longuement coiffée, deux couettes impeccablement tressées, ils vont rencontrer leur mère, la seule chose qu'ils savent avec une calme certitude. Quand ils traversent le premier hall, Thomas pense à cette harassante semaine de travail où, chaque soir, Drincourt a vérifié qu'il ne quittait pas son bureau avant 19 h 30-20 h, lui rappelant mardi, sèchement, qu'« on n'abandonne pas son poste de combat à 18 h », il avait promis ce soir-là de dîner avec Elsa et Anton. Certes, il a ferré deux clients potentiels sur Paris même, il a signé jeudi un important contrat avec un gros bureau d'études BTP basé à Saint-Denis, dont les quarante-huit ingénieurs vont être équipés de son scanner de poche. Drincourt l'a félicité du bout des lèvres, mais ce qui entame gravement l'effet de ses bonnes performances, c'est l'arrivée d'un bug dans la matinée de mardi dernier, justement, sur l'applicatif de mémorisation de son Nuxitempo. Quand on interroge l'historique des mouvements et des missions de chaque employé, le diagramme des dates et du chronométrage des allées et venues de chacun s'inscrit impeccablement sur l'écran, mais si l'on questionne précisément l'historique entre le 8e et le 12e jour sur PC comme sur Mac, surgit un bug inexplicable, un véritable crash qui annule le déroulé des données, affiche une interminable suite de caractères indéchiffrables, et, ce qui est pire, interdit le retour à l'ensemble des saisies de codes-barres, produisant des coupes, des effacements, comme un vidage aléatoire de corbeille. Il a dû vérifier avec ses collaborateurs l'ensemble des fichiers, ils ont bien repéré que la défaillance survient lorsque d'autres logiciels de sa société comme Nuxidev et Nuxipen sont déjà installés, ils cherchent donc une incompatibilité qui produirait cette neutralisation des fonctions exécutées, mais c'est bien, depuis trois jours, chercher une aiguille dans une botte de foin. Thomas a essayé à plusieurs reprises de déjeuner avec

Drincourt pour tenter de dégonfler le malaise et l'hostilité qu'il sent croître, mais le boss a prétexté des journées «surbookées» alors même qu'il a déjeuné une fois avec Zaïd, une autre fois avec Dom et Léo qu'il sent fuyants. Il a fini par obtenir un entretien ce vendredi qui s'apparente plutôt à une convocation devant la persistance du bug sur le Nuxitempo. Ils se sont posés debout au comptoir dans la brasserie du parc, un endroit où Thomas n'entre jamais, sinon pour un demi pression, tant on y mange mal, et Drincourt le sait. Ils se sont d'abord retrouvés devant l'ascenseur, ont échangé à propos de la pluie incessante de ces derniers jours, Thomas a voulu plaire à Gérard en s'enquérant de la marque de ses chaussures tant il les trouvait belles, le patron apprécie ce genre de compliment, il n'a pu contenir un sourire satisfait Inutile que je te dise, tu pourras pas te les payer, et puis j'ai pas du tout envie de te voir dans mes pompes… Enfin, Drincourt a bien ri de sa saillie, Thomas s'est efforcé d'en faire autant, ils sont sortis de l'immeuble alors que perçait un pâle rayon de soleil

Et Camille, comment va ?

Depuis son réveil, ça évolue guère… on a l'impression qu'elle veut parler, mais c'est des murmures inaudibles, des sons rauques, on comprend pas grand-chose…

Tu veux dire : rien ?

Elle sourit, elle amorce des sourires en regardant dans ma direction.

Qu'est-ce que tu veux dire par « en regardant » ?

Je… je suis pas certain que c'est moi qu'elle voit.

Pas brillant tout ça… tu vas devoir compter en mois… En parlant de réparation, c'en est où le bug du 8e jour ? Ça ferait un bon titre de film, non ?

Et pour vous, messieurs, ça sera ?

Croque, et demi.

Et ?

Omelette fromage, verre de Touraine.

Parce que là, Thomas, ça fait franchement désordre. Obligé de rappeler tous les clients : Excusez-nous, mais on ne questionne pas directement le logiciel entre le 8e et le 12e jour... Pour accéder à ces données, vous ouvrez l'ensemble de l'historique, sinon tout plante... c'est un gag !

Tu sais bien que les bugs...

Je sais, Thomas, suis bien placé pour le savoir, sauf que ça fait trois jours que vous travaillez dessus, on est vendredi, on va démarrer la semaine prochaine dans la même panade ?

Je suis sûr que le problème réside dans les protocoles d'installation des différents logiciels Nuxilog qui doivent emprunter, culture maison oblige, des fichiers de résolution communs, lesquels se neutralisent au point n. quand ils sont ouverts et utilisés simultanément.

Tu es certain ?

Presque ! J'essaye de résoudre ça ce week-end, Dom passe dimanche à la maison, ça devrait être réglé pour lundi.

Votre dimanche y suffira ?

Avec Dom, oui. On pense avoir repéré l'incompatibilité, il faut qu'on singularise et qu'on étanchéifie totalement les configurations des différents logiciels, on vire les porosités système, on sécurise au maximum la transitivité d'usage des programmes.

Bon, tu m'appelles dimanche soir pour me dire où vous en êtes ?

Drincourt coupe son croque-monsieur comme s'il voulait couper l'assiette et le zinc du comptoir dans le même mouvement. C'est pourtant du pain de mie ramolli par de la sauce béchamel, Thomas apprécie peu cette consistance molle et collante et cette odeur vaguement tournée de mauvais fromage gratiné

On s'endort pas sur ses lauriers, Thomas, je veux d'autres produits innovants pour le personnel mobile, n'oublie pas, ça sera plus de la moitié du personnel demain, quasi aujourd'hui. Et on restera Ze leader ! Le coup de génie de Nuxitempo, hormis l'extrême simplicité de son usage, c'est que les employés soient convaincus que ce n'est pas un auto-contrôle permanent à destination de leur chef de projet ou de leur DRH. Ils sont obligés de scanner les codes-barres de pointage des différentes phases d'activité de leur journée, mais on leur a bien fait comprendre que c'est une chance formidable de pouvoir justifier de ses compétences, d'en fournir la preuve, une façon pour eux de faire valoir l'optimisation de leurs performances. Pour Nuxitempo, t'as pensé à la traçabilité des colis et des lettres, parfait ! Moi, je songe maintenant au bracelet électronique des prisonniers en liberté conditionnelle.

C'est intéressant.

Tu sembles dubitatif, tu m'énerves...

Non, non, Gérard, continue !

Il faut trouver les applications possibles, et bien réfléchir au message positif et unifiant...

Nuxitempo est déjà fait pour ça.

Ta ta ta... on peut tracer encore plus serré. Suis sûr qu'il y a des applications ébouriffantes à inventer.

Pour ce qui est de positiver le port d'un bracelet de ce type, on pourrait déjà évoquer le sentiment valorisant d'appartenance à une entreprise, laquelle offrirait la sécurisation et l'assistance permanente de ses employés en déplacement, grâce à une saisie géo-temporelle en continu...

Tu vois, il existe des perspectives, suffit de s'y mettre, vu ?

Vous sers un autre verre, jeune homme ? Vide, c'est triste.

Tu vas être au ralenti, Thomas.

Garçon ! Non, excusez, finalement, pas !... Au fait, Gérard, j'ai réfléchi à ta proposition d'entrer dans le capital et...

C'est plus à l'ordre du jour, désolé, je dois mieux évaluer les besoins de la recapitalisation. Tu sais qu'on va travailler avec l'Allemagne et le Royaume-Uni. Va falloir embaucher. On devrait proprement doubler le chiffre d'affaires en deux ans. Je pensais te confier le développement à l'international, mais il va falloir sans cesse monter sur place et t'as pas la dispo pour ça en ce moment.

Suffit que je m'organise, ça m'intéresse, Gérard...

Arrête, Thomas, l'état de Camille te grignote chaque jour un peu plus, t'as vu ta tête ? T'es gris, t'es maigre, t'es sinistre... D'ailleurs, je m'aperçois qu'avec un... Oui, un café serré, s'il vous plaît... tu... pardon, deux !... avec un bug comme celui qui nous occupe, t'arrives plus à assurer la direction du pôle de développement et l'ingénierie commerciale.

M'enfin, Gérard, c'est ça ma spécificité et ma force, d'être l'interface entre les deux services.

T'es plutôt à... bout de forces, Thomas, depuis trois semaines. Lève un peu le pied, c'est pour ton bien que je dis ça. Concentre-toi sur la recherche et le développement, laisse tomber pour la clientèle, c'est Dominique qui va prendre le relais.

Quoi ? Mais j'ai besoin de lui pour le développement personnalisé des applications, c'est le meilleur !

Justement, il sera parfait pour la clientèle.

Et qui va... ?

J'ai repéré quelqu'un, un certain Jérôme Trinchard, tu connais ?

Non, j'ai pas de raison de...

Il a fait la même école que toi. Je le débauche de chez FSI. com, il est très fort, il arrive la semaine prochaine. Ne t'inquiète pas, on reconsidérera ta situation quand Camille...

Thomas n'écoute plus. S'il est écarté de sa clientèle, il n'a plus les cartes pour s'imposer face à Drincourt. Avec la seule recherche appliquée, il devient interchangeable. Il espère vaguement que ses clients vont exiger qu'il reste leur seul interlocuteur afin que Gérard revienne sur sa décision, mais c'est fort hypothétique. Et si Perraudin entre dans le capital à hauteur de 10 ou 20 %…

Je dois filer. Tu appelles dimanche soir ? J'espère que lundi tout est calé, que ça…

Son portable sonne, Drincourt l'extirpe de sa poche, prend l'appel, salue vaguement de la main, s'éloigne, se faufile, disparaît vers la sortie. Il perçoit le brouhaha qui monte et l'envahit, le boss n'a pas réglé sa note, c'est à lui de payer, il demande un cognac, la note et une facture, il enchaîne les cercles rouges avec le pied de son verre à vin vide sur le cuivre poli du comptoir, de l'autre main il porte le cognac à ses lèvres, l'or ambré lui chauffe la gorge et l'engourdit, il est en train de dévisser dans l'entreprise qui lui doit, pour une bonne part, son chiffre d'affaires et son expansion de ces huit dernières années. Le barman lui prend son verre, les tasses à café, efface d'un coup d'éponge son dessin des anneaux olympiques, il est vrai que c'est à Londres dans quelques semaines, Drincourt lui avait proposé une place pour le jour d'inauguration dans une loge VIP, c'était avant l'accident de Camille. Il règle, zigzague, s'arrache de la cohue bavarde, une inflammation du nerf sciatique fraye dans la fesse droite. La pluie s'est remise à tomber, drue, il relève le col de sa gabardine, se hâte vers le bureau, il sent l'eau ruisseler sur son crâne, il fait de grandes enjambées, pataugeant dans les flaques sur le pavement noir.

Papa, elle sait qu'on vient, maman ? Tu l'as prévenue ?

Trois fois, ma petite fille, que tu me poses la question.

On n'est pas en retard ?

Mais non, Elsa, il est 11 h pile, regarde.

Ils sortent de la galerie vitrée, s'engagent dans l'escalier mal éclairé qui sent la Javel, deux étages à gravir Dans une minute, on est arrivés, les tigrichons. Anton tient un bouquet de tulipes jaunes dans sa main, le bras à moitié tendu devant lui comme s'il l'offrait déjà à sa mère, Elsa trois grands dessins confectionnés cette semaine en prévision de la visite, elle a un rouleau de Scotch dans la poche pour les fixer sur le mur. Thomas pousse la double porte qui mène dans le service, salue les infirmières à l'entrée de leur bureau, l'une est sur l'ordinateur à rentrer des bilans, l'autre remplit un bac plastique de flacons, de boîtes de gélules et de seringues, un listing dans la main Bonjour, monsieur Texier… Bonjour, mesdames, voici Elsa et Anton, nos enfants. Elles abandonnent leur travail, viennent saluer « la demoiselle et le grand garçon en visite », Elsa et Anton déclament presque leur bonjour, mesdames

Maman est là ?

Bien sûr, mademoiselle, c'est la chambre 204. C'est pour elle ces fleurs ?

Oui, les dessins aussi.

C'est très beau ! Votre maman va être drôlement contente.

Attendez-moi dans le couloir, les chatons, on reste ensemble pour lui rendre visite… Comment va-t-elle ?

Plutôt encourageant, un regard plus assuré, un visage plus détendu, on la sent plus présente.

Ah, bien, merci.

Ils repartent d'un pas pressé, Thomas a les mains sur les nuques tendres, ils approchent, ils sont devant la porte, Thomas toque contre le bois Doucement en entrant, doucement… Il ouvre, ils entrent, une sorte de linceul d'étoffe froissée, une main métis sur le drap, avec l'extrémité d'un doigt fiché dans une espèce de fourreau plastique, un capteur relié par un fil jusqu'à la machine qui affiche la constitution sanguine, l'oxygénation du sang. La tête est enfouie dans les deux oreillers en désordre, les enfants aperçoivent cette masse blanche, horizontale, placée haut qui doit contenir le corps de leur mère, ils distinguent seuls du visage les pommettes et le nez qui affleurent, une Ophélie dans un imperceptible courant d'eau trouble. Thomas se penche, elle a les yeux ouverts Bonjour, Camille, bonjour, ma chérie, c'est Thomas... Regarde qui vient pour toi aujourd'hui. Elle cligne des paupières, le regard fixé sur le plafond, sans autre réaction, il saisit la manette de la télécommande, actionne le vérin électrique qui enclenche la lente remontée de la tête de lit jusqu'à cette position mi-assise où elle peut appréhender l'ensemble de la chambre, les enfants ne disent mot, ils guettent l'extraction de leur mère de son gisement d'inertie blanche, son torse est à moitié redressé, son visage leur apparaît, Thomas a redisposé les oreillers derrière sa nuque, elle les découvre, ils l'observent, bouche entrouverte, mutiques, puis Anton qui s'avance le bras tendu Bonjour, maman... tiens, c'est pour toi. Et Elsa qui s'anime Et les dessins aussi, c'est pour toi. Ils parviennent à capter l'attention de leur mère, qui les fixe de ses yeux vert-bleu, sans qu'on puisse deviner ce qu'elle voit, et soudain un grand sourire l'illumine, un sourire de contentement que Thomas ne lui connaît plus. Anton exhibe les fleurs droit devant lui comme un bouclier qui le protégerait de ces yeux qui dévorent le visage osseux de sa mère, à l'exception de la joue gauche, des lèvres et de cette moitié du crâne toujours enflées, un bouclier de tulipes qui le protégerait de ce regard et de ce sourire trop appuyés et vides à la fois, qui l'absorbent, le digèrent sans retour, comme s'ils ouvraient sur la béance d'une conscience animale qui le considère sans l'identifier. Elsa s'approche, se penche sur le lit, brandit les dessins telles des icônes sacrées et miraculeuses qui vont arracher sa mère à son hypnose dépourvue et déserte, marquée d'un rictus cireux qui grimace, qui s'attarde Doucement, les enfants, doucement, laissez-la respirer... Parlez-lui plutôt, je crois qu'elle vous reconnaît. Ils posent les fleurs et les dessins sur le lit Ça fait longtemps, hein ? Tu nous as manqué, tu sais ? On pense à toi tout le temps. Tout le temps et… Mettez-vous du même côté, qu'elle vous voie ensemble. Le regard de Camille suit Elsa qui contourne le lit pour rejoindre Anton. Ses yeux s'appesantissent sur eux, semblent maintenant les identifier, son sourire enfin se défait, il passe sur son visage une espèce d'attention mieux dessinée, comme l'expression d'un souci, et puis son sourire qui renaît avec trois syllabes incompréhensibles qui leur seraient destinées Qu'est-ce que tu dis, maman ? tu peux répéter ? Elle répète encore, mais son regard s'éloigne, porte plus loin, les traverse, les sons qu'elle articule paraissent réveiller en elle des souvenirs confus qui la perturbent, elle a oublié les destinataires de ses mots insaisissables Oui, Camille, tu as raison, cela fait trop longtemps que tu n'as pas vu les enfants… Mais, c'est pas ce qu'elle dit, papa !… On peut imaginer que si, Elsa. Vous lui manquez, elle est heureuse que vous soyez là. Les yeux de Camille s'embuent de larmes, qui fixent à présent le ciel par la baie vitrée, avec un sourire encore qui s'éternise… Tu pleures et tu ris, maman ? C'est la joie de nos retrouvailles, les enfants, n'est-ce pas, ma chérie ? Elle ferme les paupières, Thomas pense que c'est un acquiescement, il ne l'a jamais trouvée si active, si agitée depuis son réveil, la présence des enfants susciterait enfin sa renaissance, son retour à… Alors ils lui parlent à voix haute et intelligible, et quand ils sont las de guetter sur son visage les ombres et les lumières qui glissent comme des reflets au hasard des vents poussant un ciel nuageux sur la surface réfléchissante d'un lac, quand ils sont las d'écouter la voix de leur mère qui s'exténue à proférer des sons dont ils ne comprennent ni l'enchaînement ni la cohérence, Thomas est pourtant certain d'avoir entendu prononcer d'entre ses lèvres desséchées et fendues qu'il vient d'enduire de crème, les noms d'Elsa et d'Anton, les enfants ont approuvé avec incertitude, enclins cependant à croire leur père, à se laisser emporter dans son enthousiasme, quand ils sont las, donc, ils parlent entre eux, toujours de cette même voix distincte et qui déclame un peu, que leur mère en soit rendue témoin, ils racontent l'école, les devoirs, les résultats d'ailleurs médiocres mais circonstanciés, l'injustice du maître qui a puni Anton pour un jet de gomme dont il n'était pas responsable, leur camarade Mathis chez qui ils ont fêté l'anniversaire, il y avait un adulte qui avait composé un spectacle de marionnettes, ils racontent Daba, sa bonne cuisine, ses recettes inconnues, la venue des amis et de leurs enfants l'autre dimanche, le barbecue, ils l'embrassent tous, Myriam était présente, rentrée de sa mission en Indonésie, Thomas a d'ailleurs fait restaurer chez un spécialiste la lampe que Camille lui avait achetée pour son anniversaire, oui, la coupole brisée dans le coffre de l'Austin, le recollage des morceaux est proprement invisible, il faut véritablement savoir qu'elle a été cassée dans l'accident pour deviner... Ils déjeunent à Rouen avec Myriam, ce midi, la lampe est dans le coffre, il lui offrira de sa part... Anton et Elsa évoquent les jumeaux de Pascal et d'Anne, ils se sont disputés à plusieurs reprises pour... Vous exagérez, les tigrichons, vous avez rigolé ensemble toute la journée... Oui, mais Jules a pris mon pistolet à sa ceinture, il voulait pas le rendre... Et Jennifer a déchiré la robe rouge de ma poupée, tu vois, la grande ?... La blonde ?... Silence. De nouveau. Long silence. Quoi dire ? Et toi, papa, tu racontes pas tes journées ? Thomas est plus vague, il lui donne le bonjour de Gérard Drincourt, de Dom qui vient travailler demain à la maison, un foutu bug sur le Nuxitempo... Elsa a scotché les dessins les uns au-dessus des autres sur la porte des toilettes, que sa mère puisse les contempler de son lit. Camille examine le travail de sa fille quelques secondes puis son regard de nouveau s'inverse, il bascule comme si elle découvrait un monde à l'intérieur d'elle-même, Camille affleure à la surface de ses traits, de son épiderme puis s'immerge, plonge en ses propres abysses, elle peut quitter son visage comme elle quitterait la chambre, une espèce de pulsation hasardeuse de va-et-vient jusqu'à ce qu'elle s'endorme, les paupières à moitié closes laissant voir le blanc des yeux. Ils sont auprès d'elle depuis une heure et demie, il est temps de disposer les tulipes dans le vase, Thomas avait enveloppé les tiges dans des feuilles de papier journal détrempé, il est temps de la laisser sombrer dans l'immanence organique de sa réparation, il remet le lit à l'horizontale, ils répètent au revoir, ce sont des prières adressées au ciel de Camille, des mots en offrande pour emplir la chambre, ils s'éloignent à reculons, ils referment la porte, ils mettent à nouveau un pied devant l'autre, ils marchent, ils s'éloignent, ils s'en retournent d'un pays inconnu que leur mère habite et dont ils mesurent soudain l'éloignement, le péril du chemin, la nature indéchiffrable, il y a le linoléum qui geint sous leurs semelles, la banalité pauvre et rectiligne du couloir, l'éclairage blanc des néons, c'est un réveil à leur propre réalité qui revêt la sécheresse plate et coupante d'une architecture sans mystère qui les chasse et les pousse vers son dehors pour se refermer sur l'emprisonnement de Camille. Ils se retrouvent dans le soleil, les voix et les rumeurs mécaniques du vaste parking, ils se tiennent par la main, égarés dans une muette solitude qui les saisit, assommés d'impuissance devant le spectacle inenvisagé du corps en décombres de celle qu'ils pensaient si familière et si proche, et pour cela éternelle.

Ils roulent dans Rouen, ils doivent retrouver Myriam dans une rue piétonne sous le Gros-Horloge Attention, papa, attention! Thomas lève les yeux, écrase le frein, l'ABS fait légèrement tressauter la voiture, les enfants sont projetés contre les dossiers des sièges avant, c'est presque à l'arrêt que l'Audi s'enfonce dans le pare-chocs du gros 4 × 4 noir, une secousse sèche avec un bruit de plastique et de verre qui explose, Elsa a glissé sur le tapis de sol entre le dossier du conducteur et la banquette arrière, Anton qui a donné l'alerte sur le véhicule à l'arrêt devant eux a mis ses mains en protection, évitant d'être projeté comme Elsa contre le dossier Mais, nom de… vos ceintures ! On était en train de les mettre, papa… Ça va, Elsa, ça va ? Oui, papa, j'ai eu peur, murmure-t-elle sur le plancher dans son dos. Du gros Hummer aux vitres fumées s'extirpe le conducteur de noir vêtu, dans une parka luisante ouverte sur un T-shirt, un baggy XXL, des Nike cuir, une haute stature, quasi obèse, la peau métis, le cheveu ras, une chaîne en or sur la poitrine, un double anneau à chaque oreille, il marche, chaloupant des épaules et du bassin, le visage impavide, fixe Thomas, puis se penche sur son pare-chocs, constate: Nickel ! L'Audi en revanche a la calandre enfoncée, un phare brisé, le capot endommagé, Thomas l'ouvre, le radiateur d'eau est intact Désolé, désolé, un moment d'inattention… Pour moi, c'est cool, mon frère, pour toi, ça traumatise, au volant faut penser à rebrancher la prise… touriste ou tous risques ?… Les deux… Là, tu t'enlises, t'es fautif à 4000 %, alors pas de constat, ça me défrise… et pense à ton engeance ! Ses mains sont volubiles, il pointe Thomas des deux index, ses doigts sont lourdement bagués, or et argent, rubis dia-mants, bracelets gourmettes tintinnabulent aux rotations de ses poignets, il opère un demi-tour, vif, de ses bons cent kilos, dans un couinement caoutchouté de baskets neuves, il repart avec ce balancement guerrier des épaules, se glisse au volant sans jeter un regard, sa portière se ferme, cloc, un son velours, il démarre lentement et disparaît dans une avenue, sur la droite, au feu vert. Thomas n'a pas bougé, il avale sa salive, se retourne, observe Anton et Elsa sagement installés sur leur banquette, cette fois attachés, il les rejoint

On met les ceintures avant de rouler. A-vant ! ça fait mille fois que…

On était dans nos pensées, toi aussi, papa, t'as pas vu qu'il s'arrêtait ?

Non, j'étais dans mes pensées.

Tu penses que ce sont les mêmes ?

Ça doit être les mêmes, Elsa, du moins des pensées voisines.

De la télépathie, alors ?

Sans doute, mon Anton.

N'empêche que si je l'avais pas vu...

Tu nous as sauvé la mise, tu es maintenant mon copilote, d'accord ?

Thomas redémarre, il a les mains qui tremblent légèrement, il réactive le GPS qui le conduit dans le dédale du centre-ville, il dépasse le cours Flaubert, contourne l'abbaye Saint-Ouen, s'engage dans la rue des Champs-Fleuris, il ne supporte pas le silence qui s'alourdit, il cherche des mots, ne trouve rien à dire, déclare soudain avec une sorte d'élan dans la voix que Camille va beaucoup mieux, votre présence réveille votre mère... Le sommeil n'est pas une maladie... Je veux dire, Anton, que je l'ai trouvée active, volontaire, elle était émue de vous voir, joyeuse, elle reprend vie. Les enfants acquiescent d'un simple hochement de tête, les yeux vaguant dans la circulation

C'est une question de jours, on va la faire venir à Paris.

À la maison ?

Pour l'instant à l'hôpital, on pourra la voir tous les jours, elle va guérir plus vite.

T'es sûr, papa ?

J'y crois, oui, j'y crois.

Ils sont dans le quartier historique et piéton, ne peuvent approcher plus avant, Thomas gare la voiture dans la rue Jeanne-d'Arc On est à deux minutes, voyez ? La rue des Bonnetiers, puis celle du Gros-Horloge. Son index court sur l'écran du GPS On est presque arrivés. Ils sortent de l'Audi, il téléphone à Myriam, elle les attend. Anton est en arrêt devant l'auto, la main sur le front Mais papa, elle est drôlement abîmée !... Oui, allez, on y va. Ils marchent sur le pavement gris, une rue étroite, se faufilent entre les promeneurs, les façades des maisons sont en pierre et colombages, ventrues, irrégulières, ils aperçoivent bientôt, très en hauteur, qui surplombe la rue et qui fait pont entre les façades des deux rives, l'enjambement de pierres ouvragées avec, en son centre, le Gros-Horloge qui rutile de ses ors et de ses faïences. Myriam est là qui examine des meubles d'antiquaire dans une vitrine. Ils s'embrassent, sont heureux de se retrouver Oui, elle va beaucoup mieux, la venue des enfants l'a proprement transfigurée, elle était très présente. Myriam lui rendra visite après le déjeuner. Ils continuent leur promenade vers la place du Vieux-Marché, ils empruntent la rue aux Juifs, Anton et Elsa courent devant, se poursuivent, tournent autour des piétons, se cachent, feintent, se dérobent, Thomas les entend rire

Comment ils vont ? C'était pas trop dur ?

Si, ça l'était. C'est difficile de savoir ce qu'ils pensent.

Tu crois qu'elle va s'en sortir ?

Franchement, j'en sais rien.

Les médecins, qu'est-ce qu'ils disent ?

Thomas essaye de rassembler ses idées, la question lui paraît abrupte, il peine à synthétiser les propos des chirurgiens. Ils évoquent de façon trop savante un réveil qui n'en serait pas un, dont le symptôme le plus manifeste serait cette perte de rythme entre la veille et le sommeil, qui défait chez le patient la possibilité d'un véritable éveil, le mettant comme dans un état de flottaison entre deux eaux, la pulsation d'une vie organique qui n'est jamais du sommeil ni jamais un retour à la conscience. On dirait qu'elle est recluse derrière une vitre étanche, elle voit mais elle ne peut s'approcher ni communiquer, on dirait que tout est nouveau pour elle… Elle vient se fracasser contre la vitre puis repart vers quel monde intérieur ?… Ça n'imprime pas, c'est sans mémoire. Ce sont les enfants qui me donnent l'espoir qu'elle réagisse.

Et ses jambes ?

Elle marchera plus, l'hématome médullaire au niveau des dorsales…

Ils savent, les enfants ?

Pour la paralysie, j'ai encore rien dit. C'est pas l'urgence.

Ils cheminent jusqu'à la place du Vieux-Marché, la halle est reconstruite avec un toit aux vastes pentes d'ardoises luisantes. Myriam leur désigne la maison de ville, haute, en pierre de Normandie, couleur ivoire, avec des volets gris, celle où Camille vivait avec sa mère, le quartier de leur enfance à toutes deux, la raison pour laquelle elle a choisi ce restaurant, Le Sud, en terrasse juste en face de chez elle. Anton et Elsa sont arrêtés par cette façade tellement anonyme, imaginer leur mère enfant apparaître à l'une des fenêtres doit leur sembler tout à fait incongru, rien ne s'incarne, leur regard se vide. Ils s'installent, une table ronde, des chaises vertes, les enfants commandent une pizza puis repartent courir sur la place. Le marché se termine, les commerçants chargent les camionnettes, cageots, cartons, tréteaux, ça va et vient dans le soleil, la chaleur de juin, brouhaha, interjections, bruits de caisses, de tringles, de planches lâchées sur les planchers des utilitaires, ça houspille, ça s'esclaffe, ça s'interpelle, ça crie Excuse-moi, Myriam, deux secondes… Thomas trotte rejoindre les enfants Je veux vous voir, c'est compris ? Vous jouez là, devant la fontaine, que je vous voie de la terrasse, d'accord ?… Il s'en retourne, s'assied, ils choisissent leurs plats sur la carte

Tu viens souvent à Rouen ?

C'est une heure en voiture, je passe à l'hôpital, on alterne avec Hubert, qu'elle ait de la visite tous les jours.

Je sais, Myriam. On… on va la ramener sur Paris, Claire insiste, elle a raison, les enfants pourront lui rendre visite, désolé.

T'excuse pas, Thomas.

Comme elle parle pas, je sais pas ce qu'elle regarde… Enfin, ce matin avec les enfants, je suis certain qu'elle les reconnaissait… Le médecin dit qu'après un trauma crânien temporal, avec un coma aussi long, on ignore tout de sa mémoire. Les souvenirs plus anciens normalement persistent, mais autour de l'accident et après, c'est impossible de mesurer. Quand elle parlera, on pourra évaluer…

Elle est forte, tu sais. Elle a une telle détermination, depuis toujours, comme sa mère d'ailleurs.

Thomas lui évoque ce trouble qu'il éprouve depuis qu'il la connaît, cette mère blanche et elle, métisse… Cette impossibilité de se représenter son père, un Noir américain, jamais entrevu, c'est comme s'il manquait une pièce au puzzle, que cette couleur noire dissoute dans l'air s'était mal imprimée sur sa peau, la mère et la fille ensemble, on n'arrive pas à faire le lien, à part les yeux. Myriam lui confirme, lorsqu'ils étaient jeunes, Camille donnait cette impression de surgir de nulle part, une métisse tombée du ciel, avec cette mère à la peau presque livide, on soupçonnait une orpheline adoptée

Qu'est-ce qu'elle fichait sur cette route perdue à 3 h du matin ? Si encore elle avait eu cet accident sur l'autoroute ?

Il n'y avait pas de déviation ? de tronçon fermé ?

Non, j'ai vérifié. Elle se rend vers l'autoroute, fait soudain demi-tour, descend vers l'estuaire par ces départementales de campagne, pour se foutre en l'air sur une parfaite ligne droite sans obstacles.

Comment t'as pu reconstituer son itinéraire ?

C'est dans la mémoire du GPS.

Myriam en avait reparlé maintes fois avec Hubert, ils étaient à s'échiner sur un très gros contrat qui ne devait pas leur échapper, ils avaient travaillé tard, il ne voulait pas qu'elle rentre sur Paris à cette heure mais Camille était devenue presque tranchante comme elle savait l'être parfois. Elle devait partir. Or sa décision soudaine paraissait relever d'une telle lubie que Hubert en était inquiet, une espèce d'angoisse l'avait submergé quand elle avait pris la route, c'était prégnant, une mauvaise intuition. Il ne s'en remettait pas de n'avoir pas su la retenir, lui non plus ne comprenait pas son changement d'itinéraire. Mais pour y avoir longuement réfléchi, il se souvenait parfaitement qu'elle ne lui avait jamais dit qu'elle rentrait sur Paris, juste : Il faut que j'y aille. C'était tout

On... on saura jamais.

Si, Thomas, Camille t'expliquera.

Myriam, j'ai regardé cent fois la carte. La route qu'elle emprunte peut rejoindre Tancarville. Tu crois pas qu'elle voulait s'arrêter chez toi ?

À cette heure ? Alors qu'on se voyait le lendemain à Paris ?

Justement, elle s'est dit qu'elle dormirait chez toi, que vous feriez le trajet ensemble le samedi matin. Ça se tient, non ?

Elle m'aurait téléphoné avant.

À 3 h du matin ?

C'était pas son genre de débouler sans prévenir.

J'en sais rien, quelque chose lui a traversé la tête, elle voulait t'offrir ton cadeau, te parler, ou juste dormir, trop fatiguée pour conduire.

Pourquoi pas ?

Le serveur surgit avec les deux pizzas Oui, monsieur, la Regina ici, la quatre saisons là, merci. Myriam se lève, part chercher les enfants, les accompagne au lavabo pour se laver les mains Vite, les puces, ça va refroidir… Le serveur revient avec les saltimbocca alla romana, c'est pour ? Madame, parfait, et vous, voici… Les effluves se mélangent, mais domine un parfum de sauge, il se souvient de marches dans la montagne, de garrigues, il portait Anton sur son dos dans un harnais, Camille respirait les herbes aromatiques, il voulait lui apprendre, elle confondait toujours sarriette et romarin, leurs rires montaient en écho dans les contreforts rocheux. Il contemple la maison aux volets gris. Les dernières camionnettes quittent la place, roulent au pas, le silence s'installe, l'endroit devient désert. Mangeant ses pâtes sans le moindre appétit, Thomas remarque cinq ou six personnes qui fouillent dans les poubelles et les cageots, ramassant des fruits et des légumes qu'ils fourrent dans un sac plastique. Deux d'entre eux se disputent à propos d'une salade déchiquetée, la voix de la femme monte dans les aigus et enfle sous la toiture de la halle C'est comment à Paris ? Ici, les fins de marché peuvent être animées…

Des glaneuses ?

Le spectacle est moins bucolique, ça sent la misère…

J'ai pas le temps, Myriam, à Saint-Mandé. Camille y va des fois, mais c'est rare… on a toujours un, deux, trois dossiers qu'il faut boucler dans le week-end.

Les enfants dévorent leurs pizzas, se régalent, Myriam semble apprécier son plat, Thomas porte à la bouche ses penne couvertes d'une sauce tomate au basilic, il mâche lentement, les trouve trop cuites, sans goût, Myriam leur décrit la ville, raconte le collège et le lycée où elles ont étudié, les monuments qu'ils peuvent visiter cet après-midi… Tu nous as dit qu'on irait à la mer, papa ! Oui, c'est vrai, j'ai promis, mais avant, j'aimerais vous montrer l'abbaye Saint-Ouen… La quoi ?… L'église si tu préfères… C'est une bonne idée, renchérit Myriam… Mais pourquoi ?

bougonne Anton, toujours des églises... Tu peux parler, on n'en visite jamais... Alors pourquoi ?... Parce que... et tu fermes ta bouche, maintenant, compris ? Ce serait où, Myriam, la mer au plus près ? Les plus belles plages sont au sud de l'estuaire, mais il faut passer le pont de Tancarville et le temps d'arriver, il serait trop tard, le mieux serait de monter tout droit vers Le Havre, de prendre la direction de Sainte-Adresse, de se garer près de l'Auberge du bout du monde, c'est une plage agréable, il lui faudrait une heure, guère plus. Les enfants ont quitté la table, sont repartis vers la fontaine sur la place, ils boivent leurs cafés, Thomas demande l'addition, se reprend

Avec un calva, s'il vous plaît.

Attention aux contrôles, Thomas.

J'ai bu un verre de vin, disons deux, allez...

Myriam ne répond pas, elle observe les enfants, Elsa a convaincu Anton de jouer à la marelle, ils se servent des dalles régulières du pavement

Claire adorait jouer à la marelle. À 40 ans, elle jouait encore avec Camille...

Tu as raison, je me souviens, à l'île de Ré, cette femme plutôt autoritaire jouant avec sa fille et sa petite-fille. Elsa bassine sans cesse Anton pour...

Ça va vous faire du bien, l'air de la mer, vous balader sur la plage, même quelques heures.

On dînera à ton Auberge du bout du monde et on rentrera à la nuit tombée.

Elsa saute à cloche-pied dans la marelle, elle enchaîne les parcours, elle est près du ciel, vacillante, ses bras en balancier qui oscillent, elle sourit, se penche, essaye d'attraper la boîte métal de bonbons des Vosges qui leur sert de pierre, le serveur apporte le calva et l'addition... Laisse, Myriam, c'est moi... T'es sûr ? Oui, certain. Thomas boit son alcool, trois gorgées, le verre est vide. Ils se lèvent, Myriam époussette sa robe d'un imprimé fleuri, en chasse les miettes, Thomas la regarde, remarque ses hanches, ses épaules dorées, les mèches de cheveux dans la courbe de sa nuque, il appelle les enfants, Anton boude, la partie n'est pas terminée En plus, il perd, note Elsa. Ils repartent dans l'autre sens, ils cheminent lentement dans la ruelle du Vieux-Marché

Comment ça se passe pour son travail ?

Pour l'instant, ça bouge pas, elle est en longue maladie. Ils l'ont remplacée à la direction de l'agence. On verra s'ils acceptent de la réintégrer, l'échéance est lointaine... c'est pas certain qu'elle décide d'y retourner... arrêtez, les enfants, de nous courir autour, c'est barbant !... J'ai hâte de la voir, tu m'as redonné l'espoir, je lui parlerai de votre visite de ce matin. Ils font un crochet par la tour Jeanne-d'Arc, Myriam leur évoque le personnage, sa légende, Anton prétend connaître, l'avoir étudiée avec sa maîtresse, elle leur explique l'architecture, son histoire, puis ils continuent vers la voiture Au fait, ta mission en Indonésie ? On n'en a pas parlé l'autre dimanche... Passionnant. Des difficultés techniques sur place, mais passionnant, te raconterai une autre fois. Ils sont devant l'Audi, ils s'embrassent, se disent à bientôt, se donnent des nouvelles Le palais de justice, tu vois ? c'est ici... C'est une bâtisse élancée, de pierres blanches uniment ciselées qui hésite entre gothique flamboyant et Renaissance, Thomas contemple machinalement, bipe l'ouverture des portes, les enfants montent, Myriam s'éloigne Zut, attendez-moi là, j'ai oublié... Il l'avait posée à même la moquette, au pied du siège passager, il s'empare du volumineux paquet enveloppé de papier kraft avec un ruban rouge d'emballage cadeau, il trotte à sa poursuite, Myriam est déjà loin sur l'autre trottoir. Qu'il hèle à quelques mètres, elle se retourne, lui sourit Qu'est-ce qui... ?... C'est trop bête, j'allais oublier... ta lampe, le cadeau de Camille, je l'ai fait restaurer, tiens... Merci, Thomas, tu n'imagines pas combien ça me… C'est Camille… Je sais, Thomas, je sais. Elle s'essuie les yeux Pardon, c'est stupide mais… Il la serre contre lui, ils s'embrassent, Thomas repart vers la voiture, il est essoufflé, ses jambes sont lourdes, il a les yeux plantés dans le pavement du trottoir, il remarque une boîte de bière japonaise dans le caniveau, une sucette d'enfant, il croit deviner l'empreinte des dents dans le bonbon, il marche sur un sol mouvant, il… Papa, papa! où tu vas? Il sursaute, Anton est derrière lui, sur le trottoir, à côté de l'auto On est là!… Pardon, j'étais dans mes pensées… Tu allais où? Il ne répond rien, s'installe au volant, entre dans le GPS: Abbatiale Saint-Ouen. Il démarre, roule cinq minutes, écoute distraitement les enfants qui jouent aux devinettes, se gare devant l'hôtel de l'abbaye C'est là, les chats, hop, on y va! Ils sont sur le trottoir, à la lisière du parc et de la vaste pelouse qui cerne l'église abbatiale C'est par là, on traverse. Elsa et Anton se précipitent, happés par cette étendue tendre et verte qui cascade sous leurs pieds. Thomas remet ses pas dans ceux du premier dimanche de l'accident. La lumière était moins épaisse, il marchait avec espoir dans la douceur du matin, la seconde opération s'était bien déroulée, le diagnostic n'était plus réservé, c'est ainsi qu'il avait compris le message téléphonique de l'infirmière. Ils contournent plusieurs sapins presque bleutés, ils avancent sous la frondaison légère et scintillante d'un bosquet de peupliers blancs de Hollande, les feuilles sont d'une pâleur pelucheuse côté sol, d'un reflet métallique argenté côté ciel, le soleil s'y éparpille en éclats de miroirs concassés. Anton et Elsa bifurquent sur la droite, ils courent vers un vaste bassin d'eau claire d'où se dresse un centaure saisi d'effroi, le flanc percé d'une flèche. La princesse qui le chevauche en amazone recueille son sang dans une coupe profonde. Un jeune garçon y fait naviguer son voilier, une petite fille aux longues nattes, penchée sur l'eau, y trempe ses pieds, assise sur le rebord de pierre, sa robe fleurie relevée jusqu'à la taille, ses sandales blanches rangées sur le gravier. Anton et Elsa ont les mains dans l'eau jusqu'aux coudes, Thomas les appelle à trois reprises, ils quittent à regret, poursuivent par une allée sinueuse et débouchent bientôt sur le parvis. La façade se dresse, haute, sculptée, trois portails la percent et l'animent, des saints et des monstres s'y bousculent dans la courbe des arches brisées, surgis d'une pierre lentement décantée. Les yeux d'Elsa et d'Anton glissent sur les reliefs, les encorbellements brodés de feuillages, les rangées de têtes humaines, animales ou mélangées dont certaines jaillissent en console dans le vide. Ils ont eux-mêmes la tête renversée, ils titubent, pris de vertige, ils tournoient sur le parvis, bras écartés, secoués d'un ricanement nerveux. Une vingtaine de touristes japonais posent pour la photo devant le portail des Marmousets, un sourire fixe cisaille tous les visages. Ils s'esquivent vers l'entrée est, poussent la lourde porte, entrent dans le sas Chut! vous vous tenez correctement, c'est compris ? Elsa prend une mine grave, approuve en silence et pousse la seconde porte. Ils pénètrent dans la nef immense, éclairée par les percées latérales et celles du triforium, le sol est éclaboussé de flaques de couleurs, Elsa avance un pied puis l'autre dans l'immatérialité liquide des bleus, des orangés, des rouges, constate la radiation colorée sur sa peau brune, entame une litanie

Le bleu sur mon pied, le jaune sur ma jambe, le rouge sur ma cuisse, l'or dans ma main. T'as vu, papa, je suis en couleurs... ?

C'est immense, on peut se perdre... C'est comme des montagnes.

Et toutes ces chaises ?

C'est pour prier, tu vois les gens assis, près du chœur, ils prient.

Mais nous, on prie pas.

On est là pour visiter.

Et après on va voir la mer ?

Oui, juste après.

Ils avancent par la gauche dans la nef latérale, Elsa s'arrête devant une peinture mal éclairée, les couleurs sont encroûtées, sombres, fumeuses, c'est une Adoration des mages

Regarde, papa, on dirait maman.

Si tu veux, Elsa, mais c'est un homme.

Un homme avec un visage de femme ?

Un fin visage, oui, Melchior, c'est son nom, il apporte des offrandes à Jésus, tu le vois ?

Le bébé sur la paille ?

C'est ça. Je suis venu ici avant d'aller visiter votre mère à l'hôpital, vous vous souvenez, le premier dimanche de son accident ?

Le jour où tu nous as appris ?

Je voulais qu'on y vienne tous les trois, qu'on refasse le chemin.

Quel chemin ?

Arrête, Elsa, avec tes questions stupides !

M'enfin, tu sais, toi, de quel chemin ?

Chut, les enfants, chut !

Plus loin, des dizaines de cierges se consument sur un vaste bougeoir hérissé de pointes noires perlées de sueur cireuse et blanchâtre, Thomas prend de la monnaie dans sa poche Allez les mettre dans la fente, là, au-dessus de la petite croix blanche. Les pièces tombent, un son mat, sec, qui claque dans le fond de la boîte

Prenez une bougie, allumez-la en pensant fort à votre mère, demandez qu'elle guérisse.

On a jamais fait ça, papa.

À qui on demande ?

À Dieu, à Jésus...

T'es sûr ?

Oui... au monde, au silence, à qui vous voulez.

T'es bizarre, papa.

Les enfants choisissent de longs cierges, les penchent au-dessus des flammes, la ficelle s'embrase et crachote, ils les plantent sur les pointes noires, le cierge d'Elsa est de travers, le bougeoir est trop haut pour elle, Anton le redresse, ils sont captivés par les flammes, Elsa chuchote Ça y est, j'ai demandé pour la guérison de maman. Anton ne dit rien, il fait la moue, observe les coulures de cire qui se figent et s'enflent, il tend l'index, le pose contre le cierge, récupère une goutte liquide sur son ongle qui s'étale et durcit aussitôt, opère de même avec les autres ongles Vois, Elsa, ma main malade!... Chut, Anton! Ils demeurent devant les flammes qui dansent et qui ploient, chahutées par d'imperceptibles courants d'air

On y va?

On continue... Votre mère voulait qu'on visite sa ville, ensemble, elle nous aurait guidés.

On reviendra avec elle?

Sûr, Elsa, tous ensemble.

Ils poursuivent le long des chapelles qui cernent le chevet et le chœur, Anton s'est embusqué derrière un pilier, l'épaule contre la pierre, il observe un couple de vieillards agenouillés. Il voit bouger les lèvres de la dame. Elsa vient le chercher Regarde, ils ferment les yeux, ils parlent tout seuls. Thomas stationne devant un Christ en croix, du XIIe siècle, est-il écrit sur un cartel en laiton, une sculpture polychrome d'un bois grisé où ne subsistent que des lambeaux de couleurs, un peu de rouge à l'endroit des clous et sous les côtes, avec l'incision de la lance aux lèvres franches et boursouflées. Thomas est arrêté par l'entrecroisement des pieds qui paraît un repliement, un pelotonnement quasi enfantin d'un pied sur l'autre afin de préserver quelque chaleur entre les membres amaigris, et qui l'émeut, il ne sait pourquoi.

Un peu de rouge donc à l'endroit des clous et de la lance et sous la couronne d'épines, en ces reliefs contournés qui préservent de l'érosion décapante du temps. Ainsi que des traînées blanches d'une matité douceâtre dans les plis du tissu qui drape en volutes lâches ses hanches creuses et basculées. Thomas s'attarde, une telle paix dans la souffrance, exhalée comme la forme d'un accomplissement. C'est Anton qui s'approche, lui prend le bras On s'en va, papa ? Il serre fort la main du fils dans la sienne, ils traversent de nouveau la nef centrale, la gorge d'un défilé, les parois de verre multicolores sont des membranes qui vibrent dans la lumière de juin, ils sont dans la fraîcheur parfumée d'encens, poussant leurs pas sur un sol aérien lavé de couleurs. Thomas fixe un instant le grand orgue avec ses huit colonnes, sa palissade de tubes qui jaillissent vers la rosace sud en un geyser d'étains éclatants, Elsa pousse la première porte du sas capitonné de cuir noir, qui grince, puis la seconde, ils sont alors jetés, précipités dehors, aveuglés par la crudité brutale du soleil, la stridence des couleurs, la rumeur de la ville, les cris des oiseaux, les rires des enfants, les exclamations des visiteurs, c'est une chaleur lourde qui imprègne le parvis et qui monte le long des jambes. Ils reprennent le chemin du parc, la petite fille aux longues nattes avance dans l'eau, sa robe trempée jusqu'à la taille, elle dégage et guide le voilier du garçon dont la ficelle s'est accrochée au sabot du centaure, ils se parlent en souriant, ils murmurent, on ne les entend pas, tous trois continuent vers la voiture, Elsa et Anton jouent à cache-cache entre les sapins bleus, ils foulent les graviers de l'allée menant au prieuré, ils sont sur le trottoir, traversent la rue pavée, s'installent dans l'Audi, Thomas pianote sur le clavier du GPS : Auberge du bout du monde, Le Havre, il démarre À la mer, les tigrichons ! Ils roulent vers le nord de Rouen, rejoignent l'A 150, Thomas s'engage sur la bretelle d'accès, il accélère, des bâtiments industriels s'agglutinent en damiers quadrillés de boulevards déserts puis la forêt se déploie, elle gagne bientôt les deux côtés de l'autoroute, ouvrant un couloir d'ombre où la voiture s'enfonce, un mobile incandescent dans l'abscisse du soleil qui s'épuise et s'éteint dans l'épaisseur des frondaisons virant au noir. Plus loin, Thomas ralentit et s'arrête au péage. Il observe les enfants dans le rétroviseur, Elsa s'est assoupie, le bras sur l'accoudoir, sa tête sur l'épaule, la joue contre le cuir de la banquette, Anton fixe les cabines de péage, le bâtiment de la gendarmerie, avec une sorte de lippe boudeuse Ça va, mon Anton ?... tu trouves le trajet trop long ?... Non, papa. Il n'a pas bougé, le regard obstinément fixe. Thomas appuie sur le bouton rouge, l'épaule et le bras hors de la portière, des odeurs de goudron chaud imprégné d'huile moteur et d'essence pénètrent l'habitacle, il tire la carte magnétique du distributeur, la barrière se lève, Thomas écrase l'accélérateur, la voiture s'élance, c'est un signal, une espèce de clin d'œil à son fils qui le prie souvent de faire bondir l'auto, mais Anton ne réagit pas. L'autoroute poursuit dans la masse ombreuse, la forêt disparaît sur la gauche, ouvrant soudain à des étendues planes, le jaune acide du colza, le jaune doré des tournesols, ça s'imbrique à d'autres surfaces d'un vert tendre de plants céréaliers. Puis la forêt sur la droite disparaît dans la même aspiration brutale de l'horizon vidé, les champs s'étendent à perte de vue, la voiture à nouveau s'enflamme au soleil. Thomas rejoint l'A 29, le relief s'anime, vallonne doucement parmi les cultures et les prés où paissent des troupeaux éparpillés. Des toits de villages surgissent parfois, en lignes acérées qui tranchent dans l'azur horizontal. Thomas aperçoit la sortie Bolbec, Gruchet-le-Valasse, sa gorge se noue, la bouche est sèche, il se demande si le nom de ces villes un jour sera nu et délié

Pourquoi tu nous dis de prier Dieu que maman guérisse ? Tu penses qu'elle va pas y arriver toute seule ?

Il faut mettre toutes les chances de notre côté, mon Anton.

Dieu est une chance?

Peut-être, oui.

Tu nous as pourtant répété qu'on sauverait maman, Elsa et moi, t'y crois plus?

Si, Anton, mais c'est pas contradictoire.

Nous, on existe.

Et?

Dieu, c'est pas sûr. Ou alors, il s'en fiche... sinon, pourquoi il a pas empêché l'accident?

Ils dépassent la sortie Bolbec, ils approchent du Havre

Tu réponds pas?

Je sais pas quoi répondre, Anton, je...

J'ai détesté cette visite, l'église, là!

Suis désolé, je...

Myriam est très gentille, elle aime vraiment maman.

C'est une grande amie, elles se connaissent depuis l'enfance.

Thomas stoppe au péage de sortie, glisse la carte magnétique dans la fente puis sa carte bancaire, ils empruntent la bretelle qui conduit vers la route des falaises, commencent d'entrevoir la zone industrielle de Gonfreville-l'Orcher, dépassent des châteaux d'eau, longent à présent une langue aqueuse trouble et grisâtre, distinguent l'autre rive, devinent au loin les masses tremblées de Honfleur et Trouville, avant que le regard ne glisse et ne s'échappe vers l'horizon marin qui s'ouvre en strates brumeuses de lumières vertes et bleues. Plus près, en contrebas, la rive se trame sur des dizaines d'hectares de traits d'asphalte, de palissades grillagées, de lignes d'oléoducs qui se croisent et se mélangent, de vannes, de robinets rouillés d'où suintent des concrétions jaunâtres. Puis ce sont des surfaces arasées, hérissées de réservoirs bleus, kaki, jaunes, à plusieurs étages, dégoulinant de traînées noires et grasses, ce sont des écheveaux de voies ferrées où stationnent des files étirées de wagons citernes d'un blanc cru claquant au soleil, ce sont les profondes saignées des longs bassins où sont amarrés des cargos pétrochimiques et des tankers à la coque flamboyante noire et rouge, plus loin c'est une ville de containers, une vaste cité multicolore de cubes empilés, un labyrinthe de ruelles profondes, un lacis inextricable surmonté de grues géantes, araignées aux crocs vides en ce dimanche du bord de l'été. Sur la lèvre des quais sans fin, troués de flaques d'eau huileuse, à la lisière de quoi s'élancent des gerbes molles d'herbes décolorées, stationnent cette fois de lourds cargos porte-containers, des forteresses compactes de six et huit étages, blocs d'acier plantés en angles de cognée dans le sirop des eaux portuaires irisées de corolles mazoutées qui se dénouent en arabesques laquées C'est la plage ? demande Elsa qui se réveille. Bien sûr, petite sotte, on saute du haut des citernes, c'est des plongeoirs pour les enfants... Arrête, Anton !... non, ma chérie, c'est plus loin, de l'autre côté du port. La ZI s'efface dans la lunette arrière, ils entrent dans la ville aux artères droites, aux façades géométriques, d'un béton caillouteux, trouées de balcons et de fenêtres à l'identique, toutes serties de volets blancs. Ils roulent dans l'avenue Salvador-Allende qui devient celle du 329e régiment C'est monotone, tout est pareil... Oui, les gens s'égarent, ils perdent leurs adresses, deviennent des vagabonds. Ils quittent le boulevard Foch, remontent sur la droite vers Sainte-Adresse, contournent l'antique forteresse cernée d'arbres et de pelouses, les rues deviennent étroites et sinueuses en gravissant les hauteurs, ils stoppent à un croisement, en surplomb de la ville à présent résidentielle, la voix du GPS, suave, leur propose de choisir : par la droite la rue de la Solitude, par la gauche celle du Vagabond-Bien-Aimé Voyez, les chats, c'est une ville où on se perd... Le bien aimé, papa, prends par là ! Ils redescendent des hauteurs vers la rue des Phares, débouchent dans la rue du Beau-Panorama, bordée de jardins profonds et de villas cossues, il y a des promeneurs sur les trottoirs, ils portent des chapeaux de soleil, des vêtements de couleurs vives, il y a des poussettes, des enfants à bicyclette On approche, les tigrichons, c'est coquet par ici... tiens, regardez, rue de la Plage ! on est tout près... l'Auberge du bout du monde, on est arrivés. Ils repèrent une terrasse en bois, des parasols, des consommateurs attablés On pourrait dîner ici ce soir ?... Oui, oui ! Ils dépassent le parking de l'établissement, remarquent dans une enclave une ancienne estafette Renault peinte en rose, sur ses flancs sont tracés au pinceau avec pleins et déliés des mots pour le palais : cassis, fraise, poire, citron, vanille, chocolat, pistache, une dizaine d'enfants se pressent à la devanture, y achètent glaces et sorbets Oui, promis, tout à l'heure, d'abord je me gare. Ils se trouvent face à la mer, une voie goudronnée vire à droite et descend sur la plage, Thomas roule au pas, Elsa et Anton ont ôté leurs ceintures, Elsa baisse la vitre, sont tous deux penchés sur la portière, la tête dans le vide, humant l'air marin, une brise tiède vaguement iodée Une place, papa, là !... J'ai vu, Anton, pas besoin de crier... Il se gare devant un mur de soutènement que surplombe quatre mètres plus haut une maison en bois arborant sur sa façade vitrée le sigle bleu et noir : Société nationale de pêche hauturière. Thomas coupe le contact. Les enfants sortent, ils traversent le parking, dévalent la plage caillouteuse, les pierres claquent sous leurs pas comme des carreaux de céramique descellés, de courtes vagues roulent, rebondissent, s'étalent puis se retirent en un lent crépitement de billes de verre que brasse l'invisible courant. Thomas n'a pas encore verrouillé la voiture, les voilà qui accourent du rivage, ils fondent sur lui On peut tremper les pieds, papa ?... Bien sûr, allez, vos chaussures, on les laisse ici. Je me demande s'il n'y a pas vos méduses dans le coffre... Anton défait les lacets de ses baskets, il s'impatiente, il s'agace, Elsa tire sur les scratchs de ses tennis, Thomas ouvre le coffre, il se fige, la main droite oubliée sur la courbure de la tôle qui épouse agréablement la paume, juste au-dessus de la plaque minéralogique, à l'affleurement du sigle Audi en relief chromé, les quatre cercles enchâssés. Les enfants surgissent pieds nus, les chaussures à la main qu'ils jettent sur le plancher de moquette grise Papa, c'est formidable, t'as pris les boules et le ballon ! Ça fait longtemps qu'on n'y a pas joué, on y va ? Thomas ne répond rien, il fixe obstinément l'étui blanc et les quatre paires rouges, bleues, jaunes, vertes, comme s'il ne parvenait pas à identifier l'objet, il tend la main vers le... Mais, petite sœur sans cervelle, on peut pas sur les pierres... Si, si, là-bas, c'est du gravier tout fin ! Elle secoue le bras de son père qui se réveille, il saisit la poignée de l'étui, il tend les boules à Elsa, Anton se penche, attrape le ballon décoré des figures de Spiderman Moi, je préfère jouer au... mais, il est dégonflé ? regarde, papa, on dirait qu'il est crevé... Crevé ? Thomas le palpe, ses doigts s'y enfoncent mollement Non, je pense pas... avec la chaleur, il va se tendre... Tu crois ?... Ce sont des ballons scellés, ça varie avec la température... Les épuisettes, on... Non, ici, vous ne pourrez pas... tenez, prenez vos méduses. Les enfants sont accroupis, à chausser les sandales en plastique transparent, Thomas ferme le coffre, prend son bip, verrouille les ouvertures, allume une cigarette, c'est lui finalement qui se charge du ballon et des boules, il consulte machinalement son iPhone, il a reçu un message de Myriam, qu'il ouvre : Camille a parlé, Thomas, elle m'a parlé ! Mon Dieu, quel bonheur ! Thomas relit trois fois la phrase, compose le numéro de Myriam, ça tombe sur la messagerie, il la remercie plusieurs fois, il aimerait qu'elle lui raconte, vite. Il va montrer le sms aux enfants, il s'avance sur la plage, les appelle, ils sont pieds et chevilles dans l'eau face à la mer, il les hèle, enfin ils trottent vers lui, ils sont là, il leur montre l'écran, ils déchiffrent, lentement, ils hurlent leur joie, ils sautent, jettent bras et jambes en tous sens, ne savent quoi faire de leurs corps endiablés, se précipitent à nouveau vers les vagues, s'y trempent jusqu'aux genoux. Les galets mouillés scintillent et, à chaque retour d'écume noyant leurs pieds dans une blancheur mousseuse qui enflamme le sol, ils sont irradiés d'une lumière puissante et filtrée de photographie de studio qui dore les visages et les corps, ils sont allègres, leur épiderme légèrement métis paraît luire depuis l'intérieur des chairs neuves, Thomas les contemple, il rouvre l'iPhone, les prend en photo, leurs gesticulations, leurs grimaces, leurs pantomimes, il les prend en photo inlassablement, une cinquantaine de clichés, absorbé par son écran, un entêtement, une crispation nerveuse du pouce sur le verre tactile, il n'entend plus les vagues ni les rires, comme s'il voulait fixer l'instant de leur joie et de leur beauté qu'il fragmente, qu'il disperse et multiplie, il les hache en débris de temps morts, sans plus les voir ni les entendre, Thomas s'absente dans la capture addicte des images comme s'il renonçait, il renonce, éprouvant une espèce de congédiement brut, âpre. Jusqu'à ce qu'il remarque Elsa qui le hèle à son tour, immobile, qui le rejoint, quelques pas bondissants, qui lui prend la main, lui secoue le bras Qu'est-ce tu fais, papa ? ça fait vingt fois que je t'appelle ! déchausse-toi, viens avec nous, l'eau est chaude, viens ! Il range le portable dans sa poche-revolver, enlève ses chaussures, ses chaussettes, relève le tissu du pantalon jusqu'aux genoux, attrape la main de sa fille et se laisse entraîner dans l'écume laiteuse, fantôme hagard s'avançant sur les eaux, droit vers l'horizon sourd comme s'il allait le toucher Stop, papa ! stop ! Elle le tire en arrière, à présent, il avance trop loin, une vague plus haute le cingle jusqu'aux cuisses, Elsa a lâché sa main, elle recule de trois pas Stop, papa, attention! Il sursaute, saisi par le froid et la claque liquide, fouetté, éclaboussé jusqu'à la poitrine, il frémit, recule trop vite, trop brusque, et la vague le bouscule, et les pierres creusent et meurtrissent la plante de ses pieds, il en perd l'équilibre, il s'affale en arrière, assis dans l'eau bouillonnante, il est trempé jusqu'à la taille, il a senti plus qu'entendu un craquement de verre pilé sous sa fesse droite, la douleur du nerf sciatique en est plus vive, il se relève d'un bond, les enfants rient aux larmes, il s'aperçoit, le pantalon bleu devenu noir et collant et ruisselant sur la peau, il frissonne, découvre le visage réjoui et hilare des enfants, il sourit, titube, s'approche d'eux qui lui tendent la main comme on accueille un rescapé tiré d'un grand péril Mais qu'est-ce que tu...?... Je voulais nager un peu, mais l'eau est trop froide, d'ailleurs j'ai froid. Il glisse la main dans sa poche-revolver, en sort l'iPhone dégoulinant, l'écran est zébré de brisures tremblées, des miettes de verre tombent dans sa main Mince! ton portable, papa, il est... C'est rien, je n'avais qu'à pas... Il marche sur les galets, claudiquant, emprunté On dirait un vieux matou trempé... Dis donc, Anton, j'aimerais t'y voir, toi, pieds nus... On joue aux boules, insiste Elsa. D'abord me réchauffer, ma petite fille, plutôt le ballon... La mer est calme, un ferry blanc empanaché d'une fumée noire se détache du port, s'arrache de la jetée pierreuse qui s'étire vers le large, un cargo rouge tremble, loin sur l'horizon silencieux, il ouvre dans les flots une traînée nuageuse, c'est une espèce de paix bleutée qui charge l'air d'une vapeur luminescente, la surface marine ondoie lentement, une masse d'huile ou de mercure, dessinant et creusant des plans d'étoffes souples d'ombres et de miroirs, ils jouent tous trois, se lancent le ballon qui hoquette en rebonds désordonnés sur la plage caillouteuse où les pierres exhalent une blancheur d'ossements secs sous la lumière ardente d'un désert aride. Ils shootent, frappent, lancent le ballon, ils sautent, ils courent, emportés dans une espèce de frénésie ricanante, de danse éruptive, désarticulée, leurs cris perdus dans la brise d'ouest, Thomas en éprouve le souffle tiède d'une joie furtive qui le soulève, il joue et contemple la course éperdue des enfants que rien ne semble distraire, ils jouent, oublieux, abandonnés au paysage qui les dilue et les éparpille.

Livre 2

Nous vivons comme nous rêvons, seuls.

Joseph Conrad

Il salue à la cantonade, il sort, le froid mouillé l'étreint, il ne pleut pas, le ciel est bas, pesant, les lacs d'Arrémoulit sont à peine visibles, d'une couleur de granit, un paysage désolé, sans échappée, sans un détail qui accueille, où poser le regard, personne ici n'a sa place, il baisse la tête, fixe ses chaussures, le sol pierreux, Thomas s'éloigne comme s'il dérivait, parvient à l'intersection des deux chemins, il hésite encore, se retourne, le refuge est presque absorbé dans la vapeur grise qui semble monter des lacs, il prend une pièce de monnaie, la jette en l'air, la rattrape, la retourne sur sa main, ça indique le lac d'Artouste, alors il choisit l'autre chemin, celui du passage d'Orteig, trente minutes plus tard, la pluie se met à tomber, mais sans la moindre brise. Il met sa capuche, ferme sa parka, et repart. Il débouche sur le passage dix minutes plus tard, il se souvient de son frère, pointant le doigt sur la carte : Thomas, tu m'écoutes ? Tu fais attention à cet endroit, tu as une étroite vire qui descend dans des schistes très glissants, ça domine un à-pic d'un bon 80 m, il y a un câble le long de la paroi pour te tenir et assurer ta traversée. Très concentré, là, d'accord ? Le seul moment vraiment dangereux. Ce matin, au refuge, lorsque Roger lui conseillait l'autre chemin, aucun souvenir de cet échange avec Jean n'était venu s'intercaler. Il pense à l'orage qui l'avait alors surpris au soir de son cinquième jour de marche, il quittait sous une pluie battante les grottes de Bellevue, il entamait sa montée vers le refuge de Bayssellance. La pente était devenue savonneuse, elle s'animait de ruissellements multipliés, un tentaculaire réseau de veines qui gonflaient à la surface d'un sol soudain mouvant où chacun de ses pas cherchait l'interstice rocheux qui affleure. Des lambeaux de nuages s'effilochaient vers le haut du défilé, les cimes et les versants s'estompaient puis réapparaissaient, les murs de roche étaient brutalement projetés vers l'avant, les distances se brouillaient, Thomas scrutait le chemin qui fondait et s'effaçait 20 m devant, il respirait par intermittence un air glacé, d'un blanc poudreux qui l'asphyxiait, le glacier d'Ossoue qu'il espérait apercevoir au couchant avait disparu. Une pierre lisse et ronde avait ripé sous la chaussure, son pied avait dérapé, sa jambe tout entière avait rué vers l'arrière, il avait tendu les mains devant lui, retrouvant son équilibre malgré le poids des sacs, l'épaule droite en appui contre la paroi. Il avait pivoté lourdement, le cœur battait dans la poitrine, il cherchait l'air, inspirait à pleins poumons, le visage dégouttant de pluie, observant autour de lui. Il était noyé dans un nuage, à 2 m tout se perdait. Respirer. Repartir. Il demeurait là, dans le plafond nuageux qui parfois s'évidait et s'ouvrait sur des abîmes tournoyants, le GPS ne recevait plus de signal, il était sans doute à moins de trente minutes du refuge mais il avait renoncé, rebroussé chemin, ne sachant plus où poser les pieds dans le maillage toujours plus dense des écoulements d'eau brune. Il s'en était retourné à petits pas vers les grottes de Bellevue, 80 m à parcourir, un long effort dans la lumière livide d'un ciel d'étoupe qui allait tout ensevelir. Il était parvenu à l'entrée de la première grotte, celle à l'amont, étroite, barrée d'un rideau liquide qu'il avait traversé d'une enjambée. La caverne semblait moins profonde que celle plus à l'aval qu'il venait de quitter trente-cinq minutes plus tôt. Il était saisi par le silence aride et souterrain et l'immédiate obscurité, où le dehors avait paru soudain la fluide apocalypse d'une imagination fiévreuse. Il avait jeté les sacs, enlevé ses gants trempés, l'imperméable, avait extirpé nerveusement la lampe à gaz, trouvé un briquet, une lueur blanchâtre avait éclaboussé l'endroit, était montée sur les parois jusqu'à la voûte 6 m plus haut, mais quand il avait levé la lampe, le fond de la cavité demeurait obscur sans qu'il puisse l'appréhender d'un seul regard. Il avait pensé aux éboulements, aux fissures, aux gouffres, il avait pensé aux ours, aux loups, il était un enfant que la peur déborde, il… J'ai de la chance, s'était-il entendu murmurer, c'est finalement un bon endroit pour la nuit…

Il s'ébroue, il lui faut avancer, il voit maintenant l'encoche du palier très étroit qui longe l'à-pic. Au-dessus de la vire, le flanc rocheux est moins vertical, mais les ruissellements sont nombreux, abondants, il aurait dû écouter Roger, la pluie sur des roches aussi lisses, il peste, s'insulte, cet entêtement et cette désinvolture. Faire demi-tour ? C'est deux heures de retard… allez, hop ! Il enfile ses gants, saisit de la main droite le câble qui court le long de la paroi, teste sous sa semelle si le sol tient, rien de net ni de précis, s'il ne pose que le pied sur un ressaut apparemment viable, il n'y a que le poids et la pression de la jambe, il existe une probabilité qu'à l'instant où il mettra la charge du corps tout entière sur l'appui, la pression de la semelle sur la roche l'expulse vers le vide. Par chance, le câble est là, il ne relâche pas sa prise, assure chaque pas, il n'a plus froid, une chaleur soudaine monte au visage, son front transpire. Les ruissellements sont gênants, à certains endroits ça tombe sur l'épaule, la tête, les cuisses, il essaye de les éviter, de les enjamber ou au contraire de se plaquer contre la paroi, mais il fragilise ses appuis. Il s'efforce également de ne pas fixer l'abîme sous ses pieds, 80 m pour le moins, cette absence de lumière, ces rochers qui suent une indifférente compacité de fond du monde, de gouffre obscur, spongieux, couvert de mousse, il fixe devant, le passage, l'encoche, simplement satisfait qu'à mi-parcours aucun appui ne se soit dérobé. Et puis, c'est un décrochement, sec, un déboîtement d'une résonance minérale dense, ça racle, ça ripe, ça rebondit, un son très dessiné, rauque, mat, sourd, avec alentour une constellation de bruits secs, courts, qui crépitent, de graviers et de cailloux qui s'éparpillent, un fourmillement, enfin ce bloc qui paraît au-dessus de Thomas comme s'il avait été enfanté du flanc rocheux lui-même, une parturition, le surgissement donc de cette pierre de 30 cm sur 50 à peu près, décrochée plusieurs dizaines de mètres plus haut, net, à force de pluies et de ravinements, entraînant dans le vide la multiplication exponentielle de son insoupçonnable densité, le commencement d'une force qui s'exacerbe, le bloc donc, qui rebondit, qui est là, juste au-dessus de lui, une explosante fixe dans son regard, à une micro-seconde de sa tête et qui va l'emporter jusqu'en… Et Thomas qui l'a vu apparaître après en avoir entendu la charge et les rebonds, des coups de soc dans la montagne tout entière, une phrase d'effondrement, Thomas qui voit venir la pierre comme l'absurde annonce d'une mort sans visage et sans forme, dépourvue de sens, tire sur le câble, se fond contre la roche, et le bloc qu'un redent a quelque peu éloigné de la paroi, poursuit, hasardeux, sa course sans le toucher, il effleure sa capuche qu'il tire vers l'arrière, mais il atteint le sac à dos avec une sèche puissance, anonyme, la tente en est emportée, les attaches cousues qui la tiennent en haut du sac sont arrachées avec la sangle de l'épaule gauche, la trame de fibres synthétiques s'est déchirée comme du papier, alors que sous le choc, Thomas perd ses appuis, se sent glisser vers le vide qui l'attend. Le sac n'a pas résisté à la charge, il s'est partiellement disloqué, absorbant la poussée de la pierre, sans quoi ses mains convulsivement verrouillées autour du câble se seraient ouvertes, un lâcher-prise phalange après phalange dans une lente seconde, mais les mains tiennent encore le câble et le sac à dos pend de la seule sangle droite à son épaule, sinon qu'à présent ses jambes gesticulent dans le vide à la recherche d'un autre replat, et que le câble seul le préserve encore de l'abîme. Sa blessure au flanc gauche le cisaille à se trouver ainsi pendu, il tire sur ses bras pour remonter, mais il y a le poids des sacs sur la poitrine et dans le dos, même allégé de la tente. Thomas s'est toujours considéré comme un homme vigoureux, de constitution sportive, il tire sur ses bras sans pouvoir se hisser ni retrouver la vire sous ses chaussures, il pendouille, il va lâcher... Il entend le sermon de son frère : À la première blessure, tu rentres, la montagne n'offre pas de seconde chance. Il voit alors sa première chute, celle qui lui vaut la sensation présente d'un poinçon creusant au flanc alors qu'il gigote au bout de son câble sans pouvoir se tracter. Ce matin-là du septième jour, le froid humide sinuait dans les os, le plafond gris noyait les cols environnants, Thomas se retirait à pas lourds vers le col de la Fache après un dernier regard sur le gave et les chevaux. Au sortir du vallon, il aurait pu parcourir une montée paisible entre les mamelons herbeux et les laquets, mais il pleuvait de nouveau, une pluie fine, dense et pénétrante. La descente sur le versant ouest devenait délicate, dans un décor lugubre de roches déchiquetées, d'éboulis raides et luisants. Un cri d'oiseau avait percé le ciel, il avait levé les yeux sans rien distinguer, scrutant de nouveau les éboulis, cherchant ses appuis sur un sol lunaire, hérissé, il pensait à de la pierre volcanique, grumeleuse, abrasive où pas une herbe ne pousse. Le chemin enfin s'était élargi, devenant terreux, la roche était plus lisse, éparse, son corps se relâchait, il avait enjambé un bloc de schiste, accrochant l'extrême bout de sa chaussure en plein mouvement, il avait trébuché, les sacs l'emportaient, la tête et les épaules vers l'avant, la jambe retardée retrouvant l'appui trop tard, il courait dans la descente après son équilibre, les bras écartés, mais les sacs le poussaient, le sol avait surgi, lui sautant à la figure... il avait vrillé en un geste réflexe pour éviter de s'éclater le visage contre, s'était affalé sur le côté, le sac à dos s'écrasant le premier sur les pierres, puis les côtes qui avaient plié, il était vautré de tout son long, une douleur sourdait et se répandait tel un fer crevant la chair. Une suée chaude au front se mélangeait à la pluie, il s'était accordé quelques secondes, repliant ses genoux sous son ventre, il pensait au cheval pommelé, avait basculé sur les fesses, il s'était souvenu déjà du sermon de Jean : À la première blessure, tu rentres, la montagne n'offre pas de seconde chance. Je t'emmerde, grand frère ! Il avait pouffé, le flanc traversé de lames qui taraudent. Puis il avait tenté de se relever, l'effort lui avait arraché un gémissement, il était retombé assis, s'était dégagé du sac à dos, parvenant cette fois à se mettre debout. C'était le côté gauche, de la taille jusqu'à l'aisselle qui... Il essayait de respirer plus amplement, il avait patienté, continuant de masser légèrement. Oui, cela avait été un bannissement, ce commencement du septième jour. Ce n'est que sur le versant espagnol, un plateau d'altitude, au sol souple et gazonné où les pas ne vibraient plus dans le squelette, qu'il avait recouvré une foulée égale, une démarche fluide, le corps se réchauffait, la douleur s'apprivoisait, elle s'intégrait au mouvement régulier, au point de le structurer, de lui donner une consistance, la pluie n'était plus qu'un détail.

À présent qu'il s'agite dans le vide, il ne sait plus ce qu'il est venu chercher. Des forces sur un sol natal qu'il n'a plus parcouru depuis l'adolescence ? Ou l'à-pic pour y tomber, disparaître, avec l'idée stupide de rejoindre Camille ? Mais il y a Anton, Elsa, il y a Jean, il songe à nouveau à sa première chute, à la manière dont, se dégageant du sac, il a pu se relever malgré la déchirure au flanc. Alors il tente une autre manœuvre, il ouvre la main droite, lâche lentement le câble de cette main, arrache le gant entre ses dents, puis tâtonne sur son ventre, trouve la ceinture ventrale du sac, le verrou plastique noir qu'il déclipse entre le pouce et l'index, glisse enfin sa main et son bras sous la sangle d'épaule, tasse le torse, se dégage du sac à dos qui s'enfuit dans l'à-pic et dont il entend l'écrasement six ou sept secondes plus tard alors que sa main droite serre à nouveau sa prise et qu'il peut cette fois par une traction se hisser suffisamment pour trouver la vire sous ses semelles. Il passe le bras droit sous le câble, en crochet dans la pliure du coude, enfile le gant qu'il mordait entre ses dents, alors il pousse un cri, long, enroué, trois fois, qui emplit la montagne et rebondit en écho. Il tremble maintenant des pieds à la tête, une longue minute, le regard collé sur la paroi Avance, Thomas, avance... Il remercie Anton, Elsa, il remercie Jean, il pense à Pauline, il voudrait remercier Dieu, se mord la langue, Celui-là, s'Il existait, Il ne l'aurait... Avance, Thomas, avance. Il observe le sac explosé dans les tréfonds d'une pénombre verdâtre, il distingue des taches de couleur, le réchaud bleu, le duvet, la natte à moitié déroulée, un pull rouge, la casserole aluminium, un spectacle terminal dont il s'éprouve violemment étranger. Il sent cependant son corps qui veut demeurer dans l'éternel présent de sa survie, de ses pulsations, et Thomas qui ne cesse de parler à ses mains, à sa poitrine, à ses jambes, que ça se dénoue, que ça se déplace, que ça se déporte vers la gauche, là, juste vers l'issue du passage qu'il aperçoit 100 m plus loin, il parle avec application, il négocie, il encourage, il réconforte, il félicite, les yeux fixés devant, sur les aspérités, le grain et la variation pigmentaire de la roche. Thomas est éparpillé, multiplié, contraint de composer avec une foule incohérente, ses muscles et ses tendons, ses os, jusqu'au diaphragme qui convulse. Rien ne semble plus attaché. Rien n'est plus relié. C'est le déréglement organique de la terreur. La vire s'élargit, la paroi se couche, c'est de nouveau un sentier où son corps s'oublie, se retire, Thomas recouvre sa cohérence, il se retourne, contemple une fois encore le passage d'Orteig dont il ne distingue plus le gouffre effacé par l'épaulement, il reprend sa marche, ferme et légère sans le sac ni la tente qui pèsent, débouchant cinq minutes plus tard dans un vallon pastoral autour du lac d'Arrious. Il s'assoit sur un rocher au bord de l'eau piquetée d'impacts de pluie qui crépite faiblement. Il recense ce qu'il possède encore dans ses petits sacs de chaque côté du torse. Des fruits secs, du pain, les cartes IGN, une gourde, ses papiers, son iPhone, le roman que son frère lui a donné, un reste de tomme, zut! le GPS était dans une poche latérale, perdu avec le matériel. Peut-être n'a-t-il pas su interpréter tout un ensemble de signes lui promettant des suites funestes, il devient superstitieux, soudain. Parce que la nuit précédant la première chute il avait eu cette vision qui semblait s'être au matin réalisée. Le gave de Cambalès coulait en contrebas, sinueux, large, paisible, bordé de rochers et de gazon ras, trois chevaux, dont un noir aux poils longs, étincelant malgré la lumière finissante, broutaient et flânaient aux abords du gave. L'orage, en vacarme roulant, tonnait cette fois plus près, du côté du col d'Aragon et du pic de Cambalès. Les chevaux secouaient la tête en tous sens, s'ébrouaient comme pour se débarrasser d'un tissu qui aurait irrité leur robe, le cuir du dos et de l'encolure saisi d'amples frissons, le cheval bai avait henni longuement, le cheval noir, de ses jambes antérieures, frappait du sabot sur une dalle de granit, le ciel électrifié les emportait dans son désordre. Il avait choisi de planter la tente très au-dessus du gave, à 50 m du refuge, sur un plan d'herbe légèrement incliné. L'horizon s'encombrait de lourdes torsades obliques de nuages anthracite qui se chevauchaient et glissaient vers l'est, laissant encore deviner de lointains interstices d'un bleu dense. Le vent soufflait maintenant en bourrasques, gonflait brutalement la toile de tente, la couchait, la fouettait, la vrillait, la soulevait, Thomas se battait pour l'arrimer dans un vacarme grandissant, l'air devenait mordant, il jurait, les doigts s'engourdissaient autour des piquets qui lui glissaient des mains, qui peinaient à s'enfoncer, les premières gouttes, une poudre humide, puis, telle une déferlante, la pluie battante qui claquait sur la toile, il avait eu le temps d'y abriter les sacs et de s'y engouffrer, maladroit, s'accrochant dans les fils, avant que l'orage ne se déchaîne au-dessus de sa tête, des éclairs, telles d'aveuglantes lacérations de rasoir, illuminant l'intérieur de la tente d'une blancheur de fusion si incandescente qu'il croyait voir se dessiner les os de son squelette au travers des vêtements et de la peau traversés de rayons radiographiques. Un nouvel éclair avait fait surgir dans le vallon à présent obscur l'image fixe et deux fois répétée du cheval beige et pommelé, la tête dressée, une apparition d'un blanc de faïence qui aurait deux fois gravé les ténèbres d'une empreinte équestre à l'arc voltaïque. Thomas était aveuglé, il tendait son regard vers l'image électrique qui persistait dans ses rétines en pulsations de lumière globuleuse, non, les chevaux avaient disparu, il avait tiré sur la fermeture éclair de l'entrée, poussé les sacs vers le fond de la tente, fouillé fébrilement dans ses poches, il avait saisi l'iPhone et le GPS, les éteignant avec un léger tremblement des mains, puis s'était allongé, contraint à une patience muette et attentive qu'il ne connaissait pas. Il avait ôté sa parka, ses chaussures, avait déplié son rouleau de mousse et son duvet, aucun besoin de lampe tant le ciel était embrasé, il ne se souvenait pas d'un tel orage en montagne lorsque, enfant, il suivait son père, Jean et Pauline avec le troupeau. Il n'avait pas faim ni le courage de préparer à manger, il avait calé le sac à dos sous la nuque, il s'abîmait dans l'écoute : des claquements de fouet, des crissements d'étoffes, des déchirures de coton dont les vibrations se dédoublaient et s'amplifiaient en écho sourd dans l'épaisseur du corps et le repli des montagnes. C'était un déchaînement de forces sans nom, qu'il observait avec la singulière assurance de n'en être aucunement menacé puisqu'il se trouvait au centre d'un chaos originel surgi du fond des temps, dont il était, pour cela même, le témoin de passage, anecdotique et nécessairement indemne. Qui allait s'assoupissant. L'orage s'éloignait, le vent tombait, la pluie devenait lourde et verticale. Il avait ouvert le tissu de l'entrée, le tonnerre était plus sourd, des éclairs lointains s'enflammaient vers le Vignemale, il cherchait en vain la silhouette des chevaux, il avait croqué une pomme et quelques biscuits, puis s'était recouché, minuit passé à sa montre. La pluie n'avait pas cessé. Thomas flottait à la surface du sommeil, agacé, le pourtour du tapis de sol était parsemé de petites flaques, la toile n'était pas suffisamment tendue, du moins plus étanche, quand il la touchait ou que se dessinait un pli, un goutte-à-goutte perlait aussitôt. Le fond des sacs, certains endroits de la natte, la manche de la parka, une chaussure mal placée étaient trempés. Il était engourdi de sommeil et d'humidité, il tâtonnait, alluma sa lampe, presque 5 h 30, le jour ne tarderait plus. Il avait séché l'intérieur de la chaussure avec du papier absorbant, s'était habillé en tâchant d'éviter les flaques, il fallait tout sortir de la tente, mais dehors, le sol était détrempé, on l'entendait qui pétillait et s'égouttait. De nouveau sous la tente, il avait épongé le tapis de sol sans trop d'application, il devait plier, rouler, ranger une tente trempée qui pesait le double. Le sac fin prêt, il avait chauffé un bol d'eau, jeté un sachet de thé, mangé trois barres de céréales, sa dernière orange, piétinant sur place pour se réchauffer. Il avait pris sa brosse à dents, du savon, et s'était dirigé vers le gave. C'est alors qu'il avait remarqué l'arbre, le pin tortueux sur la rive, ouvert de haut en bas, une béance de 20 cm à la base du tronc qui allait s'élargissant jusqu'au faîte où c'était à présent deux arbres séparés d'un bon mètre. L'aubier fracturé était noirci, et le sol était parcouru d'un réseau veineux de brûlures en arborescence. Il s'était rapproché, avait palpé l'intérieur du tronc déchiré, croyant sentir la chaleur du bois sous la paume, sans être sûr de la sensation. Il se penchait, respirait le bois brûlé, une odeur de pin entêtante, il observait les alentours, avait reconnu le cheval noir, à 100 m, qui broutait sur la rive et le bai qui flairait l'eau du gave, une présence lente, immuable. Mais le cheval à la robe claire et pommelée, plus loin à droite, était sur le flanc, jambes antérieure et postérieure gauches en l'air, enraidies. Il ne bougeait pas. Plus. Pétrifié dans cette étrange posture que Thomas ne comprenait pas... Il s'était approché de la monumentale statue équestre renversée, comme si la double empreinte céleste du cheval qui l'avait aveuglé la veille au soir avait annoncé son foudroiement et sa pétrification en un gisant tordu écartelé. Il n'était plus qu'à une dizaine de mètres, le cheval bai ne buvait plus, il jaugeait Thomas qui approchait, son encolure avait tressailli, il s'ébrouait, le cheval noir le fixait également, les naseaux dilatés, cherchant le vent, le sabot de la jambe postérieure raclant l'herbe. Mais la masse musculaire du gisant avait soudain vibré, il battait l'air de ses jambes antérieures, roulait sur le dos, se ramassait sur les genoux, avec de vigoureux coups de tête, se dressait, puissant, sur les postérieures... Thomas en fut arrêté, il soupira, bientôt secoué d'un rire nerveux, le cheval venait de le délivrer de sa vision morbide, de cette image antique et futuriste à la fois, la minéralisation de cette masse chaude, pantelante, considérable, du corps palpitant du cheval transmué en pierre. Le bai s'était laissé approcher, flairait sa main, Thomas lui caressait la tête, l'encolure, le pommelé les avait rejoints Toi aussi, le ressuscité... Ils respiraient sa paume, donnaient des coups de langue râpeuse, le bai avait reculé puis s'était éloigné, l'autre l'avait suivi, Thomas s'en était retourné vers un rocher plat, au bord du gave, s'était agenouillé, se lavant, sentant sous ses doigts la barbe de plusieurs jours, envahi d'un soulagement qui l'avait conduit au bord des larmes et dont il ne comprenait pas l'intensité. Il avait récupéré les sacs, l'humidité glacée le rendait gourd, la montagne était obscure et rétrécie, profondément hostile, il s'était bien senti, ce matin du septième jour, comme frappé d'un bannissement, c'était une heure avant la première chute, trop de signes inquiétants croisaient son chemin, il aurait dû renoncer à cette traversée qu'il avait décidé d'entreprendre contre l'avis de son frère.

Il mâche une pâte d'amandes, boit deux gorgées de thé sucré, puis repart dans le pli d'Arrious, traverse le gave de Brousset et s'arrête un peu plus loin, s'abritant sur le seuil de la cabane de Gioulet dont la toiture partiellement effondrée prend l'eau en plusieurs endroits. Ça sent la paille mouillée, la cave humide, il mange le pain, la tomme, garde des fruits secs pour le goûter, écoute le ruissellement de l'eau sur les tuiles, observe la pluie qui dégoutte du toit, qui trace des sillons et nourrit des flaques grises un mètre devant lui, puis il finit par s'assoupir. Quand il se réveille, la pluie a cessé, il est enveloppé d'un brouillard blanc, opaque, il est immergé dans un songe, croyant apercevoir un chien noir, fantomatique, qui avançait entre des entrelacs mouvants de ouate. Il se voit, gisant au fond du gouffre, se demande s'il aurait eu droit à cette pierre de mémoire à l'entrée du passage d'Orteig, comme celle de ce berger rencontrée la veille alors qu'il franchissait le col d'Arriel. C'était la fin de l'après-midi, il était à la lisière du plafond nuageux, il allait franchir le col dans une purée de pois, il s'était massé longuement les jambes, éprouvant un relâchement musculaire et une sorte d'euphorie jusqu'à pouffer d'un rire nerveux. Il était reparti, s'était enfoncé dans les nuages, la visibilité était réduite, 2 m tout au plus, il traquait le marquage au pinceau sur les roches, avait gravi sans trop d'efforts les dernières centaines de mètres, se cognant presque à la pancarte jaune indiquant le sommet du col d'Arriel. Il se trouvait dans une espèce d'apesanteur abstraite, il flottait et se diluait, respirant à pleins poumons une brume épaisse qui dissimulait le versant français, il suffisait d'ouvrir les bras, de s'allonger sur cette masse cotonneuse pour... Il supposait que la pente accidentée qui dévalait vers les lacs d'Arrémoulit et le refuge s'ouvrait là, juste devant. Il avançait prudemment, ayant repéré le début du tracé, c'est alors qu'il était tombé en arrêt devant une pierre dressée, soclée dans un béton lisse, avec un pot rouillé dans lequel se desséchait un bouquet de fleurs des montagnes, il avait déchiffré l'inscription sur la pierre : Alex Barca, 1975-2008, berger, que la montagne a emporté. Un ovale de faïence rongée par la mousse et l'érosion rendait la photographie méconnaissable. Thomas ne s'était jamais inquiété de savoir si son père, de la sorte, était signalé sur une pierre de mémoire, à l'endroit de sa chute. Il ne se souvenait pas de s'être rendu sur les lieux, non, il ne se souvenait pas. Il calculait l'âge de cet Alex Barca, né comme lui, la même année. Puis avait entamé la descente, attentif à ne pas s'égarer. À trois reprises, il était revenu sur ses pas, le tracé du GR était trop lâche, le brouillard trop dense, tramé comme un labyrinthe, des murs de brume qui s'enroulaient, glissaient, pivotaient, se creusaient, se dilataient, il avançait dans les plis de l'espace sans jamais éprouver le sentiment de descendre un col malgré le dénivelé, une marche immobile dans un enveloppement spectral d'exacte hallucination, il était tard à sa montre, le nuage soudain s'était déchiré, ouvert comme un rideau de scène, dévoilant une pente abrupte, accidentée, qui dévalait sous ses pas jusqu'au premier laquet, se découvrant arrêté sur le bord d'une corniche, face au précipice qui l'aspirait dans sa verticale. Le nuage qui l'égarait jusque-là dans ses métamorphoses cimentait l'air, une densité flottante qui l'enserrait, qui le tenait, sans haut ni bas, sans gravité, où s'encastrait son regard. Il s'était figé, net, le temps d'évaluer les distances, de recomposer une profondeur, une perspective... Allez, vingt minutes pour atteindre le laquet, il avait cru deviner plus au nord le premier des lacs d'Arrémoulit. Il avait joint la rive est à 17 h 30, la pluie s'était remise à tomber, il était écrit qu'il arriverait trempé au refuge... Et la nuit dernière, dans ce refuge, Il avait repris sa lecture du roman que Jean lui avait donné avec une espèce d'insistance silencieuse, au moment d'entamer seul sa marche de dix jours, *Le Grand Passage* de McCarthy. Il l'avait sorti du sac, tâchant de se concentrer sur sa lecture entamée dans le cirque de Gavarnie, il retrouvait le jeune Billy au moment où il piège la louve blanche, celle qui, à plusieurs reprises, égorge veaux et vaches du troupeau de son père, près de la frontière mexicaine. Billy ne la tue pas, il décide de la ramener chez elle, par-delà les montagnes, au Mexique. Thomas n'avait plus entendu les ronflements des autres randonneurs dans le refuge, il chevauchait avec Billy qui, sans prévenir ses parents ni son jeune frère, était parti avec la louve et avait traversé la frontière. Il s'était endormi, le livre ouvert sur la poitrine, lorsque, au bord de la rivière, le jeune garçon est intercepté par un groupe armé de cavaliers mexicains. Un sommeil, à la surface d'une semi-conscience, quasi fiévreuse, où il se voyait, allongé dans le refuge, accablé de bruits de bouche et de sinus encombrés, ça se mêlait avec un rêve qui revenait en boucle, il se trouvait devant cette pierre de mémoire, dans la montagne, il y avait cette photographie incrustée où il comptait et recomptait toutes les personnes, des élèves de sa classe, de celle de Pauline, puis des adultes, ça se mélangeait, il dénombrait celles et ceux sur la photographie qui... il n'y parvenait jamais, son père Aurèle l'aidait à compter, lui expliquait les nombres, de 1 à 5, la différence entre 4 et 5, Thomas le prenait dans ses bras, il sanglotait, puis se trouvait à nouveau devant cette pierre dans la montagne...

Il se lève, engourdi, se frictionne les avant-bras, ne distingue rien à plus de trois pas, le paysage s'est dilué dans l'air, il respire une matière dense, fibreuse et immatérielle à la fois, il est à deux heures tout au plus du refuge de Pombie, sa dernière étape, il regrette l'absence de boussole également perdue avec le sac, il sait que c'est par là, sur sa droite, il faudrait progresser lentement, la cabane de Puchéoux serait le dernier repère, à mi-chemin du refuge. Il s'engage dans la traversée d'un plateau rocailleux, il avance quasi à tâtons, s'il tend ses mains droit devant, elles s'estompent déjà, absorbées dans la masse cotonneuse. Il titube parfois, son corps porte en lui seul les derniers signes tangibles d'une verticale sur le plan évaporé du sol. Il est l'aveugle qui lévite, noyé dans la blancheur exténuante de son aveuglement. Il dévie souvent, revient sur ses pas, atteignant soudain la vieille bergerie de Puchéoux. Il entendit un aboiement étouffé sans pouvoir en deviner l'orientation, il pensait à sa vision du chien noir. Il hésita, peut-être devrait-il demeurer là, sous ce toit valide, tapi jusqu'au lendemain, mais il n'avait plus d'allumettes, son briquet était vide ou trop humide, il ne pourrait pas même allumer un feu, le refuge de Pombie était juste devant, à trois quarts d'heure, 16 h 47 à sa montre, il but, secoua la gourde, il restait un verre de thé tout au plus, il continua, et chaque fois qu'il repérait le double trait de peinture rouge et bleu sur une pierre montait en lui l'envie de rire. Mais il marcha une heure, une heure et demie, le brouillard s'assombrit, plus lourd, semblait-il, du froid qui s'insinuait dans les os. À la pression musculaire qu'il mit dans ses jambes, il eut bien l'impression de gravir une pente, celle qui menait au refuge, mais, après deux heures arrachées à l'attente, il fallut bien admettre qu'il n'avait plus aperçu de tracé de peinture depuis longtemps. Il croyait voir surgir la masse du refuge d'un instant à l'autre sur ce sol d'herbes grasses, mais rien n'apparut, rien ne vint à lui, les courbes de niveau se succédaient, le brouillard était à présent gris, presque noir, à peine si le cadran de sa montre était lisible. 18 h 50, non, rien, il progressait dans sa propre dérive, il songeait à ces égarés qui errent, certains d'avancer droit devant alors qu'ils tournent en rond, dérivant dans le magnétisme terrestre, des billes de mercure dans un labyrinthe circulaire… Il se cogna presque à un bloc de rochers, il devina une anfractuosité, le sol était sec, il s'y glissa, ne plus bouger, attendre là, à l'abri. À l'abri de quoi ? Il entendit la voix de Jean Pourquoi tu viens pas à l'estive avec nous ? cette traversée, seul ? c'est quoi cette idée fixe ? À l'abri, donc, s'allonger là, sur un sol sec, attendre le jour, les sacs sous la tête, les jambes repliées, blotti entre ses bras gourds, des os glacés qu'on croise et qu'on mêle comme de réunir un squelette épars pour le serrer sous le linceul d'une peau racornie. Juste un moment pénible à traverser, ce jour qui n'était fait que d'épreuves, quelques heures encore d'une nuit en montagne où il serait couché dans l'herbe. Il y avait un grand feu qui chauffait la terre, il la sentait tiède sous la main, il était emmitouflé dans une couverture, assis en tailleur, à la manière d'un Indien, entre Aurèle et Jean, il respirait la grande aventure du dehors, d'un dehors agrandi par la voûte étoilée, les ténèbres alentour, les yeux piquaient et pleuraient, il fixait les flammes trop intensément, avec la fumée parfois rabattue par le vent, il s'allongerait plus tard, contemplant la Voie lactée, avec, sur le côté, le feu qui dansait toujours, les braises qui rougeoyaient, la voix grave et bourdonnante de son père, celle plus frêle et tendue de Jean, des mots sourds et confus qui flotteraient encore, des bribes rares et retenues, puis le sommeil qui engourdirait, avec cette joie qui l'étreindrait de s'éprouver déjà dans un devenir adulte infiniment ouvert. Il était là sur la terre, tapi sous un rocher, sans Voie lactée, sans feu ni couverture, il grelottait, quand il serrait les mâchoires pour éviter que les dents ne claquent, il croyait entendre le cliquetis des os, il se souvenait que le froid pénètre d'abord la moelle, les os pourvus d'une grande inertie diffusent ensuite de l'intérieur un fluide glacial dans les tissus et les muscles, la roche était dans son corps, elle dessinait en traits de givre la forme de son ossature, puis anesthésiait les chairs, peut-être ne fallait-il pas dormir ni se laisser emporter dans le froid qui apaise de tous les maux, peut-être ne fallait-il... Il parlait à voix haute entre ses dents serrées sous peine de ne pouvoir articuler, tant ça s'entrechoquait, donnant des mots mal articulés comme sous l'empire de la rage, il pensait à Jean dans la bergerie avec les enfants, rugueux, attentif, aimant, qui vivait seul, seul, qui n'avait jamais... une posture d'échec et de repli, il ne comprenait pas, Jean était brillant, ingénieur agronome, tant de possibilités qui s'étaient offertes à lui dans la région Pyrénées où sa réputation... Il aurait aimé le convaincre de... tenter une fois encore de... Il y avait Camille qui se levait de son lit blanc, c'était ni dehors ni dedans, simplement Anton et Jean, elle s'appuyait à leur bras, Anton était adulte, c'était Jean mais c'était aussi son père, Aurèle, et lui, il frappait à la porte dans le couloir, il n'y avait pas de couloir, il frappait, il cognait, la porte était haute, c'était vide autour, il était un enfant puisqu'ils ne répondaient pas, ni Jean qui était Aurèle, ni Camille qui était Pauline, personne ne répondait, ils ricanaient, il toquait à la porte et ils ricanaient, quand il parvint à l'ouvrir, il était sur une poutrelle qui traversait le vide, il les apercevait, des points minuscules, 1000 m plus bas Alors, tu descends ? Tu viens, Thomas ? Il se penchait, il se jetait, il essayait de voler... Il tressaille, se réveille, ne sent plus ses membres, la nuit est profonde, il est essoufflé, le cœur cogne, son pouls est anormalement rapide, il bouge les doigts dans les gants, un effort. Puis il plie les coudes, des picotements, des brûlures sous la peau, il plie et replie les coudes, s'assoit, frictionne les bras, les avant-bras, commence à plier les jambes Bouge les doigts de pied, nom de... bouge, Thomas, bouge ! Il n'éprouve aucune sensation, il enlève ses gants, parvient à se déchausser, extirpe le pied gauche, le frictionne, les doigts pourraient casser comme du verre, se plier comme du carton, se déchirer comme un cuir desséché, il frotte, il malaxe, c'est perclus d'aiguilles, une douleur en pixels de feu dans toute l'épaisseur des tissus, il se hâte, il masse, ne veut plus s'arrêter, jusqu'au matin, et quand les pieds seront sauvés... les doigts un à un, à travers la laine des chaussettes, ça bouge, tous. Le pied droit, à présent, puis il frotte les jambes, les cuisses, se rechausse, il sort à quatre pattes de l'anfractuosité, se redresse, chancelant, s'appuie d'une main contre la roche, le vertige qui le bouscule, il pose l'épaule, le dos contre la pierre, il lève une jambe, puis l'autre, se met à piétiner, à trottiner sur place, un vieillard marathonien, il s'esclaffe, il compte à voix haute, il persévère en petites foulées, il chantonne des bribes de mélodie dont il a oublié les paroles, chaque sautillement d'un pied sur l'autre produit un ébranlement sourd dans toute l'ossature, une cognée contre un arbre, les mêmes vibrations, il pense à ses muscles comme à une viande congelée, le fil des muscles qu'on pourrait rompre, il décide de marcher, calmement, dix pas puis retour, ne pas s'éloigner de l'endroit qui baigne toujours dans un brouillard noir, il se dit qu'il est peut-être 2, 3 h du matin, il ne voit pas le cadran de sa montre, plus de lampe frontale restée au fond du gouffre d'Orteig, dix pas et retour, ne plus s'arrêter de marcher jusqu'au lever du jour, ne plus se coucher, ne plus s'abandonner à ce cauchemar, ce blanc, tout était blanc, il ne se souvient plus de la couleur des vêtements que portaient Anton, Camille, Jean, juste ce sentiment d'un blanc vaporeux mais froid comme de l'azote qui baignait la scène, et lui, l'enfant, impuissant, écarté. Il songe à Pauline, envahi d'un manque et d'une mélancolie. Il marche, dix pas et retour, jusqu'à l'aube où s'effiloche la ouate impénétrable que le jour déchire par lambeaux de lumière. Thomas assiste alors au lent surgissement d'un puissant chaînon granitique sur sa gauche, un massif qui doit voisiner les 3000 et qu'il identifie comme le pic du Midi d'Ossau, sinon qu'il aurait dû apparaître devant lui s'il avait été correctement orienté vers l'ouest. Il remarque un groupe d'isards qui… il saisit ses jumelles, les suit qui bondissent de roches en roches vers l'Ossau. Les dernières strates de brouillard se diluent près du sol, il découvre un lac et… l'immédiate envie de rire qui monte au diaphragme parce qu'il y a le lac devant, à 200 m, et 100 m plus loin, le refuge de Pombie, un bâtiment de plain-pied, deux toits pentus en caisson métal, avec un large retour de rive contre le vent, les murs de pierre grise avec un joint blanc, des volets rouges, une bâtisse sévère, trapue, qu'il a contournée hier dans son errance aveugle, peut-être est-il passé devant, a-t-il tourné autour à plusieurs reprises, il aurait pu tomber dans le lac avec un peu de chance. Il ramasse les sacs, se met en marche, n'éprouve aucune fatigue, juste cet essoufflement permanent, un début d'hypothermie sans doute. Il aperçoit un couple de lamas et des moutons qui paissent non loin des rives, une ambiance pastorale, un décor de théâtre où tout paraît à sa place. Il longe le lac qui prend des reflets bleutés sous les pans de ciel qui trouent le plafond nuageux. L'herbe est grasse, piquée de fleurs tardives. Il s'approche du bâtiment, découvre le lettrage bâton: REFUGE DE POMBIE alt. 2032. Une lumière jaunâtre brille au rez-de-chaussée de l'aile gauche, il toque, patiente, toque à nouveau Voilà !

Voilà ! Une dame apparaît sur le seuil après avoir vivement tiré la porte qui crisse sur les tomettes, la cinquantaine, corpulente, cheveux grisonnants

Z'êtes bien matinal... venez d'où ?

Je me suis perdu, le brouillard, j'ai dormi à la belle étoile si l'on peut...

C'est vous, Thomas ?

Oui.

Faut que j'appelle le centre de secours alors, on a lancé un avis de recherche hier au soir.

Mais...

C'est Roger, d'Arrémoulit, qui m'a contactée par radio dans la soirée, il s'inquiétait.

Ah, oui, je...

Il vous avait déconseillé l'Orteig ?

Oui, j'aurais dû l'écouter.

Bougre, avec la pluie, fallait renoncer.

C'est vrai, j'ai perdu mon matériel, plus de tente, rien...

N'avez pas bonne mine, entrez. Je signale votre arrivée, qu'ils arrêtent de suite les recherches, et je prépare le manger.

Il s'installe à une table dans la salle vide, ça sent le sol lessivé et le lait chaud, personne n'est encore levé, elle réapparaît cinq minutes plus tard

Dites, un M. Texier... Jean ? L'a contacté les secours avant-hier aussi, vous fabriquez de l'inquiétude, vous.

C'est mon frère qui...

Vont le prévenir que vous êtes entier.

Elle repart en cuisine, traînant les pieds, dans son pantalon miel de gros velours et son pull rouge à col roulé, elle attrape son tablier sur le dossier d'une chaise, qu'elle enfile en marchant, Thomas s'approche du poêle qui ronronne, rauque, tend ses mains, épaules, torse, jambes tremblent encore, il respire plus normalement, aujourd'hui, dernière étape, ce soir il...

180

Il avait demandé au chauffeur de le laisser au Pont-Crabé, il arriverait ainsi à pied par le plateau d'Anse et la Grange Carrère, apercevant par-delà les haies, entre les bosquets d'arbres, la maison, les étables, les hangars, l'abri à fourrages. De là, il gagnerait la route communale, l'asphalte y serait clair et granuleux, la haie de mûriers déborderait dans cette courbe, c'était en cet endroit qu'il avait chuté, il faisait la course avec Pauline, la roue avant du vélo s'était plantée dans un nid-de-poule, l'une des extrémités du guidon, dépourvues de poignées caoutchouc, lui avait ouvert une profonde entaille sur l'intérieur du tibia, il était sur les fesses, le short déchiré, Pauline continuait de pédaler, elle filait, ses longs cheveux au vent, couchée sur sa bicyclette, croyant son frère à ses trousses, il se tordait par terre mais, au lieu de saigner, il avait découvert dans la chair ouverte une surface d'un blanc laiteux, ce devait être l'os ainsi mis à nu avant que le sang ne finisse malgré tout par rosir faiblement la plaie, il n'était pas seulement un être de chair, son ossature pouvait ainsi resurgir des profondeurs, il en avait oublié la douleur. Il dépasse deux fermes, c'est le dernier virage, la maison est à 50 m, toit d'ardoise, pignon en pierre nue, façade en crépi lisse craquelé ici et là, derrière le muret qui court le long du fossé de drainage. Il traverse le jardin, la seule parcelle investie par sa mère et qu'elle saturait de fleurs. Ne demeurent que des bosquets d'hortensias, un lilas et deux rosiers églantines. Il longe la maison, en fait le tour, emprunte le chemin d'accès aux étables et aux granges. À l'arrière, à gauche de l'excroissance cubique abritant les toilettes installées sur le tard, deux marches, la porte fermière donnant sur la cuisine, et un banc de pierre couvert de mousse, encombré d'une volée de pots en terre. Il y trouve la clé, il ouvre avec une légère poussée du genou, la porte racle toujours le sol à l'abscisse du troisième carreau. Il pose ses sacs sur la longue table, ouvre fenêtres et volets, la lumière encore vive et dorée inonde la grande salle, faisant luire le mobilier de bois sombre. Thomas contemple Laruns, le resserrement grégaire des maisons dans le creux de la vallée à moins d'1 km en contrebas, et au-delà les contreforts, le vert presque noir des forêts de sapins du pic de Gerbe et du Plat Troubat. Des images aussi familières et emboîtées dans le fond des rétines que la chambre d'enfant qu'il partageait avec Jean à l'étage. Il met l'iPhone à charger sur une prise, s'assoit dans le seul fauteuil profond et confortable devant la cheminée, le silence est plein, pas même traversé du balancier de l'horloge arrêtée, juste le zézaiement d'une mouche, de deux mouches qui rayent l'épaisseur de l'air de leur vol indifférent. C'était une chance, en cette fin de matinée, d'attraper l'autocar à Gabas. Il pense à la gardienne du refuge de Pombie, disposant devant lui les mets les plus délicieux : ventrèche grillée, omelette, pommes de terre sautées, fromage de brebis, pain chaud, beurre, miel, café brûlant. Une résurrection. Trois heures de marche sans effort pour atteindre Gabas, un quart d'heure d'attente, assis sur la margelle de la fontaine, l'autocar est arrivé, et le chauffeur, coiffé de la casquette officielle des Transports pyrénéens, moustache drue, rigolard, tout en rondeur, avec un accent à couper au couteau, qui le laisse deux heures plus tard juste avant les gorges du Hourat, à l'entrée du Pont-Crabé. Le retour si abrupt dans le moule exact de la maison familiale, posé comme un paquet. Il se sent hagard, vaguement hébété, cette nuit, il arpentait à 2000 m dans le brouillard l'attente du jour, faisant les cent pas dans le délai de sa survie, et là, abandonné dans le fauteuil, avec son corps de plomb, inerte, qui s'engourdit et qui l'emporte. Thomas sombre, il laisse filer… Il n'était pas loin du pic d'Anie, il apercevait Jean qui courait sur le versant sud, il se mettait lui-même à courir, il le rattrapait, il le dépassait, il portait la barbe de son père Aurèle, le profil à l'identique, il regardait droit devant. Au centre du troupeau, une brebis blanche gisait, ensanglantée. Mais plus il se rapprochait, plus la forme gisante ressemblait à Elsa. Jean était derrière, il entendait son souffle et le bruit de ses pas. Sa fille inerte, sans vie, était dans un tissu blanc couvert de sang, il se penchait, voulait la prendre dans ses bras, elle relevait soudain la tête, elle s'esclaffait, et quand il se tourna vers Jean, c'était le visage de Camille qui s'esclaffait à son tour, un timbre de voix grave comme celui d'un homme, il en était abasourdi, ces rires moqueurs, il suffoque, la respiration courte... Se réveille dans une lumière bleutée, assourdie, le jour est encore là mais le soleil a disparu derrière les montagnes. Il est sans force, perclus de douleurs et de courbatures, le flanc, la tendinite plantaire, il avale un grand verre d'eau, consulte ses mails, en a reçu de chez Nuxilog, l'un du patron, l'autre de Jérôme Trinchard, débauché de chez FSI.com. Thomas lui a pourtant précisé qu'il serait en stand-by pendant deux semaines. Or le Jérôme lui avait glissé qu'il serait à son poste pour assurer l'intérim Quel intérim ? tout est calé pendant mon absence, suffit juste de faire son travail... Jérôme avait pâli, son sourire devenu grimaçant. Et il lui demande à présent des explications sur des fichiers qu'il n'a pas sur lui, à propos de compatibilité d'applicatifs ? Il lui envoie ce mail pour le mettre en défaut. D'autant que celui de Gérard Drincourt suit, à seize heures d'intervalle, pour le prier fermement de contacter ledit Trinchard sans tarder. Le Jérôme a dû aller pleurer chez le patron : Thomas ne répond pas... il y a pourtant urgence... Cela fait plusieurs mois que la situation se dégrade. Depuis que Gérard lui a enlevé Dom du pôle Recherche et Développement pour le mettre à sa place auprès de la clientèle, et qu'il a imposé ce Jérôme comme on jette un scorpion au visage... Lequel veut la place de Thomas à la direction du pôle où il communique mieux que personne pour faire valoir ses propositions, si anodines soient-elles. Thomas a fouillé dans ses antécédents et son parcours. Il sort de la même école que lui, mais à Paris. Il passe par deux sociétés avant d'entrer chez FSI.com, une grosse boîte d'édition de plates-formes pour le traçage du fret portuaire, un énorme marché, complexe et en progression géométrique. Il a un important réseau de contacts dans tous les ports français, mais aussi en Belgique et en Allemagne. Le calcul de Drincourt est de s'approprier ce réseau pour élargir son propre marché des logiciels temps aux personnels portuaires qui travaillent à 80 % en extérieur. Il a débauché un ingénieur peut-être compétent, mais surtout un carnet d'adresses. C'est son nouveau protégé. À lui et à Perraudin finalement entré dans le capital de Nuxilog à hauteur de 20 %. Léo a quitté la boîte, écœuré par une situation qu'il jugeait pourrie et délétère, Zaïd a peur, ne moufte pas, répond au doigt et à l'œil aux demandes de Jérôme, Thomas se sent menacé, il n'est plus le bras droit du patron, il est bien sur un siège éjectable, et le Jérôme, sept ans plus jeune, célibataire et disponible, profite de son absence estivale pour enfoncer le clou. Il ne sait quoi répondre à ces mails, sinon qu'il n'est pas en mesure de solutionner des problèmes techniques au cœur des Pyrénées, qu'il faut attendre son retour. Il compose le numéro de Rachel. Qui n'est plus sa secrétaire depuis son retour au pôle, Drincourt l'a prise avec lui, ne supportant plus Hélène, trop méticuleuse, tatillonne, sans aucune sensualité… Thomas et Rachel ont gardé des liens d'estime, elle peut l'informer sur… Zut, elle est en congé ! Soit. Il ne répondra rien. Il remet l'iPhone en charge, passe devant la chambre parentale du rez-de-chaussée que Jean occupe à présent, puis entre dans la salle de bains. Il se découvre dans le miroir, les cheveux en désordre, une barbe de huit jours, des cernes gris, un visage amaigri à moins que la barbe ne creuse exagérément les traits. Il s'attarde sous la douche qu'il a réglée au plus chaud, il frissonne encore, le froid de la nuit dernière continue de le hanter, il pense à sa douche au bout du couloir sombre couvert d'un vieux lino troué, dans la maison Passet-Cumia à Gavarnie, au quatrième jour de sa randonnée. Il était déjà vermoulu mais pas encore entamé par les sérieux incidents qui allaient survenir. Le vieux grès ébréché était froid sous les pieds, il sentait comme aujourd'hui la vieille sueur et l'entrejambe tiède, il s'était glissé sous la douche pour s'abandonner au ruissellement fumant, les yeux fixés sur ses pieds blancs marqués de traînées noirâtres dans le repli des orteils. Ses épaules, son dos, ses membres s'assouplissaient, s'attendrissaient, se dénouaient, il était demeuré dix bonnes minutes dans une vapeur enveloppante, lentement gagné d'une sorte de présence à soi, dans une paix sans éclat ni témoin, un sentiment simple de la tâche accomplie. Il s'habille, met des chaussures de ville, prend les clés, sort de la maison par la cuisine, traverse la cour, boueuse par endroits, qui distribue les dépendances, il enjambe les flaques, pénètre dans le hangar à fourrages, une odeur de paille fruitée, un silence étouffé, il monte dans l'Audi, sort en marche arrière, déboîte sur la communale, se dirige vers Laruns, empruntant le pont Lauguère en contrebas. Il débouche place de la mairie, se gare devant l'hôtel-brasserie d'Ossau, la terrasse est encombrée de touristes en ces derniers jours d'août. C'est ici qu'ils prenaient l'apéritif en fin de journée, ils regardaient la lumière décliner sur les contreforts avant que le soleil ne disparaisse derrière le pic Bareilles, lançant un filet d'ombre froide sur la vallée, précipitant Laruns dans une gangue de fraîcheur obscure. Seules les lignes des crêtes environnantes demeuraient dans l'incandescence, un surlignement enflammé du relief. Camille finissait son amaretto, frottait ses épaules nues de ses mains fines et longues, elle

185

murmurait habituellement: On y va, chéri, je sens le froid qui… Jean était avec eux quand il descendait de l'estive pour livrer ses fromages à une coopérative ou à des restaurateurs. Anton et Elsa jouaient sur la place autour de la fontaine récemment restaurée, d'une pierre blanche, éclatante. Il n'a guère envie de s'asseoir à l'une de ces tables, La Villa Andrea est fermée pour congés annuels, sa clientèle est locale, il marche sur la place, un peu au hasard, 20 h sonne au clocher de l'église, il passe devant Fleur de Sel, non, les crêpes, ça ne… Il pense à L'Arrégalet, un restaurant gastronomique un peu à l'écart, paisible, dans la rue du Bourguet. Bernard, le patron, est un ami de Jean qui l'approvisionne en fromages, la rue est étroite, il aperçoit la terrasse vide et l'auvent blanc, il va, le corps relâché, certain de sa destination. Il pousse la porte, trois tables seulement sont occupées, la belle Dolorès vient l'accueillir, elle ne le reconnaît pas… Thomas, le frère de Jean… Mon Dieu, pardon, c'est la barbe, et puis le bronzage… je vais prévenir Bernard. Il s'installe près de la cheminée, une table à l'écart, couverte d'une nappe de coton blanc au motif basque d'un fil bleu marine brodé. Il lit la carte distraitement, Bernard sort de sa cuisine, tenue blanche immaculée, éternelle moustache, calvitie ancienne, un grand sourire

Content de vous voir, Thomas…

Et moi, donc! Ça tourne en cuisine? Vous faites toujours votre bon pain?

Dame, oui. Et Jean, il est à l'estive?

Oui. Les enfants sont avec lui, j'y monte demain.

C'est bien, c'est bien. Ils profitent, et la vie au grand air, vont pousser vigoureux! Je vais pas les reconnaître.

Thomas sort son iPhone, ouvre la galerie, montre à Bernard la dernière photo que Jean a prise des enfants, il y a trois jours, à la bergerie, un plan serré sur leurs visages réjouis, leur peau hâlée, leurs yeux qui clignent dans le soleil, la canine de lait qui manque à droite dans le sourire d'Anton. Thomas raconte que son fils sait à présent traire les brebis, Elsa refuse de toucher les mamelles et les pis, cette chair palpitante, nue, chaude et collante, mais c'est elle qui sale les fromages dans les faisselles, les retourne chaque jour et guette la fermentation. Jean écrit : « Ils m'accompagnent sans rechigner sur les versants les plus escarpés, pour suivre le troupeau et ramener les brebis égarées. Tous les soirs, vers 8 h, ils s'endorment sur le banc, la tête à même la table, il faut les porter dans leurs lits, sont comme des anges frappés d'un sommeil de pluie d'or, mais debout dès l'aube lorsque je ranime le feu dans la cheminée. » Thomas sourit, il les voit gambader sur les hauts plateaux autour de la bergerie, il imagine une brebis adossée à la claire-voie, offrant ses mamelles au visage de son fils, et lui de ses doigts minuscules qui tirent sur les trayons et en fait surgir le trait blanc qui tinte dans le seau. Lui, Thomas, n'a jamais su correctement pincer les tettes, Anton doit sentir ses mains détentrices d'un étrange pouvoir. Bernard acquiesce

Au fait, Jean m'a dit pour Camille… mon Dieu, quelle tristesse… Les enfants, ils… ?

Elle leur manque. Elle nous manque. On traverse. Par moments, c'est comme une tempête, on trébuche, on perd l'équilibre.

On pense souvent à vous, on parle de vous, mince…

Merci, Bernard… vous… vous me conseillez quoi ?

Ah, aujourd'hui j'ai préparé une garbure, j'ai de très bons légumes de jardin, des aromates frais, et puis c'est une royale, avec du confit… un petit producteur qui soigne ses canards à l'homéopathie… que du bon !

Alors, va pour une royale… le vin, vous êtes le maître, vous laisse choisir au mieux ?

D'accord, Thomas, ce soir, le vin, c'est moi qui offre, suis content de vous voir, la prochaine fois vous passez avec Jean et les enfants.

Oui, promis.

La salle est calme, ça parle doucement aux autres tables, ponctué de bruits de couverts dans les assiettes blanches au liseré bleu. C'est un jeune garçon de salle, un stagiaire qu'il n'avait pas remarqué, il apporte le pain et le vin, débouche la bouteille, lui fait goûter, robe sombre, tannique, rond, saveur de vanille et fruits rouges Parfait, merci. La brune Dolorès, grande, flamboyante, dans sa robe jaune, plissée, arrive, portant une soupière blanche. Elle lui ôte son assiette, la remplace par une creuse, le sert avec une petite louche, légumes, confit, dans un bouillon clair, un parfum de romarin Ça sent bigrement bon, merci Dolorès... Vous êtes le bienvenu, Thomas, tout va... Juste le moulin à poivre, s'il vous plaît. Elle en saisit un sur le manteau de la cheminée Bon appétit. Elle repart, sa robe est belle, Dolorès dégage une force, une vitesse, sa cambrure, sa silhouette qui... Il détourne le regard, s'essuie les yeux, se mouche discrètement, se concentre sur son assiette, sur le mets qu'il affectionne, le pain est tiède, croustillant.

*

Le ciel est couvert, l'air est doux, l'aube d'une pâleur livide, il cherche dans la maison un autre sac à dos, qu'il ne trouve pas, dont il a maintenant besoin. Chambres du haut, du bas, entrée, cave, remise, il finit dans le grenier par en dénicher un couvert de poussière et de toiles d'araignée. Il redescend, prend une brosse, le dépoussière sur les marches du perron, s'en retourne jusqu'à l'évier, le nettoie avec une éponge humide, un sac en bon état d'une toile vert kaki, qui appartenait peut-être à son père ou à Jean.

La fermeture éclair sale est grippée, il la savonne, l'ouvre, vide le sac : deux livres de poche, des enveloppes vides, une bande dessinée, une dizaine de mètres de corde d'escalade, un couteau suisse rouillé, un rouleau de scotch gondolé, une vieille carte IGN, un album de photos aux pages jaunies, qu'il feuillette machinalement. Des cartes postales anciennes, des photos faites à l'estive mais surtout ici, dans la maison, la cour, les prés autour des dépendances. Il reconnaît deux couples d'amis des parents, des fermiers voisins, il retrouve souvent Pauline, Jean, Valence, et lui-même, bébé ou jeune enfant, ce doit être son père ou sa mère ou des amis qui prennent les photos. Ce qui le déconcerte malgré tout dans ces instants figés dont il ne se souvient pas précisément, c'est de constater l'absence répétée d'Aurèle, ou alors une découpe hâtive aux ciseaux dans l'image, qui l'efface, ou encore la silhouette de papier blanc pelucheux de ce qui reste lorsque la photographie est grattée au cutter, ou bien le corps d'un homme qui ne peut être que son père, mais avec le visage là aussi tailladé, scarifié au rasoir ou avec les yeux crevés à l'aide d'une pointe de stylo plume ou de feutre noir. Il ne comprend pas un tel acharnement sur l'image de son père, ces marques d'agression dans la bonne soixantaine de clichés que contient l'album. À qui était ce sac ? On dirait des pratiques de sorcellerie expiatoire, un exorcisme. Ça l'affecte et l'intrigue, il faudrait en parler avec Jean. Il referme l'album et le dépose sur la table, son regard parti vers le jardin et les montagnes au travers des vitres sales de la fenêtre, envahi d'un mal-être poisseux. Thomas s'arrache à cet engourdissement, remarque sur les murs le papier peint qui gaufre ou se décolle par endroits, le vieux canapé défoncé, la table encombrée de factures, de courriers et d'outils. La maison paraît presque inhabitée, frappée d'une sorte d'incongruité, il a le sentiment de visiter un décor d'enfance qu'il n'avait plus envisagé, est-ce le fait de s'y trouver seul sans Camille qui avait la force de conférer au lieu sa familiarité et sa continuité dans un monde d'adultes ? Il pense à Jean vivant ici au quotidien. Il enfourne quelques vêtements dans le sac, la trousse de toilette, les jumelles, la gourde, des fruits secs, du chocolat. Il a oublié... Il vide le sac en vrac sur le canapé, recense ce qu'il contient, y fourre de nouveau l'ensemble des affaires, il rajoute une lampe de poche, le roman de McCarthy, un couteau pliant, ses yeux parcourent l'ensemble de la pièce, il ferme les volets, sort dans la pénombre, verrouille la porte, rejoint le hangar, monte en voiture et reprend la direction de Laruns qu'il sillonne dans le petit jour des rues désertes, s'engage sur la départementale qui longe le gave d'Ossau et descend la vallée glaciaire jusqu'à Bielle, prend sur la gauche une transversale étroite et zigzagante jusqu'au village d'Escot, remonte une autre vallée parallèle plus encaissée qui longe le gave d'Aspe, s'arrête acheter du pain à la boulangerie de Lescun. C'est un jour de marché, il contourne la Grand-Place dont l'accès est bloqué par un entrelacs de camionnettes, continue sur une communale, dépasse le Rocher Cazalet, il est 8 h du matin quand il gare l'Audi dans le hameau de Pouey. Il veut ouvrir sa portière mais une marée de dos laineux débouche de l'angle d'une ferme, une mer ondoyante de laine bouclée beige ivoire qui occupe la largeur de la ruelle, de mur à mur, il a baissé la vitre, des effluves musqués envahissent l'habitacle, quelques clarines sonnent dans le troupeau, il entend les aboiements d'un chien, les yeux arrêtés par l'interminable moutonne-ment, aussi serré, dense et cohérent qu'un tapis aux mille têtes enfouies dans la masse fibreuse et grasse de la laine vivante. Un jeune adolescent, en guenilles grisâtres, armé d'un bâton, ferme la marche, son labrit noir saute en tous sens, cherchant à voir ce qui se trame à l'avant du troupeau. Ils se saluent, ils sont passés, des chapelets de billes noires parsèment le vieux bitume, Thomas sort de l'auto, ajuste les courroies de son sac, verrouille puis se dirige vers la Seube. Il s'avance dans le sentier, au nord du hameau bordé de mûriers, repère un groupe de randonneurs plus haut sur les contreforts, vers le pic d'Anie, dépasse bientôt la ferme des Sanchez qui semble à l'abandon. Volets clos, herbes folles, plus de poules ni d'oies en promenade, le tracteur rouge a disparu, les petits-enfants devaient reprendre l'affaire, l'emplacement est pourtant favorable. Il marche plus vite, le ciel est bas, le plafond nuageux s'épaissit. Il monte quatre heures durant, d'un pas régulier, dépasse l'épaulement d'herbe grasse, distingue d'abord les barrières de l'enclos, les trois ânes qui broutent à peu de distance, puis l'étable de traite, la fromagerie, et enfin la maison. Se demande si à midi... Il se hâte, les cherche... Non, personne, et le troupeau n'est pas en vue. Il arrive sur le seuil, la porte est fermée, il trouve la clé dans une anfractuosité du mur au-dessus de la fenêtre de la cuisine, ouvre, assailli par cette familière odeur mêlée de bergerie et de cheminée froide. Il pose son sac, en sort le pain, décroche un jambon pendu à la poutre qu'il dispose sur la trancheuse à manivelle, se découpe des lamelles dans une assiette, prend sur la paillasse le plateau à fromages couvert d'un tulle, la bouteille de vin, et sort s'installer dehors sur la table en pierre. Il mange avec appétit, se régale du jambon de Serrano dont il reconnaît les points blancs dans la chair rose, la marque des glands, dit-on, dont se nourrissent les cochons quasi sauvages qui musardent dans les prairies arborées de chênes-lièges. Il contemple, dos à la maison et au pic de la Brèque l'ensemble du cirque comme s'il regardait encore des photos d'enfance. Sur sa gauche, les contreforts du pic d'Ourtasse où affleurent les derniers conifères du bois de Canderet qui dévalent vers le ruisseau de Copen avant de devenir la dense forêt d'Anitch, à ses pieds, la succession de plateaux dont les plans se croisent et se chevauchent, ponctués de hameaux, de haies, de bosquets d'arbres, un enchaînement sans heurts où la gamme des verts déploie ses nuances, plantée ici et là de saillies rocheuses qui amplifient les rythmes. Tout en bas, le village de Lescun, une confusion minuscule de lignes plus ou moins grises, sous une déchirure bleue du ciel, semble absorber tout l'ensoleillement du jour, saisi dans le faisceau d'un projecteur de scène. Sur la droite, le bois de Bresme à même hauteur que la bergerie, et, plus déportés sur la pente, les toits d'ardoise, croit-il deviner, de la borde de Langlatte. Des noms de lieux qu'il croyait dissous dans la matière du temps, des sons qui cristallisent soudain le timbre et l'intonation d'Aurèle, de Jean quand il n'avait pas sa voix d'adulte. Il déguste le fromage de brebis frais, vide la bouteille de vin. La déchirure s'agrandit, le plan de lumière vive gravit la pente, il approche, inondant l'ensemble du cirque, Thomas se sent seul dans un paysage qu'il pensait frappé d'obsolescence, c'est le souffle d'une déflagration qui le repousse vers ce qu'il pensait révolu, c'est l'absence de Camille qui le déporte en cet endroit où il ne devrait plus être. Il pose les coudes et les avant-bras sur la pierre fraîche, le menton dans les mains, il s'endort dans le soleil.

Il entend confusément le tintement des cloches, lointain, qui résonne sur les alpages. Il ouvre les yeux, aperçoit deux marmottes à moins de 30 m, dressées sur un monticule herbeux, qui l'observent, les antérieures repliées sur la poitrine, leurs incisives d'un jaune ambré flambant sous le museau noir humide qui flaire, mobile et palpitant. Thomas relève la tête, la plus grosse des marmottes s'agite, il les quitte du regard, tâchant d'identifier d'où vient le son des cloches. Il croit deviner dans le dénivelé une ondulation laineuse, 500 m plus loin sur la gauche. Ses yeux reviennent sur les marmottes, elles ont disparu. Il se lève de table, prend les jumelles, se plante sur le seuil, les braque sur le troupeau, il aperçoit Jean puis son second, plus à l'amont, aidé par un border collie, vif, qui rabat les flâneuses, et tout devant, Anton et Elsa, s'appuyant sur un bâton de marche, avec le patou des Pyrénées, haut, puissant, un pelage ivoire à poils longs, qui les suit de près. Jean porte un agneau blanc sur l'épaule, les pattes ballantes. Thomas regarde sa montre, il a dormi presque deux heures, il tire la porte et part au-devant d'eux. Les enfants reconnaissent bientôt la silhouette de leur père, agitent les bras en des saluts, ils ont le teint hâlé, Elsa est dans une robe fleurie, une veste de laine, un chapeau de paille ombre son visage, Anton coiffe un béret trop grand, celui de Jean sans doute, qui dégringole sur une oreille jusqu'à la nuque, ils ont de grosses chaussettes qui plissent sur leurs chaussures de marche, ils courent vers lui, lâchent leurs bâtons, se précipitent, le chien tourne autour d'eux, la queue en métronome. Thomas s'est accroupi, attend la charge, ils arrivent en trombe, se jettent, il perd l'équi- libre, ils basculent tous trois dans l'herbe, le patou jappe et saute près de leurs corps emmêlés. Ils rient, s'esclaffent, s'embrassent La barbe, tu as la barbe, papa, ça te vieillit! Le troupeau avance, les contourne, les rires sont couverts par les bêlements et les clarines, quand ils se relèvent Jean est là, immobile, dans sa vareuse de toile ocre, un sourire sur son visage maigre et bruni, mangé d'une barbe de trois jours, son épaisse chevelure brune et bouclée qui luit dans le soleil contrastant avec le fin pelage émail de l'agneau sur l'épaule. Ils se regardent. Jean fait deux pas. Serre Thomas contre sa poitrine de son bras libre. Lui palpe la nuque Tu as l'air entier, frérot, on s'est fait du souci… À part les côtes, la ten- dinite, ça va! mieux… Combien de jours que t'es parti?… Pas beaucoup, les tigrichons, dix, onze… je sais plus. Dix, conclut Jean, allez, on y va. Les enfants vont ramasser leurs bâtons

Qu'est-ce qu'il a, l'agneau ?

Une patte cassée, j'ai bien peur... plus haut dans la caillasse, le long d'un thalweg. C'est Pat qui a guidé Fernand, il était coincé, une fissure de roche, pouvait plus se dégager.

Fernand ?

Oui, il est venu me donner un coup de main, Thierry devait reprendre à l'usine, on redescend les bêtes dans deux semaines et...

Fernand, le guide de Cauterets ?

Oui, pourquoi, ça te...

Non, rien, c'est juste que j'ai pensé à lui aux lacs d'Arraillé.

Comment ça ?

Il nous guidait quand on a monté le Vignemale avec Camille, tu te souviens ? Claire était restée avec Anton au...

Oui, j'y suis. Il y a...

Ça fait huit ans.

Déjà ?

C'est simple, Anton n'avait pas deux ans, Elsa n'était pas née.

Tu dois avoir raison.

Il est arrivé quand ?

Depuis trois jours, lui ai téléphoné un peu en urgence.

Il n'est plus guide ?

Si, mais la saison se termine, une chance pour moi.

Thomas se souvient, c'est au sixième jour de marche, peu après l'épisode des ours, il avait décidé de se détourner d'une trentaine de minutes vers l'est pour rejoindre les lacs d'Arraillé, ses pas dans ceux de leur marche, huit ans plus tôt. Camille, Jean, Fernand, Thomas avaient parcouru la vallée de Gaube, c'était en début d'après-midi, ils se reposaient aux abords des lacs, contemplant l'impressionnante face nord du Vignemale et la pointe Chausenque à plus de 3200 m. C'était comme un lever de rideau, une montée de l'intensité lumineuse, cette vue sur les glaciers des Oulettes et du Petit Vignemale, Thomas se trouvait irradié par un foyer d'incandescence soudaine, deux miroirs géants taillardés de crevasses plus ou moins sombres mais dont les lèvres tournaient bleutées, avec de vastes matités grisâtres sur la périphérie. Les yeux collés dans ses jumelles, il voyait des miroirs qui ondulaient et dévalaient en trois paliers successifs, une mer ondoyante, suspendue dans l'image arrêtée de son déferlement, un océan d'azote qui dégageait une chaleur de glace blanche et fumante, il clignait des yeux, le flamboiement des glaciers était violent. Le guide et ami de Jean, Fernand Irruti, ne disait mot, une rudesse tout imprégnée de la minéralité alentour qu'il arpentait depuis trente ans. Sa personne semblait accordée à la nécessité des lieux, un lien osmotique dont il aurait été le prolongement accompli, il était une clé du paysage. Parler avec lui en devenait une sorte d'énigme, il avait fallu dans cette journée d'azur toute l'énergie attentive et joyeuse de Camille pour qu'il s'épanche un peu, en des phrases courtes, avec un fort accent, racontant certains souvenirs anciens de course vers le Vignemale, qu'il n'avait même jamais évoqués à son vieil ami Jean avec lequel il s'agissait simplement de marcher ensemble et de rassembler les bêtes quand Fernand venait l'aider à l'estive. Ils étaient demeurés ainsi, sur cette rive nord-est d'herbe rase du plus grand des lacs, dilatés d'étendue jusqu'au bord du couchant, à contempler le rougeoiement toujours plus dense des cimes, pénétrés de l'amplitude extrême des harmonies silencieuses, celles des couleurs, des lignes et des masses rocheuses. Jusqu'à ce que Fernand donnât le signal du départ pour le refuge de Bayssellance d'où, le lendemain, bien avant l'aube, ils s'engageraient vers le glacier d'Ossoue. Ce qui avait donné une telle assise à leur regard sur la montagne et à leur avancée dans le paysage, c'était la naissance d'Anton, un peu plus d'un an auparavant, parce que son existence balbutiante avait ouvert une nouvelle ligne du temps, large, un devenir certain qui les avait rendus disponibles à ce qui s'offrait dans cette vacance d'août, Anton, resté près du lac de Gaube, sous la vigilance de Claire, sa jeune grand-mère. C'est ce qu'il pensait en l'instant sans bien savoir s'il le pensait alors

Oh, Thomas ! Tu rêves ?

Non, non…

Ben si… Faut se dépêcher, il y a la traite. Ce soir, tu nous racontes ?

Les bêlements, le bruit des sabots et des cloches, l'odeur musquée, celle de l'herbe dans le jour fraîchissant, tout est juste, sa place est ici façonnée par l'enfance à la manière d'un moulage, à l'exacte température, une membrane parfaite, sa propre peau. Il regarde Anton et Elsa mettre à l'écart les brebis qui vont à la traite, une soixantaine de bêtes qu'ils conduisent vers un autre enclos abrité, Elsa accompagnée d'Iso qui veille et bondit, qui les rabat au plus près des caisses de traie surélevées. Elles y montent en désordre dans un vacarme bêlant, leurs sabots claquent et dérapent sur le plancher pentu, elles passent l'étroit virage en U, puis patientent, bientôt coincées l'une après l'autre sur les quatre côtés, l'arrière-train calé contre les barreaux. Anton arrive avec un seau et le tabouret, il s'installe derrière la brebis, le front contre la transversale, saisissant entre les barreaux les pis dans ses mains menues. Thomas observe, il voit le dos de l'enfant, le béret qui déborde sur la nuque, l'étroitesse des épaules, les mollets maigres. Fernand survient avec les retardataires Oh, Elsa, mène les deux, là ! Fernand et Thomas se serrent la main chaleureusement. Les premiers jets de lait crissent dans le seau, Fernand repart mettre des pains de sel aux piquets Oh ! Fernand, je te laisse t'occuper de l'agneau ? une attelle, tu feras ça mieux que moi… tu vois où est la pharmacie ? Thomas, va me chercher les bidons, moi, j'aide ton fils… Tu veux des… ?… Tu verras, les vides à côté de la cuve… Jean se lave les mains, saisit un

196

seau, un tabouret, s'installe devant l'autre caisse de traite, en symétrie avec Anton qui a déjà... Thomas calcule : quarante-cinq secondes à peu près par brebis. Son frère et son fils travaillent paisiblement, silencieux, Elsa s'est juchée sur une barrière, elle fixe son frère et son oncle, abîmée dans la répétition des gestes, le trait blanc qui jaillit des tettes, des aiguilles de faïence, le crépitement régulier dans les fonds galvanisés Oh, Thomas !... Oui, pardon, j'y vais ! Il se hâte, trente pas, pousse la porte, l'air chaud, l'odeur de caillé et de fromage qui saisissent, les bidons près de la cuve, il en prend deux, s'en retourne, le seau d'Anton est presque plein, il le vide dans le bidon, le remet à sa place, Anton reprend son geste, un mouvement net, rapide, lié et doux à la fois. Les tendons des poignets saillent, il lâche les mamelles, actionne la poignée de la trappe, la brebis s'esquive, il articule des sons incompréhensibles pour appeler la suivante Anton !... Oui, pa ?... Non, rien. Thomas reste planté là, tout comme Elsa Elles ont guère de lait... On est fin août, vont bientôt tarir... Elsa, tu vas retourner les tommes ?... Tu viens, papa ? Elle l'entraîne vers la fromagerie, ouvre une autre porte, ils descendent l'escalier, la cave est fraîche, les fromages sont rangés sur de larges claies en bois, serrées sur des portants inox, Elsa les tire vers elle, c'est lourd, elle s'applique, retourne les fromages plus ou moins gros, pour certains il lui faut les deux mains comme si elle retournait une pierre Tu veux que je t'aide ?... Oui, tu t'occupes d'en haut ? t'en oublies pas, hein ? sinon, ça... Je sais, Elsa, ça, je le faisais aussi, à ton âge. Les croûtes sont plus ou moins dures, jaunes, brunes, d'une couleur pierreuse, sur toutes est gravée dans l'épaisseur l'estampille du profil de deux brebis, le label de Jean qui garantit la fabrication en montagne Demain, je sale, tu viendras ?... Bien sûr, je veux voir comment tu travailles. Il essaye de se souvenir quand il est monté à l'estive la dernière fois. Sa fille avait 2 ou 3 ans, il était venu seul, Jean était d'une humeur sinistre. En revanche, cela fait quatre étés pour Anton, deux pour Elsa, qu'ils accompagnent leur oncle ici, sans d'ailleurs qu'ils en rapportent des faits très précis, juste de temps à autre une anecdote sur une brebis blessée, des vautours nettoyant une carcasse, une partie de cache-cache, une course avec Pat et Iso, une empreinte d'ours, une descente vers Lescun à dos d'âne, des bribes que Thomas a toujours écoutées avec distraction, comme échappées pour lui d'un monde fini, un décor exotique de l'enfance. Et là, ses propres enfants, avec des attitudes aussi franches et dessinées, dans cette vie pastorale désuète, il en est interdit. C'est fait, ils ressortent. Elsa éteint la lumière, vérifie que la porte est bien fermée, le patou les a rejoints, se colle dans les jambes d'Elsa Mais Pat, tu me pousses, là ! Et elle s'affale sur son dos, enserre l'encolure, plonge le visage dans sa fourrure, il jappe, elle rit. Ils laissent Anton et Jean finir la traite, la fraîcheur du soir monte, l'herbe est mouillée, ils se dirigent vers la maison, découvrent sur la table en pierre l'agneau inerte, dans sa blancheur neigeuse, allongé sur le flanc, Fernand vient de lui injecter un antibiotique et un sédatif, il ôte l'aiguille de la patte blessée, la plaie est nettoyée. La crème antiseptique et cicatrisante, l'attelle, la bande et les ciseaux sont à portée Tu veux de l'aide ?... Il est calme, ça devrait aller. Ils entrent, Thomas prépare un feu dans la cheminée, il est parcouru de frissons, vaguement étourdi par l'activité incessante, il saute dans un train en marche Ma chérie, qu'est-ce que... ? ... Je vais me doucher, papa... Il y a de l'eau chaude ?... Bien sûr. Les fagots crépitent, il ajoute deux morceaux de bûche, frotte ses mains gercées près des flammes puis tourne en rond, inspecte la maison, remarque les aménagements, la mezzanine qui n'existait pas, la salle d'eau. Il fouille, ouvre le frigo, en sort une lourde marmite en fonte noircie qu'il pose sur la paillasse, soulève le couvercle, des lentilles vertes, de la palette, sans doute pour le dîner. Il recale les morceaux de bûche, en ajoute d'autres, le feu s'enfle, il entend couler la douche, il sort rejoindre Fernand Alors ?... C'est bon, juste une fracture, il ne faut pas qu'il trotte, on va le garder ici quelques jours, attaché avec une longe, que l'os se ressoude. L'agneau est tranquille, se laisse caresser, Thomas essaye d'intercepter son regard, mais les yeux mordorés le fixent et le traversent, portant loin derrière, à moins qu'ils ne soient absorbés dans le sentiment nu de la survie et de sa douleur à la patte. Pourquoi le regard de l'agneau si intense et vide le bouleverse à ce point ? Il quitte et s'en retourne dans la maison. Revient sur le seuil Fernand ? Ce sont les lentilles, ce soir ?... Faut demander à Jean. Dehors, le froid déferle, fige et enserre, plus rien ne bouge ni n'ondoie, c'est un engourdissement qui tend vers la pierre. Ils sont à table, dévorent lentilles et palette. Les chiens dorment, paupières entrouvertes, les yeux perdus dans le feu rougeoyant de l'âtre, l'agneau est près de la porte, recroquevillé dans une couverture. Jean a enclenché un CD de jazz, Charles Lloyd les accompagne

Je connais ces mélodies...

Pour sûr, Thomas, des thèmes éculés, mais tellement beaux quand il s'y colle... Alors, Thomas, tu racontes ? Parce que j'étais quand même furax, aucune nouvelle depuis Gavarnie.

Il n'y avait pas de signal, Jean, suis désolé...

Aux refuges, ils ont la radio et du signal !

J'en avais pas, Jean ! Sont pas les mêmes fréquences, ils ont des ondes courtes de radio, c'est tout.

Qu'est-ce que tu racontes ? Il y a trois ans, deux randonneurs ont appelé les secours avec leur portable, perdus dans le brouillard, sur le Pourtalet, réfugiés sous un rocher, des secouristes sont partis les chercher en pleine nuit, à la torche, c'est couvert, y a du signal ! On avait pris soin que tu télécharges le Garmin sur ton iPhone, normalement, je pouvais te tracer en temps réel. Au lieu de ça...

Je sais, Jean, mais j'étais perdu, plus de batterie, enfin, j'ai même pas essayé, c'est vrai, j'étais découragé, j'ai dormi dehors, tiens-toi bien, à 300 m du refuge de Pombie ! dans une purée de pois...

Et ton GPS, nom de...

Perdu, avec le sac dans le passage d'Orteig. La dame... Georgette, c'est ça ? Elle m'a dit que t'avais appelé les secours, la veille déjà.

Bien sûr, mais Roger t'avait vu, ça a calmé le jeu, simplement il s'inquiétait pour le passage d'Orteig justement, avec la météo, surtout que le soir t'étais pas à Pombie. J'avais les secours au téléphone toutes les six heures, on a failli envoyer l'hélico.

J'ai merdé, désolé.

Tu nous as rien dit, oncle Jean.

Je voulais pas vous inquiéter, mais votre père !... Quand je pense que tu passes ton temps à fabriquer des logiciels pour tracer tout le monde, cette fois, il s'agissait de ta vie, pas de flicage.

Commence pas, Jean, s'il te plaît.

Je voudrais pas me mêler de votre... mais, on part pas seul sur des courses comme celle-là.

Je lui ai dit cent fois, Fernand, mais c'est une tête de bois !

Je sais, je sais... Après Gavarnie, la météo était pourrie, j'ai pas eu de chance, comme un acharnement, la loi des séries, deux nuits dehors dans l'urgence... en fait, les prévisions météo, au-delà de trois jours...

Un jour, Thomas, c'est le maximum. Dis-toi, c'est deux bulletins journaliers dans les refuges, pour les Hautes-Pyrénées. C'est une zone d'échange Atlantique Méditerranée, c'est à la demi-journée, quasi. Je voulais pas que t'y ailles.

C'est bon, je suis là ! je la connais, la montagne, suis quand même un natif.

Mouais, sauf que t'as suivi la mère à Bayonne dès le collège, alors la montagne, c'était plutôt en carte postale.

T'exagères, les étés à l'estive, et quand je t'accompagnais au pic d'Anie ?

Au pic d'Anie ? Une seule fois tu m'as accompagné, avec Pauline. Tu t'en souviens ?

Vaguement, oui.

T'étais pas très gaillard à l'estive, tu trouvais ça trop dur, et après tes 16 ans, pffuit ! la poudre d'escampette.

Au fait, je vous ai pas dit, le plus drôle, j'ai rencontré « lo mossur » ! comme disait votre grand-père... Oui, l'ourse et ses petits.

Thomas saisit l'iPhone, ouvre la galerie, feuillette les images

Attendez, attendez, qu'est-ce qu'il nous fictionne, là ?

Vous me croyez pas, hein ? Tenez ! Regardez !

Le mobile passe de main en main. Thomas raconte, c'était le cinquième jour, après avoir renoncé au milieu de l'orage à poursuivre dans l'étroite montée vers le refuge de Bayssellance, il s'était abrité dans l'une des grottes de Bellevue, il avait, tout au fond, découvert le cadavre d'une brebis à la fourrure caramel qui n'exhalait plus qu'un vague relent poisseux de vieille charogne. La tête semblait avoir été broyée dans une machine d'emboutissage. Le poitrail grouillait de gros vers blêmes. Les côtes blanchies dessinaient la mâchoire tordue d'un cétacé, ouverte et qui attend. Il redoutait de se trouver sur le territoire d'un carnassier. La nuit, le déluge, étaient ceux d'un monde trop ancien, il se sentait encastré tel un fossile dans la densité de la roche, ses poumons étaient en pierre. Plus tard, quand il avait porté la soupe chaude à ses lèvres, il voyait ses dents fondre en une lave de faïence qui embraserait ses propres entrailles, il avait tardé à s'endormir. Au réveil, le seuil de la grotte baignait dans une lumière incertaine aux reflets mauves. Il régnait un froid coupant qui glaçait le nez et la pointe des joues. 6 h 20 déjà, il s'était redressé sur les coudes, avait découvert à nouveau le refuge de sa nuit, l'entrée n'était plus barrée d'un rideau bruissant de pluie, des filets de brume flottaient dans l'écran flasque du jour. Il s'était habillé dans le duvet, puis avait enfilé ses chaussures qu'il laçait lentement, les doigts gourds. Les jambes étaient un peu raides, ankylosées, il s'était approché du foyer éteint et du réchaud, mais les affaires étaient dispersées, les sacs déchirés... tomme et jambon avaient disparu, restait la boule de pain à moitié mâchouillée, des fruits secs épars, seules les barquettes étanches de soupe et de pâtes lyophilisées... c'était un pillage en règle... cette nuit, dans son sommeil. Une peur enfantine avait vrillé en lui. Des carnassiers à 2 m, ils auraient pu le... Quel animal, à cette altitude ? Encore ici ? Dans le fond de la grotte ? Il avait ramassé le pain, les fruits secs, les avait époussetés, rangés dans d'autres sacs, tâchant de se calmer. Peut-être des rats... un ours... Un ours aurait tout déchiqueté, avec fracas, sans détailler. Le sac à dos serait en lambeaux, éventré par les dents et les griffes du fauve, c'était juste des rats fondant sur le jambon, discrets, furtifs, normal qu'il n'ait rien entendu, épuisé comme il... Les provisions restantes étaient maigres, il trouverait peut-être une bergerie sur le chemin pour acheter du fromage, dans les refuges on lui vendrait quelque nourriture, rien de dramatique, le refuge de Bayssellance était à quarante minutes de marche. Il avait fait chauffer de l'eau, avalé une assiette de porridge, il avait souri, interloqué par l'incident. Dehors, la lumière était plus vive, il avait découvert un ciel dégagé sur la crête du Montferrat et un plafond nuageux percé de toutes parts, qui se désagrégeait au-dessus de sa tête et vers le pic Pointu. Le seuil, surtout pierreux, était parfaitement sec à l'exception de quelques flaques dans les anfractuosités de roche. L'air était humide et la température encore proche de zéro, le Vignemale demeurait noyé sous les nuages de l'influence océanique. Thomas avait jeté un dernier regard circulaire puis quitté la place, sentant une brise souffler du sud, il avait observé les alentours… Non, il n'avait pas tressailli, c'était plutôt un sursaut d'effroi, une décharge électrique. Là, juste, à 50 m, une forme brune, lourde, épaisse, comme une ombre dans la roche, qui n'en était pas une, qui sortait de la grotte centrale, qui s'avançait dans la lumière du jour, humant le sol, qui s'était dressée sur ses pattes arrière, plus grande que Thomas, guère, il avait évalué la taille, autour de 1 m 90 peut-être, mais une silhouette massive. Un ours, nom de Dieu! j'y crois pas, c'était lui qui… suivi de deux autres masses de fourrure brune beaucoup plus menues, rondes, une démarche pataude, une silhouette de peluche pour enfants. Une peur rétrospective l'avait saisi, il tremblait, il pestait, un tel risque! À une altitude pareille, qu'est-ce qu'ils foutent ici? Juste là, dans son propre refuge! Pas la moindre forêt de moyenne altitude dans les environs qui justifierait leur présence Sont égarés, ma parole! Il avait pris son iPhone, il avait zoomé l'ourse. Une femelle, sans aucun doute, il s'appliquait, la voyait parfaitement dans l'écran, plein cadre, elle humait l'air, dodelinait de la tête, il effleurait nerveusement la touche, prenait photo sur photo, mais elle l'observait, le fixait, à nouveau sur ses quatre pattes, balançant les épaules, piétinant le sol, tandis que les oursons chahutaient et se carambolaient. Elle avait avancé de quelques pas, résolue, la tête qui oscillait de droite à gauche, elle montrait les dents, ouvrait grand sa gueule, elle avait poussé un long rugissement, il avait lâché l'iPhone, la dragonne était passée autour du poignet, il l'avait repris, glissé dans sa poche, il avait attrapé son bâton, détalant vers le sommet, forçant l'allure, quasi au trot, les sacs tressautant sur son dos et sa poitrine, sans cesse les yeux par-dessus l'épaule, le cou tordu, une douleur qui montait dans les genoux, ne pas la quitter, voir si elle abandonnait la poursuite... L'ours brun avait suspendu sa course, sa face de fauve toujours pointée vers lui, elle se dressait encore, debout, sculpturale, elle l'observait, le regardait s'éloigner, enfin, lui avait tourné le dos, rejoignant les oursons en plein chahut, les séparant à coups de museau. Ils étaient redescendus lentement, démarche souple et puissante, vers les oulettes d'Ossoue Ils auraient pu me bouffer! la gueule, les griffes, comme des hachoirs... Il s'était tourné une dernière fois, ils avaient disparu. Comme une hallucination

C'est pas croyable, y en a pas plus d'une douzaine dans tout le massif et tu...

Oui, avec une trouille après-coup... dans la grotte, pendant que je dormais.

Thomas se souvenait de son père Aurèle qui le terrorisait, lorsque, à l'estive, il lui désignait avec insistance l'entrée des grottes où vivaient de grands ours meurtriers, quand ce n'était pas un abominable yéti des neiges capable d'emporter les enfants... Jean souriait, Pauline riait, Thomas ne savait plus où se réfugier, c'était finalement dans les bras de son père qu'il...

Pour mieux te tenir, c'était lui le carnassier, ce...

Qu'est-ce qui te prend?

Non, rien.

Pourquoi tu parles comme ça de notre...

Laisse, je te dis.

Des photos de si près, papa, tu es très courageux.

Inconscient, Anton. D'ailleurs, quand la mère a fait mine de charger...

Tu l'as grondée?

J'ai négocié, Elsa.

Tu as quoi?

Je lui ai rétorqué : Ne vous dérangez pas, chère madame, je fais que passer. Au refuge de Bayssellance, ils me croyaient pas, ils m'ont demandé de leur transférer les photos pour signaler leur présence dans la vallée.

On peut sortir de table ?

Oui, les tigrichons, en pyjama, au plume !

Vous repartez quand ?

Après-demain.

Déjà ? Mais, papa…

C'est l'école, Anton, dans trois jours, la rentrée, moi aussi d'ailleurs, on part au dernier moment, on peut pas reculer.

Les enfants se lèvent, s'engouffrent en riant dans la salle d'eau, les trois hommes restent seuls à table

Sont heureux, ici.

J'ai vu ça, de vrais bergers, ça va être dur, la reprise.

Vous voulez faire quoi, demain ?

On vous suit.

Je me lève à 4 h pour préparer le fromage, pratiquement les derniers, t'as vu, elles ont plus de lait. Elsa vient m'aider, je la réveille quand la présure a pris, pour casser le caillé. Fernand part avec les bêtes vers 7 h 30, Anton va vouloir aller avec lui, je les rejoins en fin de matinée avec Elsa.

Parfait, je vous accompagne là-haut quand vous partez.

Tu préfères pas te reposer ici ?

Non, ça va, j'ai le rythme.

Fernand s'est installé devant la cheminée, il roule une cigarette, les frères se lèvent pour débarrasser la table, les enfants sortent de la salle d'eau en pyjama, embrassent tout le monde Lever à 7 h moins le quart, les mioches, allez, bonne nuit !

Ils montent les marches, Thomas observe leurs pieds nus, tache claire du talon gracile et de la plante du pied, Elsa, son crabe jaune en peluche sous le bras, Anton, son Teddy-bear que Claire lui a rapporté du Montana, qui se retourne au

205

milieu de l'escalier, qui le brandit C'était une ourse comme lui que t'as croisée ?... Oui, comme lui, mais moins câlin. Anton sourit avec ses trous dans la dentition. Ils disparaissent dans la pénombre, sous le toit. Thomas fouille dans son sac à dos, sort le roman que Jean lui a passé, la trousse de toilette

C'est quoi ce sac ?

Je l'ai trouvé dans la maison des parents, au grenier.

T'as pas ton grand, le Millet bleu ?

Je t'ai dit, perdu dans le passage d'Orteig.

Oui, pardon...

D'ailleurs, je l'ai jamais vu, ce sac, il était au père ?

Je sais pas.

J'ai trouvé un bric-à-brac à l'intérieur, des livres, une BD, un couteau, une corde, un album de vieilles photos de nous à la maison quand on est gosses, Pauline avec ses tresses...

Ah ?

Les traits de Jean se sont durcis. Un raidissement du corps

D'ailleurs, je voulais t'en parler, quand papa est sur les photos, son visage et des fois son corps sont systématiquement grattés, percés, découpés...

Vois pas de quoi tu parles.

Tu penses que c'est Pauline ? C'est seulement l'image de papa. On dirait des pratiques de sorcellerie.

J'en sais rien, Thomas, tu me bourres, là, avec ton album.

T'énerve pas, c'est juste que ça m'a choqué, c'est systématique, sur toutes les photos. Si c'est Pauline qui...

Qu'est-ce que tu racontes, hein ? Qu'est-ce que... t'étais au biberon à l'époque !

J'avais 5 ou 6 ans, et je vois pas le rapport avec ces charcutages de...

Jean tourne le dos, penché sur l'évier, il lave la vaisselle, juste les coudes en mouvement et le bruit des assiettes qui s'entrechoquent. Fernand remue vaguement les bûches avec le tison, il regarde du côté de Jean, personne n'est dupe, une espèce de malaise qui suinte lorsque le frère aîné va passer la ligne, basculer dans son abîme, rejoindre ses fantômes. Thomas sent l'air se raréfier. Il n'aurait jamais dû évoquer cet album, encore moins Pauline à propos de ces photos, alors même que cette découverte ne cesse de le hanter, tant il y devine moins des actes grotesques de sorcellerie de bazar que la manifestation d'une haine pure. Mais l'urgence n'est pas là, Jean va dévisser, Thomas s'empare de ce qui est à portée de main, il tient le livre de McCarthy entre pouce et index, il se jette dans sa phrase C'est très très bien! Jean tourne la tête, le visage défait, livide Tant mieux. Thomas s'accroche à son motif de conversation comme à la dernière prise qui les sauverait de la chute, Thomas connaît la profondeur du gouffre, Camille n'est plus là pour les en préserver. Il explique donc à Jean qu'il en est à ce moment où le jeune Billy rentre du Mexique et retourne chez ses parents sans avoir pu sauver la louve et sa portée qu'il ensevelit dans la montagne. Le passage est éprouvant. Jean lui fait remarquer dans un murmure qu'il n'a guère avancé. Thomas est pourtant satisfait d'avoir pu lire un bon tiers du livre en dépit d'une marche épuisante où, chaque soir, il s'endormait comme une masse. Il doit reconnaître qu'il est proprement agrippé par l'histoire, Jean a bien fait d'insister, ce sera la première fois depuis le lycée qu'il achèvera la lecture d'un…

D'un roman?

Oui, un roman.

La soirée peut se poursuivre. Sans heurts. Ils sont devant la cheminée, Jean a rempli de petits verres d'un vieux calva ambré, Fernand roule une autre cigarette

Tu m'en fais une, Fernand?

Mmm, qu'il est bon ce calva!

Non, il ne se souvenait pas, Camille avait apporté trois bouteilles, elle commençait son travail au Havre, une filière normande, sans doute Hubert...

Pour sûr, ça vient pas de Tarbes... c'est la dernière bouteille.

Fernand a remis une bûche au milieu des braises, les flammes s'élèvent, l'écorce se tord et déflagre, ils demeurent tous trois, le regard oublié dans les lumières de l'âtre. Thomas se lève, grimpe les marches de la mezzanine Oh, les tigrichons! c'est fini la parlotte? on entend que vous... Un baiser, papa... Il se penche dans la semi-pénombre, les embrasse Et maintenant, silence radio!... On vous entend discuter en bas, ça nous réveille... On va parler moins fort. Allez! de beaux rêves. Il se redresse, sent le nerf sciatique qui... Ça va pas recommencer... Qu'est-ce que tu dis?... Rien, on dort. Il redescend l'escalier, la jambe un peu raide, une gêne naissante dans la fesse. Retourne s'asseoir près du feu. Jean lui tend la bouteille

Tu peux remplir.

Et qu'est-ce qui te plaît dans *The Crossing*?

Quoi?

Dans *Le Grand Passage*?

C'était difficile à dire. Il y avait le lien que le jeune Billy tisse avec la louve blanche qui pourtant décime le troupeau du père, et puis la traversée des paysages avec elle, la façon dont c'est raconté, cette ligne frontière entre les montagnes du comté d'Hidalgo et celles du Mexique. Thomas avait pensé à la frontière espagnole, aux ours qui tuent les brebis... C'est pour ça que tu m'as passé ce livre?

Il y a des échos, j'avais pas pensé. On en reparle quand t'as fini.

Tout de même, cette cruauté des Mexicains envers la louve quand Billy ne peut rien sauver.

C'est plutôt la rusticité des paysans.

Oui, m'enfin, cette bacchanale dans l'hacienda, avec les sacrifices d'animaux, pour distraire cette assemblée de poivrots excités et cruels, c'est violent, non ?

Ils la font tuer par des chiens, or les chiens, c'est la chasse, les gardiens du troupeau, la civilisation contre la sauvagerie...

Tu crois vraiment ce que tu dis ?

Jean hausse les épaules. Le feu les chauffe, il ronfle, ponctuant à présent le silence de craquements secs. Par moments, la cheminée refoule, ils entendent le vent d'ouest qui siffle entre les tuiles de rive, ils sont des statues de sel, brutalement reclus dans leurs pensées muettes et vagabondes, ils s'éloignent, se dispersent, se séparent dans l'engourdissement du soir, ils errent dans leur solitude.

*

Fernand gravit l'escalier, se penche, réveille Thomas dans la clarté pâle du matin Sept heures moins le quart, le petit déjeuner est prêt. Thomas embrasse les enfants, ils sont debout, s'habillent, impatients d'entrer dans le jour. Ils descendent, la table est mise, Fernand y pose la lourde poêle, des œufs au plat et des tranches de lard qui grésillent. Cafetière fumante, lait chaud, miel, pain, porridge, fruits, ils s'installent, se servent Et Jean ?... Il a déjeuné, il prépare le caillé. Les enfants exhalent une espèce de fièvre, ils mangent avec appétit, Thomas les regarde s'agiter

On part quand, Fernand ?

Quand t'as fini, mon garçon. Disons vingt minutes.

Pat a posé sa lourde tête sur la cuisse d'Elsa, il attend son bout de tartine du matin, Iso tourne en rond autour de la table, l'agneau dort sur la couverture. Le blanc souple et amidonné des œufs se colore dans l'assiette d'un liseré croustillant, Thomas perce le globe laqué jaune qui s'épanche, organique, séminal, y trempe des morceaux de pain grillé qui s'enduisent d'une couleur gluante, du pigment pur, le pistil du millepertuis

C'est comment la météo ?

Temps maussade, mais sans pluie.

T'aurais vu ça, l'autre jour, papa, la peur qu'on a eue.

Ah, bon ?

Il est vrai que c'était rude. Le ciel s'était couvert d'un coup. Ils étaient à plus d'une heure d'ici, un orage imprévu, ils avaient perdu deux bêtes. Elles étaient parties tout droit, elles dévalaient de biais, folles, elles avaient bondi dans le précipice après qu'un éclair eut frappé la roche, ça faisait comme des explosions, c'était la nuit mais illuminée, ça pleuvait, pleuvait

Nous-mêmes, on n'était pas fiers, avec une panique parmi les bêtes, pour diriger le troupeau, c'était un cauchemar.

On avait envie de se cacher dans un trou... d'ailleurs Elsa, elle criait... c'était la guerre.

Qu'est-ce que t'en sais, Anton, de la guerre ?

Papa, la foudre, c'est...

Je portais Elsa sur mon dos, Anton nous a bien aidés... très courageux, ton garçon.

Les chiens veillaient les bêtes, ils couraient en tous sens, rabattaient les brebis, les serraient au plus près. Deux heures de cavalcade pour rentrer, sous des bourrasques d'eau et de grêlons, le sol devenu glissant, avec le vent qui glaçait la peau

C'était quand ?

Il y a quatre jours, je venais d'arriver.

Je vois, j'étais dessous, dans la tente... et là, vous montez où ?

Pas loin, tu vois le bois de Bresme ? Où ça grimpe vers le lac de Lhurs, on sera par là. Allez, Anton, prêt ? Non ? Tu me rejoins à l'enclos ? À plus tard, Thomas.

Fernand sort, les chiens suivent, le ciel est grisâtre, avec de légères nuances bleutées, l'air est frais, Thomas revoit la scène, il demeure, secoué de fièvre, une toux rauque, il a regardé partir son père, Pauline et Jean, avec un autre patou et un labrit, tous deux morts aujourd'hui, ils emmènent les bêtes sur les pâtures, un sentiment d'abandon, de dépossession, sa laryngite, les suées et les tremblements, les signes de son inaptitude, on ne veut pas de lui, il ne sera jamais berger, seule Pauline avait tourné la tête, elle lui adresse un signe de la main, il est planté sur le seuil, étreint d'une panique, désarmé, interdit, il veut crier : à ce soir ! il avait coassé, une voix de crapaud, s'était mis à tousser sans pouvoir s'arrêter, la trachée en feu, puis n'avait plus bougé jusqu'à ce qu'ils disparaissent derrière l'épaulement, il serait seul tout le jour, il a presque 7 ans, le repère : c'est l'année de la mort de son père. Anton dévore sa dernière tartine, quitte la table, enfile ses chaussures C'est mal lacé, ton pied flotte, regarde ! Thomas s'accroupit, refait les lacets, Anton gigote, trépigne Trente secondes immobile, tu peux ?... Pardon, papa... T'as pris ta gourde ? bouge pas... tiens, vas-y... ton bâton ? c'est bon ? fonce... Oui, papa, à tout à l'heure. Anton se précipite, s'envole sur les pas de Fernand, il ne ferme pas la porte Papa ? oncle Jean m'attend, je vais briser le caillé... T'es forte dis don ?... Arrête de te moquer ! tu nous rejoins ?... Oui, ma chérie. La maison est aspirée vers le dehors, l'air est sous vide, il observe l'agneau qui flaire sa patte blessée, finit son bol de café, débarrasse la table, lave la vaisselle, branche son iPhone, ouvre sa messagerie, il sourit. Cette nuit, alors qu'il ne trouvait pas le sommeil, il a compris que le mail de Jérôme Trinchard était franchement une bourde professionnelle. Il n'y a aucune incompatibilité entre les applicatifs concernés puisque ce sont des fonctions contradictoires. Ce serait absurde de les convoquer simultanément. Il rédige sa réponse avec des arguments techniques très circonstanciés, s'étonne de la possibilité même d'une telle question, laissant entendre, au-delà de l'incompétence notoire de celui qui n'est qu'un assistant, qu'il intervient ici dans un champ de responsabilité qui n'est pas le sien. Il envoie copie du mail à Gérard Drincourt, pour information, que le patron comprenne que son accès d'autorité, sur la demande de Trinchard, est tout aussi déplacé. On est samedi, Thomas espère qu'ils consulteront leur messagerie avant son retour au bureau lundi. Il se lève de table, s'accroupit près de l'agneau, lui caresse la tête, se chausse et part retrouver Elsa et Jean. Sa fille a revêtu la blouse en toile cirée blanche qui l'enveloppe jusqu'aux chevilles, elle porte un tulle qui enserre ses cheveux, elle se tient près de la cuve, les manches relevées, les avant-bras et les mains disparus dans le lait qui s'éclaircit et jaunit, elle finit d'émietter le caillé entre ses doigts, repêchant les caillots trop gros qu'elle désagrège à mesure, baignée d'une odeur de ferments, prégnante. Jean nettoie à grande eau bidons, seaux, paillasses, faisselles, la masse de caillé commence à s'agglutiner, Elsa peine à la bouger Oh, la puce, tu me laisses la place ? tu te rinces, tu vas retourner les frais et tu sales pendant que je finis ? Elle se relève, se lave les mains et les avant-bras dans le grand évier inox, dégage avec son coude une mèche de cheveux échappée du bonnet qui vient fouiller la pupille, Thomas s'approche, glisse avec précaution la mèche sous le tissu C'est rien, papa, laisse. Jean, dans une même blouse, les bras immergés dans la cuve, ramasse le caillé à l'aide d'un linge, en remplit les faisselles, qu'il laisse égoutter sur la paillasse, une dizaine, de taille moyenne, il presse à la main la masse blanche, légèrement granuleuse et gargouillante, en chasse l'air, c'est une matière déjà ferme et cohérente. Elsa s'est campée devant un meuble à roulettes stratifié de grilles qui coulissent en tiroir et où s'affinent des fromages encore frais. Elle tire une grille, retourne les médaillons crémeux, trempe la main gauche dans un saloir en verre, puis les saupoudre d'une poussière de gros sel gris, d'un geste tournant, délié, celui d'une semeuse. Les traits du visage sont fixes, seuls ses yeux courent, Elsa est pénétrée de l'importance de sa tâche, Thomas les observe, mutique, changeant plusieurs fois de place, craignant de gêner leurs mouvements, il piétine, alterne les appuis, bredouille finalement trois mots inaudibles, quelque chose comme un encouragement incongru, il ouvre, il sort, s'en retourne lentement vers la maison, pousse la porte dans le jour engourdi, entend geindre faiblement, découvre l'agneau qui tente de se relever, l'attelle l'entrave, il retombe sur le flanc, il bêle sans force. Thomas le saisit sous le ventre, les yeux de l'animal fuient en tous sens, il le pose debout sur l'herbe grasse, porcelaine tiède et soyeuse, l'agneau semble pris de vertige, Thomas a peur de le lâcher, il écarte lentement les mains, non, l'animal tient, campé sur ses pattes en brindilles d'os, il l'attache avec une longe à l'anneau scellé dans le mur, il s'assoit sur le banc, scrutant le vol immobile de trois rapaces qui virent au-dessus du versant dans un ciel où sourd l'azur sous le voile gris et lumineux. L'agneau n'a pas remarqué les prédateurs, il essaye d'avancer à tâtons, bancal, emprunté, dans le début de sa convalescence. Thomas ne sait que faire. Il est encombré de lui-même, il attend.

Elsa et Jean sont de retour. Ils bouclent les sacs, les calent sur leur dos, s'ébrouent comme des bêtes de charge, enferme l'agneau dans la maison, puis s'éloignent vers l'amont avec des provisions pour le déjeuner. Elsa court devant, s'arrête, cueille des fleurs dont elle tresse les tiges avec de longues herbes, s'attarde puis les rattrape, leur offrant de fragiles bouquets. Depuis l'ascension du Vignemale, les deux frères n'ont plus marché ensemble. Ils cheminent d'un même pas, deux silhouettes semblables, Jean a cependant un corps plus sec, plus noueux

Pourquoi t'es pas resté à l'estive ? J'ai pas compris.

Je sais pas, Jean, j'avais besoin d'être seul, de me confronter à…

À… ?

Être seul, réunir mes forces, renouer avec le pays.

Au risque de t'y perdre, on dirait.

C'était pas le but, enfin, j'en sais rien.

J'espère, Thomas, pense aux enfants.

En ce moment, j'y arrive plus. Suis paumé. Ça va passer, t'inquiète pas.

Si, je m'inquiète… et puis, tu dis : renouer avec le pays, mais ici, tu pouvais.

Non, à l'estive, je m'y suis jamais senti…

À ta place ?

Peut-être. La mort de papa qui m'a… c'était pas pour moi, l'héritage… me suis senti chassé vers la vallée.

La ville, plutôt…

Oui, la ville. Et quand je vois maintenant les enfants qui sont ici comme des poissons dans l'eau, j'en ai le tournis.

Ça te contrarie ?

Pourquoi tu dis ça ?

Tu crains pour eux ? La mauvaise influence de l'oncle berger ?

Arrête, Jean… non, ça me surprend, juste. J'arrive pas bien à suivre. Par où ça passe, comment ça revient.

Thomas n'imaginait pas Elsa et Anton aussi engagés dans l'univers de son frère, il concevait pour eux la montagne comme une aire de jeux, vaste, avec cette attirance naturelle que les enfants ont parfois pour les animaux. La figure de Jean prenait une autre consistance, plus insaisissable

Et toi, Jean ?… tu dis rien ? de toi, tu dis jamais rien. J'ai… j'ai l'impression que t'as repris la ferme comme si tu te résignais, comme une fatalité.

Selon la tradition, c'était à moi de reprendre l'affaire, et à toi, le cadet, d'être le baylet, à mon service et ne pas fonder famille, non ?

Ta gueule, Jean, on s'en fout de la tradition, non ?

T'as raison, c'est pas la question.

T'as fait des études d'agronomie, tu es une figure ici...

Un berger avec moins de deux cents bêtes.

Tu sais très bien de quoi je parle. T'avais plein d'idées neuves sur le pastoralisme pour la région. Beaucoup sont appliquées aujourd'hui...

Ça t'intéresse, d'un coup ?

On t'a proposé de prendre la direction du centre agricole de Lannemezan, puis celle du lycée agricole d'Oloron, juste à sa création, tu avais carte blanche, tu as tout refusé, tu... et Carlotta qui ne voulait pas de cette vie, qui a tellement patienté... tu l'as laissée partir.

Pourquoi tu me parles de ça ?... C'est pour m'emmerder ?

Tu sais bien que non. Je m'inquiète, je te comprends pas.

C'est Camille alors, qui n'est plus là pour t'ouvrir la route, tu regardes derrière ?

J'en sais rien... T'es là comme si t'étais obligé de suivre le père.

Je l'ai pas suivi, Thomas, j'ai pris sa place, simplement. Enfin, j'ai pris ma place, c'est ici que je dois être, probable.

Pourtant, à t'entendre, c'est pas l'enthousiasme qui déborde.

Tu veux que je danse de joie toute la journée parmi les bêtes ?

C'est pas ça.

Thomas pense à Pauline, la grande sœur qui l'impressionnait tant, qui avait brillamment fini ses études de médecin psychiatre, qui avait pris un poste à l'hôpital de Bayonne pour finalement tout plaquer, pour partir créer une mission de soins en Afrique, qui dessinait une absence, une énigme, un manque grandissants

Et Pauline... j'ai même plus de nouvelles depuis des années...

Parce que tu t'en fous, Thomas...

Comment ça, je...

Pourquoi veux-tu qu'elle t'écrive ?

Jean lui rappelle sur un ton peu amène son indifférence, sa distraction, c'est comme s'il le cinglait avec une ceinture, il lui rappelle qu'à l'exception de ses plates-formes de logiciels pour traquer le personnel à chaque instant du jour afin que les patrons sachent combien de minutes et de secondes on prend pour aller pisser ou prendre un café, qu'ils puissent contrôler si on n'échange pas trois phrases de trop avec un vieux malade oublié du monde, quand on vient à son domicile lui faire sa piqûre

Tu caricatures, Jean, tu...

Si peu, frangin, si peu, un vrai cost killer.

C'est pas le sujet.

Si. Tu dis que tu comprends pas ma vie, tu crois que je comprends la tienne ?

T'as des nouvelles, toi, de Pauline ?

Oui, très régulièrement.

Elle s'est mariée, elle a fait sa vie ?

C'est quoi ta question... au passé composé ? Non, elle est vivante et elle est en train de la faire, comme elle peut, comme tout le monde.

Ce que j'essaye de te dire, Jean, c'est que j'éprouve comme... une fatalité...

Tu aimes ce mot, décidément.

Je vais être plus clair, je sens comme une malédiction qui pèse sur la famille, sur nous...

Ouh ! ! C'est Elsa, embusquée, qui surgit de derrière un arbre à la bordure du bois de Bresme Je vous ai fait peur, hein ?... Oh, oui, coquine, je croyais que c'était un loup, une louve plus exactement, une louve blanche. Elle tend un bouquet de fleurs à son père, son geste a la netteté d'une injonction

Tu le mets à la boutonnière ?

Bonne idée… non, c'est trop étroit… ça va tomber. Dans la pochette, là, ça tient, merci, mon Elsa.

Je repars…

Tu nous attends au croisement des chemins ?

D'accord.

Elle s'enfuit, grimpe sur un amas de rochers

J'ai l'impression, Jean, que tout part à la défaite… On est maudits.

Jean ne répond pas, soudain absorbé dans la contemplation lointaine du paysage, son regard qui s'éloigne, se dissout Je les vois pas, ils ont dû pousser jusqu'au lac.

Les bêtes sont éparpillées sur les rives et le bas des versants de la montagne de Lhurs. Les chiens veillent sur le site, légèrement en surplomb. Ils s'installent sur l'herbe, à dix pas de l'eau où Anton tente des ricochets avec des pierres trop épaisses. Les nourritures sont à disposition sur un bout de couverture : jambon sec, polenta froide coupée en tranches, fromage de brebis, pommes et melon, **vin** rouge et eau claire Anton ! tu viens ? Ils sont assis en cercle, protégés du soleil par les chapeaux et bérets, ils mangent avec appétit, parlent peu, posés au centre du vaste amphithéâtre que les contreforts dessinent autour d'eux La montagne est à nous. Thomas lève la tête Tu l'as achetée ?… Bougre d'âne, regarde ! La beauté nous appartient. Maintenant. Un moment qui passe. Profite bien, frérot ! Thomas remarque combien la nature, sous ce ciel d'azur qui n'était pas annoncé, façonne pour eux le décor somptueux d'un déjeuner champêtre, baignés qu'ils sont dans un silence de pierre où le monde devient de toute évidence un jardin accompli qui scelle leur accord incertain. Il tend la main, reprend un carré de polenta, observe les enfants qui piochent dans les mets, les traits des visages sont vifs, le buste est porté vers l'avant, la façon dont le bras s'allonge, la pliure du poignet, les doigts qui saisissent le jambon, le fromage, pour les porter à la bouche, les lèvres incarnates, la contraction des maxillaires, la peau lisse, la chair tendre et neuve, tour à tour, Anton et Elsa

Pourquoi tu ris, papa ?...

Je ris pas, je souris, on est bien ici.

Oui, c'est un bel endroit, même si on est un peu hors des limites.

Les limites ?

Tu sais bien que nous, pour le troupeau, on loue de ce côté jusqu'au bois de Bresme.

Non, je savais pas.

C'est abstrait pour toi, ça sort de suite par l'autre oreille...

Tu disais que la montagne était à nous.

Je parle pas de beauté, là, je te parle d'administration pastorale. Bref, on s'autorise à venir dans ce vallon depuis trois ans parce que les Sanchez ont abandonné la ferme du Pouey et que le coin reste en jachère, il faut bien que les herbages soient tondus, sinon la forêt va tout gagner. Mais s'il fallait payer la baccade pour ici, en plus... pour l'instant la commission syndicale ferme les yeux, ça l'arrange, il n'y a pas d'autre troupeau sur le versant.

Mais vous touchez des aides pour la bac...

Oui, les subventions en couvrent une partie, heureusement, sinon on met la clé sous la porte.

Ce serait l'intérêt de personne.

Ce serait plus la même montagne, juste de la forêt à perte de vue, infranchissable, et plus de fromage, simplement.

Ils lèvent la tête vers la Table des Trois Rois, c'est Iso qui aboie, qui serre et rabat cinq brebis fugueuses parmi les moraines à l'ouest du lac Oh, les enfants ! là, là ! Une bande d'isards zigzaguent sur la paroi rocheuse au-dessus du campement, ils rebondissent comme des balles, Pat les fixe, piétinant le sol de ses pattes antérieures, fébrile, la truffe au vent. Fernand dévisse le bouchon du Thermos, sert le café, se roule une cigarette, les enfants sont repartis, ils marchent le long de la rive, les pantalons relevés, nu-pieds dans l'eau glacée du lac Il y a de la truite ?... De la sauvage, non, ils repeuplent en fario chaque année pour les pêcheurs. C'est un hélico qui passe avec 200 kg de poissons dans une nacelle, ils larguent au printemps, mais il n'y a pas de reproduction, elles ne s'adaptent pas, savent à peine se nourrir. Fernand tend une cigarette à Thomas, le briquet. Il l'allume, inspire une bouffée profonde Avec le café, c'est tout de même... Il s'allonge dans l'herbe, le sac à dos calé sous la nuque, le ciel est une vasque sans fond, de temps à autre le bourdonnement des insectes, une cloche qui tinte, Jean se lève pour aller voir les bêtes, Fernand rejoint les enfants au bord du lac, Thomas s'abandonne au sommeil, la cigarette éteinte à la commissure des lèvres. Il l'aperçoit dans sa robe jaune, sa silhouette élancée, sur la piste de latérite rouge qui traverse la plaine, le sol est fendu, craquelé, des crevasses ouvertes ici et là, sa peau métisse luit et vibre dans la lumière, quand il lui parle, elle tourne le dos, il ne voit que sa chevelure crépue, alors il ouvre la porte et sort dans le jardin, il l'enlace par la taille, elle se retourne, c'est Pauline qui pleure, c'est Camille mais il sait que c'est Pauline qui le fixe et qui pleure, il y a Aurèle qui creuse un trou près du noyer, Camille-Pauline sanglote toujours et Jean qui repose dans le grand lit, mort. L'hélicoptère approche, Thomas, saisi de terreur, court sur la piste...

*

L'aube est d'une couleur marine qui annonce un jour sans nuages. Les sacs sont prêts, sur le pas de la porte. Les ânes broutent aux abords de la maison, les enfants embrassent Fernand. C'est l'heure. Anton est sombre, Elsa essuie des larmes, se mouche, Thomas contemple la vallée, la brume au-dessus des bois, la pâleur phosphorescente des saillies rocheuses dans les herbages noyés d'encre, il respire l'odeur de l'herbe trempée, il guette les premiers rayons, la lumière qui grandit au-dessus du pic d'Isabe Thomas! on y va? Elsa et Anton sont hissés sur l'âne gris, le plus vieux, le plus docile, les deux autres, au poil noir et bouclé, sont chargés de lourds paniers contenant des tommes et les sacs à dos des enfants. Ils passent devant la fromagerie, l'enclos, la plupart des brebis dorment encore, blotties en cercles concentriques, Iso et Pat s'arrêtent à quelques mètres des clôtures, ils piétinent l'herbe, ils jappent, ils aboient, provoquant des mouvements d'éveil affolé dans le troupeau. Anton et Elsa se retournent, adressent de grands signes, Fernand tient l'agneau dans ses bras, la bergerie se rétracte, sertie dans le versant qui l'absorbe, un dernier regard avant l'épaulement, ça s'engloutit dans le paysage qui s'ouvre maintenant devant eux vers la vallée et le foyer de grisaille confuse et lointaine du bourg de Lescun. Personne ne dit mot, Elsa se penche, caresse l'encolure rêche de l'âne, Thomas ralentit le pas, se trouve bientôt à la hauteur de Jean qui ferme la marche, tenant la longe des autres ânes, ils cheminent en silence un long moment

On est pas allés au pic d'Anie.

T'as bien vu, c'était trop court.

Oui, c'est idiot, la prochaine fois je reste plus longtemps.

T'as qu'à venir un week-end, on y monte.

J'aimerais que tu me montres…

Quoi?

Là où papa est tombé, c'est près du pic, non?

C'est pour ça que tu veux grimper? Je croyais que c'était pour le panorama.

Pas seulement.

C'est un endroit comme un autre.

Non, c'est là qu'il est mort. J'y pensais pendant mon périple, j'essayais de me souvenir si on y était allés.

Non, jamais.

J'ai envie de savoir où il est tombé. On a mis une pierre, quelque chose ? Pourquoi tu souris ?

Pour rien.

Parce que j'en ai vu une, avec un vase, des fleurs séchées, une photo scellée dans un granit, en haut du col d'Arriel...

Oui, la pierre d'Alex. Je l'ai bien connu, c'est sa mère qui a voulu qu'on l'installe. Un brave garçon, Alex, un bon berger, c'est la foudre qui l'a cueilli... plus jeunes, on a fait l'estive ensemble.

Du coup, j'ai pensé à papa.

Non, personne n'y a songé.

Tu y passes des fois ?

Je monte plus au pic d'Anie, pas assez d'herbe pour les bêtes, pas le temps.

Le ton de sa voix est tranchant, il a le visage tourné vers les ânes, il tend la main, caresse les naseaux du plus proche, Thomas n'insiste pas, regarde les cailloux du chemin, il avance, fouillant machinalement ses poches à la recherche d'une cigarette, il n'en a pas, il a cessé de fumer. Trois heures plus tard, la pente devient plus douce, ils ont coupé la sente du hameau de Labarrère, contourné le rocher Cazalet, le tracé s'élargit, l'herbe alentour est plus grasse, des haies surgissent ici et là, ils aperçoivent les toits d'ardoise du hameau de Pouey, une dizaine de vaches éparses, deux chevaux au bord de l'étang, ils contemplent, Jean leur désigne un héron pourpre solitaire parmi les joncs, Thomas prend ses jumelles, l'observe, qui plante, vif, son long bec dans l'eau, en ressort une grenouille verte au ventre jaune prise à l'abdomen entre les pointes verrouillées du bec en harpon, elle gesticule, asphyxiée, brassant l'air de ses pattes engourdies, puis elle disparaît dans le bec orangé, soudain dressé à la verticale. Ils croisent un groupe de randonneurs, passent bientôt devant la ferme abandonnée des Sanchez, foulent à présent le bitume granuleux où poussent ici et là de mauvaises herbes, il y a ce bruit de céramique des sabots sur la chaussée, le crissement des graviers sous les semelles, une odeur de crottin et de paille séchée. Ils s'arrêtent près de l'Audi couverte de rosée, Thomas ouvre le coffre, y dépose les sacs à dos

Tu veux récupérer le sac ?

Laisse, quand tu reviens.

Tu verras, j'ai déposé les affaires qui étaient dedans sur le plan de la cuisine.

Jean regarde au loin vers les contreforts du pic d'Anie. Il ne répond rien

Tu veux qu'on t'aide à décharger les tommes ?

Vous avez le temps ?

On n'est pas à cinq minutes.

Ils continuent jusqu'à la vieille estafette Renault garée 300 m plus loin, ils sortent les fromages des paniers, font la chaîne tous quatre, Elsa veut les ausculter, les reconnaître, voir quels sont les siens Dépêche-toi, Elsa, dépêche ! Jean les installe dans des caisses larges et plates qu'il empile et arrime avec des sandows derrière la banquette, regarde sa montre

Suis en retard, devais livrer à 8 h… je vais téléphoner.

C'est pour qui ?

Deux fromagers sur Tarbes et Pau. Je vends le reste au marché de Lescun, c'est le dernier dimanche des vacances, il devrait y avoir du monde.

Et les ânes, tu… ?

Je les mets en pâture dans le pré des Sanchez, quand je rentre après le marché on remonte avec des provisions pour les derniers quinze jours, après on redescend avec les bêtes… ça file. Un été, maintenant, c'est juste un soupir.

Jean verrouille le Renault, ils repartent Oh, deux secondes !
Il se hâte, cinq pas, ouvre la portière conducteur, grimpe

dans l'habitacle, fouille dans le fatras du tableau de bord couvert de poussière, en rapporte un CD Tiens, écoute ça, c'est
beau, pour la route. Thomas découvre une pochette blanche,
la photo d'une corde aux trois brins qui se nouent ou se
dénouent à son extrémité, le titre: *Threesome*, qu'il déchiffre,
courbé, se tenant le ventre, une crampe...

C'est le titre.

Qu'est-ce que tu dis ?

Non, rien. Merci, Jean.

Qui les raccompagne jusqu'à l'Audi. Les enfants se blottissent contre leur oncle, l'enserrent comme un arbre, il se
baisse, les prend dans ses bras, les hisse contre sa poitrine,
Elsa cale sa tête dans le creux de l'épaule large, les yeux
vagues

Salut, mes petits, salut salut. On forme une belle équipe
là-haut, hein ? Vous êtes de vrais montagnards à présent.

On te revoit quand ?

Faut demander à votre père.

Quand, papa, on revient ?

Je sais pas, les tigrichons, peut-être à Noël, Jean, si tu...

Bien sûr, la maison est ouverte, il y aura de la neige.

Salut, grand frère.

Salut, Thomas.

Dans l'étreinte de Jean, Thomas recouvre sa place comme
si la forme de son corps s'y trouvait déposée depuis un temps
confus et lointain où le père a disparu de sa vie. Un apai-
sement, un abandon de quelques secondes dont l'intensité
ne faiblit pas. Ils se serrent, se regardent, ils ne se quittent
pas. Ils montent en voiture, Thomas respire mal, il démarre,
marche arrière, demi-tour, vitres baissées, des mains et des
bras jetés par les portières, Jean qui sourit, à peine, qui ne
bouge pas, les ânes à ses côtés, un bruit de sabot qui claque
sur le bitume, des mouches qui butinent et s'agrippent
au bord de leurs yeux, ils secouent leurs longues têtes,

s'ébrouent, la voiture s'éloigne, Thomas fixe son frère dans le rétroviseur, il voit son dos, sa nuque, il repart vers la ferme des Sanchez, les ânes à sa suite, leurs silhouettes décroissent, un léger virage, l'angle d'une maison, le rétroviseur vide, c'est évanoui.

Thomas conduisait machinalement depuis vingt bonnes minutes Pourquoi tu roules si lentement, papa ? Thomas approuva d'un signe de tête Tu as raison... De quoi ?... Rien, il faut qu'on avance. Ce fut de nouveau le silence qui scelle les lèvres, qui colle la langue au palais. De temps à autre, Thomas lançait une phrase à l'intention des enfants, comme une gerbe de fleurs sur la beauté des montagnes, les chiens Pat et Iso, la bergerie, oncle Jean, Fernand, mais les mots tombaient, personne ne les ramassait, ça fanait aussitôt. Il n'insista pas. Ils avaient chaviré dans un pli de silence, ils parcouraient le temps d'un désarroi, ils s'éparpillaient, ils dévissaient dans l'éloignement de soi, seuls ensemble, les yeux grands ouverts. Et la voiture dévalait les pentes, les contreforts montagneux, traversait les villages, dépassait Oloron, gagnait la vallée de Pau et bientôt l'autoroute. Les paysages défilaient à rebours, c'était un travelling arrière, chaque inspiration devenait un effort, ils se dirigeaient vers nulle part, annulant tout l'élan qui les avait emportés. Ils filent maintenant en direction de Bayonne, Thomas songe à sa mère Valence qui s'est installée dans la vieille cité, près du canal, depuis qu'elle s'est remariée avec un certain Raymond, infirmier-chef à l'hôpital. Faire escale un moment ? Non. Il n'en souffle mot aux enfants qui discutent ensemble après deux heures de complet mutisme. C'est Elsa surtout qui parle, Anton répond vaguement, grognements et onomatopées, ayant redécouvert le goût de jouer sur l'écran de sa DS. Il refuse de partager

T'es trop nulle, Elsa, c'est pas du jeu, c'est de l'apprentissage.

Apprends-moi, alors.

Suis pas payé pour ça…

Oh, Anton, t'as fini tes remarques ?

C'est vrai, papa, elle m'ennuie avec sa lenteur, ses pouces escargots, on peut rien faire.

Thomas sort son iPhone, sélectionne des jeux, le tend à Elsa par-dessus son épaule

Demande à ton frère qu'il t'indique les touches… et toi, tu commences pas !

Au fait, papa, on a pas de film à…

Non, ma puce, il n'y en a qu'un, vous l'avez vu trente fois, je me rappelle plus du titre.

Shrek ?

C'est ça.

On peut le revoir ?

À la prochaine station, je vous en achète un, d'accord ?

Ils dépassent Bayonne sans que les enfants aient remarqué les pancartes ni songent à leur grand-mère. L'autoroute est plate, invariable, une piste d'atterrissage, un tapis roulant écrasé de soleil dans cette morne traversée des Landes gasconnes. C'est à 30 km de Bordeaux qu'il fait halte dans une station Shell. Il remplit le réservoir, vient se garer devant le mégastore, se glisse dans la seule place disponible. Les enfants se précipitent hors de l'habitacle, gesticulent, des singes excités sur les talons de leur père, ils entrent, se trouvent de suite devant les distributeurs de thé, café, soupes. Sur la droite, derrière les caisses de supermarché, s'étirent de hautes vitrines réfrigérantes, de longs rayons sur-éclairés : charcuterie, plats cuisinés, boissons sucrées, fruits, produits laitiers, desserts, pain de mie, viennoiseries, bonbons

On déjeune au snack là, derrière, ou on pique-nique sur une aire d'arrêt ?… Évidemment, vous n'êtes jamais d'accord. Alors, je décide : pique-nique. J'achète du pain, des pêches, on a du jambon et du fromage…

Et du Ice Tea mangue…

Et des langues de serpent !

Voulez que j'achète le magasin ?

Les enfants se bousculent vers les présentoirs de journaux, magazines, DVD, ils cherchent, trient, discutent. Il tient les provisions dans un grand sac papier, s'approche Alors ? Ils lui tendent chacun un DVD

Ce qui est pénible, papa, c'est d'être obligé de voir le même film, si on pouvait regarder chacun le sien.

C'est une idée, ça, deux lecteurs dans l'ordinateur de bord, sans compter que moi, j'aimerais écouter de la musique.

D'ailleurs, papa, faut racheter des écouteurs, y en a une paire de cassés.

Thomas passe en caisse, paye, son portable sonne, la reconnaissance vocale annonce Valence

Mamie ! réponds vite, papa, réponds !

Allô ?

Thomas, c'est maman.

Je sais.

Je viens de parler à ton frère, vous étiez à l'estive ?… et tu m'as rien dit ?

Les enfants y étaient, moi j'étais en randonnée du côté du Vignemale.

Ah. Vous faites escale ?

Non, maman, j'ai laissé les enfants profiter au maximum, on n'a plus le temps, demain c'est école, on est à Bordeaux, là.

C'est dommage… Raymond aurait été content de vous voir… ça fait longtemps.

Thomas est sorti sur le parking, il déambule, le dos voûté, la démarche lente, cent pas en jetant un œil distrait sur les enfants qui chahutent sur le gazon Oui, maman, je sais. Il s'arrête, regarde le ciel, le soleil cloue au sol Oui, maman, c'est dommage, j'ai entendu. Il fait crisser un caillou sous le bout de sa chaussure, se mord la lèvre, Valence lui raconte son nouvel appartement, derrière la mairie, juste à côté du chocolatier Cazenave C'est calme, c'est coquet, il y a une chambre d'amis, tu sais ? pour vous, si vous venez. Puis elle lui évoque Raymond, elle dit « mon Raymond » qu'elle accompagnait l'autre dimanche à la chasse au sanglier C'était épatant, la battue, les chiens... Elle lui explique son dévouement à l'hôpital, ses responsabilités d'infirmier-chef dans le service des enfants handicapés, commence à lui décrire le garçon de 9 ans, Boris, il s'appelle, qui veut traverser la rue, qui surgit entre deux voitures garées, il s'est fait... Écoute, maman, on doit y aller, là. On se parlera plus tranquillement de la maison, d'accord ? un soir de la semaine ?... Téléphone au moins pour dire que vous êtes à bon port, hein ? sinon je me... Il devine son geste, le poing fermé qui se visse au creux du ventre, en dessous du sternum Promis, je fais signe quand on arrive. Anton et Elsa sont sur le toboggan, dans l'aire de jeux derrière le snack, il les appelle, ils glissent, se relèvent, courent vers lui Et mamie, on passe ?... On n'a pas le temps, demain, c'est école... Dans la voiture, ils tirent au sort le premier DVD, Thomas l'enclenche dans le lecteur, ils branchent leurs écouteurs dans l'écran des dossiers, se calent au fond de la banquette, il démarre, rejoint l'autoroute, programme le régulateur de vitesse sur 140 km/h, la climatisation sur 19 degrés, l'Audi file vers Paris, il pense à Jean qui doit ranger son étal sur la place ombragée de Lescun, à l'arrière les enfants grignotent un paquet de chips, un geste identique et absent, les yeux fixes, il glisse le CD dans le lecteur. *Threesome...* son frère doit lire dans les pensées ignorées comme un cartographe des sentiments. Il s'abandonne dans le silence aux premiers accords du piano, il observe Anton et Elsa dans le rétroviseur, il s'applique à bien conduire.

Ils approchent de la forêt de Rambouillet en fin de journée, passent le dernier péage, l'autoroute s'élargit, quatre voies à présent, mais l'espace alentour se resserre, des bâtiments industriels, des pylônes à haute tension, des immeubles, des lotissements en rubans continus, des avions qui les survolent, l'autoroute devient un couloir bordé de murs, d'enseignes publicitaires et d'aires de poids-lourds, le ciel est nuageux, éteint, l'habitacle de la voiture se rétrécit. Ils pénètrent sur le périphérique extérieur par la porte d'Italie, les voitures roulent au pas dans les deux sens, c'est un flot de lave mécanique, un tissu d'acier brûlant. Devant le générique du deuxième film, Anton et Elsa se réveillent de leur hypnose, découvrent par les vitres la compression urbaine et automobile On est où?... Presque arrivés, ma chérie, tu reconnais pas?... Déjà?... Ils atteignent la bretelle de sortie, s'engagent dans l'avenue de Paris, tournent à droite au quatrième feu, longent la tranchée du RER, virent dans la rue, s'arrêtent devant le 41, Thomas déclenche l'ouverture de la grille, gare l'Audi dans l'allée, le jardin est encore fleuri, l'herbe a poussé, des roses fanées pendent au bout des branches, l'érable sur la terrasse a souffert de la chaleur, le feuillage est à moitié sec, la grille se referme derrière eux. Ils sortent, leurs pas hésitent, les yeux de Thomas courent d'une plantation à l'autre, les enfants foulent le gazon haut qui noie chaussures et chevilles, grimpent les deux marches, Thomas traîne, avance lentement, comme sur un sol piégé. N'était le volume de la végétation, tout est à sa place, dans un état de sidération. Les enfants piétinent devant la porte Tu ouvres, papa?... Venez m'aider pour les bagages. Ils entassent les sacs sur le seuil, Thomas déverrouille la lourde porte, enjambe les bagages, neutralise l'alarme en pianotant sur le clavier, envahi d'une imperceptible odeur, des effluves à peine notables de bois, de tapis, de rideaux, de poussière, ça se diffuse à l'avant du crâne, une céphalée, quelques secondes, puis ça disparaît, résorbé dans l'air de la maison qu'il respire depuis longtemps, neutre, pensait-il. Anton et Elsa se précipitent dans leurs chambres, Thomas les suit machinalement, aspiré dans leur sillage, ils vont à la rencontre de leurs jouets, livres, cubes, figurines, ils soulèvent, triturent, manipulent, à la recherche de quoi ? D'une vie des choses en leur absence ? Sept semaines à l'estive, c'est une longue absence. Mais pour Thomas, qui a quitté la maison deux semaines auparavant, ce sentiment démesuré d'un retour d'Ulysse… Il les laisse s'affairer, s'éloigne à reculons, descend l'escalier comme s'il comptait les marches, s'assoit dans le sofa, s'y laisse tomber, les mains croisées sur les cuisses, contemplant le jardin dans le cadre de la porte ouverte. Il voit les feuilles vernissées de la vigne sauvage qui ondulent sur le mur à la brise, les grappes de groseilles qui luisent dans le feuillage, le chat qui avance dans l'herbe, précautionneux, levant haut les pattes. Il prend le verre sale à côté de la bouteille posée sur la table basse, l'essuie avec le revers de sa chemise, se verse deux doigts de bourbon qu'il porte à ses lèvres, le liquide ambré enflamme sa gorge, le chat est sur le seuil, en deçà de la ligne d'ombre, il flaire, circonspect, l'air alentour. Il n'entre pas.

*

Derniers jours d'octobre. Pluvieux, continûment. Les enfants sortent de l'école, Daba leur ouvre grand ses bras, les ramène à la maison de son pas traînant, elle veille sur eux jusqu'au retour de Thomas qui rentre à des heures moins tardives. Elsa sait lire, elle déchiffre couramment, s'en délecte, épelle à voix haute dès qu'un texte surgit, les pancartes, les règlements, les panneaux publicitaires, quand ils cheminent à pied, quand ils roulent en voiture, Anton soupire, agacé. Lui qui s'ennuie, impatient d'entrer au collège. Un soir, Daba entreprend Thomas alors que les enfants jouent dans leurs chambres. La maîtresse d'Anton lui a parlé la veille, elle voulait rencontrer les parents, elle ignorait la situation, Daba s'est permis de l'en informer, lui a expliqué combien pour Thomas c'était difficile... L'institutrice a donc écrit un mot dans le cahier, il faudrait le lire et y répondre Merci, Daba, pour votre attention. Elle se lève, enfile son manteau, s'en va, Thomas demeure dans l'entrebâillement de la porte, il observe son dos large, son déhanchement à chaque pas, un balancement de métronome, lent, un ressort en bout de course, le corps penché qui pourrait s'arrêter sur une jambe, net. Il referme la porte, fouille dans le cartable d'Anton, trouve le cahier, le texte qui avertit Thomas des bavardages incessants d'Anton, de ses retraits dans une espèce de rêverie hypnotique, de ses insolences quand on lui en fait la remarque. Elle souhaiterait rencontrer Thomas. Il se souvient d'une conversation avec Claire Il est trop perturbé, t'as vu ses dessins avec les... ? Il faut consulter, il faut l'aider... Le dîner est paisible, presque joyeux, Thomas n'ose aborder le sujet, les enfants montent se coucher, Thomas les réunit pour la lecture du soir, il vient d'achever dans la chambre d'Elsa l'histoire de *La Belle au bois dormant*, sa fille lui demande s'il n'a pas le pouvoir de réveiller la belle endormie, s'il connaît le secret Je suis pas le prince Charmant, ma chérie, j'ai pas ce... Mais t'es amoureux, c'est bien le principal ! Des larmes perlent à ses yeux, il la prend dans ses bras Il faut la réveiller, papa, elle me manque trop... Je peux pas, ma petite fille, tu sais bien, c'est seulement dans les contes. Et puis, elle ne dort plus, t'as bien vu, elle... Elsa sanglote dans ses bras, il ne sait comment poursuivre. Anton s'est levé, brusquement Tout ça, c'est des bobards, idiote débile !... Anton !... Moi, je vais me coucher. Il part dans sa chambre, il marche bruyamment, la colère dans les talons, Thomas lui dit de revenir, il va lire une autre histoire, Anton a disparu, il ne répond pas, Thomas se tait, fixe le mur, découvre deux nouveaux dessins épinglés au-dessus du coffre à jouets, il y a un lac entre les montagnes avec des moutons dispersés sur les rives, et Daba, on reconnaît sa robe et sa coiffure, qui fait la cuisine près d'un feu, sur l'autre, c'est un désert avec une voiture au bord de la route, une femme et deux enfants sont allongés sur le sable, bras écartés, un homme traverse les dunes avec un bidon rouge. Il berce Elsa puis la recouche, bégaye des mots tendres, lui lit le conte chinois des trois haches, ses paupières sont lourdes, elle s'endort. Il laisse la lampe de chevet allumée, quitte sur la pointe des pieds, rejoint Anton, muré dans son silence, le visage dissimulé derrière l'album consacré aux châteaux forts, les sourcils froncés, les yeux rivés sur les pages

Il faut que tu réalises, Anton, ta sœur est petite, trois ans de...

Deux ans et demi ! comment elle peut sortir de telles...

Tu dois comprendre, pour elle la différence entre les rêves et...

Et moi, papa, tu crois que ça fait pas mal ? qu'elle me manque pas ?

Anton, Anton, je sais bien, je sais, tu es plus grand, tu peux moins t'échapper dans...

Ça change pas ! On est prisonniers, papa ! Enfermés, là !

Thomas ne répond rien, il saisit Anton aux épaules, l'attire, dépose des baisers sur sa tête bouclée

Essaie de bien dormir, mon grand, encore cinq minutes de lecture, et puis extinction des feux, d'accord ?

Anton hoche la tête, le regard sur les dessins colorés de murailles et d'archers, Thomas se redresse, se déplie, sort de la chambre à reculons. Il descend l'escalier avec la sensation d'un ralenti, éteint la lumière du salon, dehors une pâleur lunaire inonde la pièce d'une phosphorescence poudrée, les meubles projettent des ombres grises, il se dit qu'il n'arrivera pas à traverser, se dirige vers sa chambre, s'installe au bureau devant l'ordinateur, allume l'écran, un dossier à boucler pour le lendemain, la bouteille est à ses pieds, il se sert deux doigts dans un verre poisseux, branche la clé USB, charge le dossier dans ses doc.pro, il vide son verre, s'en verse un autre fond, engourdi, peu concentré, frileux malgré l'alcool. Les suites chiffrées flottent et se brouillent, les mains s'appesantissent sur le clavier, il ferme l'ordinateur, se déshabille, les vêtements en tas sur le parquet, s'assoit, s'allonge dans le grand lit que Daba refait impeccablement chaque fin d'après-midi après le goûter des enfants. Prisonnier. Le mot tourne et revient. Il n'entrevoit pas quelle échappée il pourrait inventer pour son fils, il a remarqué dans l'album illustré d'Anton plusieurs dessins de cachots et d'oubliettes dans les fondations des châteaux forts, il se relève, va jusqu'aux marches de l'escalier, vérifie que les lumières sont éteintes dans sa chambre, retourne se coucher, sombre en parcourant un magazine d'informatique.

*

Thomas passe devant son vaste bureau vitré, désert, qu'il n'occupe plus. Il croit deviner les particules de poussière qui accrochent la lumière du matin et qui tapissent uniformément le plan de travail en verre, aussi vide que la corbeille en métal ajouré. Sur la porte est collée une plaque de laiton : Antoine Perraudin DG. Ce dernier occupe le bureau un ou deux après-midi par mois, il y reçoit des clients, examine les comptes avec le directeur financier. À cet endroit du couloir, Thomas en eut plusieurs semaines le pas troublé, presque hésitant. Il se hâte aujourd'hui de gagner le plateau paysager du pôle Recherche et Développement dont il est toujours officiellement responsable. Un espace ouvert qu'il partage avec trois stagiaires, une assistante de diffusion fraîchement embauchée, Zaïd, Jérôme et Cyril, un nouvel ingénieur informaticien également recruté par Drincourt que Jérôme Trinchard lui aurait présenté, soupçonne-t-il. Thomas se met au travail, des dossiers urgents, il s'absorbe dans la profondeur lumineuse de l'écran, il devient les suites chiffrées, les codes, les structures des programmes, les configurations des plates-formes, il sursaute, 11 h déjà, il saisit son portable, téléphone au médecin, lui évoque ses inquiétudes à propos de son fils, son comportement en classe, à la maison Vous souhaitez que je le voie ?... Vous connaissez peut-être un bon pédopsychiatre dans le quartier, enfin, pas trop loin... Vous permettez ? une minute, monsieur Texier ?... Bien sûr, docteur... Gérard Drincourt est survenu dans son dos, s'est penché sur son épaule pour lui parler, a découvert Thomas, le portable vissé à l'oreille, Drincourt qui contourne le bureau, se campe au plus près, inévitable dans le champ visuel, Drincourt seul, insolé dans le fond de ses rétines. Parce qu'il a une question, ça urge, et Thomas qui obstrue de la paume le micro de son portable, qui adresse un regard interrogatif à Gérard qui demande d'une voix forte, trop appuyée, comme s'il fallait dominer les bruits de roulements et les vibrations du métro: C'est résolu les problèmes de la plate-forme pour Eiffage ? Le dossier qu'il aurait dû boucler hier au soir et livrer ce matin avant même d'arriver... Thomas lui répond par un signe de la main, d'abord le bras libre tendu, paume ouverte en direction du patron pour lui signifier l'arrêt de l'échange, le silence, puis le pouce dressé, poing fermé, et le mouvement appuyé des lèvres en un murmure Oui, une minute, une ! Et comme Gérard met les yeux au ciel, soupire lourdement, tapote du bout de ses ongles la surface graphitée du bureau, Thomas se lève, se dégage, s'approche de la baie vitrée, tourne le dos à Drincourt, qui s'empare d'une feuille de papier, d'un stylo, qui griffonne nerveusement quelques mots, qui va pour rejoindre Thomas en conversation avec le médecin, Thomas qui opère un mouvement de retour vers son bureau parce qu'il cherche un papier et un crayon pour noter le nom et le téléphone d'un excellent pédopsychiatre à Vincennes, ils manquent, Thomas et Gérard, de se percuter, tête contre tête, poitrine contre poitrine, Thomas l'évite, un pas de côté, saisit une note de restaurant qui traîne près de l'ordi, se penche sur son bureau, il fait épeler, vérifie avec le médecin qu'il a bien noté l'information, remercie avec insistance, salue, coupe, trente-sept secondes que le patron lui colle au train, il range son portable, Drincourt est là avec sa feuille de papier griffonnée, sans doute une phrase comminatoire, Thomas parle le premier

C'était à Dominique de joindre Eiffage, non?

Il est en déplacement chez des clients, et c'est finalement sur moi que Rachel est obligée de balancer le client trop énervé? Eiffage, c'est gros et dépourvu de patience, tu sais ça?

Je suis dessus, j'ai presque fini…

Mouais, 11 h 10… ça devait être calé à la première heure, non? Et je t'appelle, mais bien sûr, tu réponds pas, tu blablatères sur ton portable.

Juste une minute, le médecin pour Anton, joignable que le matin…

M'en fous, à 200 %!

Il pointe l'index comme une lame de couteau vers le visage de Thomas

On fait pas attendre Eiffage, c'est pas bon pour toi, ça!

Il parle à voix haute, les collègues ne perdent rien, il a tourné les talons, sept ou huit pellicules étoilent le col de sa veste sombre, on devine le tracé du peigne dans ses cheveux lissés humides, il chiffonne bruyamment sa feuille de papier qu'il jette en boule dans une corbeille comme s'il lançait une pierre sur un serpent, il manque sa cible, la feuille roule sur la moquette, il la récupère du bout de sa chaussure, la centre dans la travée, s'accorde deux pas d'élan, il shoote, il hurle BUT!! se retourne, adresse un doigt d'honneur à Thomas puis sort en claquant la porte. Thomas soupire, retourne à son écran, puis jette un œil à ses collaborateurs, ils ont le regard qui fuit, il croise celui de Jérôme, pense deviner chez lui une crispation à la commissure des lèvres, un sourire mal retenu, Thomas se lève, son fauteuil à roulettes recule de plus d'un mètre, il marche vers le bureau de Jérôme, six pas, pose les poings sur son plan de travail, le fixe droit dans les yeux, Jérôme se gratte la tête, met la main en visière

Qu'est-ce qui...?

C'est fini la plate-forme de traçage containers pour Le Havre?

Pas tout à fait.

On a promis la livraison pour vendredi dernier, c'est bien ça?

C'est bien ça.

Et on est mardi? Alors, tu pars pas d'ici aujourd'hui si c'est pas closed, finished, burried, pigé?

Oui, t'énerve pas.

Tu vis vachement à crédit, Trinchard, autant dire au-dessus de tes moyens. Je couvre plus aucun retard, tu expliqueras au boss l'avarie cérébrale...

Ce sera fait... Il y a toujours des urgences qui doivent...

Pour toi, c'est ça, l'urgence!

Jérôme n'a plus ce pincement sur le côté de la bouche, c'est plutôt une stupéfaction mêlée d'ondes haineuses, mais sa peau garde cette même blancheur livide. Thomas retourne s'asseoir, débrouille et achève le paramétrage concernant le traçage des chefs de travaux et des contremaîtres pour un chantier de Lille, un stade à 360 millions d'euros, envoie le document chez Eiffage et sur la messagerie de Dominique. Il est 12 h 10, il quitte le plateau, descend à l'étage du patron, s'arrête devant le bureau de Rachel, glisse la tête par la porte ouverte

Il est là ?

Oui, mais en pétard, c'est pas le moment…

J'en fais mon affaire. De toute façon…

Thomas ! tu devrais…

Il n'écoute pas la fin de la phrase, il déboule devant la double porte en chêne foncé, il toque, les yeux sur la plaque en laiton : Président-Directeur Général. Il entre

Qu'est-ce que tu…

Je venais te dire qu'Eiffage, c'était bouclé.

Et alors ? Tu me déranges, là…

Et te préciser aussi que c'est pas moi qui ai merdé.

Dominique aurait dû assurer bien en amont. Il promettait, promettait monts et merveilles à la clientèle, mais ne tenait pas compte des délais, d'autant que c'était à lui de s'y coller aux ajustements de paramétrage. Thomas n'était pas censé courir derrière des promesses que Dom ne pouvait tenir et qui les ralentissaient à la recherche…

J'ai accepté de l'aider encore une fois sur ce coup, vu l'urgence et l'enjeu financier, mais je prends pas, en plus, les engueulades vexatoires…

Tu m'as l'air bien nerveux, Thomas.

Moi ? trop fort, ça ! Dominique Rey, l'ingénierie commerciale, c'est pas son truc, s'appuie trop sur nous, n'anticipe pas assez, il était bien plus efficace au plateau…

T'es en train de me dire que tu voudrais reprendre ton poste clientèle ?

En effet, Thomas s'en sortait beaucoup mieux, ses propositions étaient plus ajustées, il savait à quoi elles correspondaient, il savait assurer lui-même les configurations spécifiques, le suivi des plates-formes, sans passer son temps à appeler le pôle au secours… En outre, Thomas était moteur pour l'innovation grâce à son travail sur le terrain, il sentait les nécessités, les potentiels

T'as raison, je vais le virer, le Rey, son bilan sur un an est médiocre, tu confirmes, n'est pas à la hauteur…

C'est pas ce que… en recherche, il est excellent!

Faudrait savoir, tu disais que c'était le meilleur pour le développement personnalisé des applicatifs, je te cite! A priori, il était donc fait pour la clientèle.

Oui, quand on lui donne le cadre.

C'est bien ça, je l'éjecte.

Non, on remp…

C'est tout?

Pas tout à fait. Jérôme, il…

Jérôme, tu touches pas.

Laisse-moi finir! Tu as dit: Le traçage de fret portuaire, c'est son domaine réservé, sinon qu'on fait toujours pas le poids sur le marché face à F.S.I.com par exemple.

C'est pas…

Je sais, l'enjeu c'est d'approcher les administrateurs et les sociétés portuaires pour la time sheet des personnels qui travaillent à 80 % en extérieur, je sais…

Bravo, Thomas, mais pas seulement.

Peu importe, c'est toi le boss…

Je te le fais pas dire.

Mais Jérôme accumulait des retards faramineux sur l'élaboration des plates-formes, Thomas devait sans cesse y mettre la main. Trinchard avait peut-être les contacts mais il n'avait pas de propositions neuves et il maîtrisait très mal certains logiciels… D'ailleurs, en fouillant un peu, je suis pas si certain qu'il le sorte d'Epitech, son diplôme…

C'est grave, ce que tu dis, Thomas la Fouine… je n'imaginais pas chez toi ce côté crapule fouille-merde. En même temps, si son CV est bidon, il est très fort pour occuper les postes qu'il a su obtenir.

Thomas se passe la main dans les cheveux, il est en nage, il considère les chaussures de Gérard, des VQuattro montantes, en cuir noir et semelles blanches

Je reviens à nos moutons, pour la gestion des containers du Havre, c'est...

Tu touches pas, Thomas, je verrai en direct avec lui et Perraudin.

Compris, Gérard, mais je veux plus jouer les pompiers ni porter le chapeau.

C'est bon ? Tu me fous la paix ?

Oui, mais réfléchis à ma proposition, laisse-moi reprendre la main.

Ça te gêne pas d'être responsable du licenciement de Rey ? Un vieux pote ?

Nom de Dieu, mais tu me...

Ça va, ça va, je blague... T'en es où du projet de bracelet électronique ?

La question du traçage en temps réel était réglée. Le logiciel s'appellerait Ubiquité...

Très bon, ça !

Le problème, c'était le support. Le bracelet posait un problème d'ergonomie et de design. Il importait que ce soit du côté du bijou et non pas des menottes...

On fera bosser des designers là-dessus.

Thomas continuait de penser qu'il fallait peut-être chercher franchement autre chose qu'un bracelet, et on en revenait au porte-clés, beaucoup moins contraignant d'apparence...

Là, j'ai un rendez-vous qui arrive, à toi la gamberge, salut.

Thomas sort, repasse devant le bureau de Rachel, elle lève la tête de l'écran

Alors ? il a pas...

Explosé en vol, si. Tu ramasseras les morceaux ?

T'es vraiment...

Le téléphone sonne

Te laisse, bye.

Thomas s'éloigne vers l'ascenseur, 12 h 25 à sa montre, il colle le front sur la vitre, observe le mouvement des câbles sinuant dans la cage de verre, l'ascenseur transparent qui monte et s'approche, les épaules massives, la calvitie naissante sur le crâne de... les portes coulissent, c'est bien Rey qui en sort

Salut, Dom, je te croyais chez des clients ?

J'en reviens.

Tu vas où ?

Chez le patron, un gros marché, il va grimper aux rideaux... les conditions que j'ai arrachées.

Pour Eiffage, c'est bouclé, t'ai envoyé le dossier.

J'ai vu, merci, Thomas, à plus !

Il est grand, large, bedonnant, souffre d'asthme, la peau laiteuse du visage est marbrée de plaques rosées, il perle de sueur, paraît courir au feu, s'épongeant le front avec un mouchoir en tissu, il tourne le dos, se hâte vers le bureau de Drincourt. Thomas entre dans l'ascenseur, il monte au plateau, cerné par le vide qui se creuse sous ses pieds, il pense au passage d'Orteig, l'à-pic dans une lumière verdâtre, le sac à dos qui décroche et qui tombe, la peur bat au ventre, il s'arrache du gouffre géométrique strié de câbles, fixe les lumières sur le tableau chiffré des étages. Il arrive au 7e, les portes s'ouvrent, il s'extirpe, les traits tirés, le souffle court.

*

Il regarde sa montre, plusieurs plates-formes étaient à livrer aujourd'hui, ça presse, il voulait rentrer plus tôt, demain vendredi est férié. Lorsqu'il lève la tête, baigné dans le halo froid de son écran, il est cerné d'une pénombre juste diluée ici et là par les boîtiers lumineux des sorties de secours. Ordinateurs, halogènes et plafonniers sont éteints, l'invisible rayonnement électro-magnétique qui sature l'endroit d'une sorte d'impalpable grésillement a disparu, son regard s'attarde sur le plateau désert et débranché. Il pourrait danser sur les bureaux, pisser dans les plantes en pot, cracher par terre, une autre fois... Il est concentré, travaille vite, boucle ses envois, il est 19 h, il éteint tout, enfile sa veste, une odeur de moquette poussiéreuse monte du sol qu'il ne perçoit pas le jour, l'air demeure sec et piquant. Thomas n'attend pas, il allume une cigarette, tire une ample bouffée, puis se dirige vers l'ascenseur, zigzaguant parmi les travées du mobilier métal dans une quasi-obscurité jaunâtre. Il appuie sur le bouton d'appel, la cage de verre scintille sourdement dans le pointillé des ampoules de basse intensité. Il prend finalement l'escalier, une veille de 1er novembre sans un agent de service à l'accueil, une panne d'ascenseur. Il téléphone à la maison, c'est Anton qui répond

Ça va, tigrichon ?

T'es essoufflé ?

Je descends les marches.

T'avais promis, papa, tu rentrerais tôt...

Trop de travail, mon garçon. Boude pas, je me dépêche, je suis là à 8 h, on dîne ensemble, tu préviens Daba ?

Le parking souterrain est aux trois quarts vide, ses pas résonnent, les capteurs de mouvement déclenchent les néons, cliquetis et pétillements, l'endroit se fige dans une lumière de flashes, il est seul dans un abri atomique et un temps de désastre post-nucléaire où l'apparition d'une silhouette humaine s'apparente à une menace, il presse l'allure, trotte vers l'Audi, s'installe, démarre, s'engage dans la spirale, les pneus cinglent et claquent sur le sol dentelé, il passe son badge sur l'œil du scan, un moignon de barrière cassée se lève, il surgit de l'immeuble sous une pluie battante, ça dégringole violemment sur le pare-brise, une trombe d'eau à la sortie d'une grotte, il sursaute, enclenche les essuie-glaces, se glisse dans le fleuve mécanique, les lumières bavent alentour, la chair des visages dégouline sur les vitres, le boulevard est un agrégat de métal et de verre, ça coule et ça fond dans des exhalaisons de gaz fumigènes. Il est 20 h 18 quand il déclenche l'ouverture du portail, la pluie est épaisse, le temps d'arriver dans le hall, il ruisselle. La maison est calme, les enfants jouent aux cartes avec Daba, l'odeur du mafé s'échappe de la cuisine

Bonsoir, bonsoir ! ben alors, les tigrrrr ?

Oui, papa, bonsoir.

Ils ont les yeux dans les cartes en éventail

T'arrives encore plus tard que...

Ça roule pas, Anton, il pleut, des bouchons partout, je fais ce que je peux, ça suffit maintenant !

Soyez gentils avec votre père, il faut qu'il travaille, allez l'embrasser.

On finit pas la partie ?

C'est l'heure de dîner... et sans bouder.

Vous restez avec nous, Daba ?

Merci, je dois rentrer, une amie m'attend, je me dépêche.

Elle pose les mains sur ses genoux, pousse, se hisse du profond sofa, se redresse, Thomas remarque ses traits tirés, une sorte de lenteur nouvelle dans ses mouvements Ça va, Daba ?... Oui, juste un peu rouillée. C'est le temps. Elle décroche sa veste et son manteau de la patère Prenez un parapluie, ça tombe à verse... Les enfants se serrent contre elle

Je vous vois plus pendant une semaine, alors ? Je vais m'ennuyer sans vous.

Toi aussi tu vas manquer.

Profitez bien de l'océan avec votre grand-mère, n'est-ce pas ? Oui ? Oui ?

Oui, promis, tantine.

Ah, c'est bien.

Elle ouvre la porte, déplie le parapluie, s'éloigne dans l'allée, sa marche lourde et chaloupée, son dos rond, se faufile entre les rosiers et la voiture, tire la grille, disparaît dans l'obscurité

Elle a l'air épuisée, Daba. Vous êtes sages avec elle ?

Bien sûr, papa, c'est notre tantine.

C'est bien ça, j'ai cru entendre Elsa qui...

Oui, on a décidé, ensemble, de l'appeler tantine...

Pourquoi tu l'as pas raccompagnée ? C'est pas loin en voiture.

En plus, il pleut à torrents.

C'est idiot, j'y vais.

Il enfile son imperméable, chausse de vieux mocassins, prend les clés À tout de suite. Il court sous la pluie, débouche sur le trottoir, essaye de l'apercevoir, prend à gauche, rejoint la rue qui longe la voie ferrée du RER, met la main en visière, la guette, non, nulle part, elle... Aveuglé par la pluie, le crâne trempé, les cheveux qui dégouttent sur la nuque et les tempes Mais, où est-elle, nom de nom ! le bus est passé si vite ? Il s'en retourne, les revers du col serrés d'une main sur la gorge, il fixe le sol, étrangement défait, les enfants avaient raison, il aurait dû la raccompagner sous ce déluge, il tremble de froid, il n'a plus la main, ne fait plus face, les mocassins patouillent sur le bitume luisant qui s'écoule en nappes successives. À peine franchi le seuil, il dessine une flaque sur le marbre

Déjà ?

Je l'ai pas trouvée, c'est trop bête, elle a disparu, pffuit...

Oh, la pauvre, c'est triste.

C'est bon, Elsa, je suis désolé... Je me sèche et on mange ?

On a très faim. Il y a du mafé !

Je sais, j'ai senti.

Il est presque 22 h, ça sonne à la porte, les enfants courent pour aller ouvrir, c'est Claire, vêtue d'un trench serré à la taille, un bob imperméable sur la tête, sa valise à roulettes à la main, Thomas par la fenêtre aperçoit le taxi qui redémarre

Vous n'êtes pas couchés, vous, à cette heure ?

On t'attend, mamie, on voulait t'embrasser.

On dit ça, on dit ça, tous les prétextes sont bons pour ne pas se...

Juré, c'était pour te voir !

Vous m'en voyez honorée alors.

Elle a sa main à plat sur la poitrine, il y a des taches sombres de pluie sur les épaules et les avant-bras de l'imperméable, le bob goutte, elle sourit

Et c'est avec cette pluie de fin du monde que vous m'accueillez ?

Ils sont installés tous quatre dans le salon, ils échangent à propos des résultats scolaires des enfants, de la semaine qu'ils vont passer avec leur grand-mère sur la côte atlantique, de la vie à Bordeaux, des projets de réforme de Taubira, Thomas prépare pour Claire une tisane de camomille

Sers-moi plutôt un whisky, s'il te plaît.

Thomas baisse les yeux, se gratte le genou

Allez, les tigrichons, cette fois, c'est au lit ! Dites bonsoir.

C'est les vacances, papa...

Mais il est tard, ouste ! Je viendrai vous embrasser.

Ils grimpent à l'étage, s'engouffrent dans la salle de bains, Claire et Thomas se taisent, les entendent s'affairer, le ronronnement des brosses électriques

Suis content que tu sois là, Claire.

Comment tu vas ?

Il faut continuer. Avec la sale impression que je vais pas y arriver.

Et les enfants ?

Ça dépend des jours.

Thomas, stop ! c'est ton troisième whisky...

C'est le dernier.

Pense à Elsa et à Anton, nom d'une pipe... Écoute, je voyais mon père saoul presque tous les soirs quand j'étais gamine, c'était horrible à vivre.

Je suis pas saoul, Claire...

Tu bois beaucoup, c'est comme ça qu'on le devient.

Alcoolique ?

Oui, et c'est une déchéance... Les enfants grandissent dans un climat toxique et...

Attends, je vais les embrasser, deux minutes.

Thomas entre dans la chambre d'Elsa, son visage est dissimulé par l'album illustré, il s'approche, elle sursaute, à moitié endormie Dors, ma chérie, fais de beaux rêves. J'éteins la lumière... Non, laisse... Il sort à reculons, rejoint Anton qui lit une bande dessinée

T'as vu, mamie ?

Oui, eh bien ?

Elle est maigre, non ?

Tu trouves ?

Elle a les joues toutes creuses et son cou, ça fait des trous, là.

Ah, aux clavicules, on appelle ça les salières. J'ai pas fait attention.

Tu regarderas, ça fait peur, un peu.

Elle mange moins peut-être, si c'est comme tu dis.

Elle a plus d'appétit ? C'est à cause de maman ?

J'en sais rien, mon Anton. Il faut dormir maintenant, allez, cinq minutes, extinction des feux, promis ?

Thomas descend, retourne s'asseoir

C'est bon, ils dorment ?

Presque. Tu m'avais jamais dit pour ton père…

C'est une triste histoire, à cause de ma mère… tombée amoureuse de son beau-frère, mon oncle Pierre. Elle se gênait pas, elle s'exhibait même dans ses affres amoureuses, et mon père assistait au spectacle, poussé aux premières loges…

Et ton oncle ?

Pierre ? Lui, c'était un honnête homme, ce que j'ai compris bien plus tard. À l'époque, il s'est enfui, loin, il a accepté un poste d'attaché d'ambassade, au Soudan.

Il aimait ta mère ?

Éperdument, mais il s'interdisait de faire souffrir son jeune frère, il a quitté la France pour ça… Et Laure, ma mère, le reprochait à mon père. Elle l'accablait de tous les maux, qu'il était cause de l'éloignement de Pierre, elle lui faisait payer, chaque jour, elle l'humiliait, j'ai vu mon père se faire dépecer… Je la haïssais. Il s'est réfugié dans l'alcool jusqu'à… Laure était une tueuse.

Tu dis ça comme ça, franco ?

Elle nous a tous jetés dans le malheur, comme des nouveau-nés à des chiens.

Tous ?

Mon père, mais aussi Pierre et mon grand-père paternel, cette histoire a détruit les Granier, véritablement.

Elsa se tient sur le palier de sa chambre, dans son pyjama rose parsemé de cygnes, son crabe jaune en peluche dans la main, immobile, comme en hypnose somnambule. Thomas la découvre, il tressaille

Qu'est-ce qui se passe, Elsa ? Tu dors pas ?

J'ai mal à la tête, papa.

Je t'apporte un médicament, retourne te coucher.

Il se lève, va dans la cuisine, fouille dans un tiroir, trouve une boîte de Doliprane enfants, déchire un sachet, mélange la poudre à de l'eau, depuis combien de temps elle est là, en haut de l'escalier, nom de nom ? Il la rejoint dans sa chambre Tiens, ma puce, avale ! Elle déglutit, s'étrangle à moitié, il lui tapote le haut du dos, elle tousse, finit de boire

C'est qui la femme tueuse ?

Personne, ma chérie. C'est juste une image, une expression.

De qui vous parliez ?

De la maman de ta grand-mère, tu vois, c'est loin. Allez, dodo, cette fois, d'accord ?

Il redescend, pose le verre sur la table du salon, se laisse choir dans le sofa. Claire allume un cigarillo, tend la boîte à Thomas qui se sert

Je sais pas ce qui m'a pris de te raconter ça.

C'est à cause du whisky...

C'est ça, pour te dire de moins boire, de penser aux enfants.

J'en reprendrais bien un doigt d'ailleurs... Promis, c'est vraiment le dernier.

On pensait avec Camille qu'on n'avait pas eu de chance avec nos pères. Le mien mort, j'avais 7 ans, le sien enfui, elle en avait 3... On a grandi sans eux, sinon que Camille a fini par renouer avec le sien...

Thomas songe soudain aux paysages du Somerset puis à ceux que lui décrivait Camille sur la côte californienne en dessous de Monterey quand elle y rencontrait son père, l'année de son passage à Berkeley. Il aimerait du reste revoir ce Malcolm, sans bien savoir ce qu'il aurait à lui dire. Saurait-il lui reprocher de n'être pas venu l'année dernière malgré l'invitation pressante ? Pas même daigné répondre, l'excuse était pourtant facile, la distance, l'éloignement... Non, aucun signe, pour finalement surgir aux funérailles de Camille, quand il était trop tard. Il n'en souffle mot à Claire, il écrase le bout du cigarillo dans le cendrier marocain, Claire est fatiguée, sa maigreur frappe Thomas, il n'avait pas remarqué

T'as des choses pour dormir ?

Oh, j'avale des trucs à base de plantes, ça fait son effet une nuit ou deux, puis ça recommence, j'ai l'impression de prendre de la poudre de perlimpinpin. Enfin, vu l'heure, la position horizontale va bien me convenir. Bonne nuit, Thomas.

Il la regarde, de dos, tirant sa valise, elle entre dans sa chambre, referme la porte. Un rectangle satiné, douceâtre, un blanc de sidération. Sa respiration est oppressée, il emporte dans la cuisine verres, bouteille et cendrier, éteint les lumières, se retire à son tour, ferme l'ordinateur, tire les doubles rideaux, l'éclairage de la salle de bains rend la peau blême, il appuie trop fort sur le tube, le dentifrice tombe de la brosse, s'écrase mollement sur la faïence du lavabo, il s'en presse une autre noisette à même la bouche, se nettoie longuement les dents sans jeter un œil dans le miroir, se rince, l'eau froide sous pression avive la douleur dans une molaire en bas à gauche, il se répète qu'il lui faut prendre rendez-vous, se déshabille, tombe dans le lit, roule sur le ventre, fouille dans la pile de magazines étalés pêle-mêle sur le tapis, se trouve arrêté par la présence d'un livre de poche glissé sous le lit, il tient en main le McCarthy qu'il voulait finir et qu'il ne trouvait plus. Il commence à le feuilleter, cherche le passage où la louve blanche est tuée puis pose le livre ouvert sur sa poitrine, les yeux vers le plafond. Il éteint la lampe de chevet, guette la remontée d'une pâleur qui trouble l'obscurité. Il pense à Hubert et Myriam, il y a presque un an, c'était à la Noël, leur invitation pour le réveillon, ils avaient insisté, c'est Myriam qui avait téléphoné, puis Hubert, de nouveau, trois jours plus tard. Thomas redoutait le tête-à-tête avec Anton et Elsa, plus exactement la traversée de Noël, seul, en compagnie de ses enfants, et il avait fini par accepter, presque à contrecœur, de monter chez Hubert Demestre. Ils avaient emprunté l'A 13 depuis Paris, puis l'A 131, la bretelle de sortie après le pont de Tancarville, la nationale en direction de Lillebonne, enfin Gruchet-le-Valasse. Il remontait vers le nord depuis l'autoroute, une zone qu'il avait dévalée dans l'autre sens, en partant de Bolbec, le samedi 21 avril 2012, à la recherche de l'Austin et du lieu de l'accident, le Grand Trait, La Haie-Bance. Quand il avait pianoté sur le GPS le nom de Gruchet-le-Valasse, tout l'itinéraire emprunté jusqu'à l'endroit du crash s'était affiché sur l'écran, enregistré dans la mémoire du boîtier, la liste exacte des noms lui avait sauté à la figure. C'est au péage de Tancarville que la bouche était devenue sèche, la déglutition pénible. Elsa et Anton, plutôt excités devant cette perspective de réveillon loin de Paris avec Myriam, Hubert et leurs enfants, étaient à présent mutiques sur la banquette arrière, à croire qu'ils reconnaissaient le périmètre de l'accident. Le ciel était brumeux, la campagne grise et détrempée, avec des flaques de neige presque fondue dans les sillons des champs, les arbres sans feuilles barrant l'horizon de leurs squelettes charbonneux. À deux reprises, il avait pris son téléphone pour annuler leur venue, il éprouvait maintenant une sourde impatience de découvrir la maison. Il avait stoppé l'Audi devant la fermette à colombages posée au fond d'un parc, la grille était ouverte, leurs pas crissaient sur les graviers, Myriam était apparue sur le seuil, souriante et endimanchée dans une robe noire, cintrée, qui laissait les épaules nues, chaussée de ballerines d'un rouge pourpre, un foulard de soie grège ornant son cou. La vue soudaine de sa beauté, de sa peau satinée, avait été un coup au ventre, la montée d'un désir insensé, le spectacle d'une dépossession. Les enfants s'étaient vite mélangés, Anton et Elsa entraînés par les deux garçons et la fille vers leurs chambres du premier, tous emportés dans la fièvre de Noël. Myriam et Hubert bougeaient et s'affairaient dans cette maison comme s'ils vivaient de nouveau ensemble. Les bruits de chahut et les rires qui fusaient à l'étage furent bientôt comme un soulagement, son corps lâchait prise, Thomas sentait le retour d'une souplesse ancienne qui infusait ses muscles. Il y avait le sapin immense qui trônait dans la grande salle, les boules dorées qui rutilaient, les lampes multicolores qui clignotaient, ces guirlandes argentées qui couraient le long des poutres et sur le chambranle des portes, des bougies partout allumées. Ils étaient allés se promener dans Honfleur, mettant leurs pas sur les pavés humides et luisants des vieilles ruelles, s'arrêtant dans un décor de taverne déguster un vin chaud. C'est dans cette ambiance anonyme et bruyante où l'on sentait monter la fièvre des heures précédant le réveillon que Thomas leur avait demandé, simplement, de bien vouloir lui raconter l'histoire de Camille, celle de sa « vie d'avant ». Myriam et Hubert avaient échangé un regard, puis chacun son tour, au gré des confidences, avait dévoilé ce pan de vie que Camille avait toujours tu. Sinon que l'histoire était d'une banalité confondante si elle n'avait pas également été tragique. Hubert avait un jeune frère, Virgile, il était au lycée l'amoureux de Camille. Ils étaient partis ensemble à Berkeley, elle était tombée enceinte, ils étaient trop jeunes, elle avait avorté. Ils devaient se marier, leurs études terminées. Mais une tumeur avait emporté Virgile à l'âge de 21 ans. Camille avait longtemps hésité à s'engager avec Thomas, Hubert et Myriam l'avaient vivement encouragée à reconstruire sa vie, comme on dit bêtement, enfin, à continuer. Quand Camille avait pris la direction de l'agence du Havre, Hubert intervenait déjà pour sa société et Camille avait de suite souhaité qu'ils travaillent ensemble

Mais pourquoi m'en a-t-elle jamais rien dit ?

Elle était... ça ne cicatrisait pas. Moi-même, j'ai du mal à comprendre. Et puis mon père est décédé. Six semaines avant son accident, elle est venue aux obsèques...

C'était un samedi ?

Thomas se souvenait à présent d'un samedi de mars où Camille était rentrée en fin d'après-midi, inexplicablement absente, sans même que les enfants parviennent à la réveiller de son hébétude. Le père de Hubert était au lycée leur professeur de philo, il avait vu naître leur passion, il aimait beaucoup Camille, ils se voyaient encore, demeurait entre eux cette étroite connivence autour de Virgile. Lorsqu'elle a eu son accident sur cette route, j'ai pensé bien plus tard qu'ils empruntaient souvent ce chemin, à mobylette.

Le Grand Trait ?

Oui, pour rejoindre les rives de l'estuaire. Virgile et Camille y passaient des journées entières.

Vous croyez vraiment que Camille, cette nuit-là, fonçant sur cette route...

Myriam avait posé sa main sur son avant-bras, captant quelques secondes par ce geste tendre toute l'attention de Thomas qui poursuivit, affecté

Après Virgile, la mort de votre père l'aurait trop bouleversée, elle se...

Myriam était intervenue, de sa voix douce

C'est juste une coïncidence, Thomas, une association d'idées. C'est pas crédible, franchement. Hubert n'aurait pas dû t'évoquer ce détail.

Elle était enceinte.

Je sais.

Elle t'a vraiment dit, Hubert, qu'elle voulait avorter ?

Ils avaient fini leur deuxième tournée de vin chaud. Quand ils étaient sortis du pub, une espèce de neige, des flocons larges, plats et déchiquetés comme du papier d'hostie, s'était mise à tomber, suffisamment pour transformer Honfleur, la campagne et leur parc autour de la maison en un paysage de Noël d'une blancheur phosphorescente Vous avez vu, les enfants, dehors ? Ils avaient dévalé l'escalier, chaussé des bottes, enfilé la parka pour aller se jeter dans ce froid flamboiement et y construire un bonhomme de neige. La journée s'était évanouie si vite, puis le dîner de réveillon, envahi de joie enfantine où Elsa et Anton cherchaient sans cesse les bras et l'attention de Myriam, aimantés par sa présence. Puis ils étaient montés se coucher, sachant que demain s'ouvrirait sur la découverte des cadeaux au pied du sapin. Hubert avait mis un CD de Fauré, un quatuor jouant une musique lente et grave, ils s'étaient assis tous trois, Hubert et Myriam dans le même canapé, Thomas dans un fauteuil, pénétré de la musique et du feu dans la cheminée. Il avait remarqué la main de Hubert prenant celle de Myriam, leurs genoux se touchaient, elle n'avait concédé qu'une vingtaine de secondes à ce geste tendre avant de se dégager, ils parlaient de l'excitation des enfants, du charme de Honfleur, Myriam s'était assombrie soudain, se retirant dans une sorte de silence médusé, au point que Hubert s'en était inquiété, la croyant souffrante. Elle s'était efforcée de sourire Non, c'est juste la fatigue avec tous ces préparatifs. Elle avait trois fois vidé son verre d'alcool de poire, et comme les deux hommes l'observaient, elle s'était vivement levée pour débarrasser la table. Thomas s'était proposé de l'aider tandis que Hubert mettait un CD de Bach, ravivait le feu, ajoutant deux bûches dans le foyer. Ils faisaient le va-et-vient entre la salle et la cuisine, Thomas ne pouvait la quitter des yeux, Myriam avait enclenché le lave-vaisselle, Thomas se demandait où ranger le pain et les serviettes, elle avait posé la main sur son épaule, ses yeux verts étaient humides, elle le fixait avec insistance Tu sais, Thomas, c'est pas ma faute, je suis là et j'y peux rien, Camille me manque à moi aussi... Pourquoi tu dis ça ?... Ton envie d'elle à ma place qui saute aux yeux. Je t'en veux pas mais j'y peux rien. Thomas était arrêté C'est pas ça, Myriam, c'est juste que tu me... Mais Myriam était sortie de la cuisine, avait rejoint

Hubert qu'elle avait embrassé furtivement puis s'était dirigée vers leur chambre du rez-de-chaussée où elle avait disparu. Il avait posé les serviettes sur le plan de travail, repris son souffle, était revenu près de la cheminée, s'était assis dans le fauteuil, le corps lourd, la bouche épaisse. Hubert l'attendait

Elle est souffrante ?

Un coup de blues, je crois, qui la…

C'est Camille ?

Je pense, oui. Noël favorise les retours de peine. Pour toi aussi, Thomas, j'imagine ?

Les fêtes et les anniversaires deviennent un mur. Mais la solitude ronge tout le temps… Et puis, les paniques des enfants. Je peux pas être deux.

Les bûches s'étaient enflammées, le clavecin revenait en force comme s'il accompagnait l'embrasement du bois. Les paroles de Myriam, son propre trouble en sa présence revenaient en boucle…

Thomas se tourne maintes fois dans son lit pour finir par se remettre sur le dos, il pense aux tortues échouées sur le sable, les yeux ouverts sur le plafond dont la pâleur n'est pas étale, qui vibre et ondoie. Le sommeil ne vient pas, les nerfs brûlent, il repousse la couette, allume la lampe de chevet, récupère le roman dans les draps et reprend sa lecture après deux mois d'interruption. Il se glisse dans le mouvement de l'histoire, retrouve le jeune Billy après qu'il eut enseveli la louve blanche et sa portée, il repasse la frontière, côté Texas, pour rentrer chez ses parents. Il arrive dans la maison déserte, remarque des taches de sang, découvre qu'ils ont été assassinés, que les chevaux du père ont été volés, il cherche son frère, trois ans plus jeune, enfui il ne sait où. C'est en cet endroit du roman que le sommeil le prend, il s'endort le livre sur la poitrine, la lumière allumée.

*

La fête de tous les saints précède la fête des morts, Claire déplore cette confusion des deux, salués le même jour. Pour Thomas, ce n'était qu'un jour férié et des vacances scolaires. Aujourd'hui, c'est un jour inévitable et qui pèse. Claire prend un petit-déjeuner dans la cuisine, demande à Thomas s'il veut l'accompagner

Ce matin ?

D'ici une heure, enfin, je peux attendre. Tu emmènes les enfants ?

J'en sais rien…

Il faudrait peut-être leur demander. Ils y sont déjà allés, je suppose ?

Pas encore.

C'est important de le faire, non ? Enfin, c'est toi qui vois, Thomas. Moi, j'irai ce matin.

Il se rase, s'habille, chemise blanche, costume bleu marine, il met une cravate puis finalement l'enlève, monte dans la chambre des enfants, ils dorment profondément, il ne les réveille pas, inscrit quelques mots d'une écriture ronde, appliquée : « On est de retour vers 10 h 30, les tigrichons, soyez sages ! Des baisers de nous deux. » Il pose la feuille à la verticale contre une bouteille sur la table de la cuisine. Ils ont enfilé un imperméable, le ciel est gris, l'air froid et humide, la pluie menace

Tu les laisses seuls ? T'es sûr ?

Écoute, ils sont grands, quand on va rentrer, ils seront encore à dormir ou à lire dans leurs lits, t'inquiète pas.

Elle boutonne son imperméable sur la terrasse puis se dirige vers la grille du jardin, prenant au plus court par le gazon détrempé. Thomas verrouille la porte, la rejoint sur le trottoir, ils s'engagent à droite dans la rue Poirier, à gauche sur l'avenue Foch, débouchent sur la place

253

Y avait pas un fleuriste, ici ?

Si, là, à gauche.

Ils s'arrêtent devant les pots rangés sur le trottoir

Pas des chrysanthèmes, Thomas.

J'avais pas l'intention.

Thomas choisit un bouquet de roses rouges, Claire de lys blancs, ils repartent, elle lui a pris le bras, il tombe un fin crachin, ils s'abritent sous son parapluie, traversent la place, l'avenue de Paris. Thomas sent la pression fluctuante de la main de Claire sur son avant-bras comme si elle trébuchait, perdait l'équilibre, se rattrapait, il baisse la tête, fixe le sol, les pieds de Claire chaussés de bottines, ses pas semblent assurés. Ils remontent la rue Fays, plus étroite, bordée d'arbres, les feuilles d'automne collent et pourrissent sur le bitume mouillé

Attention, ça glisse !

Tout de même, ils pourraient ramasser, c'est dangereux.

Ce qu'ils font d'habitude, mais il pleut sans arrêt, c'est impossible.

Avant, ils faisaient ça à la main, c'est sûr qu'avec leurs engins assourdissants, là…

Thomas ne répond pas, la rue est déserte, il invite Claire à marcher au milieu de la chaussée, une camionnette est garée à l'entrée du cimetière, un homme en bleu de travail décharge des pots de chrysanthèmes qu'il pose devant la loge du gardien, ils se faufilent, les allées sont encore vides, une silhouette apparaît ici ou là, droite, fixe, ou penchée sur une tombe, on dirait des veilleurs. Ils empruntent l'allée C puis une contre-allée 100 m plus loin, Claire n'a aucune hésitation, c'est Thomas plutôt qui la suit, il n'aurait pas emprunté cette contre-allée, il fouille des yeux, ne reconnaît pas. Ils parviennent devant la pierre noire, le marbre luit sous le crachin plus dense, deux feuilles d'automne échouées sur la pierre dissimulent les dates, le vase qui contient des roses desséchées est renversé, l'azalée est brûlée dans le pot en terre, ne reste que les branches nues, hérissées, émergeant d'un lit de feuilles sèches

T'es pas venu depuis ?

Non, pas depuis ta visite.

Mais, c'est Pâques dernier, Thomas !

Je sais, j'y arrive pas.

Mon Dieu, pourquoi alors tu m'as pas laissée l'emmener à Bordeaux ?

Parce qu'il y a les enfants...

Oui, les enfants, sauf que...

Tiens, je te passe le parapluie ?

Il s'accroupit, redresse le vase et ramasse le bouquet sec qui dégoutte, le pot d'azalée, Claire se penche sur le marbre, enlève les feuilles de platane sur les dates qui sautent aux yeux en chiffres d'or : 1976-2012. Thomas se détourne Je reviens. Il cherche une poubelle, il s'éloigne. Il lui faut rejoindre l'allée D pour en trouver une, il jette les roses et l'azalée qu'il a dépotée, repère un point d'eau, en remplit le vase profond qui pèse et qu'il cale dans le pot en terre vide, il s'en retourne, tenant l'ensemble entre ses mains. Il se perd, cherche la contre-allée, aperçoit Claire plus loin sous le parapluie, par-dessus les tombes, rebrousse chemin, il sent la pluie couler sur la nuque et le front. Les semelles crissent sur la terre gravillonnée, un bruit de biscuits secs qu'on écrase, assourdissant. Quand il arrive, Claire a posé le parapluie, elle installe les lys dans un vase

Tu l'as trouvé où ?

Près d'une tombe à l'abandon, il y a une fontaine tout près.

Où ça ?

Là, juste.

Il dégage du pot en terre le vase rempli d'eau, plie les genoux, le pose à côté de celui de Claire, déchire l'emballage de son bouquet, y dispose les roses en cercle, se redresse, ils demeurent, bras ballants, ne disent rien, fixent le marbre. Des pas dans leur dos. Qui s'arrêtent. Ils se retournent, un homme presque chauve, dans une blouse grise, une moustache poivre et sel

Bonjour. Excusez-moi, la tombe de Camille Texier, c'est bien ici ?

Oui.

Désolé de vous déranger, je suis l'Interflora de Vincennes, c'est une livraison.

Il porte une grande gerbe de roses blanches

Je la mets ici ?

Oui, s'il vous plaît.

Bonne journée, au revoir.

Les roses d'un blanc velouté palpitent sur la pierre noire, Thomas se penche, récupère la carte agrafée à l'emballage : « Des pensées pour toi, ma très chère Camille. Jean ». Jean ?! C'est presque un cri qui sort des lèvres de Claire comme si les fleurs lui étaient adressées, Thomas lui tend le bristol, elle lit l'écriture ample et soignée du fleuriste. Thomas sent son pouls qui s'accélère, il défait l'emballage, mélange les roses blanches aux siennes. La présence du grand frère est quasi palpable, Thomas scrute alentour comme s'il allait apparaître

Camille l'aimait beaucoup.

Moi aussi, Thomas, c'est un être…

Ils sont de nouveau immobiles, blottis sous le parapluie, Claire glisse sa main sous le bras de Thomas, la pluie rebondit sur le tissu tendu, les minutes s'égrènent dans un crépitement mouillé On y va, Claire ?… Oui. Mais elle ne bouge pas Regarde comme elle est fleurie… Ils repartent, lentement, ce bruit de biscuits secs, arrivent dans l'allée centrale. À 30 m, un tapis de pots de chrysanthèmes encombre l'entrée, le gardien les compte, un carnet et un crayon à la main. Ils sortent du cimetière. La pluie s'est arrêtée, Thomas ferme le parapluie, ils marchent de nouveau au milieu de la chaussée, il songe que Pauline ne s'est jamais manifestée, comme si Camille n'avait pas existé, comme si lui-même...

Vous avez quand même le goût du secret dans la famille.

Pourquoi tu dis ça ?

Je pensais à Virgile Demestre.

Claire fait une sorte d'écart, lâche le bras de Thomas, un rayon de soleil perce le plafond grisâtre qui s'effiloche, l'asphalte détrempé devient un miroir, conférant au visage de Claire une pâleur presque argentée. Et malgré l'affaissement de ses traits, quelques rides, il y a ses grands yeux et l'allure toujours d'une très belle femme. Thomas y cherche encore le visage de Camille, mais sa peau métisse, les traits plus marqués de son père Malcolm, les deux visages décidément ne s'emboîtent pas, seuls les yeux aigue-marine

Virgile ? Comment t'as su ? Elle voulait pas t'en parler.

Tu sais pourquoi ?

Je suppose que pour elle c'était sacré, il fallait que ce le soit, intact, pur, enfoui en elle, le simple fait de l'évoquer aurait abîmé l'histoire, une sorte de ferveur adolescente...

Je comprends pourquoi les deux, trois premières années, à l'école, elle affichait une telle indifférence, presque du mépris.

C'est pas ça, Thomas, elle... elle ne supportait plus la vue d'un garçon, comme si vous étiez tous la preuve d'une injustice divine... Vous, vivant, et pas lui. Alors, imaginer un autre garçon qui prenne sa place, la place de Virgile... Qu'elle ait ensuite refusé d'en parler nous a valu quelques altercations. J'étais si heureuse qu'elle te rencontre, ta patience, ta timidité même l'ont remise sur le chemin de l'existence. Tu l'as sortie de sa noirceur.

C'est gentil, Claire, mais c'est aussi pour ça que j'ai toujours ressenti avec elle, plus une association, une alliance qu'une fusion a...

Qu'est-ce que tu racontes! Camille t'aimait. Voyons! Elle n'aurait pas fait ces beaux enfants avec toi.

Moi ou un autre... La preuve, j'ai pas pu l'empêcher de...

De...?

De se tuer, Claire...

Thomas! Qu'est-ce qui te prend?

Ils vont s'engager dans l'avenue Foch, ils passent devant une boulangerie, entrent, Thomas demande quatre croissants et deux baguettes, il donne de la monnaie, Claire choisit un gâteau au chocolat

T'as vu? Ça se lève.

Oui, on pourrait aller au bois avec les enfants?

Tu m'as pas répondu... Je te demandais comment tu l'avais su pour Virgile.

C'est Hubert et Myriam, ils nous ont invités avec les enfants pour le réveillon, Noël dernier, à Gruchet-le-Valasse.

Hubert et Myriam? Mais, ils sont séparés depuis longtemps.

Je sais, mais ils étaient bien ensemble à la Noël.

Comme c'est bizarre, je les trouvais mal appariés ces deux-là.

Quand ils arrivent à la maison, Anton et Elsa descendent l'escalier, en pyjama

On vous appelait, ça répondait pas.

Votre père vous avait mis un mot dans la cuisine. Bonjour, mes chéris! Bien dormi?

Oh, des croissants! merci, mamie.

C'est votre père qu'il faut remercier.

Vous voulez boire quoi? Un chocolat?

Ils ont ôté les imperméables, Claire s'installe dans le salon, Thomas s'agite dans la cuisine, fait chauffer le lait, met les croissants dans le four

Regardez ce soleil! On va au bois?

Tous les quatre ?

Oui.

On prend les vélos, le ballon...

Ils dévorent les croissants, se régalent avec le chocolat

Vous êtes allés faire des courses ?

C'est ton petit-déjeuner, ma puce.

Vous en avez mis du temps.

On est allés aussi sur la tombe de votre maman.

Il y a le visage d'Anton qui devient lisse de toute expression, il y a Elsa qui arrête de mâcher son croissant, qui reprend la mastication très lentement, puis ses yeux qui débordent d'une eau cristalline, elle déglutit sa bouchée, avec les joues qui ruissellent

Elsa, qu'est-ce que...

Pourquoi vous m'avez pas réveillée ? Je voulais voir maman... Pourquoi tu m'as pas...

Anton se lève de table, abandonne croissant et demi-bol de chocolat, ne dit mot, s'enfuit dans sa chambre, la colère encore dans les talons Mais Elsa... Il reste pétrifié, ne trouve pas les mots, veut prendre sa fille dans ses bras pour... Elle se recroqueville, le repousse, continue de pleurer en silence, ce ne sont pas des pleurs d'enfant, mais des larmes muettes comme d'humiliation, de mortification, qui le laissent interdit, il lève la tête, hébété, tombe sur le regard de Claire, il ne l'a pas entendue s'approcher, elle est debout, l'épaule contre le chambranle de la porte. Il pourrait devenir statue de sel, il l'est déjà, un corps plus même aqueux, de sel, juste, posé là, il ne parvient pas à faire pivoter la scène, à faire muter les rôles, chacune et chacun est dans sa vérité et à sa place, tombale

Écoute-moi, ma chérie, on pensait y retourner avec vous cet après-midi, après le déjeuner, on a préféré vous laisser dormir...

Vous avez préféré nous laisser, mamie.

Non, c'est les vacances. On laisse dormir les enfants. Promis, on y retourne après le déjeuner.

C'est une respiration qui anime la pierre, la scène bascule, Elsa hoche la tête, se précipite dans les bras de sa grand-mère, Thomas est sorti de la cuisine, a gravi les marches, rejoint Anton, lui répète les propos de Claire, et son fils qui concède en murmure D'accord, puis qui accepte de redescendre. Ils finissent leur petit-déjeuner, de nouveau à ce qu'ils mangent, une fluidité de l'air et des corps où tout se remet en mouvement selon l'ordre et le désordre des sentiments. Ils ont mis les bols dans le lave-vaisselle, ils montent s'habiller Merci, Claire. Elle ne répond pas, assise dans le sofa, à feuilleter un magazine.

Thomas verrouille les portes, les enfants chevauchent leurs bicyclettes, zigzaguent sur le trottoir, ils traversent le pont qui surplombe les voies ferrées du RER, poursuivent par la longue rue courbe qui domine la lisière du bois, s'arrêtent devant la cabane peinte en vert, le petit théâtre de Guignol, sur la porte une affiche annonce deux spectacles en matinée. Ils repartent dans le soleil et la tiédeur du jour, Claire et Thomas cheminent sans parler, les enfants dévalent à vélo le chemin sableux qui conduit à l'étang où glissent cygnes et canards, une vieille dame boitillante s'en approche avec un sac de pain dur. Ils remontent de l'autre côté jusque sur la prairie plantée d'érables et de châtaigniers, où court un ruisseau parmi des rocailles d'agrément. Les enfants pédalent avec force, Elsa peine à suivre son frère, ses jambes maigres dans un collant de laine jaune font des moulinets fébriles. Claire et Thomas s'accoudent sur le parapet du pont, un entrelacs de branches d'arbres en ciment gris, peigné, rugueux comme de l'écorce. À quelques mètres en contrebas, un enfant, dans son manteau rouge, gifle l'eau avec un bâton souple. Le portable sonne dans sa poche. C'est le numéro de Dominique Rey qui s'affiche. Thomas coupe la sonnerie M'appeler un jour férié, qu'est-ce qui lui prend ? Il remet le téléphone dans sa poche, sent le froid humide s'insinuer dans la nuque, les épaules et les reins, il rajuste son écharpe, remonte la fermeture éclair du sweat, observe les enfants à 100 m de là, qui découvrent la puissance mécanique, poursuivant leur survol de la Terre

L'affaire Bettencourt, c'est une pression énorme, non ?

On a en face de soi des cabinets d'experts et d'avocats qui travaillent à temps plein pour défendre leurs clients. Je vais finir ma carrière sur un os, sans doute m'y casser les dents. Quand ils ont délocalisé le dossier de Paris sur Bordeaux, je suppose qu'ils comptaient sur notre complaisance, le complexe d'infériorité des provinciaux. Et quand je dis le dossier, on pourrait remplir une bibliothèque. On a beau travailler d'arrache-pied, c'est tellement lent. Aucune erreur de procédure n'est permise, c'est au millimètre, zéro faute. Enfin, tout ça, depuis l'accident de Camille, j'arrive plus à me concentrer...

Tu penses, Claire, qu'on aurait pu te nuire en s'en prenant à Camille ?

Thomas ! cesse d'échafauder des hypothèses, les menaces de mort nous visent toujours directement. En ce moment, c'est Gentil qui en reçoit d'ailleurs, c'est lui qui chapeaute l'instruction.

L'enfant au manteau rouge a lancé son bâton dans le ruisseau, il en suit la dérive sous le pont puis s'éloigne Ils sont où, les parents ? murmure Thomas.

Je repensais au matin des funérailles de mon père...

T'avais 7 ans, c'est ça ?

Claire acquiesce, poursuit son récit. Il y avait eu cette messe en l'église de Montmartre. Son grand-père souhaitait une cérémonie somptuaire, tous les officiels étaient là, patrons d'industrie, banquiers, plusieurs ministres. Ils étaient arrivés à l'entrée du cimetière, Claire ne se souvenait plus si c'était son oncle qui l'avait suggéré à l'oreille de sa mère. À l'époque, les petites filles étaient souvent habillées de couleurs vives. Claire portait une jupe plissée beige, un pull jaune, à moins que ce ne soit l'inverse, ou alors une robe rose, c'était un peu confus, mais ils avaient décidé qu'avec de telles couleurs elle ne pouvait décemment marcher en tête du cortège jusqu'au caveau qui attendait le cercueil de son père. C'était bien Laure pourtant qui l'avait habillée le matin même en des couleurs de joie, la sienne sans doute, d'être débarrassée de son mari, des couleurs qu'elle-même ne pouvait brandir. Claire était devenue l'étendard inconscient de sa joie. C'est ainsi qu'elle avait compris les choses. Peu importe d'ailleurs qui l'avait suggéré, sa mère avait pris sa décision, elle voulait que Claire reste dans la ruelle, interdite d'entrer. Ils l'avaient donc congédiée, elle devait les attendre devant la devanture du marbrier et de la fleuriste. Claire ne pensait pas avoir jamais éprouvé un tel sentiment d'exclusion. Sa mère l'avait séparée de son père, pour toujours. Ce qui avait bien sûr façonné la suite de leurs relations. Définitivement exécrables. Avec elle et son oncle Pierre

Pourquoi tu me parles de ça ?

Parce que c'est une erreur de vouloir déposséder les enfants de la mort de ceux qu'ils aiment. Même si l'on croit les en protéger.

Tu me parles de ça à cause de ce matin ? Anton et Elsa étaient avec nous pour l'enterrement de Camille et…

Je sais, Thomas. Mais vous n'êtes plus jamais retournés la voir.

Voir une tombe de marbre noir ?

C'est le lieu où elle repose.

Claire, si tu savais… Elsa voudrait que je réveille sa mère, comme le prince Charmant de ses contes, alors, si tu crois que c'est simple.

C'est justement pourquoi il faut s'y rendre de temps en temps. Te fâche pas.

Plus un nuage, le ciel est pur, le soleil embrase les frondaisons d'automne, des taches vertes par endroits vibrent encore

Si, je me fâche. Tu me fais une leçon d'éducation, là, comme si…

Mais, non, Thomas, je te raconte ça pour que tu mesures combien le point de vue d'un enfant est…

Comme si c'était facile ! En parler, ne pas en parler, aller la voir, ne pas y aller. Hormis que j'y arrive pas moi-même. C'est tout le temps là, elle manque à chaque seconde, on respire des cailloux.

Je sais, Thomas…

Non, tu sais pas. La vie est une prison, on est enfermés dans le malheur.

*

Les enfants ont revêtu de beaux habits, ils surgissent dans le hall, Anton porte un vase sous son bras

C'est pour mettre les fleurs.

Bonne idée, mais pour l'extérieur, c'est un peu fragile, non ?

On s'en sert jamais, et il est beau.

Ça, pour sûr, il est beau.

Pour maman, c'est bien.

T'as raison, Anton, on le met dans un sac solide.

Sous un ciel lavé, ils rejoignent la rue Poirier puis l'avenue Foch, s'arrêtent de nouveau chez le fleuriste de la place, les enfants choisissent des fleurs orange, la couleur préférée de leur mère. Ils traversent, s'engagent dans la rue Fays devenue passante en cet après-midi de Toussaint. Les pots de chrysanthèmes ont disparu de l'entrée devant la loge du gardien, les enfants contemplent l'endroit, vaste, avec ce dégagement visuel au-dessus des tombes qui absorbe le regard Une ville miniature, on serait des géants... Oui, des petites maisons partout, des riches et des pauvres, ajoute Elsa qui murmure, saisie par le silence du lieu cerné de hauts murs

Vous êtes déjà venus, pourtant.

On a rien vu, c'était tellement...

Tu veux dire triste ?

Sombre, papa.

Claire ouvre la marche, l'allée centrale puis l'allée C à droite, enfin à gauche la contre-allée, ils avancent lentement, les enfants déchiffrent les inscriptions sur les tombes, décomptent sur leurs doigts la durée des existences, ils explorent le livre à ciel ouvert des comptabilités définitives, repèrent des hasards injustes, stupéfaits de découvrir que certains n'ont pas vécu plus longtemps qu'eux-mêmes

Les enfants meurent aussi...

Vous le saviez, non ?

Mais ici, on le voit.

Ils tiennent maintenant la main de Thomas, ils errent tous trois dans un labyrinthe chiffré. Quels souvenirs ont-ils de la cérémonie d'alors, sous une pluie battante, blottis, enfouis qu'ils étaient dans les jambes et les imperméables de Thomas, de Jean, de Claire, de Malcolm, de Myriam, de Hubert et d'autres ? Sous un dais de parapluies noirs et un ciel invisible, dans un chagrin abstrait, dépourvu de sens ? C'est Claire qui stationne devant un socle de marbre orné par deux bouquets de lys blancs, de roses rouges et blanches mêlées. Ils s'immobilisent à sa suite, ils lisent dans la lumière d'automne le nom de leur mère puis les dates, ils lisent en lettres d'or: Camille Granier, épouse Texier, 1976-2012. Ils demeurent là sans bouger, ils ont découvert la clé de l'énigme qui court et fuse en cet endroit trop horizontal, si près du sol, si peu de lettres et de chiffres pour dire ce qui les déborde sans cesse depuis plus d'un an et qui s'écrit ici avec la concision d'un code de sortilège. Elsa lève les yeux au ciel, les pose à nouveau sur la tombe, Anton ne détache par le regard du marbre, c'est toujours la même scène, Elsa pleure en silence, Anton est emporté dans une étreinte minérale, devient fossile. Deux minutes, trois peut-être, et Claire qui cherche des forces dans l'épaisseur de sa mémoire, que sa voix puisse s'élancer, vive et forte, sans tremblement On met les fleurs dans le vase ? comme si elle ouvrait une porte Mais, on a oublié d'apporter l'eau !... Non Elsa, il y a un robinet dans l'allée plus loin. Anton extirpe le grand vase du sac, Elsa donne à Claire le bouquet de lys orangés, elle veut aller remplir le vase, Anton aussi Allez-y tous les deux, vous voyez la fontaine, là ? Ils se hâtent dans une sorte de bousculade, ils s'échappent Attention, doucement ! Vous allez le casser... Ils reviennent lentement, portant à quatre mains le vase lourd rempli d'eau. Ils se penchent ensemble, leurs têtes se touchent, ils sont tendus, à soupeser l'instant du contact de la faïence avec le marbre. Ils défont le papier qui enserre les fleurs, Claire les aide à disposer les lys en un bouquet rond, tous trois accroupis

Tu crois que ça va lui plaire ?

Je pense, ma chérie.

Comment on peut savoir ?

Quoi ma puce ?

Si maman les voit.

On peut pas.

Thomas repère les pots de chrysanthèmes dispersés parmi les tombes. Des mottes de pétales rigides et recourbés en essaims d'ongles crochus, avec des couleurs vieillies mêlées à des reflets d'or et de bronze, pour un motif floral ingrat qui marque au sol le passage de ce jour des morts. Les enfants oscillent d'un pied sur l'autre, ils changent d'appui, jettent des regards furtifs, cherchent celui de leur père ou de leur grand-mère

On s'en va ? On dit au revoir ?

Ils ne disent rien, ils s'éloignent, harassés, Thomas ferme la marche, ils rejoignent la contre-allée puis l'allée C, leurs pas hésitent, ils quittent dans l'indécision. Les enfants ne lisent plus sur les tombes, ils se retournent souvent jusqu'à ce qu'ils ne puissent plus apercevoir le marbre noir qu'on identifie de loin parmi les tombes uniment blanches ou grèges

Drôle de coutume ces fleurs, tu trouves pas ? Ça veut dire « fleur d'or » en grec, c'est un peu court comme raison pour en faire la fleur des morts, non ?

Écoute, j'avais un copain au lycée, Patrice, son père travaillait de nuit à la SNCF, le jour il cultivait des chrysanthèmes sous serre, ça occupait tout le jardin à l'arrière de son pavillon, il les vendait sous le manteau à une clientèle conquise par la qualité et le prix modique de ses plants. Pour finir, le père avait pu s'acheter une Mercedes d'un luxe inaccessible à l'époque, une Mercedes 190D vert kaki, aussi laide que ses fleurs. Il roulait, la nuque droite, au volant de son carrosse.

Fleur d'or, décidément.

Ils sont dans la rue Fays, les corps s'assouplissent, les enfants prennent une allure sautillante, les talons décollent, ils trottent quelques mètres devant, Elsa entame une trajectoire à cloche-pied. Thomas regarde sa montre

C'est dans une heure, Grand-Guignol, on prend les places maintenant ?

*

Le dimanche matin, dans le froid humide, ils chargent les bagages dans le coffre, s'engouffrent dans l'Audi, le

chauffage exhale une odeur de moquette chaude et poussiéreuse qui porte au cœur, la circulation est aisée, Paris est
désert à cette heure, ils descendent le boulevard Diderot,
traversent le pont d'Austerlitz, le ciel a rejoint le fleuve qui
s'écoule en volutes grises, ils longent la rive gauche, coupent
le Saint-Germain, rejoignent la rue de Rennes par la place
Saint-Sulpice, Thomas trouve une place rue du Départ,
entrant dans la gare par l'entrée sud qui conduit sur les
quais des grandes lignes. Il tire une valise à roulettes, elle
porte un sac en bandoulière. Elle est dans un cardigan bleu
marine, lui dans un duffle-coat marron, ils ne parlent pas,
se contentent d'avancer d'un pas net, adulte, évitant de se
cogner à celles et ceux qu'ils croisent en tous sens dans le
vaste hall. Ils s'arrêtent devant le tableau des départs suspendu à 7 m du sol. C'est celui de 9 h 36. Ils scrutent

J'ai trouvé, quai 5 !

Allez, go !

Ils semblent heureux, Thomas sourit

Oh, les tigrichons ! Pas si vite, faut composter les billets.

Je peux faire le tien, mamie ?

Oui, Elsa, vas-y.

Ils marchent le long du train, deux motrices au centre
sont accrochées nez à nez, ils remontent loin sur le quai
avant de joindre la voiture 12

Ne les perds pas, Claire.

Si, bien sûr…

Sans rire, ça va aller ? J'avais proposé à Daba qu'elle vous
accompagne, mais tu m'as dit…

Bien sûr que ça va aller, ce sont pas des forcenés.

C'est leurs crises d'angoisse qui me désarment, ça prend
des chemins si imprévus…

Tu sais, on va être au bord de l'océan, à cinq minutes
d'une plage de sable, dans la forêt, il y a des vélos, je serai
avec une amie qui nous accueille dans sa belle maison, il y

a même une piscine d'hiver, ils n'auront guère le temps de ruminer.

Elsa! Anton! Vous avez dépassé, c'est ici! Au fait, Claire, j'ai songé à notre conversation, tu m'assures qu'il n'y a aucun danger pour toi et les enfants?

De quoi tu parles?

Tu m'as dit que votre travail d'instruction vous valait des menaces de mort et...

Thomas, arrête de barjoter!

Montez, les enfants, allez, on vous rejoint. Places 34, 35, 36, au milieu du wagon, face à face. Allez!

Claire lui avait précisé que c'était le juge Gentil qui en recevait. Qu'elles étaient des sous-fifres. Qu'ils leur avaient probablement mis des enquêteurs privés aux basques, qui devaient tout éplucher de leur existence, s'ils pouvaient les discréditer, les compromettre, ils le feraient, évidemment, mais attenter à leurs vies, c'était un cran très au-dessus

De quoi vous discutez?

De rien d'important, ma chérie, va t'asseoir, garde la place, on arrive.

J'ai peur que le train parte sans toi, mamie.

T'inquiète, c'est dans cinq minutes, on vous rejoint.

Elsa appuie sur le bouton de l'ouverture des portes coulissantes, elle court dans la travée, s'assoit près d'Anton qui pianote sur sa DS

Ils ne sont pas assez acculés, et puis, pour eux, ça ne résoudrait rien. Ils pourraient éventuellement nous faire peur pour orienter l'instruction, ou vouloir nous acheter, enfin, l'ordinaire, si j'ose dire. À quoi tu...?

Thomas ne pouvait s'ôter de la tête qu'on avait saboté la voiture de Camille, le mobile était vraisemblable, un billard à trois bandes pour déstabiliser Claire et l'instruction. Non, il n'était pas fou, il avait ausculté le boîtier de l'Austin, c'était comme une boîte noire dans un avion, et quand il voyait la vitesse à laquelle Camille roulait sur cette départementale, comment les fonctions de l'accélérateur et des freins étaient activées simultanément...

T'as demandé une enquête auprès de l'assurance ?

Les assureurs l'avaient envoyé paître parce qu'il n'avait pas à ouvrir lui-même le boîtier. C'était à eux de missionner un expert. Son initiative interdisait de déposer un référé contre le constructeur. Et c'était moins une qu'ils refusent de couvrir l'accident. Les assureurs pouvaient à présent exiger d'analyser les données du boîtier de la voiture, voir s'il n'y avait pas d'erreur de conduite ou une infraction au code de la route, un non-respect de la vitesse autorisée par exemple

Ils vont pouvoir prétendre n'importe quoi, alors ? Trafiquer les bilans.

J'en sais rien. Sans doute. En tous les cas, avec l'examen des boîtes noires, ils ne couvriront plus si facilement un accident. Mais là, j'ai eu beau leur fournir le bilan du comportement de l'Austin...

Tu vas trop loin, Camille n'était pas un agent secret, voyons ! Il n'y a pas toujours d'explications dans la vie.

Tu sais pas qu'elle a reçu des menaces sur un contrat industriel ?

Quoi ?

Enfin, ça, c'était plus d'un an avant l'accident, je te raconterai. Mais, si je résume : sa mère travaille sur un dossier politique explosif, et Camille était dans une guerre économique pour de gros marchés de téléphonie à données sensibles, elle...

Tu mélanges des faisceaux qui n'ont rien à voir. Le train va partir, viens embrasser les enfants et arrête de cogiter, tu te rends malade pour rien.

Thomas monte sur la plate-forme à la suite de Claire, lui porte sa valise, la suit dans la travée. Il prend les enfants dans ses bras

Moins fort, papa, tu nous étouffes.

Pardon, mes puces. Eh bien, bonnes vacances avec votre grand-mère ! Et soyez sages, hein ?

Promis, comme des images.

Vous arrivez aujourd'hui ?

On s'arrête à Bordeaux, on repart demain en voiture.

Le haut-parleur annonce le départ imminent. Thomas se hâte vers la sortie, la sonnerie de la fermeture des portes retentit, il descend du marchepied, la porte se referme dans un sifflement pneumatique et un couinement de caoutchouc, le bas de l'imperméable est coincé dans le joint. Il tire, un geste sec, une traînée noire s'imprime sur le tissu beige. Il s'approche de leur fenêtre, les distingue mal au travers du reflet sur la vitre miroir, il lève la main, à l'aveugle, découvre leurs visages collés à la fenêtre, il voit leurs bouches articuler des au revoir, lèvres-dents-sourires, aucun son ne traverse, il suit le train, une dizaine de pas, les mains s'agitent, la fièvre monte, les corps s'estompent. L'angle visuel glisse, c'est disparu. Le train s'éloigne, un mur d'alu haché de bandes bleues, puis les feux rouges, ça se dérobe, Thomas ne bouge plus, le convoi serpente dans les interstices d'acier confus, voies, piliers, câbles, sémaphores, l'écheveau digère le train, lentement, sans bruit. Thomas reprend son souffle, fouille machinalement dans ses poches, sort le paquet, extirpe une cigarette qu'il met à ses lèvres, fait demi-tour, les mains dans les poches de sa veste, il fixe le sol, un klaxon le fait sursauter, il se range, laisse passer la motrice et ses wagonnets vides qui filent sur le côté du quai, poursuit vers le hall, sort son briquet, la flamme jaillit Monsieur, s'il vous plaît ! Deux contrôleurs en uniforme, coiffés de casquette à liseré rouge avancent vers lui C'est interdit dans l'enceinte, on devrait verbaliser, là... Pardon, désolé, une absence... Il écrase entre ses doigts le bout

incandescent, remet la cigarette à ses lèvres, se dirige vers
la rue.

*

Les halogènes et les néons du plateau sont allumés. Le
ciel n'existe plus, c'est un continuum fumeux, quasi nocturne qui enlise la ville et noie les lumières. Il est concentré
sur la programmation d'un applicatif Thomas ? Il tressaille, se tourne, c'est Dom qui se tient dans son dos, surgi
par-derrière, qui pose la main sur son épaule, se penche
vers lui
T'as le temps pour un café ?
Maintenant ?
Oui, maintenant.
Son visage est pâle, sa voix blanche, le ton pressant
Tu veux qu'on sorte ? La brasserie ?
Oui.
Thomas se lève, prend son imperméable au porte-
manteau, Dominique Rey est déjà parti vers l'ascenseur,
lorsque Thomas arrive, les portes s'ouvrent, ils s'engouffrent
tous deux
Je t'ai appelé ce week-end et...
Je sais, chaque jour, vendredi de Toussaint, samedi,
dimanche.
T'as pas répondu.
C'était férié.
Et alors ? Tu réponds d'habitude, entre amis, j'aurais eu
un coup dur...
En ce cas, t'aurais laissé un message, non ? J'étais avec
les enfants, la belle-mère, je voulais être tranquille, profiter
d'eux, je pensais que t'appelais pour le boulot, et là, je voulais couper. Ils sont dans les Landes toute la semaine, partis
hier. Merde, le rez-de-chaussée, on est pas...

Laisse, on passe par les sous-sols, c'est plus discret. Sortir boire un café à 11 h, le boss n'apprécie pas.

Les portes coulissent, ils s'engagent dans le sas en béton, mal éclairé d'un néon qui clignote. Thomas tire la lourde porte striée de bandes fluo, le mouvement des gonds, de la poignée, leurs pas, leurs voix, tout résonne confusément. Ils débouchent dans le parking, ça sent les gaz d'échappement, les moteurs chauds, le caoutchouc, ils se rangent, laissent passer un gros 4 × 4 BMW noir aux vitres fumées

Merde ! on parle du loup… C'est la voiture de Drincourt !

Mais non, il roule en Porsche Cayenne…

T'es sûr ? J'ai cru reconnaître sa plaque.

Sûr, t'y es pas. Deux mois, déjà. Tu rames, mon pauvre Tom.

Ça, pour ramer.

T'es seul cette semaine ? On pourrait se faire un resto alors, un soir, comme au bon vieux temps ?

Mais, Catherine ?

Sa grossesse la fatigue… N'en est qu'au sixième mois et elle doit rester couchée la plupart du temps. À 20 h 30, c'est le couvre-feu, que je dîne dehors ou pas, ça change rien.

Et Max, et Jimmy ?

Sont au lit en même temps.

C'est vrai qu'ils sont encore petits… Alors volontiers, on fait ça quand ?

Jeudi ?

Jeudi.

Ils grimpent la piste dentelée qui monte en spirale, Dominique souffle comme un bœuf, la peau du visage devient sanguine

On n'emprunte pas la sortie la plus facile.

C'est toi qui l'as voulu.

Ils dépassent la barrière automatique de péage

Tiens, ils l'ont réparée.

Quoi ?

La barrière.

Il pleut à verse, Thomas enfile son imperméable, ils trottent vers la brasserie, la tête dans les épaules, les chaussures clapotent sur le dallage de marbre recouvert d'un film d'eau

Pas foutus de faire une pente ! Regarde ça, on patauge.

Tu te répètes, Dom, chaque fois qu'il pleut.

150 m, les cheveux ruissellent, l'étoffe est trempée aux épaules et dans le haut du dos. Ils entrent en bousculade dans la salle sombre, s'ébrouent, vont s'accouder au comptoir, Thomas commande un café, Dominique un double crème

Ton régime ? T'as vu dans la côte du parking ? Le crème, c'est pas bon pour ta panse.

Touche pas mon ventre. Tu sais bien, quand Catherine est enceinte, je grossis.

Ouais, fastoche.

Au fait, je t'ai pas raconté, on déménage, finie la location, on achète. Un grand appartement avec une terrasse, à Maisons-Alfort, autant dire à quinze minutes du boulot en voiture. J'ai décroché un crédit à 2,8, le TEG à 3,3…

Que des bonnes nouvelles, en somme, c'est pour ça que tu voulais qu'on prenne un café ?

Non. Mais pourquoi tu m'as pas rappelé ce week-end ? T'as bien vu que…

Que tu étais insistant, c'est certain, casse-couilles, je confirme. Mais je t'ai répondu, non ? C'était stand-by, y a un problème ?

J'en sais rien, depuis quelques jours, le boss, je le sens pas. Froid comme un glaçon, fait à moitié la gueule, t'es au courant de quelque chose ?

Non, pas que je sache…

Tenez, messieurs.

Tasses et soucoupes glissent sur le zinc. Devant eux. Au bout des doigts

Merci. L'autre jour quand je t'ai croisé devant l'ascenseur, je lui apportais un très gros marché. Il était distrait, avait l'air de s'en foutre. Une société d'autoroute, filiale de Vinci, pour son personnel d'entretien, 90 % en extérieur, du lourd, t'imagines…

Tu le connais pas encore ? C'est un caractériel. Il nous prend pour des marionnettes.

Oui, mais là, ça dure. Crocs-en-jambe, coups de latte…

Il te frappe ?

Arrête tes conneries, Thomas, c'est une image. Il m'a fait la leçon pour Eiffage, que je proposais, que j'enlevais les contrats, mais que j'assurais pas derrière pour la mise en place des plates-formes, qu'est-ce qui lui prend ?

C'est vrai que t'as merdé, c'était pas à moi de rattraper le coup pour Eiffage, et il le sait.

Tu crois que ça sent le roussi ?

J'en sais rien. J'en ai marre de Drincourt, tu sais ? Depuis qu'il s'est acoquiné avec Perraudin pour la recapitalisation, l'arrivée du Jérôme, ce merdeux incompétent, qui a soi-disant un carnet d'adresses bourré de pépites… Gérard fait n'importe quoi, j'arrive plus à suivre. Tout ça m'emmerde. J'ai plus la foi et je perds la main.

Moi qui pensais que t'allais éclairer ma lanterne, me rassurer.

Désolé, Dom, vraiment désolé.

Le troisième gamin en route, l'emprunt, c'est pas le moment que…

Thomas fixe le liquide noir qui mousse sur les marges

Toujours aussi dégueulasse, ce café, on se demande comment ils font, c'est pire que du robusta. Faut trois sucres pour le boire… Moi aussi, Dom, j'ai l'impression d'être sur un siège éjectable. Drincourt a changé. C'était un pionnier dans son domaine. Et généreux. Avec Perraudin, il est devenu mégalo. Juste un manager. Il nous marche dessus.

Tu me fous les chocottes, Thomas, putain…

C'est comme ça, Dom, on doit faire avec… Tu savais qu'il veut mettre tout le personnel sous contrôle de nos propres logiciels temps, nous foutre la pression maximale H24 ?

Non, je savais pas. Note bien, Thomas, si on les a conçus, ces foutus logiciels, c'est bien pour ça, non ?

Thomas ne veut plus de son café, il repousse la soucoupe et la tasse, Rey se brûle la langue avec son double crème, il regarde sa montre

Je dois filer dare-dare, un rendez-vous à Aubervilliers dans trente minutes.

Oui, ça va être juste, dépêche… Laisse, je règle.

Merci, on s'appelle pour jeudi ?

On s'appelle. Bonne journée, te tracasse pas trop.

La salle est déserte, ça sent le produit d'entretien, une vague odeur d'agrumes, à laquelle s'ajoutent des effluves de sauce au vin et de beurre chaud échappés des cuisines. Seules les lumières du comptoir sont allumées, il perçoit un vague chuchotement, finit par distinguer une silhouette recroquevillée au fond de la salle, dans un angle obscur, devant un bol de lait et un croissant, avec un vieux fox à poil ras, couché à ses pieds. C'est elle, la tête emmaillotée dans une écharpe de laine et qui parle à son chien. Il pose la monnaie sur le comptoir, s'approche

Bonjour, Ernestine, comment va ? Vous donnez pas à manger aux pigeons, ce matin ?

C'est fini entre nous, je préfère nourrir les canards et les hérons, mais pfuitt ! Carapatés ! Au-dessus des nuages, les malinois, dans le bleu horizon. T'as vu la pluie ? Tous les jours ?

Elle se penche, caresse de sa main parkinsonienne la tête du petit fox au poil terne

Heureusement que t'es là, toi, hein, mon fidèle ?

Patience, Ernestine, dans une bonne heure, la salle est pleine.

Oh, je serai partie. Vont pas bloquer une table pour une vieille gâteuse qui leur consomme un bol de lait qu'ils pourraient filer au chat...

Et un croissant !

Acheté à la boulangerie. Motus ! hein ? je fais semblant que c'est des bouts rassis pour Fifi sorti d'un sac tout chiffonné. Enfin, je vais pas dire du mal, le patron, des fois, il m'offre un whisky, c'est bon le whisky, ça fluidifie le sang, ma tête, elle respire.

Les poils du menton accrochent le peu de lumière, le creux de ses rides profondes est d'un gris-vert grumeleux, des ravines emplies d'ombre

Je dois y aller, Ernestine.

Ça va le faire, mon garçon.

Il quitte la brasserie, remonte le col, rentre la tête, il court, évite les flaques, le dos rond jusqu'à l'entrée de l'immeuble. S'égoutte sur le tapis-brosse dans le sas vitré, pénètre dans le hall, salue le réceptionniste qui consulte son cahier de pointage, certain d'avoir croisé Thomas ce matin, ne l'ayant pas vu ressortir. Thomas baisse la tête, une envie de rire qui le taraude, il se hâte vers l'ascenseur Zut, le boss... qui en sort. Il approche, le visage parfaitement lisse et fermé, il ne serre pas la main que lui tend Thomas Dis donc, ça mouille on dirait... Oui, ça..., bredouille Thomas qui fait mine de secouer les pans de son imperméable Tu sais, pour aller pisser, t'as des toilettes à l'étage, c'est très commode, lâche Drincourt avec un clin d'œil et un bref mouvement du menton. Léger pas de côté dans ses VQuattro dont les semelles caoutchouc couinent sur le marbre noir. Puis s'éloigne, tête haute, pressé, traverse le vaste hall, adresse sans un regard un signe de la main en direction du vigile de la réception, passe les portes vitrées puis disparaît sous un grand parapluie imprimé du drapeau britannique Dieu, ce foutu motif, le toit de l'Austin… Sa main tremble légèrement quand il appuie sur le bouton de l'ascenseur déjà reparti vers les hauteurs. Ses yeux fixent le compte à rebours des étages, la mutation chiffrée, en led bleu dans le boîtier alu, 6, 5, 4, l'ascenseur atterrit, les portes s'ouvrent, deux personnes qui jaillissent, le bruit de leurs semelles qui… Vous ne montez pas, monsieur Texier ?… Pardon, je… Vous étiez dans vos pensées… C'est ça, Charlotte, j'étais dans mes… Ils s'engouffrent, les portes se referment, il appuie sur le 7, la cage repart.

*

Les tentures dès le seuil, les tables espacées dans chacune des pièces à l'étage, un silence ouaté de salon privé, leur table est dans un angle, la haute fenêtre offre une vue de biais sur la Bastille et l'Opéra

J'aime pas enchaîner le dîner sans changer de chemise, me raser…

T'auras tout le loisir de prendre une douche avant qu'on s'enfile, non ?

Le maître d'hôtel se gratte la gorge, demande si ces messieurs ont fait leur choix Non ? Il salue et repart

Tu crois qu'il a entendu ?

Je crains, oui. On est tellement sous pression au bureau, le soir je me sens dans une espèce de jus… tu vois ? Saumâtre, la peau moite, ça colle sous les bras…

Fais comme moi, mets de l'Axe, ça coupe la transpiration, c'est parfumé, t'es nickel jusqu'au coucher.

Ils font leur choix, saumon gravlax en entrée et poitrine de veau doré aux cèpes, le pouilly-fuissé est sur la table et dans les verres, ils trinquent, essayent de se souvenir quand, la dernière fois, ils ont dîné ensemble

Oui, Léo était là, en éternel célibataire.

Écoute, c'est simple, Catherine était enceinte de Jimmy, il va sur ses quatre ans.

Ça fait si longtemps ?

Oui, Thomas, tu te souviens pas ? Chez Marx ? Le Mandarin ? On avait tapé haut ! Même que Camille… Pardon, suis trop con !

Je t'en prie, Dom, finis ta phrase.

Elle touchait sans cesse le ventre énorme de Catherine, ça portait chance, elle répétait.

Je me souviens, Camille disait que vous nous aviez rattrapés, deux partout, pour les enfants, qu'il fallait qu'on en fasse un troisième.

Désolé, Thomas, désolé…

Laisse, Dom, c'est la vie, il paraît.

Le saumon d'Écosse label rouge est sur la table. Ils entament. Ils évoquent ce dernier dîner, ils ont le sentiment que c'est tout proche, quatre années, et que c'est tout à fait une autre époque, ils ne reconnaissent plus rien, ils cherchent à comprendre ce qui s'est perdu, ce qui s'est dissous, avant tout cette sensation d'être plein d'un temps prodigue à déployer, avec la certitude que chacun de ses gestes va se déplier sans entraves et s'accomplir sans reste

Tu penses qu'on était trop insouciants ?

Je crois pas. On avait raison, on se jetait dans l'avenir comme dans la vague au cœur de l'été…

Tu deviendrais pas poète poète, par hasard ?

Ils s'avouent à demi-mot n'être plus dans la grâce, ils traînent leur carcasse alourdie, ils tirent leur vie dans un présent sans illusions, qui se compose au jour le jour, ils s'accommodent, le souffle court. De fait, ils s'éprouvent en sursis, incapables de se projeter loin dans le temps. Dom évoque Drincourt qui devait se joindre à eux pour ce dîner au Mandarin. Il avait eu un empêchement, sa femme sous médocs, en dépression, il était malgré tout arrivé pour le dessert, il avait voulu régler la note. Un prince.

On y croyait. Une bande de potes embarqués dans la grande aventure.

Oui, scellés dans le même élan... Ce qui se passe, Dom, j'en sais rien. La concurrence? Le changement d'échelle de la boîte? L'entrée de Perraudin dans le capital?

Ça commence avant. Décembre 2011, c'était un jeudi, j'ai vu Drincourt dans son bureau, il était question de lancer la troisième génération de logiciels, tu vois? La gestion des stocks industriels...

Oui, le Nuxidev.

C'est ça. Eh bien, il invoquait ses responsabilités, ses devoirs de bonne gouvernance pour s'excuser, oh, vaguement, de nous foutre la pression. Il avait le regard fuyant, cette conversation m'avait frappé, je l'ai plus jamais perçu comme avant. La distance s'est creusée, il est devenu le patron.

C'est vrai, Dom, mais Drincourt, c'est pas notre génération, il est plus âgé...

Sept, huit ans, c'est que dalle.

Pas sûr, et puis la boîte a doublé son chiffre d'affaires dans cette période, c'est beaucoup plus lourd, plus tendu à gérer... Ça me fait penser au film, *Fight Club*, le héros, à un moment, qui dit: Ce que tu possèdes te possède...

Tu vas loin, là. Tiens, goûte donc ce morgon, c'est magnifique.

Attends, je finis le pouilly...

Non, Thomas, pas avec le veau!

D'accord, je goûte, te fâche pas... Excellent, excellent.

Après tout, c'est peut-être normal, tout ça...

Tout ça, quoi?

Cette évolution. La mise de départ, c'est lui. Les tractations avec les banques, la création de la boîte, les études de marché, la clientèle, c'est lui. Il grandit, il grandit, et nous, finalement, on est les employés.

Oui, on est les piétons.

Les piétons ?

On se déplace à pied, lui, en avion...

Franchement, t'as des comparaisons... Remarque, on est bien chaussés tout de même, on a pas à se plaindre... Même si l'inquiétude monte.

C'est juste le sac à dos qu'est plus lourd à porter.

Et pour toi, Thomas, c'est autre chose. Toi, c'est le malheur qui t'a frappé.

Qui m'a arrêté, oui. Net. Drincourt en a d'ailleurs largement profité... Si on parlait d'autre chose ?

Ils évoquent le prochain appartement où Dom va emménager, les vacances de l'été dernier, leurs enfants, les anecdotes s'enchaînent, ça se termine par des histoires belges et des blagues juives, Dominique en connaît toujours de nouvelles, Thomas les oublie à mesure

Et tu sais pourquoi les éoliennes belges tournent plus vite que les nôtres ?

Il y a plus de vent.

Ben non, c'est parce qu'ils les branchent sur des moteurs électriques...

Tout va bien, messieurs ? Désirez-vous autre chose ?

Oui, une fine, un cognac... Thomas ?

Non, merci, un café.

Moi aussi, un café et une fine Napoléon.

Tu devrais faire attention, Dom, tu conduis, s'ils te font souffler, t'es bon.

Arrête, on est raisonnables...

Tu parles. Double apéritif, deux bouteilles de vin, t'as pris un verre de morgon en rab, le digestif.

Et toi ?

Moi, je prends pas de fine et je rentre en taxi, l'Audi est en révision.

Tu veux que je te dépose ?

Non, laisse. Tu vas à l'exact opposé, un taxi, c'est dix minutes.

Thomas boit son café, le chocolat enrobant l'amande fond sur la langue, Rey hume et déguste sa fine, faisant tourner le liquide ambré dans le verre profond. Ils sont seuls dans le salon d'où monte un silence luxueux, celui des lourdes tentures et des tapisseries sur les murs. Dominique a le nez dans son verre, Thomas dessine des figures sur la nappe blanche avec des miettes de pain qu'il dispose en constellation On se croirait en province, c'est pas lundi, pourtant ? Il lève la tête, son regard flotte en surplomb par la fenêtre, il y a le ballet des voitures sur la place, quelques néons de bar qui claquent, la façade massive de l'Opéra, les projecteurs qui surexposent les programmes à l'affiche, le génie d'or sur la colonne de bronze, un véhicule de police traverse à vive allure, sirènes hurlantes, le gyrophare sème des éclairs bleus, la nuit se referme aussitôt. Il ne répond pas

À quoi tu penses, Thomas ?

À rien. On demande la note ?

Ils sont sur le trottoir sous un épais crachin, ils ne s'attardent pas, ils s'embrassent chaleureusement

C'est pas encore ce soir qu'on va s'enfiler, hein ?

T'arrête tes conneries ?

Non, sans blague, on devrait dîner plus souvent.

Tu as raison. T'es garé où ?

Rue des Tournelles, un coup de chance.

Dominique sourit, relève son col, met sa casquette de cuir, allume un cigare. Il s'éloigne sur le trottoir luisant et détrempé où les semelles déglutissent, il disparaît dans un trou d'ombre, réapparaît dans le halo jaunâtre puis tourne à l'angle de la rue. Thomas fait demi-tour, il marche, les jambes lourdes, le corps engourdi, se poste au coin du boulevard Beaumarchais, il hèle une Skoda noire, replie le parapluie, s'engouffre Bonsoir, rue Cart à Saint-Mandé, s'il vous plaît, je vous indiquerai à partir de Vincennes... C'est parti... Sale temps, hein ? La voiture contourne la place et s'engage dans la rue du Faubourg-Saint-Antoine. La pluie redouble, les façades ruissellent, quelques vitrines de mobilier contemporain sont encore éclairées, les trottoirs sont vides.

Le vendredi matin, Thomas remarque deux appels de Dom sur l'iPhone, à 6 h 30 et à 7 h, il n'a laissé aucun message, en revanche son épouse lui demande de l'appeler d'urgence. Ce qu'il fait aussitôt. La voix est nerveuse, oppressée, Catherine respire mal. Dominique a été placé en garde à vue toute la nuit, un contrôle d'alcoolémie, ils vont le relâcher en milieu d'après-midi, il devait voir son patron en fin de matinée

Je fais quoi ? Je fais quoi ?

Tu appelles Rachel, sa secrétaire, je te donne le numéro, c'est mieux que ce soit toi, tu notes ? Tu dis que Dom est alité, fièvre, etc. Peut pas venir travailler dans cet état, bref, tu brodes...

C'est tout ?

T'invoques une extinction de voix au cas où Drincourt serait tenté de lui téléphoner. Et puis que Dom m'appelle quand il sort, il est où ?

Un commissariat dans le XVe, près de la porte de Versailles. C'est quoi ce sifflement ? T'es où, Thomas ?

Dans ma cuisine, c'est la bouilloire...

Mais qu'est-ce que vous avez foutu, vous vous êtes saoulés, ma parole ! Et s'il a plus son permis, comment il travaille ? À quoi vous pensez ? J'ai pas un mari, j'ai un...

Elle a raccroché. Il ouvre la fenêtre sur le jardin, il fait encore nuit, il entend la pluie crépiter sur les feuillages qui dégouttent sur la terre, ça bruisse, ça gargouille dans la gouttière d'angle. Il boit son thé à petites gorgées, il pense à Elsa et Anton au bord de l'océan, il referme la fenêtre, enfile son imperméable, il sort et part à pied en direction du garage où sa voiture était en révision. Le vendredi court dans la même habituelle tension, avec des dossiers qu'il faudra boucler durant le week-end. Thomas guette l'appel de Dominique dont le nom s'affiche sur l'écran de l'iPhone en milieu d'après-midi. Il s'échappe du pôle Recherche pour se réfugier à l'extrémité du couloir, dans un angle vitré, dos au vide, où personne ne peut le surprendre

Alors ? Qu'est-ce qui s'est passé ?

Alcootest à la hauteur de la place d'Alésia.

Je t'avais dit de lever le pied.

Je sais, Thomas, mais fine ou pas, j'étais bon. Tu vois, j'aurais mieux fait de te déposer, j'aurais évité ce putain de contrôle.

Tu veux dire que c'est ma faute ?

Mais non, ducon.

Thomas fixe les méandres de la Seine, le fleuve liquoreux, d'une matité anthracite, où se traînent deux péniches, il voit deux scarabées, lourdement chargées, qui s'épuisent dans la remontée du courant. Serpents de voitures et de camions se tordent le long des quais

Se faire foutre en garde à vue pour ça !

Et ton permis ?

Ça devrait aller... dix-huit jours de suspension. Suis convoqué au tribunal le mois prochain. Je risque la grosse prune.

Comment tu fais pour tes rendez-vous ?

Transports en commun et taxis, dix-huit jours ouvrés, ça va le faire. Faut pas que le boss s'en aperçoive.

Ça fait trois fois que tu...

Quoi ?

Non, rien. Tu reviens lundi ? Avec un certificat médical ?

Oui, officiellement malade jusque-là. C'est Catherine qui m'a passé un savon.

Essaye de passer un bon week-end, Dom, à lundi.

Thomas range l'iPhone, revient sur le plateau, Drincourt l'attend, la cuisse posée sur le bord de son bureau, il tapote avec un stylo sur le revêtement de graphite

Te voilà. T'as des nouvelles de Rey ?

Pourquoi ?

Pour rien, il est malade, son épouse a téléphoné...

C'est grave ?

Je crois pas, il revient lundi.

Une grippe ? Ça peut arriver au meilleur d'entre...

On devait préparer le rendez-vous de lundi avec de gros clients.

Merde, lui qu'est jamais malade. Je peux t'être utile pour...

Merci, je vais me débrouiller. T'en sais pas plus que moi, donc ? Bon, on verra bien.

Drincourt vérifie le nœud de sa cravate, il a de plus en plus souvent un tic nerveux, une avancée rotative de l'épaule droite, il s'éloigne avec une moue équivoque d'agacement et d'amusement mêlés, il sifflote.

*

Thomas les attend rue du Départ, en bas de la volée de marches. Il aperçoit Claire, Elsa et Anton qui trottent à ses côtés, ils ont le teint hâlé, semblent radieux, ils le repèrent, courent vers lui, Anton lâche sa valise, ils sautent d'un même élan dans ses bras, Thomas rit Ça fait longtemps, les tigrichons !

Le week-end s'emplit par bribes du récit des journées landaises au bord de l'océan. Le dimanche midi, à table, Claire déclare qu'elle est prête à emmener ces enfants sages en vacances chaque fois que l'occasion se présente Oui, et oui! renchérissent Elsa et Anton, comme si des morceaux d'avenir étaient à s'emboîter, une construction de cubes, dans le vide azuréen du futur. Les enfants ont repris du riz au lait caramélisé que Claire avait préparé dans des ramequins en porcelaine blanche Oui, vous pouvez aller jouer... Ils se dirigent vers l'escalier en s'échangeant des cartes

Vous faites quoi à Noël?

Je voulais t'en parler, on part dans les Pyrénées, la maison familiale que tu connais, chez Jean, de fait. Tu viens?

Elle répond oui, sans hésiter, tant elle apprécie la compagnie de Jean. Thomas précise Il y aura ma mère et son nouveau mari. Claire essaye de rattraper sa voix comme un objet qui s'échapperait de ses doigts pour se briser sur le carrelage. Son visage tressaille, l'aveu finalement d'une réticence

Ne t'inquiète pas, ils vont dormir à l'hôtel de Laruns, repartir probablement pour Bayonne l'après-midi de Noël, après le déjeuner.

Je m'inquiète pas... Mais c'est tout de même sa maison à ta mère, c'est normal qu'elle y dorme, non? Ce serait plutôt à moi d'aller à l'hôtel.

Elle sera avec Raymond, je suppose que son mari tout neuf préfère l'hôtel pour s'ébattre à loisir, j'ai entendu dire qu'il était chaud, au lit.

Tu sais ça, toi?

Ma mère est sans pudeur pour ces choses. C'est lourd, d'ailleurs. Et puis Jean n'y tient pas.

Comment ça?

Chaque fois que ma mère veut séjourner à la maison, il part dormir chez des amis.

Tu sais pourquoi?

C'est un sujet qu'on évite, j'ai essayé une fois, j'ai pas recommencé. Notre mère, il la tolère. Pour faire plaisir aux enfants le jour de Noël. Et maintenant qu'elle est remariée, c'est une bonne raison pour que tout le monde s'en sorte, tête haute, l'air de rien. Valence dort donc à l'hôtel. Sans compter que les routes sont souvent enneigées en cette période, tu es sans voiture, ma mère et Raymond ont un 4 × 4, c'est plus simple pour les allers-retours. C'est la venue de ma mère qui te fait hésiter ?

Du tout… Suis ravie de passer Noël avec vous.

Tu peux rester plusieurs jours, il y a la chambre de Pauline, tu seras tranquille.

Quel jour tombe Noël ?

Thomas pianote sur l'iPhone

C'est un mercredi.

Avec le week-end, si je fais le pont, ça ferait cinq jours.

C'est parfait !

Je promets rien mais je vais essayer.

Elle a embrassé les enfants, la valise est dans le taxi, ils sont sur le trottoir, elle s'est assise sur la banquette, Anton a refermé la portière de la Toyota. Qui démarre. Ils agitent la main, la voiture tourne au bout de la rue. La pluie s'est remise à tomber. Dru. Elsa frissonne. Ils trottent vers la maison.

*

Thomas dépose les enfants dans une lumière d'aube pluvieuse Elsa ! On ouvre la portière côté trottoir, ça fait mille fois que je rabâche ! Oui, bonne journée, les enfants, travaillez bien. Il les observe, se faufilant, vifs, souples, sur le trottoir, se mêlant aux enfants et aux parents qui se pressent et se bousculent, il patiente, il attend qu'ils s'engouffrent et disparaissent, dans le flot des têtes, des chevelures et des bonnets. Des doigts arachnéens enserrent sa poitrine. Il pense à celui ou à celle, embusqué devant l'école, prenant des photos d'Elsa et d'Anton pour les envoyer à Camille, sous enveloppe, anonymement. Il pourrait oublier d'en respirer. Et mourir. Maintenant. Un noyé, assis dans sa voiture. Ça klaxonne. Il sursaute. Démarre lentement, les yeux rivés sur l'entrée de l'école. Dix minutes plus tard, il s'enferre dans un bouchon sur le périphérique, près de la porte de Charenton. Une espèce de nausée, d'abattement qui l'envahit. Son ordinateur de bord, capable de mesurer sa vitesse horaire sur n'importe quelle durée, affiche pour la semaine précédente une vitesse moyenne de 15,6 km/h, il irait plus vite à vélo... Le GPS lui signale pourtant les trajets les plus fluides, en temps réel, mais plus il en sait, moins il avance. Il est vitrifié dans son caisson métal, il roule en auto-immobile, le moteur tourne, les gaz brûlent, les données numériques circulent sur les écrans, fulgurantes, c'est comme les échanges de fluides et de cellules à l'intérieur du corps, mais dans l'auto et tout autour, à perte de vue, plus personne ne bouge. C'est un cancer, des stimuli désordonnés qui prolifèrent en lui, une entropie rentrée, une inflammation toujours plus acide des tissus... que fait-il là, contemplant le désastre qui les emporte tous ? Ça sonne. C'est Drincourt

Oui ?

T'arrives quand ?

Suis dans les bouchons.

Prends le métro ou roule à vélo, t'es plus en clientèle !

Je pensais racheter une moto.

Toujours tes goûts de luxe. Magne-toi, je t'ai déposé un projet de plate-forme sur ton bureau, j'aimerais que tu traites ça en urgence.

Ok.

Il a raccroché, Thomas glisse un CD dans le lecteur, un disque de Copland et Abercrombie que lui a envoyé Jean pour son anniversaire, il peine à l'écouter, l'énervement le submerge. Abandonner la voiture, là, de suite. En plein boulevard. Partir à pied… Quand il arrive dans le sas du parking, l'ascenseur est dans les hauteurs, il escalade les deux étages au pas de course, débouche essoufflé dans le hall de réception, il tombe sur Drincourt et Rey qui approchent

C'est toi qui conduis, Dom ?

C'est moins une question qu'un ordre dans la bouche du patron. Dominique bégaye

Je… je suis en panne. La courroie moteur qu'a dû lâcher.

Te voilà piéton ! Bien, tu conduis le Cayenne, alors ? Mais c'est toi qui paies l'essence, trente litres aux cent, ça va te coûter cher ta matinée de travail.

Dom sourit Pas grave, suis défrayé.

Ah, pardon, c'est juste pour ton auto !

Drincourt s'esclaffe en tapotant familièrement l'épaule de Rey

T'as vu l'heure, Thomas ? T'oublies pas ? Mon dossier. Urgent !

T'inquiète, Gérard, je m'y colle.

Si justement, je m'inquiète. Tu m'envoies ton topo par mail, je lirai ça en voiture, on part pour Pontault-Combault… à plus.

Ils s'éloignent vers la porte qui ouvre sur l'escalier des parkings. Dominique tourne la tête, adresse un clin d'œil furtif à Thomas, qui sourit, qui songe qu'avec son permis suspendu, il suffit d'un contrôle… qui poursuit vers l'ascenseur, qui salue le gardien Vous signez pour moi, Olivier ? L'homme en costume et cravate noire répond par deux doigts tendus portés à la visière d'une casquette invisible, il passe d'un air pénétré derrière le comptoir, consulte l'horloge et note sur un cahier l'arrivée de Thomas C'est ça, fais bien ton boulot, à la minute près, susurre Thomas, le doigt sur le bouton de l'ascenseur. La journée est fructueuse en dépit de son laborieux commencement, et c'est au milieu de l'après-midi, sans avoir pris le temps de la pause déjeuner, que Thomas peut envoyer un mail contenant l'esquisse d'une configuration viable pour la plate-forme numérique que lui a commandée Drincourt. Il est près de 17 h, il a toujours les yeux dans l'écran, en bras de chemise, les cheveux en désordre, la cravate lâche, et Rey qui surgit soudain Excuse-moi, Dom, une minute, s'il te plaît… Il finit d'écrire l'énoncé d'une suite mathématique. Dominique Rey ne bouge pas, rocher posé devant, un regard insistant dont il peut sentir la pesée sur son crâne. Il lève la tête, son ami est à la fois livide et en nage, Rey a les poings sur son bureau, il est penché vers lui

T'es une ordure, Thomas ! Une sale petite ordure !

Oh, Dom, qu'est-ce qui se passe ? Calme-toi, viens ! Pas ici, s'il te plaît…

Si, justement ! Il faut que ça se sache que t'es une ordure !

Les trois stagiaires, Zaïd, Cyril, le nouvel ingénieur fraîchement recruté, sont arrêtés dans leur travail, les yeux soudain au-dessus de leurs écrans, Trinchard affiche une mine amusée, Thomas est debout, il a contourné son bureau, il pose la main sur l'avant-bras de Rey, qui se dégage d'un mouvement sec

Me touche pas !

Je comprends pas, Dom, je…

Crapule ! C'est rien pour toi, l'amitié, tu vendrais ton père et ta mère !

De quoi tu… ? Écoute, Dom, je reste pas là pour me faire insulter devant tout le monde… Salut.

Thomas s'éloigne, sort du pôle, se dirige vers les ascenseurs, Rey gueule dans son dos Tu préfères te barrer plutôt que d'entendre tes quatre vérités, c'est ça ? Thomas se passe la main sur le front, il est également en nage, il s'approche des cages vitrées, appuie sur le bouton d'appel de l'ascenseur, il est en chemise, son portefeuille est dans sa veste,

il n'a pas même quelques euros pour aller boire une bière.
Dominique l'a rejoint, il a les poings serrés

Je comprends rien à ce qui...

Fais l'innocent, enflure ! Quand je pense que jeudi on dînait ensemble, on était là à évoquer les bons souvenirs pendant que tu manigances dans mon dos auprès du patron, que tu instruis le dossier...

De quoi tu parles, nom de Dieu ? !

Drincourt m'a tout craché. Il a balancé, goguenard, être convaincu par tes arguments, que je faisais plus l'affaire à ce poste.

J'ai pas dit ça, Dom...

Que le dossier Eiffage, c'était la goutte d'eau qui...

Non, Dom, j'ai juste dit que t'étais beaucoup plus indispensable au pôle Recherche.

Indispensable, mon cul ! Finalement, tu avoues !

Quoi ? J'avoue quoi ? Me suis fait engueuler sur le dossier Eiffage parce que j'allais pas assez vite pour solutionner les incidents de config, j'ai rappelé à Drincourt que c'était pas mon taf, que je le faisais pour une urgence te concernant.

C'est pareil ! En fait, tu lui as suggéré de me virer, ce qu'il vient de faire sur tes conseils avisés, il a précisé.

Mais enfin, Dom, tu vois bien que c'est de la manip pour...

Écoute-moi, tu veux ? Je lui ai juste expliqué que c'était une erreur d'avoir interverti les postes, que t'étais bien mieux à la recherche et à la conception pure et moi à l'ingénierie commerciale, c'était ça la bonne donne, c'est tout.

Mais toi, mon pauvre Thomas, avec la clientèle, t'étais rincé. Tu espérais garder le job ? Mais t'étais plus qu'une loque, un machin ratatiné après l'accident de Camille. Si on n'avait pas fait corps autour de toi, avec Léo et Zaïd, pour te couvrir et convaincre le boss d'être patient, que tu allais repartir, et toi, tu... T'es qu'une merde, Thomas... Oh, oh, me touche pas, je t'écrase la gueule...

Thomas se dirige vers son bureau, il déboule sur le plateau où règne un silence de crypte, tous les regards sont sur lui, il ramasse sa veste sur le dossier puis ressort en l'enfilant, s'en retourne jusqu'aux ascenseurs, Dominique Rey a disparu. Il appuie de nouveau sur le bouton d'appel, met une cigarette à ses lèvres, l'allume, l'ascenseur B descend, les portes s'ouvrent, il y a déjà trois personnes, des cadres dirigeants d'une autre société, la SFC Consulting Finance, qui occupe les deux derniers étages, il entre, les portes se referment, il regarde ses chaussures, il voit le précipice vitré, les câbles qui coulissent et s'enroulent dans la fosse Vous ne savez pas que c'est interdit de fumer dans l'ascenseur ? Il lève la tête, observe la jeune femme qui l'apostrophe, tailleur noir d'une étoffe soyeuse, baskets Nike cuir noir avec la virgule vert fluo sur les flancs, la semelle en vaguelettes orange, la sacoche de cuir sous le bras, sans aucun maquillage, des taches de rousseur, des yeux verts, il la fixe, tire sur sa cigarette Dans tout l'immeuble, vous voulez dire ? Elle lui lance un regard glacé, voudrait lui déchirer les yeux, l'ascenseur arrive au rez-de-chaussée, il sort le premier, se dirige vers la sortie, la jeune femme oblique, une démarche vive et déliée, vers le réceptionniste, lui parle, penchée au-dessus du comptoir en lui désignant Thomas qui pousse la porte, qui sort, la pluie s'est arrêtée, le pavement est encore trempé, il prend à droite vers la brasserie, dégaine son mobile, appelle Drincourt, tombe sur la messagerie, il joint Rachel, non, le boss a dit qu'il ne repassait pas au bureau aujourd'hui Pourquoi ? C'est urgent... Non, Rachel, laisse. Il raccroche. Met le portable dans la poche de sa veste Monsieur ! Attention !... Oh, pardon ! Droit devant, il allait s'affaler dans un landau large et volumineux où des jumeaux babillent, vêtus à l'identique d'ensembles jaune poussin... Ouvrir les yeux quand vous... Thomas fait un signe de la main, continue d'avancer, entre dans la brasserie, s'approche du bar

Un double, Fred, s'il vous plaît.

Serré ?

Non, Fred, un double whisky.

Désolé, m'sieur Texier, on peut pas fumer.

Oui, pardon, je…

Comprenez, 90 euros d'amende, ça refroidit. Voulez un écossais, tourbe, 12 ans ?

Si vous voulez.

Ça va pas bien, m'sieur Texier ?

Un coup de fatigue, c'est tout.

Une vingtaine de personnes sont attablées, il aperçoit Ernestine au fond de la salle, elle lui adresse un signe de tête puis lève son verre, de whisky sans doute, il l'imite, ils trinquent à distance, Thomas demeure vissé au comptoir, une fesse sur un tabouret, les épaules rentrées, la poitrine creuse. Le liquide ambré brûle et réchauffe. Devant lui s'étalent des rangées de verres de toutes tailles, des reflets de chair et de vêtements s'y multiplient, concaves et convexes, il remarque son visage à la surface de trois verres de cognac en bubons difformes, il commande un autre whisky

Oui, le même, excellent. Il reprend son portable, appelle Dominique plusieurs fois, ça passe de suite sur messagerie, il appelle Catherine, ça sonne, elle décroche, semble calme, non, elle ne sait rien, Dom ne l'a pas jointe, Thomas explique la situation, la colère de son mari, la manipulation de Drincourt, rester solidaires, prud'hommes, avocat, Dom est compétent, il retrouve un emploi demain, ils ont un gros réseau, la voix de Catherine est blanche, puis il l'entend qui pleure, en silence, juste une expiration froissée de l'arrière-gorge et du nez, elle ne parle plus. Il faut qu'elle joigne Dom, qu'elle l'apaise, qu'elle le raisonne, après on se voit, on réfléchit, on se lâche pas, l'amitié…

Les enfants dorment sur la banquette arrière, Elsa sur son rehausseur. Ils ont la tête posée sur la tempe et la joue droites, étrangement abandonnée sous le même angle, une posture parallèle qui répondrait à une semblable injonction. Il a coupé la musique, ne persiste que le diffus frottement de l'air enveloppant la voiture et le couinement des essuie-glaces. Il roule sur l'autoroute, traverse la plaine gasconne si vaste et plate que l'Audi paraît arrêtée. Le ciel est un dais noir, sans accrocs ni coutures. La pluie a commencé de tomber après Orléans et depuis sans interruption. Une pluie fine chassée par les essuie-glaces, qui serpente et qui s'amasse sur le pourtour de son pare-brise en cloques de mercure. Ça vibre, ça s'étire et ça s'étoile de plusieurs centimètres et puis ça s'exténue avant de s'évaporer dans le souffle du vent. D'autres boursouflures tremblantes se reforment à mesure, Thomas observe machinalement cette pulsation élastique de concrétions et de dilutions aqueuses. Les tempes sont douloureuses et après plusieurs heures de conduite la sciatique creuse profondément dans la fesse droite. Il s'est arrêté à trois reprises pour lutter contre l'assoupissement, il a foulé longuement l'herbe des parkings, respirant à pleins poumons dans le brouillard du jour naissant. Seuls des poids-lourds internationaux étaient garés sur les esplanades désertes, le goudron exhalait une odeur de pluie, d'huile moteur et de caoutchouc. Il avait remarqué dans les habitacles des lueurs de veilleuse filtrer d'entre les rideaux, il s'était imaginé au volant d'une de ces forteresses, traversant en tous sens l'Europe jusqu'en Turquie, jusqu'au Proche-Orient, jusqu'en Inde, sous des ciels plus ou moins limpides. Quelle aurait pu être sa vie alors et celle de ses enfants ? Sans Camille aujourd'hui ? Juste une dispersion hasardeuse. Rien. Il avait déambulé entre les camions, s'était accroupi sur le gazon, essayant d'éteindre l'inflammation du nerf sciatique. Il était rentré tard du bureau, Daba avait préparé la valise des enfants, il avait mis en vrac des affaires chaudes dans son sac de voyage, les chaussures de marche, la parka. Trop épuisé, il avait laissé sa chambre et la cuisine en l'état, puis ce matin, à 4 h, il démarrait l'auto, les enfants engourdis sur la banquette arrière. Anton puis Elsa se réveillent alors qu'ils roulent maintenant sur l'A 64 et qu'ils approchent de la banlieue de Bayonne

Tiens, une culotte de gendarme.

Où ça ?

Là, regarde.

Qu'est-ce tu racontes, papa ? Dans le ciel ?

Oui, le petit pan de bleu, là…

C'est ça, la culotte ?

C'est ce qu'on dit, oui.

Mais, on arrive à Bayonne… On passe voir mamie Valence ?

T'es réveillée, toi ?

J'ai pas dormi longtemps.

Non, trois, quatre heures.

Alors, papa, on passe la voir ?

Non, les tigrichons, elle nous rejoint mardi chez votre oncle. Elle viendra avec son nouveau mari, Raymond.

Tu le connais, toi ?

À peine… On l'a entrevu pour les funérailles de votre maman. Il est infirmier, il s'occupe des enfants handicapés, à l'hôpital.

Ils n'entrent pas dans Bayonne, ils s'engagent sur la bretelle de raccordement, en direction de Pau

C'est quand qu'on arrive ?

Une heure et demie, deux peut-être.

On peut mettre un film, alors ? *L'Âge de glace*, le 4 ?

Le 4, c'est parti.

Le paysage s'anime, l'asphalte fraye entre des villages, enjambe des rivières, épouse des vallons aux flancs rayés de vignes, des ceps tortueux en chapelets de lettrines noires et crues sur l'ocre de la terre. C'est une route qu'il a souvent empruntée les fins de semaine, quand il quittait avec Pauline collège et lycée, pour rejoindre Jean dans la maison de Laruns, ils étaient alors impatients, même s'ils ne le suivaient plus guère à l'estive, progressivement dépris de cette vie rurale dans laquelle l'aîné s'enfonçait résolument, prenant l'exacte place du père. Il traverse une marqueterie de champs, de prés et de bosquets d'arbres nus, il aperçoit la Bidouze où il accompagnait l'oncle Auguste après le décès de son père, de mornes journées à surveiller le tressaillement des bouchons sur la surface laquée des eaux lentes. C'est ensuite le lac d'Orthez, vert-de-gris sous le ciel sourd, et la base de loisirs, déserte en hiver. L'autoroute enjambe à deux reprises le gave de Pau, des méandres, des rives boisées, des prés fleuris au printemps, seule la nationale existait alors, Valence arrêtait la voiture au bord du gave pour déjeuner, Thomas s'y trempait parfois, cherchant des truites sous les pierres, à l'écart du courant. Se découvrent au loin, dans les interstices nuageux, les contreforts des Pyrénées avec des plaques de neige dispersées en flaques de lumière, à l'ombre des premières crêtes. Ils approchent de Pau, parcourent la zone industrielle de Lescar, le mobile sonne, c'est Jean qui appelle

Salut, mon Thomas, vous êtes où ?

On arrive sur Gan, on est là dans une bonne demi-heure.

Compte une heure, les routes sont mauvaises, enneigées depuis deux jours à partir de la côte du Moure, fais attention, Thomas, ça glisse.

Il laisse bientôt Gan dans son rétroviseur, le nez de l'Audi, cette fois plein sud, pointé vers les Pyrénées, par la route d'Ossau qui s'élève droite, abrupte. La chaussée rapiécée devient cahotante, il entame la longue côte striée de larges rigoles de neige fondue, les bas-côtés sont blancs par endroits, et, quand il dépasse Sévignacq-Meyracq, ce sont des plaques de neige épaisses, grises, sales, qui encombrent les zones ombrées de la route Anton ! Elsa ! Vous avez vu ? Ils opinent du menton sans prêter grande attention aux larges découpes de glace qui flottent à la surface obscure du lac de Castet dont les rives sont couvertes d'une neige immaculée, trouée ici et là de plaques terreuses. Les roues plongent dans les nids-de-poule, s'enfoncent dans les flaques profondes, la voiture chasse, danse sur les rustines, elle ponce le bitume, graviers et cailloux giclent sous les pneus, des geysers de neige liquide éclaboussent les bas-côtés et le moteur qui fume de vapeur d'eau, ça résonne dans les joues d'aile et le dessous de la carrosserie, ce sont des raclements, des claquements sourds qui vibrent dans l'habitacle, les têtes oscillent, les épaules tressautent, mais les enfants que rien ne distrait visionnent leur film, Elsa suçotant la pince de son crabe en peluche. C'est à la sortie de Geteu, une courbe sévère où la neige demeure compacte à l'ombre d'un talus plus élevé, Thomas accélère trop fort, les roues motrices patinent, s'emballent, le train arrière dérape, Thomas contrebraque de manière réflexe, voit le talus opposé surgir au-devant du capot, il freine brutalement, l'Audi entame un tête-à-queue, elle tourne, pivote, part en toupie, se précipite vers le fossé, la voiture s'en va, elle fuit à reculons, se dérobe, glisse interminablement, enfin s'immobilise en équilibre sur les longerons de l'habitacle, la moitié avant de l'auto posée sur la chaussée, les roues arrière dans le vide au-dessus du pré qui dévale en contrebas. Elsa tient ses mains plaquées sur les tempes, Anton est couché sur elle, les airbags latéraux ne se sont pas ouverts, les écouteurs sont par terre, *L'Âge de glace* tressaute, se décompose dans les écrans des sièges. Ça stoppe, ça se suspend, le moteur cale, c'est un silence saturé, juste ce gémissement de fond de gorge, une expiration rayée puis les larmes d'Elsa, celles d'Anton, et Thomas, stupéfié quelques secondes, qui s'essuie le front, qui se tourne

Ça va ? Ça va, Elsa ? Tu t'es cognée ? Fais voir, ma fille, où t'as cogné ? Où ?

Sur la vitre, papa !

Non, toi, tu t'es cognée où ?

Là, sur la tempe !

Fais voir ? Non, tu saignes pas, juste une bosse, frotte, frotte, laisse, je vais... Ça va ? Oui ? Et toi, Anton, pourquoi tu dis rien ?

J'ai peur, papa, j'ai...

C'est fini, mon grand, c'est fini. Plus de peur que de mal, c'est rien. On repart ? Oui ?

Tu vas trop vite, papa, pourquoi tu roules si vite ? Tu veux qu'on meure ?

Ça glisse, mon Anton, c'est juste l'arrière qui a... On repart ?

Les enfants semblent reclus dans une panique muette, ils hochent la tête, Thomas lance le démarreur, plusieurs fois, le moteur engorgé tousse, démarre, il regarde autour de lui, passe la première, embraye, mais les roues tournent dans le vide, le moteur hurle. Il coupe tout, demande aux enfants de sortir Non. Les portières ouvrent sur le fossé, un bon mètre Passez devant, alors, allez ! Ils se faufilent entre les dossiers, enjambent la console centrale, sortent par la portière côté passager, ils foulent l'herbe gorgée d'eau, nappée d'une neige translucide, le sol gargouille et s'enfonce sous les semelles, Thomas sort de son côté pour patauger à son tour dans le talus, il longe lentement vers l'arrière, se penche, les roues motrices sont bien dans le vide, c'est impossible d'extraire l'Audi de son ancrage. Il scrute les alentours, aperçoit une ferme à 300 m

Rentrez dans l'auto, il fait froid.

Non, elle va tomber...

Dis pas de bêtises, c'est juste les roues arrière.

Elle va tomber.

Vous grelottez, asseyez-vous devant, si ça vous rassure, allez ! j'arrive.

Il se dirige vers la ferme, sautille par-dessus les flaques, avance prudemment dans ses chaussures de ville, progresse le long d'une grange, atteint la grille ouverte, pénètre dans une cour pavée, boueuse, défoncée. Un homme, en bottes et ciré, tenant une fourche, sort d'une étable, ils se saluent. Thomas explique C'est un coup de tracteur qu'il vous faut ? c'est ça ?... Voilà, C'est ça... Il a une soixantaine d'années, le crâne dégarni, une courte barbe, les joues couperosées, une espèce de sourire amusé

Vous venez d'où ?

Je rejoins mon frère à Laruns, Jean, Jean Texier...

Ah, le berger... Vous êtes Thomas, alors ?

Vous me connaissez ?

Je vous aurais pas reconnu... C'est vrai qu'avec la neige, la route, ça dandine... Vous êtes où ?

300 m plus bas, vers Geteu.

Vous rejoins. Vous avez une corde, quelque chose ?

Non, j'ai pas...

C'est bon, j'arrive.

Il pose sa fourche contre le mur, Thomas remercie puis repart, descend la route, glisse à deux reprises sur la neige compacte, brasse l'air, se débat dans son déséquilibre, ses chaussures prennent l'eau, le froid humide mord les orteils et trempe les chaussettes, il retourne à la voiture, rejoint les enfants, souffle dans ses mains jointes, allume le moteur, enclenche le chauffage

Un monsieur va nous tirer de là avec son tracteur...

Pourquoi vous ricanez ?

Papa, sur la neige, tu gesticulais, on aurait dit un clown.

Ah ?

T'as froid ?

Ça va…

Regarde tes épaules, tu trembles…

C'est rien. Tiens, le voilà.

Un tracteur rouge sort de la cour, il approche, dessinant un panache de fumée noire. Il vire sur la chaussée, se place dos à la voiture, le fermier descend de sa cabine, il tient une corde, l'accroche à l'arrière du tracteur, tend l'autre bout à Thomas qui se met à quatre pattes sur le talus, qui passe la corde dans l'anneau de remorquage sous le moteur, à l'extrémité du longeron gauche, près de la roue avant, ses doigts sont violets, il tisse un triple nœud grossier, il tire, il serre de toutes ses forces, il appuie les paumes sur le pare-chocs, se relève, ses genoux sont trempés, le gauche légèrement boueux, il se frotte les mains C'est bon ? L'homme remonte dans sa cabine, il n'a pas coupé le moteur, l'air est saturé de vapeurs d'échappement, Thomas claque des dents, s'installe au volant, observe l'homme juché là-haut sur son siège, qui lui adresse un signe de la main, qui enclenche la première, qui embraye lentement, la corde se tend, l'ossature de la voiture gémit, l'Audi s'ébranle par secousses, elle racle le bas-côté herbeux, avance centimètre par centimètre, le cordage vibre, geint de toutes ses fibres, un nuage charbonneux s'épanouit au-dessus du tracteur, le moteur rugit, le convoi hoquette et tangue, l'habitacle se soulève, les roues arrière rejoignent le talus, la voiture roule sur la chaussée Sauvés, papa, on a réussi ! Le tracteur continue de tirer l'auto jusqu'à aligner les deux véhicules sur le côté droit de la route, dans le sens de la montée. L'homme coupe son moteur, saute de la cabine, Thomas s'extirpe

Merci, vous nous sauvez, là, monsieur…

Xifra.

Monsieur Xifra, excusez-moi, les noms...

C'est rien, avec Jean on se parle à cause des bêtes, et puis c'est Aurèle, votre père, que j'ai bien connu.

Thomas se remet à quatre pattes, sous le pare-chocs, tente de défaire le triple nœud, le premier cède entre ses doigts gourds, mais les deux autres si resserrés par la tension sont des verrous de nylon rendus à la pierre Bougez pas. Le fermier retourne vers le tracteur, farfouille sur le plancher de la cabine, revient avec un gros tournevis Tenez, pour... Thomas tient la corde d'une main, à la hauteur des nœuds, essaye d'enfoncer le cruciforme à l'intérieur de la boucle, opère un mouvement de vrille avec la pointe métal qui s'immisce lentement, s'en sert ensuite comme d'un levier tournant pour desserrer l'étreinte, ça se relâche, ça s'ouvre, il recommence avec le dernier nœud autour de l'anneau de remorquage, ça glisse, ses mains tremblent sous l'effort de la poussée, le cruciforme ne parvient pas à mordre dans l'écheveau des fils soudés, la pointe de l'outil ripe vivement sur le nylon et va labourer sa paume gauche, entamant le muscle, lui arrachant un juron, ça saigne abondamment, il se redresse, ça pisse le long des doigts et sur le poignet, des taches d'un rouge pur qui s'étoilent sur la neige Ah, merde, merde!... De Dieu, renchérit le fermier, faut pas mettre la... Il prend le tournevis poisseux des mains de Thomas, essuie le manche sur son pantalon, se met à son tour à quatre pattes, la tête et le buste sous le pare-chocs, essaie de pénétrer les fibres avec l'outil, il souffle, il s'échine, soupire bruyamment, se relève, repart vers la cabine, fouille à nouveau dans ses outils, revient armé d'une pince coupante. Thomas a récupéré un chiffon sous le siège avant de l'Audi, le met en compresse contre sa paume sanglante Nom de nom de nom de Dieu, ce que c'est sensible... Dame, la paume, c'est plein de nerfs. Le fermier met un genou à terre, tranche dans la corde, la cisaille fil à fil, ça finit par céder, ça s'arrache, le bout de la corde en bouquet de fils nylon échevelés. Thomas ramasse une poignée de neige, l'applique sur la plaie pour stopper le saignement, apaiser la douleur. L'homme enroule la corde, bloque le rouleau avec un nœud, le cale sur l'attelage

Voilà, c'est pas bien compliqué.

Non, mais sans tracteur...

Pour sûr, après c'est la dépanneuse.

Je vous dois quelque chose ?

Vous plaisantez ? Attention jusqu'à Laruns, c'est neigeux, ça gigote. Vous saluez Jean ?

J'y manquerai pas. Encore merci.

L'homme se hisse sur son tracteur, démarre, s'éloigne vers la ferme, vire sur le bitume à angle droit, le portail l'engloutit, un ange mécanique. Thomas jette la neige, regarde sa paume enflée, la plaie violette, ses épaules convulsent, ses dents claquent de plus belle, ses chaussures sont des éponges, ses pieds des moignons, il s'en retourne vers la voiture, voûté, hésitant, remarque les mottes de terre et les touffes d'herbe sur le bas de caisse et les joues d'aile arrière, il ouvre la portière, se laisse tomber derrière le volant, pousse le chauffage au maximum

T'es blessé, papa ?

C'est pas grave, je m'arrêterai à la pharmacie de Laruns pour un pansement. Allez, go.

Quand on y pense, c'est puissant un tracteur.

Oui, c'est puissant.

Ils roulent, le téléphone sonne

Qu'est-ce que vous...

On a été retardés, une sortie de route.

Quoi ?

C'est rien, Jean, un fermier nous a dégagés de là, un M. Xifra.

Ah, Jaume ! C'est un brave. Ça va, pas de casse ?

Non, faut juste que je m'arrête à la pharmacie.

Thomas explique, il sent la tension monter dans la voix de Jean Écoute, je prends la camionnette, je vous attends près de la mairie, suis pas certain que vous puissiez monter jusqu'à la maison.

Vingt minutes plus tard, ils débouchent sur la place de la fontaine aux eaux figées dans la glace. Le vieux Trafic crème stationne devant la crêperie. Jean est sur le trottoir à faire les cent pas. Thomas se range. Il sort. Ils s'embrassent

Mon pauvre Thomas, on dirait un vieux chien mouillé, oublié sur le bord de la route. Fais voir ta main… Tu t'es pas raté, dis donc.

J'ai un foret qui creuse dans la paume. On passe à la pharmacie ?

J'ai ce qu'il faut à la maison, je vais te soigner. Laisse la voiture ici, on la récupère quand la route est dégagée. Allez, hop ! Les bagages dans le Trafic.

Les enfants grimpent dans l'habitacle, se serrent avec leur père sur la banquette Ça fouette la fromagerie, ici. Jean s'installe au volant, claque la portière On peut dire ça, oui, le froid ça conserve. Le diesel cogne, la camionnette vide résonne et vibre de toutes ses tôles

J'entends rien, Jean…

Je te disais : sans pneus neige, c'est difficile sur la dernière côte, après le pont !

Papa, tu trembles encore ?

J'ai les pieds trempés, Anton, suis gelé… Tu peux mettre le chauffage ?

Je peux, oui, mais ça chauffe plus, ou presque.

Ils prennent par la rue du Port, la rue de Gerp, une fois passé le pont Lauguère, la communale qui gravit le versant est uniment blanche, damée de neige. Jean désigne du pouce l'arrière du Trafic

J'avais prévu un cordage pour te tracter, mais c'est finalement plus simple comme ça. Suis content de vous voir.

Pas nous !... Fais pas cette tête, Elsa, je blague.

En haut de la côte, virage à droite, à gauche, deux épingles à cheveux, la maison et les dépendances surgissent dans les champs de neige. Au loin, se dresse la forêt de sapins en muraille d'ombre et d'aiguilles, striée de guirlandes poudreuses Trois chutes de neige en dix jours, la dernière hier, vous allez bien vous amuser. Jean s'engage sur le chemin, gare le Renault dans la haute grange emplie jusqu'au toit de ballots de fourrage. La sensation pénétrante, dès le pied posé sur le sol de terre battue d'une architecture de paille qui enveloppe, chaude, sourde et capitonnée, où flottent de lourds effluves d'herbe fruitée, presque écœurante. Ils emportent les bagages, sortent dans la blancheur intacte, traversent la vaste cour

Vous m'écoutez les enfants ? Oui ? Un jour, je jouais à escalader les ballots, pif paf, je sautais d'une pile à l'autre, parfois de plusieurs mètres, j'ai atterri à 10 cm d'une fourche oubliée là, failli m'empaler... Alors, interdiction absolue de jouer dans le fourrage, compris ? Les enfants hochent la tête, Elsa pousse la porte de la cuisine, Pat et Iso jappent, les bousculent, se pressent dans leurs jambes, se tortillent de contentement. Ils posent valises et sacs, enserrent l'encolure des chiens, les caressent puis se précipitent devant la cheminée, tendant leurs mains vers le feu qui crépite

Ça va, Thomas ?

En vrac, la fatigue du voyage...

T'oublies ta sortie de route, non ? Viens, je vais réparer ta main pour commencer, prends déjà un doliprane. Sur la table, là. Et mets cette laine.

Thomas ôte chaussures et chaussettes trempées, glisse ses pieds dans de vieilles charentaises à carreaux, jette l'effervescent dans un verre d'eau, Jean l'entraîne vers la salle de bains, ouvre la pharmacie, nettoie et désinfecte la plaie avec de la Bétadine

C'est profond, dis donc, tu t'es vraiment pas loupé, te faudrait presque des points de suture. Je te pose des Steri-Grip pour maintenir les lèvres de la plaie serrées, tu évites d'ouvrir la main, on recommence ce soir avec une pommade cicatrisante, si ça suffit pas, faudra recoudre... Allez, va te reposer, installe-toi près du feu.

Merci, Jean.

Ils échangent un regard, Thomas revient dans la salle, avale son cachet dissous, enfile la veste de laine, tire le fauteuil près de l'âtre

On peut jouer dehors ?

Vous mettez parka, snowboots, et vous ne vous éloignez pas.

On risque rien avec Pat et Iso...

Je veux vous voir de la maison, d'accord ?

On pourra dire bonjour aux brebis ?

Ça, vous voyez avec votre oncle.

Ils se précipitent, fébriles, évoquent un bonhomme de neige, disparaissent par la porte de la cuisine en courant d'air, Thomas entend leurs cris puis ça s'éloigne, juste le froissement des flammes dévorant le bois. Il se pelotonne dans le fauteuil, les pieds nus près du foyer, la chaleur s'insinue dans la chair et les os en ondes frissonnantes, il pose sa tête contre le cuir, son regard dérive, s'abîme, se perd dans l'ondoiement des flammes, dans les couchants embrasés qui palpitent entre les bois charbonneux, les yeux brûlent, il sent la voiture qui glisse et tournoie, il s'interdit, il est arrivé, son corps se relâche, le pouls cogne dans la paume ouverte, il est vivant, à sa place, s'avoue-t-il, abandonné au sommeil.

*

Le ciel s'éteint dans le soir, comme un retour, éprouve Thomas, de l'ordre minéral, sombre et grave. Le sol neigeux résiste seul à cette exténuation, qui reverse à sa surface une lueur opalescente accumulée tout le jour. Il écoute, assis, l'obscurité qui monte. Il se lève, met des bûches dans le foyer, enfile une canadienne, chausse des bottes en caoutchouc puis sort par la porte de la cuisine. C'est le même silence glacé que déchirent ses pas dans la neige, du coton broyé qui geint. Il passe devant les granges faiblement éclairées et poursuit jusqu'à l'étable, une longue bâtisse de 40 m où la lumière électrique claque aux fenêtres. Il pousse la porte, aussitôt enveloppé d'une chaleur animale âcre, chargée de sueur boucanée, d'odeur de paille sèche, de lait, d'excréments d'ovins, assailli d'un piétinement de sabots et de la rumeur bêlante de 186 bêtes désaccordées. Il s'avance dans l'une des allées en ciment, rejoint Claire et Elsa, ceintes d'une blouse, qui remplissent les mangeoires galvanisées d'ensilage d'herbes et de maïs. Elles ne l'ont pas entendu s'approcher, il les regarde travailler, leurs gestes amples, constants, avec les moutons qui précipitent leur tête dans le cornadis à palissades, le museau fouissant dans le fourrage

Papa... tu viens nous aider ?

Je peux pas avec ma main.

Claire s'approche

Ça va aller pour le dîner ? Tu veux de l'aide ?

Merci, le poulet est au four, les patates sont quasiment épluchées, j'ai plus qu'à les mettre dans la sauteuse, ça, je peux encore faire... Je venais surveiller le petit personnel de l'entreprise familiale.

Icelles qui travaillent sans être payées ?

C'est ça ! Je vais maintenant inspecter du côté des hommes.

Il les aperçoit au fond de la bergerie, près des boxes d'agnelage. Anton est concentré, il manie la fourche trop grande, racle, soulève, déplace le foin souillé, nettoie, recompose les litières, Jean est dans l'un des boxes, accroupi, à donner le biberon à un agneau tardivement né que la mère refuse d'allaiter. Son fils lui sourit, Jean lui adresse un vague signe de tête, les deux à nouveau engagés dans leurs gestes. Un courant d'air froid lui enserre la nuque, il repère les fenêtres ouvertes, repart, frissonnant, par l'autre allée jusqu'à la porte, examine sa paume de main gonflée d'eau, avec les grips qui maintiennent serrées les lèvres de la plaie, mauves et sanguines, les doigts sont ankylosés, il masse précautionneusement, il contemple quelques secondes la longue bergerie pleine, grouillante, un préau d'école bondé quand il pleut dans la cour, une consistance charnelle, une densité animale qui ne lui est pas étrangère, concrète jusqu'à l'effroi. Il sait juste reconnaître quelques bêtes pour leurs robes singulières, alors que Jean, lui, connaît chaque brebis, les appelle par Dieu sait quel nom, chacune, les identifie à la couleur de la laine, à leur façon de bêler, il sait le caractère de l'une et de l'autre, il surveille, à l'estive, celles qui s'éloignent souvent du troupeau, celles avides d'herbe nouvelle et trempée de rosée qui sont donc sujettes au gros ventre, celles qui veulent encore téter la mère alors qu'elles devraient être sevrées depuis longtemps, celles qui sont lentes à ruminer, une sorte de tribu, de peuplade, en somme, dont Jean détient le sens perdu, insondable aux yeux de Thomas. C'est l'été précédant la naissance d'Elsa. Camille et Thomas sont montés trois jours à l'estive, avec Anton, minuscule, qu'il faut souvent porter dans le harnais. C'est la première fois que Camille les accompagne, ravie par les paysages et cette langueur pastorale. Thomas entame sa troisième année chez Nuxilog, une jeune entreprise créée depuis peu, il est certain d'avoir trouvé un travail ouvert sur de larges perspectives d'avenir. C'est aussi un moment où les liens se retissent avec Jean, fortement, alors que les activités de chacun les ont tenus éloignés, que Thomas s'est installé à Paris. La naissance d'Anton n'est pas étrangère à ces retrouvailles, rien ne manque en ce séjour, s'imprime dans l'air une sorte de plénitude causée par le dessin réapparu d'une constellation affective ancienne où chacun est présent à l'autre dans le juste intervalle d'une politesse éprise. Thomas, emporté, croit pouvoir entreprendre Jean sur un projet ambitieux qui devrait fonder entre eux une nouvelle connivence. La traite est finie. Ils sont attablés devant la bergerie, dans la lumière dorée d'un début de soirée de juillet, le soleil bas illumine encore le haut de la vallée, ils dégustent une bouteille de cidre frais, Jean casse des noix, Camille coupe de fines tranches de pain, Anton gambade à 20 m avec les chiens, il vacille sur ses jambes fragiles, se cramponne à l'épais pelage du placide patou des Pyrénées

Jean, j'ai pensé à quelque chose qui devrait t'intéresser. Tu connais la RFID ?

Non... Enfin, c'était pas un truc de la dernière guerre pour identifier les avions ennemis ?...

Ça, j'ignorais. Je voulais te parler d'applications présentes. C'est une nouvelle technologie, en effet, d'identification, mais pour le bétail : Radio Frequency Identification, c'est une puce électronique que tu mets à l'oreille des brebis... Tu peux les suivre sur un écran, et pour celles qui s'égarent, tu les retrouves sans problème, au lieu de courir à travers la montagne...

Et les chiens, tu penses qu'ils suffisent pas ?

Si, mais... tu pourrais doubler, tripler ton troupeau de la sorte et... ça te marque électroniquement les bêtes malades... Quand tu les réunis pour la traite, les portillons qui les guident enregistrent les données, s'ouvrent ou se ferment et canalisent les bêtes selon leur état de santé vers un parcage ou un autre... Un contrôle total depuis ton écran... Tu as même des puces qui peuvent déceler les symptômes d'une mammite, la présence de tiques, donner un bilan sanguin complet... Je... je pourrais te configurer l'ensemble du système pour le troupeau, tu toucheras des aides de la CE, tu y gagnes un label de qualité supérieure pour le cheptel sous contrôle RFID, une validation européenne qui sera de toute façon un jour obligatoire et...

Tu t'intéresses à l'élevage des ovins, toi, maintenant ?

Aux plates-formes numériques... Suis tombé sur un article à propos du puçage électronique du bétail et j'ai fouillé un peu, j'ai pensé à toi.

Attends, frérot, je t'arrête. Pourquoi je dépasse pas les 180 bêtes ? D'après toi ?

J'imagine qu'au-delà, tu changes d'échelle, tu contrôles plus la population, alors qu'avec ma solution, pas besoin de personnel supplé...

T'y es pas. Je dépasse pas, parce que, au-delà, je peux plus les connaître : leur nom, leur caractère, leurs habitudes... déjà, 180, c'est très limite. M'en fous d'en avoir plus... Et puis, admettons, Thomas, qu'est-ce que je fais, moi, avec ton système ? Qu'est-ce que...

Tu gères ! Je t'installe les applicatifs, j'assure le suivi informatique, les mises à jour, les...

Tu veux vraiment que je passe mes journées devant un écran à « gérer » les courbes de température, le bilan sanguin et les trajectoires de mes brebis ? Je les interpelle à l'oreille avec Skype ? Tu m'installes un bureau dans la bergerie ? Je deviens le big brother du troupeau ? Et puis, si tu réfléchis un peu... Quand mes brebis seront dans l'ordinateur, la filière viande (labo, engraissage, reproduction, abattage) exigera l'accès aux fichiers, à mes brebis informatiques en somme... La filière m'imposera des critères d'élevage de plus en plus farfelus, votés en Commission européenne par des experts égarés et vendus pour valider mon bétail, pour certifier les semences mâles en éliminant les races moins productives... la biodiversité, mes fesses ! Je deviens qui ? Quoi ? Je suis plus souverain parmi mes bêtes ? J'ai plus de métier ni de savoir-faire ? Je suis un exécutant, tu l'as dit, je gère la surveillance… Non, merci, Thomas.

Camille les observait, elle souriait, elle porte la main devant ses lèvres, retenant mal son envie d'éclater de rire, ce qui agace prodigieusement Thomas

T'es vraiment fermé à tout changement, c'est déses…

Tu veux le fond de ma pensée, Thomas ? Tu t'évertues à fliquer les gens, là, qui travaillent en extérieur, tu conçois des mouchards portables, tu…

Pas du tout ! J'offre à chacun la possibilité de s'auto-évaluer, de s'auto-valoriser, de prouver ses compétences en temps réel, de…

Tu m'accables avec tes balivernes, et ce qui m'accable plus encore, c'est que tu sembles y croire à tes boniments de camelot du roi, alors que t'es tout bêtement un flic dédié au service des puissants… Et tu voudrais que mes brebis, que moi-même… Ménage-moi, petit frère, arrête tes insanités, comment peux-tu…

Jean s'était levé sans plus un mot, s'éloignant vers l'enclos, la main droite dans la poche, la gauche qu'il passait dans ses cheveux, Camille était allée rejoindre Anton et les chiens, Thomas avait allumé une cigarette, s'était servi un verre de cidre, voyait le soleil sombrer derrière la montagne sans plus savoir où poser les yeux, la gorge serrée, il déglutit mal, se lève à son tour, rejoint Camille et Anton, caresse la tête du patou

Qu'est-ce qui t'a pris, Thomas ? C'est une idée débile.

C'est l'avenir, Camille.

T'es con, Thomas ! C'est ton avenir, peut-être, pas celui de Jean, tu connais pas ton frère ?

Sept ans plus tard, toujours à l'estive, Thomas est arrivé dans l'après-midi, il observe le troupeau qui entre dans la pâture clôturée, Jean accroche aux piquets de nouveaux pains de sel, Thomas est intrigué, il s'approche d'une brebis, remarque un anneau fixé à l'oreille, d'une couleur cuivre orangé, puis à l'oreille de trois ou quatre autres. Il ne dit mot, n'ose aucune question, c'est le moment de la traite, Jean est assis sur son tabouret, tirant le lait qui crépite dans le seau galvanisé, il tourne le dos à Thomas

Vous avez gagné, tu dois être content.

Pardon ?

Vous avez gagné, tu dois être content.

De quoi tu parles ?

Un lobbying efficace, c'est un gros marché, ça.

Mais de quoi tu...

Je pensais que tu savais. La circulaire est tombée en juillet, dans l'engourdissement des vacances d'été. 2010 sera marqué d'une pierre blanche : le puçage électronique est devenu obligatoire pour les ovins et les caprins. Nous y sommes.

Ah ? j'étais pas au courant.

Quand je pense que vous allez produire des centaines de milliers de puces qui vont couvrir prés et alpages à l'oreille de nos bêtes, et que vous n'avez même pas prévu la collecte et le recyclage de ces produits lourdement polluants. On en fait quoi ? On les stocke au fond du jardin ? Dans cinq ans, ce seront des terrils de puces, la pluie les rincera, ça va suer dans la terre...

J'ai remarqué à l'oreille des brebis, mais tu n'as pas équipé l'ensemble du troupeau ?

Non, je fais semblant, une dizaine de bêtes, juste pour établir un bilan, déjà désastreux, pour la chambre agricole. Et on se bat pour interdire cette saloperie. C'est le moment de vous positionner, Thomas, vous allez exploser le chiffre d'affaires.

Trop tard, Jean, les sociétés qui ont convaincu les pouvoirs publics doivent déjà être au taquet pour fourguer leurs stocks de puces.

J'entends bien, mais les logiciels ? Vous allez bien trouver des applications encore plus fines, encore plus performantes, vous avez déjà une réelle expertise sur le cheptel humain.

Arrête, Jean, tu fais de la provoc et...

De la... ? Vous venez nous traquer jusque dans nos montagnes, traquer nos bêtes, et c'est moi qui provoque ?

Je suis pas ce « vous » dont tu parles... Je... J'ai pas envie qu'on s'engueule, Jean, suis pas là pour ça... Je t'avais prévenu que c'était dans les tuyaux et qu'il fallait en prendre les bons aspects.

En prendre les bons... Vous êtes en train de nous chasser du monde. On ne foule plus le sol, on se déplace dans des écrans. À qui ça profite ? C'est quoi le mobile ? Contrôler le bétail, les semences, contrôler les bergers, les éleveurs, que tout soit reversé dans la transparence électrique de vos fichiers-prisons, vous nous déliez de tout lien, vous nous isolez, vous nous séparez, vous nous séparez même de nos bêtes, vous nous organisez en échanges et en dialogues numériques de données. Vous voulez nous consigner massivement, planétairement dans un isolement pire que celui des premiers humains sur la terre, privés de techniques et de langage, c'est votre apocalypse ! Elle est silencieuse et personnellement dédiée, que chacun soit seul et demeure désespéré dans sa réclusion numérique, perdu dans un monde où les liens entre tous les vivants, humains et animaux, ne transiteront plus que par des flux électroniques organisés, formatés, mis à jour depuis le cloud computing qui décidera des admissions et des exclusions, des rachats et des absolutions. Ah, j'oubliais, vous allez foutre des marqueurs sur tout principe vivant, sur chaque graine, chaque semence animale ou végétale, qu'on ne puisse plus réensemencer d'une année sur l'autre sans votre autorisation grassement rétribuée, vous êtes des f...

Je travaille pas dans l'agro-alimentaire !

Tu vois donc pas que c'est pareil ?!

Oh, oh, c'est bon, Jean ! Je peux aller préparer le dîner ?

Sachez seulement qu'on se laissera pas faire, qu'on saura inventer des liens imprévisibles, inaliénables, c'est le propre de l'humain : faire lien, tisser des histoires... J'espère seulement, c'est un vœu pieu sans doute, qu'on va bientôt vous pendre aux grilles de vos forteresses. À part ça, t'as du jambon, des œufs, des pommes de terre, prépare-nous quelque chose de bon, s'il te plaît. J'ai fini dans une petite heure... Ah, tu peux m'apporter des bidons propres, ils sont sur la paillasse.

Toutes ces paroles lancées à la figure de Thomas, de dos, continuant de traire ses brebis, il apercevait la laque crémeuse du lait aux trois quarts du seau.

Il traverse la cour enneigée. Dans l'autre sens. La neige qui craque, le coton qui gémit sous ses bottes, les flaques jaunes des lampes qui luisent sur la surface phosphorescente, il traverse, lent, gourd, il tape ses pieds sur les marches, pousse la porte, se déchausse, suspend la canadienne, dispose une autre bûche dans la cheminée, puis s'installe devant le plan de travail, l'odeur du poulet au four emplit doucement la pièce, il prend l'économe et finit d'éplucher, maladroitement, sa paume est douloureuse, la pomme de terre glisse entre ses doigts.

*

Mardi, de réveillon, Jean conduit le Trafic Renault sur la neige durcie, Claire et Thomas tressautent sur la banquette à chaque cahot. Dans les prés alentour, la nappe neigeuse immaculée scintille sous le soleil, offrant au paysage l'éblouissante lumière d'un premier jour, tous trois stupéfiés par une beauté trop vaste qu'ils élaborent dans une lenteur muette. Jean lui-même ralentit l'allure du véhicule, spontanément, puis ils atteignent les premières maisons de Laruns, débouchent bientôt sur la place de la fontaine, Jean se gare

T'es sûre, Claire, tu veux pas nous attendre au café ?

J'ai des emplettes à faire. Vous m'appelez, on se retrouve chez le pâtissier, le boucher, enfin, on verra bien.

Les deux frères se sont engagés à pied dans une rue transversale Oui, je lui ai téléphoné, il nous attend. Ils passent devant le restaurant de Bernard et Dolorès, aujourd'hui fermé, continuent vers le bout de la rue

Tu crois vraiment que c'est nécessaire ?

C'est trop profond, Thomas, quatre points de suture et c'est réglé.

M'enfin, un vétérinaire.

Vingt fois que je te... Tu me fais pas confiance ? Il n'y a pas un généraliste à Laruns qui te ferait ça. Je pourrais moi-même, j'ai l'habitude avec les bêtes, mais j'ai plus d'anesthésique, et puis la main, c'est délicat.

Ben justement...

François est un ami, il parle net. Si c'est pas possible, on poussera jusqu'à Pau.

Deux marches, il sonne, ils entendent des pas qui dévalent un escalier, la porte s'ouvre, l'homme a un franc sourire sur son visage carré, le regard bleu, il est massif Entrez, entrez. François n'a pas de cabinet de soins, c'est un vétérinaire rural qui tourne dans les fermes, qui intervient dans les étables et les écuries, il les fait entrer dans la salle à manger

Excuse-nous de te déranger un jour de réveillon, mais la main de Thomas m'inquiète.

Faites-moi voir ça. Oui, c'est un peu enflammé, mais apparemment pas... infecté. Tes Steri-Grip sont pas... assez... serrés. Tu as raison, c'est mieux de coudre, cinq points de bâti au Flexocrin... ça n'a pas l'air... très profond. Asseyez-vous, j'arrive.

Il y a le tic-tac presque cristallin de la haute horloge, une odeur de cire et de vieilles étoffes, le bois sombre des chaises et de la table, au mur un papier peint à grosses fleurs. Un silence de maison fanée, sertie dans une lenteur rurale. François réapparaît avec plusieurs flacons et des pansements dans une assiette, une petite cuve inox où baignent dans un liquide antiseptique, bistouris, ciseaux, pinces, seringues, aiguilles Jean, s'il te plaît, déplie-moi ce morceau de toile cirée sur la table. Il y pose la cuve rectangulaire Thomas, relevez votre manche, la main bien à plat dos sur la nappe, là... Il arrache les Steri-Grip Je vous badigeonne de Bétadine, d'abord... détendez-vous... je sais... dans la plaie... ça tire un peu, mais... il faut nettoyer partout.

Jean me dit que la main, c'est délicat.

C'est vrai, très innervé, très vascularisé, c'est un cerveau, la main. Mais pour une couture de ce type, voyez ? Pas de blessure des chairs nobles, on est à la limite du derme profond, une simple suture cutanée, c'est très facile... Rassurez-vous, je répare des plaies très profondes chez les bêtes, mais d'abord, la main, c'est particulier et puis le souci esthétique chez les animaux est évidemment moindre...

François enfile des gants jetables, saisit la seringue intradermique, le flacon de Xylocaïne à 1 %, plante l'aiguille dans le bouchon stérile, incline le tout, aspire et fait monter le liquide dans le corps de pompe Je vais vous faire un peu mal, Thomas, je vais piquer dans le gras, les berges de la plaie, anesthésie locale, respirez à fond, je sais, c'est désagréable, mais sinon, on ne pourra pas coudre calmement. François plante l'aiguille dans les lèvres ouvertes, dans le tissu grumeleux, une coagulation accidentée de grosses molécules de graisse et de chair maigre aux contours irréguliers, il se crispe, se tend, l'avant-bras tressaute

Respirez, Thomas... respirez à fond... voilà, on attend deux minutes que l'anesthésique... le plus dur est passé... difficile de demander ça aux animaux.

Comment vous faites ?

Je fais autrement, les bêtes c'est une peur pure, archaïque, une tension brute vers la fuite et ce que l'instinct pense être la survie, mélangée à une espèce d'abandon absolu entre mes mains, passé un certain stade... comme des enfants qui confient en toute innocence leur vie à ma compétence. C'est étrange, les bêtes, surtout qu'elles me connaissent souvent, mon odeur, ma voix, durant mes tournées dans les fermes, les mises bas, les soins divers, forcément elles reconnaissent, elles m'associent souvent avec un mieux-être... allez, on y retourne, normalement, c'est... quand je vous pique, là, vous sentez ?... non ? c'est bon ? on coud.

François prend dans la cuve son porte-aiguille de la main droite, saisit l'aiguille courbe et son fil noir, de la gauche il maintient la paume de Thomas ouverte devant lui, il a chaussé des lunettes grossissantes avec une lampe frontale puissante Vais tout de même pratiquer... deux points sous-cutanés... par sécurité, au centre, c'est un peu plus profond, s'il persiste à cet endroit un manque de contention... on risque après de... petites adhérences cicatricielles et... de micro-séquelles fonctionnelles. Pour ça, je... mets du Vicryl résorbable... donc aucun souci. L'aiguille part du fond de la plaie, traverse le tissu grumeleux, ressort plus haut dans la berge, emporte le fil vers l'autre berge, redescend cette fois du plus haut du gras dans le plus profond de la plaie, François tire son fil, les berges en ce point se réunissent, se touchent Le plus délicat, c'est... la tension, ni trop, sinon c'est l'ischémie, ni... pas assez, c'est le... risque d'adhérence... voilà... c'est bon. François noue les deux extrémités du fil tressé, coupe, effectue une nouvelle trajectoire identique de l'aiguille à 3 mm du premier nœud

Voilà, les plans profonds se… tiennent, maintenant… on…
change de… fil… pour la suture de surface… pour une
fois que je peux parler avec… mon patient, j'en… profite…
c'est du fil non… résorbable, celui-ci, vous… l'enlèverez
dans… deux semaines, vous… passez dans un labo, une
infirmière… vous fait ça en deux minutes… non, Jean, du
vernis… n'aurait pas suffi… c'est comme tes Steri-Grip, il
y aurait eu une grosse cicatrice avec une gêne fonctionnelle
certaine, c'est la paume de la main, tu réalises ? Il fallait
vraiment coudre. François a pris une autre aiguille, il éverse
avec sa pince à griffe la peau de la rive opposée, y plante
l'aiguille courbe de haut en bas, cette fois, la pointe puis le
fil traversent l'épiderme et ressortent bas dans le gras de la
berge, il tend le fil, plante ensuite l'aiguille dans le bas de
l'autre berge, remonte l'aiguille qui ressort par la peau, il
tire le fil réunissant les deux berges, à présent en surface,
ajuste les lèvres Oui, c'est un… dessin de l'aiguille et du fil
exactement… inverse à la… couture des plans profonds…
voilà… nœud plat, je… tends… trois… nœuds plats, en
tout, on… coupe à ras, encore… quatre autre points… ça…
suffira lar… gement… non, Jean, franchement, un drainage
sur une plaie si courte… enfin, si tu y tiens, attends que…
je voie si… du fil de Florence ?… oui… oui, une chance…
il m'en reste… tu vois ça ? Juste 10 cm, après, j'en ai plus.
François met en double ce nouveau fil qu'il couche dans
le lit de la plaie, le fait ressortir à chaque extrémité de la
blessure, achève la suture cutanée, coupe tous les nœuds
plats successifs au ras de l'épiderme. Désinfecte à nouveau
Vous nettoyez à l'éther pour le drain… t'en as ? Et demain,
après-demain matin, max, vous enlevez… doucettement le
drain. Dans deux semaines, dix-sept jours au plus tard, vous
virez les fils. On est sorti d'affaire. Les outils sont jetés dans
la cuve inox, immergés dans le désinfectant où flotte à présent un voile rose, plus rouge autour des aiguilles, Thomas

fixe la dissolution lente des arabesques sanguines, puis sa paume cousue. Les deux frères remercient François

Tu fais quoi pour le réveillon ?

En famille, chez le fils, à la ferme. Je cueille la mère et on monte. Ma fille doit aussi venir depuis Albi.

La route est mauvaise, Thomas confirme...

Ils s'esclaffent

Écoute, elle a téléphoné, normalement elle arrive vers 16 h avec le petit, j'ai insisté, qu'elle roule piano.

Tu passes demain à la maison pour le goûter ?

Peut-être. Je promets rien. Avec les enfants, ça flotte toujours.

Enfin, t'es le bienvenu, tu le sais.

Jean et François s'embrassent, les deux frères sortent, quittent, remontent la rue

Suis une bonne bête, finalement... très rassurant ton véto, et puis la dextérité, franchement... sûr, il tremble pas.

Heureusement ! tu vois ? couture pleine peau, du cousu main ! On se dépêche...

Oui, presque une heure qu'on est là.

Claire doit attendre, appelle.

Il prend son iPhone, compose, échange quelques mots, raccroche

On se retrouve sur la place de l'église, à l'angle de la grande boucherie.

*

Ils déjeunent tous les cinq, le feu danse dans la cheminée, Claire a choisi un sapin de presque deux mètres qu'ils ont chargé dans la camionnette, Jean l'a installé devant la fenêtre du salon, il a fouillé le grenier de fond en comble, trouvant boules et guirlandes multicolores dans un carton poussiéreux, Anton, Elsa et Claire commencent la décoration, ils discutent âprement du choix des couleurs et des emplacements sur la frondaison, une sorte d'agitation enfantine envahit la pièce, dehors le ciel s'est couvert, d'une matité grise, ils ont allumé les lumières qui jettent déjà un éclat d'or dans la maison, Jean a mis un CD où piano et contrebasse dialoguent dans une gravité tendre. Jean prépare le dîner, Thomas l'aide comme il peut, de la main droite, de la gauche seuls les doigts sont mobiles, la paume raide ne peut empoigner

C'est bien ce qu'on entend, c'est... ?

Tu reconnais pas ? Je te l'ai passé une bonne dizaine de fois. Keith Jarrett et Charlie Haden...

C'est pour ça, une sorte de douceur familière... suis heureux d'être là, grand frère.

Ils vont et viennent, Jean épluche, coupe, taille, Thomas apporte, dispose, mais, au fil des heures, il perçoit une altération dans la voix de Jean, non pas qu'elle s'absente, c'est plutôt qu'elle change de densité, plus filante, sourde, d'arrière-gorge comme une perte de relief, de matière dans la tessiture. Thomas lui évoque ses soucis chez Nuxilog, la façon dont son ami Dominique a été viré

Ça t'étonne ?

Plus vraiment, depuis que Gérard m'a jeté au moment de la recapitalisation.

Tu veux dire au moment où tu t'occupais de Camille ?

Oui, je... je sais plus quel est mon rôle.

Tu sais ce que j'en pense de ton travail ?

Les gestes de Jean sont plus nerveux, affleure une tension dans sa façon de couper les légumes, de fourrer la dinde d'un hachis de saucisse, d'herbes, de pulpe de citron

À quoi tu peux t'attendre ? D'autant que dans cette vaste entreprise de mise au pas, t'es qu'un pion. Quand je songe que vous êtes contrôlés par vos propres logiciels dans votre propre boîte, on pleure de rire... Tu t'es imaginé passer du côté du capital, grand Dieu, actionnaire ! Mais t'as raté le manche... D'accord, je sais, Thomas, l'accident de Camille, mais... t'es resté à la cognée, de fait... et tu te fais cogner. Normal.

Thomas lave des feuilles de salade dans l'évier, le pouce fouille dans le creux des côtes, en chasse les traînées de terre, Jean dispose les pommes de terre et les marrons autour de la dinde dans la lèchefrite

Le capital, le capital. Facile à dire, tu la possèdes, toi, l'exploitation.

Qu'est-ce que t'insinues ?

Mais rien, Jean, rien...

Tu veux ta part, c'est ça ? Que je vende et que je te refile ta part ?

Merde, Jean ! arrête ! Tu sais très bien que c'est pas la question, ça l'a jamais été ! On en a suffisamment parlé à l'époque, avec Pauline, arrête, s'il te plaît ! Ce que je veux dire, c'est que t'es propriétaire et...

De quoi, frérot ? Tu connais mes revenus ? Que j'y arrive pas sans les aides agricoles ? Que la camionnette a 15 ans ? Que j'ai de quoi payer l'entretien des bâtiments, de la bergerie, payer les impôts, me vêtir et manger, juste ?

Enfin, ça c'est toi qui l'as décidé, non ?... Parce que, avec ton diplôme d'ingénieur agronome et...

M'en fous, Thomas, t'es bouché ou quoi ? Prospérer, croître ! J'ai choisi un mode d'existence, un mode d'activité. Et je fabrique un fromage unique au monde ! Et ce sont nos troupeaux qui font nos paysages d'alpage ! Et je vis ! C'est ça ma décision. C'est pas faire du pèze en inventant des outils de contrôle de la population ! Pour essayer d'entrer dans le capital et faire encore plus de pèze...

On change de sujet, si tu veux bien.

Les frères travaillent côte à côte le long du plan de cuisine, ils ne se regardent pas. Jean épluche de nouveau quelques pommes de terre, Thomas poursuit le lavage des feuilles, un mélange de laitue rouge et de romaine, *For All We Know* recouvre leur soudain mutisme affairé, dessine la ligne mélodique d'une tristesse impuissante, ils cherchent un rebond, mais ne rebondissent pas, aucun fond à l'abîme, pas d'arrêt dans la chute, les feuilles propres sont dans l'essoreuse, la main gauche sur le couvercle, l'index et le majeur de la droite verrouillés sur l'anneau plastique Laisse, tu vas te faire mal, laisse… Jean tire le cordon, l'essoreuse tournoie et sèche les feuilles Tiens, tu peux les sortir, le saladier bleu, là. Jean saupoudre les pommes de terre et les marrons de thym séché et de gros sel gris, Claire s'est approchée, a glissé épaules et tête entre eux Alors, les hommes, ce repas, ça avance ?… Oui, dans cinq minutes, c'est au four. Puis elle a rejoint les enfants près du sapin

Jean ?

Oui.

Tu sais à quoi je pensais ce matin en sortant de chez François, la paume recousue ? À Billy, quand il est de nouveau au Mexique, avec Boyd, son jeune frère, à chercher les chevaux volés. Que Boyd est gravement blessé, que Billy va chercher la nuit un médecin pour le soigner…

Mais Boyd s'est pris une balle de fusil qui a perforé le poumon.

Je sais, Jean. Mais c'est l'attention de Billy pour son jeune frère qui m'y faisait penser, ton attention.

Moi, je t'ai évité la balle de fusil.

Comment ça ?

Non, rien.

Je saisis pas, là…

Rien, je te dis… T'as continué ta lecture, alors ?

Oui, j'en suis un peu après la scène des soins, mais c'était un médecin, pas un vétérinaire !

T'inquiète, petit frère, t'es cousu de fil d'or.

C'est malin.

Donc, dans six mois, t'auras terminé *Big Crossing* ?

Pas le temps de lire, Jean.

C'est pour ça que je te l'ai passé cet été.

Enfin, j'avance, tu vois ? Je lâche pas. Et ce matin, je pensais à nous, à Billy et à Boyd. Toute proportion gardée.

Oui, toute proportion gardée.

T'es sombre, Jean… Qu'est-ce qui te… ?

T'inquiète, frérot.

C'est le jour de Noël qui te… le repas en famille ?

La famille, c'est jamais très…

Mais pourquoi ça te tourmente à ce point ?

Laisse tomber, Thomas, laisse.

Le sapin rutile de toutes ses décorations, les enfants jouent aux cartes sur un guéridon, les adultes sont assis devant la cheminée, Jean parcourt le journal du matin, Claire et Thomas se taisent, distraits par le mouvement des flammes. Un bruit de moteur qui s'arrête devant la maison, la nuit dans les fenêtres, vaste, un claquement de portières, des pas dans la neige qui crisse, ça toque à la porte, Thomas se lève, il va ouvrir, ils sont emmitouflés dans des manteaux de cuir fourré, elle porte une toque sur ses cheveux teintés d'un noir profond. Ils s'embrassent

Bonjour, Thomas. Te présente mon Raymond qui…

On se connaît, maman.

Ah, bon ? Mais quand vous êtes-vous… ?

T'as oublié ? Les funérailles de Camille ?

Tant mieux, je déteste les présentations.

Thomas serre la main tendue de Raymond qui ôte sa casquette de tweed, qui salue avec un fort accent du Sud-Ouest, plus chantant que celui de Valence. Ils tapent leurs pieds sur la pierre du seuil

Mon Dieu, quelle neige ! Ça patinait fort dans la montée.

Dame, avec le froid du soir. Heureusement, le Toyota, ça grimpe partout...

Ça m'empêche pas d'avoir une trouille bleue.

Toi, la peur, ma chérie, c'est presque un métier.

Ils entrent, se débarrassent de leurs manteaux, pénètrent dans la grande pièce, Anton, Elsa se précipitent dans les bras de leur grand-mère, se pendent à son cou, Claire vient au-devant d'eux, souriante, Jean s'est remis à l'ouvrage côté cuisine, il tourne le dos, dispose les tranches de pommes sur la pâte à tarte Qu'il est beau ce sapin! Avec toutes ces lumières, c'est chatoyant, hein, Raymond? Les baisers claquent sur les joues, Raymond a pris les enfants à bras-le-corps, les soulève chacun leur tour au-dessus de sa tête, ils en profitent pour caresser de la paume les poutres enfumées. Valence s'approche, côté cuisine Bonjour, Jean. Qui s'est vaguement tourné vers elle, sans que ses mains quittent le plan de travail, qui penche la tête, offre sa joue à sa mère Une tarte? Et la bûche alors? Puis Raymond qui s'approche, Jean lui tend son poignet, la main à angle droit Excusez-moi, j'ai les mains dans les pommes... Vous voulez-dire, tombées dans les pommes? Faut qu'on les ranime, alors? Valence s'esquive, Raymond la suit, ils s'assoient devant la flambée, dans un brouhaha joyeux, on évoque la route dangereuse depuis Pau, Valence se retourne, s'adresse au fils toujours affairé Dis, Jean? tu peux arrêter ta musique, on s'entend plus, là. Jean ne répond rien, Thomas propose des apéritifs. Le réveillon commence.

*

C'est le lendemain matin, alors que Thomas rallume le feu, que Claire dresse la table du petit-déjeuner, Jean enfilait sa vareuse, ses bottes

Ç'était pas trop difficile, Thomas, ce réveillon?

C'est le deuxième.

On dit qu'il faut traverser les quatre saisons, après... on continue de traverser.

C'était plus léger... vous étiez là, toute cette tablée...

Tant mieux. Je vais voir les bêtes.

Tu prends rien ? Le petit-déjeuner...

Merci, un verre d'eau, c'est bon.

Il ouvre la porte de la cuisine qui racle sur la tomette, il sort, tire derrière lui, le battant claque, sèchement, les carreaux vibrent. Thomas était reparti surveiller le feu naissant. Claire coupait le pain

Pas l'air d'aller fort...

Pardon ?

Jean, ça n'a pas l'air d'aller fort. Hier, il a parlé qu'avec les enfants ou presque.

Et Thomas d'avouer qu'il n'en savait rien, qu'en effet Jean semblait muré dans une angoisse qui l'oppressait lui-même. Thomas estimait que c'était sans doute ce Noël sans Camille, alors qu'entre eux il y avait ce lien si fort. Et puis, c'était Noël, comme tous les Noëls, avec son voile d'ombre. Il supposait aussi que la présence de Valence à la maison n'était pas étrangère à son état, il n'avait jamais compris pourquoi, c'était une espèce de secret entre eux, mais à cou-teaux tirés

T'as remarqué comment Valence paraît pétrifiée face à Jean, comme si elle en avait peur ?

Je sais.

Claire lui évoque aussi ce moment, à la fin du dîner, Raymond est accroupi devant la cheminée à discuter avec Anton et Elsa qui jouent à enflammer des brindilles, Jean est dans le canapé, absorbé dans sa lecture, qui ne participe aucunement à la situation, tout à fait indifférent, comme un déni des autres et de soi. Et puis Valence qui s'approche, qui s'assoit à côté de Jean, qui veut s'insinuer dans la conversation entre son mari et ses petits-enfants, Jean, alors, qui ferme son livre, qui se lève, qui prend Anton et Elsa par la main, qui les entraîne vers le guéridon pour faire une partie de nain jaune, plantant là Raymond et Valence. Claire était encore à table, elle voyait le dos large et la nuque épaisse de Raymond, sa chemise à rayures bleues, il s'était penché vers l'âtre, il avait saisi la longue pince en fer noirci, il tisonnait le feu nerveusement, avec Valence penchée elle aussi, qui lui caressait l'épaule. Cette scène, d'une tension électrique, ne lui avait pas échappé. Thomas n'avait rien remarqué. La brusquerie de Jean était assez coutumière dans ces moments-là. Camille, seule, pouvait l'apaiser quand il vrillait de la sorte. Elle disait qu'il faudrait des enfants pour l'arracher à cette mélancolie.

Anton et Elsa dévalent l'escalier, une cavalcade bruyante, hirsute, ils se précipitent vers le sapin

Eh, les puces! Vous pourriez dire bonjour.

Laisse, Thomas, c'est Noël.

Ils sont à quatre pattes, se partagent les cadeaux marqués de leurs prénoms, ils tournent les boîtes, les soupèsent, déchirent les papiers, forcent les couvercles, s'emportent, trépignent, s'extasient. L'effervescence dure, il faut sortir les jouets, les ajuster, les construire, les disposer sur les tapis et le parquet Vous ne mangez rien? Non, ils n'ont pas le temps.

Thomas se tient sur le seuil de la maison, l'épaule contre le mur, la porte à moitié ouverte, le café fume, il sent entre ses paumes la chaleur du bol trop vive sur la plaie couturée, les épaules et la nuque frissonnent dans l'air froid et sec, le ciel est d'un bleu pur, la neige luit, pailletée d'étincelles, il aperçoit Laruns en contrebas, le contour net et coupant des toits d'ardoise, les fumées qui s'échappent des cheminées en panaches hasardeux, se diluant dans l'azur, au-delà les contreforts boisés, les forêts denses ployant sous la neige percée ici et là de ramures d'aiguilles sombres, tous ces plans étagés, emboîtés, composent le tableau d'un paysage suspendu d'incandescente lumière, Thomas écoute le silence cotonneux qui semble promettre le soulagement d'une éternité. Claire le rejoint, éblouie par l'intensité blanche

C'est beau, Thomas !

Ça pourrait s'arrêter ici.

Comment ça ?

Ça va finir un jour, ce pourrait être maintenant.

Il y a d'autres paysages.

Celui-ci est d'enfance, j'y ai ma place…

Les enfants t'interdisent le retour.

À moins qu'ils m'y ramènent.

Je pense pas.

Et quand ils seront grands ?

Ils t'entraîneront ailleurs. Ça n'est pas terminé.

Claire a froid, les bras croisés, se frictionne les épaules, elle rentre. Thomas en est soulagé, s'oubliant à nouveau dans les méandres de sa géographie première qui s'offre du seuil. Mais il s'éprouve dépossédé de cette beauté qui se dérobe à sa prise. Il songe à cette balle de fusil que Jean lui a évitée, il ne comprend pas l'image. Il perçoit le bruit d'un moteur qui fracture le charme, un véhicule qui monte par la route, qui va déchirer le tableau, les pneus patinent sur la neige dans le dernier virage, le nez de la voiture surgit à 100 m sur la gauche, il reconnaît le Toyota, regarde sa montre, sa mère qui agite sa main gantée par la vitre, qui grimace un sourire, ils dépassent la porte du jardin, Raymond gare le 4 × 4 à l'entrée du chemin menant aux granges. Moteur coupé, le bruit des portières, ils approchent, Valence a pris le bras de Raymond, ils cheminent prudemment par la route, Thomas entend la neige qui gémit sous leurs pas, l'air s'alourdit d'une odeur d'hydrocarbures.

Ils vont se mettre à table, Jean n'est pas rentré, Thomas demande à Anton d'aller le chercher. Dix minutes plus tard, la porte de la cuisine s'ouvre brusquement, la stridence aiguë d'un gravillon sous le battant, Valence qui n'ose aller au-devant de Jean, l'échine raidie, son fils qui tend la joue, le regard vide, ses lèvres qui n'effleurent pas le visage de sa mère, il serre la main tendue de Raymond

Les brebis, ça marche ?

Elles marchent, oui, sur leurs pattes, merci.

Beaucoup de travail, non ?… Et puis les bêtes, pardi, ça prend pas de vacances… Le lait, même le jour de Noël, il faut le traire !

Claire sort la quiche lorraine du four, tout le monde s'assoit, des odeurs apéritives flottent dans la salle, la conversation tourne autour de Noël, des enfants et des cadeaux, Thomas et Valence à sa suite, évoquent les Noëls dans cette même maison, trente ans plus tôt, les réveillons d'avant la mort du père, tous réunis, avec Pauline dont on n'a jamais de nouvelles Je sais, Jean, il n'y a qu'à toi qu'elle écrit. Et les Noëls d'après, quand Aurèle n'était plus, Valence essuyant furtivement une larme à la commissure de l'œil. Thomas lui caresse le dessus de la main, tout aussi furtif.

Non, Raymond n'avait pas d'enfants, enfin, il en avait beaucoup… Tous les handicapés moteurs du service : accidents, malformations, ce n'était pas tous les jours Noël, mais il y avait des satisfactions malgré les épreuves, leurs regards, souvent leurs regards… Et puis des gestes, quand ils ouvraient les bras, ou des mots affectueux. La semaine dernière, le petit Kevin, qui venait d'arriver, un enfant adroit, véloce, qui volait sur ses rollers, qui avait traversé la rue sur un passage piéton ! qui s'était fait faucher, qui se réveille tétra, à présent il fallait le porter, un corps d'oiselet sans défense… Le spectacle permanent de tous ces corps désarticulés, de ces âmes innocentes, un désastre quotidien, comme si c'était la guerre !

Tous ceux-là, ils sont mes enfants... Désolé, parlons d'autre chose, on n'est pas réunis pour...

Raymond se tourne vers Anton et Elsa

Il faut être prudents ! Écouter vos par... votre père, faire attention avec les voitures, la patinette, le ski, le vélo, enfin... être prudents !

Pas faire comme papa sur la neige...

Toujours prudents, partout !

Il y a un sapin à l'hôpital ?

Bien sûr, Elsa, un grand sapin dans la salle commune, le père Noël passe, il y a des cadeaux pour chacun...

Maman, elle a pas fait attention.

J'ai pas entendu, Anton, tu bougonnes et...

Maman, elle a pas fait attention avec la voiture.

Tu... tu sais, mon garçon, des fois c'est les autres surtout qui font pas attention, c'est pour ça que...

Maman, elle était seule sur la route.

C'est malheureux, oui, c'est...

On mange le dessert ? interrompt Valence. Claire se dresse Vous sentez l'odeur du bon gâteau ? Allez, on débarrasse, on met les assiettes à dessert, vous m'aidez, les enfants ? Jean s'est levé, il ajoute une bûche dans la cheminée, Raymond fouille dans la poche de sa veste, en sort deux enveloppes Anton, Elsa ! Au réveil, il y avait ça dans notre chambre, à l'hôtel, c'est pour vous, on dirait, regardez les noms sur les enveloppes ! C'est comme une course de haie, l'escalade d'un mur, ils sont tous passés. Puis Raymond va chercher dans l'entrée un sac plastique qu'il renverse sur la table à présent nettoyée, à l'exception des verres et des bouteilles. Un amas de couleurs vives, des chapeaux pointus, des masques loups, des sarbacanes, des confetti, des serpentins, des sifflets

Oubliés dans la voiture, hier... c'est trop bête, non ?

Les enfants ! d'abord, le gâteau... Après, la parade.

C'est peut-être vingt minutes plus tard, ça parle de choses et d'autres, encore à table devant le café, l'alcool de prune et les chocolats, le mari de Valence dans le fauteuil, un peu en retrait, les enfants qui l'écoutent, qui sourient, agglutinés à lui, qui se hissent bientôt sur ses genoux, par moments Raymond imite le mouvement et le bruit d'un cheval, les enfants tressautent, chevauchent, lancés au galop, ils rient, ils sont poursuivis... Jean se penche à l'oreille de Thomas

Fais cesser cette mascarade avec les enfants.

Quoi ? De quoi tu... ?

T'as bien entendu.

Je comprends pas... Qu'est-ce qui te prend ?

Pas grave, je m'en occupe.

Claire et Valence sont à échanger des recettes de cuisine, elles n'ont rien remarqué, Thomas s'est à moitié levé, saisi d'incompréhension. Il voit Jean s'approcher du fauteuil de Raymond, qui tient les enfants par la taille, à sauter sur ses genoux... Jean adresse quelques mots à Anton et Elsa qui s'extirpent, se dégagent, suivent leur oncle jusqu'à la cuisine, ils enfilent leurs parkas, ils sortent en courant d'air. Raymond paraît contrarié, il fronce les sourcils, se passe la main dans les cheveux, jette un regard trouble vers la tablée, croise les yeux de Thomas, ils échangent un sourire gêné, puis Raymond s'arrache au fauteuil, s'approche de l'âtre, tend les mains au-dessus du feu, Thomas peine à reprendre la conversation avec Claire et Valence, Raymond les rejoint

On s'en va, ma chérie ?

Déjà ? Mais... il est pas 4 h et...

Je veux pas conduire de nuit sur ces routes et demain c'est boulot.

Ah, bon... alors, allons-y.

Elle quitte la table, Raymond lui tend son manteau

Merci, chéri... Ils sont où, les enfants ? Qu'on leur dise au revoir.

Sans doute à la bergerie.

On va y passer alors, tu viens, mon Raymond ?

Non, tu les salueras pour moi.

Comment ? Tu...

On n'est pas les bienvenus, ici, ça suffit, on s'en va.

Mais... Raymond ?

Je suis désolé, Claire, Thomas, vous n'y êtes pour rien, je vous dis au revoir, peut-être à bientôt ? Valence, je t'attends à la voiture, dépêche.

Raymond met sa casquette, il sort Qu'est-ce qui se passe ? Thomas décrit la scène, Jean qui enlève les enfants à Raymond, puis qui disparaît avec eux par la porte de la cuisine. Valence qui pâlit, en apnée, livide presque Ça fait longtemps que je cherche plus à comprendre. Je vais embrasser mes petits-enfants, et puis c'est tout... Sa voix s'exténue, s'assèche, les mots se voilent, ça devient des coassements Tu veux que je t'accompagne ?... Laisse, Thomas, je me débrouille. Valence boutonne son manteau, coiffe sa toque en fourrure Je passe par la cour, ça sera plus simple. À bientôt ?... D'accord, maman, téléphone quand vous arrivez, que je m'inquiète pas... Elle se hâte vers la porte de la cuisine Valence ! Votre foulard... et là, votre téléphone, sur la table... Merci, j'ai plus ma tête, j'allais être drôlement embêtée. Elle disparaît dans la cour, Thomas la suit des yeux par la fenêtre de la cuisine, elle se tient voûtée dans la lumière encore éclatante, ses pas sont indécis, qui tâtonnent dans la neige

J'aurais dû l'accompagner.

Elle n'y tient pas, on dirait.

Tu as raison, mais tant pis, j'y vais, j'aimerais comprendre ce qui...

Thomas se chausse, enfile une canadienne accrochée au porte-manteau, sort à son tour, aperçoit Valence qui entre

329

dans l'étable. Quand il parvient à la hauteur de la grange à fourrages, il la voit qui s'en éloigne, nerveuse, pressée. Il arrive à l'entrée de l'étable, se cogne aux enfants qui surgissent en trombe On revient, papa ! Ils trottent, rattrapent Valence, poussent des cris de loup, lui prennent le bras et l'escortent jusqu'à l'auto festonnée de volutes blanchâtres, le moteur tourne, il distingue Raymond au volant, lui adresse un salut de la main puis s'engouffre dans la bergerie. Il cherche son frère dans ces odeurs et ces rumeurs animales qui le pénètrent jusqu'au tréfonds de l'enfance. Il s'avance dans la travée de droite, scrute, fouille, finit par le découvrir à l'autre extrémité du bâtiment, dans le box d'agnelage, accroupi, caressant un agneau, un biberon vide posé sur la paille. Il enjambe la palissade, s'approche

Jean ? Qu'est-ce qui se passe ? C'est quoi, ce bordel ? Tu les as mis en fuite, là… Maman, on dirait une égarée qui vient de croiser un spectre. Et Raymond qu'est furibard, qui veut pas rester une minute de plus…

Bon vent.

Mais qu'est-ce qu'il t'a fait, Jean ? C'est un type plutôt sympa, qu'est-ce qu'il…

Tu vois rien, Thomas. Toi, le concepteur de mouchards électroniques, tu vois rien.

Quoi ? Qu'est-ce que j'ai pas vu ?

Qu'il se colle aux enfants, à les prendre dans ses bras pour un oui pour un non.

C'est son métier, il les aime, les enfants.

Un peu trop, je trouve.

Tu délires, Jean ! Ma parole, tu…

Non, Thomas, je sais.

Tu sais quoi ? Tu deviens invivable, Jean, tu…

Mais Jean, accroupi, tombe sur la litière, se couche sur le flanc, se recroqueville, ses talons raclent le sol, son front perle de sueur, le sang a quitté le visage, Thomas se penche

Jean! Jean! Qu'est-ce qui… ? Réponds, qu'est-ce… ?

Spasfon, Spasfon, tiroir de gauche dans la cuisine, dépêche!

Jean se met à geindre, la tête, le cou trempés d'une eau de fièvre, les lèvres blanches, Thomas se relève, saute la palissade, se presse vers la porte, les enfants qui surviennent dans l'encadrement Anton, Elsa, allez voir votre oncle, il se sent mal, il est dans l'enclos, tout au fond, je reviens avec les médicaments, vite! vite! Thomas se précipite vers la maison, ça s'enfonce, ça patauge par endroits, il glisse sur la neige, dérape, se reprend, se rattrape, il ouvre la porte à la volée, débouche, essoufflé, dans la cuisine, Claire est à l'évier, elle lave la vaisselle Qu'est-ce qui… ? Thomas fouille dans le tiroir de gauche, il y a des seringues, une dizaine de boîtes de Spasfon, des comprimés, des solutions injectables, des suppositoires, différents dosages

Thomas! Qu'est-ce qui… ?

C'est Jean, il a des convulsions, se tord par terre, du Spasfon, il m'a dit, mais quelle boîte ?

Prends les comprimés les plus dosés, s'il se…

D'accord, je prends ça, et une bouteille d'eau.

Non, ça se croque, ça fond de suite dans la bouche.

Thomas est dans la cour, il traverse aussi vite qu'il peut, il ignorait que Jean… Il fonce dans la travée, les brebis s'agitent, piétinent, bêlent, se bousculent, donnent des coups de tête dans les palissades, certaines ruent dans les cornadis, il arrive, enjambe la barrière, Anton et Elsa sont accroupis près de leur oncle, en larmes, et Jean qui ondule en spasmes sur la litière, qui râle, qui hurle par moments, qui répète continûment entre ses dents Morphine, Thomas! Morphine! Son pull-over, sa tête sont trempés, il ruisselle Morphine! Les deux agneaux vont et viennent, tournent autour de Jean, ils flairent son corps, naseaux dilatés, Thomas s'agenouille, lui prend la tête, la soulève au creux de son bras, la manche de la canadienne est déjà mouillée, il décapsule d'une main les cachets de la tablette Deux ? Trois ? Quatre ?... Quatre, Thomas ! Il les glisse entre ses lèvres exsangues Croque, mon Jean, croque. Il lui caresse le front, les cheveux

Tu coules, Jean.

Ça va pas suffire, Thomas...

Pourquoi tu recraches ? Arrête !

Incompatible avec... la morphine, me faut de la morphine ! Tu retournes à la... dans...

Une convulsion, Thomas lui essuie la bouche, Jean déglutit, il se reprend

Le frigo, un flacon, étiquette jaune, dans la porte, en haut, trois seringues dans le tiroir, désinfectant, dépêche... Et vire les enfants, qu'est-ce qu'ils foutent ici ? Magne !

Anton, Elsa ! Venez avec moi.

Mais, papa, on le laisse pas...

Si, je vais revenir le soigner, allez, ouste ! Rejoignez votre grand-mère à la maison, moi je cours !

Il surgit de nouveau dans la cuisine, Claire est près de la table, à feuilleter le bottin

Il faut trouver un médecin !

Un jour de Noël ? Tu rêves ?

J'ai appelé SOS Médecins sur Pau, ils viennent pas si loin.

La morphine dans le frigo, il veut des piqûres.

Qui va lui... ?

Il sait faire, je pense.

Ça sonne à la porte, ils se regardent Vas-y, Claire. Thomas a ouvert le réfrigérateur, trouvé le flacon à étiquette jaune, avec un bouchon vert en caoutchouc et une capsule grise, il va au tiroir, prend trois seringues, pourquoi trois ? cherche du désinfectant. Les enfants surviennent à leur tour C'est grave, papa ?... Non, continuez vos jeux... Pourtant, il souffre, insiste Anton. Thomas va dans la salle de bains, se souvient de la Bétadine sur la tablette au-dessus du lavabo, il entend Bonjour/Bonjour, joyeux Noël! Il connaît cette voix grave, revient dans la salle, François, le véto, avec une bouteille de champagne Alors, le blessé, la main, depuis hier? Thomas explique, bégaye, en quelques mots. François pose la bouteille sur la table, salue les enfants Allons-y. Ils trottent, traversent, François est dans les pas de Thomas Ça lui arrive parfois, c'est moi qui fournis... la morphine. Le soleil a disparu derrière la montagne, le froid soudain qui compacte et durcit l'air, une consistance pierreuse, leur souffle en vapeur qui s'échappe. Ils se hâtent, la neige verglace, crépite sous leurs pas, des biscuits secs écrasés

Il me l'a jamais dit, c'est grave?

Je pense pas, il a fait toutes sortes d'examens, des colites spasmodiques sans cause identifiable... plus fréquentes depuis trois, quatre ans, c'est très douloureux, son talon d'Achille.

Ils sont à ses côtés, Jean continue de se tordre, il paraît ne jamais devoir cesser de ruisseler, une source inépuisable, François qui se penche

Dis donc, Jean, tu nous fais Noël, là? On le boit quand le champagne?

Va te faire voir, François, va...

Thomas maintient la tête de son frère de nouveau dans le creux de son bras, lui éponge le front avec des mouchoirs en papier, trempés de suite, qui se déchirent, François ôte la capsule grise, renverse le flacon, prend une seringue jetable, traverse le bouchon étanche vert en caoutchouc avec l'aiguille, aspire le liquide transparent, extrait l'aiguille, tapote le corps de pompe avec l'index, les bulles d'air remontent à la surface, il presse le corps de pompe jusqu'à ce que la morphine goutte à l'extrémité de l'aiguille Bouge plus, Jean, essaye. Il lui dégage le bras de son pull-over

Thomas, t'as pris quelque chose pour le garrot?

Non, je...

Pose sa tête, prends le lacet de ma chaussure... non, plus simple, le bout de corde sur la poutre, vas-y, autour du bras, au-dessus du coude, serre fort !

François désinfecte dans le creux du coude, choisit la veine, y glisse l'aiguille Bouge pas, Jean ! Je sais, facile à dire... Bouge pas. Il vide la seringue dans la veine

Thomas, tu peux lâcher. Imbibe le mouchoir de Bétadine, vas-y, verse. Encore !

Il sort l'aiguille de la veine, compresse l'endroit avec le kleenex saturé de désinfectant ocre qui tache les doigts

3 mg, j'ai mis la dose, on recommence dans dix minutes sur l'autre bras, on patiente, on patiente. Il lui tient la main

Si t'avais pas été là, je...

Vous vous seriez très bien débrouillés, Jean sait faire, il manquait juste le garrot. D'ailleurs, si tu peux aller chercher un élastique, c'est mieux.

Thomas, regarde dans... le même tiroir que le Spasfon, un gros élastique, large...

Je vois, j'y vais.

Apporte aussi une couverture et des serviettes.

C'est le soir. Ils sont réunis devant la cheminée. Ils ont débouché le champagne de Noël qu'ils partagent à trois, François, Claire et Thomas. Anton a pu tremper ses lèvres. Jean boit une tisane au miel, il est tassé dans le fauteuil, en robe de chambre, les traits tirés, pâle, mais souriant, le regard qui flotte, la morphine le rend affable, une expression détendue proche de la béatitude

On peut vraiment dire que la morphine te réussit, grand frère, t'ai rarement vu si disert.

Vieille crapule... Attends que je reprenne des forces.

Jean n'a plus qu'un filet de voix ténu, linéaire, privé d'accent

D'ici là, je serai loin...

Vous savez pas, mais quand il veut sa dose, il se tortille par terre, comme un dément, il hurle, soi-disant de douleur, mais c'est son shoot qu'il veut !

C'est quoi un shoot, papa ?

Tu sais bien, Anton, quand on shoote dans le ballon ?

Qu'est-ce que tu dis ?

C'est pas grave, mon garçon, je t'expliquerai plus tard.

Il y a des gâteaux d'apéritif, des noix de cajou, des olives sur un plateau, les enfants ont faim

Sûr, François, tu restes pas dîner ?

Non, merci, ma fille et son mino m'attendent à la maison.

T'aurais pu leur dire de nous rejoindre et...

Ils doivent se coucher tôt, elle repart demain à l'aube, pour Albi.

Bon, heureux de t'avoir vu.

C'est partagé, mon vieux, et puis, surtout, t'avoir trouvé si pétulant, au fond de la bergerie... Tu nous as joué le petit Jésus, là, dans la paille, Thomas et moi, on était les Rois mages.

Du coup, il en manquait un...

On était là, nous !

C'est vrai, ça, Elsa, on était quasi en surnombre dans la crèche.

Jean ne s'est pas levé, trop faible, juste un salut de la main, c'est Thomas qui accompagne François jusqu'à la porte. Qui lui redit la chance qu'ils ont, sa venue à l'exact moment

C'est la télépathie, Thomas... Non, je blague, mais t'inquiète pas, rien de grave. Et puis, ici, on veille les uns sur les autres. Au fait, ta main, fais voir... C'est bon. Tu penses à enlever le drain demain matin, et tu continues de bien nettoyer.

Thomas l'observe qui s'éloigne dans la nuit satinée où la neige exsude encore une sourde luminescence. Ses pas fracturent le sol, sa silhouette s'estompe le long de la route,

François disparaît derrière la haie, à l'amont, près du chemin d'accès où sa voiture est garée. La voie lactée scintille en poussière de diamant dans le ciel limpide, Thomas referme la porte, observe sa paume, la ligature parfaite, la plaie presque indolore, puis s'en retourne près de la cheminée, frissonnant. Claire a disposé des salaisons, du foie gras, de la tomme et du pain de seigle sur la table basse, les enfants s'impatientent, elle prépare des tartines, Jean ne veut rien manger, les mains en coupe autour du bol. Thomas verse le vin, son portable sonne, c'est Valence qui téléphone, qui prévient de son arrivée à Bayonne, Thomas veut raconter la crise, les convulsions, Jean agite la main, fait signe que non! Oui, Thomas, tu disais pour Jean?... Rien, maman, il t'embrasse... Moi aussi, à bientôt. Elle avait raccroché. Ils burent, ils mangèrent, ils se délectaient, Jean somnolait dans le fauteuil, ils recouvraient leur souffle, ils s'abandonnaient à une quiétude pleine, ils s'accordaient ensemble dans le silence. La lumière des bougies et de l'âtre, dorée, caressait les visages.

*

Il était au 2ᵉ étage, il avait emprunté l'escalier, le linoléum luisait et ses semelles couinaient dans le long couloir bleu. Il s'arrêta devant la salle vitrée, passa la tête, salua les infirmières, s'enquit du numéro de la chambre

Vous êtes le papa?

Non, la famille.

Normalement, dans les premières vingt-quatre heures...

Elle m'a téléphoné et...

Chambre 235, elle est fatiguée, il lui faut du calme.

Il était reparti, c'était presque au bout du couloir, les semelles couinaient toujours et foraient dans la mémoire, il éprouvait l'envie de se déchausser. Il toqua à la porte, ouvrit, Catherine était seule dans la chambre. Une pâleur éteinte, avec des cernes gris-vert, deux trous sombres à l'endroit des yeux, les cheveux collés aux tempes, elle sourit, à moitié redressée, ses lèvres sont incolores, sa tête et ses épaules s'enfoncent dans l'oreiller, le berceau était à côté du lit, il s'était penché, le nourrisson dormait, le poing droit brandi, les doigts minuscules repliés à quelques centimètres de la courbe du nez, une esquisse, les joues sont d'une carnation rose et diaphane, Thomas voit son pouls battre sous la peau du crâne, à l'endroit du losange tendre de la fontanelle antérieure

Je te présente Steve.

Steve ? Enchanté, Steve. Toujours un pied en Amérique.

Tu connais Dom, son obsession, les States et... les States, ça change pas. Suis bien contente que tu sois venu.

Ça s'est bien passé, alors ?

Oui, épuisée, mais ça va. C'est Dom qui m'inquiète. Il s'en remet pas... Je me suis dit que cette naissance, c'était le moment de vous rabibocher. Je croise les doigts. Enfin, même pas la force de lever la main.

Il arrive quand ?

D'ici un quart d'heure, il cueille les enfants, ils viennent tous les trois.

Elle avait accouché ce matin à 5 h, Dom était reparti à 7 h. Max et Jimmy n'avaient pas encore vu leur frère nouveau-né. Ils évoquèrent les fêtes de Noël, à trois semaines d'accoucher, mornes, fallait-il préciser, avec Dominique qui tournait en carré, qui se morfondait de ne pas trouver d'emploi malgré ses compétences, son réseau, tout était figé, aucune mobilité, chacun s'accroche à son poste. Il avait porté plainte aux prud'hommes, pris un avocat, tout était en attente... La porte s'ouvre, Max et Jimmy qui avancent sur la pointe des pieds, vers le lit de leur mère, muets, avec des airs de complot, Dom qui apparaît dans l'encadrement, un bouquet de roses à la main, tout sourire, qui découvre Thomas, qui se pétrifie, une stupéfaction blanche, ses yeux qui courent du visage de Catherine à celui de Thomas, elle, une moue sur ses traits tirés, qui mélange tendresse, prière, injonction, l'inclinant au calme, à la réconciliation, en cet instant qu'elle a choisi où, célébrant le nouveau venu, la guerre n'est plus possible, et lui, Thomas, complice de ce coup de force, arrêté dans l'anxiété, finissant par lancer comme il tendrait la main de la rive à celui qui se noie Il est drôlement mignon, ton Steve... Et Dominique, prisonnier de la situation, où il faut accompagner dans la joie Max et Jimmy au bord du berceau, qui lâche les armes, son corps tout entier qui se relâche, un affaissement des épaules, des traits, qui reprend la trajectoire engagée, qui marche, quelques pas, pour aller embrasser Catherine, lui déposer le bouquet de roses tango sur sa poitrine, entre ses mains Jour heureux, souffle-t-il. Qui se redresse lentement, qui s'approche de Thomas, lui ouvre ses bras, Thomas de même, ils s'embrassent, se tapent sur les épaules Bigrement content de te voir, foutu salopard !... C'est Catherine qui... Elle a bien fait, une sacrée louloute, ma Cathy... Ils se serrent à nouveau, fraternellement, puis Dominique se dégage, prend Max et Jimmy par la main Venez, venez voir le frangin, les kids ! Ça piaille en murmure autour du berceau. Le nou-veau-né ouvre de grands yeux qui envahissent le visage miniature et chiffonné. Le regard est aveugle et halluciné, il scrute la lumière au travers d'une vitre translucide dans la direction de ces têtes pépiantes penchées sur lui. Des yeux écarquillés, d'une couleur indistincte, dont la surface aqueuse ne palpite qu'à l'impulsion de quelque intériorité organique, tournés donc vers le fond de son âme, le fond de son crâne, le fond mémorial du genre humain naissant. Thomas connaît ce regard, c'est celui de Camille sortie du coma. Le nourrisson étire sa bouche, des cris aigus jaillissent, à retardement, le visage tourne carmin profond, avec des affleurements bleutés comme en cyanose, la commissure des lèvres et la langue tremblent, vibrent dans la tension des cris, l'exténuation du souffle puis ça reprend, Dom le sort de son lit Il a faim, le petit cochon ! Il l'étend sur la poitrine de Catherine qui a jeté le bouquet sur la table de chevet, qui a dégagé le sein gauche, qui accueille le nouveau-né hurlant contre elle, les lèvres de Steve cherchent le téton, sa bouche s'y colle, les hurlements cessent, il ferme les yeux, il tète, s'apaise en longs soupirs. Ça toque à la porte, l'infirmière entre, vive, agrafant un stylo à la poche de sa blouse Tout va bien ? Ah, madame Rey, vous savez pourtant que les fleurs, c'est interdit, pour votre bébé surtout. On les met dans le couloir et votre mari repart avec, désolée... Elle leur demande de sortir cinq minutes, Dom a repris son bouquet, les deux hommes et les enfants s'installent dans le couloir, l'épaule contre le mur

Ça va pas, Thomas ?

Si, pourquoi ?

T'es tout pâle, comme si t'avais croisé un fantôme...

Ça doit être les néons.

T'es sûr ?

Oui.

Au fait, t'es pas au bureau à cette heure ?

J'ai prétexté une indisposition.

Drincourt a pas dû apprécier.

M'en fous, Dom.

Enfin, s'il te voyait en ce moment, il serait convaincu. T'es sûr, ça va ?

Mais oui, je te dis.

Cathy a eu raison de t'appeler. Je l'aurais jamais fait, c'est trop con... Chut, les enfants, calmez-vous, on est dans une maternité, pas dans un parc d'attractions, chut !

Cathy rentre quand ?

Demain après-midi, avec Steve, normalement.

Tu veux qu'on dîne ?

Ce soir ? Mon dernier soir de liberté...

D'accord, mais j'ai Elsa et Anton, la nounou n'est pas prévenue... Ou alors, vous venez à la maison ? À moins que pour Max et Jimmy...

Aucun problème, l'un est à la crèche, l'autre à la maternelle, demain matin, je suis là, père au foyer.

Ça marche.

L'infirmière sort, laisse la place, ils entrent, Catherine est assise sur son lit, elle remonte le drap, le visage arrêté en une expression souveraine, ils s'approchent tous quatre, c'est un point d'aimantation presque hypnotique, elle et la tête du nouveau-né, menue comme un poing d'homme, l'épiderme diaphane, les lèvres pourpres. La figure du nourrisson suspendue au globe de chair opalescent semble dépourvue de corps, elle flotte dans un éther indéchiffrable où se mêlent sommeil et nourriture. Thomas demeure un quart d'heure encore, puis se retire

À ce soir alors.

Vers 20 h, ça va ?

Parfait, j'ai le temps de faire des courses.

T'embête pas pour le dîner, simple.

Thomas était sorti à reculons, agitant la main en direction de Catherine, le couloir bleu avec son linoléum luisant, les semelles qui... Le couloir était sans fin, les jambes tremblaient, et cette dévoration au creux du ventre, un rat dans les viscères, il savait exactement pourquoi il était venu, l'appel de Catherine une semaine auparavant, le texto ce matin vers 7 h, il ignorait en revanche que sa marche en serait vacillante, ses mouvements disloqués, une cohérence approximative. S'enfuir sans pouvoir s'enfuir de soi, sécrétant son propre poison. Il sortit, saisi par le froid, la vision des grands arbres nus d'un noir calciné, dans une lumière sourde, entre chien et loup. Il traversa le parking, rejoignit la voiture, s'assit, se pencha, saisit dans la boîte à gants une flasque de whisky, en avala deux gorgées, les yeux s'embuèrent, il range la flasque, démarre, prend la direction de la maison, téléphone à Daba, ce soir, ils seront six à table.

Arrête de boire, Dom.

Et toi, tu lèves pas le coude ?

Je conduis pas après, avec les enfants dans la voiture.

Alors, le dernier ! Excellent, d'ailleurs, ton calva… C'est quoi cette bouteille ?

Ce qu'il reste de la filière normande de Camille quand elle travaillait au Havre.

Désolé, Thomas.

C'est rien, Dom, tu peux pas savoir.

Écoute, tu entends ? Ce silence ? Pas de doute, ça roupille.

Ils étaient fatigués après toutes ces émotions… Ils ont bien joué, les quatre, malgré la différence d'âge.

La table de la cuisine est aux deux tiers débarrassée, la fumée des cigarettes s'épaissit dans la pièce, Thomas ouvre la fenêtre, ils entendent la pluie tomber sur le gazon et qui dégoutte des arbres, creusant des flaques sonores dans la terre détrempée. Dom tripote un bouchon de liège, Thomas dessine des figures avec des miettes de pain, sont groggy tous deux, après une soirée de retrouvailles où ils se sont prêtés de bonne grâce au chahut et à l'excitation fiévreuse des enfants

Dom, comment t'as pu imaginer que j'avais ourdi contre toi auprès de Drincourt ?

C'était une rude journée, Thomas, j'étais sans permis, je conduisais sa voiture de mafieux avec la trouille d'un contrôle de flics, il me fait payer l'essence en me précisant qu'il n'y aura pas de défraiement puisque c'est pas ma voiture, il se marre, tout le long du trajet ce sont des : Thomas m'a dit ci, Thomas m'a dit ça, qu'il lâche, l'air de rien, des critiques assassines en fait, et très informées sur mon travail. J'étais déjà en morceaux et super tendu au moment du rendez-vous avec ces gros clients de Pontault-Combault, le marché ne s'est pas conclu de suite comme Gérard l'escomptait, il était furibard, sur le retour, il commentait le dossier urgent que tu lui avais envoyé par mail, excellent qu'il répétait, de l'excellent travail. Et puis juste avant d'entamer la descente dans le parking de Nuxilog, je reçois un sms, l'iPhone qui signale... Je veux le lire avant de m'engouffrer dans la rampe, Drincourt m'interrompt Garez-vous, Dominique, garez-vous, je suis pressé, genre vouvoiement adressé à son chauffeur. Je descends la rampe, je gare le carrosse, il prend sa sacoche, je ferme, lui rends ses clés, il regarde sa montre Merde ! J'ai plus le temps. Il remonte dans sa Porsche, t'as vu le genre, noir mat, vitres fumées...

Je sais, Dom, je connais sa voiture.

Bref, il repart sur les chapeaux de roues, je prends l'ascenseur, j'ouvre le sms, c'était lui qui l'avait envoyé ! Je lis : « Thomas Texier a raison, monsieur Rey. Votre lettre de licenciement part demain. Vous souhaite bonne chance pour la suite de votre carrière. » Je viens de passer la journée avec ce crevard, j'apprends mon licenciement dans l'ascenseur... par sms ! T'étais à l'étage au-dessus, j'étais enragé, il m'avait trop chauffé toute la journée, te suis tombé dessus.

D'accord, mais après ?

Après quoi ?

J'ai essayé de te joindre combien de fois, Dom ?

C'était plié, Thomas, l'orgueil, tu saisis ? Je pouvais plus revenir en arrière. D'autant que les motifs invoqués pour mon licenciement étaient fondés presque toujours sur les coups de main que tu m'avais filés. Hormis, selon lui, ma faible croissance de clientèle.

Suis désolé, Dom, désolé. C'est vrai que j'avais plaidé pour qu'il te remette au pôle Recherche-Développement, là où tu excelles, j'avais trop de pression entre toi et lui pour résoudre tes approximations avec les clients. Je voulais qu'on revienne à l'organigramme antérieur, ça marchait si bien.

Il t'a donc refilé le poste ?

Penses-tu ! C'est plus vicieux que ça. Il m'a donné un mi-temps sur ton poste, et je garde la direction de la recherche.

À mi-temps ?

Oui, il a embauché un nouveau, amené par Perraudin, il attend de voir comment il s'en sort, je sers de parachute.

Ça te fait encore plus de boulot ?

Ça me disperse, surtout. Il y a Jérôme et Cyril, le nouvel ingénieur, qui récupèrent de plus en plus de missions, Zaïd prend du galon, mon champ d'action se rétrécit au pôle. Bref, suis sur deux demi-postes en attendant d'être absorbé par les autres, ensuite c'est moi qui gicle, je présume. Je réalise comment tout est parti en débâcle après l'accident. C'est tombé au moment de la recapitalisation et…

Il faut reconnaître, Thomas, t'étais plus qu'une ombre à cette époque. Drincourt a patienté puis pensé que tu t'en sortirais pas, il a changé de braquet… Et mon projet de société, Thomas, ça t'excite ? À nous deux, on pourrait…

Pourquoi pas, Dom, pourquoi pas ? Laisse-moi y penser, j'ai besoin de trois mois. Si je pars, je veux que ça lui coûte à Gérard. Cher, tu comprends ?

Si je comprends ! Sers-nous un autre verre, veux-tu ?

D'accord, mais tu restes dormir ici, la chambre d'amis…

C'est d'accord, verse !

Thomas remplit les verres, met la vaisselle sale en machine, prend une éponge sur la paillasse, il lave la table, lentement, comme s'il la décapait. Sa main est lourde, il pousse un dessous-de-plat, renverse une bouteille de vin à moitié pleine, ça se répand sur le plateau, ça éclabousse par terre, ça coule vers Dominique Oh, pardon ! Qui se recule brusquement, écartant les cuisses, poussant, arc-bouté sur le dossier de sa chaise qui bascule, il part en arrière, saisit la table qui glisse et l'accompagne, se cogne la nuque et les épaules contre le plan de travail, puis tombe avec fracas sur le carrelage, à plat dos, jambes en l'air. Thomas a redressé la bouteille, jeté l'éponge sur la flaque de vin, Dom essaie de se relever, pris d'un ricanement incoercible. Thomas se penche, lui tend la main Ça va, Dom, pas de bobo ? Il l'aide, le hisse, vacillant lui-même, riant à son tour

On dirait qu'on n'est pas loin d'être faits, non ?

On est... un peu imprécis.

Dominique est debout, grand corps lourd et empâté, il redresse la chaise, branlante après la chute

Tu veux qu'on passe au salon ?

Laisse, on est bien ici.

Ils se rassoient, prennent leurs verres de calva, trinquent derechef à leurs retrouvailles, à la naissance de Steve, à Catherine, emportés dans leurs pensées muettes, un silence grave, pénétré de métaphysique alcoolisée

C'est un beau jour, Thomas, un beau jour ! Pardon d'insister, mais... t'avais pas l'air dans ton assiette à la maternité.

C'est rien, Dom. Juste l'ambiance de l'hôpital, des mauvaises pensées qui remontaient, et puis quand j'ai vu Catherine, le bébé... Camille, je t'ai pas dit, elle... elle était enceinte au moment de l'accident.

Oh, merde, Thomas, tu m'as jamais dit... tu... merde, Thomas, pourquoi tu...

Dom ! Tu vas pas te mettre à chialer, maintenant.

Excuse-moi, Thomas, les circonstances... le jour où Steve...

J'aurais pas dû t'en parler, désolé.

C'est moi qui suis désolé, mon Thomas, pourquoi tu... ? L'amitié, bordel, c'est...

Et si on allait se coucher ?

Ils se lèvent, Thomas s'appuie à la table, Dom, l'avant-bras et la main à plat contre le mur, doigts écartés, qui hésite à quitter son rocher. Ils sortent de la cuisine, traversent le salon sur un fil au-dessus du vide, Dominique rejoint ses enfants dans la chambre d'amis, Thomas enlève son pantalon, ne parvient pas à déboutonner sa chemise, il l'ôte comme un pull-over en arrachant deux boutons, se laisse choir sur le lit, la lampe de chevet reste allumée.

*

C'est la veille d'un long week-end de Pentecôte, un jeudi soir, il a le front appuyé contre le bord du hublot, il observe d'en haut le quadrillage des rues et des maisons et de la zone industrielle. Quelques lumières déjà ponctuent, sans éclat ni halo, la géométrie urbaine. Il survole les derniers toits à basse altitude, un vaste dégagement herbeux surgit comme une inondation, puis le ciment gris hachuré de bandes colorées qui saute aux yeux dans un silence de moteurs coupés, c'est une glisse sur le peu d'espace entre le sol et les ailes, enfin le contact, brutal, des roues sur la piste, les moteurs qui hurlent à nouveau en rétropropulsion, les ailerons qui tremblent, arc-boutés contre l'air, le fuselage qui vibre et gémit, ce serait la désintégration de l'habitacle, enfin c'est un relâchement de toutes les forces du vaisseau qui s'abandonne à ce qu'il reste d'élan. Thomas est sur terre, regarde le jour décliner sur le tarmac, c'est le crépuscule quand tout se dessine avec une netteté graphique. Les oreilles sont vaguement bouchées, il s'efforce de bâiller pour libérer la pression dans les tympans, s'extraie de son fauteuil de bétaillère, saisit son sac dans la soute puis sort du Boeing. Parcourt les longs couloirs vitrés, dévale l'escalator, il aperçoit Jean dans le hall, sa chevelure bouclée qui grisonne aux tempes, sa vieille vareuse de grosse toile. Ils s'embrassent, franchissent les portes, rejoignent la camionnette sur le parking, Jean démarre, emprunte la rocade, évite Pau et s'engage sur la départementale en direction de Laruns. Le ciel est encore clair, d'un bleu métallique au-dessus des montagnes, vers le sud, la route est déserte, Jean conduit vite, le Trafic Renault résonne et brinquebale, il couvre les voix La météo annonce du beau temps, on a de la chance. Pas trop fatigué ?... Ça va. Ils arrivent en vue de la maison dans une nuit diluée par le clair de lune, les ombres des bâtiments sont franches, épaisses, il se gare dans la grange aux fourrages, presque vide. Pat et Iso jappent et tournent autour d'eux quand ils traversent la cour et entrent par la cuisine. C'est une étreinte, chaque fois, ses premiers pas dans la maison, toutes ces anciennes odeurs mélangées, ça le prend à la gorge, ça emplit sa tête et sa poitrine les premières minutes, jusqu'à ce qu'il y baigne et les oublie tout à fait

T'as pas mangé ?... Alors, ranime le feu, installe-toi, j'apporte de quoi.

Ça caille, dis donc.

On est seulement fin mai, tu sais bien qu'ici...

Thomas remet deux bûches dans la cheminée, rassemble les braises, ça s'enflamme, ça crépite, il frissonne, les mains tendues au-dessus du foyer Et à Paris ?... C'est simple, il pleut, il fait gris, tous les jours. Jean apporte une bouteille de pic-saint-loup, du pâté d'agneau aux herbes, du jambon sec, du fromage de brebis, une boule de pain de seigle Ça va aller ? J'ai pas cuisiné... Ça devrait aller, grand frère. Les chiens sont couchés devant la cheminée, Jean a mis un CD, du piano seul, ils mangent avec appétit, c'est un parfait emboîtement des gestes et des esprits, une plénitude des présences qui se suffisent de leur simple agencement d'ondes sympathiques

Va faire froid là-haut.

Faudra se couvrir. Quinze jours plus tôt, je t'aurais dit non, trop enneigé.

Quelle heure, demain ?

Si on part à 8 h, c'est bien, on est à 10 h à Lescun, on arrive à la bergerie vers 14 h. On aura le temps de chauffer un peu avant le soir.

Avec les bêtes, comment tu fais ?

C'est Fernand qui s'en occupe, il arrive demain en fin de matinée, il sait où sont les clés.

Le patou des Pyrénées et le border collie ont le museau tourné vers l'âtre, ils dorment, paupières entrouvertes. Ils débarrassent la table, Jean lave les assiettes, Thomas prend une douche, se cogne les coudes sur les parois coulissantes de l'étroite cabine, remarque la crasse accumulée dans les fixations d'angle en plastique beige, les moisissures sur les joints silicone, les robinets chromés du mitigeur qui vrombissent et qui fuient, mais il est bientôt enveloppé dans un nuage de vapeur chaude qui l'apaise et l'amollit. Quand il en sort, saisi par le froid de la salle d'eau encombrée de cartons qui gênent l'accès aux w-c et au lavabo, il s'étonne d'avoir pu vivre ici, enfant, avec une telle évidence, l'agencement des choses lui semble étriqué, le mobilier malcommode, l'éclairage au néon pénible, qui baigne la pièce dans une lumière verdâtre. Il rejoint Jean, ils préparent les vêtements et les nourritures pour le lendemain, Thomas reconnaît le sac à dos kaki, il n'en dit mot, y enfourne le nécessaire. Les frères s'embrassent, il gravit l'escalier, pénètre dans la chambre d'enfant qu'il partageait avec Jean, où sont à présent installés un lit simple et deux lits superposés où dorment habituellement Anton et Elsa. La frisette au mur et le parquet continuent d'exhaler une odeur de bois verni encombrée de la poussière piquante des tapis et des couvre-lits. Sur une étagère traînent encore quelques livres de la Bibliothèque verte et de la Rouge et Or, un réveil ventru, un jeu de cartes, des figurines de Zorro, Batman, deux vaches, une chèvre, un zèbre. Sur les murs subsistent plusieurs posters décolorés de voitures de course, de champions de ski et d'alpinisme, il connaît l'imaginaire qui préside à ces restes d'univers, mais c'est en lui un autre dont il ne veut plus considérer l'existence. Il se couche, fourbu, les enfants lui manquent, il sombre vite.

Sur la route en lacets, pentue, la camionnette peine et vibre de toute sa carcasse rouillée, l'air est presque doux, une promesse d'été dans un ciel d'azur. La frondaison des arbres est ténue, des bourgeons, des feuilles à peine écloses, d'un vert tendre où le dessin des branches en treillis, raide, dru, domine encore Tu crains pas la panne avec ta poubelle ?... Non, je rafistole à mesure, ça tient, il faut... Ils entrent dans Lescun, Jean s'arrête devant la boulangerie Prends donc des croissants pour accompagner le café. Il ressort avec quatre miches de pain et un sac de croissants tièdes qu'il pose sur la banquette passagers, le Renault traverse la place déserte puis s'engage au nord sur la communale étroite, Jean roule plus lentement, l'odeur du pain, des croissants, monte dans l'habitacle, ils laissent le rocher Cazalet sur la gauche, atteignent le hameau de Pouey, se garent sur un dégagement gravillonné, non loin de la ferme des Sanchez. Jean extirpe le Thermos du sac, prend deux verres dans la boîte à gants, qu'il essuie avec un chiffon Vas-y, verse. Ils boivent le café et se régalent des croissants

Ça va aller ? La forme ?

Oui.

Le contraste est un peu rude, non ?

T'inquiète, suis heureux d'être là, Jean.

Alors, on y va.

Ils chargent les sacs, verrouillent le Trafic et prennent par l'ouest du hameau. Les murs en façade de la ferme des Sanchez sont auréolés d'humidité, des tuiles de rive ont été emportées par l'hiver, les premiers liteaux sont à nu, la végétation gagne les fenêtres du rez-de-chaussée, un volet est de guingois

Encore deux ans à l'abandon et ça s'écroule.

Les petits-enfants devaient reprendre, non ?

Ça coince avec les banques.

Ils quittent le sol bitumé, l'avancée devient silencieuse sur l'herbe souple encore mouillée, piquée de boutons-d'or et de silènes acaules, l'eau bruisse, dense, à quelques mètres, en ramifications capillaires, inondant plusieurs prés autour du hameau. Jean marche devant, d'un pas délié, absent à l'effort, le regard envahi d'un paysage qui le façonne depuis l'enfance. Ils suivent un sentier une heure durant, s'en éloignent vers le sud-ouest, enjambent un gué et entament de biais le dernier dénivelé plus franc qui longe le massif du Billare. Ils dominent bientôt le cirque de Lescun, s'arrêtent près d'un rocher, y posent les sacs, mangent quelques figues séchées

Tu traces, grand frère.

Je vais trop vite ?

Faut pas que je relâche, juste.

Quarante minutes, on est arrivés. Il est 13 h 10, on patiente jusque là-haut pour déjeuner ?

Yes.

À 1200 m d'altitude, c'est à peine la fin de l'hiver, les arbres sont de la couleur des pierres, nus, ternes, c'est un goût de caillou mouillé dans la bouche, seule l'herbe dense est déjà d'un vert franc, qui dévale vers la vallée, ponctuée de crocus érectiles, d'un blanc veiné de safran. Juste avant l'épaulement qui masque la bergerie, ils traversent une zone neigeuse épaisse, cristallisée, s'y enfoncent jusqu'à la cheville, mêlant leurs empreintes à celles des isards, des renards, des marmottes et des loups. Enfin apparaissent les enclos, la bergerie de traite, la fromagerie puis la maison. Les toits sont couverts de neige qui se troue et qui fond, ça ruisselle à l'aplomb des ardoises. Une buse perchée sur le pignon sud s'envole à leur approche, elle déploie ses ailes, ample, elle s'appuie sur l'air, sans un battement, elle prend de la hauteur en cercles concentriques. Les frères se sourient, ils arrivent. La clé est à sa place dans le mur, il déverrouille, il pousse la porte, ça racle, ça grince, le bâti est couvert de toiles d'araignée qui se déchirent en lambeaux de poussière, la maison diffuse un froid puissant de crypte profonde. Ils ouvrent en grand fenêtres et volets, Jean prépare un feu, Thomas balaye le sol, range la nourriture des sacs, fait chauffer de l'eau, le soleil s'engouffre, l'air reste frais mais se fluidifie, s'allège, perd cette densité de sépulcre. Ils s'attablent devant un plat de pâtes, du jambon sec, un verre de vin, ils prennent leur temps, puis inspectent, nettoient, aèrent l'ensemble des bâtiments. Jean répare une barrière d'enclos, la montée en estive avec les bêtes est dans moins de cinq semaines. Le soir, la température intérieure atteint les 16 degrés, dehors il fait à peine quelques degrés au-dessus de zéro, ils se posent sur les bancs de la cheminée, chacun d'un côté de l'âtre, les jambes non loin des flammes, avec une soupe épaisse de lard, de pois et de champignons

T'es bien pensif, Thomas.

C'est le feu.

Tu te souviens de ta montée au pic d'Anie ? La seule fois ?

Je suis pas certain. On était avec papa ?

Je crois, oui.

J'étais petit alors, 6 ou 7 ans, max. J'ai pas trop traîné les pieds ?

Tu trottais à l'époque, un cabri sur tes jambes allumettes.

C'est bizarre, je me souviens pas que papa… Je pensais y être allé juste avec toi et Pauline. On y a monté les bêtes ?

Réfléchis. Qu'est-ce qu'elles auraient fait là-haut, les bêtes, sur de la pierre ?

C'est bien ce que je dis, papa n'est pas venu.

T'as sans doute raison, il a dû s'arrêter près du bois de Lagrave avec le troupeau, nous, on a continué.

T'allais sur tes 16 ans.

Oui, je connaissais la montagne comme ma poche. C'était une belle journée d'été, Pauline me tannait pour y grimper, et t'as voulu suivre, tu insistais, une vraie sangsue. On t'a dit qu'on t'abandonnait sur le chemin si tu traînais.

Ça, je me souviens, Pauline a ajouté : Comme le Petit Poucet. J'avais la trouille.

Et t'as pas traîné la patte, un vrai montagnard.

Je te remercie, Jean, d'avoir si bien assuré...

Comment ça ?

Après la mort de papa, comment tu t'es occupé de nous, on se sentait protégé avec toi.

Qu'est-ce qui te prend, Thomas ?

Je te l'ai jamais dit, je sais, mais j'y pense souvent depuis la mort de Camille. T'as porté lourd, tu nous as portés. C'est pas notre mère qui...

Jean ne répond rien, il tisonne le feu avec la longue pince noire, le regard absorbé dans les flammes, un vague sourire sur son visage osseux. Il se lève, comme une esquive Tu veux du fromage ?... Volontiers. Thomas attrape la bouteille de vin, remplit les verres, un rouge sombre de syrah et de malbec qui luit près du feu. Jean rapporte deux morceaux de tomme avec des tranches de pain

J'aimerais que Pauline soit là.

Moi aussi, Thomas.

Quelle idée d'aller se perdre au Cameroun, alors qu'à l'hôpital de Bayonne elle...

Tu dis qu'elle te manque, mais tu prends jamais de nouvelles.

Tu m'en donnes.

Heureusement ! Mais tu pourrais lui écrire.

Les mails, ça passe jamais.

Il y a les lettres.

Ça se perd.

Arrête ! On s'écrit tous les mois, la lettre qui suit arrive parfois avant celle qui précède, et alors ? Va la voir avec les enfants. Ils ne connaissent même pas leur tante. D'ailleurs, tu les as laissés où, les enfants ?

Chez Myriam et Hubert, au Havre. Et Pauline, elle dirige toujours ce dispensaire à Douala ?

Deux à Douala. Elle vient d'en ouvrir un autre dans l'extrême nord, près de Maroua.

M'enfin, la psychiatrie à Douala, ça ressemble à quoi ?

D'abord, elle est pédopsychiatre.

C'est ce que je voulais dire, te fâche pas.

Elle pratique surtout la médecine générale, c'est un tel dénuement là-bas. Elle travaille avec un toubib camerounais, un ami qui a fait son internat ici, à Bayonne. Ils ont une équipe d'infirmières.

Pourquoi t'es pas allé la voir, toi ?

Si je pars là-bas, j'aimerais y séjourner un mois minimum. Et qui s'occupe des bêtes ?

Ça n'existe pas les intérimaires ?

Si, mais ça coûte cher, et puis faut connaître, avoir confiance, tu confies pas le troupeau comme ça, tu sais l'attention qu'il faut porter à chaque bête, faudrait un ami dont c'est aussi le métier, dispo au bon moment, c'est difficile à trouver. Mais je compte bien y aller… peut-être même avant la fin de l'année.

Non ? On pourrait y aller ensemble… ça serait idéal, vraiment… sauf qu'il y a les enfants à l'école, le boulot… Bon Dieu, pourquoi elle vient pas, elle ? Tu sais, toi, pourquoi ?

Quand on ira la voir, tu lui…

Tu m'énerves, tiens ! t'es comme Camille, ce goût du secret, là.

C'est pas ça, Thomas, Pauline m'en a jamais rien dit, je sais juste qu'elle ne rentrera pas, même pour un court séjour.

C'est bizarre ton affaire, tu sais ça, mais tu sais pas pourquoi. Elle nous a abandonnés, Jean, voilà ce que je pense.

Tu penses mal. Elle fait ce qu'elle peut, comme tout le monde. Je t'ai lu ses lettres à propos de Camille...

Je sais.

Un sentiment sinue, de dispersion et de solitude, qui danse et creuse du fond des flammes, ici, dans l'âtre, un retour d'enfance où les trois s'emboîtaient sans le moindre soupçon d'un horizon d'adultes éparpillés, avec ce besoin qui monte et taraude de refaire l'emboîtement des présences, Jean-Pauline-Thomas. Un besoin qui les fait taire, juste un regard échangé au-dessus du feu dans une lente chute ensemble, les deux frères embrassés.

*

Ils montent par la lèvre nord-ouest du cirque de Lescun, traversant des alpages puis des forêts de conifères dont l'ombre froide les prive du soleil levant. Ils débouchent sur une combe qu'il faut descendre, raide, une entaille dangereuse dans l'anticlinal d'un plissement ancien, ils la remontent à l'ouest pour atteindre vingt minutes plus tard un verrou rocheux, ils débouchent alors sur une puissante cascade grossie de la fonte des neiges. Une sente étroite borde la gorge où la cascade se déverse dans un gouffre sans fond, une bruine constante monte en vapeur qui déploie la lumière en un spectre hypnotique. Ils se retournent, contemplent cette fois d'en haut du verrou les monts et les vallons herbeux percés d'affleurements de roches calcaires qui dévalent vers Pouey et le rocher Cazalet. Ils repèrent le surgeon du torrent, 300 m plus bas, que nourrit la cascade qui s'engloutit ici dans un mugissement assourdissant. Ils ne peuvent s'entendre, échangent des gestes, se signalent des points de vue, mais l'air chargé de cette poussière d'eau glacée les chasse, ils grimpent, courbés, à petites enjambées tendues, s'aidant des mains le long de la chute pour atteindre le Hournou-d'Anaye et retrouver leur souffle. Ils longent le ruisseau du même nom, contournent le pic de la Brèque par le sud-ouest, puis entament les contreforts du pic d'Anie, abandonnant la souplesse herbeuse de l'alpage, foulant le sol uniment dur et rocheux du massif qui résonne dans les talons et les genoux après deux heures trente de montée. Les névés de plus en plus nombreux les contraignent à progresser en zigzags, ils rallient la cabane de Lacure où ils décident une première halte, il est 9 h 48 à sa montre

C'est beau, mais je reconnais rien.

Quand bien même tu t'en souviendrais, on a pris un autre chemin... Moins facile mais plus direct.

Je m'attendais à un chemin large avec un dénivelé régulier.

Oui, c'est le GR 10, regarde, on l'aperçoit en bas, dans le Braca. Le père a dû rester encore plus bas avec les bêtes, tu vois l'alpage à droite, après les sapins ? Il montait rarement là, trop d'arbres, pas assez d'herbe. Et en face, les coulées de pierre, les entailles dans les flancs...

Où ça ?

Là, sur l'autre versant, devant toi.

Je connais par là ?

Oui, les orgues de Camplong, on y allait des fois, mais les zones d'herbage sont étroites.

Ils sont assis sur un tronc d'arbre, à l'abri de la cabane, ils mangent des fruits secs et boivent du café chaud, le ciel est d'un bleu cristallin, le soleil darde, les baigne dans un éclat qui engourdit

Le souvenir des paysages, c'est toujours...

Incertain ?

Oui, les formes, les contours, on n'est jamais sûr de les avoir traversés ou rêvés.

Il faut les habiter, frangin, et on montait pas souvent ici... Et puis le paysage, c'est chose mentale, comme la peinture.

Ce soleil... l'envie de s'allonger sur la roche.

Tu feras ça là-haut. On a encore trois heures de montée, surtout à ton allure d'urbain bedonnant.

T'es gonflé, toi, je trace, non ?

T'as quelques restes, mais lointains, t'es plus le cabri que j'ai connu. Allez, hop !

Ils ont enlevé les parkas qu'ils fourrent dans les sacs à moitié vides, puis continuent de longer les contreforts jusqu'au cap de la Baitch qu'annonce au loin la silhouette calligraphique, solitaire, incongrue d'un pin à crochets. Ils joignent à cet endroit le GR 10 qu'ils laissent aussitôt, bifurquant vers le sud où ils s'engagent le long de l'épine cristalline du pic. Lorsqu'ils arrivent en vue du lac d'Anie à plus de 2000 m, Thomas est certain de reconnaître les lieux, le sol est plus accidenté, la roche est trouée, ravinée, déchiquetée, ils suivent le chemin de crête discontinu, bordé de cairns ici et là qui évitent de s'égarer. Certains de ces empilements de pierres émergent seulement de 30 ou 40 cm des névés profonds qui gênent la progression, qu'ils ne peuvent éviter, s'enfonçant parfois jusqu'aux genoux. Jean tâte de la pointe du bâton la profondeur, redoutant un aven, une cheminée qui pourrait les engloutir. Ils approchent du sommet, dix minutes peut-être, Jean s'arrête net, lève les yeux, tend son bâton vers deux points dans le ciel, saisit ses jumelles, les suit un moment, les prête à Thomas Profites-en, des gypaètes barbus, quatre couples dans tout le Pays basque, on les voit peu ces lascars, casseurs d'os. Thomas peine à les cadrer, fouille le ciel vide, cherche l'image, contemple enfin l'envergure des ailes, le profil singulier de la tête, les rapaces virent, se diluent dans le soleil, il rend les jumelles

Pas trop mouillé ?

Très humide, disons.

On va sécher là-haut, on arrive. On est montés un peu tôt dans la saison, trop de neige.

Dix minutes plus tard, ils débouchent dans l'azur, la pancarte 2504 m, la vue qui s'offre à 360 degrés, avec une respiration haletante, les poumons qui cherchent l'air, les jambes chaudes et légèrement tremblantes, le creux au ventre, comme une densité des tissus qui se serait effritée, mais la pensée qui plonge et se répand, qui plane sur l'immensité révélée des Arres et des massifs alentour, et partout le regard qui domine, une vision stupéfiée depuis l'ici-haut, la Terre vue du ciel Dieu a choisi la meilleure place. Ils connaissent bien ce qui se donne du sommet après l'épreuve physique d'un effort continu qui les a progressivement entamés, pour Thomas aujourd'hui, jusqu'à la débâcle du corps qui se refusait parfois à mettre encore un pied devant l'autre, mais pour tous deux, l'intensité du dévoilement qui demeure, intacte. Il pose la main sur l'épaule de son frère, leurs poitrines s'emplissent d'air, les cœurs battent à tout rompre, ils écoutent leur sourde rythmique, ils rient. Ils savent. Ils sont accordés. Ils peuvent contempler. Mutiques. Plusieurs minutes. Au nord-ouest, ils distinguent le col de la Pierre-Saint-Martin, mais le regard se trouve surtout attiré par les Arres qui s'interposent, un vaste massif karstique, une peau scrofuleuse, creusée de lapiaz et d'avens, hérissée de tsingys, qui rendent l'avancée si pénible, un sol calcaire infiltré, rongé, taraudé, boursouflé par les précipitations acides qui gèlent, l'hiver, en profondeur, fissurent, malaxent, explosent un peu plus cette pâte grise, cette croûte malléable, lui conférant un inconcevable aspect alvéolaire, éruptif et labouré, de champ de bataille géologique.

Ils s'installent sur un rocher, au soleil et à l'abri du vent, sortent les nourritures des sacs. Jean a préparé des carrés de polenta grillée qu'ils accompagnent d'un fromage de brebis et de jambon sec, Thomas brandit une bouteille de vin rouge qu'il se hâte de déboucher

Je comprends mieux pourquoi ton sac est si lourd... Tu sais pourtant qu'on boit pas en montagne, l'alcool et l'oxygène, le pas est moins sûr.

Allez, fais pas ton...

Soit ! Verse, juste un verre.

Un bon verre. À ras bord !

Mais pas deux !

D'accord.

Ils mangent, ils boivent, ils partagent les nourritures, les montagnes, le ciel. Les corps s'alanguissent, épousent la pierre

Tu sais, j'ai fini.

Fini ?

Ton roman, *Le Grand Passage*... Et je réfléchissais...

Ça t'arrive ?

Je me demandais pourquoi tu m'avais offert ce livre...

Et ?

J'ai cru repérer des résonances. La frontière, le bétail, le Mexique là-bas, l'Espagne ici, et puis surtout les liens des deux frères, alors que les parents sont tués. J'ai pensé à nous... Les liens indéfectibles...

Mais le plus jeune, Boyd, il part avec une Indienne, l'orpheline.

Ça n'empêche, ils sont soudés. Leur traque au Mexique, et puis cette obsession maladive de Billy pour récupérer les chevaux volés aux parents. Comment il entraîne son jeune frère dans cette poursuite...

Qui ressemble à une errance, non ?

Enfin, ils tuent le chef des voleurs.

C'est mieux que ça, Billy le fait chuter de cheval, il est pas tué, juste paralysé, le dos brisé, puni par où il a fauté.

N'empêche, cet entêtement d'adolescents qui sont alors traqués eux-mêmes, jusqu'à la mort du plus jeune, c'est terrible. Et Billy qui récupère le corps de Boyd déjà enterré, qui le déterre, pour le ramener à la maison, enveloppé comme une momie sur son cheval.

T'as remarqué qu'ils sont séparés quand le drame arrive ?

Oui, Billy a tout perdu finalement. Ses parents, les chevaux, son jeune frère. C'est âpre, ton histoire. Pourquoi tu m'as… ?

Je sais pas. Sans doute pour toutes les raisons que tu invoques. Mais aussi parce que c'est un roman géographique. On éprouve physiquement la traversée des paysages, comme nous ici aujourd'hui. Et puis, comme tu partais faire cette longue marche l'année dernière, je trouvais que c'était un livre en accord avec ta quête.

Ma quête ?

Oui, tes retrouvailles avec les paysages de ton enfance, après la mort de Camille.

Mais, les frères ?

Je t'ai déjà répondu. Je t'entraîne pas vers la mort, moi, je te protège de la balle de fusil. Dans le dos.

Je comprends toujours pas…

C'est pas grave.

Trois chocards à bec jaune volent autour d'eux, exécutant loopings et arabesques, ils guettent des restes à grappiller, Jean leur lance des morceaux de polenta, certains sont happés avant de toucher le sol, mais il est bientôt 13 h 30, ils rangent les sacs, s'apprêtent à redescendre, et Thomas qui dit

Jean ? J'aimerais que tu me montres…

Quoi ?

Là où le père est tombé.

Ah, c'était donc ça !

Ça quoi ?

Ton plan.

Quel plan ?

Le pic d'Anie, c'était un prétexte ?

Pas du tout ! J'avais vraiment envie d'y monter avec toi. C'est juste qu'on est là et j'y pense. Tu montrais tout à l'heure où le père conduisait le troupeau, ça m'a traversé…

Jean contemple le cirque de Lescun, il joue du bout de sa chaussure avec un caillou

Tu me crois ? Jean, tu me crois ?

Alors, dépêchons, ça fait un détour. Je voulais redescendre par la Table des Trois Rois, c'est plus beau.

Jean regarde sa montre, il ouvre la marche, ils reprennent le même chemin, ils sautent d'un appui sur l'autre, ils longent le massif karstique, dépassent le lac d'Anie cette fois sur leur gauche. Jean dévale, vite, chaque pied lancé dans la descente ouvre à la chute, chaque pas posé sur la pierre stoppe l'inertie du corps, dont le poids multiplié par l'élan ne demande qu'à s'emporter, chaque pas est un couteau qui taraude les adducteurs au-dessus de la rotule, Thomas sent les muscles des cuisses qui tremblent, les genoux qui s'enflamment à l'endroit des ménisques. Plus jeunes, ils faisaient la course tous deux dans de telles déclivités, Thomas y songe, serrant les dents, la rage en bouche, des suées au front, les jambes de plus en plus flasques, comme si la pliure ne s'effectuait plus autour du genou mais de trois ou quatre genoux, des jambes ondulatoires, les os pliables d'un pantin qui se désarticule, Jean ne se rend pas compte, son rythme infernal, qu'est-ce qu'il s'imagine ? Le pied droit a ripé sur une pierre qui décroche, a continué sa glisse, la jambe gauche n'a pas eu la force ni le loisir de reprendre à charge tout le corps dévissant, Thomas s'affale et vrille, sur les fesses et le bas du dos, seul le coccyx se frotte durement au rocher, et les paumes protégées par les gants. Jean s'arrête net, se retourne

Thomas ? Ça va ?

Pourquoi tu traces comme un fou, là ? Pourquoi ? J'arrive pas à suivre, nom de Dieu !

T'as mal ?

Non, ça va. Le coccyx en marmelade, mais ça va… Juste, tu calmes le jeu, s'il te plaît !

Excuse-moi, j'étais dans mes pensées.

T'as les pensées dans les jambes ou quoi ! À bondir comme un isard en folie…

Avant, tu me dépassais.

Oui, mais c'était avant ! Vingt ans plus tôt, tu réalises ?

Désolé, désolé, je lève le pied. Suis juste inquiet pour l'heure.

Il tend la main, Thomas la saisit, se redresse, se dépoussière, se rajuste, sa montre affiche 15 h 35, le soleil est déjà bas sur l'horizon, dans un quart d'heure ils sont au cap de la Baitch qu'ils devinent à droite du dernier épaulement, 300 m plus bas. Ils repartent plus lentement, Thomas retrouve des jambes moins tétanisées par l'effort, son regard peut s'accrocher dans le paysage d'une indicible beauté, il voudrait juste s'assurer que Jean a bien vu, mais Jean ne voit pas, Jean ne voit rien, il est dans le paysage comme en son propre corps, Thomas, lui, observe et contemple ce qui lui est devenu insidieusement étranger à l'âge adulte, avec le soupçon d'un manquement à soi-même. Il croit identifier la cabane de Lacure, aussi grosse qu'une tête de clou carré à la lisière du bois de Lagrave. Jean confirme, c'est bien là qu'ils sont montés. Ils atteignent le cap de la Baitch mais, au lieu de bifurquer sur la cabane de Lacure, ils s'engagent sur le GR 10 puis prennent aux abords du bois sur la gauche une sente peu marquée qui mène droit aux orgues de Camplong, ces entailles à vif dans le versant rocheux

Pourquoi on a pas pris le GR 10 ce matin, c'était pour éviter l'endroit où papa est tombé ?

Qu'est-ce que tu dis ?

Rien, c'est idiot.

Comment ? J'entends rien avec les cailloux.

Je parlais tout seul.

Ils entament une nouvelle montée dans le versant rocheux en bordure nord-ouest des orgues, 400 m de dénivelé, raide, après la longue descente du pic d'Anie, la respiration est courte, à chaque foulée, Thomas doit arracher son corps à la pesanteur, il est gourd de fatigue, ils grimpent toujours, 16 h 20 Mais jusqu'où on... C'est encore loin, Jean ?.... Un bon quart d'heure, allez ! Les pieds hésitent, piétinent, roulent parfois dans une espèce de pierrier où trop souvent ils avancent d'un pas et recule d'un demi, une allure hachée, la perte du rythme qui sauve de l'épuisement, un désordre de la foulée dans une pente de plus en plus verticale où le sol devient un mur qui se dresse vers la poitrine, où l'on avance, le dos toujours plus droit, plus offert au vide qui creuse sa menace sur l'échine, le souffle du vide qui caresse la nuque, qui attend la chute. Jean désigne l'entrée de la grotte au sommet du versant des orgues On arrive ! Thomas se demande ce que son père et Jean pouvaient bien foutre en cet endroit alors que le troupeau était en bas, aux abords du bois du Braca d'Azuns. Ils débouchent sur le seuil de la grotte, c'est presque une immédiate sensation de vertige quand on se retourne, cette plongée sur l'ensemble des orgues dont ils découvrent l'enchaînement des reliefs sans que le regard, latéralement posé, puisse pénétrer la profondeur des failles qu'il survole

C'est ici.

Comment ça, ici ?

Là, sur la lèvre du seuil.

Je saisis pas.

Il longeait le bord, le pied a dû glisser, tu vois, une chute de 5, 6 m, juste...

Et ça l'a tué ?

La tête a porté sur le côté du rocher sans doute.

Sans doute ?

J'ai pas vu ! Je regardais de l'autre côté, j'ai entendu une exclamation confuse, sa voix, une détonation…

Un coup de feu ?

C'est une image. Un cri, si tu préfères. Je me suis retourné, il était plus là.

Qu'est-ce que tu… ?

Tu m'emmerdes, Thomas, j'ai couru le long du rebord, je l'ai trouvé recroquevillé ici, dans la petite gorge, inerte, juste des convulsions.

Thomas ne bouge plus, il se tient là où la chute s'amorce, s'enclenche, il recompose l'instant du déséquilibre, la trajectoire du corps, 5, 6 m seulement, mais il y a ce bloc, planté dans la pente, un redent, si la tête touche la première, il n'y a aucune espèce d'absorption de la roche, les os et la chair prennent toute l'onde de choc, c'est aussitôt une déflagration. Une chute si courte… Il est médusé, il fixe l'endroit de l'impact, il est stupide, il essaye de repérer des traces de sang sur le rocher, trente-deux ans plus tard

Mais, son pas si sûr… Qu'est-ce que vous foutiez ici avec les brebis en bas ?

Justement, trois ou quatre s'étaient perdues, on a fini par les repérer aux jumelles, elles étaient à baguenauder autour de la grotte, on craignait la venue d'un ours, il y en avait une arrêtée dans la dernière pente, un sabot coincé dans le pierrier. On est venus les chercher… J'ai dû descendre jusqu'au refuge de l'Abérouat pour appeler les secours. Thomas sort son portable

Ça capte, pourtant…

Ah oui, un iPhone en 1982, c'est sûr, ça capte.

Excuse-moi, suis trop bête… Il s'est posé où, l'hélico ?

Au-dessus de la grotte, sur les Arres.

Où ?

Viens voir.

Ils contournent la grotte, escaladent les derniers mètres en s'aidant des mains, débouchent sur le plateau karstique qui domine les orgues, Jean approche un endroit plat, herbeux, à 50 m

Ils étaient deux, on a souffert pour le remonter jusqu'à l'hélico. C'était impossible de l'hélitreuiller, son corps était trop encastré entre le rocher en redent et la pente, et il y a du vent ici, tu vois bien, ça souffle.

Thomas entend les pales qui fouettaient l'air, qui couchaient les herbes, un frisson puissant, régulier et circulaire qui tournoyait sur le sol, les sauveteurs qui ont bondi comme deux diables de l'hélico, qui couraient, qui suivaient Jean, ils devaient dégringoler jusqu'au seuil de la grotte en tenant le brancard replié, une couverture de survie en papier argent chiffonné sous le bras, la trousse de secours, ils étaient sur le rebord de la pente, ils voyaient le corps d'Aurèle gisant, ils avaient glissé le long de la paroi sur les 6 m de la chute, après avoir arrimé une corde de descente, ils s'étaient penchés, palpant la poitrine, cherchant le pouls, jetant un regard en direction de Jean, l'adolescent de 16 ans, un regard fuyant, désarmé, ils savaient mais ne voulaient rien laisser paraître, comme s'ils manipulaient un vivant, avec de telles précautions devant le fils hagard, aux yeux errants qui ne se posaient plus nulle part, et puis qui les aidait, fébrile, surexcité, piétinant et courant partout, désirant porter, de toutes ses forces incohérentes, ce foutu brancard, à ahaner tous trois pour se dégager de cette sorte d'anfractuosité, avec ce bloc rocheux en redent qui gênait l'installation du corps dans sa couverture au tissu crépitant qui reflétait le soleil en éclats dispersés, et ce foutu brancard, si difficile à déplier, si lourd ensuite du poids mort du père, qui pouvait chavirer dans la pente, ils gémissaient sous l'effort, avec les pieds qui s'entravaient dans le pierrier, la déclivité comme un mur, d'abord le brancard disposé face à la montagne dans l'impossibilité de franchir les 5-6 m du rebord qui donnait sur le seuil de la grotte, puis le brancard disposé parallèlement à la pente, les sauveteurs montant en crabe après avoir installé une seconde corde, les traits tirés, le visage rubicond, le front ruisselant d'une sueur d'angoisse de tout lâcher, le père puissant, immense, ne pas tomber, ne pas basculer, une lente et vacillante et tâtonnante remontée d'hommes ivres, enfin la marche, puis contourner la grotte au milieu des brebis qui s'égaillaient, qui bêlaient, qui se mélangeaient dans leurs jambes, escalader de nouveau une quinzaine de mètres afin de déboucher sur le plateau, et puis courir à l'hélicoptère, trotter exactement en faisant accroire qu'il fallait éviter à Aurèle trop de secousses, alors que les cervicales étaient brisées, alors que le crâne saignait à nouveau et s'épanchait de lymphe épaisse, translucide, mêlée au sang en un liquide gélatineux, glaireux, l'installer dans la carlingue, faire monter le fils, l'obliger à monter, prostré tel un jeune arbre à 2 m de l'ouverture béante, le porter lui aussi dans la carlingue, l'attacher sur le strapontin, de force, parce qu'il voulait s'occuper du troupeau dispersé, fermer la porte coulissante, lancer les moteurs, à nouveau ce frisson circulaire qui striait l'herbe d'invisibles courants, le sol qui semblait onduler, vivant, une fourrure animale, enfin le décollage, le survol des Arres, du cirque de Lescun, la descente jusqu'à l'hôpital de Pau pour établir le constat du décès, tué sur le coup depuis l'instant de la chute. Thomas imagine parce que Jean ne dit rien, ou plutôt il décrit, il désigne, d'un ton plat, des réponses presque techniques. Jean décrit la trajectoire d'un corps du point A au point B. Jean ne parle pas d'Aurèle, il dit: Il a glissé. Je me suis retourné, il n'était plus là, il était ici. Il répète au besoin, quand Thomas questionne, enfin, ce sont toujours les mêmes questions, parce que Thomas essaye de vérifier si la voix de Jean, telle qu'il l'entend, est une hallucination auditive ou si c'est bien chaque fois le même ton détaché, indifférent, incrusté dans les mots de Jean. Lequel finit par interrompre, l'index pointé sur le cadran de sa montre

Il faut redescendre, il est tard, les névés durcissent, le gel sur les pierres humides, on risque la chute.

Mon pauvre Jean...

Comment ça, mon pauvre Jean ?

À 16 ans, t'as dû...

Écoute, Thomas, tu voulais voir, t'as vu. Maintenant, tu me lâches. Allons-y.

Jean tourne la tête, échappe au regard de Thomas. Jean dit : Allons-y. Et il part devant, ils redescendent le pierrier, cette fois le dos à la pente, plantant les talons dans les éboulis de pierres coupantes, laissant filer les corps vers la vallée, alors que le soleil affleure bientôt le versant espagnol, jetant une lumière d'or sur l'ensemble du massif, un court moment de paradoxale beauté où Thomas vient de découvrir le gisant de son père dans la gorge du redent.

Livre 3

La montagne est trop verticale. […]
Il faut préférer l'océan.

Jean Texier

Pauline se tenait là, il avait senti sa tête contre son épaule, sa chevelure ample, soyeuse contre son visage, elle avait mis ses bras autour de son cou, et dans l'étreinte qui les tenait l'un contre l'autre, c'était Jean qu'ils étreignaient tous deux, comme si l'aîné était blotti, ici, en leur milieu, qu'ils l'avaient ramassé, qu'ils l'avaient emporté dans leur corps-à-corps, ils se serraient et ils serraient Jean, aussi, en ce que chacun pouvait l'incarner, c'était pour cela une étreinte éperdue de la fratrie dispersée, au feu d'une osmose qui n'avait jamais existé que dans leur mémoire et leur mélancolie. Il avait soudain entendu le rire franc de Jean dans son dos, il avait sursauté, c'était bien Jean, il lui disait d'approcher, lui mettait la main sur l'épaule, lui enjoignait de se tourner, qu'ils soient côte à côte devant Pauline qui les photographiait, ils faisaient face, mais Pauline reculait, il l'appelait, elle s'éloignait, elle marchait sur le sol de latérite, vêtue d'une blouse blanche, Jean la suivait, Thomas courait sur la piste de tôle ondulée, Pauline s'éloignait toujours, il ne pouvait plus avancer, au bord du précipice de la Table des Trois Rois, Jean avait fermé la porte, Thomas regardait la photo, Pauline et lui au sommet de la montagne, découpés sur un ciel bleu T'es là, Jean ? Et Thomas pleurait, une tristesse qui le soulevait jusqu'au fond du corps Tu es… ?

Une ampoule pend du plafond, le filament incandescent est une pointe de feu qui fore les paupières jusqu'au centre des rétines. On lui a laissé son livre qu'il pose ouvert sur son visage pour se couvrir les yeux lorsqu'il est allongé, mais s'il bouge un tant soit peu la tête, le livre tombe et la lumière creuse son chemin. Il s'est réveillé en larmes, dans son rêve, il pleurait, suffoqué de peine, pourtant ses yeux sont secs, juste tourmentés par cette ampoule électrique. Il ne se souvient plus où il… Cela dure quelques secondes, il n'est pas avec Pauline, il est allongé sur une dalle béton, il voit les fourmis tracer des figures rectilignes, elles disparaissent, chargées de denrées, dans les fissures accidentées du ciment. D'autres corps sont allongés à ses côtés, il entend leur respiration, il sent leur odeur de sueur chaude, il sait à présent où il se trouve, dix-neuf corps alignés sur la même dalle, dans une pièce en forme de couloir, 8 m sur 3, à peu près, qui donne sur trois réduits de 1 m sur 4, le tracé au sol d'un E en capitale bâton exactement. Dans chacun des réduits, un robinet d'eau courante et un w-c à la turque, les ampoules sont toutes grillées, ces lieux d'aisances sans fenêtre sont parfaitement obscurs, on n'en distingue jamais l'extrémité. Sur le pignon gauche de la pièce, une ouverture à hauteur d'épaule donne sur la place de terre battue et les masures dispersées. Il est donc allongé, le livre de poche a glissé sur sa poitrine, les images du rêve sont intactes, le halo de la lampe traque ses yeux, il sent la dureté du ciment entre les épaules et sous les reins, il transpire dans la chaleur humide, il refait le chemin qui s'arrête ici, il n'a que ça à faire, refaire le chemin. Il avait longtemps hésité à emmener les enfants. On lui avait invoqué les risques sanitaires, l'approximation des transports, de l'habitat, il avait finalement décidé de partir seul. C'est en sortant de l'avion, à l'instant même où il franchissait le seuil de la carlingue, posant son pied sur la passerelle, qu'il avait compris la puissance du dépaysement, immédiatement enveloppé d'une touffeur moite, d'un air cotonneux, sans oxygène, la sensation qui augure une crise d'asthme, avec la chemise qui colle, la nuque qui ruisselle. C'était une nuit étrangement épaisse, malgré les bâtiments de l'aéroport situés à 100 m de la passerelle, les deux pistes et la tour de contrôle. Les militaires en armes, la cohorte désordonnée des passagers engourdis se dirigeant lentement vers l'entrée du bâtiment, les cols blancs presque phosphorescents de certains d'entre eux, tout s'engluait dans une pénombre sale. Il y avait aussi cette odeur poudrée qui montait, de henné et d'argile parfumée, qu'exsudaient les corps drapés dans des boubous confortables. Lorsqu'il pénétra au milieu d'une cohue bavarde dans l'aéroport, encadré de soldats en treillis portant le fusil-mitrailleur sur la poitrine, il remarqua les rares néons accrochés trop haut sous la voûte, qui précipitait la foule grouillante dans une pâleur livide. Les policiers n'étaient que trois dans leur guérite, ils discutaient, prenaient leur temps, examinait les passeports à l'aide d'une lampe torche, oscillant entre des rires esclaffés qu'ils s'accordaient entre eux et des regards assassins posés sur les passagers, tamponnant les visas avec violence et vélocité, comme s'ils mettaient à mort quelque insecte et qu'il fallût que les tampons imprimassent jusqu'au bois du comptoir

C'est pour affaires ?... Tourisme... Tourisme ? Ça rime avec terrorisme, ça ! Et ils pouffèrent bruyamment, heureux de leur blague, lui ne sachant quelle mine adopter. Jusqu'à ce que son interlocuteur retrouve trois secondes plus tard son visage minéral, taillé dans la morgue et le mépris Alors, faut cocher là ! Ils le laissèrent passer, il n'avait qu'un sac de cabine peu encombrant, il était flottant et porté par la presse, il y avait à présent des odeurs de volailles, de fiente, de sang frais, de manioc fermenté qui s'engouffraient et empuantissaient l'air, il franchit les barrières, des gens formaient une haie d'accueil, guettaient en cercle l'arrivée des amis, de la famille, des associés, des investisseurs, certains tenaient sur la poitrine un nom tracé au feutre sur un bout de carton, il la cherchait, jeté au milieu de l'arène, ses yeux couraient sans repère, chacun se hâtait, ça circulait en tourbillons, des chauffeurs l'interpellaient, l'agrippaient, se bousculaient autour de sa personne comme s'il était le seul client du vaste hall en béton brut, proposant de l'emmener gratis ou presque à l'autre bout du monde, avec l'impression confuse d'être palpé, fouillé. Il s'était dégagé, pestant, énervé, il ne l'apercevait nulle part, une femme blanche facile à remarquer. Et puis il déchiffra son nom sur une feuille A4, TEXIER, en capitales, au feutre rouge, oui, c'était lui, mais... L'homme portait une chemise de coton blanc, ample et de bonne facture, un pantalon beige en lin Je suis Félix, enchanté, je travaille avec votre sœur, elle n'a pas pu venir, on y va, je vous expliquerai. Une voix douce, un timbre clair, une élocution parfaite, sans accent. Ils avaient débouché sur le parking encombré des véhicules les plus disparates, garés en vrac, ça klaxonnait, ça se hélait, ça filait en tous sens avec des diables et de volumineux paquets multicolores, ça démarrait, ça s'embouteillait, seuls les phares éclairaient la foule dispersée, les chiens gris faméliques, deux ou trois chèvres tenues en laisse au bout d'une corde effilochée, le bitume défoncé, les larges flaques boueuses, les tas d'immondices et les restes de chantier. Il stagnait une brume asphyxiante qu'on devinait noirâtre au jour, que crachaient les diesels cliquetant des guimbardes antiques et démantibulées, Thomas reconnaissait des modèles de son enfance, il tentait de suivre Félix au plus près dans le pinceau croisé des phares, cerné de ces vastes ténèbres qui surplombaient la fourmilière, il nota deux réverbères à moitié descellés qui clignotaient en façade de l'aéroport, n'éclairant que la coiffe rouillée de leur extrémité courbe. Ils montèrent dans une vieille Mercedes crème et s'engagèrent sur l'unique route qui se perdait dans la nuit. Les vitres étaient baissées et, malgré la vitesse, l'atmosphère croupissait, liquoreuse. Son bras sur la portière, son visage dans l'ouverture lui semblaient collés à la bouche d'un canon à chaleur, il mâchait l'air inerte et pâteux. Ils avaient parfois dépassé sur les bas-côtés indistincts, accidentés et pierreux, de maigres agglomérats de baraquements surgis là sans raison. N'y brûlaient que quelques ampoules de faible intensité et souvent, sur une caisse, à trois pas de la route, trônait une encombrante télé dont l'écran éclaboussait l'obscurité d'une flaque de couleurs claquantes. De petits groupes d'adultes, de vieillards et d'adolescents s'y rassemblaient comme devant un foyer de cheminée, assis sur des tabourets, des jerricans, de hauts bidons d'huile mécanique, qui bavardaient, qui fumaient, qui buvaient, dans une torpeur paisible de vacanciers en terrasse, le soir, au bord d'une mer laquée. Au passage, on entendait en sourdine la pétarade des moteurs électrogènes, ça sentait le charbon de bois, les gaz mal brûlés, les fruits trop mûrs et pourris. Félix était concentré sur sa conduite, tâchant d'éviter les pièges sur la chaussée ravinée qui laissait place soudain à une piste caillouteuse. Thomas n'insista pas après que son hôte l'eut assuré devoir répondre à ses questions autour d'un bon dîner. Il était arrêté par tout ce qu'il découvrait, les sens en éveil, il ne reconnaissait rien. La route s'était mise à dévaler, à peine sinueuse, les points lumineux s'étaient multipliés sur une vaste étendue, mais toujours dispersés, sans jamais produire un halo continu de lumière ardente comme dans les villes européennes. Se dessinait au-delà une ligne de démarcation ouvrant brutalement sur un vide d'un noir goudronneux qui nappait jusqu'au tréfonds de l'horizon. Le ciel s'en démarquait, net, d'une densité noire plus pure, cristalline, constellée d'étoiles. Ce vide mat et impalpable était cependant cisaillé de frises d'écume phosphorescente, Thomas comprit que l'océan commençait là, qu'il dominait du regard la ville portuaire en contrebas de la route. Ils avaient bientôt traversé sur plusieurs kilomètres une banlieue de bidonvilles assoupis, aux venelles de sable, puis la route était devenue l'avenue principale, ils pénétraient dans le centre-ville, coupant d'autres artères également bitumées, bordées de larges trottoirs défoncés et d'immeubles vétustes, les deux derniers étages le plus souvent inachevés, laissés en parpaings nus. Certaines boutiques en rez-de-chaussée, de fruits et de légumes, devant lesquelles s'entassaient à hauteur d'homme bonbonnes de butane, packs d'eau minérale et bières, restaient ouvertes, des gens flânaient et discutaient, certains assis sur des pliants, à la lumière de lampes à gaz suspendues aux auvents déchirés. Sinon partout à cette heure tardive les rideaux de fer étaient baissés. Félix avait quitté l'avenue, s'engageant dans une rue bientôt cahotante, s'était garé le long de palissades rouillées, ils s'étaient enfoncés dans des ruelles de terre, au milieu d'un labyrinthe de bidonville obscur, évitant de marcher sur les côtés boueux où s'écoulaient des eaux usagées, fétides et mousseuses. Félix avait bifurqué dans une sente puis une autre à main droite, poussant 20 m plus loin une porte en tôle ondulée, découpée dans un mur de fibrociment, de cartons et de morceaux de carrosserie cousus ensemble. Ils avaient surgi dans une vaste cour, deux longues tables et des bancs étaient plantés au centre à même le sol d'une terre dure, lisse et comme vernissée, il avait fini par distinguer une silhouette voûtée qui s'activait devant un gril rougeoyant, ça sentait la friture et le poisson grillé, la silhouette s'était retournée, les avait aperçus, les avait rejoints, avançant pieds nus, oscillant d'un

374

pied sur l'autre, quasi obèse, dans un boubou aux motifs géométriques, un madras rouge dans sa chevelure crépue et grisonnante. Son visage s'était éclairé d'un franc sourire barré de quelques chicots ambrés, elle apportait assiettes, verres et couverts

Bonsoir, Joséphine, ça va ? Ça va bien ? Oui ? Bien ? Voici Thomas, le frère de Pauline.

Installez-vous, c'est prêt. Je mets des jovajos ?

Sont fraîches ?

Sûr.

Alors deux, Joséphine. Tu veux de l'aide ?... Installez-vous, Thomas, j'arrive.

Il régnait un parfait silence, il avait les coudes appuyés sur la longue table en planches, massive, d'un bois patiné qui transpirait une odeur de fumée, d'huile et d'épices, il se trouvait au centre d'une placette fortifiée, la Voie lactée au-dessus de lui, envahi d'une paix étrange, comme protégé du monde. Il observait Félix et Joséphine qui discutaient près du gril Thomas ? Venez ! Il les avait rejoints, découvrant les braises incandescentes, la friture dans une marmite noire qui grésillait, un grand poisson doré qui fumait sur la lourde grille Un capitaine pêché ce matin, vous aimez le poisson ?... Oui, bien sûr. Elle le sortit du feu, la peau était croustillante et craquelée, elle le découpa sur un large billot huileux, le mit dans un plat ébréché, ramassa avec un égouttoir les bananes plantains frites, découpées en rondelles, qu'elle disposa autour, il tendit les mains Je peux ?... Je l'apporte, monsieur Thomas, vous allez vous brûler. Prenez donc le Maggi et le pili-pili. Félix qui tenait les deux bières capsulées lui désigna le bol rempli d'huile rougie et de piments broyés, la bouteille noire et carrée du Maggi. Joséphine avait accepté de boire un verre de bière puis s'était retirée dans l'une des cases cernant la cour, Félix les avait servis, Thomas l'avait regardé arroser ses frites de

Maggi, tremper ses bouchées de poisson dans le pili-pili. Il l'avait imité, la bouche en feu, dégustant avidement ces nourritures, le croustillant de la peau grillée du capitaine et des bananes plantains, la chair blanche, exquise et parfumée du poisson, avec un appétit qu'il avait perdu depuis longtemps

Vous vivez ici ?

Non. Joséphine, c'est la meilleure tantine du coin, on vient de loin dîner chez elle.

Tantine, c'est un métier ?

Ce sont des veuves qui, pour survivre, tiennent table ouverte. Elles s'occupent aussi de la banque.

La banque, ici ?

Les gens du quartier y déposent leurs maigres économies, elles gèrent leur argent, accordent les prêts, garantissent les dépôts, elles bénéficient d'une protection tacite de tout le quartier.

C'est étonnant... Et vous me disiez que Pauline n'était pas là ?

Elle est montée à Mokolo.

Elle m'a pourtant écrit le mois dernier, elle connaissait la date de mon arrivée, elle...

C'est pour ça que je suis venu vous chercher. Ils ont de graves problèmes là-haut, elle devait aller mettre bon ordre. Elle sera de retour d'ici une quinzaine de jours. Soit vous l'attendez, soit vous la rejoignez. Vous faut quatre jours pour monter...

Quatre jours ?

Quatre ou cinq, c'est incertain.

Je vous ressers ?

Merci. C'est la première fois que vous venez en Afrique ?

Félix Bassamba était Bamiléké, originaire d'une région agricole riche au nord-ouest du pays, on y cultivait de l'arachide, des oignons, du tabac. C'était une tradition chez eux, on repérait les enfants les plus doués à l'école et les villages alentour finançaient leurs études à l'étranger, les Bamilékés occupaient en conséquence des postes souvent influents. Il avait ainsi fait sa médecine dans le cadre de la coopération, à Bayonne, c'est là qu'il avait rencontré Pauline, tous deux internes à l'hôpital. Félix était chrétien et monogame comme la plupart des Bamilékés. Son diplôme en poche, il était retourné au village se marier puis s'était installé à Yaoundé, exerçant à l'hôpital et dans son cabinet privé. Mais il n'avait jamais perdu contact avec sa grande amie Pauline qui souhaitait s'expatrier. Ils avaient élaboré ce projet ambitieux de médecine sociale, sur quinze ans, la création d'un dispensaire pour chacune des grandes villes, dans les quartiers les plus déshérités. Trois, seulement, avaient vu le jour en dix années de travail, deux à Douala et un à Mokolo près de Maroua, dans l'extrême nord. Les autorités les toléraient, mais ne versaient qu'une obole symbolique pour leur ONG toute financée par des fonds internationaux. Ils avaient beaucoup parlé, dévoré le capitaine et les plantains, il était minuit passé, ils avaient rapporté plat, assiettes et couverts sur une sorte d'établi de boucher, près du vaste gril fumant où dardaient encore quelques braises, Joséphine n'était pas réapparue, Félix avait roulé trois billets de francs CFA dans une pochette en tissu graisseux qu'il avait soigneusement rangée au fond d'un panier, à l'abri sous l'auvent, puis ils étaient retournés à la voiture, le trajet lui semblait interminable par le lacis de sentes obscures qu'il ne reconnaissait pas. Il avait beaucoup bu, il était épuisé par la chaleur, seule la présence de Félix qui marchait devant, calme, souple, assuré, l'apaisait tout à fait. Parce qu'il sentait la présence innombrable de ces corps allongés dont il n'était séparé que par des cloisons en carton huilé, en tôle, en fibrociment, souvent en simple bâche de tissu ou de plastique, et il avançait dans un absolu silence qui lui paraissait moins le fruit d'un sommeil collectif et profond que celui d'une espèce de stupeur qui médusait les êtres tapis dans leur terreur, le temps que s'achève la nuit archaïque traversée de spectres et de menaces ancestrales. Il tendait l'oreille, à l'affût d'une respiration, d'un ronflement, une seule fois il surprit une toux lointaine, puis une cinquantaine de mètres plus loin un chuchotement sourd en une langue étrangère, sinon, juste ce recroquevillement étouffé dans un silence éternel que seuls troublaient leurs pas sur la terre battue. Ils avaient rejoint la rue où la voiture était garée, la portière arrière et le coffre étaient ouverts, forcés, le sac de Thomas avait disparu, Félix semblait à peine contrarié, il s'installa au volant, souffla que c'était une erreur regrettable. Thomas s'était tu, récapitulant pour lui-même la liste des affaires qu'il venait de perdre. Son argent, ses papiers, son iPhone étaient sur lui, ce n'était que des vêtements, il y avait des chaussures de marche, le nécessaire de toilette, son rasoir électrique neuf, sa trousse de médicaments, son Lariam contre le paludisme, ses Tiorfan contre la tourista, des Spasfon. Félix avait posé la main sur son avant-bras Demain, il fera jour. Il avait fait demi-tour, rejoint le bitume de la grande avenue, longé un court moment le littoral portuaire où les cargos porte-containers et quelques grues araignées se détachaient en ombres graphiques sur le ciel rehaussé de lueurs, il s'était de nouveau enfoncé dans la ville par une autre avenue, puis par des rues en terre parsemées de trous, encombrées ici et là de monticules de sacs-poubelles qui dégorgeaient, engendrant d'entêtants remugles et des nuées de mouches à la lueur des phares. Félix conduisait avec aisance, zigzaguant entre les obstacles, il avait cogné un chien famélique qui s'était enfui sur trois pattes, couinant de douleur, les baraquements étaient maintenant plus espacés, le quadrillage des rues plus rigoureux, surgissaient parfois quelques maisons en dur à deux étages. Ils passèrent devant une caserne de pompiers où stationnaient sous l'unique réverbère du quartier deux camions-citernes rouillés, dont l'un était sur cales, sans essieu avant

Sont en panne ?

À l'abandon, tout comme le bâtiment d'ailleurs…

Et s'il y a un incendie ?

Ça brûle. Tout brûle. Il y a bien cinq ans, un feu s'est déclaré plus au nord sur la colline, la résidence d'un joueur de foot national. Quand les camions sont arrivés, ils ont branché les tuyaux, les citernes étaient vides. Les pompiers, souvent payés un mois sur quatre, revendaient l'eau aux habitants du quartier. Ils sont toujours en prison. Pas remplacés. Pas d'argent.

Félix avait pris sur la droite une venelle étroite où l'auto n'aurait pu croiser plus d'un piéton marchant le long du mur, ils débouchèrent sur une sorte de terrain vague, Thomas découvrit une haute palissade en osier, un homme devant l'entrée éclairée par une lampe à gaz, il était assis sur une chaise de cuisine en formica, une machette posée sur ses cuisses, un portable allumé à l'oreille. Il s'était levé précipitamment, ébloui par les phares, Félix avait coupé le moteur, échangé avec l'homme en vigie dans une langue qui lui parut brutale, des sons gutturaux, des intonations cinglantes qui tranchaient, le gardien semblait préoccupé. Thomas avait salué, franchi l'entrée, saisi par la luxuriance soudaine d'un jardin planté d'arbres inconnus, de massifs fleuris et d'un épais gazon, qui dégageait une agréable fraîcheur, une odeur de fruits et d'herbe coupée, cernant une case au toit de chaume, haute et vaste, avec des murs de terre lissés d'un enduit argileux. Il suivit son hôte, impressionné par l'ampleur de l'espace, la case abritant un premier étage, desservi par une galerie circulaire, au-dessus du rez-de-chaussée qui constituait de fait comme un patio. Le sol en béton était incrusté de larges dalles de pierre noire, couvert d'un ensemble de tapis riches et colorés, les murs étaient décorés de masques, de tentures et d'armes de chasse traditionnelles dont deux grands boucliers qui s'imposaient tels des tableaux abstraits. L'éclairage était doré, la maison semblait endormie, une vieille dame vint les saluer puis leur prépara sans bruit une collation. Félix pria Thomas de l'excuser quelques minutes, il passa trois appels sur son portable, les échanges furent brefs, toujours en une langue dont il ne comprenait aucun mot, Félix lui montra sa chambre et la salle de bains du rez-de-chaussée, la femme maigre vêtue d'un boubou blanc, la tête surmontée d'une coiffe haute et d'un turban, déposa sur une table basse une carafe embuée, remplie d'un liquide rouge, puis se retira. Thomas dégusta son verre de bissap, en reprit, Félix était affable Je vous réveille à 7 h, vous profiterez de la voiture d'un ami qui monte demain à Yaoundé.

La nuit avait été pénible, la chaleur trop lourde, il s'énervait dans sa propre moiteur, changeait de position, fixant dans l'obscurité la braise des spirales anti-moustiques qui se consumaient en une fumée charbonneuse. À 6 h, il fit jour étrangement vite, deux margouillats dormaient en haut du mur courbe, à l'interstice avec le chaume qui laissait passer la lumière dans la chambre sans fenêtre. Il se leva, soulagé de n'avoir plus à attendre, la température était clémente, l'air plus léger, il se glissa dans la douche sous un mince filet d'eau tiède qui bavait de la pomme, enfila les vêtements poisseux de la veille, ne rencontra personne dans la grande salle et sortit dans le jardin, foulant l'herbe encore humide, un gazon beaucoup plus épais qu'en Europe, il pensait aux décors des vitrines de grand magasin. Il aperçut Félix dans un boubou soyeux, ramassant des fruits sans nom qu'il rangeait délicatement dans une corbeille

Déjà debout ? Vous avez bien dormi ?

Difficile… La chaleur…

Il faut s'habituer. L'humidité surtout, 80 % dans l'air, ici. Le réseau sanguin se contracte, évitez la course à pied les premiers jours.

Félix souriait, bonhomme, détendu

C'est quoi ces fruits ?

Vous reconnaissez la noix sous le fruit ?

On dirait des noix de cajou, en plus gros...

C'est ça, mais avec leurs coques. Et au-dessus, la pomme-cajou, qu'on va déguster tout à l'heure, sentez ce parfum.

Ils avaient entendu des voix de l'autre côté de la palissade, un enfant était apparu dans le cadre de l'entrée, introduit par le gardien. Félix s'était porté à sa rencontre, il parlait cette langue incompréhensible, Thomas se demandait si c'était le ton de son hôte ou la langue elle-même qui était si brutale. C'est alors qu'il avait reconnu son sac de voyage que l'enfant en guenilles portait en bandoulière. Il les rejoignit Vous voulez bien vérifier, Thomas, qu'il ne manque rien ? Il découvrit plus tard dans sa chambre, se rasant et changeant de vêtements, que sa lotion après-rasage, deux tubes de Doliprane, un collyre contre les conjonctivites et une ceinture avaient disparu, il n'en dit mot

Tout est là, c'est parfait... et miraculeux.

J'ai passé des coups de fil. Une erreur regrettable, encore désolé.

Mais comment vous... ?

On se connaît tous aux quartiers. Et puis, quand on dirige le dispensaire...

Ils s'installèrent sous une tonnelle couverte de feuillages avec l'épouse de Félix et leurs trois enfants, le soleil irradiait déjà, il n'était pas 7 h, ils prirent un petit-déjeuner de mangues, de bananes fraîchement coupées, de beignets tièdes à base de farine de pois chiche que Félix trempait dans une poudre de piments, Thomas se délecta des riches saveurs de la pomme-cajou, juteuse, plus parfumée que la mangue, ils burent un café âcre Mon ami Boubakar vient vous chercher dans vingt minutes, votre bagage est prêt ? Il lui tendit une feuille A4 Toutes les indications d'hier au soir sont là, vous avez les numéros de téléphone en cas de problème, changez de carte SIM à Yaoundé, l'opérateur Orange couvre à peu près le territoire, mon ami vous déposera chez Christian, un confrère anesthésiste de l'hôpital, il réglera les derniers détails de votre voyage, demain matin vous serez dans le train, bonne route.

C'était une six-voies d'un goudron noir et luisant, une surface d'eau miroitante, avec des glissières de sécurité et des pancartes plantées dans le talus tous les kilomètres : « Ouvrage réalisé par Bouygues BTP », serti dans son logo orange et blanc. Elle coupait dans une lande sèche, on distinguait des villages de la couleur exacte du sol, des cubes serrés autour d'une piste qui se perdait vers d'autres villages loin dans l'horizon. Des briques de terre et d'argile empilées sur de grandes surfaces séchaient au soleil à l'orée des maisons. Des chèvres et des moutons épars broutaient l'herbe rare et les buissons chétifs. Des silhouettes colorées cheminaient à pied ou en charrette tirée par un âne, un pick-up isolé traversait le paysage, soulevant un nuage de poussière. Le spectacle d'une vie rurale lente, écrasée de soleil, en contrebas, tel un premier sol qui préservait son unité en franchissant l'axe autoroutier par d'obscurs tunnels creusés sous le bitume. À cela se superposait l'autre spectacle échevelé, qui se déployait sur l'asphalte neuf de la six-voies où le trafic était dense et ininterrompu. Boubakar doublait d'antiques camions Saviem totalisant des millions de kilomètres, débordant de marchandises sur des hauteurs de deux étages, certains avançaient en crabe, les châssis faussés, d'autres dandinaient ou se penchaient, à la limite de chavirer. De longues cohortes de taxis-camionnettes peinturlurés, aux pare-brise fissurés, couverts de fétiches et de signes religieux, emportaient chaque fois une vingtaine de personnes, Thomas les comptait tant la surcharge était improbable. De longs adolescents aux membres osseux s'accrochaient en grappes sur les marchepieds, d'autres étaient juchés sur les toits, par-dessus les ballots et les jerricans grossièrement ficelés, à côté de cages remplies de poulets ou d'un mouton ligoté, les véhicules crachaient des nuages de fumée noire, c'était une sorte de parade dans une surenchère d'amoncellements, de paquetages les plus divers, sur des engins ruinés, troués, affaissés sur leurs roues voilées, les talus étaient jonchés de lambeaux de pneus éclatés, de carcasses incendiées ou renversées mais, en dépit du péril qui menaçait de s'abattre sur chacun des véhicules, tout avançait inéluctablement vers le même but, la même destination promise et insondable, une sorte d'exode à bord de tout ce qui roulait encore, le spectacle d'une héroïque épopée sans destination précise, juste une tension de l'élan, du mouvement s'accomplissant dans un fouillis de formes et de couleurs où les êtres se diluaient en des magmas de corps et d'objets fusionnés. Thomas voyait l'aiguille du compteur trembler autour du chiffre 140 dans le gros 4 × 4 déglingué où la climatisation était tombée en panne dix minutes plus tôt malgré les coups de poing assenés par Boubakar sur le tableau de bord. Sa face joufflue luisait de sueur, ses lunettes à verres mercure glissaient sur l'arête du nez, Thomas n'avait pas encore vu ses yeux, l'ami de Félix klaxonnait inlassablement, comme tout le monde, agacé qu'il était par le moindre ralentissement, mordant la ligne continue sur l'extrême gauche, rasant la glissière de sécurité du terre-plein central pour doubler ceux qui doublaient déjà, trop lentement à son gré. Il y avait eu cette longue côte où la vitesse des engins à l'agonie s'était effondrée, puis l'autoroute s'arrêta net, sans préavis, comme si les bâtisseurs de l'ouvrage avaient été frappés d'une soudaine amnésie. Ils avaient atterri brutalement et à une vitesse excessive sur une simple deux-voies parsemée de rustines et de nids-de-poule, le talus n'était plus stabilisé, Thomas avait eu un sursaut du buste et des épaules, posant machinalement la main sur la planche de bord, Boubakar avait souri, levant le pied de l'accélérateur, le Nissan s'était mis à tanguer, les roues et les amortisseurs claquaient sur le nouveau revêtement, un nuage de poussière s'élevant autour d'eux et pénétrant l'habitacle par toutes les buses d'aération. Le littoral et la ville portuaire avaient disparu dans la lunette arrière, la route parfaitement droite tranchait à présent dans une végétation tropicale proprement saccagée par le flux mécanique, Thomas voyait apparaître au loin camions, autocars, camionnettes occupant les deux voies, un mur cette fois frontal de tôles rapiécées, brinquebalantes, essayant de se doubler les uns les autres sur d'interminables distances, avec une infinie lenteur, pour finir par fondre sur eux à coups de klaxon et d'appels de phares afin qu'ils se rangent sur le bas-côté, Boubakar n'avait d'autre choix que de se garer, il le faisait sans beaucoup ralentir, doublant à son tour à la moindre occasion, sur la voie de gauche enfin libre ou par les talus de terre sèche, dans un bruit de feuillage déchiqueté lorsqu'il frôlait de trop près les murs de verdure du corridor dévasté. Une heure plus tard, la végétation devint plus clairsemée, avant de s'étioler tout à fait aux abords d'une bourgade brûlée de soleil. Deux militaires leur firent signe de se ranger sur le bas-côté, ils étaient en chemisette kaki auréolée de sueur aux aisselles, le front perlant sous leurs bérets, ventrus, le pistolet et le talkie-walkie à la ceinture. Le plus âgé s'approcha, rajustant sa ceinture et son entrejambe, fouilla des yeux l'intérieur du véhicule, les toisa froidement et sans un mot tendit la main, examina les papiers du véhicule, empocha le billet de francs CFA que Boubakar avait glissé dans le permis de conduire, enfin, excédé, leur fit signe de déguerpir. La même scène se répéta 300 m plus loin avec la gendarmerie, sinon que l'un était un cousin qui vint s'accouder à la portière, ils échangèrent en français des nouvelles de la famille Ça va ? Ça va bien ? Ça va, ça va. Et toi, ça va ? Ça va bien ? Et le père, ça va bien ? Et la grand-mère ? Et le fils, ça va ? Et les frères ? Et la cousine ? Ça va bien ? Ça va. Dieu nous protège… Une sorte de lent récitatif fluide et réglé, un duo chantant qui dura une bonne minute, sans la moindre attention portée à Thomas. Ils se serrèrent la main, Boubakar lui mit dans la paume deux billets CFA roulés comme une cigarette, ils étaient repartis

On peut y échapper ?

À quoi ?

Aux billets ?

C'est pour la famille, faut distribuer.

Mais les militaires, juste avant ? C'est pas la famille.

Les soldes sont irrégulières, trop maigres. On les laisse prendre la laine sur le dos du mouton.

C'est nous le mouton ?

Tous les gens sur la route, ceux qui peuvent rouler.

Ah ?

Toujours veiller à pas froisser les garants de l'ordre.

Moi aussi, alors, quand je les rencontre, je dois…

S'il y a un autochtone qui accompagne, c'est lui qui donne, pas vous, ça vexe.

Et si je suis seul ?

En ce cas, avec de la discrétion. Personne ne doit voir ! À peine le bénéficiaire… Non, je blague.

Comme vous, dans le pli du permis ?

C'est ça, toujours un intermédiaire… Ce billet, là, tombé du ciel… atterri dans le permis… un accident heureux, on sait pas d'où ça vient. Toujours sauver les apparences, toujours…

Boubakar éclata de rire, il riait encore quand ils atteignirent l'entrée de la bourgade et le dernier contrôle, celui-ci de la police. L'homme qui approcha de la voiture portait des lunettes à verres miroir comme celles de Boubakar, une casquette à visière, il était plus sec, athlétique, il avait la mitraillette en bandoulière, il leur aboya dessus, Boubakar s'était repris, de nouveau sérieux et courtois, le policier exigea de voir le passeport de Thomas, lui posa quelques questions, d'où, vers où, quand, comment, pourquoi ? Sans prêter la moindre attention aux réponses. Boubakar en profita pour glisser une grosse coupure dans ses papiers qu'il tendit ensuite au policier, le même rituel vide autour d'une sorte de droit de péage. L'homme fit le tour du Nissan, se planta devant le capot, regarda, examina, comme s'il découvrait une scandaleuse anomalie Vous avez un clignotant cassé ! Boubakar sortit, le rejoignit, empressé Mon Dieu, je dois réparer. L'homme lui rendit ses papiers, Thomas remarqua un autre billet qui changeait de main La prochaine fois, vous repartez pas !… Oui, monsieur le policier, juré, je répare ! Boubakar s'épongeait le front

On a eu chaud.

Pourquoi ?

Il allait immobiliser l'auto, nous garder jusqu'au soir, en plein soleil, au bord du goudron.

Mais pourquoi ?

Il m'a vu rire.

Ah ?

Plusieurs centaines de maisons basses en argile, un terrain vague où stationnaient une bonne vingtaine de taxis-brousse, la foule partout, un marché couvert, un bâtiment administratif à deux étages, des femmes le long de la route qui assaillaient les véhicules roulant nécessairement au pas, elles passaient leurs mains chargées de mangues, de bananes, d'ananas, de sacs plastique remplis d'eau, parfois la tête et les épaules, par les vitres ouvertes, criaient des chiffres ronds entre 50 et 400, tous ces bras, toutes ces mains qui se multipliaient dans l'habitacle en gestes d'offrande, certaines femmes étaient suppliantes, d'autres fières et mutiques, d'autres souriantes ou rieuses comme si elles jouaient, Boubakar soupesait les offres d'un regard en coin, les congédiait d'un mouvement de la main chassant les mouches, ils avaient presque traversé la bourgade, soudain il saisit un lot de mangues qui leur était offert Combien ? 400 ! Combien ? 400 ! Il prit les fruits, les posa sur les cuisses de Thomas, fouilla dans la poche de sa chemise Tiens, 250 !... Non, 400 !... Ça suffit, t'es bien payée, dégage ! Mais la femme s'agrippait à la portière 400 ! 400 ! Boubakar commença d'accélérer Dégage ! Thomas avait les yeux qui couraient de l'un à l'autre, il extirpa précipitamment de sa poche un billet neuf de 1000 dont elle s'empara, Boubakar voulut lui attraper le poignet, elle se dégagea, arc-boutée sur la portière, donnant un coup de genou dans la carrosserie, la voiture roulait encore, elle faillit s'étaler avec sa cuvette plastique remplie de mangues, trois pas trébuchants, retrouva son équilibre, les yeux brillants, le poing fermé sur le billet, deux femmes à ses côtés hurlaient des mots à l'adresse de la voiture, Boubakar marmonnait

Je devrais la faire jeter en prison... Si j'avais le temps de m'arrêter...

Tout va bien, Boubakar, c'est même pas 2 euros !

C'est pas les règles !

Les règles ?

Du commerce.

Ah, désolé, mais elles sont belles, ces mangues...

Pourquoi je les ai choisies ?

Oui, c'est stupide, excusez-moi.

À la sortie de la bourgade, ils avaient de nouveau passé un contrôle militaire, puis repris la route, toujours cette même conduite zigzagante et acrobatique le long du goudron rectiligne d'où le regard pouvait se perdre dans l'horizon à présent dégagé, sur un sol plat ponctué de villages, de piles de briques et de bosquets d'arbres. Thomas remarqua bientôt ces arbres monumentaux, immenses totems au corps lisse de bouteille ventrue, avec une frondaison légère de dentelle vaporeuse, les baobabs qu'on nommait ici les arbres à pain. Il avait sans raison pensé à Jean et au paysage de l'estive, la poitrine dans un étau à ne plus trouver son souffle, à Pauline dont il n'avait pas entendu la voix depuis si longtemps au point d'en éprouver une espèce d'effroi, hier au soir, quand Félix avait essayé de la joindre au téléphone, la connexion ne s'établissait pas, il en avait été soulagé

Tout ce que j'ai perdu.

Qu'est-ce que vous dites ?

Rien, je parlais tout seul.

Vous priez ?

En quelque sorte, oui.

L'homme au volant lui jeta un regard, n'insista pas. Une centaine de kilomètres plus loin, la route s'était mise à sinuer, avec de longues pentes à gravir ou à dévaler, dans un relief de collines douces où la terre devint rouge, s'accordant puissamment avec le nuancier d'une végétation maintenant plus dense, luxuriante, proche de ce qu'il imaginait être la jungle. Au détour d'un virage ou à l'intersection d'un chemin de traverse, se tenaient souvent plusieurs enfants en haillons qui vendaient des arachides cuites à l'eau, nageant dans des bassines de fonte d'aluminium cabossées et noircies, posées sur un feu de camp. Ils sortaient assurément de la forêt, Thomas n'apercevait aucun village au travers des rideaux de feuillages. Boubakar ralentissait, observait les arachides, chassaient ceux qui s'approchaient trop près par des invectives, ça résonnait dans l'habitacle, avec toujours ce mouvement de la main chassant des mouches. Un garçon d'une dizaine d'années, plus téméraire, les yeux chassieux, un grand sourire, parvint à glisser le bras par la vitre, brandissant un sac rempli d'arachides tièdes tout juste cuites dans leurs coques. Boubakar se pencha, véloce, arracha le paquet, fit lâcher prise au garçon qui tomba sur les fesses, puis accéléra, secoué d'un rire tonitruant. Quand il recouvra son calme

Goûtez-moi ça, Thomas, voir ce qu'elles valent.

Pas grand-chose, vu ce que vous les avez payées.

Sont trop cuites à mon avis, goûtez.

Merci, j'ai pas faim.

Il déposa le sachet plastique sur la console centrale, Boubakar l'observait de biais

Je vous sens empreint de contrariété... Vous dites rien ? Cette engeance, là, qui traîne au lieu d'être à l'école, tous des cafards...

Il y a des écoles par ici ?

J'en sais rien, je suppose.

Ah, vous supposez... Mais ils travaillent, ils vendent des cacahuètes.

Vous appelez ça un travail ?

Ils s'arrêtèrent vingt minutes plus loin dans une station essence, une maison en dur qui faisait épicerie, quatre pompes rouillées, un pont levant à manivelle pour réparer, des carcasses de voitures et de camionnettes, une benne chargée de pièces mécaniques usagées, tout était recouvert d'une poussière rouge de latérite. Boubakar remplit le réservoir, le moteur de la pompe couinait, cognait, il alla payer, Thomas était descendu du 4 × 4 pour se dégourdir les jambes, déjà cerné d'une nuée d'enfants qui proposaient toutes sortes de briquets, porte-clés, chewing-gums, bonbons, sodas orange ou jaunes, il choisit des cigarettes, un paquet d'arachides, Boubakar était de retour, il acheta un sachet plastique rempli d'eau qu'il posa sur la planche de bord, dispersa les enfants en quelques mots rugis, sortit son couteau pliant, saisit une mangue qu'il ouvrit en deux, ôta le noyau, tailla des carrés dans la chair jaune, puis retourna la peau, ne restait plus qu'à cueillir le fruit prédécoupé avec les lèvres et les dents, il en tendit une moitié à Thomas. Le goût, le jus, la consistance fondante avaient envahi sa bouche, il souriait malgré lui

Ça change de celles qu'on trouve à Paris.

N'est-ce pas ?... Vous avez repris des arachides ?

Je préfère les acheter... Les lois du commerce.

Boubakar pouffa de rire, ils remontèrent en voiture, les enfants regroupés à 5 m ne les quittaient pas des yeux Deux secondes, s'il vous plaît ! Il fit signe au plus jeune qui se précipita, Thomas choisit un briquet avec une image de joueur de foot, tendit un billet à l'enfant C'est bon, garde la monnaie. Boubakar démarra, ils sortaient de la station, Thomas se retourna pour leur adresser un dernier salut, les enfants étaient à se battre, un pugilat de chiffonniers dans la poussière, une violente empoignade afin de s'emparer du billet arraché de la main du plus jeune qui était à terre, sonné. Boubakar entrevit la scène dans le rétroviseur, soupira, hochant la tête, puis écrasa l'accélérateur, le Nissan bondit, la station-service s'évanouit dans la végétation. Ils avaient roulé deux heures encore, Thomas avait soif, la langue épaisse, Boubakar avait déchiré entre ses dents l'angle du sachet plastique, il avait pu se désaltérer à plusieurs reprises, Thomas n'avait pas osé boire de cette eau ni demander d'acheter une bouteille, une autre mangue ne l'avait guère apaisé, les arachides étaient molles, sans goût, pâteuses, elles s'écrasaient entre ses doigts quand il éclatait les cosses, elles lui asséchaient un peu plus la bouche, c'est Boubakar qui les avait finalement mangées

Vous avez des enfants ?

Sept, mon ami, et trois bureaux. Le business, ça doit tourner.

Trois bureaux ?

Trois épouses, on dit comme ça, ici.

Ah ? Et le business ?

Le commerce du bois exotique, vous aimez ça en Europe, j'exporte beaucoup.

Ils avaient atteint les premiers bidonvilles le long de la nationale, ils entraient dans Yaoundé, un quart d'heure plus tard, Boubakar le déposait avec son bagage devant la poste centrale

J'aimerais participer aux frais.

C'est en toute amabilité, on a eu l'arrangement avec Félix.

Ils se serrèrent la main, Thomas alla s'asseoir sur un muret qui longeait la bâtisse blanche Art nouveau fort décrépite, le Nissan s'était perdu dans le trafic dense, hétéroclite et claironnant, il remarquait à présent des limousines noires, luxueuses, essentiellement de marque allemande, et des buildings de vingt ou trente étages, sur cette colline censément gazonnée où la terre nue, durcie, poussiéreuse, partout s'étendait, parsemée de détritus. Sur la façade du building le plus proche, au-dessus de l'entrée de verre était écrit en lettres dorées : ministère des Finances et de l'Économie. Les dix derniers étages étaient en jachère, on voyait le ciel au travers des poutrelles et des structures aluminium dépourvues de vitres, il nota le même inachèvement sur trois autres tours dont certaines avaient les façades salies de ruissellements grisâtres et moussus. Un coup de klaxon le fit sursauter, un Lada 4 × 4 à quelques mètres de là, le conducteur était sorti du véhicule, ce ne pouvait être que lui, un Blanc, mince, grande taille, lunettes, cheveux bruns, chez qui il devait séjourner. Il descendit le terre-plein et le rejoignit sur le trottoir défoncé, ils se saluèrent

Christian Hertzog ?

Vous êtes Thomas ? Alors, bienvenue.

Félix m'a dit d'acheter une carte SIM, c'est ici, à la poste ?

C'est une boutique en ville, montez.

*

On se réveille autour de lui. Des soupirs, des bâillements, une jambe qui se replie, un bras qui se déplie, des torses qui se tournent d'un côté l'autre, lentement sur la dalle béton qui écrase les côtes. Encore deux, trois minutes, ils vont s'asseoir sur leur séant, échanger des mots d'une voix enrouée, rauque, engourdie. Cette nuit, la deuxième, des lames de rasoir ont circulé, de main en main, alors qu'ils étaient couchés sur le ciment tiède. Les gens ne se rasent pas, il se demande à quoi elles servent. Il y a ce géant, athlétique, chemise ouverte, en short, qui lui manifeste une hostilité appuyée, qui se promène avec une tige de fer sans que les gardiens y trouvent à redire. Ils parlent ensemble, complices, à travers la grille, dans une langue incompréhensible. Thomas se lève, courbatu. Il attend que l'athlète reparte dans son coin, échanger à voix basse avec d'autres comme s'ils complotaient. Il s'approche de la grille, hèle les policiers qui lui tournent le dos, affairés dans leurs dossiers

Je veux appeler l'ambassade ! C'est inadmissible ! Vous allez entendre parler…

Vous vous répétez présentement et quatre fois par jour, on vous a dit : il y a l'interrogatoire.

Quand ? Nom de Dieu !

L'homme ne répond rien, il glisse une feuille dans sa machine à écrire. Deux autres policiers surgissent dans le commissariat, traînant un homme par les épaules, le pantalon déchiré, la jambe sanglante, ils disparaissent dans une autre pièce, on entend des cris, des claques, des coups, du mobilier qui tombe. Thomas regarde ses pieds, entre dans l'un des réduits, il avance prudemment, à petits pas, les mains en avant, se demande ce qu'il va fouler, il pisse à l'aveugle, là où se trouve le trou, pense-t-il, le jet d'urine ne fait aucun bruit, doit se perdre dans la terre et les déjections. Le robinet est à un mètre du sol, il tâtonne le long du mur râpeux, l'ouvre, y rince ses pieds et ses mains, comment font-ils les autres qui semblent s'y laver à leur aise, parce que les yeux s'habituant à l'obscurité, c'est toujours la nuit impénétrable. Il en sort ébloui, l'athlète est campé devant lui

Dis, toi, qui fais l'important, tu crois que tu vas échapper aux corvées de nettoyage ? T'es comme nous, sous clé ! Tu vas t'y coller ! Un autre s'interpose, l'avant-bras séparant les deux corps qui se font face, il porte des lunettes, il est physiquement moins puissant mais paraît avoir un fort ascendant sur les détenus

Laisse-le, il va repartir de toute façon. Un Blanc...

Et alors ?

S'il reste, on reconsidérera la question. Laisse.

L'autre a marmonné une phrase inaudible avant de rejoindre son groupe, ils sont accroupis, ils jouent à une sorte de jeu d'osselets. Thomas a compris que ces deux-là se partagent l'autorité dans la prison. Il a déjà conversé la veille avec l'homme aux lunettes d'écaille, près de la fenêtre. Il se nomme Ousmane, se prétend étudiant malgré son allure d'intellectuel trentenaire, il passe trop souvent la frontière avec le Tchad, il a des contacts à N'Djamena, il a distribué des tracts dans son université, il est accusé d'être un agitateur, c'est la seconde fois qu'il est coffré, il ne sait quand il sortira. Il y a de graves tensions dans la région, Boko Haram, un groupe islamiste financé par certains pays arabes, contrôle la moitié nord du nigeria voisin, il est puissant, surarmé, il menace de renverser le gouvernement chrétien et corrompu de la capitale nigeriane où l'argent du pétrole coule à flots. Ses hommes font des incursions ici, pillent des villages, massacrent les populations, enlèvent des dizaines de jeunes femmes, la police et l'armée camerounaises sont sur les dents, si l'unique pont avant Maroua était détruit, l'extrême nord du Cameroun serait isolé pour plusieurs mois, Boko Haram pourrait l'envahir et en proclamer l'annexion. Thomas se souvient de s'être arrêté près de ce pont, un ouvrage monumental, six piles de pierre, une structure en arches métalliques à la Eiffel surplombant la rivière, une berge en herbe rase comme un gazon moussu, des buffles impassibles, des outardes dans les joncs, des hérons, plantant leurs longs becs dans l'eau saumâtre, et des militaires partout, trois fois ils lui avaient demandé ses papiers pendant qu'il y déjeunait. C'est d'ailleurs le lendemain, lors d'un énième contrôle, cette fois-ci de la police, à l'entrée sud de Maroua, qu'il s'était fait emprisonner. Le type était en civil, T-shirt, pantalon, baskets Converse trouées, juste un pistolet glissé dans la poche-revolver, et sa carte de policier, il avait lu et relu la photocopie du passeport certifiée par le consulat, il avait déclaré le visa illisible. Mais pourquoi une photocopie, lui avait demandé Ousmane. Christian, l'anesthésiste, l'avait emmené le jour même de son arrivée au consulat de Yaoundé afin qu'il y dépose son passeport, la photocopie certifiée en faisait office, personne ne se promenait avec un original, on pouvait tuer pour voler un passeport. Bref, il voyageait depuis avec la photocopie et le policier avait soupçonné un faux. Dans l'autocar-taxi, on le regardait avec de la défiance, les passagers redoutaient maintenant de s'être compromis durant les heures de transport à parler avec lui, on ne voulait plus le connaître, il était demeuré sur le bord de la route, planté dans le sol aride, vaguement hébété par ce contretemps, voyant le car en ruine décroître dans un nuage de poussière bleue. Et le policier, lui-même à pied et démuni, avait interpellé deux adolescents avec leurs mobylettes qui faisaient le taxi, le flic avait enfourché le porte-bagage de la première, gêné par son jean taille basse trop serré, il avait cette fois glissé le pistolet entre son dos et la ceinture du pantalon, Thomas s'était assis sur le porte-bagage de la seconde, avec son sac trop lourd qui lui battait les reins, agrippé à la selle du conducteur, les jambes pendantes mais crispées et relevées pour ne pas racler le sol avec ses chaussures, et il observait, 20 m devant, le dos massif du policier, son T-shirt délavé, ses reins nus avec la crosse du pistolet, le jean qui boudinait les fesses et les cuisses. Tous deux, juchés donc sur les mobylettes, furent conduits par les adolescents jusqu'au commissariat qui faisait office de prison. Le policier n'avait pas d'argent sur lui, du moins ne voulut-il rien débourser, pas même deux francs CFA, il avait exigé de Thomas qu'il payât la double course avant que de l'escorter jusqu'à ce comptoir où l'on n'avait aucunement souhaité l'interroger ni vérifier ses dires, lui demandant juste de confier ses affaires, de se déchausser, d'enlever sa ceinture... Ses protestations véhémentes n'y avaient rien changé. Il avait déjà, posé sur la mobylette, tenté d'appeler Christian puis Félix, mais l'iPhone n'avait qu'une barrette de connexion, la carte SIM Orange couvrait imparfaitement le territoire. À l'entrée du commissariat, il avait tenté de nouveau, cette fois d'appeler le consulat, mais on l'avait brutalement empêché de le faire, une sérieuse bousculade s'en était ensuivie, comique, une coagulation échevelée de corps d'hommes pour attraper une balle, dérisoire puisqu'il n'était plus question de pouvoir composer un numéro sur l'iPhone soudain devenu une simple relique. Thomas en avait juste écopé un coup de poing bien appuyé dans les côtes flottantes, il en éprouvait encore une gêne douloureuse deux jours plus tard. Le portable avait été rangé avec le reste de ses affaires dans une espèce de caisse en plastique transparent, confectionnée dans un vieux jerrican mal découpé au cutter pour en ôter le flanc, et qu'on avait remisé dans l'armoire métallique verrouillée par une lourde chaîne et un cadenas, un bruit de ferraille qui cassait les oreilles. Thomas n'avait plus eu d'autre choix que de signer le dépôt dans un cahier, mais quand il fut véritablement pieds nus, sans chaussures ni chaussettes, après qu'il eut été contraint de révéler quelle importante somme d'argent il détenait pour son voyage, l'équivalent de seize à dix-huit mois de salaire de n'importe quel fonctionnaire de ce pays, dissimulée en grosses coupures dans ses chaussettes, quand il fut sans chaussures ni chaussettes, donc, et sans ceinture, le pantalon seulement tenu par les os des hanches, il se considéra comme s'il se découvrait autre, pour ainsi dire dessaisi, alors qu'il entendait le policier ouvrir la grille de la prison, de cette sorte de couloir qui en faisait office. Thomas releva la tête, l'homme en uniforme dut lui répéter trois fois sur un ton de plus en plus excédé qu'il s'agissait d'entrer là, aussi s'avança-t-il sous le regard ardent, fixe et traversant des dix-neuf détenus jaugeant le Blanc, pieds nus et sans ceinture, qui allait se mêler à eux dans cette cellule et cette fournaise, sous le toit ondulé que surchauffait cet obsédant soleil qu'il s'était mis à haïr au fil des jours parce qu'il brûlait la pensée et qu'il fendait les lèvres. Voilà ce qu'il avait raconté à celui qui avait en cellule étrangement décidé de le protéger, c'était d'ailleurs inutile, les prisonniers n'avaient rien manqué de la scène depuis l'entrée de Thomas dans le commissariat.

On n'entend plus crier ni cogner au travers des cloisons. Des gens entrent et sortent. Des femmes, des enfants apportent de la nourriture pour certains détenus, les policiers appellent les intéressés et déposent les maigres denrées devant la grille, ils s'en saisissent à travers les barreaux sans un regard pour la famille. Il est 9 h, la chaleur est déjà pesante. Thomas demande son porte-monnaie à l'un des geôliers qui écosse des arachides, assis derrière le comptoir.

Il laisse Thomas s'impatienter encore une dizaine de minutes, se lève, va ouvrir à grand fracas de chaîne l'armoire métallique, en sort la caisse où sont ses affaires, l'homme le laisse prendre un peu d'argent, lui fait signer un nouveau dépôt dans le cahier. Thomas propose à Ousmane de lui acheter de quoi manger, sa famille habite Douala, elle ignore son incarcération. Son protecteur appelle les enfants par la fenêtre, ils s'approchent, il tend le billet de 1000 francs CFA, ils repartent en courant dans la poussière, excités, jacassants, reviennent cinq minutes plus tard, jouant des épaules, voulant se faire valoir, être le premier sous la fenêtre, ils apportent un soda jaune, une bouteille d'eau minérale, un régime de bananes, une boule de manioc fourrée de débris de poisson séché qui exhale une forte odeur de fermentation et de vomi. Ils mangent côte à côte devant la fenêtre, se partagent les bananes, le soleil s'engouffre par l'ouverture, ils sont contre le mur, la chaleur monte dans la prison, l'athlète les observe à la dérobée Ne regarde pas, souffle Ousmane, ça irrite. Reste calme, sois à tes affaires. Thomas note l'arrivée dans le commissariat d'un homme râblé, engoncé dans une chemise blanche, les manches relevées, en jean et en tongs, chargé d'un lourd jerrican empli d'un liquide jaune qu'il dépose derrière le comptoir. On le remercie avec insistance, on se parle, on échange des rires, des claques sur l'épaule, il extirpe un document administratif de sa poche-revolver, dans l'autre est coincé un pistolet noir, la crosse est en bois clair, les deux policiers se penchent sur le document, le plus corpulent se tourne, saisit le trousseau de clés, ouvre l'armoire, sort le casier de Thomas Monsieur Texier ? Venez ! Il entrouvre la grille, Thomas se glisse Mettez vos chaussures, prenez vos papiers. Thomas est chaussé, il enfile également sa ceinture Non, vous laissez le reste ici. Il lui fait signer un nouveau dépôt Allez, il vous emmène… Où ? Où ça ? L'homme s'éloigne, Thomas le suit, il est aveuglé par la lumière sur le sol sableux, les enfants en hardes le saluent, lui sourient, ils échangent des poignées de main, ils gloussent, ils ricanent de serrer la main du Blanc. Thomas monte dans une antique 4L Renault camionnette, il veille à bien poser ses pieds sur les côtés parce qu'il y a cette large brèche au centre dans le plancher, ils roulent, ça grince, ça gémit, il voit au travers de la tôle déchiquetée le bitume ou le sable défiler entre ses jambes selon le lacis des routes ou des rues qu'emprunte l'homme qui s'arrête à plusieurs reprises devant des masures pour y déposer ces mêmes jerricans entassés à l'arrière, de l'huile de palme pour les cousines, finit-il par expliquer. Ils gagnent la sortie de la ville, s'engagent dans un chemin sableux, zigzaguent entre des tamaris, approchent d'une maison isolée aux persiennes vertes closes sur la façade, comme si la bâtisse était inhabitée. Ils se garent devant, Thomas découvre un homme massif, large d'épaules, le cheveu ras, des lunettes noires, le pistolet à la ceinture, le talkie-walkie en main, qui paraît en vigie sur la terrasse. Le conducteur lui demande de descendre Ici ?... Ici, oui. Il pousse la portière de son genou, sort dans la chaleur maintenant accablante, traverse le sable blanc qui se creuse sous les semelles, un lézard gris se chauffe sur une pierre, sa gorge palpite comme un cœur, il avance avec des jambes de plomb, remarque quatre iguanes mauves à queue ocre, statufiés en haut du mur sous l'avancée du toit, l'un d'eux a la gueule béante, leurs yeux sont de vastes cercles d'eau lacustre baignant un disque noir, l'insaisissable regard de Camille réveillée de son coma. Le garde du corps ouvre la porte, fait un pas de côté, l'invitant à pénétrer dans une pièce fraîche où ses propres yeux, de longues secondes, ne distinguent rien. Jusqu'à ce qu'il aperçoive les murs nus, trois chaises tubes en skaï dépareillées, puis deux hommes qui débouchent d'un corridor et le font sursauter. Ils ressemblent à celui sur la terrasse, même corpulence, même équipement, chemisette nylon blanche, pantalon tergal noir et chaussures de cuir. On lui désigne un siège, il s'assoit, la porte d'entrée s'est refermée derrière lui, il écoute le silence que froissent à peine les pas souples des hommes debout qui vaquent et veillent, à leur poste. L'un d'eux est déjà reparti par le même corridor, il perçoit de temps à autre des voix lointaines, un bourdonnement inintelligible, il distingue l'encadrement d'une porte ouverte sur une autre pièce vide, meublée d'une table et de classeurs métalliques à tiroirs. Le carrelage est couvert d'une fine poussière de sable, il attend, les coudes sur les cuisses, fixant le bout de ses chaussures de marche, elles aussi couvertes de poussière, qui impriment le sol de lignes brisées. C'est un lieu désert, un décor provisoire, à l'abri des regards, il pourrait y périr, disparaître sans laisser de traces. Il se tait, il patiente, il joue avec l'empreinte des semelles, décale ses pieds, multiplie les lignes brisées, dessine un large treillis sur le carrelage, puis les superpose, la géométrie se brouille, c'est un fatras, un simple piétinement. Aucune couture sur ses chaussures qui montent au-dessus des malléoles, c'est un ensemble thermoformé avec sur le cou-de-pied une matière de toile aérée pour marcher dans les déserts. L'autre homme vient de surgir, fait signe de le suivre, il se lève, s'engage dans le couloir, tourne à main gauche, débouche dans une grande salle sans mobilier, deux tables posées en L, une chaise qui lui est destinée, deux hommes en civil, assis de l'autre côté, c'est celui en djellaba qui se dresse, souriant Monsieur Texier, asseyez-vous, je vous en prie. L'autre, vêtu à l'occidentale, n'a pas bougé, un vague mouvement du menton pour saluer, les rôles sont clairement définis, il y a le bon et le méchant. Leur français est irréprochable, sans accent, c'est l'homme affable qui pose les questions, c'est lui qui écrit dans le cahier posé devant lui avec un stylo Bic pointe fine en plastique orange, le modèle intemporel. Ils entendent parfaitement les protestations de

Thomas, comprennent sa véhémence, conçoivent aisément qu'il ait voulu appeler son ambassade, son consulat, mais ils s'en foutent, la zone est sous tension, Thomas est soupçonné d'être un agent étranger infiltré par le Tchad ou le Nigeria, à ce qu'il croit comprendre Au travail, monsieur Texier. Où ? Quand ? Comment ? Pourquoi ? Racontez-nous. Thomas a la gorge sèche, n'ose réclamer à boire, craignant une eau qui ne soit ni minérale ni capsulée, il essaie de saliver, il commence, il raconte qu'il vient rejoindre sa sœur Pauline qui anime une ONG sanitaire et médicale, deux dispensaires à Douala, l'autre au nord de Maroua, il évoque Félix, on lui demande le moindre détail, son numéro de vol, la compagnie, l'horaire, il n'a pas tout en tête, ses billets et d'autres affaires sont chez Christian Hertzog, l'anesthésiste, à Yaoundé. On lui demande de recommencer depuis l'atterrissage jusqu'à la description de la tantine, son nom, sa localisation, quel poisson grillé, son premier hôte, Félix, son nom de famille, son adresse ? Cette histoire de sac volé puis retrouvé, ce Boubakar, qui est-ce ? La marque du véhicule, la plaque ? Non, on ne s'en souvient pas ? Dommage. Il lui faut revenir à la personnalité de l'anesthésiste qui travaille à l'hôpital de Yaoundé, l'adresse de son domicile ? Des enfants ? Une épouse ? Il est venu le chercher à la poste centrale, il n'a pas l'adresse exacte, c'est comme pour Félix, s'il partait à pied de la poste, il ne pourrait pas même retrouver le chemin, ils sont allés faire des courses dès son arrivée, oui, une Lada Niva ocre, non, la plaque, il ignore... L'épicerie donc, la boutique Orange pour la carte SIM, puis le consulat pour y déposer son passeport, l'échanger contre une photocopie certifiée par le cachet de l'ambassade, il suffit de téléphoner, mais on ne le laisse pas... Revenons à ce M. Hertzog... C'est un coopérant, il pratiquait à Douala avant... oui, une grille verte, une grande maison de plain-pied, un vaste jardin à l'arrière, son épouse est infirmière, ils ont une fille et un garçon, il y a un cuisinier, un gardien, une femme de chambre, tout décrire, jusqu'à cet achat le lendemain matin de son arrivée chez Christian, le marchand ambulant qui passe devant la grille, qui apostrophe Thomas, lui montre des colliers, des bracelets, des poupées, plusieurs masques dont un, pygmée soi-disant, devant lequel il tombe en arrêt, une carapace de tortue avec, en métal sculpté couleur argent poli, des yeux, des arcades sourcilières, un nez très proéminent, une bouche et un bel ibis sur le front, le tout greffé sur la surface externe de la carapace à l'aide d'un mastic sombre. Un masque d'une expression diabolique qui cloue Thomas sur place Ce n'est pas couleur argent, c'est de l'argent ! massif ! répète l'homme qui en demande 100.000 francs CFA. Et Thomas qui veut l'acheter, il ignore pourquoi, la puissance du regard halluciné peut-être, qui part chercher son portefeuille, et l'épouse de Christian qui surgit, qui demande combien ça coûte, elle connaît le marchand, elle le tutoie, elle le rudoie, elle l'insulte, lui reproche de vouloir voler son ami en exigeant une telle somme, elle lui fait descendre le montant de 70 %, l'autre qui répond C'est pas possible, c'est pas possible... Et elle qui repart dans la maison, en revient avec trois T-shirts imprimés de son mari Tiens ! Prends ! Sont comme neufs, avec les 30.000, t'es largement payé, arrête de voler les amis chez moi, je vais te dénoncer à la police ! Et Thomas qui ne sait plus où poser les yeux, et l'ambulant qui renonce à ses 100.000 francs CFA, qui regarde par terre, qui... Enfin, Thomas n'évoque que la force expressive du masque et la nécessité de se l'approprier, il a compris qu'ils veulent des détails qui fassent vrais, qui émaillent son récit d'anecdotes attestant subrepticement qu'il n'invente pas, que ça ne s'invente pas, qu'il dit la vérité. Une vérité d'ailleurs qui louange leur culture à propos de ces masques... Ils n'ont aucune réaction, ils écoutent et ils notent. Il parle aussi d'un match de tennis avec Christian sur les hauteurs, dans le quartier ministériel, en un endroit où le gazon bien arrosé est homogène. Au bout d'une demi-heure d'échanges de balles, ses jambes tremblaient, des maux de tête aigus jusqu'au vertige puis la nausée, Christian lui expliquant qu'avec un taux d'humidité à 90 %, la circulation sanguine est entravée les premiers jours, un rétrécissement des vaisseaux, une sous-alimentation en oxygène dans les muscles et le cerveau, confirmant les mises en garde de Félix, obligé qu'il fut de s'aliter deux bonnes heures pour reprendre des forces, avec des courbatures dans les muscles comme s'il avait couru le marathon de New York ou de Paris. Il est pourtant bon marcheur Ah, oui ? Pourquoi ?... Pourquoi ? Les Pyrénées... C'est-à-dire ? Obligé d'évoquer les Pyrénées, l'estive, son frère, Jean, mon Dieu ! et là il manque de sangloter, il suffoque, il entend comme chaque jour monter en lui la voix de François, l'ami vétérinaire, François qui lui dit dans le combiné : Il est tombé, Thomas, on l'a retrouvé en bas de la Table des Trois Rois, Jean est tombé. Une phrase qui vient le traquer loin dans l'enfance, trois mots qui recèlent dans leur lien grammatical toute la malédiction familiale, ton père puis Jean et l'auxiliaire être au présent, et le verbe tomber au participe passé. Et cette phrase qui revient en boucle, avec l'accent et la tessiture de François, chaque fois qui le soulève, ses poumons, sa poitrine qui remonteraient dans sa gorge, pour le jeter bas dans la peine et les larmes. Il suffoque donc, l'inspecteur s'inquiète, lui propose : Un verre d'eau peut-être ? Mais Thomas se reprend, pas question de s'effondrer en larmes durant cet interrogatoire, d'accepter de confier à ces lycaons l'annonce de la mort de Jean Non, pas d'eau, merci. Il explique donc l'estive, le bétail, un débit haché, mais il poursuit à propos de la descente des bêtes à Laruns, les policiers ne voient pas bien le rapport avec son travail d'informaticien, derrière un bureau, devant un écran, à composer des plates-formes de logiciels. Il explique, ils continuent de noter, lui demandent de revenir à son séjour chez Christian Hertzog, mais il a tout raconté. Le surlendemain matin, tôt, il avait emprunté le train qui l'emmènerait à N'Gaoundéré. C'était au lever du jour, il y avait un attroupement de plusieurs centaines de personnes, les voyageurs et les familles qui les accompagnaient, allant et venant sur le terrain vague, un brouhaha incessant, les femmes drapées dans un fouillis de couleurs presque fluorescentes à la lumière d'une aube équatoriale qui ne dure que quelques minutes, des chèvres en laisse, des poules encagées, des chiens jaunes à la peau tendue sur une leçon d'anatomie osseuse, qui cherchaient des nourritures et qu'on chassait à coups de pied. Des hommes, juchés sur les plates-formes et les toits des wagons, chargeaient de volumineux paquetages, on hissait les chèvres, on halait une vieille dame édentée, des enfants jouaient sous les roues d'acier du convoi. Thomas et Christian s'étaient frayé un chemin jusqu'au wagon Pullman, il avait remarqué quelques morceaux de boiseries sur les parois, les sièges en moleskine rouge sans forme, l'assise ondulant au rythme des ressorts plus ou moins affaissés, certains dossiers lacérés et recousus de ficelle fine, des fenêtres qui ne s'ouvraient plus, il régnait une touffeur épaisse et une odeur indécise de fruits pourris, de tabac, de bière et de manioc fermenté. Thomas avait vérifié le numéro de sa place sur le papier ronéotypé qui faisait office de billet, ils étaient vite ressortis fumer une cigarette, Christian était parti. Thomas demeurait dans la foule si affairée qu'elle en était rassurante, il observait le chargement des wagons, les voyageurs se serraient sur les bancs, dans les travées s'accumulaient aussi des bidons, des jerricans, des sacs, de la vaisselle, de grands plats et des faitouts, parfois remplis de nourritures cuisinées pour le voyage et recouverts d'un linge, puis des animaux, toujours des chèvres et des poules que l'on casait près des portes. La locomotive chauffait, toussait et sifflait 100 m devant, le train s'était ébranlé avec deux heures de retard sous un soleil ardent qui cuisait les wagons. L'unique contrôleur, maigre, en marcel blanc qu'on devinait sous son uniforme de la société ferroviaire, vérifiait avec flegme tous les billets, les faux, les vrais, les doublons, les revendus, monnayés aux quatre coins de la ville. Thomas regardait le terrain vague et la foule s'éloigner à travers la vitre sale, les enfants poursuivaient le convoi, couraient le long des rails, ils criaient, ils riaient, certains s'agrippaient aux marchepieds avant que le train ne prenne trop de vitesse, il traversait les bidonvilles de Yaoundé, les déchets remplissaient le creux des talus jusqu'à la voie ferrée, la locomotive dégageait les rails à mesure des poubelles échouées sur les traverses, des dizaines de personnes suspendaient leurs gestes, elles fixaient le train, subjuguées, jusqu'à ce qu'il disparaisse à l'horizon. Pour Thomas c'était le paysage qui s'ouvrait, une plaine sans fin, plantée de bosquets de jujubiers et de pommiers-cajou, avec des carrés d'oignons, d'arachides et de tabac qui s'étoilaient autour de nombreux villages constitués d'une vingtaine de cases en poto-poto, au toit de chaume tourné grisâtre sous les pluies du dernier hivernage. Le train devait atteindre la vitesse de 50 km/h dans les tronçons les plus rapides, les fenêtres à guillotine s'ouvraient peu et l'air qui circulait tel un sirop engluait la poitrine. Les places encore vacantes avaient été, au fil des heures, progressivement accaparées par les plus habiles à palabrer interminablement avec le contrôleur. C'était cependant le seul wagon sans surcharge, ça échangeait, ça s'esclaffait, avec des voix puissantes, il y eut quelques mascarades d'hommes d'affaires en costume chemise blanche cravate qui parlaient fort dans des portables parfois éteints. Face à Thomas, deux jeunes businessmen ventrus et avachis tiraient sur leurs gros cigares, discutaient d'import-export, de tractations pétrolières avec le Nigeria, des longues coupures d'électricité dans le pays. Ils posaient leurs pieds sur sa banquette, s'épongeant le front avec un mouchoir blanc, ou s'installaient debout devant la fenêtre pour se ventiler. Il y avait l'encombrant derrière de ces hommes d'affaires à la hauteur du visage, dans un polyester gris lustré aux fesses, qui obstruaient la vue, l'écran vide du mobile sans connexion, avec son logo circulaire qui moulinait en vain à la recherche d'ondes inexistantes, il se leva, nerveux, agacé, gagna la sortie du wagon, se trouvant nez à nez avec le contrôleur qui entrait, les doigts serrés sur la visière de sa casquette trop grande

Vous sortez ?

Oui, j'étouffe.

Vous avez des voisins encombrants.

C'est pas faux.

Ils ont la taille administrative, alors forcément…

La taille… ?

Sont bien nourris, présentement. Je vous sauvegarde votre fauteuil ?

S'il vous plaît.

Thomas glissa un billet de 1000 dans la main du contrôleur et ouvrit la porte. Les remous d'air qui montaient d'entre les voitures semblaient vomis d'une buse à chaleur, les wagons se dandinaient au rythme égal du claquement d'acier sur les raccords de rails. Il avait empoigné les garde-fous, il avait enjambé le vide entre les seuils des wagons, il contemplait, imaginant le plein silence qui baignait au-delà la plaine embrasée, plate et déserte, où l'on devait entendre le froissement des reptiles égrenant leurs anneaux sur la terre desséchée. Il ouvrit la porte de l'autre wagon, des dizaines de regards se posèrent sur lui, le seul Blanc du convoi. C'était un brouhaha plus homogène et continu, sans ces éclats de fanfaronnade, les portes coulissantes étaient grandes ouvertes, la lumière y était vive, on y respirait mieux malgré l'entassement des gens et des paquets, les odeurs demeuraient plus fortes et enchevêtrées de toutes les nourritures embarquées, du musc des chèvres énervées, de la fiente des poules stressées, à l'étroit dans les cages, du vin de palme brinquebalant dans des récipients ouverts. Thomas saluait, on le saluait, on lui souriait, de très jeunes femmes gloussaient en le regardant, leurs mains fines dissimulant leurs lèvres, avec des yeux étincelants. On le questionnait, on échangeait quelques mots, le temps de dire d'où l'on venait, où l'on allait, il suscitait une curiosité généreuse dépourvue d'envie, on voulait bien se serrer plus encore pour lui offrir un bout de siège. Il demeurait néanmoins debout le plus souvent devant les portes ouvertes, les chèvres dans les jambes, s'abandonnant à une langueur quasi fluviale du voyage, avec la vision du sol qui se diluait en des vortex brûlants, une lente navigation au-dessus des flots de sable et de poussière, juché qu'il était sur un radeau de bienveillants. Le train s'arrêtait parfois au croisement d'une piste, d'un hangar en parpaings et d'une citerne d'eau, il y avait un attroupement, les êtres semblaient tout juste sortis de terre, certains à bicyclette, d'autres sur des charrettes tirées par un âne, il y avait souvent un ou deux pick-up grinçants et rincés, des voyageurs descendaient là, parvenus à destination au milieu de nulle part, d'autres montaient, la logique des arrêts et leur nécessité étaient insaisissables. Le train stationnait une trentaine de minutes, le contrôleur allait et venait le long du convoi, pénétré d'autorité, Thomas se dégourdissait les jambes en déambulant jusqu'à la locomotive et son tender rempli de bois et de charbon, il fumait une cigarette, le contrôleur éructait des ordres d'embarquement, le convoi finissait par s'ébranler, des gens s'interpellaient, s'époumonaient, d'autres reculaient, l'attroupement se disloquait, trois ou quatre mugissements longuement modulés du sifflet à vapeur fiché sur le corps de chauffe, et ça repartait. Quelquefois, c'était un quai délabré qui surgissait dans le paysage, là où l'unique voie ferrée se dédoublait sur 100 ou 200 m, afin de s'y garer quand on croisait un train venant en sens inverse. Ce qui arriva en plein midi alors que le soleil pesait de tout son feu vertical sur le toit des wagons, sur les têtes et les épaules, on entendait le halètement des animaux, des poules mouraient dans leurs cages, bouillies dans leur sang, le cœur recuit. On ne parlait plus guère, les corps fondaient et s'engourdissaient. Thomas descendit, se mêlant à d'autres passagers pour assister aux laborieuses manœuvres. Il y eut beaucoup de conciliabules entre les chauffeurs, l'aiguillage était à moitié grippé, une bonne heure s'écoula avant que le convoi ne reparte. Lorsque Thomas était revenu à sa place dans son wagon Pullman, le sol était jonché de bouteilles vides, de mégots, de papiers gras, de cosses d'arachides et de noix de coco, ça craquait sous ses pas, il y en avait aussi sur son siège qu'il avait chassées d'un revers de la main avant de s'affaler en nage, il ignorait si c'était la chaleur, ces détritus, ces cosses partout dont certaines avaient été mâchouillées puis crachées sur les banquettes, avec des traces de semelles là où il était censé s'asseoir, mais il visualisait précisément comment il aurait pu écraser son poing dans la gueule joufflue des deux types qui lui faisaient face. Il alluma une cigarette, souffla ostensiblement la fumée dans leur direc- tion, mais le coulis d'air à la fenêtre en neutralisait l'effet. Il prit son sac et repartit vers les autres wagons, finissant par se poser, les jambes pendues dans le vide, sur le pas de porte, à côté des chèvres, empli du sentiment étale et neutre de l'espace sans heurts qui dépliait son regard. C'est vers 3 h de l'après-midi, alors que le train s'enfonçait plus loin dans la zone sahélienne, que Thomas repéra de longues femmes minces en boubou, portant des jarres de terre cuite sur leur tête, d'étranges silhouettes de couleurs vives, les épaules en arrière, le cou étiré, le dos droit, un déhanchement lascif qui fascinait. C'était un spectacle quasi spectral dans les tourbillons de chaleur qui floutaient l'atmosphère, ces femmes allant nu-pieds devant elles, inexorablement, sans chemin ni maison, sur la terre aride et désorientée qui devenait un socle, une scène ouverte pour un défilé sporadique, improbable et d'une beauté déroutante.

Les deux enquêteurs se tortillent sur leurs chaises, s'impatientent, lui demandent des faits, pas des impressions, il est pourtant synthétique et concis, il résume au plus vite, il ne livre pas toutes les sensations, les souvenirs qui remontent Vous m'avez demandé de tout raconter... Le policier sur sa gauche, vêtu à l'occidentale, se lève lentement, s'approche, bonhomme, un sourire aux lèvres, se penche, soudain sa main droite qui surgit, fulgurante, une claque d'une violence à dévisser la tête sur la joue de Thomas qui s'embrase Ce n'est pas un roman qu'on vous demande, susurre le gentil en djellaba, demeuré sur sa chaise

Vous n'avez pas le droit ! Je vous...

Donc, le train arrive ?... Monsieur Texier... Le train arrive ?

Oui, avec sept heures de retard, vous pouvez vérifier.

Où ?

À N'Gaoundéré. Je pensais qu'il allait repartir et rouler de nuit jusqu'à Garoua mais...

On s'en fout, la suite ! Vous passez la nuit où ?

Le train est en panne, il nous pose dans cette ville, N'Gaoundéré, on nous dit : Bientôt il va repartir, je m'arrête dans une sorte de taverne sur une place, un bar, des tables et des chaises sous un toit de chaume, il avait bu une bière, on n'avait rien à lui servir à manger, on chuchotait, on le regardait de travers, il sentait monter la haine, ne s'était pas attardé, il avait trouvé un bouge à la lisière de la ville, au bord du désert, une chambre dans laquelle il s'était barricadé comme il avait pu, la porte était vitrée, ça se verrouillait avec une pauvre ficelle, l'air conditionné ronflait tel un moteur diesel et ça ruisselait d'eau sur le carrelage au bout de son lit défoncé. Il avait dormi d'un mauvais sommeil inquiet, le lendemain matin dans la lumière du jour, il avait découvert les murs couverts de blattes grosses comme son pouce, il avait rejoint l'espèce de gare où le train s'était arrêté, il était en panne, il allait repartir, on ne pouvait savoir, il repartirait, c'était certain Quand ? Quand ?... Bientôt. Il avait marché jusqu'à la place d'où partaient les taxis-brousse, une cohue de camionnettes Saviem d'un bleu EDF et des breaks 504 qui chargeaient neuf personnes en plus des bagages sur la galerie. Christian lui avait bien recommandé de s'asseoir sur la première banquette arrière, ni la seconde ni devant, à la place des deux premiers morts qui se serraient à la droite du conducteur, qu'il soit protégé par un matelas de corps et de viande tant les voitures se disloquaient dans des sorties de route, se pulvérisaient dans des chocs toujours frontaux, le goudron à deux voies étant étroit et quasi rectiligne. Il s'était approché des véhicules, les pneus étaient lisses, la chambre à air traversait parfois le flanc de caoutchouc armé en une hernie proéminente, il avait choisi un break beige correctement chaussé, qui partait pour Garoua dans vingt minutes. Des grigris, des talismans, des chapelets, des croix pendaient des pare-soleil et du rétroviseur, le plancher était un gruyère, mais il fallait poursuivre, rejoindre Pauline, Christian lui avait formellement déconseillé de louer une voiture, la route était trop incertaine et dangereuse, un enfant qui traverse dans ses roues, du bétail, une panne mécanique, les pistes où l'on se perdait, où l'on s'embourbait, il fallait s'en remettre au génie des conducteurs de ces cercueils roulants, et puis le train était censé le conduire jusqu'à Garoua. Il avait été frappé par la lenteur des adieux quand un voyageur prenait place dans le véhicule, la famille était là pour l'accompagner, l'exhorter à la prudence, le recommander à Dieu, au Prophète, aux esprits animaux, on évoquait tous les projets à venir, le condamné emportait de la nourriture dans un saladier, une casserole, chaque trajet semblait ouvrir à l'inévitable côtoiement de la mort, c'était de fiévreuses étreintes, des serrements de mains, de bras, de têtes, d'interminables salutations qu'on psalmodiait sans relâche, jusqu'à ce que le break s'arrache de l'attroupement à grands coups de klaxon. Survivre à la route devait relever du miracle, ce que Thomas put mesurer quand la voiture prit de la vitesse avec son chargement d'âmes. Les yeux des passagers étaient mornes, fixés sur le goudron au travers du pare-brise étoilé de fissures, personne ne se regardait, ne se parlait, sinon pour demander une gourde d'eau coincée derrière un dossier, on mâchouillait de la kola, le chauffeur, vêtu d'une djellaba, un chapelet autour du poignet, écrasait, résolu, l'accélérateur au plancher, l'aiguille du compteur tremblotait autour des 120-130 km/h. La Peugeot penchait, louvoyait, il y avait trop souvent d'imperceptibles courbes, le volant tournait dans le vide d'un bon quart de tour sur la gauche et la droite comme celui d'une auto de manège, il fallait une parfaite habitude pour trouver à temps la butée du volant afin que les roues s'orientent correctement, le conducteur procédait par à-coups sur la direction sans être jamais certain de la réponse, la voiture changeait ainsi de cap par tangentes successives, un tracé de rappels ondulants afin de demeurer dans les limites de l'asphalte, le plus souvent au milieu de la chaussée, en priant les dieux, le hasard et la chance qu'aucun véhicule ne survienne en face, aussi approximatif dans sa trajectoire. Le visage près du volant, la nuque tendue, le dos courbé, les épaules en avant, le chauffeur, raidi, concentré, tentait de maintenir le véhicule à cette même grande vitesse,

Thomas voulut le prier de ralentir mais ses voisins l'en dissuadèrent, lui répondirent qu'il conduisait normalement, enfin, comme tout le monde, qu'il n'y avait rien à redire, si l'on empruntait le break et non la camionnette, c'était pour parcourir la distance de façon expresse, par pour faire l'iguane sur la feuille. Chaque fois que le tangage devenait trop important, que la perte de contrôle semblait inéluctable, Thomas observait les autres passagers, il ne lisait rien sur leurs visages que la morose attente du voyageur. Il avait donc glissé l'index, le majeur et l'annulaire sous le mécanisme d'ouverture de la portière, il l'actionnerait à temps, il s'élancerait dans le vide avant l'amorce du premier tonneau, il... La touffeur montait, la fatigue s'insinuait, le corps calé entre la portière et la chaleur du corps de son voisin de banquette, il s'engourdissait, il s'assoupissait longuement, tressautait soudain, rouvrait des yeux plus écarquillés que jamais, frissonnant de s'être laissé aller à tant d'abandon, puis somnolait de nouveau, défait, vaincu par l'enveloppement de métal et de chairs qui couraient au tombeau

Donc, vous arrivez à Garoua et vous prétendez loger chez M. Ocyhne Mambé, gouverneur de la région ?

C'est ça.

Il va falloir nous expliquer comment vous le connaissez ? Pourquoi il vous reçoit ?

Christian Hertzog m'a présenté un ami. Je vous l'ai déjà dit : Luc Saa, il est commissaire, responsable des services de police de la capitale.

Tiens don ! Vous en connaissez du beau monde ! Luc Saa ?

On a dîné ensemble chez Christian, ça aussi, je vous l'ai déjà dit, vérifiez !

Calmez-vous, M. Texier...

Mais, je suis calme, c'est juste que ça fait quatre fois que... Ce commissaire m'a donné le nom d'Ocyhne Mambé et celui de Théodore Traoré, le préfet de Maroua. Ce sont des camarades de promotion, des amis de longue date de M. Saa, il m'a proposé de faire escale chez eux, avec des lettres d'introduction, il m'a dit que je serais bien reçu et...

Thomas comprend que ces noms de personnages importants qui lui paraissent des sésames et des garants font de sa personne, soupçonnée d'être un espion de l'étranger introduit par le Tchad, quelqu'un de dangereux infiltré dans la hiérarchie camerounaise, la tension et l'attention montent chez les policiers, les arguments avancés en sa faveur jouent à sa charge, il se ligote lui-même toujours plus serré, il faudrait...

Bref, vous arrivez chez le gouverneur de la région nord ?

C'est ça, je sors du break, je demande à un taxi-mobylette, les jeunes, là, qui...

On connaît.

Il se souvient d'être arrivé sur une sorte de place ouverte, à l'orée de Garoua, plusieurs cases en poto-poto, au centre une terrasse couverte de chaume où l'on cuisine et où l'on mange. Une femme en boubou quand il descend de la Motobécane Non, Ocyhne n'est pas là, je l'appelle, répond-elle en dégainant son iPhone blanc et or. Il avait attendu sur cette place vingt bonnes minutes, il y avait des femmes et une quinzaine d'enfants qui allaient et venaient. Le gouverneur était arrivé dans une Mercedes rutilante, avec un ami au crâne hérissé de petites nattes, il s'était arrêté à quelques mètres, Thomas l'avait salué, lui avait remis la lettre de Luc Saa, le gouverneur l'avait parcourue, vite, avait relevé la tête, le coude sur la portière, il était grand, athlétique, de ce qu'on pouvait en juger, assis qu'il était derrière son volant, drapé dans un boubou de riche étoffe, il avait relevé la tête donc, fermé la main ornée de plusieurs chevalières or, tendu le pouce par-dessus l'épaule en direction de la banquette arrière, et, d'une voix de baryton Montez, monsieur Texier, on va visiter. Ils avaient roulé dans la ville, quelques épiceries, des bâtiments administratifs, un hôtel luxueux des années 80, un peu défraîchi, des groupements de cases, toutes les villes traversées dans l'arrière-pays étaient semblables, il n'y avait rien à voir, rien à visiter, le gouverneur ne s'arrêtait d'ailleurs nulle part, il circulait en tous sens, lentement, coupait et recoupait les mêmes rues, la même avenue du Président-Biya, élu à 98 % des voix depuis maintenant un demi-siècle, il avait demandé à Thomas d'où il venait, où il allait, puis s'était remis à causer avec son ami musicien, qui faisait des concerts, en France notamment. Il s'était ensuite engagé sur une route neuve à trois voies à la sortie de la ville, avait pris de la vitesse, le vent rafraîchissait l'habitacle, 5 km plus loin la route s'arrêtait net au bord d'une terre craquelée qui s'étendait jusqu'à l'extrémité de l'horizon, plantée ici et là de massifs d'épineux où s'accrochaient des détritus qui sinon se dispersaient très au-delà de la route, des lambeaux déchiquetés de sacs plastique qui se soulevaient, roulaient et flottaient dans l'air, s'échouant très loin, au hasard, comme une nuée d'oiseaux migrateurs qui progresseraient par bancs. Ocyhne Mambé avait coupé le moteur, ils continuaient leur conversation animée à propos de concerts, d'ingénieurs son, d'enregistrements studio, de campagne de presse, Thomas se taisait, le coude sur la portière, essayant de repérer des animaux dans cette immensité. Il avait cru distinguer la silhouette caractéristique de trois vautours derrière un buisson d'épines poussiéreux, qui marchaient en se dandinant, des culbutos grisâtres dont le cou déplumé, d'un rouge sanguin, s'allongeait soudain, télescopique, leurs becs crochus plongeant par vives secousses dans les entrailles de quelque charogne pourrissante, la seule vie animale qu'il pût remarquer à la ronde. Thomas n'écoutait plus leur conversation ponctuée de rires brefs, il pensait aux vautours des Pyrénées, il pensait à Jean, la douleur l'étreignait, la tristesse le submergeait, il devait déglutir, il s'imaginait le frère aîné dans ce décor d'abandon, Pauline qui vivait sur ce continent, Pauline qu'il voulait rejoindre… Quand ?

Quand, quoi ?

Je vous demandais quand avez-vous vu Luc Saa ?

Il y a trois jours.

Il va bien ?

Très bien, oui.

Vous lui transmettrez mon salut, ça fait longtemps… C'est notre promenade favorite, ici, avec Geoffrey, on est tranquilles pour la causerie, la route est belle, on peut pousser le moteur, on prend le frais, on s'accoude, on est bien assis.

Pourquoi elle s'arrête là ?

Plus d'argent… Et puis, elle mène nulle part.

Elle sert à rien ?

Si, à justifier des aides aux fonds de développement.

Ah ?

Le musicien ricane, consulte son iPhone, le gouverneur l'imite. Vingt minutes plus tard, ils repartaient vers la ville, s'en retournaient sur cette place avec les cases en cercle, la terrasse où les femmes servaient le repas du soir Bien sûr, vous êtes mon invité. Plusieurs femmes riantes, babillantes, un couple de vieillards mutiques et les trois hommes s'installèrent autour de la longue table. Thomas ne put toucher au manioc fermenté dans les feuilles de bananier dont l'odeur lui soulevait le cœur, il mangea quelques bouchées de gombo gluant, la viande maigre et sèche autour d'un pilon de poulet. Le gouverneur pensait organiser une chasse durant trois jours, il fallait continuer au bout de la route interrompue vers une réserve à une journée de voiture, Thomas avait poliment décliné l'offre, il devait rejoindre sa sœur au plus vite, à Moloko, il décrivit son activité, l'ONG médicale qu'elle animait, Ocyhne Mambé déclara d'un ton distrait connaître son existence, salua poliment sa mission, il n'avait jamais eu le plaisir… un jour prochain, il faudrait lui rendre visite.

Vous partez demain pour Maroua ?

Oui.

Je peux pas vous loger décemment, je vais vous conduire.

Thomas avait salué ses hôtes, le gouverneur avait roulé dix bonnes minutes, traversant la ville avant de le déposer près d'une baraque isolée, semblable à celle de la veille, une pièce étroite au sol carrelé, aux murs lépreux, avec un lourd boîtier d'air conditionné qui perdait son eau au pied du lit. Il le cueillerait le lendemain matin à 6 h pour prendre le petit-déjeuner à l'hôtel du centre et le mettre sur la route de Maroua avec un bon chauffeur. Il avait parlé une langue locale avec celui qui devait être le propriétaire des lieux puis il était reparti. Le loueur lui avait demandé une somme importante pour la nuit, lui avait montré où se situait la douche, dehors, le long du mur, sur la terre sèche, dans un réduit de planches et de découpes publicitaires en carton rigide. Un jerrican à moitié plein, posé en équilibre sur la palissade et qu'on remplissait à mesure, alimentait la pomme de douche, il y avait une cuvette posée à l'entrée, Thomas découvrit l'installation dans le faisceau de la lampe torche, ils se saluèrent et l'homme disparut dans la nuit, pieds nus, sans bruit. Thomas entra, verrouilla à l'aide du loquet branlant qui tenait encore grâce à deux vis dans le bois fendu de la porte trop courte qui aurait permis à un lycaon de se glisser à l'intérieur. Le pinceau de la lampe excitait les blattes qui filaient le long des murs et du plafond, il essaya de débrancher l'air conditionné dont le vrombissement devenait obsédant, repéra une gaine électrique jaune qui dépassait sous le boîtier rouillé, il tira dessus nerveusement, une étincelle et un claquement métallique le firent sursauter, le moteur s'arrêta net, le silence envahit la pièce, presque assourdissant. Il s'allongea sur son grabat sans se déchausser, éteignit la lampe, guettant le bout de la nuit, quand le sommeil n'est qu'un léger assoupissement, que l'esprit harcelé ne vient à bout des pensées grouillantes et que le corps ne peut sombrer dans l'oubli de soi, qui répare. À 5 h 30, il était debout, s'était lavé sous le filet de la douche dans le jour naissant déjà tiède, se sentit propre et délié, allant et venant, l'iPhone allumé, tâchant en vain d'ouvrir son GPS puis sa messagerie. Il attendait le gouverneur, il patienta jusqu'à 7 h, personne ne vint, il était reparti à pied vers le centre-ville jusqu'à la gare routière, une esplanade poussiéreuse déjà envahie d'une foule agitée, une vingtaine de véhicules allaient prendre la route, les moteurs crachaient leur fumée âcre, les familles accompagnaient les voyageurs, il était monté dans un antique autocar Saviem aux formes rondes, un modèle identique à celui qui emmenait les enfants à l'école dans les Pyrénées, quarante ans plus tôt. C'est en arrivant sur Maroua qu'il y avait eu ce contrôle, le quinzième ou le vingtième depuis son départ de Yaoundé, un policier en civil, plus tatillon, plus zélé que les autres, qui avait décidé de le conduire en prison, trouvant la photocopie de son visa peu lisible, s'étonnant qu'il n'eût pas en sa possession son vrai passeport. Thomas n'évoqua pas l'accueil peu courtois du gouverneur ni la nuit dans ce taudis cher payé, ni le rendez-vous matinal qui n'était qu'un lapin. Il ne parla que du dîner qu'il transforma en une aimable réception offerte au voyageur introduit. Si le gouverneur était questionné à propos de sa visite, il risquait d'en attraper une suée de s'être ainsi laissé approcher par un espion étranger, Thomas sourit, il imagine Ocyhne Mambé soupçonné d'intelligence avec l'ennemi, sous une dictature par nature inquiète et brutale, le chemin est court des honneurs à la geôle. Mais le teigneux, vêtu à l'occidentale et qui tourne autour de lui comme une guêpe, qui sort sans cesse de son champ visuel, lui balance une autre gifle placée trop haut, qui frappe la tempe, parcourt le crâne en ondes douloureuses. Thomas se dresse, se tourne vers son agresseur, l'index pointé Vous jure que ça va vous coûter cher, je vais porter plainte auprès de mon ambassade, je vais devenir votre cauchemar! Un homme de la sécurité vient d'apparaître dans le cadre de la porte, l'enquêteur en djellaba lui fait signe de se retirer

Calmez-vous, monsieur Texier, votre sourire satisfait nous agace, votre énervement aussi. En outre, vous ne porterez pas plainte, vous serez très sage, votre sœur, sinon, risque d'être renvoyée chez vous manu militari, et dans un état pas nécessairement resplendissant…

Eh bien alors, si vous savez que ma sœur travaille à Moloko…

Mo-ko-lo, monsieur Texier, vous vous entêtez à mal prononcer.

Alors, si vous savez, pourquoi vous vous acharnez avec cet interrogatoire?

Ce ne sont pour l'instant que des allégations. Les vôtres. Nous allons contrôler. Rasseyez-vous.

L'homme en habit traditionnel pose ses coudes sur la table, se penche, regarde Thomas

Décrivez-moi, s'il vous plaît, la ligne de métro n° 1?

Quoi?

La ligne 1. La station Bastille, je vous écoute.

Pourquoi vous me…

Parce que vous habitez Saint-Mandé, dites-vous. C'est donc une ligne que vous empruntez nécessairement, non? Je vous écoute.

Thomas décrit le quai dont la vue donne sur le canal du port de l'Arsenal, le carrelage blanc avec les peintures de la prise de la Bastille et de la Révolution

C'est bien, monsieur Texier. Sachez que nous avons été formés à votre école de police, sur l'île de la Cité. Nous avons longtemps vécu dans votre belle capitale, je vérifie si vous-même…

Thomas regarde sa montre, deux heures trente qu'il est mis à la question, quatre pages de notes sont griffonnées

Maintenant, j'aimerais entendre votre vie.

Ma vie ?

Depuis votre naissance, les dates, les lieux, les adresses, parents, frères, sœurs, épouse, collège, lycée, études supérieures, emplois, tout.

Ma vie ?

Encore une fois, ce n'est pas un roman qu'on attend, mais des faits.

Thomas commence, mais il comprend encore, aux détails qui lui sont demandés, qu'il s'agit d'émailler les faits d'anecdotes qui fassent vrai, qui attestent que l'histoire a bien été vécue, je, je, je, moi je, avec des couleurs, des odeurs, des souvenirs frappants. Un peu, pas trop, pas au point d'agacer à force de précisions invérifiables qui seraient l'aveu d'une volonté d'attirer l'auditeur dans un récit intimiste, de vouloir l'embobiner, le séduire pour en arracher grossièrement la confiance. Thomas éprouve la difficulté du dosage, du choix de l'éclairage, il ne veut pas bégayer, se reprendre, hésiter, il transpire, s'éponge le front, il a la bouche sèche, la langue qui s'épaissit, le palais qui colle. 13 h, c'est fini, il a tout dit. Il n'y a pas eu d'autre gifle, quatre heures d'interrogatoire, huit pages de notes, il a compté, c'est court une vie

Merci, monsieur Texier, nous allons examiner tout ça. Demain, nous rendrons notre rapport au juge de région. S'il signe votre relaxe, vous êtes libre. Sinon, il y aura un complément d'enquête. Le policier va vous reconduire dans votre cellule. Avant cela, il vous emmènera dans une taverne, vous pourrez vous y laver, vous y restaurer. Nous apprécions votre coopération et vous souhaitons le meilleur pour la suite de votre séjour.

Thomas se lève, adresse un vague signe de tête, l'homme de la sécurité le cueille dans le couloir, l'escorte jusqu'à la sortie, il marque un temps d'arrêt, les deux mains en visière. La terrasse flambe, rien n'a bougé dans l'embrasement incandescent du jour et dans le silence de la terre qui cuit. L'homme armé est là qui discute avec le chauffeur de la 4L camionnette, tous deux les fesses calées sur l'aile de la guimbarde, ils épluchent et mâchouillent des arachides. Le temps est pendu.

Le policier conduit en fredonnant. Thomas se sent épuisé, il fixe, les yeux vagues, le sol qui défile entre ses pieds par le plancher troué

Vous avez l'argent ?

L'argent ?

Votre argent.

Non, j'ai pas…

On passe au commissariat prendre votre argent.

Pour quoi faire ?

Vous allez manger, non ?

Quand ils arrivent près du comptoir, tous les prisonniers le fixent au travers des barreaux. Thomas évite leurs regards, concentré sur l'ouverture de l'armoire. La chaîne bat contre la porte, il prend quelques billets

Non, pas le téléphone !

Je peux prendre des vêtements propres ?

Il signe un nouveau reçu, ils repartent, Thomas échange un bref salut avec son protecteur. Ils remontent en voiture, roulent moins de dix minutes, approchent d'un quartier à l'habitat plus resserré, des cubes mitoyens à un étage, l'homme gare l'auto, ils continuent à pied dans la fournaise par une ruelle de sable, parviennent devant une façade blanche de chaux diluée. Cinq tables et des chaises en plastique encombrent la rue, il est peint au-dessus de l'auvent rapiécé : BAR FORTUNE. Des gens sont attablés, qui discutent. Le policier s'approche d'une table occupée où personne ne consomme, leur exhibe sa carte de police, ils se lèvent comme s'il y avait un serpent à leurs pieds, l'homme invite Thomas à s'asseoir On va commander ? Le menu est peint à même le mur à droite de l'ouverture, les prix sont à moitié effacés

Vous mangez quelque chose ?

Non, merci, j'ai pas l'argent.

Je commande pour deux, alors ?

C'est comme vous l'entendez. Y a pas l'obligation.

Un poulet entier, des frites, deux salades tomates, ça va ?

Ça va être long.

Je suis pas pressé de rentrer.

La cuisson du poulet, c'est quarante-cinq minutes.

Parfait… Et deux bières ?

Pour moi, un Top orange. Voulez prendre une douche ?

Ce serait pas du luxe.

Demandez à la dame au bar, c'est dans la cour derrière.

D'accord. Et je lance la commande.

Une heure plus tard, le poulet qu'apporte la tantine est une grosse galette irrégulière comme passée sous un camion. De fait, il est ouvert en deux, aplati avec une masse en bois, os et chairs, puis plaqué sur la grille avec une lourde pierre au-dessus des braises, explique le policier. Il arrose de Maggi, trempe ses bouchées dans un bol d'huile aux piments broyés, Thomas l'imite. La chair maigre est lardée ici et là de débris d'os

C'est bon ?

Très ! Ça change des bananes.

Nelly est une cuisinière de tradition.

Ils mangent avec appétit, Thomas commande une autre bière, ils prennent leur temps, échangent à propos de leurs familles, de leurs pays, des façons de vivre. Attablés dans la lumière blanche, à l'ombre fragile de l'auvent, c'est une vacance, la compagnie de cet homme affable, en chemise, le pistolet sans étui coincé dans la ceinture, qui dévore avec enthousiasme, qui lui évoque ses cinq enfants, la jeune épouse, la seconde

Il est tard, je dois vous ramener.

Derrière les barreaux ?

Demain, vous êtes libre.

Si le juge signe.

Il signe presque toujours.

*

Ses mains enlèvent ceinture, chaussures et chaussettes, le ciment est tiède sous la plante des pieds, ça se verrouille dans son dos, Thomas retrouve l'endroit où dix-neuf hommes suent et attendent, il surprend des regards qui l'auscultent, des sourires indistincts, presque tous sont assis, dos au mur, par petits groupes, ils parlent à voix basse, d'autres jouent à l'awalé, certains ne bougent ni ne parlent, les yeux vacants, c'est une oisiveté sans objet où chacun dérive vers l'intrigue et l'animosité dans cette étuve qui échauffe les sangs. Il hésite, ne sait où poser sa carcasse, il s'approche du mur de pignon, celui dont par l'unique ouverture on aperçoit la plaine brûlée, les tamaris chétifs et les enfants qui traînent. Il demeure, oublié dans cette pose du guetteur qui n'attend rien. Il tressaille, une main s'est posée sur son épaule, il se tourne brusquement

Tu rêvais ?

En quelque sorte...

On ne rêve pas en prison, on ne tourne pas le dos. Vois, aucun ne tourne le dos. Rien ne doit t'échapper, même quand tu dors... Je t'observais tout à l'heure... Il ne faut pas hésiter. Quand tu marches, tes pas sont toujours assurés.

Merci du conseil.

Alors ?

Alors quoi ?

Ils t'ont interrogé ?

Oui.

Un interrogatoire courtois si j'en juge ton état.

Deux claques, juste.

Et ?

Normalement, je sors demain, j'attends la signature du juge...

Ici, on l'appelle l'ogre.

T'es rassurant.

Ça va aller. Trois jours à moisir ici, tu t'en sors bien.

Grâce à toi... J'aimerais t'aider.

On verra ça demain. Plus qu'une nuit, copain.

Ils mangent des bananes, se partagent un Top gazéifié qui tache les doigts de marbrures orangées

Pourquoi on est tous mélangés, ici ?

De quoi tu parles ?

Tu m'as dit que les deux frères, là-bas, étaient trafiquants d'armes, l'autre au T-shirt noir, c'est un égorgeur, le chauve un administrateur qui a détourné des fonds publics, le chef de cellule, c'est un braqueur et un souteneur, le petit groupe à droite, ce sont des voleurs de rien, toi, t'es en somme un prisonnier politique.

Tu veux trier ? Les prisons débordent. Biya joue les renversements d'alliance avec les familles pour se maintenir depuis cinquante ans. Ça sort, ça entre, ça fait du monde.

Mon ami Christian dit : Ce soir chez le ministre, demain chassé du pays. Il m'a mis en garde : Tu pars acheter du pain, tu dis où tu vas et quand tu rentres. Un simple contrôle au feu rouge, ça peut mettre des jours pour retrouver ta trace...

Vous, vous êtes des Blancs, d'accord ? Protégés... Tu compares même pas ! Bref, on trie pas ici.

La nuit tombe, littéralement, il faut quelques minutes à peine, l'éclairage urbain n'existe pas, et le silence tombe avec la nuit comme une chape. Les deux ampoules de faible intensité qui pendent du plafond nappe les visages de maculatures, leur confère des airs assassins. Les détenus s'installent un à un sur la dalle pour dormir, c'est l'instant que l'athlète choisit pour passer près de Thomas, pour le bousculer d'un coup d'épaule

Encore là, toi ?

Tu vois...

Tu la ramènes, mais t'es toujours là... Demain, corvée latrines !

Demain, il sort.

Il a intérêt, oui, sinon il y aura le rattrapage !

Le chef de cellule a son coin réservé, à l'autre extrémité du couloir, entre le mur et ses deux gardes du corps, de jeunes prisonniers dévoués. Ousmane fait signe à Thomas de se coucher là, entre les trafiquants d'armes et lui-même. Vingt corps allongés, en rang d'oignons, bord à bord, certains ronflent déjà, d'autres chuchotent entre eux ou récitent des prières, des corps se tournent, cherchent une meilleure position, c'est un assoupissement progressif de la meute où Thomas perçoit la lente remontée de l'instinct grégaire dont il participe, un regroupement pour la nuit où sont tus les élans malfaisants et nuisibles. Un abandon reptilien, une confiance accordée au groupe face aux ténèbres qui pétrifient. Demain la guerre reprend, l'histoire continue. Les matériaux diffusent une chaleur emmagasinée tout le jour, aucun répit à la fournaise, on s'engourdit dans sa sueur qui poisse. Thomas est sur le dos, les bras au sol, les avant-bras dressés, il tient son roman au-dessus de la poitrine, essaye de s'absorber dans la lecture en attendant que le sommeil l'emporte. Bonne nuit, copain... Bonne nuit, Ousmane. Il n'a lu qu'une quarantaine de pages, c'est encore l'histoire d'un garçon de 16 ans qui abandonne le ranch familial, au Texas, qui erre à cheval, franchit la frontière mexicaine, sinon qu'il s'arrête alors dans un autre ranch pour y élever des chevaux et tomber amoureux de la fille du propriétaire. La frontière mexicaine marque donc le passage de l'enfant à l'adulte, c'est une géographie et une histoire qui lui sont maintenant familières, mais Jean avait insisté : Si tu as aimé *Le Grand Passage*, tu dois lire *De si jolis chevaux* et *Des villes dans la plaine*. Et comme les paroles de Jean sont devenues sacrées, qu'il veut à présent marcher dans ses pas, très exactement, Thomas s'est procuré *De si jolis chevaux* avant de décoller pour Douala. Il déchiffre le texte mais il ne lit rien, les mots ne coagulent pas, les phrases ne font pas sens, il fait semblant, il lit et relit la même page, pose le livre ouvert sur son visage pour se protéger du filament de l'ampoule qui attire l'œil et fore la rétine, il pense au ballet des fourmis qui portent les nourritures et s'évanouissent dans les fissures du sol, aux cloportes qui étoilent les murs dont il pourrait entendre le bruit froissé des pattes lorsqu'ils courent. Il écoute les respirations, le bourdonnement ténu des voix, celles des policiers devant le commissariat, assis sur les marches, paisibles, à fumer des cigarettes. Il y a Pauline qui avance le long de l'à-pic. Pourquoi sont-ils si haut, près de la Table des Trois Rois ? Jean est devant, un point dans la montagne, la voix de Camille qui lui demande d'avancer plus vite, mais il tousse, il est nu-pieds dans le pierrier Dépêche-toi, dépêche, Jean n'attendra pas... Je peux pas sans chaussures ! Il ouvre la porte sur le jardin, son père dit à Pauline : Laisse-le, laisse... Il débouche sur un promontoire, il ne peut plus bouger, mais Camille l'enjambe, le dépasse, c'est Pauline qui se tourne, elle lui adresse des signes d'adieu, son père et son frère marchent devant avec le troupeau, Pauline n'est plus Pauline, c'est une enfant sur la bicyclette, c'est Elsa qui pédale, mais il est interdit sur le seuil de la cathédrale, c'est lui l'enfant, il escalade de son lit le tombeau d'un gisant, il s'accroche, Camille lui sourit, elle a un crâne couleur caramel et des cheveux crépus, elle lui tend les bras, elle rit, il veut sauter, c'est un précipice, Jean le tient, il va tomber, ils chutent tous deux, Thomas est assis sur son séant, yeux grands ouverts, il cherche son souffle, c'était bien lui, adulte mais avec son corps d'enfant, ce sentiment d'abîme, abandonné. Et Jean, Jean qui... Quelques secondes pour identifier l'endroit, l'aurore à peine, l'aube plutôt, mauve dans la fenêtre, la lumière blafarde sur les corps alignés comme ceux des morts, aucun n'est encore éveillé, l'air est plus frais, il se rallonge sur le ciment, se pose sur son flanc droit, la tête sur l'épaule, il voudrait dormir une heure encore avant le retour de l'inexorable soleil.

Le jour est là, les corps se déplient, s'étirent, grognements, bâillements, on s'assoit, on se lève, les regards sont brouillés, vagues, commence le manège des latrines, il faut suivre les va-et-vient pour ne pas s'introduire dans l'une des trois cavités si obscures qu'on ignore si quelqu'un ne s'y tient pas déjà, dont on cognerait le dos alors qu'il pisse, qu'on renverserait alors qu'il est accroupi à déféquer. Il s'agit de bien suivre le manège, Thomas choisit la cavité la plus à droite, l'un des jeunes en sort, Thomas s'engouffre, avance à tâtons vers le trou, mais la voix grave de l'athlète surgie des ténèbres le fait sursauter Tu veux tâter ma grosse ? que je t'explose le cul en mangue trop mûre ? Il recule, vif, retourne à la lumière, le jeune prisonnier qui vient d'en sortir est plus qu'amusé, il lit la peur sur les traits de Thomas. Il est presque 10 h, la température monte, la meute a retrouvé ses marques, les groupes se sont recomposés au gré des connivences, Thomas regarde par l'ouverture, il guette le retour des enfants avec de l'eau minérale, des bananes et des arachides. Ousmane lui glisse furtivement une lettre dans sa poche de pantalon, pliée en quatre

L'adresse est marquée, c'est pour la famille, à Douala, je compte sur toi.

J'y serai pas avant une bonne dizaine de jours.

Dix jours c'est rien, il faut que les parents sachent où je suis, sinon je peux disparaître.

Quoi ?

Ton policier, là, à Yaoundé ?

Qui ? Luc Saa ?

Oui. Lui. Essaye de plaider ma cause. Que je sois au moins transféré à Douala. Après, je me débrouille.

Compte sur moi. Mais, je t'ai pas vu écrire.

C'était hier, t'étais pas là.

Le papier, le stylo ?

Tout ce qu'on veut circule ici.

J'ai remarqué, les lames de rasoir l'autre nuit…

L'important, c'est d'avoir la main. Je prie que ce soit tes dernières heures ici, après, je pourrai plus te protéger.

Trois enfants arrivent en courant, ils portent les denrées qu'ils tendent vers l'ouverture, Thomas s'en saisit, partage avec Ousmane. Il épluche une banane, il croque, il mâche, se force à avaler, il guette la venue du policier, chaque fois qu'un homme en civil entre dans le commissariat, il croit le reconnaître, il change d'appui le dos contre le mur, chaque pas de chacun de l'autre côté des barreaux lui piétine le ventre, il est coulé dans un béton qui se rétracte et qui l'enserre, le temps n'est plus que sa propre substance, le temps s'engendre en sa seule sécrétion de l'angoisse, c'est l'attente du réveil de Camille, le même suintement, la même suée rance aux aisselles. Il est bientôt midi, Thomas pense qu'il ne pourra plus engager un seul geste. L'homme qui vient d'arriver, il le fixe, il doute, il pense le reconnaître, celui qui livre l'huile de palme et conduit la 4L, il s'entretient avec le policier assis sur la chaise tube défoncée, derrière le comptoir, qui lit le papier que l'autre lui tend, il appelle Thomas qui peine à s'arracher du mur, qui s'approche, le geôlier lui ouvre la grille, déverrouille l'armoire, en sort la caisse Récupérez votre bien, monsieur Texier, vérifiez qu'il ne manque rien. Il signe le reçu que lui tend le policier Sortie d'écrou, on dit chez nous... Chez nous aussi, sourit l'homme. De sa liasse de billets, Thomas tire 20.000 francs CFA, il allonge le bras vers Ousmane entre les barreaux, les mains se serrent, les billets passent d'une paume à l'autre Bonne route... Bonne chance. Ils quittent le commissariat, il s'installe dans l'auto, l'homme démarre

Pas mécontent de vous voir.

La nuit a été bonne, nonobstant ?

Nonobstant ?

Malgré la prison ?

La nuit a été... comme en prison.

Un fou rire complice les prend. Ils arrivent à l'extrémité sud de la ville, s'engagent sur une piste qui monte jusqu'à un tertre poussiéreux, trois arbres dont un baobab, un long bâtiment en bois, posé sur pilotis, une étroite terrasse en planches qui court sur la façade, ce pourrait être un modeste motel en bord de route, face à la mer. Trois jeeps militaires et deux Mercedes limousine noires, couvertes de boue rouge, sont garées devant, ils s'extraient de la voiture dans la chaleur qui tord l'horizon, transfigure le sol en un lac de mercure, agite l'air de formes spectrales. Ils se réfugient à l'ombre de l'arbre à pain On attend le juge, il va arriver. Dix minutes plus tard, ils s'accroupissent puis se laissent choir, les fesses par terre, le dos contre le tronc, entre deux grouillantes colonies de fourmis

Il va arriver.

Quand ?

Bientôt.

Un quart d'heure encore, la calandre d'un imposant 4 × 4 Toyota émerge sur le tertre Qu'est-ce que je vous disais !

Vous oubliez pas de dire « monsieur le juge », pas monsieur.
Qui gare son véhicule devant la porte 3, on ne distingue pas
ses traits au travers des vitres fumées. Il ouvre la portière,
surgit une botte de cuir caramel avec une tige haute en peau
de léopard, un pantalon de coton glissé à l'intérieur d'un
imprimé de camouflage du désert, puis l'homme tout entier,
une imposante stature d'un bon mètre quatre-vingt-dix, ses
yeux dissimulés derrière des verres aussi fumés que les vitres
du Toyota, une serviette de cuir noir sous le bras, il tient
une cravache dans sa main gauche qu'il tapote le long de sa
jambe, le policier suivi de Thomas s'approchent, le saluent, il
ne répond pas, la morgue a gravé l'aplomb du visage balafré
sur la joue gauche, il opine du menton à l'intention du policier, gravit les marches, ouvre la porte de son bureau, ses
talons claquent sur le plancher, il entre, referme avec son
pied, Thomas s'étonne Il va vous appeler. Une demi-heure
plus tard, un homme maigre, en chemisette blanche, vient
chercher Thomas. Ils pénètrent dans une sorte d'anti-
chambre qu'occupe le secrétaire puis dans une vaste pièce
aux murs couverts de riches tentures et rafraîchie par l'air
conditionné. Le juge est assis derrière son bureau ministre
où sont exposées deux défenses d'éléphant. Il a un cou, des
épaules et un torse musculeux, des mains puissantes, il a le
nez dans ses papiers, ne lève pas les yeux, désigne de l'index
un fauteuil, Thomas s'assoit, patiente deux-trois minutes,
observe les têtes de lion et de phacochère accrochées sur les
murs, quand le géant redresse la tête, le regard est glaçant
Nom-prénom ?... Destination ?... Date de retour ? Il a un
vague mouvement de tête puis signe en bas de la feuille avec
son lourd stylo or dont la plume crisse sur le papier fibreux
Mon secrétaire apposera le tampon, monsieur... Texier.
Je peux partir ?... monsieur le juge ?
Oui.
Merci.

Thomas sort, croise le policier qui entre chez le juge, patiente chez le secrétaire dont chaque geste paraît virtuose et définitif, qui s'empare du document, le tamponne avec emphase

Vous le gardez précieusement, il peut vous éviter un autre contretemps.

Fâcheux ?

Oui.

Merci. Vous auriez une enveloppe ?

Malheureusement.

Thomas paraît dans le soleil, la main en visière, la lumière lui cisaille les yeux, il remarque un bousier, des termites, il s'éprouve rampant plutôt que debout malgré le soulagement qui l'envahit. Il retourne à l'ombre du tronc, s'assoit entre les fourmilières, range le document, il est bientôt 14 h, il branche l'iPhone, attend la connexion, voudrait joindre Pauline, le policier referme la porte du bâtiment, se dirige vers lui d'un pas traînant

Le juge m'a demandé de vous accompagner à la gare routière ou à l'aéroport si vous souhaitez rentrer plus vite à Yaoundé.

Il vous a éclairé ?

Comment ça ?

Cette arrestation ? Scandaleuse.

Non, un échange de routine.

M'enfin, j'ai pas reçu la moindre excuse ! Quatre jours d'emprisonnement, une paille ! J'ai pas osé protester, on m'a tellement averti que…

Vous avez bien fait. Il vous jetait en prison, derechef. L'autorité judiciaire dans la région, c'est lui. Seul. On est quasi en guerre à 50 km d'ici, c'était facile de vous…

On s'en va ?

La 4L flambe au soleil, on pourrait y cuire un bœuf J'ai déjà cuisiné sur le capot, oui, des œufs d'autruche. Il rit. Les portières en métal, les sièges en skaï brûlent, ils démarrent, ils roulent sur la piste, l'air remonte par les trous dans le plancher, par les fenêtres ouvertes, ils respirent mieux, rejoignent le goudron

L'aéroport ou la gare routière ?

Il y a des avions ?

Un par jour.

Non, merci, je rejoins ma sœur à Moloko.

Mokolo.

Oui, pardon.

Ils entrent dans Maroua, parcourent l'unique avenue

Mokolo est dans une zone dangereuse, vous savez ?

Non, on m'a juste parlé de tensions.

Les islamistes de Boko Haram ont prononcé la charia sur tout le nord du Nigeria. Ils s'infiltrent chez nous, ils ont rasé des villages chrétiens près du lac Tchad, massacré deux mille paysans, enlevé une centaine de jeunes filles. Ils ont placé une ceinture de plastic sur une fillette de 10 ans, elle a explosé sur le marché de Mokolo…

C'est horrible !

Nos militaires sont partout… Ne traînez pas trop là-bas. Ramenez votre sœur…

C'est pour ça que je n'arrive pas à la joindre au téléphone ?

Les antennes relais sont saturées ou détruites. Une famille française a été enlevée…

Ça, je m'en souviens, mais je faisais pas le rapport. C'était en 2013 ?

Exact.

Ils débouchent sur la gare routière, une place sans arbres, blanche, poudreuse, où sont garés taxis-brousse, autocars et poids-lourds. Le policier se range sur le bas-côté

C'est là, peu de voitures en ce moment partent sur Mokolo, faut bien chercher.

Combien de temps pour arriver ?

Une heure trente, deux heures. Sincèrement désolé pour votre contretemps.

Thomas se faufile entre les véhicules, des moteurs tournent, d'autres, éteints, dégagent une chaleur huileuse, émettent un cliquetis métallique de fonte d'aluminium qui refroidit. Il trouve une seule camionnette benne qui se rend là-bas, les passagers s'y hissent, certains péniblement, on les aide, ils s'assoient sur les rebords ou restent debout dans la benne, ils discutent, ils rient, beaucoup sont vêtus de bou-bous, plusieurs hommes sont maigres, âgés, le cheveu gri-sonnant. La Honda démarre, trois adultes et un adolescent se serrent dans la cabine. Ils sont une quinzaine à l'arrière, ils s'agrippent où ils peuvent pour ne pas tomber avec les brusques oscillations du véhicule sur la chaussée trouée. Ils quittent le goudron trente minutes plus tard, s'engagent sur une piste à peine marquée dans la plaine aride où seuls quelques dattiers ponctuent l'horizontale qui se répand, circulaire, sans jamais s'interrompre. Thomas remarque le regard vide des hommes qui attendent, indifférents. Il avait acheté quelques noix de kola sur la place, c'est une consis-tance d'amande fibreuse, ça se mâchouille, dégage un goût amer, ça coupe la faim et colore les dents d'un voile orange. Il les partage avec les plus âgés, c'est un geste de civilité qui ouvre au dialogue, mais ils ne parlent pas la langue de Thomas et ils échangent des sourires et des hochements de tête. Ils ont parcouru une trentaine de kilomètres quand une fébrilité soudaine gagne le chauffeur et les passagers de la cabine puis ceux de la benne. Le pont en remblai qui traverse l'oued s'est affaissé, une pluie d'orage, il faut longer le ruisseau jusqu'aux rives les plus basses, c'est ici que le chauffeur va tenter de passer, tout le monde doit descendre, un groupe d'une vingtaine de personnes dans des tissus chamarrés, plantées au milieu de rien, pieds nus ou en tongs sur un sol ridé, qui surveillent le franchissement de l'obstacle. La Honda descend lentement dans le lit argileux, avance en patinant, la boue et les cailloux giclent de chaque côté des roues, la rive adverse est une marche molle d'une quarantaine de centimètres, les plus vaillants sont prêts à pousser, les mains posées sur le cul de la benne, l'adolescent donne le signal, le moteur hurle, le véhicule bondit, les corps de six hommes dont Thomas s'arc-boutent, tête baissée dans l'effort, les orteils s'enfoncent dans la marne détrempée, un piétinement tendu vers l'avant, accompagné d'un cri commun, rauque, qui veut vaincre l'obstacle, le pare-chocs avant mord dans la rive, les roues motrices creusent dans la glaise verticale comme des excavatrices, deux geysers de boue, la Honda se cabre, on ahane, on pousse, on soulève, ça tangue, ça vacille, le nez de la camionnette divague sur les côtés, ivre, cherchant le sol ferme où les pneus enduits d'un épais ruban brunâtre pourraient s'accrocher, les roues avant sont passées, le moteur cale. Le chauffeur redémarre, il parle vite, des sons gutturaux, Thomas comprend qu'il faut à présent alléger l'arrière plutôt que pousser, l'adolescent donne à nouveau le signal, le moteur hurle, les hommes gémissent, douze bras tendus sous la barre de métal, la camionnette se tend, convulse, hésite puis bondit sur la rive, plusieurs des hommes dans le vide brusquement ouvert au bout de leurs bras en étais perdent l'équilibre, trois se sont affalés sur la lèvre labourée de l'oued, de grands éclats de rire, des braillements de triomphe, le lit humide est franchi, les femmes vives et rieuses, les enfants, les vieillards dignes traversent à leur tour, le camion peut repartir. Mais le chauffeur est à quatre pattes, la tête sous le moteur, de l'huile s'égoutte près de la roue gauche, il ausculte, il évalue. Les durites des freins et de l'embrayage ont été arrachées durant la manœuvre d'escalade, tout le monde se tait, juste une attention portée sur le conducteur dont on guette les paroles sur l'avenir immédiat. Puis l'on distingue, qui fait diversion, le scintillement d'un miroir dans l'horizon, une silhouette argentée qui s'accroche dans les aspérités de l'air, s'y désagrège, telle une nuée liquide qui tremble et grandit. Chacun observe, c'est une lente mise au point photographique, la forme se détache de ses scories optiques, elle progresse vers eux et la netteté de son contour, un météore de chrome d'une peau métallisée, le lourd 4×4 est à 100 m, il dévie du pont effondré, vire de leur côté, choisit de traverser le gué non loin des traces de leur camionnette, les vitres sont fumées, personne ne semble ignorer qui conduit, personne n'amorce un geste pour demander de l'aide, Thomas reconnaît le Toyota du juge, il avance lentement dans l'oued, en ressort avec aisance, infaillible, il passe sur l'autre rive, longe à quelques mètres le groupe arrêté sans faire mine de ralentir, il accélère sans bruit, juste le ronflement sourd du V8, il s'éloigne, il disparaît. Le conducteur peste, maudit, se lamente, à voix basse derrière le volant en des mots inaudibles, il remet le moteur en marche, on hisse les hommes âgés, les mères et les enfants dans la benne, il faut lancer le véhicule, ils sont quatre à pousser à la vitesse d'une marche à pied, enfin à celle du trot, le véhicule tousse, s'ébranle, ils poussent encore, ils courent le long de la benne, s'agrippent, les pieds moulinent dans le vide, ils cherchent des appuis, on les tire par-dessus bord, le conducteur a pu enclencher le rapport, le moteur hoquette mais ne cale pas, ça hurle et tambourine de joie dans la cabine, ils repartent dans le radeau qui louvoie, ils rejoignent la piste, on avance, on soupire, on se sourit dans la benne, Thomas reprend son souffle, suant, le tracé devant est une hypothèse, deux lignes parallèles, imperceptibles sur le sol crevassé, bordé de ravins dans le pli des oueds parfois profonds, mais le vent à nouveau caresse les visages et sinue dans les chevelures, le temps, de nouveau, se tend.

Une heure plus tard, ils retrouvent le goudron de la route de N'Djamena, ils croisent des véhicules militaires, des auto-mitrailleuses, des blindés équipés de canon, des camions de troupe, se heurtent à deux barrages fortifiés avec des sacs de sable, des casemates de fortune, des hommes en treillis, certains habillés en noir avec le sigle B.I.R blanc sur dos et poitrine, mieux armés. La camionnette est minutieusement fouillée, les papiers sont lus et relus, Thomas est aussitôt repéré, des regards le traversent et le jaugent, sa présence ici est incongrue, on lui parle sèchement, il exhibe le document officiel de sa libération, on est réticent, on le laisse finalement passer, un rat creuse dans son ventre, les jambes tremblent légèrement, le soupçon à son encontre voile le regard des passagers. Ils sont descendus, ils ont encore poussé au cul de la benne sous le regard amusé et les ricanements des militaires, avant de s'agripper, de se hisser dans la Honda qui repart en tressautant. Ils aperçoivent des hameaux, des groupements de cases, à quelques centaines de mètres de la route, puis devant, au sortir d'une longue courbe, les abords de Mokolo, une bourgade semblable aux autres : la route, les bas-côtés défoncés, les rares bâtisses en dur, les locaux de la police et de l'administration départementale, une agence de téléphonie, des bars, un atelier de mécanique obscur, tapissé de cambouis, deux épiceries, des femmes assises sur des pneus, des cuvettes renversées, qui vendent des épis de maïs, des bananes, des oignons, des piments, plus loin des agrégats de cases cernées de fragiles palissades souvent effondrées. Le chauffeur se gare sur l'esplanade de la gare routière, à l'ombre d'une imposante construction en béton granuleux et noirci qui abrite le marché, désert à cette heure. Thomas renfile sa veste, saisit son sac, salue et saute à terre. Il s'approche de trois femmes en conversation, le dos appuyé contre un pick-up ruiné qui s'enfonce dans le sol. L'une tient un ballot de coton brut sous son bras, une autre un nourrisson calé sur la hanche à l'aide d'une étoffe qui lui cercle les reins. Il leur demande où se trouve l'infirmerie

L'infirmerie ?

Oui, le dispensaire.

Vous êtes souffrant ?

Non, je dois y retrouver ma sœur...

Les religieuses de la paroisse Marie-Immaculée ?

Ma propre sœur.

Colette alors ?

Non, Pauline, Pauline Texier.

Ah, la doctoresse ! C'est votre sœur ? Nos félicitations, monsieur son frère. Quand il n'y a pas les mauvais esprits, parce que chez nous, les Massas, parfois les marabouts, ils jouent avec le feu...

Je comprends pas.

S'il n'y a pas les mauvais sorts, je vous dis, jetés sur quelqu'un, elle guérit bien la doctoresse.

C'est où ?

Il faut rejoindre la paroisse. Voyez, là-bas, la croix sur le toit ? C'est là, faut demander sur place.

Thomas a traversé la route, longé un bâtiment administratif et un immeuble inachevé, avec des traînées d'incendie dans les ouvertures béantes, le rez-de-chaussée est occupé par une épicerie et un atelier de serrurerie, il croise des militaires en patrouille, puis s'enfonce sur la gauche dans une ruelle de sable qui débouche sur la brousse indistincte et des monceaux de détritus, de sacs-poubelles éventrés aux épais remugles. Il coupe par un terrain vague envahi de hautes herbes sèches, d'un blond doré, qui crépitent sur son passage et sous ses semelles. Il se voit, précipité par l'histoire familiale, dans un lieu sans repères où suintent les signes d'une indécise ambiance de guerre. Il sait que dans un très court délai il tiendra sa sœur dans ses bras, ayant accepté qu'elle pût demeurer Pauline, sa sœur, comme s'il s'était préparé à traverser les plus étranges contrées, à franchir les plus improbables obstacles, certain qu'elle pût demeurer Pauline, en dépit de ce monde inconcevable qui le cerne et l'assaille depuis son arrivée à Douala. Une sorte de quête médiévale. Il pense à Daba, la nounou de ses enfants qui porte en elle tout ce qu'il découvre et qu'il n'a jamais envisagé, cet autre monde qui pourrait être celui de son égarement et de sa perte. Il avance, suivi par deux chiens jaunes, faméliques, le poil sec de poussière fossile, l'un sautille sur trois pattes, un moignon difforme sur ce qui reste de l'antérieure gauche, l'autre a un œil crevé qui transpire une lymphe blanchâtre. Il approche du portique planté sur le chemin sans qu'aucune clôture délimite le domaine. Il est écrit en lettres blanchies au kaolin, découpées dans du métal et soudées sur l'arceau : Paroisse Marie-Immaculée. Il s'arrête, il s'accroupit, se tourne vers les chiens qui approchent en circonvolutions, reniflant le sol. Il fouille dans son sac, en sort des biscuits qu'il leur tend, ils dressent leurs truffes, ils flairent, n'osent franchir le dernier mètre, Thomas leur jette les sablés qu'ils engloutissent sans mâcher, le regard de nouveau sur lui, fixe, guettant d'autres nourritures. Il franchit le portique, poursuit le chemin, remarque au loin, parmi les arbres, une sorte de hangar ouvert aux quatre vents et vaste comme une nef d'église, qui abrite sur une dalle béton des dizaines de bancs en résine grise. Huit cents personnes, peut-être, peuvent s'y tenir et prier ensemble autour d'un modeste autel en bois posé sur une estrade basse. Le toit en fibrociment supporte la haute croix blanche visible par-dessus les frondaisons jusqu'à Mokolo. Les chiens sont toujours sur ses talons, coupant et recoupant ses pas, agités de tremblements fébriles, Thomas plonge la main dans son sac, leur abandonne ses derniers biscuits qu'ils happent, il entend le claquement de leurs dents sur la faim qui les dévore. Il repart sans attendre vers une baraque tout en longueur dont les planches vrillent en tous sens, se décloutent aux extrémités, et vers plusieurs maisons fraîchement chaulées où il devine par les ouvertures de lentes silhouettes en robe.

*

C'est le troisième soir qu'ils partagent sur la terrasse. À la lumière d'une lampe à gaz posée sur la table parmi les restes du dîner. Ils demeurent assis, sans ces étreintes de naufragés les premiers jours quand il fallait se rassurer dans la chaleur des bras de l'autre. Ils ont pleuré silencieusement ce soir, se tenant simplement la main, chacun tassé dans son fauteuil d'osier défoncé.

Thomas ne peut plus prononcer un mot, les yeux fixes sur la brousse diluée que la nuit ouvre à la résurgence d'un règne animal enseveli tout le jour. Ça bruisse d'insectes et de mouvements furtifs. Il essaye de se calmer, de retrouver une articulation correcte des mots. Il ne parvient pas à imaginer Jean descendu de l'hélico avec les secours, de retour à la maison, annonçant à Pauline qu'il avait assassiné leur père, qu'il l'avait poussé. Pauline lui rappelle qu'ils étaient encore des enfants, Jean, 16 ans, elle 12. Que, trois semaines auparavant, Aurèle avait essayé de la forcer. Une atteinte à la hache que Jean subissait déjà depuis plusieurs années. Il avait surpris leur père alors qu'il déshabillait Pauline dans sa chambre, percluse de terreur, pétrifiée de trop et de ne rien comprendre, elle suppose que Jean avait eu l'intuition de ce qui se tramait pour survenir de la sorte en plein après-midi, sans raison. Il s'était juste planté là, devant sa sœur et leur père, il avait hurlé, un cri long, interminable, d'outrage et de détresse. Il lui avait expliqué vingt fois qu'il voyait sous ses yeux comme la scène, la représentation d'une atteinte, d'une salissure dont il était lui-même l'objet, et puis c'était sa sœur qui serait la prochaine victime... Toujours est-il qu'Aurèle, saisi sous le regard de Jean, avait cessé de la déshabiller, il avait rajusté son pantalon, serré sa ceinture, il s'était levé, approché de Jean, dressés face à face, il lui avait brusquement balancé une gifle si violente, les doigts à moitié repliés, comme une main qui aurait hésité à devenir un poing pour lui défoncer la figure, que Jean en était tombé à la renverse, à moitié sonné. Puis Aurèle avait disparu sans prononcer un mot. C'est à la suite de cette scène, lorsque Jean comprit que Pauline allait à son tour devenir l'objet de leur père, c'était une question de jours ou de semaines, qu'il avait décidé de ne plus supporter cette situation. Il avait pensé fuir, fuir avec elle, franchir la frontière espagnole, il lui disait : On va passer de l'autre côté, on sera libres, petite Pauline. Mais après ? Et puis, quand bien même cette fuite eût été possible, il y avait Thomas, qu'ils ne pouvaient abandonner... Encore une fois, ils étaient des enfants, perdus, oui... Et pour répondre à la remarque de Thomas, Jean ne l'avait pas dit comme ça, comme un tueur qui revient de sa mission. Il n'avait rien anticipé d'ailleurs, rien prémédité. Il y avait eu cette situation d'un moment fugace, au bord de la faille où le père lui tournait le dos, tellement sûr de sa puissance, de son ascendant, sûr qu'on lui appartenait, comme ses brebis, sa femme, sa maison, qu'il pouvait en disposer comme bon lui semblait, il tournait le dos à Jean, au bord du vide, observant sans doute le panorama ou surveillant le troupeau qui montait lentement le versant, c'est l'instant où, sans y penser clairement ni résolument, Jean campé derrière Aurèle, mû par quelle impulsion soudaine, d'une bourrade d'épaule, son corps de côté, posé perpendiculaire à celui d'Aurèle, d'une bourrade d'épaule nette, brutale, au milieu du dos, avait précipité leur père tête en avant, non pas un saut mais un plongeon, tête en avant tant la charge fut implacable, au point que Jean avait failli basculer à sa suite, son pied extérieur puis sa jambe dérapant dans le vide, se couchant alors sur la roche, ventre et poitrine, bras en avant, trouvant enfin ses appuis, se hissant, assis sur la lèvre, à bout de souffle, le père disloqué 5-6 m plus bas dans la faille, qui ne poussa pas même un cri de surprise dans sa chute, Jean s'imagina que le père savait exactement ce qui allait advenir, et qu'il attendait cette bourrade de l'aîné comme une délivrance. Jean se consumait de pouvoir être encore, en cet acte meurtrier, le jouet d'Aurèle... Le soupçon ne l'a d'ailleurs jamais quitté. Jean, donc, qui redescend avec les secours et le cadavre d'Aurèle, Jean qui attend d'être seul avec Pauline, le regard fuyant, rivé sur ses chaussures, puis qui la fixe par en dessous, deux-trois secondes, et qui prononce sourdement : C'est fait. Il est... Pauline s'était avancée, prenant dans ses bras un être défait, vidé, un corps d'oiseau. Plus tard, il y avait eu leur décision de n'en rien dire, jamais. De prendre soin de Thomas, de l'élever normalement...

Sauf que rien n'est plus normal. Sauf que j'ai rien vu, que j'ai jamais pu l'aider quand il dévissait. Parce que le soir même, Pauline, de ce détour par les orgues de Camplong, ce détour par l'endroit de la chute d'Aurèle où Thomas pensait se recueillir avec son frère, non pas sur la tombe, mais sur le lieu de la mort du père, une façon aussi de partager enfin le poids et la souffrance de Jean, seul témoin de l'image d'Aurèle sanglant sur la roche, le soir même, donc, après s'être hâté de rentrer à la bergerie alors que le soleil disparaissait derrière les montagnes, que l'ombre recouvrait, toujours plus épaisse et glacée, l'ensemble du massif, après avoir une heure durant progressé à tâtons dans les ténèbres, sur le versant du cirque de Lescun, traversant des névés gelés, dangereux, alors que Jean pestait qu'il soit si tard, jugeant absolument déraisonnable de parcourir ainsi la montagne à la nuit, au risque de dévisser sans préavis malgré la connaissance extrême qu'il avait des reliefs, après cet éprouvant retour donc, vers la bergerie, Thomas s'était senti dépossédé de cette communion qu'il avait conçue grave et fraternelle, de ce recueillement autour du père, dépossédé, oui, parce que Jean avait coupé court, en avait empêché, interdit la possibilité même, effectuant un simple travail de guide, technique, comme s'il s'en fichait royalement d'être passés ensemble par cet endroit qui devenait, de fait, un mémorial, une sorte de sanctuaire familial. On pouvait bien sûr accorder à Jean de ne vouloir pas s'abandonner à une peine trop lourde, à une effusion dévastatrice, mais enfin, c'était bien au-delà, ce détachement, quasi ce dédain qui transpirait en sa personne, en ce lieu, comme s'ils s'étaient trouvés n'importe où dans la montagne, qu'il regardât sa montre sans cesse, un guide professionnel juste préoccupé de devoir rentrer avant la nuit. Et Thomas, tout le long de cette harassante marche nocturne où le froid de la pierre devenait celui des os, avait senti la colère monter en lui. Ils n'avaient plus échangé une seule parole jusqu'à l'arrivée, à l'exception de mises en garde : Attention, ça glisse… ton pied droit, là… Tu te cales dans mes pas, exactement, sur tout le névé… Bref, des ordres de marche en montagne, rien d'autre. Et cette colère avait irrigué Thomas, jusqu'à ce qu'ils rejoignent la bergerie, qu'ils s'installent, préparant le dîner, un grand feu dans la cheminée, jusqu'à ce que Thomas finisse par s'énerver, rageux, lui lançant à la figure

Ton indifférence, ton mépris à l'égard de papa… T'en as rien à foutre, Jean, c'était une corvée pour toi, ce détour, ton égoïsme… En fait, papa t'a laissé la place, t'es devenu de suite le maître des lieux, du troupeau, des montagnes, si jeune et triomphant, bon débarras ! Notre pauvre père.

Tout le monde est pauvre avec toi, l'homme qui a du sentiment… D'abord pauvre Jean, ensuite pauvre père…

Tu m'as demandé de te conduire, je l'ai fait. Maintenant, tu m'en parles plus, tu me fous la paix, juste.

Je comprends pas, Jean...

C'est pas grave. On change de sujet. À table.

Thomas s'était trouvé si intransigeant, avec son chapelet de remontrances, il assenait ses mots comme des coups de couteau ce soir-là, mais il ne pouvait plus s'arrêter

Je lui ai même pas présenté d'excuses. Et je suis rentré à Paris. Et puis on l'a retrouvé en bas de l'à-pic des Trois-Rois...

Il est tombé, Thomas !

Non, il a pas pu tomber, il avait le pied trop sûr, la montagne, c'était son corps, il a sauté... J'ai tué Jean de ne rien savoir.

C'est donc pas ta faute...

Jean avait toujours été là pour l'accompagner. Pour aider Elsa et Anton à grandir... Comment avait-il pu être double à ce point ? Si solide pour les enfants, pour Thomas, et puis parfois si douloureux, à sombrer de la sorte

Camille savait l'apaiser, elle... comment elle...

Elle savait, Thomas. Un jour de grand effondrement, il lui avait tout raconté.

Thomas mesure soudain la nature de ce lien indéfectible entre eux qu'il ne s'expliquait pas. Et lui qui pestait quand il pressentait chez Jean comme un éboulement intérieur, un évidement. Qu'il imputait bêtement à l'existence que Jean s'était choisie

Je lui en faisais le reproche, souvent, de n'avoir pas fondé une famille.

Tu parles comme un vieillard ou un curé.

Tu me comprends... Il a laissé partir Carlotta, il a renoncé à sa carrière d'agronome. Si compétent... Ce gâchis.

Si Jean avait tué le bourreau, il avait aussi tué leur père. Après en avoir été, quatre années durant, sa chose. Devenir père à son tour devait lui être proprement inconcevable. Et Carlotta était partie. Il avait alors songé à se livrer à la police tant sa vie lui paraissait un… bégaiement, c'était son mot.

Qu'il soit jugé pour son…

Qu'il soit gracié ?

Peut-être… Qu'il lui soit rendu grâce. Qu'il puisse continuer.

Et puis, les choses avaient bougé, Pauline ignorait quelle chimie avait présidé à ce bouleversement… Dans une lettre, elle lui avait parlé de la naissance d'Aliou, sans père, et de sa mère mourante et ça s'était imposé comme une fulgurance. Jean en avait accepté la possibilité…

Comment ça ?

Il fallait bien préciser que cette idée était la sienne, Pauline elle-même n'y aurait jamais songé, elle lui confiait seulement dans cette lettre son extrême inquiétude quant à l'avenir d'Aliou

Quelle idée, Pauline ?

Adopter l'enfant.

C'était comme si Jean reprenait souffle, l'horizon qui se dessine. Ils avaient établi les papiers, tout était en ordre, Jean devait venir le chercher maintenant, cet automne. Ça le faisait sourire d'imaginer un enfant d'Afrique, berger dans les Pyrénées, l'accompagnant à l'estive. C'était soudain rompre avec la malédiction de manière éclatante

Cette idée, cette décision, c'est après la mort de Camille ?

Aliou a 14 mois. Oui, pourquoi ?

Mon Dieu, comme si sa mort avait tout redistribué… Si Jean m'avait sorti un enfant de son chapeau.

C'est pourquoi je suis sûre, Thomas, certaine qu'il n'a pas sauté. Qu'il est tombé.

Il décapsule une autre bière, remplit les verres

Tu as peut-être raison, il était seul, une pierre qui… il… il avait des convulsions, tu le savais ?

Ça a commencé il avait 13 ans, la marque d'Aurèle.

Et j'ai rien vu, sauf à Noël dernier. Il a peut-être eu un malaise là-haut… Tu vois la Table des Trois-Rois ? Ils l'ont retrouvé en bas de l'à-pic.

Aucune brise qui vienne troubler l'épaisse chaleur étale. La savane environnante cesse par moments de bruire comme le vent cesserait d'agiter une frondaison, Thomas pense qu'un animal traverse, plus dangereux que les autres. Sinon, ils entendent, chaque soir à cette heure, ténus, presque inaudibles, des chants religieux qui filtrent d'un bâtiment éloigné de la paroisse. Thomas tend son regard mais ne pénètre pas la nuit sans lune, il est reclus dans le halo grisâtre de la lampe. Il allume une cigarette, Pauline bourre de tabac gris une longue pipe en terre cuite. Ils fument en silence, puis débarrassent la table, entassant la vaisselle près du réchaud de la cuisine Laisse, je laverai ça demain. Il est tard, j'ai peur de le réveiller. Ils ont installé un lit de camp pour Thomas dans un angle de la pièce, clouant sur les murs une moustiquaire qui retombe en chapiteau jusqu'au plancher

T'as pas peur, toute seule ici ?

Je suis pas seule, Aliou est là…

Oui, dans son hamac, il te protège… Pourquoi tu le suspends comme un jambon au-dessus de ton lit ?

Il y a les scorpions, les serpents, les araignées…

Charmante contrée.

Sans rire, je suis pas seule. Le père Kiku et le personnel de la paroisse dorment dans les deux maisons là-bas, tu vois ?

Thomas ressort sur la terrasse fumer une dernière cigarette tandis que Pauline se lave à l'évier. Puis ils se couchent, chacun dans son coin, munis d'une lampe torche Bonne nuit, Pauline… Bonne nuit, Thomas. Mais il demeure les yeux ouverts, le sommeil ne vient pas, le sommeil l'a tout à fait quitté depuis son arrivée à Mokolo. Il songe à ces derniers jours, comment Pauline avait surgi du bâtiment alors qu'il ne savait vers où diriger ses pas, qu'il observait les chiens hésitant sur ses talons. Il était sur le chemin, il y avait cette longue baraque sur la droite, avec son avancée, la porte s'était ouverte brusquement, une femme élancée, en blouse blanche, jambes et pieds nus dans des tennis, un foulard imprimé dans ses cheveux bruns On ne distribue pas aux chiens errants ! C'est aux enfants qu'on donne. On manque de nourriture ici ! La voix était ferme, coupante, elle s'était approchée, puis s'était précipitée dans ses bras Petit frère ! C'est toi ? C'est bien toi ?... Tu... tu m'avais pas reconnu ? Elle lui avoua que si, avec un doute à cause de cette barbe de plusieurs jours, ces cheveux gris aux tempes, le chapeau...

Depuis la mort de Camille, je blanchis... Quel accueil, je commence par me faire engueuler.

C'est normal, non ? Tu nourris les chiens, c'est une provocation ici. Et puis aucune nouvelle de toi depuis...

Quinze ans ?

Seize, Thomas, et tu voudrais être bien accueilli en plus ?

On avait des nouvelles par Jean, l'un de l'autre.

Tu devais drôlement t'en foutre pour ne jamais écrire.

Arrête, Pauline. Toi, tu connais pas les enfants, t'étais pas là pour l'enterrement de Camille, pas là non plus pour celui de... Dieu !

Pleure pas, petit frère...

Je pleure pas... C'est juste la peine. Lâche-moi, Pauline... Je te dis juste que moi aussi je pourrais... et finalement je suis là.

Les reproches sont partagés, je vois. Alors, on arrête ? Serre-moi, Thomas.

Ils étaient restés là, au milieu de la piste défoncée qui traverse le domaine, une bonne minute enlacés, mutiques, le temps qu'une chaleur commune, en flux sympathique, circule de l'un à l'autre, sous le regard de trois femmes dont deux enceintes, et d'un vieil homme assis sur un banc à 20 m de là. Puis elle lui avait pris le bras, l'avait entraîné vers la terrasse couverte qui séparait les deux corps du bâtiment. Elle avait le visage rougi de larmes, elle souriait, elle s'adressait aux femmes et au vieillard C'est mon frère, Thomas, oui, mon petit frère, il arrive de Paris. Le vieillard voulut même se lever avec les femmes pour saluer Thomas, longuement, lui souhaiter la bienvenue à Mokolo Notre logement, c'est la porte, là, tu poses ton sac, tu te promènes, tu visites. Encore quatre patients, comme tu vois, avec celui qui m'attend à l'intérieur. Il était entré dans la pièce saturée d'une touffeur immobile, meublée d'une table bancale en bois de caisse, de quatre chaises, d'un évier équipé d'une paillasse en inox que prolonge un plan d'aggloméré taché d'huile, avec un butagaz trois feux et de la vaisselle chinoise en métal faïencé qui s'empilait à côté. Dans l'angle du fond, le lit avec le petit hamac au-dessus, le tout enveloppé dans la moustiquaire, des rayonnages où Pauline entrepose ses vêtements, un transistor, son appareil photo, quelques livres et des cassettes à même le sol à côté de poufs en cuir de chèvre, une table basse faite d'un cageot retourné. Il avait mis son sac sur une chaise, s'était lavé les mains et le visage avec le filet d'eau qui coulait du robinet, s'était approché d'un congélateur d'épicerie qui ronronnait bruyamment, fit glisser la vitre horizontale, en sortit une bière qu'il déboucha d'un coup de paume nerveux sur la capsule métal, le goulot coincé sur le rebord d'une fenêtre, il était allé s'asseoir dehors, dans l'un des fauteuils en osier, dégustant la bière glacée. Il avait observé la nuit qui noircissait les ombres, qui débordait en flaques d'encre, noyant bientôt la brousse et les arbres. Il s'était assoupi. Plus tard, Pauline l'avait réveillé, elle portait le petit Aliou à califourchon sur la hanche, il avait ouvert les yeux, articulé spontanément

C'est à toi ?

C'est ta fatigue ou l'obscurité ? Tu le trouves pas un peu trop noir pour être le mien ?

C'est vrai, Camille était beaucoup plus claire, je sais plus ce que je dis… Et donc, c'est qui, ce petit monsieur ?

C'est Aliou, j'ai promis à sa mère de m'en occuper.

Thomas l'avait pris dans ses bras, l'enfant l'examinait avec une mine sérieuse et grave, Thomas avait souri, le faisant sauter sur ses cuisses comme sur un cheval au galop. Elle lui avait donné à manger sur la terrasse, une assiette de mil dans du lait sucré, elle voulait acheter des boissons à l'épicerie sur la route, Thomas avait repris l'enfant sur ses genoux, maniant à son tour la cuillère de l'assiette à sa bouche. Elle était de retour vingt minutes plus tard avec la bière et une bouteille de whisky. Aliou babillait et riait, elle l'avait changé, bercé, couché dans son hamac, ils avaient ensuite préparé leur premier dîner, leurs gestes étaient résolus. Thomas avait parlé de Camille, mais ils avaient surtout parlé de Jean, c'était lui qui les réunissait ce premier soir, qui les avait jetés l'un vers l'autre, ils cherchaient les mots de leur affliction commune, mais aussi ceux d'une improbable consolation qu'ils s'offriraient en partage. Le frère aîné dont Thomas n'avait jamais envisagé qu'il pût mourir, une mort incompréhensible qui l'avait déterminé à franchir cette distance pour rejoindre Pauline, alors qu'en vie Jean n'avait pu l'en convaincre… Mais lors de ce premier dîner où ils mangèrent sans appétit une boule de mil et quelques morceaux de poulet à la chair maigre et dure, il ne souhaitait rien élucider, simplement l'évoquer. Thomas n'était plus déporté dans la brousse ni dans l'enceinte de la paroisse des chrétiens massas à la lisière de Mokolo, chef-lieu du Mayo-Tsanaga, il n'était plus nulle part, Pauline et Thomas étaient juste présents l'un à l'autre, à bâtir pour Jean une espèce de mausolée à force de souvenirs entrecoupés de silences soudains et de larmes, la poitrine vide et le ventre en tenaille. Le lendemain, Pauline était levée à l'aube, elle avait nourri et lavé l'enfant dont les yeux vastes et le sourire dévoraient le visage, l'avait confié à une religieuse de la paroisse, Thomas avait souhaité accompagner sa sœur dans sa tournée matinale des villages environnants où elle soigne celles et ceux qui ne peuvent se déplacer, parfois à cause de la distance à parcourir jusqu'au dispensaire. Elle avait distribué au compte-gouttes le peu de médicaments dont elle disposait, au cachet ou à la gélule près, de toute façon les produits se périmaient vite à cause de la chaleur, cette pharmacopée n'était pas adaptée Pour une crise de palu, tu fais comment avec la poche de sérum phy à changer toutes les deux heures et à tenir au frais ? On est surtout utiles pour des actes mécaniques simples : recoudre une plaie, poser un plâtre ou une attelle, assister un accouchement, administrer un antibiotique, un analgésique. Ça ne va guère plus loin. On s'autorise à pratiquer quelques actes chirurgicaux au dispensaire, dans des conditions sanitaires très limites, une césarienne, une fracture ouverte, une appendicite, et puis on prie pour qu'il n'y ait pas d'infection post-opératoire. Il y avait Fatou, l'infirmière de Garoua, une veuve massa, aux cheveux grisonnants, qui l'accompagne dans ses tournées et travaille aussi pour la paroisse où elle compte finir ses jours, vêtue d'une longue robe de coton gris aux manches évasées, avec une croix en bois qui orne sa poitrine généreuse, chaussée de vieilles Quechua de marche aux lacets rouges. Il était monté à l'arrière du break Peugeot dont les longerons flèchent dangereusement, annonçant la division prochaine du véhicule en deux parties distinctes, il était assis sur une couverture, à même le plancher, parmi le matériel médical et l'infirmerie de campagne. Pauline roulait à petite allure sur les pistes dans un rayon de 30 km autour de Mokolo, Thomas avait découvert le monde paysan de cette terre aride où l'on plante principalement du coton, du mil, des arachides et des haricots, où l'on élève trois ou quatre bêtes par famille, vaches et moutons. Il avait entendu ce premier matin Pauline parler le foulbé avec les villageois, mais c'était surtout l'infirmière qui morigénait à propos des posologies mal respectées. Il y avait eu ce jeune couple dévoré d'anxiété qui se pressait autour des deux femmes au milieu des cases, brandissant un nourrisson de quelques mois, brûlant de fièvre, il avait sur la cuisse un trou profond et droit, de la grosseur d'un clou, et d'où suintait un liquide ambré. En pressant les tissus autour, il y avait l'extrémité d'un ver blanc qui affleurait à la surface, une espèce de parasite apparemment connu qui forait à la verticale dans les chairs tendres et qu'il fallait extraire d'urgence. Thomas avait eu un sursaut en apercevant la cuisse du nourrisson par-dessus l'épaule de Pauline. Ils étaient ensuite arrivés dans une région plus verte, aux cultures plus denses et mieux irriguées grâce à un lac de barrage situé à 2 km plus au nord. Cette réserve d'eau était une bénédiction pour les villages environnants, on y conduisait le bétail, on s'y lavait, on en consommait, mais les maladies hydriques : diarrhées, dysenteries, bilharzioses, s'étaient multipliées de façon préoccupante, Pauline avait beau dire et redire que c'était une eau dangereuse, y compris pour se laver, c'était le seul endroit boisé, herbeux, verdoyant, frais, où l'eau abondait dans cette zone sahélienne. Les deux femmes devenaient des Sisyphe, elles prodiguaient des recommandations, elles répétaient des mises en garde sans pouvoir proposer de solutions alternatives Il faut construire une station d'épuration, avait rétorqué Thomas. Les deux femmes avaient éclaté de rire Excuse-nous, petit frère, c'est nerveux... Dans un autre village, le dernier de leur tournée matinale, Pauline s'était introduite dans une case où un homme délirait et tremblait, ruisselant de suées telle une source qui sourdrait continûment de tous les pores de l'épiderme, inondant sa couche, apparemment une crise aiguë de paludisme. Mais, deux minutes plus tard, le marabout était entré à sa suite, l'avait invectivée, Fatou était survenue mais toutes deux avaient été vertement congédiées sans pouvoir intervenir auprès du malade, Fatou l'avait traité de sorcier de malheur puis s'était signée, manifestement effrayée par ses propres paroles lancées à la figure du marabout qui s'était mis à psalmodier, semblait-il, des imprécations maléfiques à l'encontre des deux femmes. Pauline pensait que le malade ne passerait pas la nuit. Ils s'en étaient retournés à Mokolo en début d'après-midi sous un soleil brûlant, afin de s'occuper des patients qui attendaient sur place l'ouverture du dispensaire. C'est alors qu'il avait rencontré cette Parisienne exilée, Colette, établie dans la région depuis une bonne trentaine d'années, sage-femme et aide-soignante au dispensaire tous les après-midi et le soir en cas d'urgence, suractive, des mains longues et osseuses, un visage décharné à la mâchoire chevaline, de grands yeux globuleux qui regardent fixement comme s'ils voulaient transpercer leur interlocuteur, qui dînerait avec eux et dont il apprendrait l'histoire le soir même. James Kiku, le père supérieur de la paroisse, était venu le saluer, l'avait invité à prendre une collation en fin d'après-midi, il s'était promené dans Mokolo, avait déambulé sur le bord de la route, le long des constructions en parpaings nus qui abritaient de petits commerces, il s'était attardé dans le marché couvert de béton brut, encombré d'étals où la couleur grise du bois usé dominait, tant les fruits et les légumes souvent tavelés et rabougris s'amassaient en de pauvres tas mats et ternes au centre des tables à moitié vides. Mais c'était le quartier de la viande qui était le plus ombreux, les étals étaient noirs de sang séché, la viande dans la chaleur tournait sombre, des nuées de mouches colonisaient l'endroit en grappes serrées et zézéyantes, les bouchers aux tabliers maculés qui déchiraient plus qu'ils ne découpaient les morceaux de bœuf ou de mouton, armés de machettes et de couteaux émoussés, les chassaient à l'aide d'éventails chinois décorés de dragons, d'un geste vague qu'ils savaient inutile. Dans l'angle ouest de la place, des dizaines de taxis-brousse embarquaient leurs passagers, partaient et arrivaient, la présence militaire était oppressante, les soldats contrôlaient la plupart des véhicules, Thomas avait remarqué deux blindés stationnés devant la mairie et le conseil régional, un gradé en treillis de camouflage, le fusil-mitrailleur à l'épaule, lui avait demandé ses papiers alors qu'il quittait la place, inspectant son sac rempli de tomates, d'herbes locales, de fruits et de boîtes de bière. En quittant le goudron pour rejoindre la paroisse, il constatait une fois encore qu'il n'y avait rien à visiter, seuls les paysages, parfois, et les animaux captaient l'attention. Il avait cherché du regard les chiens jaunes, ils ne s'étaient pas montrés. Le soir, sur la terrasse, Aliou dormait déjà dans son hamac, mangeant le même poulet et la même boule de mil que la veille, accompagnés de haricots et d'un ragoût d'oignons, il avait avoué à Pauline et Colette son étonnement de les voir ainsi se démener dans un tel dénuement

Pourquoi tu dis ça ?

Ce matin, durant ta tournée, vous paraissiez si impuissantes.

On sauve des gens, on fait notre métier. On serait pas acceptées sinon, avec Fatou, oui, ce serait juste pire.

Et vous êtes missionnés par la paroisse ?

Pauline sourit. Elle se souvenait d'un frère peu enclin au sentiment religieux. Leur dispensaire était à l'origine installé plus près des villages. Ils avaient fédéré leur structure avec celle d'une coopérative agricole, une initiative concertée avec des agronomes camerounais qui enseignaient aux paysans des techniques d'irrigation, de rétention des eaux de pluie et de culture des sols mieux appropriées. Réunis dans un même ensemble depuis trois ans, ils étaient devenus un véritable centre d'aide agricole et médical pour la région. Mais les incursions des hommes de Boko Haram qui tiennent la moitié nord du Nigeria, frontalier d'ici, il suffisait de regarder la carte, si ces hommes coupaient l'enclave nord du Cameroun et l'annexaient... Bref, il y a deux mois, des mercenaires de Boko Haram avaient pénétré le territoire en profondeur, massacré des centaines de villageois, enlevé des dizaines de jeunes femmes dont trois de leurs infirmières pour les vendre dans des réseaux de prostitution. Leur mépris des femmes est incommensurable, les plus jeunes sont formées pour la guerre sainte en pleine jungle, elles récitent des sourates et manient le fusil-mitrailleur toute la journée. Une fillette de 10 ans avec une ceinture d'explosifs, en plein marché, ici, à Mokolo...

J'en ai entendu parler...

Le médecin, notre ami Théodore, a été tué, avec les agronomes... Ils ont brûlé les bâtiments, tout est détruit. La paroisse a proposé d'abriter le dispensaire dans ce baraquement en attendant des jours meilleurs...

C'est pour ça que t'as quitté Douala précipitamment ?

Il fallait tout reprendre, réorganiser la structure, ne restait que Fatou et Colette qui, par chance, n'étaient pas sur place le matin du carnage...

Franchement, qu'est-ce tu fous là, Pauline ? C'est pas... ton combat. Je comprends pas, j'arrive pas à...

C'est pour me dire ça que t'as fait tout ce chemin ?

Tu sais bien que non, j'ignorais que...

Vu ton silence jusqu'ici, ce serait déplacé, petit Thomas...

Arrête de m'appeler petit ceci, petit cela.

C'est pourtant vrai, tu es mon...

Colette est alors intervenue S'il vous plaît, les querelles de famille... Et elle brandit son long pouce, poing fermé

Excuse-nous, Colette.

C'est pas un jugement, Pauline, je vous trouve admirables, c'est simplement que le défi me semble impossible.

Colette avait apporté deux bouteilles de bourbon de contrebande qui se vendent trois francs six sous à Limani, le poste-frontière avec le Nigeria, à une demi-heure de route. Elle s'occupait consciencieusement du remplissage des verres, s'échinant à vider le sien plus souvent que Pauline et Thomas, son regard acquérant une fixité singulière quand elle s'adressait à l'un ou l'autre, non pas seulement qu'il les traversât, créant un trouble chez l'interlocuteur, mais parce que ce regard semblait distinguer au travers d'eux quelque chose comme un être subliminal tapi en eux ou juste derrière. Thomas tentait donc de déceler à la surface des globes oculaires de Colette, tel un miroir, quel spectre pouvait bien l'habiter, quel singe pouvait bien s'agripper dans son dos, disait-on ici. Les deux femmes avaient beaucoup questionné Thomas sur Paris, la vie quotidienne dans la capitale, mais Colette s'était brusquement levée au milieu d'une phrase pour s'approcher de la balustrade et se mettre à frotter nerveusement de la pulpe de ses doigts la surface du bois, faisant disparaître la mince couche de kaolin avant que le bois ne s'émiette sous l'insistant mouvement de ses doigts crispés. Thomas achevait péniblement son exposé, il observait Colette de biais, son geste incongru, intrigué par ailleurs que le bois puisse si vite s'effriter et se creuser comme du papier buvard mouillé. Elle avait interrompu son mouvement, avait soufflé sur les miettes, et Thomas avait pu découvrir le grouillement cancéreux des insectes, leur abdomen crémeux, la tête d'épingle noire de leur tête pointue, les fines ailes vastes, démesurées, sur les flancs de certains, le bois de la balustrade couvant sous sa surface lisse des millions de termites insoupçonnables

Regardez-moi ce fléau, regardez-moi ça! On les voit jamais venir. Il faut coller l'oreille contre le bois, comme ça... Là, oui, vous les entendez! Ce vacarme qu'ils font. Allez-y, écoutez-moi ce craquètement de l'apocalypse...

Merde, Colette, tu vas pas recommencer!

Mais, Pauline, ton frère, il sait pas ce que ça veut dire, il connaît pas l'histoire.

Nom de nom, c'est pas vrai, cent fois que j'entends la même... Vas-y, vas-y, t'es partie.

Voyez, Thomas, ces saloperies? C'est eux qui m'ont tuée.

Elle tenait un termite entre son pouce et son index. Sa main vibrait

C'est petit, hein? Ça paye pas de mine! Avec sa tête orthognathe, là...

Ortho...?

Une tête perpendiculaire au corps, ses maxillaires quasi sous l'abdomen, quelle monstruosité!

Colette était sage-femme à l'hôpital Saint-Vincent-de-Paul à Paris, elle avait fait un voyage au Cameroun avec son mari, ils avaient visité la grande réserve de Waza à l'extrême nord, là où Giscard d'Estaing venait régulièrement en safari. Elle était tombée amoureuse de l'endroit, un paysage virginal, l'Afrique immémoriale, une destination à la mode pour les riches européens, la suite présidentielle et les amitiés franco-africaines. On y pratiquait la chasse aux grands fauves. Elle avait remarqué que les structures d'accueil étaient inexistantes, elle avait de suite pensé y bâtir un lodge, il fallait quitter Paris, ce quotidien sans grandeur, banal, répétitif, elle avait hâtivement évalué l'importance de l'investissement, vendu l'appartement, l'argent récupéré suffisait à financer le projet, elle voulait construire un restaurant, un ensemble de cases luxueusement aménagées, au milieu d'un parc gazonné, avec des courts de tennis, une piscine, adieu l'Europe, la vie morose, son mari s'était enfui devant l'ampleur de l'entreprise. La main-d'œuvre quasi gratuite ne manquait pas, elle avait embauché des maçons à Maroua, et les villageois de la région travaillaient volontiers à dépierrer le terrain, à le vallonner, à creuser les puits qui alimenteraient en eau la piscine et l'arrosage du parc. Elle leur apparaissait à la fois comme une manne miraculeuse qu'on accueillait cérémonieusement au village, et une folle habitée d'un esprit suricate, cette Blanche atterrie là pour y creuser une piscine, semer du gazon, et construire des cases vides une bonne moitié de l'année. Il avait fallu moins de douze mois pour engazonner le parc, aplanir le sol en terre battue des courts de tennis, fleurir les allées, planter les bosquets d'arbres, construire les cases blanchies à la chaux, le vaste restaurant, excaver et bâtir la piscine aux eaux turquoises bordée de ses transats en bois exotique et de ses parasols au toit de chaume. Colette inaugura l'endroit avec les personnalités politiques et administratives de toute la région nord depuis Garoua. Des préfets, des sous-préfets, des chefs de village, les présidents des départements, certains étaient venus avec leurs familles depuis N'Gaoundéré, le ministre du Tourisme était arrivé en hélicoptère, le parking débordait de limousines noires, elle avait compris bien plus tard que ce n'était pas tant le caractère mondain et la prodigalité qui accompagnaient cette fête inaugurale qui avaient éveillé aussi massivement la curiosité et l'intérêt des invités de marque, c'était plutôt la contemplation d'une magnificence fugace juste avant son désastre et son chaos, tant chacun savait combien leur Afrique rendait de façon dextre et implacable ce genre d'entreprise présomptueuse à l'oubli et à la disparition. Les deux premières années, la clientèle venue d'Europe fut suffisamment nombreuse pour entretenir le lodge sans toutefois dégager de bénéfices substantiels, c'était la fin du septennat de Giscard d'Estaing éclaboussé par l'affaire des diamants de Bokassa, et le président français s'abstint de venir y chasser le fauve avec sa suite innombrable. Cette destination était donc en train de passer de mode. C'est alors que les cases luxueuses et traditionnelles en structure bois, aux murs enduits de torchis, commencèrent à s'affaisser soudain, elles s'effondraient en quelques minutes comme des châteaux de cartes au moindre souffle de l'harmattan. Dans les décombres empoussiérés, Colette découvrit des milliards de termites grouillants dont elle n'avait jamais soupçonné la présence. Les villageois alentour lui répondirent sur un ton d'évidence que ces populations d'insectes habitaient les sols depuis la nuit des temps et qu'il fallait considérer les ouvrages en bois comme définitivement temporaires. Colette s'était alors acharnée, avec le peu d'argent qui lui restait, à les rebâtir, à traiter le bois, mais les cases s'effondraient plus vite qu'elles ne renaissaient. Colette n'eut bientôt plus d'argent, pas même pour acheter l'essence des générateurs alimentant les pompes à eau et les circuits électriques du lodge. Elle demeurait des journées entières assise sur la margelle de la piscine, hagarde devant l'ampleur du champ de ruines, les jambes ballantes au-dessus du vaste tombeau aux murs bleu océan dans le fond duquel finissaient de s'évaporer les dernières flaques d'eau croupie, le sol de mosaïques traversé de serpents et de crapauds, le bestiaire d'un purgatoire qui s'ouvrait sous ses pieds, attendant sa chute. Elle s'était nourrie en épuisant les derniers stocks de nourriture, puis s'était mise à mendier une boule de mil dans les villages environnants, proposant ses services à l'occasion, les paysans se demandant bien quels services elle pourrait leur offrir, elle n'avait plus incarné la manne miraculeuse mais la folie aveugle du monde blanc. Les responsables politiques, les administrateurs de la région à qui elle avait maintes fois demandé audience l'éconduisirent poliment, elle avait trouvé une place de commis et de plongeur dans l'unique hôtel de Maroua pendant la saison sèche et touristique, jusqu'à ce qu'elle rencontre Fatou puis Pauline et qu'elle renoue alors avec ses compétences d'antan, au dispensaire, assurée d'un lit et d'un toit à la paroisse en échange d'une activité de cantinière Oui, un fléau ! Et elle avait sectionné entre ses ongles le termite qu'elle exhibait encore

Mais, Colette, pourquoi vous êtes pas rentrée en France ?

J'avais plus l'argent du billet...

J'y crois pas, vous...

Rentrer pourquoi ? On revient pas en arrière. J'avais pas d'enfants... Faire face à Paris ?

Elle avait admis appartenir à cette cohorte rare de Blancs qui mendiaient leur pitance sur le continent noir, parce qu'ils s'étaient égarés dans le rêve illusoire de l'Afrique somptueuse et sauvage

Les termites. Si j'avais pensé qu'ils me...

Vous allez rester ?

Je crèverai ici.

L'alcool commençait à produire des effets sur sa voix et l'articulation des vocables, ils avaient largement entamé l'autre bouteille de bourbon, mais dans la vapeur qui devenait la sienne, Thomas avait noté combien Pauline vidait aussi résolument ses verres et veillait à ce qu'on la resserve au plus vite. Dans le silence vide qui avait suivi ce récit, le nez frôlant le liquide ambré qui sentait le grain, Thomas avait observé attentivement le visage de Pauline, croyant déceler en ses traits une sorte de désarroi profond, quelque chose de désespéré comme si elle se noyait devant lui, ce qu'elle faisait en somme avec l'alcool. Il fixait sa sœur, voulait la prendre dans ses bras, elle avait levé les yeux de son verre, leurs regards s'étaient longuement croisés, personne n'avait dit mot. Ils s'étaient tous trois extraits péniblement de leurs fauteuils, Colette s'était excusée pour ses assommants bavardages et, sans attendre de réponse, avait disparu dans l'obscurité bruissante en direction du dortoir. Ils avaient laissé la table encombrée de vaisselle sale et de restes de poulet, Thomas avait fumé sur la terrasse tandis que Pauline se lavait devant l'évier

Si j'en crois Colette, ce bâtiment va s'effondrer?

Sans doute. Les traitements du bois coûtent cher et sont assez inefficaces.

Thomas s'était emmêlé dans sa moustiquaire, le frère et la sœur s'étaient couchés comme on se laisse choir sur la paillasse de sa cellule, Thomas songeait à la prison. Et ils avaient sombré, engourdis d'alcool.

Aujourd'hui, Pauline a donc tiré le rideau d'un seul mouvement, lui ôtant la taie qui recouvrait l'iris. Il est sur le flanc, le bras gauche sous la tête, il distingue de vagues reflets sur la gaze qui le protège des insectes, et au-delà la brillance inox de l'évier. Trois iguanes se sont figés sur la moustiquaire de la fenêtre ouverte, une fixité minérale, il songe qu'un nouvel ordre mathématique étalonne sa vie, que les mesures sont à reprendre, qu'il a vécu dans une obscurité insouciante qui aurait pu durer jusqu'à ses derniers jours peut-être, si Camille... puis Jean... La clairvoyance. Qui vient trop tard. Ce n'est plus qu'il perd le sommeil, c'est qu'il a peur d'y sombrer. Il attend que les iguanes bougent.

Le lendemain, dès l'aube, il accompagne sa sœur et Fatou dans leur tournée des villages, une contrée plus au sud, il peste à propos de son iPhone qui n'affiche jamais aucune connexion

Félix, à Douala, m'avait assuré qu'en prenant une carte SIM Orange, ça couvrait la région, j'ai jamais pu te téléphoner, te prévenir de mon retard, t'appeler à l'aide...

À l'aide?

J'étais en prison, quatre jours, comme un brigand.

Pardon? Qu'est-ce que tu...?

À Maroua, je te raconterai.

C'est pour ça que t'arrivais pas ? Qu'est-ce qui s'est passé ?

Je crois que Fatou t'attend, vas-y. Toujours est-il qu'il n'y a jamais de réseau, c'est infernal.

Les antennes sont détruites, celles qui restent sont à l'usage de l'armée, laisse tomber.

Pauline, y a une mère qui accouche, là, faut venir.

Vas-y, sœurette, dépêche-toi.

Thomas arpente le village, la terre lyophilisée à chaque pas soulève un voile de poussière, une vingtaine de cases, des enfants sur ses talons, pieds nus, en guenilles, qui sourient et qui gloussent. Il s'arrête, s'accroupit, parle avec eux, ils ne comprennent pas sa langue, les sons les font rire, l'un d'eux essaye de répéter, ils rient de plus belle, lui offrant un caillou lisse comme une châtaigne. L'accouchement s'est bien passé, des cris d'allégresse autour de la case, ce sont des jumeaux, fait notable, empreint de magie, il y aura une cérémonie d'importance pour célébrer l'événement après-demain, ils sont invités. Ils poursuivent leur tournée dans deux autres villages, mais doivent écourter, Pauline est attendue avec Thomas pour un déjeuner chez le sous-préfet de région, au nord de la réserve de Waza, non loin du lac Tchad

Pourquoi moi ?

Les nouvelles vont vite, je pense qu'ils veulent rattraper le coup.

Le coup ?

Ton emprisonnement, maintenant que tu me l'as dit, je comprends pourquoi tu es également convié, ça fait désordre si tu signales l'incident à l'ambassade…

L'incident, l'incident, t'es gonflée, toi… Si j'avais été tailladé dans la cellule, ou violé !

C'est bien ce que je dis, on va te faire des politesses.

Pour sûr, c'est pas le juge de Maroua qui…

Et moi, j'ai besoin d'eux pour obtenir des fonds de la Banque africaine de développement. Il faut reconstruire l'antenne médicale, trouver du personnel qui accepte de venir ici, l'argent débloqué par l'ONU n'y suffit pas. Je dois convaincre les hautes instances de la région.

Félix m'a dit qu'ils vous donnaient rien, juste des murmures d'encouragement.

La situation change. Suite aux massacres et aux attentats, il a fallu soigner beaucoup de blessés, y compris parmi les militaires, la Croix-Rouge s'est appuyée sur nous pour l'acheminement des aides, la logistique. Les dignitaires découvrent qu'on peut être utiles, ils vont, qui sait, nous allouer quelques sous.

Ils déposent Fatou à Mokolo, et continuent sur la R1 vers la réserve et l'extrême nord dans des relents de gaz d'échappement qui remontent dans l'habitacle.

T'as pas peur qu'elle se sépare en deux ?

De quoi tu parles ?

La voiture.

Pauline hausse les épaules, le break a parcouru deux millions de kilomètres, il est neuf.

Après une heure de route sur une étendue plane et désertique où scintillent ici et là des nappes sèches de cristallisations salines, ils longent à présent le parc national de Waza, une végétation abondante, des zones d'herbe grasse, des baobabs, des moabis, plus grands, plus puissants et majestueux encore, des myrobolans aux branches croulant sous le poids des prunes pourpres, des palissandres, des kapokiers, des pommiers-cajou aux fleurs généreuses, aux fruits dont les saveurs enivrent

On voit les animaux ?

Non, ils sont à couvert loin de la route, faut s'enfoncer par les pistes, mais il y a déjà eu de fortes pluies par ici, tout est inondé, personne ne s'aventure.

C'est ici que Colette avait construit son lodge ?

Oui, mais beaucoup plus à l'est. De l'autre côté.

C'est incroyable, cette zone luxuriante au milieu du désert.

Les nappes phréatiques, je suppose.

L'enclave forestière s'estompe lentement dans l'horizon vibrant de chaleur. Ils croisent de nombreux véhicules militaires, de rares taxis-brousse, et une bourgade de quelques maisons en dur à l'intersection d'une piste de terre blanche. Un enfant est assis sur une pierre devant une épicerie-buvette, les avant-bras sur les genoux, près d'un seau rempli de boissons qui trempent dans des morceaux de glace concassée. Le garçon les salue d'un geste de la main, doigts écartés, Thomas lui répond, remarque l'éclat de son sourire, ses pieds chaussés de méduses. Pauline ne ralentit pas, ils poursuivent, 500 m encore, elle freine, s'engage sur un chemin de traverse, Thomas découvre sur sa droite un muret de crépi rose, haut d'un bon mètre, qui cerne un vaste rectangle de terrain caillouteux, avec deux piliers surmontés d'un globe opaline et qui supportent une grille noire grande ouverte. Au milieu du terrain sans arbres s'élève une villa également rose, en matériaux préfabriqués, avec une terrasse et un grand parasol blanc imprimé du logo Orangina. À l'ombre d'une dépendance, deux militaires en treillis jouent aux cartes, ils fixent Pauline et Thomas avec insistance. Elle gare le break à côté d'une Mercedes noire

Toujours ces éternelles limousines.

Je te raconte l'anecdote ?

Vas-y.

Le Cameroun est une ancienne colonie que se partageaient la France et l'Allemagne. Qui restent les partenaires historiques. Quand le gouvernement a décidé de couvrir le pays avec le réseau hertzien, nos télés ont été mises en concurrence pour emporter le marché. Les Allemands proposaient une chaîne nationale, nous, deux, pour le même prix. On allait signer le contrat, et puis les Allemands ont eu l'idée d'envoyer un cargo à Douala rempli de quatre-vingt-dix Mercedes pour l'ensemble du gouvernement. Ils ont raflé le marché. C'est pourquoi chaque dignitaire en possède une où que tu ailles. C'est le clan des Mercos. Même si elles sont couvertes de boue et que les pistes vont les essorer en deux ou trois ans.

Un homme en costume sombre, chemise blanche et cravate bleue paraît sur la terrasse, son épouse à son bras, altière, plus grande d'une tête, dans une robe unie turquoise au profond décolleté, avec des volants aux épaules et aux genoux, les ongles des mains et des pieds enduits d'un vernis chromé, des bracelets d'or aux poignets et aux chevilles. Le sous-préfet ouvre les bras Ma chère Pauline, comment allez-vous ? Avez-vous fait bon voyage ? Ils se saluent chaleureusement. Les présentations sont faites Entrez, je vous prie, entrez. Le ciment effrité de la terrasse réverbère la chaleur, ils ne s'attardent pas, pénétrant dans un vaste hall puis dans le salon-salle à manger. Le sol est uniment couvert d'un carrelage granité, dans les angles s'accumule une fine poussière sableuse. Les pièces sont vides à l'exception d'un buffet bas, d'une table et de huit chaises en palissandre, d'un canapé et de trois fauteuils en velours côtelé. Les murs sont nus, d'une couleur fade vert d'eau. Seul, au-dessus du buffet, trône un portrait du président Biya dont le sous-verre est piqué de chiures de mouches. Le sous-préfet et son épouse s'enfouissent dans les fauteuils, croisant les jambes, les mains sur la cuisse supérieure, laissant voir pour M. Alexis Koutouré les boutons de manchette, la montre et la chevalière or. Ils répètent à l'envi : notre villa ceci, notre villa cela, évoquant les aménagements à venir, les difficultés pour avoir continûment l'eau courante. Pauline et Thomas luttent dans le canapé, l'assise de mousse est trop molle, ils cambrent excessivement les reins pour garder une posture point trop avachie. Un jeune serveur apporte des assiettes d'arachides et des bières glacées qu'il pose cérémonieusement sur la table basse. Ils échangent des banalités sur la saison des pluies qui commence, l'amitié franco-camerounaise, l'engagement français au Mali et en Centrafrique. Ils s'installent à table, une dame âgée survient avec une sorte de faitout dans lequel elle a cuisiné un n'dolé à la viande de bœuf, le jeune serveur la suit avec un plat de riz nature deux fois cassé, et un saladier de bananes plantains frites. Pauline s'émerveille de l'excellence des mets, puis s'inquiète

Et vos enfants, ils vont bien ?

Ils sont au village, dans la famille. D'ailleurs, Irène va les rejoindre. La région est trop insécure, les brigades islamistes sont une menace constante, heureusement, le Tchad nous fournit une aide substantielle en hommes et en blindés, on dispose depuis le mois dernier de plusieurs chars d'assaut et d'avions de chasse. Quand, ma chère Pauline, l'Europe se rendra compte des dangers que fait courir Boko Haram pour l'équilibre de la région ? Quand ?

Le sous-préfet en profite pour présenter des excuses à Thomas, il n'ignore pas l'incident dont il a été victime, cette arrestation à Maroua Nous sommes sur le pied de guerre, mon cher Thomas, il faut nous pardonner notre excès de zèle, tout à fait regrettable. Thomas rassure le sous-préfet sur ses intentions, il ne déposera aucune plainte, il a entendu les prières de Pauline, il comprend la situation, il est souriant, disert, il parle avec aisance, il confie son dépaysement, l'accueil formidable des gens, la générosité de ce pays…

En effet, mon cher Thomas, on vous a même offert un toit gratis quatre nuits durant, c'est dire ! Ils s'esclaffent, ils rient jusqu'aux larmes

Excusez-moi cette mauvaise plaisanterie…

Mais non, mais non! C'est mieux d'en rire.

À la fin du repas, Thomas s'enquiert des toilettes, on lui indique, on le prévient de l'absence d'eau courante. Il sort dans le hall, emprunte un couloir, pénètre dans la grande salle de bains, plusieurs carreaux sont descellés, la volumineuse baignoire a les flancs maculés de coulures brunâtres, le fond est une flaque quasi sèche d'eau terreuse, la pièce est imprégnée de remugles de tuyauterie à l'abandon, les robinets tournent dans le vide, un seau à moitié plein est posé à côté de la cuvette des toilettes remplie d'une eau marronnasse. Thomas recule, emprunte de nouveau le couloir puis le hall, paraît sur le seuil du salon-salle à manger, prie ses hôtes de l'excuser, il sort un moment fumer une cigarette et admirer le paysage Mais faites, cher Thomas, faites. Il évite le regard de Pauline, se retire, débouche sur la terrasse, allume sa cigarette, un scorpion dresse sa queue vénéneuse à 1 m de ses chaussures, il hésite à l'écraser, descend les marches, traverse le terrain caillouteux et s'en va le long du chemin et du mur de crépi rose jusqu'à échapper à la vue des militaires et des fenêtres de la villa. Il s'arrête au bord du talus, se débraguette, saisit sa verge et se soulage, soupirant d'aise, le jet d'urine consciencieusement dirigé sur une fourmilière dont il ravine les flancs. Le liquide mousse, les fourmis rouges se garent sans précipitation, le sol desséché absorbe à mesure, Thomas s'égoutte, range son sexe, reboutonne sa braguette, les insectes retrouvent aisément leur trajectoire, sortent et entrent par les fissures et les trous, ne demeure qu'une tache sombre d'humidité qui se contracte à vue d'œil dans cette chaleur de four où rien n'échappe à l'inexorable cuisson des hommes, des bêtes et du sol. Il poursuit dans la poussière et les cailloux le long de la piste, rejoint le goudron, prend sur la gauche vers la bourgade, il chemine lentement, préoccupé du seul effort de mettre un pied devant l'autre. Un serpent roux, de la grosseur de son poignet, glisse, lascif et sûr, à quelques mètres, Thomas s'immobilise, l'animal prend son temps, cette reptation annulaire qui monte et descend le long du corps, un lent frisson sous le cuir luisant, il contourne superstitieusement l'endroit où le serpent est passé, rejoint les premières masures puis la buvette-épicerie où est inscrit à même le mur à coups de pinceau : LE SAFARI PRÉSIDENT. L'enfant est toujours là, dans son T-shirt bleu déchiré à l'épaule, il s'est déplacé à l'ombre de la buvette avec son seau, il tire un sourire d'ivoire qui claque sur son visage lisse, Thomas le salue

C'est frais ?

C'est dans la glace… Mets ta main.

Alors, d'accord, une jovajo.

250.

T'as la monnaie sur 1 000 ?

Non, monsieur.

Alors je t'offre un Top et je prends deux autres bières, ça ira ?

Ça ira bien.

T'as quel âge ?

11 ans.

11 ans ? Comme mon fils.

T'as un fils ?

Oui, et une fille, 9 ans.

Comment il s'appelle ?

Anton.

Anton ? Ah.

Et toi, comment tu t'appelles ?

Sama.

Sama ? Mes enfants ont une nounou de ton pays, Daba, elle s'appelle.

Elle vit avec vous ?

Presque, oui.

Ça me plairait comme travail.

T'occuper des enfants ?

De tes enfants.

T'es sûr ?

Très sûr.

C'est loin où j'habite.

Oui, c'est loin.

Thomas engloutit sa bière, il est en nage, la soif est toujours là, il tient les deux autres bouteilles contre sa poitrine avec son bras gauche, une sensation de frais qui apaise.

T'as des frères, des sœurs ?

Oui.

Tu t'en occupes, alors…

C'est moi le plus jeune.

Tu bois pas ton soda ?

Tout à l'heure.

Ah, bon… Je dois y aller.

Chez le préfet ?

Oui. Au revoir, Sama.

L'enfant répond d'un hochement de tête, le regard perdu sur la route. Thomas s'éloigne d'un pas hésitant comme s'il avait oublié quelque chose. 16 h 10 à sa montre, il scrute le goudron, frémit à la pensée du serpent, entend un moteur qui cale dans son dos, plusieurs coups de klaxon, un taxi-fourgonnette vient de s'arrêter devant la buvette, il s'arrache, reprend le chemin sur la droite, pénètre dans la propriété sous le regard morne des militaires, dépose les bières dans le break et monte sur la terrasse où sont installés Pauline et le sous-préfet, à l'ombre du parasol Orangina

Alors, la région vous plaît, Thomas ?

Oui, c'est sauvage. Mais aride.

Détrompez-vous. Quant on sera plus avancés dans la saison des pluies, c'est tout vert en quelques jours, le pays se métamorphose pour ainsi dire. Vous buvez quelque chose ?

465

Ça va, merci.

Ne t'assieds pas, Thomas, faut qu'on rentre, je déteste rouler la nuit.

Vous avez raison, ma chère Pauline, il faut éviter, surtout en ce moment.

Je compte sur vous, alors, monsieur le préfet ?

Vous avez ma parole, j'appuie en ce sens autant qu'il m'est possible. Je vous remercie au nom de tous les villageois du district de Mokolo.

Vous transmettrez nos amitiés à votre épouse ?

J'y manquerai pas, Irène se repose, la grande chaleur.

Ils s'assoient dans le break, démarrent, Alexis Koutouré fait un signe de la main, élégant, officiel, il a tourné le dos, il s'évapore au-delà de la ligne d'ombre du hall. La voiture cahote dans la poussière qu'irise un soleil bas

Qu'est-ce qui t'a pris ?

De quoi tu parles ?

Disparaître comme ça, presque une heure !

Je suis allé pisser, si tu veux savoir. Et me suis promené jusqu'au village.

C'est franchement incorrect… comme si tu t'emmerdais.

C'était le cas, oui.

Tu pouvais faire un effort, non ?

Ils traversent le carrefour, l'enfant n'est plus là, la buvette semble fermée, ils filent vers la réserve de Waza

J'en fais des efforts… Je suis poli, je cause du pays et je ferme ma gueule pour les quatre jours de prison, c'est bon.

On a été bien reçus et…

J'en ai rien à foutre… C'est pas mon monde. Parce que, tout bien réfléchi, tu me reproches d'être jamais venu, de pas prendre de tes nouvelles… Vous m'avez jamais rien dit, comment voulais-tu que je devine ?

Deviner quoi ?

Pourquoi t'étais barrée en Afrique. Pour moi, c'était un caprice de femme qui se prend pour mère Teresa, j'allais pas te courir après. Et puis, finalement, nous, on est restés, on a dû assumer l'héritage, la charge, affronter le quotidien, la réalité, celle où l'on naît. On est restés, nous...

Comment ça, nous ? Jean et toi ?

Oui, nous.

Tu manques pas d'air, Thomas ! Jean est resté, oui, c'est lui qui s'est pris le poids, la charge... Toi, tu t'es contenté de vivre, faire carrière comme tu dis. Nous. Nous. C'est pas un reproche, d'ailleurs, c'est ce qu'on a toujours voulu. Pour toi. Juste, dire nous, t'es gonflé !

Je dis nous parce que Jean allait mal, je sentais que c'était sur lui, pour finir, qu'il fallait veiller, j'avais du souci...

Et t'as veillé sur lui ?

Mais je savais rien, nom de Dieu ! Même Camille qui s'est tue...

Ils longent l'étendue verdoyante de la réserve qui flamboie comme un feu mûr sous l'or du soleil rasant

Oui, je m'emmerde, j'ai rien à faire dans ton enfer, cette misère noire, c'est le cas de le dire.

Très drôle, Thomas.

Je suis venu pour te voir, parler de Jean, de nous, je devais te retrouver à Douala, simplement, et je me traîne jusqu'ici, je prends quatre jours de taule, je comprends rien à tout ce merdier, je comprends pas ce que tu fais là, ta cause désespérée sur ce continent qui sombre, chez nous c'est déjà assez violent comme ça. Et je fais pas d'efforts, tu dis ? Parce que je suis allé boire une bière dans le bled à côté, au SAFARI PRÉSIDENT ?

Elle a le coude sur la portière, elle ne répond rien, elle ôte son foulard, se passe la main dans les cheveux, penche sa nuque, contemple le groupe de moabis qui se détachent en silhouette d'ombre, les baobabs isolés avec leur chevelure hérissée, juste une poignée de fines nattes tortueuses et graphiques accrochant le ciel à l'orée du parc national

Thomas ! Regarde, là, à droite des myrobolans, les zèbres ! Tu les vois ? C'est rare qu'ils viennent jusqu'ici. Elle ralentit, elle s'arrête, il observe, c'est à 300 m

Les jumelles, dans la boîte à gants !

Il va faire nuit, Pauline, et…

C'est bon, on a encore une heure, c'est rare ce spectacle.

Il soupire, s'empare des jumelles, une dizaine de zèbres se régalent de prunes aux branches les plus basses, d'autres broutent le sol herbeux, quelques antilopes bondissent loin derrière, aériennes dans la savane blonde, des changements de cap imprévisibles à la manière d'un banc de dauphins qui poursuivraient des champs d'ondes tournoyantes. Elles se rapprochent des zèbres qui lèvent la tête, qui s'ébrouent, gagnés d'inquiétude, qui s'élancent à leur tour vers la gauche, d'un même élan, un seul être, ça disparaît dans la végétation qui s'entrouvre et se referme. Ils repartent, Pauline prend de la vitesse, enclenche la 5e

Ton sous-préfet, là, il sue la peur. Il doit trembler devant son reflet dans la glace. À peine à son poste qu'il frémit de le perdre. Comment veux-tu qu'il t'aide ?

Ici, on est mis et démis le jour même, Thomas. On sait jamais dans quel sens vont le pouvoir, les alliances. On est ministre, on est en prison, la famille est déportée, c'est une météorologie.

Je sais. Comme les zèbres et les antilopes… Des flux qui vont, qui viennent, qui passent.

C'est pas la même chose chez nous ?

Si.

Des flux économiques et financiers, une météo mais plus insaisissable… On emprisonne pas, on tire pas un coup de feu, on coupe l'eau, le gaz, l'électricité, Internet, les comptes, on expulse, on tue au sens figuré…

Enfin, à choisir, je préfère la métaphore.

Une pétarade soudaine, vociférante, avec un raclement de métal sur le bitume, envahit l'habitacle, Pauline freine, se gare sur le bas-côté défoncé, s'essuie le front, grimace d'inquiétude, coupe le moteur. Ils sortent, s'agenouillent, scrutent sous la voiture, le pot d'échappement s'est détaché au centre du châssis, juste avant le silencieux, il pend et touche le sol C'est rien, on va l'attacher, j'ai de la ficelle, je ferai souder à Mokolo. Ça va juste nous casser les oreilles. Pauline se redresse, va ouvrir le hayon, revient avec un bout de ficelle, Thomas est allongé sous le break, les jambes seules dépassent sur l'asphalte

Dis, Pauline, y a pas de serpents ici, au moins ?

Pourquoi tu dis ça ?

Parce que je suis par terre, sur le dos, comme une tortue retournée, que je peux pas m'enfuir, tiens !

C'est bon, c'est bon, t'énerve pas, je fais le tour, mais vu le tintamarre qu'on fait, il n'y a plus aucune espèce vivante des kilomètres à la ronde.

Très drôle.

Chacun son tour... Attention de pas te cramer avec le pot...

Ça, je sais. Passe-moi un chiffon.

Il tâtonne sous la caisse noire et huileuse, repère un crochet vacant, y arrime la ficelle avec un nœud coulant, la passe trois fois autour du tuyau brûlant à l'aide du chiffon, attache l'autre bout de la ficelle sur le même crochet, le tube est quasi en face du trou du silencieux, ça tient, il rampe vers l'extérieur, se griffe les reins sur les cailloux, s'extrait, les mains et les avant-bras couverts de cambouis, des taches d'huile sur la chemise, il prend une poignée de terre sèche, s'en frictionne la peau

C'est bon ?

J'ai peur que la ficelle cuise. Du fil de fer aurait été…
J'en ai plus.

Il boit avidement au goulot de la bouteille d'eau tiède, ils repartent dans un bruit de pétarade moins assourdissant. Le soleil a disparu derrière la plaine, tombé dans l'abîme de l'extrémité. Le jour devient bleuté, presque marine, les couleurs refroidissent

C'est encore loin ?

Dans vingt minutes on devrait apercevoir Mokolo.

Pauline ?

Oui.

J'ai pas compris pour Camille, ton absence. Mais pour Jean, que tu sois pas venue. Je t'en ai tellement voulu. En fait, ça passe pas… ça passera pas.

Pas maintenant, Thomas. Avec le bruit, là, j'ai le crâne… Ce soir, si tu veux bien.

Thomas tourne la tête vers la plaine que l'encre inonde, il distingue en contours indécis une haie confuse au loin, la montée d'une vague ténébreuse, celle de la forêt qui se trame toujours plus ombreuse autour du lac de barrage. Il se tait, les environs s'estompent, les vieux phares aux rais jaunâtres commencent de fouiller dans l'obscurité, fendant de peu la nuit rapide.

*

Les corps se relâchent dans l'osier des fauteuils. Ils ont mangé les œufs et le mil, les mangues et la goyave, ils ont bu la bière et finissent la dernière bouteille de bourbon entamée, Pauline crapote sa longue pipe en terre, Thomas allume ses cigarettes avec le mégot des précédentes

Dure journée, hein ?

Oui.

Suis tout de même heureuse, demain, un médecin et deux infirmières arrivent de Garoua pour reconstituer l'équipe. Je vais souffler.

Des bénévoles ?

Non, on a trouvé des fonds, le sous-préfet m'a beaucoup aidée, quoi que t'en penses.

C'est quoi son mobile ?

Son mobile ?

Pour t'aider. Les termes de la négo. Vous couchez ?

La réponse t'intéresse vraiment ?

Vas-y.

Pauline devait organiser la logistique de vaccination pour l'ensemble des militaires stationnés dans l'extrême nord Ils ont des cas de fièvre jaune. Et comme ils avaient un labo anglais qui faisait un gros lobbying pour écouler des stocks. Elle pensait d'ailleurs en récupérer pour ses dispensaires

C'est vrai, les rumeurs de faux médicaments ?

Pauline ne put s'empêcher de sourire. Cela faisait une quinzaine d'années que les faits étaient avérés, 70 % du trafic mondial s'écoulait en Afrique noire. En plus d'être faux, les médicaments étaient souvent dangereux. Elle-même s'était laissé berner sur des achats, elle remontait à présent aux labos sources, vérifiait les codes et les éditions…

Ça fait combien de temps que t'as pas eu d'amant, Pauline ?

De quoi je me mêle, d'un coup ?

T'es jeune et belle mais t'es seule…

Tu me fous la paix, Thomas. J'ai envie de te crever les yeux, là.

C'est déjà fait… Mais toi, t'es seule et tu te fanes… Et tu m'as pas répondu…

Tu veux dire ?

Pourquoi t'es pas venue pour Jean ? Tu vois, j'évoque même pas Camille, les enfants, non. Mais Jean ?

C'est pour ça que t'es si agressif, ce soir ? À vouloir me foutre la tête sous l'eau.

Devant ton miroir, juste.

J'ai des amants, frangin, à Douala, et même à Yaoundé, ici non, tout se sait... J'aime me faire sauter par les indigènes, pénétrer la Blanche, ça les excite. Ça va, t'es content ?

Non, parce que t'es seule, finalement.

Tu veux dire que j'ai pas fondé de famille, père Thomas ?

Rentre avec moi, Pauline.

Frère et sœur ne font pas famille.

Arrête, s'il te plaît.

Je rentre pas tant qu'elle est pas exactement six pieds sous terre.

Elle ?

Tu devines pas ? L'autre, la Valence...

Maman ?

Thomas pouvait-il supposer que le père forçait ses enfants sans que la mère soit consentante ? Parce que cette fin de journée, quand pour la première fois Aurèle était entré dans la chambre de Pauline, l'avait quasi déshabillée, que Jean était survenu, le sauveur poussant son cri d'outragé, que le père enragé, exhalant une odeur acide de peau flétrie dans sa veste de velours élimée, l'avait à moitié assommé avant de s'enfuir, quand Jean, à nouveau debout, Pauline rhabillée, le frère et la sœur s'étant réparés l'un l'autre avec des gestes d'attention tendre, sans mots pour dire ce qui avait eu lieu exactement, sinon que Pauline avait alors compris ce qu'elle allait advenir dans les bras d'Aurèle, ce qui était déjà advenu pour son frère depuis quatre années dans un parfait silence, quelque chose pour eux deux comme un premier pas commun dans l'horreur d'un lendemain empoisonné, fusionnés cette fois par le désir dévorant du père qui couturait ensemble leur destin, quand ils se furent réconfortés comme ils le pouvaient, donc, jusqu'à ce que Jean la quitte, retourné à la bergerie s'occuper des bêtes, alors Pauline était sortie de sa chambre, avait descendu l'escalier, ne sachant plus véritablement où se poser, où poser son corps soudain immense, envahissant, ouvrant machinalement la porte d'entrée, apercevant dès le seuil sa mère dans le jardin, qui vaquait à ses plantations dans la douceur du printemps, qui taillait les rosiers avant la montée de sève, Pauline découvrant sa mère affairée vers laquelle elle s'était précipitée. Sa mère aux yeux fuyants, dans les bras et contre la poitrine de qui elle s'était blottie pour s'y fondre, alors submergée de désarroi, sa mère qui évitait le regard de Pauline lorsqu'elle levait vers elle son visage dévasté, sa mère lorsque Pauline fut parvenue enfin à bégayer: Papa... Et Valence qui l'interrompt, lui caressant les cheveux C'est rien, ma chérie. Votre père, c'est sa façon à lui, tu dois pas lui en vouloir, il vous aime trop, il faut l'admettre, mais il est comme ça. Pauline comprenant alors que sa mère savait pour Jean, comprenant aussi que sa mère savait exactement ce qui se tramait une heure auparavant dans la chambre de sa fille, elle, Valence, rentrée inopinément plus tôt de sa tournée d'infirmière, qu'elle s'était donc retirée sur la pointe des pieds, abandonnant la place pour aller s'absorber dans le travail du jardin, la croissance de ses fleurs, parce qu'il fallait bien s'occuper dans une tâche qui l'accaparerait fort. Quand bien même Valence avait soudain entendu le long cri outragé du fils. Si compréhensive envers son mari, si affectueuse avec son homme, qu'elle n'aurait pour tout l'or du monde ni quitté ni perdu, ainsi pouvait-elle bien lui livrer leurs enfants, leurs créatures, ceux finalement qui leur appartenaient, père et mère, en propre.

Thomas ne dit mot. Il tire sur sa cigarette comme s'il voulait s'asphyxier les bronches et le sang, puis il vide d'un trait son verre d'alcool, il songe à sa mère, il n'a jamais envisagé qu'elle puisse être autre chose que sa mère

Je comprends.

Quoi, Thomas ?

Jean qui lui manifestait si ouvertement son mépris, comme si elle n'existait pas. Refusant de dormir dans la même maison qu'elle. Qui ne répondait plus à ses questions. Elle, qui mendiait son attention.

Et moi, sa fille, dont elle guettait le pardon. Ou l'assentiment pour le choix de nouveaux rideaux, l'achat d'une robe, sous prétexte que nous étions femmes toutes deux, comme si... comme s'il pouvait y avoir prescription.

Maman me faisait peine, et Camille qui me répétait de ne pas m'en mêler, que c'était une histoire entre vous.

Thomas songe aussi à cette préférence marquée que sa mère avait pour Jean. L'avait-elle plus aimé pour ce qu'il sacrifiait à son père, travaillant à mieux l'attacher au foyer ? Quant à Pauline que le père n'avait pu posséder, elle incarnait plutôt la faute et la culpabilité de Valence. Et lui, Thomas, la simple innocence comme on le dirait de l'idiot du village, lui qui s'était enorgueilli d'offrir seul une descendance aux Texier. Et maintenant, tout était mêlé, mélangé, leur mère, c'était la grand-mère d'Elsa et d'Anton, ils l'adoraient, sans réserve. Dieu, que pouvait-il entreprendre ? Lorsqu'il eut énoncé de telles évidences, c'est comme s'il s'imposait à eux de couvrir le secret. À moins d'entamer à vif la psyché des enfants en rayant Valence de leur vie, à moins de trancher à vif dans le lien que Thomas avait à sa mère qu'il jugeait aimante en dépit de cette distance froide qu'il avait toujours ressentie à ses côtés. C'est bien ce que Jean et Pauline avaient rendu possible. Que Thomas n'entretienne jamais la moindre défiance envers père et mère. En conséquence, qu'une affection véritable puisse se nouer entre les enfants et leur grand-mère. La duplicité maudite s'annulerait à la mort de Valence qui demeurerait dans la mémoire d'Anton et Elsa l'image intangible de leur grand-mère regrettée. Thomas allume une autre cigarette, sa mère le hante, la lancinance d'un va-et-vient de quelqu'une qui fait les cent pas et dont il sait le moindre tremblement, la moindre hésitation dans les gestes et les mots, puis insidieusement de quelqu'une qui n'est plus sa mère, qui devient une femme dont l'allure, les traits, les habits mêmes changent de coloration, où tout son être se grise et s'alourdit, la lente métamorphose de sa mère en une femme qu'il pourrait imaginer vénéneuse. Cette métamorphose est plus aisément à sa portée quand il associe Valence à Raymond, quand il l'aperçoit au bras de son nouveau mari, cette coquetterie particulière, la toque, son manteau en cuir fourré, la façon qu'elle a d'exprimer sa nouvelle assise de femme, son nouveau train de vie, aisé, qui lui est acquis, une morgue dévoilée d'épouse accomplie, l'âpreté sous-jacente à défendre ses privilèges, sa parade à l'avant du puissant 4 × 4, agitant sa main gantée par la vitre, une reine dans un défilé officiel. Cette manière aussi de frissonner au bras de Raymond, de lui manifester combien elle est sa chose avide. S'imposent maintenant à sa pensée ces confidences de femme satisfaite et désirée. Des persistances auditives et rétiniennes qui émergent des eaux maternelles, plus dessinées à la Noël et que Thomas avait éprouvées comme une gêne diffuse, un courant d'air sur la nuque. Qui lui permettent à présent d'envisager comment elle a pu abandonner Jean et Pauline à l'homme que fut Aurèle, au bras duquel elle avançait dans l'existence. Son père, d'autres hommes entraperçus, et puis Raymond à présent

Oui, Pauline, ce jeu de dupes à Noël dans la maison, et après, dans la bergerie, avec les enfants, les convulsions de Jean...

Mais Thomas ne lui avait pas raconté, pour finir, l'altercation avec Raymond, comment Jean l'avait rembarré, plus exactement comment il lui avait ôté Anton et Elsa qui se tenaient sur ses genoux, il les lui avait pris comme s'il voulait lui arracher les yeux, après avoir sourdement prié Thomas de ne pas laisser les enfants dans les bras de Raymond. Thomas qui ne saisissait pas le pourquoi de sa demande chuchotée à l'oreille, cette tension dans la voix de Jean, Thomas qui demeurait médusé, stupide, interdit. Alors, Jean s'était levé, il avait fondu droit vers le fauteuil, une colère froide, Thomas ignorait ce qu'il avait dit à Raymond, des mots entre ses dents, Jean les avait laissés en plan, disparu avec les enfants. Raymond était blanc, cireux, il avait souhaité partir aussitôt. Et lorsque Valence, en pleine conversation avec Claire, avait compris ce qui se passait, elle avait, en apnée soudaine, affiché le même masque spectral, enfilé son manteau, ses mains tremblaient, elle voulait embrasser ses petits-enfants, se rendre à la bergerie pour dire au revoir, quelle que soit l'animosité guerrière et folle qui avait point entre son homme et son fils, drapée donc dans sa légitimité de grand-mère résolue, elle avait traversé la cour enneigée, glissante, pour rejoindre Elsa et Anton qui s'occupaient des bêtes. Et juste après leur départ, les convulsions de Jean, les enfants en panique...

Jean m'en a parlé dans une lettre. En janvier.

Ah ?

Je peux pas te la montrer, ses lettres sont à Douala.

Qu'est-ce qu'il disait ?

Que tu étais aveugle, qu'il fallait se méfier de Raymond, qu'il pressentait chez lui le prédateur, que ça n'était pas étonnant, que Valence s'acoquine toujours avec des pervers et des ogres. Que c'était pas un hasard s'il travaillait à l'hôpital avec des enfants handicapés. Que c'était un lieu rêvé pour ses petits arrangements, ses tripotages. Que ces gens se font recruter là où sont les enfants, des handicapés a fortiori qui ne peuvent s'exprimer clairement.

Il t'a écrit ça ?

Oui.

C'est du délire, non ? En ce cas, les hôpitaux pour enfants, mais aussi les écoles, le mal est partout... Raymond paraît dévoué dans son travail, il aime les enfants, ça crève les yeux...

Je fais confiance à Jean, il a comme un sixième sens pour ça, c'est compréhensible, non ?

T'es sûre ?

Jean a trop souffert pour ne pas savoir.

Mais, Pauline, tu me fais peur, là. Anton et Elsa sont chez leur grand-mère en ce moment... avec Raymond... Me regarde pas comme ça ! Comment veux-tu que je... Quand j'ai décidé de venir te voir, je les ai laissés chez elle, Claire était trop occupée avec son procès, eux étaient ravis, bien sûr. J'avais pas le choix, bon Dieu ! Ni d'ailleurs la foutue pensée que...

Jean t'avait pourtant averti... Tu leur as parlé récemment ?

À qui ?

À tes enfants.

Non, ça fait presque dix jours. Depuis que j'ai quitté Yaoundé, j'ai plus de connexion, c'est le Moyen Âge...

Tu vois des chevaliers en armure ici ? Des châteaux forts et des cathédrales ? Il faut les joindre, c'est sûr.

Où ? Où veux-tu ? Vos antennes relais sont détruites, réquisitionnées.

À Maroua, il y a une poste avec des cabines téléphoniques. Tu demandes un opérateur, ça peut prendre un certain temps, il t'appelle quand il a la ligne.

J'y vais demain alors, il y a des taxis-brousse ?

Oui, dès 5 h du matin, la poste ouvre à 8.

Tu peux pas m'emmener, je présume.

Demain, j'accueille la nouvelle équipe médicale dont je t'ai parlé. Je dois rester encore quelques jours pour réorganiser les choses, présenter l'équipe dans les villages alentour, créer la confiance sur place... Que je vienne ou pas demain ne change rien. De toute façon, tu vas leur téléphoner, et après ?

Je vais appeler Claire, qu'elle vienne les chercher chez Valence le plus vite possible.

Tu dis que Claire n'est pas…

Je lui expliquerai. Elle prendra une nounou ou elle demandera à Daba de les rejoindre à Bordeaux. C'est un cas d'urgence, ce sera possible. Et si j'arrive pas à la joindre, je rentre.

Dis pas de bêtises, Thomas, t'as vu un aéroport à Mokolo ?

Merde, mon passeport est au consulat.

Il n'y a pas de vols internationaux depuis Yaoundé, il te faut retourner à Douala, trouver une place dans un avion, c'est un délai de cinq, six jours minimum pour être en France… Tu dois régler les choses par téléphone avec Claire. Dans une petite semaine, on rentre à Douala. Il sera temps d'aviser si tu anticipes ton retour, non ?

T'es sûre, Pauline, que je fais pas tout ce micmac pour rien ?

Je suis sûre de rien, Thomas. Il y a juste cette lettre de Jean fondée sur l'expérience de Noël… Tu peux prendre le risque que ça se répète avec Anton et Elsa ?

Tu as raison, et puis maintenant j'ai peur, ça m'obsède… Nom de Dieu, j'y crois pas. T'as plus rien à boire ?

Faut aller à l'épicerie.

J'y vais. On y va ensemble ?

Non, je vais voir Aliou s'il dort pour de bon, c'était difficile ce soir de le calmer.

*

Il a pris place sur le banc près de la double porte vitrée grande ouverte sur la rue, cherchant le moindre frémissement d'air. Il patiente à nouveau, distingue à 200 m le commissariat, la prison et la place de terre battue où plusieurs enfants jouent à l'ombre des tamaris. C'est au travers des barreaux de cette unique fenêtre du pignon, dans le mur lépreux, qu'il tendait son bras vers les visages et les mains emmêlés, leur donnant la monnaie pour qu'ils lui rapportent des bananes et de l'eau minérale. Il est tenté de rendre visite à Ousmane, il songe à la lettre qu'il détient pour ses parents à Douala, il pense à Claire, à sa voix soudain blanche quand il lui a évoqué la conversation avec Pauline, la mauvaise intuition à l'endroit de Raymond. Il lui a proposé de faire venir Daba à Bordeaux. D'abord réticente, Claire en a paru finalement soulagée, et Daba serait sans aucun doute heureuse de couler des journées à l'océan avec les enfants

Quelle raison tu as invoquée ?

Comment ça ?

Auprès de ta mère.

Je préférais te joindre avant de l'appeler… Je sais pas, Claire, je sais pas.

Dis-lui simplement que j'ai pu obtenir deux semaines de congé, et que tu partages entre les deux grands-mères. Tu seras rentré d'ici là ?

Oui, bien sûr.

Alors, ça se tient.

Il y avait un retard dans les voix, ils parlaient et les mots semblaient physiquement cheminer le long de la ligne téléphonique, un différé d'une ou deux secondes, l'échange en était difficile, haché, ils se coupaient sans cesse la parole, réagissaient à contretemps. Thomas était sorti de la cabine en nage, l'oreille mouillée, la chemise qui colle dans le dos Monsieur Texier ? La 4, c'est pour vous. Il se précipite dans l'espace exigu imprégné d'une odeur indicible de sueur, de poussière, de henné et de vêtements chauds. Il décroche le lourd combiné en bakélite noire, il entend sonner chez Valence, longuement, redoute qu'elle... Un déclic, une voix d'enfant Allô ?... Anton ? c'est papa ! La conversation avait duré presque dix minutes, avec ces mêmes décalages entre l'énoncé et sa réception, la spontanéité des mots tendres et des blagues en avait été brisée. Thomas avait donc auditionné plus qu'écouté les voix des enfants qui n'étaient cependant traversées d'aucun trouble, d'aucune ombre, excepté le différé qui émiettait l'échange au point d'avoir le sentiment de jeter les mots au vent. Puis il y avait eu l'acrimonie de sa mère de se voir dépossédée d'Anton et d'Elsa. Raymond avait prévu de les emmener deux jours à la hutte pour la chasse au canard. Qu'ils assistent à cette levée de l'aube parmi les joncs et les roseaux, quand l'eau, telle une laque, semble exhaler une brume tiède hantée de lueurs mauves et roses que fracture soudain l'envol des oiseaux, des ombres chinoises, d'un noir de suie. Ils vont tous être déçus, c'est certain... Mais toi, tu les accompagnais pas ? La question ne se posait plus puisqu'ils repartaient le soir même, avec Claire, sans préavis, comme un rapt, une razzia. C'était son mot à Valence, la razzia, pour exprimer la violence de la chose. Nous téléphoner de chez les sauvages, là, pour organiser un tel chambard... Et quand Thomas, avec une insistance déplacée, avait demandé aux enfants s'ils passaient du bon temps avec Valence, s'ils jouaient beaucoup avec Raymond, et qu'ils lui avaient répondu combien ils s'amusaient, combien leurs vacances étaient réussies, lorsqu'il s'extrait de la cabine, la chemise est trempée, le visage ruisselle, il éprouve des douleurs aux articulations, les courbatures d'un cyanosé, saisi d'une sorte de vertige, suant l'amertume et le dégoût d'avoir entrepris une démarche absurde, infondée, tordue, comme sous l'emprise d'un délire, d'une hallucination, tant les voix aimées dans le combiné, celles d'Elsa, d'Anton et de sa mère sont d'une clarté de cristal. Il paye l'opérateur, sort de la poste, la température est identique, avec la morsure du soleil sur la nuque et les épaules. Il marche vers la prison, décide d'aller saluer Ousmane, s'arrête net à 50 m de l'entrée, les enfants sont assis dans la poussière, ils semblent jouer à l'awalé, ils le dévisagent comme s'ils le reconnaissaient, certains ont leur sourire éclatant, il hésite puis s'éloigne le long du goudron vers le centre-ville. Un adolescent en mobylette le rejoint, stoppe devant lui

Taxi, monsieur ? Taxi ?

Oui, conduis-moi au taxi.

C'est moi le taxi !

Tu vas pas à Mokolo, toi ?

Tu veux dire la gare ?

Thomas s'assoit sur le rembourrage du tissu crasseux ficelé en boudin sur le porte-bagage, la vieille Motobécane bleue démarre en zigzags, l'adolescent cherche l'équilibre, il est chaussé de tongs, il pédale pour aider le moteur, ils roulent vers le marché, une légère brise sèche sa chemise. C'est dans la benne d'une camionnette chargée d'une quinzaine de personnes qu'il parcourt de nouveau la piste vers Mokolo. Il reconnaît dans la plaine désertique le passage de l'oued à l'endroit du pont effondré, sinon qu'entre-temps les lèvres des rives ont été aplanies par le passage répété des véhicules. Un chantier est ouvert, des hommes en haillons y travaillent, leurs gestes sont incongrus dans le soleil, ils manient la pelle et la pioche au ralenti, trois tubes d'égout en ciment ont été installés dans le sens du courant pour permettre l'écoulement de la rivière qui va bientôt grossir avec les pluies d'août, risquant de couper la piste plusieurs semaines. Thomas observe les ouvriers qui font la chaîne avec les lourdes pierres dispersées dans le lit de l'oued, un accord parfait des bras et des bustes, souples et lents. D'autres les disposent en remblai autour des tubes, il cherche en vain le camion de chantier qui les a conduits jusqu'ici. Ils sont seuls dans l'immensité, comme enfantés de la marne sableuse. La Nissan a franchi l'oued, la cuisson du soleil étreint Thomas de nouveau, la benne de la camionnette absorbe la chaleur, ils se tiennent debout dans une poêle à frire, les ouvriers rapetissent dans l'horizon, s'y dissolvent en silhouettes liquides vif-argent. Quand il arrive sur le chemin de la paroisse, le soleil rase la cime des arbres, une lumière horizontale et dorée qui s'éparpille dans les frondaisons. Pauline est assise sur la terrasse, le petit Aliou sur ses genoux qui triture un hochet. Elle a les traits tirés, elle sourit

Alors ?

J'ai joint Claire, c'est arrangé.

Ouf. T'es rassuré ?

Oui, très. Enfin, j'en sais rien, Pauline, je sais plus ce que je fais ni pourquoi.

Comment ça ?

J'ai entendu la voix des enfants, la voix de maman, tout était si gai, si radieux, je casse tout, au téléphone, à 7000 km de là, sans être sûr de rien.

T'as dit que le soupçon t'obsède... T'aurais pas pu continuer. N'oublie pas, ce qui existe existera toujours...

Arrête, Pauline, avec ta philosophie à deux balles, je comprends rien à ce que tu racontes.

Fais pas semblant, Thomas ! La forme est inscrite, ça peut donc recommencer. Après Jean et moi, Anton et Elsa, Valence est au centre qui redistribue les cartes.

Je suis d'accord à propos de Raymond, je le trouve un peu collant avec les enfants, mais ça prouve quoi ? Je vous crois avec Jean, mais quand j'entends maman dans le combiné... Toute ma vie d'enfant, la vie d'Elsa, d'Anton, et elle qui désire tant les voir. Comment veux-tu que je sois en paix...

Tu sais pas ce qu'elle peut faire pour garder un homme, et c'est elle qui les choisit.

Tiens, j'ai acheté de la bière, on la boit tant qu'elle est fraîche ?

Thomas entre dans la pièce, ôte ses chaussures, glisse ses pieds nus dans des sandales, prend deux verres sur la paillasse, le sac d'arachides, le décapsuleur, revient sur la terrasse, se laisse choir dans le fauteuil

Et toi, ta journée ?

Elle a visité les différentes chefferies des villages où elle soigne, elle a fait les présentations de la nouvelle équipe, le médecin, les deux infirmières, arrivés dès l'aube. Demain, ils travaillent ensemble, les villages le matin, le dispensaire l'après-midi

T'es contente ?

Tu sais, les villageois, la médecine des Blancs, on n'arrive pas à savoir s'ils préfèrent qu'elle soit pratiquée par des Blancs ou des Noirs... C'est compliqué.

Le nouveau médecin paraissait très compétent, c'était un ami de Félix. L'une des infirmières était vive, précise, l'autre, on se demandait pourquoi elle était infirmière

Disons qu'avec Fatou et Colette, et moi qui séjourne ici un mois par trimestre, ça devrait fonctionner à peu près comme avant.

La nuit s'insinue, l'air est plus fluide, le crissement des insectes plus dense. Thomas allume la lampe à gaz qu'il pose sur la table, l'enfant s'est endormi dans les bras de Pauline

Il a mangé ?

Comme un goulu, je vais le coucher.

On mange quoi ?

Il reste du poulet de ce midi que Colette a cuisiné et du mil dans le frigo, tu fais réchauffer ?

Ils entrent, Thomas remarque le faitout bosselé sur le gaz, soulève le couvercle, quelques morceaux de poulet baignent dans une sauce claire d'oignons et de citrons. Il sort le saladier de mil cuit à l'eau, met à chauffer sur les deux feux, le couvert sur la terrasse, il aperçoit Colette qui ferme le dispensaire, ils se saluent de loin, elle descend les marches, l'obscurité s'ouvre, l'épouse et l'engloutit. Il décapsule une autre bière. Puis se rassoit, écossant machinalement les dernières arachides au fond du bol. Pauline survient, le faitout fumant entre les mains, la fatigue sur son visage qui s'estompe dans la semi-pénombre, elle se compose un pâle sourire Je te sers ?... Volontiers, je vais chercher le mil. Ils mangent en silence, juste le bruit des couverts dans la nuit qui s'enfle de rumeurs animales. Près du pignon, des pas hésitent dans la broussaille sèche, Thomas se dresse, scrute, croit reconnaître les deux chiens jaunes du premier jour. Il tourne le dos, ça lui vient aux lèvres comme un soupir, il bégaye, lui redit qu'il voudrait qu'elle rentre avec lui, d'une voix basse et bourdonnante. Pauline ne répond pas, il s'est rassis, il n'ose répéter. Ils achèvent le repas, enfermés dans un mutisme las. Thomas demeure sur la terrasse à fumer des cigarettes, il entame une autre bouteille de whisky, Pauline se lave à l'évier, ils débarrassent hâtivement la table puis se couchent, chacun sous son ciel de moustiquaire. Thomas observe sur le plancher la braise orangée qui ronge la spirale d'insecticide, ça fume dans la soucoupe, dégageant une odeur entêtante de charbon brûlé où perce un vague souvenir d'encens. Il guette à l'oreille sans percevoir le souffle régulier de Pauline. Elle aussi doit attendre le sommeil comme on guette le miracle d'une délivrance, mais la tête où courent dans une roue sans fin les pensées et les mots l'encage dans l'insomnie, il se dit que la folie doit ressembler à ces ruminations ininterrompues, sinon qu'on est debout, dans la lumière du jour. Enfin, ça sombre, ça l'emporte, ça l'oublie, et c'est au milieu de la nuit, il vérifiera plus tard, découvrant qu'il est 4 h passées, que des coups secs et répétés se

mélangent au rêve. Il est dans le jardin fleuri, il cloue des planches aux fenêtres, il cloue la porte, Anton est dans la maison de Saint-Mandé, il répète sans cesse : Pourquoi tu cloues, papa ? Thomas s'entête, il cloue, imperturbable. La porte, les fenêtres sont toutes obstruées, c'est maintenant à l'intérieur de la maison, il cloue les portes des chambres, et la voix d'Anton qui... Mais le heurt du marteau sur la tête des clous est plus rapide que son geste, un staccato vif, il se réveille, un plongeur qui remonte, déchirant la surface de l'eau, il continue d'entendre le martèlement de la ferraille sur une enclume, des détonations plutôt, comme un mélange d'armes automatiques et d'explosions, des obus de mortier sans doute, il n'a jamais entendu de tels bruits mais il pense les connaître depuis toujours Pauline ? Pauline ?...
Il s'assoit sur le bord du lit, se gratte la tête, enfile des tongs, se dégage de la moustiquaire, accède à la terrasse, devinant à présent, très loin, des lueurs qui précèdent les explosions, une ligne de front à des dizaines de kilomètres peut-être, des lueurs où domine le gris avec des liserés jaunes et bleus suivies de grondements sourds, puis de sèches déchirures blanches, des flammes de chalumeau incandescentes de brèves secondes, des pas soudain dans son dos, il tressaille, c'est Pauline qui pose la main sur son épaule

Ça recommence.

Quoi ? Quoi recommence ?

Les échauffourées, les accrochages, Boko Haram, ils font encore des incursions.

C'est loin d'ici ?

Ça dépend, entre 10 et 30 km le long de la frontière.

C'est tout près !

On s'habitue. On craint juste l'arrivée de blessés ou d'agonisants à l'aube.

Dis pas « juste », votre équipe a été massacrée, c'était pas loin d'ici, non ?

La zone est maintenant sécurisée, l'armée quadrille la région.

Encore quelques détonations en rafales, puis le silence et la nuit qui noient l'horizon, les insectes à nouveau qui craquettent, Pauline et Thomas sont assis sur la balustrade, une jambe ballant dans le vide, ils demeurent là vingt bonnes minutes, sans bouger. Thomas comprend après coup que Pauline prenait son élan, qu'elle préparait ses mots, pour énoncer sans préambule

Thomas, les papiers sont prêts…

Quels papiers ?

Pauline court dans ses phrases, elle lui explique en un seul souffle que les papiers d'adoption sont prêts, que Félix connaît suffisamment de monde à Douala, qu'ils ont pu remplacer « Jean » par « Thomas », qu'il peut repartir avec Aliou, l'enfant est sauvé, elle lui demande simplement de réfléchir, elle n'attend pas de réponse dans la minute

Arrête, Pauline, avec l'enfant de Jean, ça veut rien dire.

Non, mais ça pourrait.

Tu me cloues, là, je sais pas quoi te… T'as peur pour lui ? À cause de la guerre ici ?

Oui.

T'es aussi en danger, alors ?

Tout le monde l'est ici.

Ça, j'avais compris. Mais si tu refuses de rentrer, au moins tu pourrais rester à Douala, et faire ton travail sans cette menace ambiante.

Oui et non.

T'es tellement butée, Pauline… Si t'es tuée, ça fera avancer les choses ?

C'est pas le sujet, Thomas.

Ah bon ?

Non, c'est l'avenir d'Aliou, le sujet. Et la promesse que j'ai faite à sa mère, et la décision de Jean d'adopter l'enfant, je te montrerai ses lettres. Réfléchis. Tu peux repartir avec lui. Je vais me coucher, il faut essayer de dormir.

Elle pose sa main sur la joue de son frère, lui sourit et s'éloigne et rentre dans la maison. Thomas allume une cigarette, le crépitement du tabac rougeoyant à quelques centimètres de ses lèvres, cette lumière orangée sur le visage, il devient une cible, la peur l'étreint, il cache la cigarette dans le creux de sa paume. Il s'est rassis sur la balustrade, il guette, tendu, avec la sensation trouble que la nuit relie et rassemble, que le front de guerre est ici, à portée, que les ténèbres tissent les peurs, qu'elles contaminent les pensées, qu'elles suturent les corps ensemble. S'il n'y avait eu cette nuit d'échauffourées, quel moment Pauline aurait choisi pour lui faire une telle proposition, après avoir avoué falsifier des papiers d'adoption ? Lui fallait-il cette pénombre où les visages se diluent, où les orbites se creusent, où le regard se terre ? Il rallume une cigarette, il hésite, l'écrase contre le bois, il abandonne la place, il rejoint son lit.

Une main minuscule tapote son avant-bras, il se réveille, le visage de l'enfant aux grands yeux est tout près, penché sur son lit, il s'est approché plus ou moins chancelant depuis sa chaise qu'il a dévalée à l'autre bout de la pièce, puis s'est glissé sous la moustiquaire pour s'affaler au chevet de Thomas, il l'appelle : Thomas ! Thomas ! C'est la première fois qu'il entend cette voix d'une tessiture indistincte qui articule si clairement OMA ! OMA ! Eh, bien, bonhomme, Pauline n'est pas là ? Aliou fait non de la tête T'as faim, j'imagine ? Il se lève, prépare son café, écrase une banane qu'il mélange à du sucre, il s'installe avec Aliou sur la terrasse, repère un pick-up militaire de la Brigade d'Intervention Rapide garée sur le chemin, l'enfant engloutit chaque cuillerée de banane, Thomas se brûle les lèvres avec le café amer qu'il accompagne d'un morceau de galette desséchée. Le dénuement alimentaire est criant, il n'est pas lié aux difficultés d'approvisionnement, c'est plutôt Pauline, trop pauvre sans doute pour se nourrir correctement. Le poulet à la chair maigre et dure et la boule de mil chaque soir, et le matin l'absence de pain, de beurre… L'enfant perché sur sa cuisse tire le pan de sa chemise, il répète deux sons proches du mot encore. Thomas lui écrase une autre banane, y ajoute des miettes de pain de semoule qu'il humecte avec de l'eau et qu'il mélange au peu de sucre du fond de la boîte. Pauline apparaît en blouse blanche tachée de sang, les rejoint, un peu essoufflée

J'ai dû laisser Aliou sur sa chaise, sans lui avoir donné…

T'inquiète pas, on discute, on mange.

Ils nous ont amené deux blessés légers ce matin.

Rien de grave, alors ?

Non, ça va. Enfin, cinq soldats ont été tués, mais ils nous épargnent les morts… À moins qu'ils ne réclament une autopsie.

Tu sais faire ça ?

Pas bien, non. J'ai fini, je pars soigner au village avec la nouvelle équipe, je peux pas t'emmener dans le break, plus de place.

C'est pas grave, je vais faire des courses à Mokolo avec Aliou.

Tu peux le confier aux sœurs de la paroisse si tu préfères.

Non, non, on y va ensemble.

Bon, je te laisse.

Elle repart vers le dispensaire, quatre hommes en sortent, qui la saluent. Ils sont habillés de noir avec le sigle B.I.R en blanc sur la poitrine et dans le dos. Deux sont armés de mitraillettes, pistolets, grenades, poignards et talkie-walkies à la ceinture, un autre a le bras en écharpe, la main droite dans un volumineux pansement, le dernier a le pantalon déchiré et la cuisse bandée dans une large Velpo, il se déplace péniblement avec des béquilles. Ils grimpent dans l'imposant pick-up, font demi-tour et sortent du domaine dans un nuage de poussière qui s'embrase dans le levant, qui envahit la terrasse, laissant un goût de terre sur la langue.

Thomas se promène dans Mokolo, Aliou perché sur ses épaules. Il subit plusieurs contrôles d'identité, les militaires sillonnent la ville à la fois tendue et silencieuse. C'est au marché, devant les étals, que les voix se libèrent, que les mots se bousculent, que les gens deviennent fébriles, personne ne pense à vendre ou acheter, on ne parle que des affrontements de la nuit, on évoque des dizaines de morts, des mouvements de chars, des pluies d'obus, des cadavres carbonisés, abandonnés n'importe où, des morceaux de corps dans les arbres. Souvent les conversations s'emballent, le volume sonore monte, ça braille, ça invective, ça gesticule. Thomas pense à des disputes violentes en haoussa ou en fulfulde dont il commence à reconnaître des sons, il craint que l'échange ne dégénère en coups, mais soudain un éclat de rire défait la tension, instaure un silence respiratoire, quand une vague se retire de la grève avant que la suivante ne s'y brise. Aliou tend l'index vers une marmite noire remplie d'huile bouillante posée sur un foyer de braises, où des boulettes de pois chiches sont à frire. Thomas en achète une bonne douzaine que la femme édentée lui enveloppe dans du journal avec une pincée de sel, ses mains sont maigres, ridées, agiles pour façonner les deux cornets en papier. Il trouve de jeunes pousses de salade, des fruits tachés, des légumes racornis, aubergines poivrons tomates oignons, il choisit une pièce d'agneau qu'il peine à identifier tant elle est déchiquetée. On adresse à chaque étal des sourires au touriste blanc à qui l'on souhaite bienvenue et ambiance, on lui désigne Aliou, on s'enquiert C'est ton fils ? Il sourit, emporté dans l'euphorie de rapporter en abondance des nourritures diverses et variées. Envahi bientôt d'un sentiment de puissance, il peut tout acquérir sur le marché tant les prix sont dérisoires, il pourrait s'aliéner des personnes pour une bouchée de pain, on propose d'ailleurs de venir dans sa maison lui cuisiner de bons plats indigènes, on offre de lui porter ses sacs, de porter l'enfant à qui il achète des vêtements, des sandales, des jouets. Il finit par accepter les services d'un porteur, un jeune homme efflanqué, dans des habits de poussière, qui le suit comme son ombre, un grand carton où s'entassent les denrées posé sur sa tête et qu'il tient d'une seule main. Il s'arrête ensuite à l'épicerie du bord de route, achète du riz, du beurre, du sucre, de l'huile d'olive, du pain, de la bière, du bourbon, du chocolat, du miel, de la confiture, des chewing-gums, du tabac à pipe, des cigarettes, tout est d'importation et coûte cette fois très cher, il comprend que Pauline n'a pas d'argent, qu'elle choisit des produits de base, toujours les mêmes, il se demande comment elle est payée, ce qu'elle gagne, la question ne l'a pas effleuré, il s'en retourne à la paroisse chargé de victuailles, l'enfant trotte lentement à ses côtés sur ses jambes vacillantes, son porteur à leur suite, suant sous la charge, à rajuster d'une main le pantalon qui glisse sur ses hanches. Il a rétribué le porteur, Aliou mâchouille les beignets de pois chiches, assis sur le plancher de la terrasse, Thomas range les nourritures dans le frigo, il s'éprouve prodigue, les compartiments sont pleins.

*

La plaine désertique glisse par la vitre de la portière, il ne regarde plus, elle est sans fin, dénuée de sens, la traverser n'est qu'une image arrêtée de l'attente, il transpire dans sa chemise moite, la tempe sur le montant de l'habitacle, Pauline dort, la tête sur son épaule, qui pèse, inerte, le poids de son sommeil, profond. Aliou est pelotonné dans ses bras, le visage enfoui entre ses seins, il dort, bouche entrouverte, dans le même abandon. Autour, ce sont tous les autres corps, ils sont neuf exactement, dix avec l'enfant, qui s'entassent dans un break 505, plus ou moins hagards, engourdis par la chaleur, épaule contre épaule, cuisse contre cuisse, soudés ensemble, une seule masse de viande chaude et compacte. La vieille Peugeot sous la charge dévie, flotte, hésite sur la route étroite à deux voies, l'aiguille rouge du compteur oscille autour du chiffre 120-130, le conducteur dans son boubou vert est penché vers l'avant, les mains serrées sur le volant, les doigts qui se détachent par moments pour aérer l'épiderme, la nuque raide, comme s'il scrutait le goudron, une vigie redoutant les récifs, alors qu'il enfante seul le danger, écrasant de son pied lourd l'accélérateur au plancher. À moins que la tête et le buste ainsi jetés vers l'avant n'expriment l'obsession du coureur à pied qui franchit plus vite la ligne d'arrivée, au risque de choir. À chaque oscillation de la voiture, les chapelets, les pompons, les ex-votos, les fétiches protecteurs se balancent et gigotent en haut du pare-brise, un théâtre de frise en constant déséquilibre. Partir ce matin de Mokolo avait suscité un étrange sentiment d'arrachement. La veille, le père Kiku avait célébré une messe sous le vaste hangar surmonté de la croix et ouvert sur la forêt. Les dix premières travées de bancs en résine grise étaient remplies, quatre cents personnes peut-être, de la ville et des villages environnants. Les femmes dans des boubous aux couleurs vibrantes, les hommes dans des couleurs plus sourdes étaient venus écouter les paroles d'un prêtre dont l'autorité grandissait dans la région. On n'ignorait plus qu'il avait refusé l'escorte militaire qu'on voulait lui attribuer. Cet homme n'a pas peur et il sourit tout le temps. Le père avait souhaité saluer la venue des nouveaux soignants, célébrer encore la mémoire de celles et de ceux qu'on avait assassinés quelques semaines plus tôt, rendre hommage à Pauline, lui assurer protection pour son voyage vers Douala et pour ses missions à venir, dans l'attente éprouvée de son retour. Une pluie violente était survenue, comme un soulagement, le père s'interrompit pour remercier le ciel qui bénissait cette messe, les toits ruisselaient, quatre rideaux de pluie argentée crépitaient doucement sur le sol à la lisière de la dalle béton exhalant une odeur de terre mouillée, enveloppant la messe, le bâtiment et les fidèles dans le décor d'une renaissance de l'eau et une fraîcheur saturée de tous les parfums sylvestres. Le nouveau médecin, les infirmières, Fatou, Colette, le père Kiku, avaient dîné le même soir sur la terrasse avec Pauline et Thomas, un mélange de convivialité ardente et de dénuement extrême. Thomas avait compris combien les liens de solidarité tenaient ensemble une communauté qui devait craindre la faim, les maladies, la violence policière, l'arbitraire et la corruption des dynasties régionales, et aujourd'hui les incursions guerrières de forces étrangères. Chaque jour ouvrait sur l'invention de sa propre survie, chaque jour ouvrait sur la chape d'un présent sans lendemain que seul le tissu serré des solidarités villageoises permettait d'affronter, invoquant des liens prétendument familiaux qui proliféraient en tous sens à la vitesse d'adoptions successives. On était toujours le cousin, l'oncle, la tante, la sœur, la mère, le grand-père de quelqu'un, quel que soit le poids des devoirs et des obligations induits. Il est saisi à la gorge par la pensée de Jean, de Pauline qui ne rentrera pas avec lui, du désert qui l'attend au retour. Un claquement brutal de verre, de plastique, de métal le fait sursauter, le rétroviseur extérieur a volé en éclats, tous s'effrayent, grognent, s'insurgent, Thomas aperçoit dans la vitre arrière un autre break qui s'éloigne. Les remarques fusent dans la voiture, ça tourne à l'aigre apparemment avec le chauffeur qui crie et gesticule à son tour. Pauline s'est réveillée

Qu'est-ce qui… ?

T'inquiète pas, juste un rétroviseur… À force, sans amortisseurs, ça louvoie comme un voilier sur la mer, même en ligne droite…

T'as remarqué ? Je serre les fesses chaque fois qu'on croise un truc roulant.

Aliou, lui, il roupille.

Ça se calme dans l'habitacle, Thomas remarque ses deux voisins de banquette, à côté de Pauline, qui prient d'une voix sourde, une mélopée répétitive que couvrent le bruit du moteur et le vent par les vitres entrouvertes. Deux heures qu'ils roulent sans ralentir et sans bouger dans l'immensité plane. Ils longent soudain de hauts grillages neufs sur plusieurs kilomètres, rendus opaques par des films plastique et qu'on a couronnés de lourdes torsades de barbelés apparemment électrifiés, ils dépassent l'entrée principale gardée par deux hommes armés, en poste sur des plates-formes surélevées

J'avais remarqué en venant… C'est une zone militaire ?

Du tout. Ce sont des terres achetées par les Chinois, des milliers d'hectares qu'on épuise avec la monoculture du riz.

Dans une zone sahélienne ?

On est en train de la quitter. Ils ont creusé des puits, le matériel d'irrigation ne manque pas, les terres sont très fertiles.

Ça doit pas coûter cher en main-d'œuvre.

Devine… et ça désorganise l'économie de la région. Les gens ne travaillent plus dans leurs champs. Ils voient croître des récoltes gigantesques, mais tout le riz part en Chine, ici ils crèvent la faim.

Ça change rien, finalement… Remarque, ça prouve au moins qu'on peut faire de belles récoltes.

Dix minutes plus tard, ils quittent l'enclave verdoyante et sa météo favorable que Thomas devine par les déchirures dans le film plastique des palissades. Ils approchent maintenant de Garoua

Tu veux vraiment prendre l'avion ?

J'en peux plus de la route en viande de bétail. Je paye les billets.

Sinon, tu rentrais tout seul, je...

Je sais, Pauline.

Les avions sont pas tout neufs.

Je m'en fous.

Traînées de sueur séchée sur les visages poussiéreux, vêtements visqueux, irritations cutanées de l'entrecuisse dues aux frottements répétés de l'ourlet du caleçon que le sel de la transpiration durcit, ils marchent sur le tarmac envahi de mauvaises herbes, ils grimpent la passerelle d'embarquement, débouchent dans la coursive du Boeing 707, accueillis par trois hôtesses souriantes de la Cameroun Airlines. Tailleur orange, chemisier blanc, foulard gris. L'avion est aux deux tiers vide, ils avancent aisément dans la coursive, le tapis de sol est usé jusqu'à la trame, des portes de casiers sont condamnées par des ficelles. Aliou, coincé dans un tissu contre la hanche de Pauline, a des mouvements brusques de la tête, ses yeux écarquillés explorent l'endroit. Ils s'installent, ils soupirent, ils sourient

Ouf, l'impression d'être arrivés.

Attends, on est pas partis.

C'est tout comme. Un siège dédié, l'air conditionné. Au ciel, c'est le paradis.

Regarde bien quand on arrive à Yaoundé, la piste est trop courte, c'est très impressionnant.

T'as déjà pris cette ligne ?

Quand les finances le permettaient, oui.

Les derniers passagers se placent, bouclent leurs ceintures, les moteurs tournent, l'avion roule vers la piste de décollage, Thomas s'endort. Ils sont réveillés une heure et demie plus tard par la voix de l'hôtesse qui annonce l'arrivée sur Yaoundé, Aliou pleure, les paumes de main contre les oreilles. Thomas observe par le hublot les lumières rares et dispersées, ce qui l'avait déjà interloqué lors de son atterrissage à Douala, combien la nuit profonde s'empare des rues et des avenues, brouille les repères, noie les silhouettes, une humanité de souterrains aveugles. Il aperçoit les lignes de points luminescents qui balisent la piste, et la route qu'on devine grâce aux phares des véhicules. L'avion plonge, fond vers l'asphalte, un autobus passe, la certitude que l'avion va le traverser, les passagers de l'autobus qui lèvent les bras pour se protéger la tête, qui se tassent, certains s'accroupissent, découvrant le long ventre de l'avion, le train d'atterrissage qui va les broyer, le grillage, les roues qui touchent la piste, qui rebondissent, la pression du freinage qui porte les corps vers l'avant, l'autobus au loin qui continue sa route

T'as vu ?

Pour voir, j'ai vu.

Plusieurs fois, le grillage d'enceinte a été emporté par le train d'atterrissage.

Non ?… Ils rallongent pas la piste ?

Ils en parlent… depuis trente ans.

Ils descendent la passerelle mobile, précipités dans une substance aqueuse qui adhère tel un impalpable sirop. Thomas avait oublié deux heures durant la consistance particulière de l'air, ils traversent lentement le tarmac, pénètrent dans le bâtiment de l'aéroport

Christian vient nous chercher ?

En quel honneur ?

Tu l'as prévenu de notre arrivée ?

Non.

J'ai cru que tu lui avais téléphoné, c'était convenu, non ?

Avec toi peut-être.

J'ai mes affaires chez lui, tu sais bien que…

Écoute, Thomas, tu y vas, moi, je prends une chambre d'hôtel avec Aliou, tout va bien, on se retrouve demain à la gare routière.

Je comprends pas. Félix m'a dit que c'était un ami, que je devais faire escale chez lui, que...

Je sais, Thomas. Simplement, voir Christian ce soir, chez lui, avec sa moitié, faire semblant, c'est trop dur, tu comprends ?

Tu veux dire... vous étiez ensemble ?... Mais, il est marié !

Justement.

Qu'est-ce qui se passe ?... Ne pleure pas, Pauline, ne...

C'est difficile. On a rompu il y a deux mois, il a pas pu...

Pas pu quoi ?

Quitter sa femme.

Il a tort, tu es bien mieux que cette harpie qui... Je te raconterai l'achat du masque.

Quel masque ?

Attends. D'abord, qu'est-ce qu'on fait ?

Je t'ai dit, tu vas chez lui, on...

Non, on reste ensemble, je l'appelle, demain matin je récupère mes affaires, mon passeport au consulat et on file à la gare, ça te va ?

Ils montent dans un taxi, une vieille Renault 12 qui roule en biais et tressaute comme un pop-corn à chaque nid-de-poule. Pauline demande qu'il les dépose dans un hôtel du centre

Vous voulez Le Président ?

Je t'ai pas dit un palace.

Le mari, il a pas l'argent ? C'est pas un DG alors.

D'abord, c'est mon petit frère, et c'est pas un DG.

D'accord madame, d'accord, je te propose l'hôtel des Français, c'est pour les riches, mais pas les fortunés. C'est près du consulat.

Parfait, on roule.

Le trafic est fluide sur la route obscure qui coupe une zone ininterrompue de terrains vagues plongés dans la nuit et dont on devine parfois, à la lueur des phares, les sols accidentés, les monticules indistincts dont certains se consument, dégageant des odeurs de caoutchouc et de plastique brûlés. Des masures isolées surgissent aussi le long de la route, on distingue des silhouettes sur des chaises, qui fument et discutent, d'autres dans des transats, qui regardent une grosse télé sur un bidon. Vingt-cinq minutes plus tard, ils entrent dans la capitale, au pas, englués cette fois dans un flot de voitures et de camions

Il s'appelle comment, ton fils ?

Aliou.

L'a une sacrée bouille… Tu l'as fait bien noir, on dirait.

Oui, je me suis appliquée.

Le chauffeur s'esclaffe, s'offrant une claque vigoureuse sur la cuisse droite

Et le père alors, il est où ?

À Douala, on va le rejoindre.

C'est bien, c'est bien.

Et toi, les enfants ?

Neuf, ma chère, et trois bureaux.

Ouh là ! faut pas mollir !

C'est la vérité vraie ! Je me reposerai quand je serai mort.

Nouvelle rigolade, nouvelle claque sur la cuisse. Le taxi dévale une rue, en grimpe une autre, la structure geint, des sons sourds, les longerons se fendraient sur toute leur longueur. Le chauffeur se gare devant une bâtisse en bois de style colonial, avec des tables en terrasse. Pauline tient Aliou dans ses bras qui somnole, Thomas récupère les sacs, paye la course, le taxi s'éloigne, se trémousse, en crabe. Ils entrent dans l'hôtel.

Thomas grignote sous l'auvent un sablé ramolli, vide sa tasse de café, en redemande, observe la rue, les passants, dans une sorte d'oubli de soi, paisible, il ne sait plus rien, il regarde, juste. Les trois premières heures du jour sont un renouveau, la quatrième heure le soleil mord puissamment l'épiderme, l'humidité chaude s'instille, irrépressible, dans les tissus et les poumons, le monde alors devient apathique, chaque geste s'arrache à l'inertie de la journée jusqu'à l'heure précédant la nuit où l'atmosphère plus fluide engendre une espèce de fièvre, d'excitation électrique qui agite les corps soudain légers. Il est 8 h, Thomas quitte sa table, traverse la rue, le consulat ouvre ses portes, le sol est décoré de vieilles céramiques, l'air est frais, les pas résonnent, il débouche dans un jardin intérieur débordant de plantes grasses et de fleurs veloutées, le pépiement des oiseaux, une fontaine qui clapote. Il s'enfuit, une double porte, c'est là, il ouvre, un long comptoir en bois, deux employées de l'ambassade, il s'approche, il s'accoude, il en reconnaît une, son chignon, ses yeux verts, ils se saluent chaleureusement, il lui remet la photocopie de son passeport, elle se dirige vers le fond de la vaste pièce, zigzague prestement entre plusieurs bureaux couverts de dossiers, s'arrête devant un coffre-fort dont elle tire la lourde porte, elle fouille à l'intérieur, revient avec l'original, lui tend son passeport

Votre voyage, ça s'est bien passé ?

On peut dire ça, la région est belle mais c'est tendu…

Je sais, c'est pas prudent de monter là-haut. Pauline va bien ?

Oui, merci. On rentre à Douala.

Votre sœur est bien courageuse, monsieur Texier. Transmettez-lui mes amitiés.

Thomas remercie, prend congé, il sort à reculons, traverse le jardin intérieur, remarque deux perruches grises sur une branche, un iguane orange et violet collé sous la voûte de l'arcade, il s'arrache à sa contemplation, ses pas sur la céramique, le courant d'air parfumé du hall, il est dehors, il descend la rue vers le centre commerçant, le marché couvert, il y a foule sur les trottoirs, ça discute, ça s'interpelle, il y a la cohue des voitures, des camions, les fumées bleues, les klaxons. Il poursuit vers un large carrefour, reconnaît l'avenue qui gravit une autre colline, traverse un quartier plus résidentiel, longe des parcs, entrevoit de riches demeures par les interstices des feuillages, une piscine, des cris d'enfants, l'avenue s'étrécit, les trottoirs disparaissent, il est presque en haut de la colline, en bas sur l'autre versant commencent les bidonvilles. C'est là, il reconnaît la grille, apercevant sur la pente voisine les bâtiments de l'hôpital. Il sonne, c'est le cuisinier, un homme frêle aux cheveux gris, qui vient lui ouvrir. Ils traversent la cour, il pense à l'altercation entre l'épouse et le marchand ambulant Entrez, monsieur Thomas, entrez, monsieur Christian arrive. Et il disparaît dans sa cuisine. Thomas s'avance dans la salle à manger et le salon baignés de lumière où luit l'acajou des meubles aux reflets rouges, il contemple le vaste jardin, remarque le chien roux couché sur le flanc, à l'ombre du grand ébénier. Il entend des bruits de vaisselle, se retourne, le cuisinier dresse la table, apporte la cafetière fumante, une génoise nappée de chocolat, des mangues, un ananas, une omelette, une assiette creuse d'oignons frits, de petites saucisses grillées, un bol de pili-pili, Christian survient, en chemise blanche, pantalon sable, il lève les bras Thomas ! comment vas-tu ? Ils se serrent la main

Alors ? Ce voyage ? Assieds-toi, on petit-déjeune...

Petit, petit...

Je devrais être à l'hôpital, j'ai pris ma matinée, Brigitte est couchée... La fièvre est forte, elle a trempé le lit, elle se déshydrate beaucoup trop, elle délire à moitié.

C'est grave ?

Une crise de palu, mais pas de risque majeur avec les anti-bio et le sérum phy… Si elle était en brousse sans médocs, ce serait différent.

Ils étaient partis manger des grillades au bord de la rivière. Une fourmi noire l'avait mordue sur le cou-de-pied, le soir la jambe avait doublé, puis la cuisse le lendemain, la crise s'était déclarée hier

Je peux la saluer ?

Elle est dans les vapes, elle te reconnaîtrait pas. T'as bien fait de téléphoner tôt ce matin. Assieds-toi, raconte.

Thomas boit un verre d'eau, se sert du café, il décrit à grands traits. Il mange avec appétit, apprécie les nourritures

Mais, Thomas, tu dois protester auprès de l'ambassade !

Je le ferai pas, Christian. On m'a fait comprendre qu'il pourrait y avoir des retombées, Pauline… avec les autorités locales, elle va obtenir des aides, je vais pas…

Tu as raison, j'avais pas pensé.

Christian baisse la tête, enfourne une bouchée d'omelette et d'oignons frits

T'es arrivé ce matin ?

Oui, l'avion de Garoua.

Y a pas de vol le matin ?

Je veux dire hier soir.

Pourquoi t'as pas prévenu ? Je serais passé te chercher, tu aurais dormi ici.

Je… je suis avec Pauline.

Ah ? elle est ici ? à Yaoundé ? Et elle a pas voulu venir… T'es au courant, je suppose.

Et Luc Saa ?

Il va bien. Il s'enquérait de toi pas plus tard que dimanche, on était ensemble à la rivière, il est très informé sur la gué-rilla dans l'extrême nord. Je m'inquiète pour Pauline, quand elle est à Mokolo. Je l'ai suppliée combien de fois de se replier sur Maroua, mais… tu connais ta sœur.

Pas tant que ça, non... À propos de Luc Saa, tu peux lui transmettre un message ?

Thomas évoque Ousmane, ce qu'il en sait, cet étudiant souhaiterait son transfert à Douala où vivent ses parents. Il craint de disparaître sans qu'on puisse retrouver sa trace.

Les opposants politiques, dangereux, ça.

Tu peux ? Je pensais voir Luc, mais...

Compte sur moi, je note. Mais sans illusions. Tout le monde a peur ici, pourquoi notre commissaire entamerait une démarche ?

Ousmane m'a protégé en cellule.

Toi, mais pas Luc.

Si j'avais été molesté, tu vois les tracas diplomatiques ?... J'ai d'ailleurs dû préciser quels étaient mes contacts durant l'interrogatoire et... Enfin, tu fais au mieux ?

Promis. Pauline t'attend, c'est ça ?

Oui.

Thomas entre dans la chambre, récupère des vêtements, son billet d'avion, son masque pygmée

Tu vas où ?

À la gare routière.

Je t'emmène.

T'es sûr ? Je peux prendre un taxi.

Non, on y va.

Thomas hésite, s'arrête sur le seuil de la cuisine

Merci, Abdou, pour le déjeuner. C'était exquis !

Bon voyage, monsieur Thomas. J'espère que vous emportez de beaux souvenirs.

Thomas rejoint Christian qui l'attend dans la cour, la grille est ouverte, ils sortent, se dirigent vers le 4 × 4 garé 100 m plus loin, ils marchent, ils grimpent dans l'auto, un silence qui s'éternise

Je... je suis pas certain que ce soit une bonne idée.

Comment ça ?

Que tu m'emmènes. Pauline m'attend là-bas, ça va la mettre en rogne, suis désolé de te dire ça.

Laisse-moi lui parler, Thomas, s'il te plaît.

Elle risque simplement de nous envoyer foutre tous les deux.

Qu'est-ce qu'elle t'a dit ?

Rien, Christian, juste que vous êtes séparés depuis peu.

Christian a la respiration courte, les traits figés, pâle, ses yeux courent de la route à Thomas, il roule au pas, gêne le trafic

Tu veux pas quitter Brigitte, c'est ça ?

J'aime ta sœur autant que tu peux l'imaginer. Mais si je quitte Brigitte, elle rentre en France avec les enfants. C'est pas un problème en soi, je peux rentrer aussi, j'ai une place à Necker qui m'attend. Mais c'est Pauline qui refuse de rentrer, je comprends pas, l'Afrique pour elle, c'est…

Un refuge.

Comment ça, un refuge ?

Ce serait trop long, Christian, laisse.

Elle veut rien me dire ! Juste ce leitmotiv, ne pas rentrer… Mais si je reste ici, avec elle, mes enfants, je les vois quand ? Suis coincé, Thomas.

Tu lui as dit ?

Cent fois, oui.

Moi aussi, Christian, j'aimerais qu'elle rentre.

T'es inquiet ?

Oui, avec la mort de notre frère.

Qui ? Jean ?

Oui, Jean.

Elle m'a rien dit.

C'était il y a deux mois, vous étiez déjà séparés.

Jean comptait tellement pour elle.

Je sais. Pour moi aussi, c'est terrible. Mais elle et Jean, en effet, c'était particulier. Enfin, elle va mal, elle se brûle dans le travail, et puis l'insécurité dans le Nord, et puis sur ce continent, une simple fourmi... Tout est grave, ici, si j'ai bien compris. Et tout le monde rit tout le temps, c'est un comble. Bref, j'ai peur de la laisser, et je dois rentrer.

Peut-être à nous deux, on va réussir à la convaincre ?

Je crois pas, non... On approche, là ?

C'est en haut de la côte, tu vois, le hangar blanc, avec le panneau publicitaire ?

Alors dépose-moi juste avant. Je vais lui dire que t'es là, qu'elle se sente pas coincée. Si elle accepte de te voir, je lui dirai où t'es garé, d'accord ?

Christian avale sa salive, hoche la tête, se gare sur le bas-côté herbeux jonché de détritus et bordé de roseaux

J'attends là.

Merci, Christian. Salut.

Christian coasse un au revoir, hoche la tête encore, déglutit péniblement. Thomas pose la main sur son avant-bras J'y vais. Il se retourne, saisit son sac sur la banquette arrière, sort de la voiture, un signe de la main, il tourne le dos, se mêlant aux nombreux piétons qui avancent en file indienne le long de la route vers l'esplanade. Il arrive sur la place encombrée de dizaines de véhicules et d'une foule agitée qui vaque en tous sens, beaucoup sont chargés de sacs lourds, volumineux. Il cherche les autocars rouges, la cabane avec l'enseigne Pullman 1re Rapid-Éclair, où l'on achète les billets. Les moteurs tournent, des gaz bleus s'élèvent, ça klaxonne, ça se bouscule, la chaleur est accablante, il erre, se faufile, aperçoit les trois autocars rouges en stationnement, les toits surchargés de ballots de marchandises, de valises, de malles, enfin la cabane en préfabriqué alu-panneaux blancs couverts de poussière jaune. Cette fois il la repère, grande, avec son foulard dans les cheveux, Aliou dans les bras, qui tète son pouce, elle guette dans la cohue, il agite le bras, il l'appelle, elle tourne la tête, elle sourit, il approche

Je commençais à me languir, la peur que tu te sois perdu.

C'est bon, j'ai tout.

Moi aussi, j'ai les places, heureusement que je suis venue tôt, c'est déjà complet.

Dis, c'est Christian qui m'a conduit et…

Et ?

Il… il voudrait te parler.

Mais, je t'avais dit, bon Dieu !

Te fâche pas, Pauline, je lui ai demandé d'attendre plus loin sur la route, que c'était à toi de décider si…

T'es chiant, Thomas ! Vous êtes chiants… Il est où ?

Il est garé par là, plus bas, tu longes la route sur ta gauche, à 100 m.

Tiens, porte Aliou, il s'endort. Attends-moi là.

Elle lui prend une cigarette, l'allume, aspire une profonde bouffée, il la regarde qui se faufile, qui s'éloigne, qui se fond dans la foule. L'enfant lui sourit, tapote mains ouvertes sur sa poitrine, y pose sa tête Tu vas bien dormir, toi, dans l'autocar. Cinq minutes plus tard, Pauline réapparaît

Déjà ?

Viens, on s'installe, c'est le deuxième autocar, je sors les billets.

Tu n'y… il t'attend.

Laisse, Thomas, ça sert à rien. Répéter la même chose, c'est bon !

Elle pointe son index vers le visage de Thomas

Ça me fait penser que t'as toujours pas donné de réponse.

De réponse ?

Fais pas l'innocent.

*

Ils traversent le pont sur le fleuve Wouri, le seul entre les deux rives. Ils ne parlent pas, ils vont dans le bruit du moteur

504

et du vent par les vitres ouvertes. L'orage et les pluies violentes de l'aube ont nettoyé le ciel. La baie s'ouvre, immense, à gauche de l'ouvrage sur piles béton, c'est le mélange des eaux qui vrille la surface de l'estuaire en des tourbillons et des courants puissants. Au loin, c'est l'océan, une densité bleue, surchauffée, qui s'évapore en une brume blanche à la jonction du ciel. Ils quittent le pont, continuent par la route de Bonabéri dix minutes encore puis Pauline engage la vieille Toyota sur une piste caillouteuse qui sinue dans une zone marécageuse envahie de roseaux et de joncs. Ici et là des passerelles en pilotis conduisent à des huttes suspendues au-dessus des eaux saumâtres. Thomas se tient à l'arrière, à même le plancher, sur un morceau de mousse noircie qui s'effrite. Il observe par intermittence le profil de Désiré, le jeune homme assis à côté de Pauline. Il a une espèce de fixité de la tête et des traits, des gouttes de sueur tracent deux lignes de lumière de la tempe à la joue. Ils parcourent une vingtaine de kilomètres, joignent un village de pêcheurs, un quadrillage de ruelles de sable qui coupent dans un agglomérat de baraquements. Parfois, un jardinet avec des plantations d'herbes et de légumes, très peu de maisons ont un étage, seules les plus anciennes, construites en bois, que les termites ont épargnées. Pauline roule au pas dans ce lacis sans hésiter, ils débouchent sur une plage de sable gris où s'amoncellent à la périphérie d'épaisses strates de coquillages concassés. Elle se gare près d'étals ajourés où sèchent au soleil des ossatures de poissons, et plus loin des corps ouverts, évidés, classés par taille et par genre, l'ensemble dégageant une forte odeur d'ammoniaque et de chair rance. Le sol sous ces étals est recouvert d'une espèce de pâte blanchâtre et spongieuse. Plus loin, de longues pirogues reposent sur le sable. Des hommes accroupis rapiècent des filets, des enfants jouent au ballon avec un sac plastique bourré de papier et enveloppé de chaterton, des femmes écrasent du mil dans de hauts mortiers, avec des gestes amples et réguliers, leurs bras se dressent, tenant le lourd pilon à deux mains pour le précipiter au fond du récipient. Les muscles vibrent, elles parlent, elles rient, mais leurs mouvements demeurent intacts. Pauline, Thomas et Désiré qui porte un sac marchent sur la plage jusqu'à une imposante pirogue posée à l'écart, neuve, équipée sur le pont d'une armature tendue de bâches qui abritent un amoncellement de colis que deux hommes rangent méthodiquement. À l'ombre de l'embarcation, trois autres leur passent des cartons de nourritures, des boîtes de conserve et des bidons d'eau. Six hommes et quatre femmes sont assis en tailleur, ils parlent à voix basse, ils ont cette même gravité que Thomas a remarquée chez Désiré depuis qu'ils sont passés le cueillir en voiture devant la pharmacie de la Persévérance. Tout le monde salue tout le monde, une lente litanie de ça va, ça va bien ? à propos de chacun des membres présumés de la famille, où le ton reste indécidable entre la question et l'affirmation

Ils parlent tous français…

Il y a plusieurs ethnies, Thomas, reste donc le français.

Le sac de Désiré est lancé dans la pirogue, Pauline s'approche de celui qui se tient debout, légèrement à l'écart, le plus âgé, un long corps maigre noyé dans une djellaba noire. Elle lui parle, penchée vers lui, quasi à l'oreille, sort de sa poche une liasse de billets de francs CFA, il ne vérifie pas le montant, il hoche la tête, enfouit la liasse dans une bourse qu'il porte en bandoulière, le chargement de la pirogue est terminé, ceux qui rangeaient les bagages et les provisions dans la cale et sous les bâches ont sauté sur le sable, ils s'éloignent vers le village, souples et indifférents. Tous se sont assis, à l'exception de l'homme avec lequel s'entretenait Pauline. Les conversations ont repris par petits groupes en des langues inconnues, mais elles s'étiolent, comme si le silence brisait les pensées. Qui s'installe tout à fait

On fait quoi, Pauline ? On s'en va ?

Oui, deux minutes.

L'homme à la djellaba noire a levé la main, il souhaite qu'on l'écoute La marée est montante, dans une heure elle dressera la pirogue, alors nous partirons pour cette longue traversée. Celles ou ceux qui voudraient renoncer peuvent encore le faire. Pauline s'approche de Désiré, met un genou au sol, lui prend la main entre les siennes, lui parle longuement, semble lui adresser des recommandations, Désiré répond par des hochements de tête, un vague sourire, ses yeux portés vers l'océan. Elle lui fait une accolade, se redresse, agite une main discrète à l'intention de celui qui s'adresse au groupe, qui lui répond par un plissement d'yeux, il propose à chacun, d'une voix calme, de se recueillir en paix, le temps de la montée des eaux, certains demeurent assis, d'autres s'agenouillent, d'autres encore déplient un tapis de prière, tournant le dos au rivage. Pauline glisse sa main sous le bras de Thomas Viens, on s'en va. Ils parcourent la plage dans l'autre sens, le sable est mou, les pieds s'enfoncent, ils évitent les dépôts d'algues, les détritus, les tessons de bouteille, contournent le cadavre d'une chèvre couvert de mouches, ils marchent en silence, les yeux rivés au sol, rejoignent l'endroit où sont échouées les pirogues, adressent un salut à ceux qui réparent les filets, personne ne répond, ils poursuivent vers la voiture

Tu m'attends là, je dois rendre visite ?

Thomas reste à bonne distance de la voiture et des étals en treillis de joncs, les odeurs de poisson sont suffocantes, il s'assoit sur un épais sillon de coquillages, regarde les enfants jouer au ballon puis la ligne d'écume blanche et brune qui lentement dévore le rivage. Il est presque 9 h, le soleil est déjà haut dans la brume de chaleur qui opacifie l'azur. Il pense à la pêche de l'avant-veille sur la pirogue d'un parent de Félix, la nuit les avait surpris loin de la côte, il n'y avait plus de gaz dans la lampe, le pêcheur l'avait prié de se mettre à l'avant, son portable allumé pour signaler leur présence à d'autres pirogues. Thomas s'était installé sur l'extrémité du bordage, les jambes dans le vide, les pieds au ras de l'onde invisible et chaude qui l'éclaboussait parfois, il était en vigie, brandissant son écran 5 pouces face au mur de la nuit. Les deux lignes d'écume qu'ouvrait la proue sur l'eau noire captaient seules le faisceau de lumière, Thomas fixait les deux écharpes phosphorescentes qui bouillonnaient le long de l'embarcation. Le moteur vrombissait, on ne pouvait entendre ni voir, le pilote était aux aguets, l'inquiétude d'une collision contaminait Thomas... Les pas de Pauline sur les coquillages, il sursaute, elle pose une main sur sa tête, ébouriffe ses cheveux, s'assoit

C'est beau ici, non ?

Oui, on se croirait au bout du monde.

Au commencement, surtout... Si près de Douala. C'est toujours d'ici que partent les pirogues ?

Je connais pas tous les passeurs de la région, mais de cette côte, on évite la traversée de l'estuaire, la police maritime. Et puis les courants sont plus favorables pour doubler les côtes nigérianes.

Pourquoi ils embarquent des poulets vivants ? Ils font rôtisserie sur le bateau ou c'est pour lancer un élevage à Gibraltar ?

Don't be stupid, boy ! C'est pour les sacrifices.

Des sacrifices ?

Dans le golfe de Guinée, tous les esprits qui errent sur les eaux, il faut gagner leur bienveillance et...

Les esprits ?

Ceux des esclaves noyés sans sépulture. Des dizaines de milliers. Presque quatre cents ans de trafic, entre ceux qui se sont précipités et ceux qu'on a précipités dans les eaux, le golfe est un cimetière marin, un charnier plutôt... Il faut donc invoquer leur protection, offrir des sacrifices.

Faut surtout que leur GPS merdique ne tombe pas en panne.

Pas seulement, Thomas, il ne faut pas avoir peur, il faut y croire, le GPS n'y suffit pas.

C'est pas dangereux en cette saison des pluies ?

Si. J'en ai parlé dix fois, de repousser au printemps, mais le convoi est prêt, c'est toute une organisation. En fait, c'est une levée de fonds parmi les candidats au départ. Ça finance la pirogue, le moteur puis l'intendance du voyage. Quand tout est calé, ils partent, ne veulent plus attendre. Pense aussi qu'il ne faut pas arriver dans les eaux européennes trop tard dans l'automne. Là, c'est limite.

C'est quoi le périple ?

Le moins d'escales possible qui multiplient les risques. Une au Bénin, une en Côte d'Ivoire, une en Sierra Leone, quand ils arrivent au Sénégal, ils changent de pirogue dans le Sine Saloum. C'est un autre réseau qui prend la relève. Ensuite, Mauritanie, Maroc, Gibraltar. Après c'est au hasard, l'Espagne, le Portugal, la France.

C'est étrange. Avant, on les déportait, maintenant ils risquent leur vie pour rejoindre l'Europe, leurs négriers en somme.

Tu sais bien comment on en arrive là, non ?

Te fâche pas, Pauline... Et le taux de réussite de telles équipées ?

J'en sais rien. Peu, Thomas.

Quand on voit ce paysage de paradis.

Et la misère au village, tu l'as vue ? Plus de poissons, les bateaux-usines qui croisent au large. Une seule journée de grand chalut, c'est la pêche d'une année pour un pêcheur d'ici... Vont tous disparaître.

Et les chaluts qui raclent le fond du golfe, ils rapportent les ossements des noyés, alors ?

On y va, Thomas ? Ça me file le bourdon.

Ils foulent les alluvions d'algues et de coquillages, le ruban de sable où les pieds s'enfoncent, ils remontent vers la voiture, Thomas retient sa respiration

Dépêche, Pauline, c'est insupportable cette odeur. T'aurais pu te garer ailleurs, on va être imprégnés.

Elle sourit, démarre, ils retraversent par les ruelles de sable, quasi au pas, des enfants surgissent d'une venelle, une embuscade de gueux en os, pieds nus, ils courent derrière l'auto, ils poussent des cris, agitent les bras, certains ont des rires illuminés, Pauline rejoint la piste, accélère, les enfants s'estompent dans la lunette arrière et le nuage de poussière, ils roulent sans parler dans le cinglement sourd des pneus sur les cailloux. Ils s'engagent vingt minutes plus tard sur l'asphalte à deux voies avec un goût de terre en bouche. Pauline prend de la vitesse, ils dépassent un groupe de femmes en boubou qui avancent en file indienne, portant sur leurs têtes de volumineuses cuvettes remplies d'oignons, d'herbes, de jeunes pousses de salade

Je pensais que tu travaillais à sauver les gens.

Pourquoi tu dis ça ?

Parce que là, le pauvre Désiré et les autres, tu les envoies quasi à la mort.

C'est pas moi qui les envoie, c'est eux qui veulent.

Couler ?

J'ai promis aux parents de Désiré, je soigne la famille au dispensaire depuis toujours…

Mais enfin, admettons qu'il arrive à destination, Désiré, tu lui as expliqué l'enfer, chez nous ? Le sais-tu toi-même ? Quinze ans que tu as quitté.

Je lis les journaux, Internet, Jean me racontait.

Alors tu sais pas grand-chose. Va se faire broyer. La misère, la solitude, la violence dans le travail quand on en trouve encore, tu n'imagines pas, Pauline. Moi-même, jusqu'à l'accident de Camille, je supposais pas.

Je leur ai dit tout ça, mais ils se sentent prisonniers ici, leur vie est finie avant même de commencer, chaque jour ressemble au suivant, jusqu'à la tombe.

Ça n'a pas toujours été ainsi ? La vie paysanne… la vie pastorale.

C'est toi qui dis ça, l'informaticien ?

Non, c'est Jean qui le disait. C'est la vie qu'il voulait, lui, maintenant !

Tu mélanges tout, Thomas. Ce sont pas les mêmes histoires. Ici, il y avait cette monotonie dont tu parles, disons paisible, avant, si l'on excepte les guerres tribales, l'esclavage et la rudesse du climat. Et puis sont arrivés tous ces gens et toutes ces images d'Europe, d'Amérique. Ils savent maintenant.

Savent quoi, Pauline ?

Qu'il y a des ailleurs, ça génère des rêves, des désirs de changer.

L'Europe ! Ils ont pas encore compris que c'était un mirage ? Quand ils trouveront un boulot de chien, sans carte de séjour, payé des queues de cerise, sur un chantier de BTP, dans une entreprise de nettoyage ou un atelier clandestin, ils vivront dans des taudis au fin fond de la banlieue pour envoyer le peu d'argent gagné au pays, sans pouvoir se payer un billet de retour. Et si, par miracle, ils parviennent à payer le billet, ils n'oseront se présenter à la famille tant leur pauvreté sera criante, tant leur échec sera cinglant. Ils sont brûlés. Partout. Des exclus chez nous, des exclus chez eux. Ces milliers de kilomètres en pirogue pour ça ? S'ils ne meurent pas en mer. Quelle folie, Pauline. Je comprends qu'il ait un visage grave, Désiré, il soupçonne le piège, malgré tout.

Je leur ai dit tout ça, Thomas, mais ils pensent toujours que pour eux ce sera différent.

C'est la chèvre de M. Seguin, leur histoire. Tu devrais leur raconter... Nos loups vont tous les bouffer.

Se rouler dans l'herbe tendre un jour, une nuit, même s'il faut mourir à l'aube, ils ont choisi. Tu peux pas interdire aux gens de rêver... Et puis, l'histoire leur donne raison.

Comment tu peux ?

Même les esclaves se sont libérés. Ils ont inventé des... formes de musique, par exemple. Universelles. Toujours vivantes. Que tout le monde écoute.

Que Jean écoutait, oui... Qu'il voulait partager. J'ai jamais été très sensible d'ailleurs, j'essaye.

Ils distinguent au loin la structure vieillissante du pont sur le fleuve Wouri, Pauline se gare sur le bas-côté, devant un étal. La jeune femme s'approche vivement de la portière, les bras chargés d'un plateau rempli de mangues et de bananes. Thomas achète un kilo de chaque, c'est Pauline qui choisit, il paye, ils redémarrent, traversent le pont, les pneus claquent sur les raccords métalliques, la lumière est aveuglante, ils sentent le courant d'air frais venu de l'océan, une caresse dans la fournaise qui monte

Tu m'as toujours pas répondu. Et tu repars dans quatre jours.

Tu me harcèles, Pauline.

Tu as lu ses lettres ?

Non, j'ai pas la force.

Lis, nom de Dieu, lis ses lettres.

L'enfant de Jean, l'enfant de Jean, tu...

Si tu avais décédé, il aurait élevé les tiens, non ?

Je sais, on a même signé les papiers, il était le tuteur au cas où...

Eh bien, alors ?

Jean était résolu, élever Aliou les aurait sauvés… Mais ça l'a pas sauvé, non !

Fais-le en sa mémoire, Thomas.

Tu m'emmerdes, Pauline. On n'adopte pas un enfant pour… Tu connais ma situation, chômage, prud'hommes…

Arrête, tu trouves un boulot quand tu veux, et tu le sais.

Sauf que je suis plus sûr de vouloir continuer ces plates-formes… Tout est flou en ce moment et la mort de Jean… Je vois plus clair. Il faut m'occuper d'Elsa et d'Anton…

Tes enfants sont des métis, Thomas.

Et alors ?

Camille était enceinte, n'est-ce pas ? Il y aurait eu trois enfants, non ? Tu continues pour Jean, pour Camille, Elsa et Anton seront heureux, j'en suis sûre, si tu… Ce sera un retour triomphal, il y a une sorte de logique, de nécessité à…

Et toi, pourquoi tu vis dans un pays où tu veux pas que cet enfant vive ? J'ai envie de hurler, Pauline, laisse-moi là, oui, stoppe !

Mais tu m'as…

Là, je t'ai dit !

La voiture roule encore, il a ouvert la portière, Pauline s'arrête, il sort, claque la porte et part devant lui en direction du port. Pauline l'appelle, il ne répond pas, rentre les épaules, marche d'un pas pressé sur le boulevard, prend à droite dans une ruelle bordée de vastes entrepôts de marchandises, il entrevoit par les ouvertures le ballet des Caterpillar transportant des caisses, des palettes de matériaux, il devine des hommes qui poussent des diables, qui manutentionnent des cartons à l'ombre des travées, il sent des odeurs de céréales, de fèves de café, de cacao qui se mélangent à celles de la mer, iode, vase, hydrocarbures, à 100 m de là. Il continue jusqu'au quai qui borde l'estuaire du Wouri, il voit le pont qu'ils viennent de franchir sur sa droite, à gauche l'estuaire traversé de cargos qui vont décharger ou qui s'éloignent vers l'océan, semant des panaches de fumées noires sur l'azur. Il s'assoit sur un bollard, essaie de percer la distance, de repérer sur l'autre rive l'emplacement des villages de pêcheurs, mais il y a cette courbe côtière qui abrite du regard, la végétation, dense, on ne soupçonne rien d'une implantation villageoise de cette rive-ci de l'estuaire, il allume une cigarette, s'abandonne à la brise légère, au bruit du clapot contre le quai, il sort son iPhone, compose le numéro de Claire, puis coupe l'appel et range le mobile dans sa poche. Il tire sur sa Camel, inspire, inhale, met la main dans la poche de sa veste, sent la présence de l'enveloppe, la sort, l'examine, la remet dans sa poche, se lève, s'éloigne du quai, rejoint lentement le boulevard, il hèle un taxi jaune, répète l'adresse sur l'enveloppe, le marché PK12 Bassa

Mais, c'est loin, ça, de l'autre côté du marécage… Vous allez au bout du monde, là.

Je suis pas pressé.

En course privée ou je ramasse la clientèle ?

Ramassez, ramassez, je vous dis, j'ai tout mon temps.

Le taxi s'enfonce dans la ville, se dirige plein est par une avenue, s'arrête toutes les trois minutes, l'habitacle se vide et se remplit à mesure, il y a un pot en plastique transparent percé d'une fente, une espèce de grosse tirelire arrimée sur la console centrale, chaque nouveau passager y glisse sa pièce de 200 francs CFA quand il s'installe, on tient à six, c'est un manège incessant aux abords du stade de Bépanda, puis vers le collège de La Conquête

Vous connaissez les Lions ?

De la savane ?

Le chauffeur se tape la cuisse, interpelle les témoins dans le taxi

Le toubab, il a pas la passion, on dirait... Les Lions indomptables, l'équipe nationale...

De foot ?

Oui, de foot, les Indomptables !

Je plains le dresseur, alors.

Il est drôle ! C'est justement le Français qui les entraîne présentement. L'Allemand, il faisait pas l'affaire.

Ah ?

Ils passent devant la boulangerie de la Paix

Vous m'attendez ? Deux minutes ? Je vais acheter du pain.

Vas-y, mon ami, vas-y.

Une passagère obèse, dans un boubou trop étroit, calée à l'avant, qui se ventile le visage avec un journal chiffonné, elle commence à pester

Si on fait le marché maintenant, j'arrive quand à l'hôpital ? Après-demain ?

Laissez tomber, on continue.

La vieille Opel repart, hoquetant sur ses amortisseurs réglés en position haute. Ils arrivent devant l'hôpital. La grosse femme descend en râlant

J'en étais sûr, quoi qu'on fasse, elle rugit, la malintentionnée, tsss !

Un jeune homme se faufile, s'installe et ferme la portière, le taxi continue sa route dans un quartier où les immeubles ont disparu, laissant place à des maisons basses avec des escaliers en béton qui ne mènent nulle part. Thomas regarde sa montre

C'est encore loin ?

Voyez, la station-service, là, au bout du rond-point ? L'enseigne Tradex ? Dans cinq minutes, on arrive.

La foule se presse sur les trottoirs, le trafic est dense, ça klaxonne, ça roule au pas, les piétons frôlent les carrosseries, se glissent, imposent aux véhicules la vitesse de la marche. Thomas se sent oppressé, une mer houleuse à traverser

C'est où le PK12 Bassa ?

Je vous ai dit, après l'enseigne Tradex.

C'est vraiment un marché ?

Oui, un marché couvert, que des tissus.

À pied, c'est loin ?

Comme en auto, à l'allure où on roule. Midi trente, la mauvaise heure.

Vous pensez qu'il y en a de bonnes ?

On finit toujours par arriver, mon patron. Le tombeau nous attend.

C'est bon, merci, je vais marcher.

Le chauffeur stoppe, Thomas tend un billet, l'homme dévisse le couvercle, fouille dans le pot rempli de pièces

Laissez, gardez la... Dites-moi juste, l'adresse sur l'enveloppe ?

L'homme tourne la tête, fixe l'enveloppe que lui tend Thomas, son regard se vide

Vous m'avez bien dit le marché PK12 Bassa ?

Mais, c'est pas une adresse d'habitation.

Les marchands, ils ont aussi une boîte aux lettres dans le marché. Vous demandez la personne écrite là.

Thomas s'extirpe du taxi, se trouve emporté dans la foule qui le digère, le porte et le ralentit tout à la fois, ça sent les épices, le henné, l'argile, les gaz d'échappement, la sueur, les égouts engorgés, il arrive au rond-point où la cohue se fluidifie, se disperse dans les différentes artères, il franchit en diagonale, il avance entre les pare-chocs jusqu'à un terrain vague, de petits groupes discutent, des enfants jouent, certains debout dans des Caddies ou vautrés dans des landaus ruinés, des déchets se consument lentement, diffusant une odeur de plastique brûlé, un pneu de camion plus loin est en flammes, une fumée noire monte droit dans le ciel gris. Il parvient à la station-service, l'embouteillage est à son comble, ça s'impatiente, ça s'invective, ça palabre, il continue de se faufiler, il aperçoit maintenant un bâtiment massif, des années 50, d'une hauteur de six étages, les murs en béton grumeleux injectés de cailloux et couverts de graffiti sont bordés d'étals de légumes, de viande, de ferblanterie où les gens s'agglutinent. Il interroge des passants Oui, c'est ici, le PK12 Bassa. Il entre dans le bâtiment qui résonne d'une rumeur de hall de gare, se trouve parmi des monceaux de tissus multicolores, en rouleaux, en piles sur presque 2 m de hauteur, des tissus au détail dans des cartons ou sur des présentoirs, à chaque étal des tailleurs penchés sur leurs lampes, sont à coudre, à tracer à la craie ou à découper, agiles, avec de gros ciseaux. Il lève la tête et découvre une galerie surplombante où sont installés d'autres étals et d'autres tailleurs. Dans certaines travées, les empilements forment des grottes, des ponts, on se presse, on serpente, le brouhaha est rythmé par le staccato des machines à coudre, il est plein mais assourdi par les tonnes d'étoffes, la rumeur en devient bourdonnante, nasillarde, confuse. L'odeur des tissus est piquante, un mélange de bains de couleurs, de vernis, de poussière et de pétrole qui assèche l'air, enflamme les sinus et la gorge. À trois reprises, Thomas crie le nom d'Ibrahim Fala à l'oreille des marchands, lesquels, chaque fois, tendent le bras dans la même direction. Thomas s'enfonce dans les méandres, les défilés, il pense aux sables mouvants, à l'étouffement par noyade dans les étoffes. Il parvient à l'angle opposé du bâtiment, interpelle un adolescent qui déplace des rouleaux de wax M. Fala, s'il vous plaît ? L'adolescent lui désigne un homme assis, courbé sur sa machine, qui pique un ourlet. Il s'approche, l'homme est enveloppé dans le halo de sa lampe, le martèlement de l'aiguille, le mouvement minutieux de ses doigts qui tendent et qui poussent le drap. Thomas patiente, suivant des yeux le défilement du coton rouge qui glisse et se façonne sous le piqué de l'aiguille, un dard qui traverserait sans peine l'ongle des doigts habiles. L'homme conclut l'ourlet par une piqûre d'angle en croix puis sur les quatre côtés, il relève l'aiguille, il muselle l'arme, coupe le fil, libère le drap, il a senti une présence, redresse la tête, des lunettes demi-lune aux branches tordues fichées de travers sur son nez en sueur

Oui ?

Monsieur Fala ?

C'est pourquoi ?

Une lettre de votre fils, Ousmane.

Le tailleur prend l'enveloppe, sa main tremble légèrement, il la déchire, sort la lettre, la lit lentement

Maroua ? Il est à Maroua ?

Nous y étions ensemble.

Venez.

Ils pénètrent plus loin dans les réserves, en file indienne, débouchent dans une sorte de caverne aménagée dans les stocks de tissus. Le brouhaha est devenu presque inaudible. Il y a un réchaud, un jerrican d'eau, une cuvette posée par terre, plusieurs tapis, trois tabourets, une caisse renversée avec un plateau en cuivre, une théière, des verres sales que l'homme saisit et pose dans la cuvette. Il les lave, verse un peu d'eau dans la théière avec du thé, qu'il pose sur le réchaud, allume le gaz, invite Thomas à s'asseoir

Il va bien ?

En parfaite santé. Il affronte la situation.

C'est pas la première fois. C'est plus grave avec la guerre. On peut l'accuser de terrorisme, il peut prendre trente ans, être condamné à mort.

Pour des tracts ?

Combien de fois je lui ai dit ! Mon fils n'est pas un garçon sage, monsieur. J'en ai cinq autres, mais lui, il est pas sage. C'est l'aîné, le modèle. Qu'est-ce qu'on va devenir ? La politique… Ousmane va pas sauver le monde ! Inch Allah !

C'est Lui qui décide. Chaque phrase est ponctuée de longs silences comme si l'homme se parlait à lui-même, élaborait sa pensée à voix haute. La théière chante, Ibrahim la pose sur le plateau, enlève le couvercle, ajoute plusieurs morceaux de sucre, remue avec une cuillère, rebouche, prend deux verres dans la cuvette, y verse le thé noir et liquoreux

Je vous en prie.

Merci... Votre fils a beaucoup d'ascendant.

C'est pas avec ces gens de rien qu'il doit avoir l'autorité.

Il m'a protégé en prison, je lui suis très reconnaissant. On a beaucoup sympathisé.

Vous avez des enfants, monsieur ?

Oui, deux.

C'est bien. Ici on dit que les gens sans enfants, ils travaillent pour que les oiseaux mangent. Ça sert à rien ni à personne.

Je connais le chef de la police à Yaoundé, je lui ai passé le message... Le souhait d'Ousmane d'être transféré à Douala et...

Mais, il rêve ! Qui ? Qui va payer son transfert ? Y a pas l'argent en prison pour donner le manger, ils vont payer son transfert ? Il rêve éveillé, ma parole !

Écoutez, je vous donne son nom, son adresse à Yaoundé, vous lui écrivez une lettre pour lui expliquer la situation. De ma part : Thomas Texier, et de la part de Christian Hertzog. Je vous écris tout ça sur le papier ?

Le thé est épais, il imprègne les papilles comme un alcool fort, un goût de feuille et d'âcreté noyé de sucre, qui réveillerait les morts. Il est brûlant, instille un sentiment de fraîcheur. Thomas accepte volontiers un second verre, cet abri insonorisé le conforte et l'habille, il se tient dans une tanière inexpugnable

C'est présentement étrange que c'est vous qui me dit où m'adresser pour envoyer mes doléances dans mon propre pays ! Je vous en rends grâce, ô combien, mais c'est étrange...

Ça vous choque ?

Pas vous ?

En l'occurrence c'est le hasard qui...

C'est pas le hasard, on se reconnaît, où qu'on est, où qu'on va. C'est vous qui fréquentez le chef de la police, pas moi. Et les mondes ne se rencontrent pas, les groupes ne se mélangent pas...

Vous êtes en train de donner raison à votre fils ?

À part vous qui venez me voir, à cause de votre emprisonnement, une erreur...

Ah, vous voyez ? C'est donc le hasard ?

La destinée. Inch Allah !

Thomas accepte un dernier verre. L'homme a les sourcils froncés, le front barré de rides, des poches d'œdème sous les yeux dont le blanc plutôt jaune est marbré de linéaments rouges, le globe encombré d'un dépôt blanchâtre. Thomas a vu tant d'yeux rongés de conjonctivite depuis qu'il est dans ce pays, mais le regard ici est empreint d'impuissance. Ibrahim le prie de l'excuser, il doit retourner travailler, si son associé arrive et qu'il le découvre là, à prendre le thé en pleine journée... Thomas se lève comme s'il se réveillait. Mais il est mû par quelle compassion pour mettre la main à sa poche, en sortir une liasse de billets, la tendre au tailleur qui se fige, interdit

Je peux pas.

Votre fils m'a sauvé la mise en prison, monsieur Fala, c'est normal que...

Je vous en prie, n'insistez pas.

Alors ce sera pour confectionner le boubou pour la nounou de mes enfants, elle est camerounaise.

Si vous voulez, mais c'est beaucoup trop d'argent.

Vous m'en ferez un autre pour ma fille ?

Vous me donnez les mesures, quel tissu vous désirez, je vous dirai le prix.

D'accord, murmure Thomas qui remet la liasse dans sa poche, qui remercie pour le thé, qui ne sait quoi ajouter. Ils avancent l'un derrière l'autre, courbés dans l'étroit boyau qui conduit hors du terrier, ils débouchent dans la lumière, le vacarme, la poussière. Le père appelle ses fils, les présente à Thomas, l'un d'eux ressemble à Ousmane aussi précisément qu'un double. Ils sont timides, ou indifférents, ils ont le regard vague, ils s'en retournent à leurs manutentions

Ils sont beaux, vos fils.

J'en suis fier. Mes filles sont en livraison chez des clients.

C'est une grande halle, ici.

C'est le marché aux étoffes, le plus important de Douala, les beaux tissus sont ici, gros et demi-gros, peu de particuliers, surtout des boutiques, des magasins du quartier Akwa. Mais je peux faire le boubou pour la dame et votre fille. Choisissez dans les wax, ce sera prêt pour... mercredi ?

Mercredi, je reprends l'avion.

Mardi, alors, ça va ?

C'est une remontée des eaux profondes. Dehors, l'air lui semble d'une indicible légèreté malgré la cohue, les véhicules en coulées de lave mécanique. Le portable sonne, c'est Pauline, oui, il se trouve de l'autre côté du marécage, il prend un taxi, il passe la chercher au dispensaire, non, pas celui du port, celui de New Bell. Il est là dans moins d'une heure... Je t'attends, te presse pas. Il raccroche, range son iPhone, remonte le flux vers la station essence, puis le rond-point, hèle un taxi, demande de l'emmener dans New Bell

Ambiance privative ?

Oui, s'il vous plaît.

Le luxe a du bon, mon patron.

N'est-ce pas ?

Thomas s'installe sur la banquette arrière, échange avec le chauffeur à propos du temps, les mots s'engourdissent, il s'assoupit

Monsieur ? DG ? oh oh ?

Oui ? Pardon...

On est arrivés, je vous laisse où ?

On est où, là ?

Sur le boulevard de l'aéroport, dans le quartier de New Bell, vous m'avez demandé.

Attendez... Oui, je me situe, avancez un peu, c'est une rue sur la droite.

Thomas repère la maison en dur, à moitié incendiée, l'épicerie à l'angle, le terrain vague où sont abandonnés des camions Berliet qui s'enlisent dans le sol C'est là, merci. Il paye, salue, s'engage dans la ruelle, évite les flaques d'eau qui reflètent en miroir le gris du ciel, s'enfonce sur 500 m dans le bidonville, aperçoit le préfabriqué quasi neuf juché tel un premier étage sur quatre piliers plantés dans une dalle béton, et l'enseigne peinte où est écrit: «Antenne médicale ONG» avec les sigles des partenaires financiers. Il pousse la grille qui ouvre sur une sorte de jardin avec un jujubier malingre et quelques touffes d'herbe. Pauline sort à l'instant, descend l'escalier extérieur, salue à la cantonade les gens qui discutent, fument, mâchent de la kola, assis sur des chaises de bric et de broc. Elle a les traits tirés, paraît exsangue de fatigue comme souvent le soir quand il la retrouve

J'ai reçu un sms de Désiré, ils sont en mer... Ah ? Elle se hâte, ils montent dans la Toyota garée le long du grillage, Pauline démarre dans la ruelle encombrée du bidonville

Qu'as-tu fait, finalement ?

Je me suis promené dans le port.

Qu'est-ce que tu fabriquais au PK12 ?

Il lui explique la rencontre avec le père d'Ousmane, le motif de la lettre, elle ne sait plus qui est Ousmane, elle n'écoute pas, ne répond rien, elle fixe devant elle, klaxonne, accélère brutalement Il faut passer chez Félix chercher Aliou, la nounou des enfants est malade. Elle roule vite, elle écrase le frein devant deux chèvres qui coupent le chemin, Thomas plonge, se retient, les mains en appui sur la planche de bord, elle klaxonne encore, peste à voix haute Peut pas tenir son bétail, cinq bêtes, ça devrait être possible, non ? Oh, tes bêtes, tu t'en occupes ?! Elle redémarre, les roues patinent, la poussière monte

T'es vachement tendue, Pauline, non ?

C'est une drôle de coïncidence la nounou malade et cette visite…

Quelle visite ?

Il y a une heure, une nièce, une cousine, une tante, j'en sais foutre rien, je l'ai jamais vue. Elle est venue demander après Aliou.

C'est très bien, non ? Si la famille s'en préoccupe.

Non, ça m'inquiète, faut que j'en parle avec Félix.

Je comprends pas pourquoi ça te…

La mère d'Aliou n'est pas morte de maladie, elle a été empoisonnée.

Quoi ?

On en est sûr avec Félix, il identifie très bien les poisons. Trois mois d'agonie lente et progressive, avec une dégénérescence neurologique. Ils ont l'art consommé du poison, ici.

Ici ?

Oui, en Afrique. C'est indétectable, la victime s'épuise lentement sans qu'on puisse établir un diagnostic, encore moins soigner.

Mais pourquoi elle…

Une sombre histoire de voisinage, de parcelle de terrain qui mêle la famille et les voisins. La mère d'Aliou était seule, le mari disparu au diable. Ils ont pu décider de l'éliminer. Qu'on vienne réclamer Aliou maintenant, ça m'inquiète.

T'as peur pour lui ?

J'en sais rien, après la mère… Entre eux, quand il y a conflit, ce sont pas des tendres. Peuvent brûler quelqu'un en pleine rue pour un vol de bicyclette…

Et t'as répondu quoi ?

À la cousine ?

Oui.

Qu'Aliou était chez un oncle à Yaoundé. Je suis pas certaine qu'elle y a cru.

Moins vite, Pauline, on va avoir un accident.

*

Thomas est de nouveau charmé par la beauté du jardin dans le jour finissant, par l'architecture en terre de cette vaste case au toit de chaume. Ils avaient pris l'apéritif à l'ombre d'un feuillage épais qui ressemblait à celui du magnolia. Félix et son épouse étaient enjoués, les enfants lisaient sur le gazon, Aliou explorait, à quatre pattes le plus souvent, à la lueur des torches qui jetaient des lueurs dorées sur les buissons de fleurs dont les parfums lourds montaient dans le soir. Des fruits, des boissons fraîches, des arachides tièdes juste grillées, Félix avait tranquillisé Pauline, il allait se renseigner, interroger des personnes, son réseau était important, beaucoup de gens qu'il avait soignés, dont il soignait les enfants, étaient ses obligés aux quartiers, et puis, qu'elle se rassure, il n'y avait pas chez eux cette idée de la vendetta où les descendants héritent des condamnations prononcées envers les parents. La disparition de la mère représentait un enjeu de territoire, une parcelle qui bloquait la réunion de plusieurs terrains. Aliou, pauvre bâtard, ne représentait plus rien, pas plus dans la coutume que dans le droit civil. Il y avait en outre quelque chose de maléfique à s'en prendre à un quasi-nourrisson, ça pouvait

se retourner contre les empoisonneurs et leurs commandi-
taires qui avaient d'ailleurs attendu l'accouchement de la
mère avant de l'empoisonner. Pauline avait mieux respiré,
son corps s'était alangui dans le fauteuil. Les arachides
dégageaient un parfum torréfié, le bissap un goût de fruits
rouges, le jus de gingembre engendrait une espèce d'addic-
tion de par son arôme piquant, rugueux. Thomas avait aussi
raconté son après-midi au PK12 Bassa, sa rencontre avec
le père d'Ousmane, il se demandait comment l'aider pour
le transfert de son fils, il avait évoqué Luc Saa, Christian
Hertzog qui pourraient appuyer la démarche. Félix lui avait
répondu assez sèchement S'il est incarcéré pour des raisons
politiques, on bouge le petit doigt, ils peuvent fermer tous
nos dispensaires. Ils nous tolèrent, nous sollicitent parfois
comme à Mokolo, mais s'ils trouvent une raison de nous
soupçonner d'un penchant pour des opposants au régime,
on est fichus. Pauline peut t'accompagner quand tu vas
chercher les boubous, lui indiquer l'adresse des dispensaires,
l'informer de son accès aux soins pour lui et sa famille.
Mais pour Ousmane, on bougera pas. Désolé, Thomas. Il
avait machinalement porté à sa bouche quelques arachides,
avait accepté un autre verre de gingembre, puis Félix
avait proposé d'aller dîner chez Joséphine, c'était réservé,
Marie-Bénédicte, son épouse, resterait à la maison avec les
enfants. Ils avaient embarqué dans la vieille Mercedes, ils
avaient retraversé plusieurs quartiers, d'interminables lacis
de ruelles où Thomas croyait se repérer à certains détails
qui n'étaient jamais les bons, semblables et multipliés.
C'est quand Félix s'était garé le long de la palissade qu'il
avait identifié l'endroit. Pauline leur avait pris le bras à
tous deux, ils marchaient dans le silence et l'obscurité de la
ruelle déserte, ils durent cheminer sur des planches qu'on
avait posées sur des pierres ou des pneus afin d'enjamber les
flaques d'eau qui envahissaient le bidonville en cette saison

de fortes pluies. Il y eut la venelle sur la gauche, puis une autre sur la droite, la palissade en fibrociment taguée, Félix qui pousse la porte, une tôle fixée sur des tasseaux pourris, la vaste cour qui s'ouvre soudain, l'odeur mêlée du poisson grillé, du charbon de bois, des fritures de bananes plantains, l'enveloppement immédiat dans un lieu qui offrait la quiétude d'un refuge, sa première plongée dans l'univers de Pauline, et ce soir réunis pour y partager le dîner. Joséphine avait quitté son foyer de braises, traînant les pieds dans de vieilles savates, les chevilles enflées, tirant sa lourde carcasse, les poings sur les hanches, pour venir les saluer, embrassant Pauline, l'appelant « ma petite fée ». Ils avaient échangé les politesses d'usage, Félix était reparti avec la tantine pour prendre les jovajos dans la glacière, Pauline les assiettes et les couverts, tandis que Thomas s'asseyait sur le banc, s'accoudant à la longue table au bois huileux qui dégageait une odeur fumée de viande et de poisson. Les bières fraîches, les assiettes de capitaine grillé, le saladier de plantains frites, le flacon de Maggi, le bol de pili-pili, tout était sur la table, les éléments d'une liturgie, éveillant les sens et apaisant l'esprit, la scène éclairée par la demi-lune d'une lumière opalescente. Thomas avait voulu expliquer à Pauline combien cette cour éveillait en lui une idée du bonheur, mais il n'y parvint pas. Ils avaient dévoré le capitaine à la peau croustillante, à la chair généreuse et parfumée, les plantains frites, avaient vidé beaucoup de bières, Félix avait longuement questionné Thomas sur sa vie à Paris, l'organisation de ses journées, son travail. Thomas expliquait les plates-formes numériques, Félix acquiesçait à l'efficience de la gestion des stocks en temps réel, mais restait intrigué par cette façon de contrôler les durées d'activité, elles aussi en temps réel pour chacun des employés, il ne comprenait qu'à moitié les mobiles d'une telle pression sur le personnel, il en pointait les inconvénients, la toxicité même que cela pouvait instiller dans l'esprit et le comportement de celles et ceux soumis à ces mouchards que chacun acceptait de porter sur lui. Cela lui semblait inconcevable à pratiquer ici, sur un continent où le temps était si flottant, si élastique, où le lendemain relevait déjà d'une hypothèse, trop préoccupés qu'ils étaient chaque matin de devoir inventer la journée qui commence, aussi incontournable qu'une montagne qui boucherait l'horizon. Évidemment, plus on gravissait l'échelle sociale, plus on anticipait les jours à venir, plus on se projetait dans le futur Mais chez vous, en Europe, l'obsession de s'accroître, de s'étendre, de grossir accapare tout votre être… Vous en oubliez le passé qui pourtant vous irrigue, vous courez au-dessus de l'abîme et découvrez le présent à l'instant de votre mort, comme la remontée soudaine d'une mélancolie du futur… À chacun sa prison, avait souri Thomas en levant son verre. Il lui confia cependant avoir quitté l'entreprise, emporté dans une guerre judiciaire contre Drincourt. Il pensait s'installer à Bordeaux où vivait la grand-mère de ses enfants, il voulait créer une autre société d'informatique avec son vieil ami Dominique, concevoir des plates-formes et des logiciels, toujours sur la question du temps, mais cette fois du temps météorologique, des logiciels prévisionnels d'une grande complexité tant les paramètres étaient multiples et mouvants, ce qui rendait le travail d'autant plus passionnant. La clientèle serait celle d'entreprises et de compagnies d'assurances pour lesquelles les anticipations météo sont essentielles à la réalisation de leurs projets ou à leur couverture assurantielle : agriculture, grands travaux du génie, constructions maritimes, tournages de films, travailler sur le temps qu'il fait, en somme. C'était une idée qui avait germé tout au long de son voyage, les pluies qui s'abattaient sur Douala depuis son retour, les difficultés de circulation que ça entraînait avaient contribué à nourrir l'évidence de ce projet Mon cher

Thomas, si je puis me permettre, les pluies ici n'ont guère besoin d'être prévues, elles sont ponctuelles ! Et ils avaient tous trois éclaté de rire

Trêve de plaisanterie, le temps qui passe, je veux dire l'histoire des hommes, chez vous en Europe, s'est toujours faite en déni même du temps qu'il fait, non ? Alors que chez nous, le temps qu'il fait compte plus que celui qui passe. D'ailleurs, dans ma langue bamiléké, ce n'est pas le même mot pour désigner celui-là et le temps humain, celui des histoires. Comme en anglais, en allemand et dans bien d'autres langues, j'imagine. Si vous aviez, comme nous, deux mots différents, vous n'auriez pas besoin d'user de ce pléonasme

Comment ça ?

Le temps humain. Franchement, ces deux mots, c'est la même chose, non ?

Thomas n'avait rien répondu, comme arrêté dans sa course. Pauline avait souri

Je te savais pas athée, Félix.

C'est autre chose, perfide ! Ne dis pas ça à un Africain !

Et ils avaient ri encore. Joséphine était venue s'attabler avec eux, partager une bière, parler de ses enfants et petits-enfants, Félix lui avait glissé plusieurs billets dans la main et elle était partie se coucher dans l'une des cases de la cour. Thomas avait fait remarquer qu'elle n'avait pas dormi dans celle-ci la première fois que... Elle ne change pas de case, Thomas, elle change de mari... Ils s'étaient esclaffés parce que la bière et la flasque de whisky que Thomas avait sortie de sa poche à la fin du repas faisaient leur effet, que le fou rire les envahissait maintenant pour un oui pour un non. Pauline et Félix avaient malgré tout évoqué leur désir de créer deux autres dispensaires dans les zones rurales défavorisées du sud du pays, les dossiers étaient en attente de financement. Thomas avait alors avoué son inquiétude de savoir Pauline retourner à Mokolo... Mais le ciel s'était mis à gronder, des éclairs avaient illuminé le bidonville, la pluie s'était abattue, drue et tiède, un bruit d'eau cinglante sur les tôles, le fibrociment, les cartons et le sol en terre battue, ils avaient dû abandonner la cour précipitamment, ils se hâtaient vers la voiture, la veste tendue bras levés au-dessus de la tête, ils glissaient à moitié sur le sol devenu gluant et sur les planches détrempées qui servaient de passerelles au-dessus des mares, pataugeant parfois dans les flaques d'eau qu'ils ne pouvaient enjamber, ils étaient parvenus trempés, boueux, à la voiture, mais toujours agités d'une humeur bouffonne. Félix s'était tourné vers Thomas en cherchant les clés de l'auto Si tu nous avais prévu l'heure de la pluie ce soir, on serait pas dans cet état pitoyable de vieux chiens mouillés ! Ils ne pouvaient plus s'arrêter de rire, Thomas s'était affalé sur la banquette arrière, les habits dégoulinants devenaient froids, la Mercedes patinait dans la terre rendue liquide, elle avait failli s'enliser peu avant d'arriver sur le goudron, il avait fallu sortir, trouver des planches, des morceaux de carton à glisser sous les pneus, ils avaient poussé l'auto, les roues motrices projetaient des geysers de boue, ils s'étaient transformés en statues de Golem. Quand ils furent rendus chez Félix, l'orage avait cessé, mais leur allure laissa le gardien pantois à l'entrée du jardin, leurs éclats de rire inconséquents firent sourire l'homme qui reprit place sur sa chaise, pianotant de nouveau sur son portable. Dans le jardin, Félix avait branché le jet, ils s'étaient rincés, tout habillés, nettoyant à grande eau vestes et pantalons qui ruisselaient dans l'herbe du gazon. Marie-Bénédicte ne s'était pas montrée, ils avaient récupéré Aliou qui dormait sur un tapis, veillé par la dame de maison. Pauline avait pris l'enfant dans ses bras, l'avait déposé dans sa voiture, enveloppé dans un plaid, puis ils avaient quitté Félix après maintes accolades et serrements de mains, reprenant la route vers le quartier historique où Pauline résidait. L'orage avait de nouveau éclaté, plus violent encore, Thomas avait senti l'angoisse l'envahir sans raison, des pluies de déluge redoublaient sur la carrosserie, au point de ne pouvoir se parler dans l'habitacle, les essuie-glaces ne parvenaient plus à chasser l'eau du pare-brise qui coulait en nappes telle une taie sur les yeux. Il avait fallu rouler au pas, sortir parfois la tête par la vitre baissée pour apercevoir la route juste devant, les roulements de tonnerre étaient assourdissants, et lorsque Thomas lui répéta qu'il souhaiterait qu'elle rentre finalement en France, elle ne répondit rien, faisant mine ou non de n'avoir pas entendu. Ils s'étaient déshabillés sur la terrasse en bois de la modeste maison coloniale qu'elle louait depuis plusieurs années, ils s'étaient séchés, avaient enfilé des vêtements secs, ils étaient dégrisés. Aliou dormait dans son lit d'enfant, Pauline avait préparé une tisane qu'ils avaient bue silencieusement, Thomas s'était assis dans le sofa, avait posé sur ses cuisses la boîte où se trouvaient les lettres de Jean, en avait ôté le couvercle, Pauline avait souri

Je suis fatiguée, je te laisse.

Bonne nuit, sœurette.

Je suis heureuse que tu lises… C'est un autre Jean.

Tu veux dire qu'il n'est pas ligoté par le secret ?

Oui, beaucoup plus ample.

Mais au moment où elle s'évanouissait dans sa chambre, il avait lancé comme on se jette à l'eau Si je rentre avec Aliou, tu nous rejoins bientôt ? Elle s'était arrêtée net, comme pétrifiée, traversée, avait-il pensé, d'une sorte d'effroi Ce n'est pas la question, Thomas. Sincèrement, j'y ai pas songé. La porte s'était refermée doucement, comme si elle allait réveiller quelqu'un. Il se tenait à l'extrémité du sofa, au plus près du guéridon où se trouvait une lampe plus forte dont il pouvait diriger le faisceau sur son ventre, il avait remar-qué ses mains vaguement tremblantes alors que ses doigts glissaient sur la centaine de lettres minutieusement rangées par ordre chronologique. Puis il avait commencé sa lecture.

C'est Pauline qui l'avait réveillé au matin, elle l'avait trouvé à la même place, la tête renversée, la nuque abandonnée sur le dossier. Plusieurs dizaines d'enveloppes ainsi que des mouchoirs en papier chiffonnés s'étalaient sur les coussins du sofa, une bonne moitié étaient encore dans la boîte posée à ses pieds avec le cendrier rempli de mégots. Il avait sursauté

Je dois y aller, Thomas, ça va ?

Quoi ? Attends, je…

Ça va pas ?

Un peu dans les vapes, oh là, un mal de crâne.

Prends un cachet et va t'allonger.

Je vais boire un café avec toi et finir ma lecture. Le sommeil m'a fauché, je sais plus quand… La dernière fois que j'ai regardé la montre, il était 4 h…

J'ai pas le temps d'avaler un café, la nounou est toujours malade, je dois emmener Aliou chez Marie-Bénédicte, filer au dispensaire du port, trop de…

Laisse Aliou ici, je m'en occupe.

T'es sûr ?

J'avais envie de longer le littoral vers le sud, je l'emmène.

En taxi ?

Oui.

D'accord. Je file quand même. Tu lui prépares à manger pour 10 h et…

Je connais, tu peux filer. À ce soir.

Elle avait embrassé l'enfant qui jouait assis sur le parquet au milieu de ses peluches. Thomas avait bu plusieurs tasses de café, construit des pyramides de cubes que l'enfant s'évertuait à faucher d'une main malhabile. Quand l'ensemble s'écroulait à grand fracas, il éclatait de rire, les yeux brillants. Il lui avait écrasé une banane qu'il avait mélangée avec du miel et du lait, il tenait Aliou sur ses genoux, lui tendait la cuillère, ouvrait la bouche en même temps que l'enfant enfournait sa nourriture, il se souvenait avec Anton et Elsa, l'anamnèse était prégnante. L'enfant s'était endormi dans le sofa, sur le dos, tripotant sa girafe qu'il serrait sur sa poitrine. Thomas avait pu reprendre sa lecture des lettres de Jean qu'il lisait à rebours, remontant vers un temps où Anton et Elsa n'existaient pas, où Camille et lui formaient un jeune couple s'établissant à Paris, la couleur des choses était plus terne, il parcourait des situations désaffectées, des durées sèches, sans consistance, qu'il n'avait plus même le désir de se remémorer. Lorsqu'il parcourait en revanche les lettres des cinq dernières années, c'était la voix de Jean qu'il entendait, au point d'en tressaillir, de sentir sa présence dans la pièce. L'enfant s'était réveillé, avait glissé sur le ventre en bas du sofa, s'était approché sur ses jambes grêles et arquées, il tirait la chemise de Thomas, il répétait OMA! OMA! Thomas avait rangé la correspondance, préparé le déjeuner, il y avait des bouts de phrases surgis des lettres qui revenaient en boucle rôder en ses pensées, soulevant sa poitrine, gonflant ses poumons, il cherchait l'air, il s'entendit articuler involontairement: Répéter, c'est être déjà mort. Ou encore un autre passage, à la fois confus, abscons, étrange sous sa plume: La montagne est trop verticale. C'est le sens du père que la mère étaye. Il faut préférer l'océan. Il avait installé l'enfant sur sa chaise haute, avait mélangé une patate douce en purée à des miettes de poisson blanc, Aliou acquiesçait à chaque cuillerée qu'il ingurgitait Mange pas si vite, oh, oh, tu avales, il faut mastiquer, même sans dents, regarde! L'enfant l'observait, qui ouvrait et refermait démesurément les mâchoires, faisant claquer sa denture. Aliou souriait puis, la mine affairée, tendait de nouveau la main vers la cuillère. Thomas avait bu une bière, mangé un morceau d'ombrine froide assaisonnée de pili-pili et de

Maggi, avec l'autre patate douce. L'enfant était lavé, changé, il avait pris des bananes, des biscuits et de l'eau dans son sac, il hissa Aliou sur ses épaules, ils marchaient à présent sur le trottoir, à guetter un taxi. Une Mercedes aux roues voilées s'était rangée à leur hauteur, ils s'étaient installés sur la banquette, Thomas avait prié le chauffeur de les emmener sur le littoral, au sud du port, là où commencent les plages désertes et l'entrée dans la réserve naturelle d'Édéa. Ils étaient tous deux envahis d'une torpeur digestive dans la canicule humide, la banquette en skaï défoncée suait plus que leurs corps, ils s'endormirent dans leur moiteur malgré la musique trépidante et l'incessant débit du chauffeur rigolard qui voulait raconter ses courses avec quelques clients remarquables. Ils avaient roulé une cinquantaine de minutes sans jamais se réveiller, abîmés dans un sommeil profond qui faisait sourire le conducteur quand il les observait dans son rétroviseur. La Mercedes avait longtemps longé le littoral indistinct, broussailleux, marécageux, ponctué de décharges sauvages et d'épaves de bateaux, il avait poussé plus loin vers le sud jusqu'à ce qu'il atteigne des plages désertes ombrées de tamaris où les vagues claquaient sur le sable. Il s'était garé sur le talus, avait coupé le moteur, s'était retourné, le coude et l'avant-bras sur le dossier de son siège

Papa ? Papa ?

Quoi ?

On est bien à l'arrivée, je crois…

Papa ?

Non, c'est pas moi, c'est vous présentement. Qui êtes avec l'enfant, mon patron. C'est là que vous souhaitez que je vous mène ?

Thomas plisse les yeux, se redresse, le sentiment de se réveiller d'une cuite, abruti, tâtonnant des yeux les environs, découvrant la plage vide à 100 m, les palmiers dattiers, les tamaris

Oh, j'ai dormi…

Ça pour sûr, j'aurais pu traverser le pays sous la mitraille jusqu'au Congo.

Mais, c'est votre voiture, là, à dandiner, une vraie berceuse.

Ah, çà, j'avais jamais entendu ! On met le stationnement ici ?

Oui, c'est très bien.

Vous pouvez nous attendre, je vous paye l'après-midi ?

Pour sûr que le retour, si je suis pas là, ce sera avec les pieds.

Parfait. On reste disons trois heures, ça va ?

Autant que vous voulez, le petit il va plus quitter la baignade. Mais attention au soleil ! La peau noire brûle autant que la blanche, et il faut les deux pour écrire une partition !

Le chauffeur se fait rire tout seul, il jubile

Prenez votre temps. Il y a pas l'incendie dans le lac, comme vous dites. Juste le soleil sur l'océan…

C'est un peu pareil, non ?

Cette fois, ils partagent le rire, le chauffeur observe Thomas qui réveille Aliou, le sourire fendant son visage d'une oreille à l'autre

C'est votre fils ?

Oui, je l'ai fait bien noir.

L'homme frappe du plat de la main le siège du passager, emporté dans un renversement de la tête, des gloussements et une convulsion du torse très saisissants. Il finit par reprendre ses esprits

Il s'appelle comment ce petit lézard ?

Aliou.

Aliou, c'est bien comme prénom.

Thomas était sorti de l'auto avec son sac, tenant l'enfant par la main, et ils s'étaient lentement dirigés vers la plage. Il avait déplié la serviette à l'ombre des arbres, mis l'enfant nu, assis là, dont les yeux agrandis mesuraient l'ampleur de l'horizon marin. L'iPhone avait sonné, c'était Pauline qui appelait

Ça va ? Vous êtes où ?

Sur la plage.

T'as trouvé un taxi ?

Tu penses qu'on est venus à pied ?

J'aimerais bien vous rejoindre…

Viens !

Trop de travail, l'hôpital redirige sur nous des urgences, c'est infernal. Vous passerez me chercher ?

Si tu veux. Le dispensaire du port ?

Oui.

Je t'entends parfaitement, si loin de Douala.

Sur le littoral, c'est assez normal, non ?

Si mon chauffeur s'enfuit, je t'appelle à l'aide.

T'as pris la crème ?

La crème ?

Pour Aliou, la crème solaire ?

J'ai pas pensé.

Alors tu le laisses habillé si tu le baignes, d'accord ?

Il éteint l'iPhone qu'il range dans sa poche, se déshabille, sa peau lui paraît laiteuse à l'exception des avant-bras et des jambes, une blancheur de larve, il voit la reine des termites, son abdomen palpitant et crémeux. Il remet le T-shirt à l'enfant Râle pas, c'est tante Pauline, elle a dit, et j'écoute. Il le met debout, ils s'avancent dans le soleil, le sable brûle la plante des pieds, Aliou se met à sauter sur place, il geint, Thomas l'emporte, il se hâte vers le sable mouillé que l'écume inonde, intensifiant jusqu'à l'éblouissement la réflexion de la lumière sur la grève qui s'éteint dans un pétillement de reflux. Les vagues sont fortes sans être immenses, les gifles sur le sable, le bouillonnement de la nappe moussue qui se retire, l'enfant se raidit, verrouille ses bras au cou de Thomas qui dépasse la ligne de brisure des vagues tièdes. Ils sont déjà trempés, Aliou a peur et rit tout à la fois, Thomas est dans l'eau jusqu'à la poitrine, il tient l'enfant aux aisselles et l'immerge doucement, Aliou agite ses jambes, il ouvre grand la bouche, suffoque, chaque goutte d'eau sur le visage l'affole, il plisse les yeux, il crie, il pleurniche, il rit, il s'étonne, il cherche, toutes les sensations dans le même instant, rien des perceptions qui ne se déploie dans une succession, juste l'assaut de tout le spectre des humeurs dans le même frisson, ses mains minuscules crispées, les doigts en crampon sur les avant-bras de Thomas qui l'allonge sur le ventre, sur le dos la panique l'étreint, sur le ventre donc ou debout à mimer le saut, de longues minutes. Le premier bain, se dit-il, depuis qu'il est en Afrique, puis une vague plus forte les surprend, qui les cingle, les submerge, l'enfant pleure pour de bon, Thomas le serre contre sa poitrine, l'assoit sur ses épaules, il sent ses mains, ses doigts d'araignée sur son crâne qui tirent ses cheveux. Ils sortent de l'eau, Thomas court sur le sable brûlant, ils se réfugient à l'ombre, se vautrent sur la serviette, puis s'assoient côte à côte, le regard tourné vers l'océan, le corps refroidi, paisibles. OMA ! OMA ! L'enfant frappe à plat main sur la cuisse de Thomas T'as faim ? Aliou acquiesce d'un mouvement de menton, Thomas sort du sac une banane et un biscuit qu'il mixe dans une soucoupe avec un peu d'eau. L'enfant s'en régale, n'en laisse rien puis joue avec le sable qu'il triture entre ses doigts. Thomas remarque un tronc d'arbre au bois lisse et poli qui blanchit au soleil, mais c'est un imperceptible mouvement dans son champ visuel qui le… Thomas fixe le tronc, découvre l'iguane d'un gris-vert, presque un mètre de long, juste le cuir épais de sa gorge en écailles qui se gonfle, qui se tend, qui se vide et flétrit, la tête tournée dans leur direction, sans que les yeux fixes composent un regard. Il pense à l'agneau blessé qu'il tenait dans ses bras à l'estive, avec ce regard qui le traversait, qui voyait au-delà, il pense à Camille dont le regard le transperçait, non plus cette fois parce qu'il voyait au-delà, mais, pensait-il alors, parce qu'il portait en deçà de lui, Thomas, les yeux de Camille qui scrutaient l'intérieur d'elle-même, mesurant, évaluant le désastre organique et osseux dont elle était devenue le paysage. Ces regards de l'iguane, de l'agneau, de Camille, qui altèrent en lui l'assurance d'exister, mais qui ouvrent à des mondes invus qu'il voudrait concevoir. Il saisit son pantalon, sort l'iPhone qu'il rallume, les cinq barrettes s'affichent sur l'écran, la connexion est parfaite, il compose le numéro de Claire, c'est un long silence, un blanc électronique dans l'oreille, puis ça sonne, ça décroche, c'est la voix d'Anton, fragile, qui hésite, qui vacille

Bonjour, tigrichon, c'est…

Papa ? questionne l'enfant qui l'entend, qui l'attend. C'est demain que tu rentres ?

Non, Anton, demain je vais chercher les cadeaux.

Pour nous ?

Devine.

Il prend des nouvelles. Ils sont sur la plage avec Claire et Daba, ils se baignent, ce sont de belles vacances. Thomas explique qu'il est aussi sur la plage, il décrit les arbres, la lumière, le sable, la tiédeur de l'eau

Elsa est avec toi ?

Oui, elle m'énerve, elle se colle, elle veut t'entendre.

Thomas lui demande d'actionner le haut-parleur. Il entend le vent, la rumeur, Elsa qui l'appelle, il répond, il salue tout le monde

T'es sur la plage ? Tu nous rejoins ?

C'est une autre plage, Elsa, plus au sud.

On peut pas te voir alors ?

Non, mais je me baigne dans le même océan.

C'est qui la voix qu'on entend ?

C'est Aliou qui joue à côté de moi, il a un an.

Tu rentres demain ?

Non, ma chérie.

T'es sûr, c'est pas demain ?

Je suis censé prendre l'avion après-demain. Mais je vais sans doute avoir quelques jours de retard.

Les enfants râlent, se lamentent, Thomas veut s'assurer qu'ils entendent bien sa voix, la question leur paraît incongrue mais ils confirment, oui, le son est net, il n'y a aucun retard dans le trajet des mots, il leur demande de bien l'écouter, ils rassurent leur père, ils sont attentifs, ils tendent l'oreille, la brise n'y changera rien

Voilà. Je dois vous dire quelque chose. C'est important.

Table

Cet ouvrage a été composé
par Maury à Malesherbes
et achevé d'imprimer en France
par CPI Brodard et Taupin
à La Flèche (Sarthe)
pour le compte des Éditions Stock
21, rue du Montparnasse, 75006 Paris
en août 2016

Stock s'engage pour
l'environnement en réduisant
l'empreinte carbone de ses livres.
Celle de cet exemplaire est de :
1,3 kg éq. CO₂
PAPIER À BASE DE   Rendez-vous sur
FIBRES CERTIFIÉES   www.editions-stock-durable.fr

Imprimé en France

Dépôt légal : août 2016
N° d'édition : 02 – N° d'impression : 3018704
28-51-8029/9